MELANIE PETERSEN

Hochzeit auf der kleinen Frieseninsel

AF217116

GOLDMANN

Buch

Hannah ist ein echtes Inselkind, doch vor ein paar Jahren ist sie von Föhr nach Berlin gezogen, wo sie beruflich und privat ihr Glück gefunden hat. Zumindest dachte sie das – bis eine jüngere Kollegin an ihrer Stelle befördert wird und ihr Freund sie betrügt. Tief gekränkt reist Hannah auf ihre idyllische Heimatinsel, um den Kopf wieder freizubekommen. Ohnehin muss sie sich auf Föhr dringend um die Hochzeit ihrer Schwester Stine kümmern. Doch nur wenige Tage nach Hannahs Ankunft verlässt Stines Verlobter plötzlich die Insel. Und Stine trifft sich heimlich mit einem Freund aus der Schulzeit. Was für ein Chaos! Gelingt es Hannah, die für Mittsommer geplante Hochzeit zu retten? Und was ist mit dem charmanten Sänger Tom, der ihr dabei ständig in die Quere kommt?

Weitere Informationen zu Melanie Petersen
sowie zu lieferbaren Titeln der Autorin
finden Sie am Ende des Buches.

Melanie Petersen

Hochzeit auf der kleinen Frieseninsel

Roman

GOLDMANN

Der Verlag behält sich die Verwertung der urheberrechtlich
geschützten Inhalte dieses Werkes für Zwecke des Text- und
Data-Minings nach § 44b UrhG ausdrücklich vor.
Jegliche unbefugte Nutzung ist hiermit ausgeschlossen.

Penguin Random House Verlagsgruppe FSC® N001967

1. Auflage
Originalausgabe März 2025
Copyright © 2023 by Melanie Petersen
Copyright © der deutschen Originalausgabe 2025
by Wilhelm Goldmann Verlag, München,
in der Penguin Random House Verlagsgruppe GmbH,
Neumarkter Straße 28, 81673 München
produktsicherheit@penguinrandomhouse.de
(Vorstehende Angaben sind zugleich
Pflichtinformationen nach GPSR)

Dieses Werk wurde vermittelt durch die Literarische Agentur Michael Gaeb
Umschlaggestaltung: UNO Werbeagentur, München
Umschlagmotive: Westend61 / Getty Images
imageBROKER / Siegfried Kuttig / Getty Images
© FinePic®, München
Karte und Illustrationen: © Melanie Petersen
Redaktion: Susanne Bartel
BH · Herstellung: ik
Satz: GGP Media GmbH, Pößneck
Druck und Bindung: GGP Media GmbH, Pößneck
Printed in Germany
ISBN 978-3-442-49539-9

www.goldmann-verlag.de

Für Brian.
One love. One life.

Wie Träume liegen die Inseln
Im Nebel auf dem Meer.

Theodor Storm, »Meeresstrand«

INSEL FÖHR

DUNSUM

OLDSUM

UTERSUM

MIDLUM

Ferienhaus
der Familie
Blohm

NIEBLUM

Nieblumer
Badestrand

BREDLAND
Tante Ellas Stran

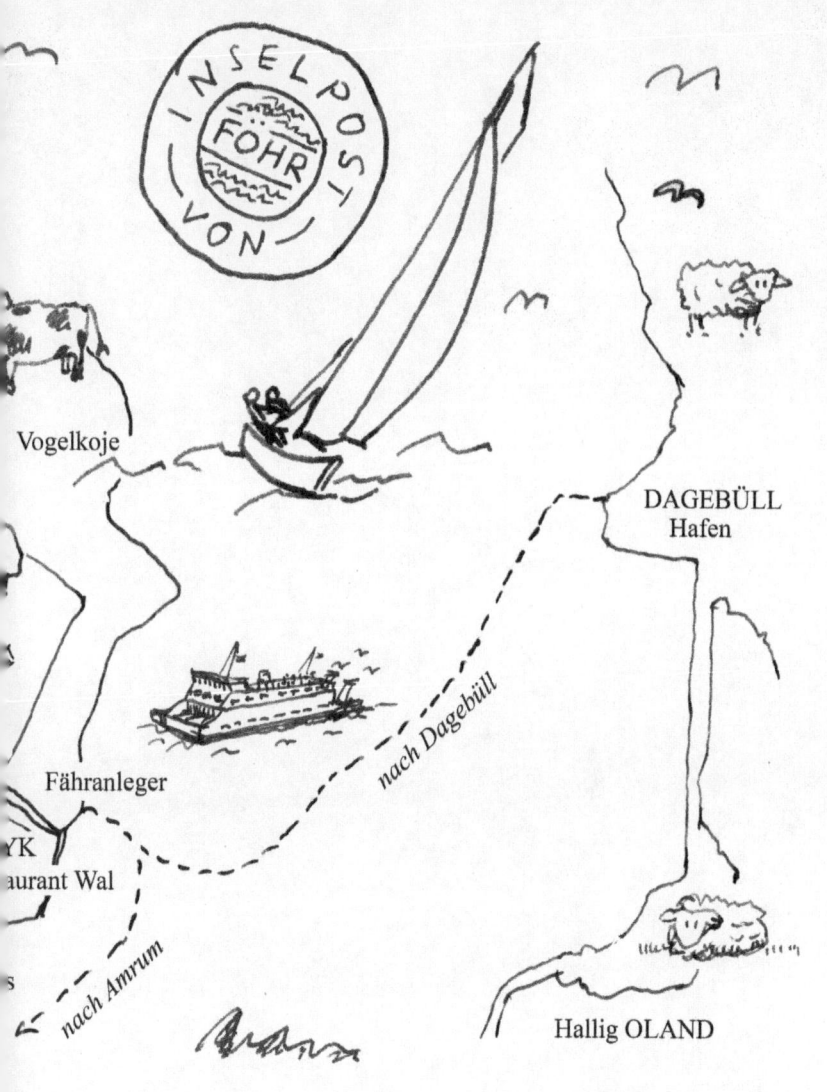

INSELPOST VON FÖHR

Vogelkoje

DAGEBÜLL
Hafen

Fähranleger

YK
aurant Wal

nach Dagebüll

nach Amrum

Hallig OLAND

1. Hannah

Hannah setzte den Blinker ihres MINI Coopers. Mit einem schnellen Blick über die Schulter wechselte sie von der mittleren auf die linke Spur. Sie war viel zu spät dran. Ziemlich knapp quetschte sie sich zwischen einen Smart und einen Mercedes-Kombi. Der Fahrer des Smarts hupte empört. Einmal. Zweimal. Das dritte Hupen hörte gar nicht mehr auf. Es klang richtig wütend.

»'tschuldige!« Hannah ließ das Fenster neben sich herunterfahren, streckte den linken Arm raus und winkte in seine Richtung. »Musste leider sein. Heute kann ich *wirklich* nicht zu spät kommen!«, rief sie ihm im Beschleunigen noch zu, obwohl sie wusste, dass er diesen Satz nicht mehr hören würde. Dann lenkte sie den Wagen auf die majestätische Goldelse am Großen Stern zu, die in der Morgensonne glitzerte. Hannah schaute in den Rückspiegel und registrierte erleichtert, dass der hupende Smart-Fahrer sich in Richtung Schöneberg einfädelte. Sie atmete durch und drehte das Radio, das mit ihrem Telefon verbunden war, etwas lauter. Im Auto streamte sie immer »Mein Inselradio Föhr«, um sich ganz viel Nordsee-Feeling von der Küste nach Berlin zu holen.

Die Sprecherin war gerade mit den Nachrichten fertig geworden und begann jetzt mit dem Wetterbericht. *»Auf den nordfriesischen Inseln erwarten wir diese Woche Sonne, Sonne, Sonne! Bitte immer schön eincremen. Es ist zwar erst Mitte Mai, aber auf Föhr werden schon Temperaturen um die fünfundzwanzig Grad erwartet ...«*

Und dann erklangen die ersten Takte von »Walking on sunshine«: *»I used to think maybe you loved me, now baby I'm suuure ...«*

Der schnelle Gute-Laune-Song riss Hannah sofort mit. Während ihre Finger im Takt auf das Lenkrad klopften, warf sie einen kurzen Blick auf die Uhr im Armaturenbrett. Erst 9:36 Uhr. Sie lag inzwischen ganz gut in der Zeit. Eigentlich bestand überhaupt kein Grund mehr, mit Tempo fünfundsechzig durch die Stadt zu kacheln. Hannah drosselte das Tempo auf Richtgeschwindigkeit. Dann drehte sie das Radio auf fast maximale Lautstärke, lehnte sich im Sitz zurück und sang laut mit: *»I'm walking on sunshine, woooah ...«*

Als das Lied zu Ende war und aus den Lautsprechern die ersten schmissigen Takte von Herbert Grönemeyers »Mambo« erklangen, wanderten Hannahs Gedanken zu Frederik. Sein Musikgeschmack war dermaßen spezifisch, dass sie niemals zusammen in ihrem Wagen sitzen, mit ihren Schultern im Takt zucken und diesen Grönemeyer-Song mitgrölen würden. Das war einfach undenkbar. Eingängige Pop-Hits fand Frederik maximal uncool.

Hannah wählte über die Freisprechanlage mal wieder seine Nummer. Aber: nichts. Sie landete sofort auf seiner Mailbox. Das war wirklich merkwürdig.

Seit Tagen hatte sie Frederik nicht erreicht. Vorgestern hatte er ihr kurz geschrieben, dass er wahnsinnig viel zu tun hätte. Das hatte Hannah natürlich verstanden und beschlossen, ihn nicht zusätzlich zu stressen. Wenige Sekunden später hatte sie allerdings gesehen, dass Frederik gerade zwei Artikel der *Washington Post* retweetet hatte.

Sie hatte es also direkt noch einmal bei ihm versucht, aber er war wieder nicht erreichbar gewesen. Weshalb nahm Frederik nicht ab? Das ergab einfach keinen Sinn! Hannah hatte es in den letzten Monaten genau beobachtet: Frederik legte sein Handy wirklich nur zum Duschen aus der Hand. Selbst nachts lag das Telefon immer griffbereit auf seinem Nachttisch. Dass er plötzlich beschlossen hatte, sich digital zu »entgiften«, war wohl eher ausgeschlossen.

Dabei hätte Hannah ihn wahnsinnig gern gesprochen. Schon allein, um mit ihm über diese offene Position auf Mallorca zu reden. War er wirklich einverstanden damit, dass Hannah ihre Beförderung, die Ralf heute verkünden würde, annahm und eine Weile in die Zweigstelle auf die Baleareninsel wechselte? Es sah nämlich einfach alles danach aus, dass Hannah schon in ein paar Tagen ihre Koffer packen durfte.

»Das musst du machen!«, hatte Frederik zwar spontan gerufen, als sie vor zwei Wochen abends zusammen auf dem Sofa saßen und Hannah ihm davon erzählte, aber irgendwie war sie sich trotzdem nicht sicher. Setzten sie nicht ihre Beziehung aufs Spiel, wenn Hannah zweieinhalb Flugstunden von Frederik wegzog?

»Ach was!« Frederik hatte begeistert den Kopf geschüttelt. »Ab sofort treffen wir uns immer da, wo die Wetter-App gerade das bessere Wetter voraussagt«, hatte er vorgeschlagen.

Das hatte sich also eigentlich ganz so angehört, als wäre es für Frederik vollkommen in Ordnung, wenn sie Berlin für ein, zwei Jahre den Rücken kehrte. Aber bis ins letzte Detail durchgesprochen, was genau das für ihre gemeinsame Zukunft bedeutete, hatten sie es eben noch nicht. Mit dem Wührt-Deal hatte Hannah einfach nicht die Zeit und Ruhe dafür gehabt.

Der Deal hatte sie über *Monate* auf Trab gehalten. Netterweise hatte sie das sogar Frederik zu verdanken. Er hatte Hannah mit den Wührt-Schwestern zusammengebracht. Indra und Ariane Wührt kannte Frederik noch aus Koblenz, wo er mit ihnen an einer Eliteuni studiert und parallel dazu die ersten Start-ups gegründet hatte. Als die Wührt-Schwestern, die wie Frederik den Firmensitz ihrer Unternehmen irgendwann nach Berlin verlagert hatten, mal wieder nach einem neuen Büro für ihre mittlerweile zweihundert Mitarbeiter suchten, hatte Frederik Hannah den Kontakt vermittelt. Nur wenige arbeitsintensive Wochen später hatte Hannah tatsächlich zwei Grundstücke am Maybachufer an Ariane und Indra verkauft.

Mit dem Wührt-Deal war sie offiziell in die Riege der absoluten Topmaklerinnen im Hause »Nüssler & Nüssler« aufgestiegen.

Hannah bog in die Schlüterstraße ein, wo sie nach ein paar Metern noch einmal einen Blick auf die Uhr warf. Noch siebzehn Minuten bis zum Meeting. Das schaffte sie ... locker!

Seit dem Wührt-Deal war Hannah sich sicher: Sie würde den spannenden Job in der »Nüssler & Nüssler«-Zweigstelle auf Mallorca bestimmt bekommen und dort ab sofort ihren Chef Ralf in seinem Office unterstützen.

Und wenn sie die zwei fordernden Jahre bei Ralf auf der Insel überstand, dann würde sie sich irgendwo in Europa einen eigenen Standort für eine »Nüssler & Nüssler«-Filiale aussuchen und leiten dürfen. So wie Esther, ihre Vorgängerin, die jetzt nach Madrid zog. Madrid!

Das war also das Ziel. Auch wenn Esther inzwischen so viel arbeitete, dass sie nachts nur noch vier Stunden schlief. Das hatte sie Hannah gegenüber letztes Jahr auf dem »Nüssler & Nüssler«-Sommerfest nach ihrem vierten Martini ausgeplaudert. Aber das würde Hannah schon überstehen. Sie wüsste ja, wofür sie die horrormäßigen Augenringe, mit denen Esther sich in die morgendlichen Statuscalls einwählte, in Kauf nehmen würde: Insgeheim träumte Hannah von einer Dependance in der Bretagne oder auf den Schären in Schweden. Oder in Schottland – dort würde es Frederik, der ja nur dorthin reiste, wo er morgens um halb sechs joggen gehen konnte, ohne Angst haben zu müssen, sicher auch gefallen.

Im Schritttempo schlich sie durch die Schlüterstraße. *Hier muss doch jetzt irgendwo, bitte, bitte, ein Parkplatz sein ...*

Während sie wendete, um die Straße ein weiteres Mal abzufahren, dachte sie daran, was bis zu ihrem Abflug nach Mallorca noch zu tun war. Neben allem anderen stand in fünfeinhalb Wochen die Hochzeit ihrer Schwester Stine an, und dafür musste sie noch ein paar letzte Punkte klären, für die sie als Trauzeugin zuständig war. Marten hatte Stine vor einem Dreivierteljahr einen Antrag gemacht. Seither war Hannah in die Planungen für die Hochzeit eingespannt. Allein bei dem Gedanken daran, Stine heute Nachmittag beichten zu müssen, dass sie in wenigen Tagen auf die Balearen zog, rutschte Hannah das Herz in die Hose. Stine würde so enttäuscht sein!

Und das zu Recht: Die To-do-Liste für die Hochzeit, die Stine und Hannah gemeinsam erstellt hatten, war immer noch nicht komplett erledigt. Hannah konnte nicht fassen, wie viel Zeit (und Nerven) allein der »Blumenschmuck für die Tische« gefressen hatte. Wie die dreißig Sträußchen denn nun aussehen sollten, hatten sie *immer* noch nicht final mit der überambitionierten Floristin aus Flensburg abgestimmt. Die schaltete seit zwei Tagen einfach auf Durchzug!

Immerhin hatte der Wahnsinn mit den Blumen Stine den Punkt »Hochzeitsband« fast vergessen lassen. Sie erkundigte sich endlich nicht mehr täglich bei Hannah, ob sie die Cover-Band Something Blue erreicht hatte. *Bin an ihnen dran …*, hatte Hannah immer wieder geschrieben und drei Daumen-hoch-Emojis direkt hinterhergeschickt. Sie hatte gehofft, dass das reichen würde. Hatte es aber nicht.

Als Stine sich damit nicht zufriedengab und immer wieder nachhakte, hatte Hannah leider irgendwann mit »Sieht gut aus!« geantwortet. Nach diesen magischen drei Worten hatten Stines Rückfragen zur Band genialerweise sofort aufgehört. Sie ging also felsenfest davon aus, dass Hannah Something Blue gebucht hatte. Was leider *überhaupt nicht* der Fall war. Hannah seufzte. Sie musste sich wirklich dringend um die Band kümmern, auf die Stine sich eingeschossen hatte, wenn sie auf der Hochzeit am Ende nicht ganz ohne … Stopp! Hannah verbot sich den Gedanken. Jetzt war wirklich nicht die Zeit, um in Panik zu verfallen. Jetzt musste sie sich auf den anstehenden Termin und ihre Beförderung konzentrieren.

Wenige Meter vor sich erspähte Hannah einen alten Audi, der ein kleines Stück zurücksetzte und anschließend vorwärts aus einer Parklücke stieß. So ein Glück! Erleichterung flutete Hannahs Körper. Sie hatte einen Parkplatz. Erst jetzt bemerkte sie, dass sie schon die ganze Autofahrt lang ihre Schultern hochzog.

Sie parkte ein, schnappte sich die Ledertasche, in der sie ihren Laptop mit sich herumtrug, vom Beifahrersitz und schloss ab.

Beim Überqueren der Straße zog sie ihre Schultern zur Entspannung noch ein paarmal rauf und ließ sie wieder fallen. Das tat gut. Vor dem Bürogebäude blieb sie kurz auf dem Bürgersteig stehen. Sie nahm sich die Zeit und blinzelte noch einmal in den königsblauen Himmel, der heute vollkommen wolkenlos war. Die Sonne schien ihr warm ins Gesicht. Ach, Frühling in Berlin! Den würde sie auf Mallorca wahrscheinlich schon ein wenig vermissen.

»Und? Schon aufgeregt?«, fragte ihr Kollege Alexis, als Hannah das Büro betrat, das sie sich mit ihm teilte.

»Geht so«, spielte Hannah die schlaflose Nacht und vier Outfitwechsel am Morgen herunter.

Alexis zog amüsiert seine linke Augenbraue hoch. »Na komm, erzähl mir nichts, ich kenn dich doch.« Er lächelte.

»Also gut«, gab Hannah zu, während sie ihren Schreibtischstuhl zurückschob und sich aufs Sitzpolster fallen ließ. »Ich bin total fertig. Dass ich den Job wirklich habe, glaube ich erst, wenn ich's von Ralf persönlich höre.« Ihr Chef war manchmal unberechenbar.

»Was ja«, Alexis warf einen kurzen Blick auf den Monitor von seinem Computer, »in ein paar Minuten der Fall sein wird.«

»O Gott, wahrscheinlich sterbe ich vorher noch vor Aufregung.« Hannah seufzte tief und ließ ihren Rechner hochfahren.

»Komm, Miesewetter, jetzt freu dich halt mal«, sagte Alexis, der aus ihrem Nachnamen Kiesewetter schon vor Jahren den Spitznamen Miesewetter gemacht hatte. Er verwendete ihn immer dann, wenn Hannah schlechte Laune hatte. Oder wenn er sie ein wenig hochnehmen wollte. Er beugte sich über den Schreibtisch und dämpfte seine Stimme, damit ihre junge Kollegin Nicole im Büro gegenüber ihn nicht hören konnte. »Ist doch alles so gut wie in trockenen Tüchern«, sagte er mit einem Zwinkern.

»Sicher, dass du nicht selbst nach Mallorca willst?«, wollte Hannah wissen, obwohl sie Alexis gefühlt schon tausendmal danach gefragt hatte. »Zu Ralf ins Büro?«

»Gott bewahre, bloß nicht!«, rief Alexis übertrieben entsetzt. »Ich bin doch nicht lebensmüde! Ralf ist mir viel zu stressig. Und fürs Mittelmeer habe ich auch den ganz falschen Hauttyp. Von der brutzelnden Sonne auf Mallorca bekomme ich doch schon nach drei Minuten Sonnenbrand. Und auf Falten und Hautkrebs bin ich auch nicht unbedingt scharf.« Lächelnd rieb er sich über sein komplett faltenfreies Gesicht.

Hannah grinste. »Du hast eindeutig zu viele Hautärzte im Freundeskreis.«

»Und Stefan würde ich eh nicht aus Berlin rauskriegen«, fuhr Alexis fort. »Dem geht's hier viel zu gut.« Hannahs Kollege war seit zwei Jahren mit Stefan verheiratet. Beide hingen sehr an Berlin. »Also, der Job ist *deiner*, meine Liebe. Mach dir um mich bitte keine Gedanken.«

Bevor Hannah etwas erwidern konnte, meldeten ihre Rechner mit einem melodischen Piepsen, dass es Zeit für den morgendlichen Call war und die ersten Teilnehmer aus Frankfurt, München, London, Zürich und allen weiteren Zweigstellen von »Nüssler & Nüssler« sich schon einwählten.

Hannah öffnete das Programm, mit dem sie sich immer zusammenschalteten, und klickte auf »Beitreten«.

Im nächsten Moment dröhnte ihnen aus dem Monitor auch schon Ralfs tiefes, heute nur minimal affektiertes »*Hooola!*« entgegen. Er trug ein Poloshirt in einem verwaschenen Lavendelfarbton und strahlte ihnen von der Terrasse seiner Finca bei Pollença ein strahlend weißes Jürgen-Klopp-Lächeln entgegen.

»Guten Morgen, Ralf«, sagte Alexis mit der umwerfenden Nonchalance, die er sich extra für Kunden und ihren Chef aufbewahrte. »Wie ist die Hitze heute auf der Insel?«

»Hammerhart, mein Lieber«, sagte Ralf. »So hammerhart wie meine Aufschläge auf dem Tennisplatz heute früh.« Sein Lachen schepperte ein wenig elektronisch und verzerrt. »Aber lasst uns doch gleich loslegen«, fuhr er fort. »Ich hab nicht viel Zeit.« Er warf einen kurzen Blick auf die klotzige Herrenuhr an seinem Handgelenk. »Ich würde sagen, wir ziehen unser Morgenmeeting heute mal straff durch. Eigentlich wollte ich auch nur eine Personalie bekanntgeben. Also …«

Hannah hielt die Luft an. Ihre Handflächen waren vor Aufregung schweißnass, und dabei hatte ihr Chef noch gar nichts gesagt.

»Wie ihr wisst, wird es für die offene Stelle an meiner Seite eine weibliche Neubesetzung geben«, begann Ralf, »und die Person, die ich im Auge habe, ist … Achtung, kleiner Trommelwirbel …« Er lachte über seine Bemerkung am lautesten. »Also, *the winner is*«, in seiner Stimme lag eine Dramatik, als würde er einen Bambi verleihen, »Niiiiicooole!«

Bitte was? Hannah sah, wie ihr Lächeln auf dem Monitor gefror, während ihr innerlich längst der Kiefer heruntergeklappt war. *Nicole?* Ralf hatte sich doch versprochen, oder nicht?

»Herzlichen Glückwunsch, liebe Nicole. Du wirst Esthers Stelle mit sofortiger Wirkung übernehmen. Esther und ich waren uns gleich einig, dass der Job für dich mit deinem unermüdlichen Arbeitseinsatz am geeignetsten ist.«

Welcher unermüdliche Arbeitseinsatz denn? Hannah traute ihren Ohren nicht. Nicole war erst vor ein paar Monaten mit dem Studium fertig geworden. Sie war gut und lernte schnell, aber sie war auch ziemlich oft krank und machte meistens schön überpünktlich Feierabend (»Bitte entschuldigt, aber ich muss zum Spanischkurs/CrossFit/ zur Eröffnung der Margarita-Bar eines Freundes/eine Jeans umtauschen, die nicht sitzt …«). Außerdem brauchte man für eine Senior-Position im Haupthaus von »Nüssler & Nüssler« normalerweise mindestens fünf bis acht Jahre Berufserfahrung, und die hatte Nicole beim besten Willen nicht. Hier konnte doch nur ein Missverständnis vorliegen!

»Na, das ist ja mal eine«, Alexis zögerte kurz und klang schon deutlich weniger nonchalant, »echte Überraschung, Ralf.«

»Ich weiß, ich weiß«, winkte ihr Chef ab. »Immer für eine Überraschung gut, euer Boss, was?« Wieder sein schepperndes Lachen. »Aber wisst ihr, ich dachte mir, wir sind doch eine erfolgreiche Firma. Und wer noch erfolgreicher werden will, muss manchmal ungewöhnliche Entscheidungen treffen. – Nicole, du bist noch nicht so lange dabei, das ist ja allen bekannt. Aber du bist intelligent, engagiert und lernst schnell dazu. Ich habe keine Zweifel, dass du dich hier auf Mallorca innerhalb weniger Wochen bestens akklimatisieren und einarbeiten wirst.«

Nicoles Wangen glühten knallrot. Bescheiden lächelte sie in die Kamera. »Danke für diese großartige Chance, Ralf. Ich weiß gar nicht, was ich … also, was ich sagen soll.«

»Das musst du auch nicht«, winkte Ralf ab. »Pack lieber deine Koffer! Ich erwarte dich am Montagmorgen um halb neun bei mir im Büro.« Er lehnte sich in seinem Gartenstuhl zurück und trommelte mit beiden Zeigefingern ungeduldig auf die Tischplatte. »Und ihr, Alexis und Hannah, ihr haltet in Berlin die Stellung, okay? Immer schön an allem dranbleiben. Hannah, der Deal mit den Wührt-Schwestern war eine Topleistung. Spitzenumsatz im April! Damit hast du bewiesen, dass deine Kontakte in Berlin einen echten Unterschied für die Firma machen. In der Hauptstadt bist du genau am richtigen Ort. Eine echte Geheimwaffe, was?« Er lachte noch einmal. »Gut, Leute, jetzt muss ich aber wirklich looos.« Das Fensterchen, in dem Ralf gerade noch zu sehen gewesen war, verschwand auf dem Monitor. Die übrigen Kolleginnen und Kollegen, die stumm geschaltet zugehört hatten, verabschiedeten sich jetzt freundlich winkend, und auch Hannah verließ den Call. Erst jetzt bemerkte sie den Kloß in ihrem Hals, der immer weiter anschwoll.

»Das war ja mal eine *echte* Überraschung«, sagte Alexis nachdenklich und mehr zu sich selbst. »Tut mir wirklich leid für dich, meine Liebe. Alles in Ordnung mit dir?« Er schaute besorgt zu Hannah rüber.

»Nee, nichts ist in Ordnung. Überhaupt nichts.« Sie stützte ihren Kopf in die Hände und starrte auf die Tischplatte. Nachdenken. Sie musste jetzt nachdenken. Was genau hatte sie in den letzten Wochen falsch gemacht? Der Deal mit den Wührt-Schwestern war reibungslos durchgegangen, und für ein weiteres Objekt in Schöneberg hatte sie ebenfalls schon zwei heiße Interessenten an der Angel. Das wusste Ralf auch. Also, an ihrer Leistung konnte es nicht liegen.

Hannah hob den Kopf, aber bevor sie die Katastrophe mit Alexis besprechen konnte, erschien Nicole im Türrahmen.

»Oh Mann, Hannah. Das wäre eigentlich *dein* Job gewesen. Es tut mir sooo leid!« Nicoles Blick war sorgenvoll. Sie sah ehrlich geschockt und peinlich berührt aus. So kannte Hannah sie gar nicht.

Sie riss sich zusammen und winkte sofort ab. »Ach was! Ist ja nicht deine Schuld«, sagte sie zur jüngeren Kollegin. »Mach dir meinetwegen bitte keine Gedanken, klappt bestimmt beim nächsten Mal.« Hannah musste zugeben, dass die Sätze wenig überzeugend rübergekommen waren. Ihre Stimme hatte ganz belegt geklungen.

Nicole sah aus, als würde sie gleich weinen. Das darf sie auf keinen Fall tun, dachte Hannah alarmiert. *Sonst heule ich doch direkt mit!* Sie schob ihren Stuhl zurück und sprang auf. »Komm mal her, Nicole.« Sie ging um den Tisch herum und umarmte die Kollegin. »Herzlichen Glückwunsch, meine Liebe! Das wird eine grandiose Zeit auf der Insel. Genieße sie!« Und das meinte sie auch so. Hannah verstand zwar nicht, wie Ralf zu dieser Entscheidung gekommen war, aber das konnte sie Nicole ja nicht vorwerfen.

»Glückwünsche auch von mir«, sagte Alexis etwas hölzern und drückte sie ebenfalls.

»Danke, das ist lieb«, sagte Nicole. »Ich muss das erst mal verdauen und ein paar Anrufe machen, ja? Ist wirklich alles okay, Hannah?«

»Klar. Du, ganz ehrlich? Ich find's eigentlich ganz gut, dass ich in Berlin bleibe«, log sie. »Meine Schwester heiratet doch nächsten Monat. Mallorca hätte jetzt gerade eh nicht so gut gepasst.« Sie zwang sich zu einem Lächeln, und die jüngere Kollegin nickte erleichtert, bevor sie mit einem letzten entschuldigenden Blick wieder in ihrem Büro verschwand.

»Siehst du«, flüsterte Hannah Alexis zu, als Nicole die Tür geschlossen hatte. »Ich wusste doch, dass man Ralf nicht trauen kann.« Sie konnte immer noch nicht ganz glauben, was gerade geschehen war. Sosehr sie sich für Nicole auch freute: War Ralf jetzt eigentlich komplett abgedreht? Wo hatte er diese Entscheidung getroffen? Auf seinem Tennisplatz? Bei zweiundvierzig Grad in der prallen Sonne und völlig dehydriert?

»Also, ich verstehe das alles ebenso wenig wie du«, sagte Alexis etwas erschöpft. Er wirkte nachdenklich. »Sag mal, was hältst du davon, wenn wir zwei«, er warf einen Blick auf seine digitale Fitnessuhr, »also, wenn wir aus aktuellem Anlass unsere Mittagspause heute mal auf halb elf vorziehen? Wollen wir zum Italiener um die Ecke? Ich glaube, der hat schon vormittags auf.«

Hannah verzog das Gesicht. »Tut mir leid, aber ich kann jetzt nichts essen. Wirklich nicht.« Nicht nach *dem* Schock.

»Ich auch nicht«, sagte Alexis mit einem mitfühlenden Lächeln. »Aber ich brauche einen Drink. Und so, wie du gerade ausschaust, du auch.« Bevor Hannah weiter protestieren konnte, schob er sie schon aus dem Zimmer und am Empfang vorbei hinaus auf die Straße.

»Also, abgesprochen war mit Ralf eigentlich etwas anderes«, sagte Alexis, als sie bei ihrem Stammitaliener an einem Zweiertisch saßen. Vor ihnen standen zwei Gläser Weißwein, und Alexis tunkte ein Stück Ciabatta in etwas Olivenöl, das er kurz zuvor auf einen kleinen Teller gekippt hatte.

»Mmpf«, machte Hannah. »Ich verstehe einfach nicht, weshalb er sich für Nicole entschieden hat.« Sie runzelte die Stirn. »Ich meine ... mal ganz ehrlich, die hat doch erst seit einem halben Jahr ihren Bachelor in der Tasche.« Sie nahm sich eine Olive aus einem kleinen Schälchen. »Weshalb hat Ralf denn nicht Dilek aus dem Münchener Büro befördert? Die hat doch in Laim diese Wahnsinnsfläche verkauft. Oder Basti aus Frankfurt? Mr Monsterprofitabel. Ich kapier's einfach nicht.«

Alexis schüttelte betreten den Kopf. »Nachdem Nicole bei deinem Wührt-Deal eingestiegen ist, hat sich der Umsatz einfach mal verdoppelt«, sagte er. »Wahrscheinlich Anfängerglück.«

Hannah zuckte seufzend mit den Schultern. »Damit könntest du recht haben.« Sosehr sie Nicole auch mochte: Jetzt bereute sie es, dass sie die jüngere Kollegin zu den geschäftlichen Mittagessen mit Indra und Ariane Wührt mitgenommen hatte. Sie hatte gedacht, Nicole würde bei diesen Terminen etwas über gute Kundenbeziehungen lernen. Darüber, wie man einen freundschaftlich-professionellen Kontakt zu potenziellen Käuferinnen aufbaute. Aber das hatte Nicole nicht von Hannah lernen müssen! Im Gegenteil. Nicole war ein echtes Verkaufstalent. Mit ihrer natürlichen, unaufdringlichen Art verstand sie sich von Sekunde eins an *hervorragend* mit beiden Schwestern. Gleich beim ersten Lunch stellte sich heraus, dass Nicole ein Jahr lang dasselbe Internat unweit von Brighton besucht hatte, auf das Indra und Ariane ein paar Jahre zuvor gegangen waren. Ab dem Zeitpunkt tauschten die drei ununterbrochen Insiderwitze über frühere Lehrerinnen und Lehrer aus, die Hannah natürlich nicht kannte.

Nach diesem Treffen hatte der Deal deutlich an Fahrt aufgenommen: Die Wührt-Schwestern wollten nun plötzlich auch noch das Nachbargrundstück am Maybachufer erwerben, auf dem ein mit Brettern vernagelter ehemaliger Discounter stand, den man erst einmal für eine aberwitzige Summe abreißen musste. Die Verkaufssumme stieg durch das zweite Grundstück in schier astronomische Höhen, sodass Ralf nach dem Abschluss begeistert einflog und dem Berliner Büro einige Flaschen Schampus spendierte. Hannah konnte es kaum fassen: Es hatte offenbar schon gereicht, dass Nicole leicht gebräunt in einem Outfit, das selbst an kühlen Berliner Frühlingstagen einen Hauch von Ibiza verbreitete, und mit ihren teuren, bunt geflochtenen Strandarmbändern am Restauranttisch saß und freundlich in die Runde scherzte. Nicole war intelligent, und wenn sie lachte, ging sie glatt als eine jüngere Schwester von Claudia

Schiffer durch. Eins musste Hannah neidlos anerkennen: Nicole hatte ein echtes Talent dafür, mit Leuten ins Gespräch zu kommen, die anspruchsvoll, schnell gelangweilt und etwas speziell im Umgang waren.

»Alles okay?«, fragte Alexis, als Hannah nichts mehr sagte.

»Nee«, erwiderte sie gepresst. »Gar nichts ist okay. Das ist doch alles so was von …« Sie brach ab. Ihr fehlten einfach die Worte. Sie griff sich eine dünne Papierserviette und riss sie in kleine Stücke.

»Schau, es ist doch nur ein Job«, versuchte Alexis, sie zu trösten. Er sammelte die Papierfetzen ein, die Hannah auf dem Tisch verteilt hatte. »Ehrlich gesagt bin ich persönlich ganz froh, dass du mir hier in Berlin noch etwas erhalten bleibst.«

»Aber ungerecht ist es trotzdem!«, fuhr sie auf. »Und das weißt du auch! Verdammt!« Hannah wollte sich noch eine Olive nehmen, aber das kleine Tonschälchen stand viel zu weit am Tischrand. Es fiel auf den gefliesten Boden, als sie danach griff. Am Nebentisch verstummten die zwei Männer in Businesshemden, die gerade noch an einem Laptop an einer Präsentation gearbeitet hatten. Plötzlich war es deutlich stiller im Restaurant.

Alexis starrte auf die zerbrochene Schale und die Oliven, die direkt neben seinen Loafers gelandet waren. Hannah atmete tief durch. Abhaken. Sie musste das Thema jetzt abhaken. Nicole hatte den Job bekommen. Das hatte Ralf nun mal so entschieden, und daran ließ sich nichts mehr ändern. Sie musste jetzt nach vorn schauen, was vermutlicher einfacher klang, als es war. Aber vor ihr lag ja auch noch Stines Inselhochzeit. Langweilig würde es Hannah also in den nächsten Wochen ganz sicher *nicht* werden. Außerdem freute sie sich schon auf ein paar freie Tage auf Föhr. Erleichtert stellte sie fest, dass sie sich bei dem Gedanken an die Nordsee tatsächlich sofort etwas besser fühlte.

Aus den Augenwinkeln sah sie, dass der Keller mit Kehrblech und Handfeger auf sie zueilte.

»Ist nicht schlimm«, versicherte er ihr. »Ich bringe Ihnen gleich neue.« Er nickte mit dem Kopf in Richtung der Oliven, die inmitten der Scherben lagen.

»Tut mir wirklich leid«, sagte Hannah zerknirscht und nahm sich vor, dem Kellner gleich unbedingt ein gutes Trinkgeld zu geben.

Der Kellner ging, und Hannah spürte plötzlich, wie sie eine bleierne Müdigkeit überfiel. Sie dachte an die anstrengenden Monate, in denen sie sich so unter Druck gesetzt hatte, um sich für Esthers Nachfolge in die perfekte Stellung zu bringen. An die Vertragsverhandlungen mit den Wührt-Schwestern, die oft bis spät in die Nacht gedauert hatten. Die wenige Zeit, die ihr geblieben war, um mit Stine deren Hochzeit zu planen … Bei dem Gedanken daran, wie oft sie ihre Schwester am Telefon abgewimmelt hatte, weil sie noch arbeiten musste, wurde Hannah ganz schlecht. Dass sie ihren Job wieder und wieder über die Hochzeit gestellt hatte, war Stine gegenüber wirklich nicht in Ordnung gewesen. Ihre Schwester hatte eigentlich eine bessere Trauzeugin verdient als sie. Eine, die nicht alles immer nur nebenher und möglichst schnell »wegerledigte«.

Dass der Dauerstress bei »Nüssler & Nüssler« jetzt auch noch vollkommen umsonst gewesen sein sollte, darüber durfte Hannah nicht einmal nachdenken.

Sie verschränkte ihre Arme auf dem Tisch und legte ihre Stirn darauf. In ihrem Kopf drehte sich alles. War das die Aufregung? Oder nur der Weißwein, der ihr jetzt in den Kopf stieg? Sie spürte Alexis' Hand an ihrem Ellenbogen.

»Hey, das ist doch nicht das Ende der Welt.« Er drückte kurz ihren Oberarm, und Hannah gab ein nicht zu deutendes Geräusch von sich, den Kopf weiter auf ihren Armen. »Willst du dir nicht für den Rest des Tages freinehmen?«, fragte er, als sie kaum reagierte.

Hannah hob ihr Gesicht. »Keine schlechte Idee«, sagte sie. Ihre Stimme klang matt. Am liebsten würde sie sich jetzt irgendwo hinlegen und die nächsten zweihundert Jahre durchschlafen.

»Nimm dir doch ruhig gleich ein paar Tage frei«, sagte Alexis. »Du hast ja noch ohne Ende Resturlaub. Den musst du eh langsam mal abbauen.«

»Nee, geht schon. Ich muss mich nur kurz berappeln.« Sie zwang sich zu einem Lächeln, das vermutlich vollkommen gequält aussah.

»Sicher?«, fragte Alexis skeptisch. Seine digitale Uhr piepste leise. Er warf einen kurzen Blick auf das Display, stand auf und schob dann hektisch seinen Stuhl zurück. »Entschuldige, aber ich muss mal eben telefonieren. Denk doch noch kurz über meinen Vorschlag nach. Bin gleich zurück.« Er zwinkerte ihr aufmunternd zu, dann ging er mit dem Telefon in der Hand zwischen den Tischen entlang zur Tür, die ins Freie führte.

Hannah starrte auf ihre Unterarme, die diesen Frühling noch kaum Sonne abbekommen hatten. Sie waren erschreckend weiß. Je länger sie über Alexis' Vorschlag nachdachte, desto verlockender klang er. Außerdem konnte sie sich in diesem Augenblick nichts weniger vorstellen, als sofort wieder im Büro zum Tagesgeschäft überzugehen.

Sie hatte tatsächlich noch zwanzig Tage Resturlaub übrig. Im letzten Jahr hatte Hannah diese Tage nicht nehmen können, weil auf Alexis' und ihrem Schreibtisch einfach zu viele unabgeschlossene Projekte lagen. Außerdem hatte sie Ralf unbedingt zeigen wollen, dass sie »Nüssler & Nüssler« in wichtigen Phasen nicht hängen ließ, sodass zu den zwanzig Urlaubstagen vom letzten Jahr in diesem Frühling noch unzählige weitere Überstunden dazugekommen waren.

Sie überlegte, was sie mit ein paar freien Wochen so spontan anfangen könnte. Mit Frederik wegfahren? Keine Chance! Der hatte so kurzfristig sowieso keine Zeit. In Berlin bleiben und den Urlaub einfach mal nutzen, um ihre Wohnung aufzuräumen? Keine schlechte Idee. Die Wohnung hatte es dringend nötig, aber die Gefahr, dass sie zwischendurch immer wieder an ihren Rechner schlich und die »Nüssler & Nüssler«-Mails las, war viel zu groß. Sie kannte sich doch. Erholen würde sie sich *so* ganz bestimmt nicht. Und wenn sie ein paar Tage nach Föhr fuhr? Sie könnte ihre Eltern besuchen, die nicht jünger wurden und sich immer riesig freuten, sie zu sehen, und

Stine vor Ort bei den Hochzeitsvorbereitungen helfen. Dann könnten sie die letzten offenen Planungspunkte sicher abhaken. Und tagsüber könnte sie bei Ebbe mit Ida nach Wattwürmern buddeln. Hannah hatte ihrer kleinen Nichte in Berlin neue Gummistiefel gekauft und wollte sie schon seit Wochen zur Post bringen. Das wäre dann nicht mehr nötig, Hannah könnte sie einfach auf die Insel mitnehmen.

Und abends könnte Hannah mit ihren Eltern Christa und Ulli zusammen ein Glas Wein trinken. Oder mit Stine in den Sonnenuntergang blinzeln und im Strandkorb die letzten To-dos für die Hochzeit durchgehen. Die Idee, mal wieder nach Föhr zu fahren, war auf jeden Fall ziemlich verlockend.

Schon seit ein paar Wochen spürte Hannah jedes Mal, wenn sie sich Fotos von ihrer Familie in Nordfriesland ansah, ein merkwürdiges Ziehen in der Brust. Die Bilder von den glücklichen, sonnigen Frühlingstagen an den langen Föhrer Stränden. Stine im Restaurant »Wal«, grinsend, mit Ida in den Armen und Marten neben sich. Alle drei auf der Wyker Seglerbrücke mit Sturmfrisuren, die Haare in alle Himmelsrichtungen abstehend.

Vor ihrem geistigen Auge sah Hannah Christa und Ulli, wie sie im kleinen Rosengarten hinter ihrem Ladengeschäft in Wyk in einer kostbaren freien Minute eine schnelle Tasse Kaffee in der Sonne tranken und sich dabei gegenseitig fotografierten, um »auch mal was zum Familienchat beizusteuern«. Hannah musste lächeln, als sie an die rührend schiefen Schnappschüsse dachte, die ihre Eltern immer

umständlich hochluden und die oft zweimal kurz nachein-
ander in ihrem Nachrichtenfenster aufploppten.

Hannah zog das Telefon aus ihrer Tasche und scrollte
ein wenig durch die Fotos. Nach diesem blöden Morgen
im Büro mit der Enttäuschung über Nicoles Beförderung
machte sie das Bild von der glücklich strahlenden Familie, das Stine zuletzt geschickt hatte, nur *noch* trauriger.
Sie gönnte ihrer Schwester diese große Liebe mit Marten
von ganzem Herzen. Wirklich, das war es nicht! Trotzdem
hatte ihr das Bild einen kleinen Stich versetzt. Das rot-
wangige, sonnenbeschienene Glück im Strandkorb war
genau das, was Hannah sich insgeheim auch für sich
wünschte.

Wie gern säße sie selbst mit einem kleinen Sohn oder
einer kleinen Tochter wie Ida auf einer Picknickdecke am
Strand. Wie gern hätte sie einen Mann an ihrer Seite, der
seinen Arm um ihre Schultern legte und genauso glücklich in die Kamera strahlte, wie Marten es auf Stines Fotos
immer tat.

Frederik war das komplette Gegenteil von Marten. Es
ging schon damit los, dass er Selfies hasste. So sehr hasste,
dass er niemals freiwillig eins von Hannah und sich machte.
Und wenn er sich schon mit seinen teuren Designerhosen
auf eine Picknickdecke setzen und das Risiko eingehen
würde, dass der Stoff an den Knien auch nur einen Hauch
ausbeulen könnte, dann sollte doch bitte wenigstens das
Setting drum herum stimmen. Der Strandkorb musste also
mindestens auf Sylt stehen. Oder auf Hiddensee. Oder,
noch besser, in den Hamptons.

Hannah kam sich in Frederiks Schickimicki-Umfeld leider noch immer etwas deplatziert vor. Das war einfach nicht ihre Welt. Zwar bewegte sie sich als Maklerin aus beruflichen Gründen oft genug in Kreisen, in denen die fein operierten Näschen gern mal ein paar Zentimeter höher getragen wurden, aber in Gegenwart dieser Näschen fühlte sie sich immer unwohl. Im Herzen war sie ein Inselmädchen geblieben. Sie brauchte nicht viel, um glücklich zu sein. Einen Tag am Meer und ein paar Sonnenstrahlen. Selbst wenn die Sonnenstrahlen fehlten, machte das nichts. Hauptsache, Meer.

Alexis' Telefonat schien zu dauern. Hannah ruckelte ihren Stuhl zurück und ging zu den Toiletten. Als sie sich im Spiegel über dem Waschbecken erblickte, machte sie vor Schreck einen Schritt zurück. Wie sah sie denn aus?! Sie hatte dunkle Ringe unter den Augen und wirkte so müde, als hätte sie in den letzten zwei Wochen keine Sekunde geschlafen. Noch dazu war die Mascara unter ihre Augen gelaufen.

Hannah riss eine Handvoll Klopapier von einer Rolle, befeuchtete das Papier und wischte die krümelige dunkle Schicht unter ihren Augen weg. So sah sie schon wieder etwas besser aus. Dann ließ sie aus dem Hahn einige Sekunden lang kühles Wasser über ihre Handgelenke laufen und fühlte sich gleich frischer, viel weniger matschig. Weshalb war sie nur so erschöpft? Hatte Alexis recht? Konnte sie es sich erlauben, einfach mal ein paar Tage freizunehmen? Super würde Ralf das bestimmt nicht finden. Der hatte es am liebsten, wenn alle im Büro waren. *All hands on deck.*

Den Satz brachte er so oft, dass Hannah und ihre Kollegen an Ralfs letztem Geburtstag achtundzwanzig dunkelgrüne Basecaps bestellt hatten, die mit dem Spruch bedruckt waren. Die Caps hatten sie sich morgens im Videocall alle gleichzeitig auf den Kopf gesetzt. Und zwar exakt in dem Moment, in dem Ralfs Haushälterin ihm seine eigene Cap in einem Geschenkkarton überreichte, den sie per Overnight-Express zu seiner Finca geschickt hatten. Es gelang ihnen selten, Ralf zu überraschen. Noch seltener schafften sie es, dass er so zufrieden in die Kamera grinste, wie er es an diesem Morgen getan hatte.

Hannah trocknete sich die Hände ab und ging zurück ins Restaurant.

Sie hatte noch nicht auf ihrem Stuhl Platz genommen, als Alexis sich ebenfalls wieder setzte und das Telefon auf den Tisch legte.

»Das sieht aber gut aus«, sagte er, als der Kellner zwei Teller mit dampfenden frischen Spaghetti vor sie hinstellte.

»Frag mich nicht, weshalb, aber jetzt bin ich doch ganz schön hungrig«, sagte Hannah. Für eine kurze Weile saßen sie sich schweigend gegenüber und aßen.

»Sag mal, hast du über meine Idee mit dem Urlaub nachgedacht?«, fragte Alexis schließlich mit vollem Mund.

»Hab ich.« Hannah schob mit ihrer Gabel ein Blättchen Basilikum an den Tellerrand und seufzte. Dann griff sie zu ihrem Glas und trank den letzten Schluck Weißwein. So verlockend die Idee auch war, nach Föhr abzudüsen, sie konnte ihr volles E-Mail-Postfach einfach nicht ignorieren. Alexis und sie hatten zu viel zu tun. »Der Vorschlag ist lieb von dir«, sagte sie, als sie ihr Glas wieder abstellte und mit ihrer Gabel in ein Spaghettihäufchen mit Schinkenwürfeln auf ihrem Teller piekte. »Aber ab morgen bin ich wieder die Alte«, fügte sie hinzu. »Du kannst dich *voll* auf mich verlassen.« Dass sie sich so erschöpft und niedergeschlagen fühlte wie lange nicht mehr, wollte sie vor Alexis nicht zugeben. Nachdem sie die Nudeln runtergeschluckt hatte, schob sie ihre Gabel mit einem Zwinkern in den letzten Rest Spaghetti Bolognese auf Alexis' Teller.

»Hey! Den Happs hatte ich mir extra aufgespart!«, beschwerte Alexis sich lachend. Blitzschnell versuchte er, mit seiner Gabel noch ein paar Spaghetti zu ergattern, aber Hannah schob sich alles sofort in den Mund. Alexis grinste. »Danke, Miesewetterchen. Wie *nett* von dir. Sooo, und jetzt …« Er legte die Gabel weg und schaute auf seine Fitnessuhr. »Noch einen Espresso und dann los?«

Hannah nickte und warf ihre Serviette neben den leer gegessenen Teller. Während Alexis den Kellner zu ihnen an den Tisch winkte, warf sie noch einmal einen Blick auf ihr Telefon, aber Frederik hatte sich immer noch nicht gemeldet. Wo steckte der nur? Sie konnte kaum erwarten, ihm von ihrem fürchterlichen Tag zu berichten.

2. Stine

Die Sonne schien warm auf Stines Füße. Sie zog das kleine Sonnenverdeck des Strandkorbs über sich heraus, verschränkte die Arme hinter dem Kopf und ließ die Beine baumeln.

»Wie wär's denn mit Lachsschnittchen, ihr zwei?«, fragte Marten. Er saß neben Stines Beinen im Sand und schob sich mit dem Ärmel seines dunkelblauen Pullis die hellbraunen Strähnen aus der Stirn, die der Wind ihm wieder und wieder ins Gesicht pustete. Neben ihm spielte Ida. Sie trug immer noch das Pyjamaoberteil mit den schlafenden Schäfchen von letzter Nacht. Dazu eine rosa Schirmmütze, die mit kleinen Erdbeeren bedruckt war. Vom Strandkorb aus beobachtete Stine seit über einer halben Stunde amüsiert, wie Marten Ida dabei half, einen Burggraben für ihre Sandburg zu buddeln.

»Igitt. Lachs ...« Ida zog die Nase kraus. Ihre braun gebrannten Beine in maisgelben Shorts gruben sich in den feinen Sand, während sie schnaufend weiterbuddelte.

»Oder erst mal ein Stück Baguette mit Schnittlauch-frischkäse, mein Liebling?« Marten hockte sich vor den Picknickkorb und zog ein Baguette und einen kleinen Tontopf hervor, den er Ida unter die Nase hielt. »Riech mal. Haben wir heute Morgen erst reinbekommen.«

Ida schnupperte skeptisch am Tonfässchen. Dann nickte sie. »Ja, bitte!«

»Kommt sofort«, sagte Marten in dem tiefen Tonfall, in dem er seinen Gästen im »Wal« bestätigte, dass er das leere Pilsglas, das sie hochhielten, durchaus registriert hatte.

»Und für dich?«, fragte er Stine. Sein Lächeln zu ihr in den Strandkorb hinauf war warm und glücklich, und sie lächelte zurück.

»Ich nehme mir gleich selbst was, danke.« Sie lehnte sich im Strandkorb zurück und schaute aufs Meer. »Himmel, ist das schön hier! Ich *liebe* den Nieblumer Strand.« Der Wind schob die drei winzigen Wölkchen vor ihnen über den kornblumenblauen Horizont Richtung Amrum.

»Ist eine echt schöne Ecke der Insel«, bestätigte Marten. »Ich weiß gar nicht, warum wir nie hier unten sind.« Er holte ein Messer aus dem Picknickkorb, um aus dem hellgrauen Tonfässchen eine dicke Schicht Frischkäse auf Idas Baguettestück zu streichen.

»Na, wahrscheinlich weil wir hier so viele schöne Strände haben«, sagte Stine. Meistens fuhren sie an den Südstrand in Wyk, nach Utersum zu den Kitesurfern oder an den Strand in Bredland, der nur einen Steinwurf von Tante Ellas Haus entfernt lag.

Marten reichte Ida ein kleines Stück Baguette. »So,

Königliche Hoheit. Einmal Frischkäsebaguette für Euch. Und wenn Eure Majestät das essen, habe ich eventuell auch Nachtisch dabei.«

»Kuchen?«, fragte Ida interessiert.

»Könnte sein«, erwiderte Marten lächelnd.

Ida ließ sofort ihre Schaufel fallen und schnappte sich das Baguette.

Stine schmunzelte. Ein Windzug fuhr ihrer Tochter durch die blonden Strähnen. Mit dem Baguette in der Hand sah sie aus wie eine kleine Französin. Zum Glück aß sie so gut wie alles. Was andere Belange anging, hatte Ida einen kleinen Dickschädel. Sie war eigensinnig wie eine Seeräuberbraut.

»Mmmh, lecker!«, sagte Ida mit vollem Mund.

»Mal sehen, was wir noch so dabeihaben.« Marten wühlte sich jetzt durch die Kühlbox, die er in den Schatten des benachbarten Strandkorbs gestellt hatte.

Stine freute sich, dass Marten sich heute Nachmittag spontan freigenommen hatte. Am Hafen fand ein kleines Foodfestival statt, deshalb würde es im »Wal« abends vermutlich etwas ruhiger zugehen und er musste nicht so viel vorbereiten.

Sie schaute Marten über die Schulter. In der proppenvollen Kühlbox waren Räucherlachs, Paprika, Gurke, hauchdünn geschnittener Rosmarinschinken, Büffelmozzarella, Cocktailtomaten, Melone, Erdbeeren, eine eiskalte Flasche Crémant, naturtrüber Apfelsaft für Ida, drei Stücke Butterkuchen, bestreut mit hauchdünnen Mandelblättchen …

»Wer soll denn das bitte alles essen?«, fragte Stine lachend. »Damit könnten wir ja ein ganzes Piratenschiff durchfüttern.«

Marten schob sich beleidigt eine Cocktailtomate in den Mund. »Ich hatte eben Hunger.«

»Du hast *immer* Hunger, mein Seemann.« Sie beugte sich zu ihm hinunter und drückte ihm einen Kuss in den Nacken. Seine Haut roch herrlich warm und vertraut.

Marten zog den Rest des knusprigen Baguettes vom Inselbäcker aus dem Picknickkorb und schwang es kurz über seinem Kopf. »Im Zweifel muss ich euch ja verteidigen können, gegen Piraten und so.« Lachend riss er ein Stück ab, stippte es in den Frischkäse und kaute dann genüsslich.

Ida riss die Augen auf. »Gegen Piraten?«

»Keine echten«, beruhigte Marten sie.

»Gegen Piraten, die gerade Fasching feiern?«, fragte Ida.

»Ja, vielleicht«, lachte Stine. »Auf jeden Fall gegen harmlose Piraten.«

Ida steckte sich das letzte Stück Baguette in den Mund. »Noch meeehr, bitte!«

»Aber selbstverständlich.« Marten griff sofort nach dem Tonfässchen und dem Brotmesser.

Auch Stine ließ sich jetzt von Marten ein Stück bestrichenes Baguette geben. Der Käse schmeckte frisch und cremig, der Schnittlauch verlieh ihm einen Hauch Schärfe. Sie schloss die Augen. »Mmmh …«

Marten hatte die Köstlichkeiten aus dem Fischrestaurant seiner Eltern mitgebracht, in das er nach dem Studium eingestiegen war. Der »Wal« war vom Gourmet-Magazin *Der*

Schneebesen erst letzten Monat zum drittbesten Fischrestaurant Deutschlands gekürt worden. Seit die Ausgabe erschienen war, nahmen die Reservierungen kein Ende, und der »Wal« war bis weit in den August hinein ausgebucht. Die Gäste kamen von überallher. Aus Deutschland, Österreich, der Schweiz. Aus Dänemark und Polen. Trotzdem hielten Marten und seine Eltern Frauke und Hinnerk immer einige Tische für das lokale Stammpublikum frei. Sie wollten Gäste der ersten Stunde, die schon seit über zwanzig Jahren während ihres Föhr-Urlaubs im »Wal« aßen, nicht plötzlich aufgrund eines Zeitschriftenartikels wegschicken.

»Sag mal, hast du vielleicht an Becher gedacht?«, fragte Marten in dem Moment. Er holte die Flasche Crémant aus der Kühltasche und machte sich daran, sie zu öffnen.

»Hab ich!«, sagte Stine und griff in den Netzbeutel, in dem Idas Sandspielzeug gewesen war. »Tante Ellas Haus ist mit allem ausgestattet. Sogar mit Picknickbechern.« Sie zog drei bunte Kunststoffbecher mit passenden Deckeln hervor, in denen jeweils ein wiederverwendbarer Strohhalm steckte.

»Wow!« Marten lachte laut auf, als er die Becher sah, stellte sich neben den Strandkorb und richtete den Flaschenhals vom Crémant gen Meer. »Wie gefällt's euch denn eigentlich im Haus deiner Tante? Fühlt ihr euch wohl?« Er deutete mit der Flasche kurz in Richtung Bredland, wo das reetgedeckte Strandhaus von Tante Ella stand.

»Ob wir uns wohlfühlen?«, fragte Stine entgeistert. Sie zog die Sandalen aus und schob ihre Zehenspitzen in den warmen, pudrigen Sand. »Und wie! Das Haus ist der absolute Traum. Vom Garten aus sind wir in wenigen Schritten unten am Strand, der morgens und abends menschenleer ist. Also, ganz ehrlich«, Stine zwinkerte Marten zu, »wenn es nach Ida und mir ginge, könntet ihr euch mit den Renovierungsarbeiten ruhig noch ein wenig Zeit lassen.«

Marten, Stine und Ida waren vor ein paar Wochen überraschend aus ihrer Dreizimmerwohnung in Wyk rausgeflogen. Der Besitzer hatte Eigenbedarf angemeldet. Seit sie die Wohnung verlassen hatten, renovierten Marten und sein Vater mit Hochdruck das alte Fischerhaus in Nieblum, das Marten vor zwei Jahren von seiner Oma Frida geerbt hatte und in das er mit Stine und Ida eigentlich erst im kommenden Jahr hatte einziehen wollen. Ganz in Ruhe, mit viel Vorlauf.

Dieses Jahr: Hochzeit. Nächstes Jahr: Umzug ins eigene Haus.

Das war der Plan gewesen. Aber dann hatte ihn die Eigenbedarfskündigung in Wyk einfach torpediert. Von heute auf morgen hatten Stine und ihre kleine Familie kein Dach mehr über dem Kopf gehabt. Zum Glück sprang Tanta Ella ein. »Das geht doch so nicht«, sagte sie aufgebracht am Telefon zu Stine. »Die können euch doch nicht einfach auf die Straße setzen! Ihr zieht jetzt erst mal in mein Haus ein, und damit basta. Ich bin doch froh, wenn mal jemand nach dem Rechten schaut.« Ella war Stines Tante väterlicherseits. Die meiste Zeit wohnte sie in Hamburg und kam seit der Scheidung von Onkel Horst leider nur noch selten nach Föhr. Im Haus gab es einfach zu viele

Erinnerungen an Horst. An dreißig glückliche gemeinsame Sommer, die Horst gegen eine neue Liebe getauscht hatte.

Stine nahm das Angebot nach kurzem Zögern erleichtert an. Womit sie aber überhaupt nicht rechnete: Marten zog nach ihrem Blitzrauswurf aus der Wyker Wohnung nicht in Ellas Strandhaus mit ein.

»Es ist einfach viel praktischer, wenn ich so lange bei meinen Eltern lebe, bis Papa und ich das Haus von Oma und Opa renoviert haben. Und schneller geht es auch«, sagte Marten und hatte damit wahrscheinlich auch recht. Das alte Fischerhaus seiner Großeltern lag am Rand von Nieblum. Wenn er morgens nach dem Frühstück bei seinen Eltern die hintere Gartenpforte öffnete, war er zu Fuß in einer halben Minute auf der Baustelle.

Immerhin übernachtete er manchmal bei Stine und Ida. Und mittwochs legte das Team aus dem »Wal« einen wohlverdienten Ruhetag ein, sodass Marten morgens auf der Baustelle helfen und nachmittags etwas mit Stine und Ida unternehmen konnte.

»Manchmal bin ich schon etwas neidisch auf euch«, gab Marten jetzt lachend zu. »Der Meerblick von Tante Ellas Terrasse ist schon fantastisch.«

»Ja, aber man muss erst mal die nötigen Millionen haben, um sich eine solche Lage leisten zu können«, sagte Stine.

Marten stieß einen leisen Pfiff aus.

»Im Haus deiner Großeltern in Nieblum werden wir es auch richtig schön haben«, sagte Stine. Sie stand auf und schlang ihre Arme um Marten. »Auch ohne Meerblick.«

»Das werden wir, meine Süße.« Marten küsste Stine aufs Haar.

Einen Moment lang hielten sie sich umschlungen und sahen schweigend dabei zu, wie Ida im Sand spielte.

»Und wenn du jetzt doch noch bei uns einziehst?«, fragte Stine schließlich. Diese Frage hatte sie Marten schon häufiger gestellt. »Wir haben Platz genug. Unter dem Dach sind sogar noch drei Zimmer frei.«

»Das würde ich ja sofort tun« sagte Marten und legte seine Stirn in Falten. »Aber dann dauert es bis weit in den Herbst hinein, bis Oma Fridas Haus bereit zum Einzug ist. Das geht doch nicht.«

»Stimmt wahrscheinlich«, sagte Stine bedauernd. Dennoch, die paar Wochen, die Marten, sie und Ida getrennt lebten, kamen ihr *jetzt* schon wahnsinnig lang vor.

Marten stellte die Crémantflasche wieder ab, kniete sich vor Ida und wischte ihr lachend einen weißen Frischkäsestreifen von der Nasenspitze. Er zog sein Telefon aus der Hosentasche. »Ihr zwei seid einfach zu süß, das müssen wir unbedingt festhalten! Alle mal kurz in den Strandkorb, bitte!« Er hob Ida hoch und ließ sich mit ihr auf die gepolsterte Sitzbank fallen. Stine rutschte dicht an ihn heran.

»Und jetzt alle zusammen: Käääsekuuuchen!« Marten hielt das Telefon eine Armeslänge von sich entfernt.

»Käääsekuuuchen!«, riefen Ida, Stine und Marten wie aus einem Mund.

Als er zwei-, dreimal ausgelöst hatte, wurde es Ida zu langweilig. Sie kletterte von Martens Schoß und setzte sich wieder in den Sand.

»Glaubt mir, ich kann es kaum erwarten, wieder jeden Morgen mit dir zusammen in einem Bett aufzuwachen«, sagte Marten lächelnd zu Stine.

Sie strich ihm über den Arm, sie wusste ja, dass die Trennung nicht für ewig war. Aber sie vermisste ihn, und Ida vermisste Marten auch. »Sag mal, wolltest du nicht gerade den Crémant öffnen? Ich würd' jetzt jedenfalls ein Gläschen nehmen.«

»Ein Becherchen, meinst du wohl.« Marten deutete mit dem Kopf auf die drei Kunststoffbecher. Nachdem er das Telefon in die hintere Tasche seiner Shorts gesteckt hatte, entkorkte er endlich geübt den Crémant; der Korken rutschte mit einem leisen »Plopp!« aus dem Flaschenhals.

»Wir können es jedenfalls auch kaum erwarten, mit dir zusammen in das frisch renovierte Haus zu ziehen«, sagte Stine. Sie steckte zwei Deckel in den Netzbeutel zurück und reichte Marten einen roten und einen blauen Trinkbecher. Der Schaumwein perlte zartgolden aus der Flasche. »Und den Crémant trinken wir jetzt mit dem Strohhalm?«, witzelte sie.

Marten verzog entsetzt das Gesicht. »Bloß nicht!« In dem dritten, noch unbenutzten Becher mischte er noch schnell etwas Apfelsaft mit stillem Wasser. Dann drückte er den Deckel wieder drauf und reichte den Becher Ida, die begeistert am Strohhalm saugte.

»Ist aber doch irgendwie auch romantisch, dass wir uns vor der Hochzeit wieder ein wenig vermissen, oder?«, fragte Stine Marten.

Sie prosteten sich zu, stießen auch mit Ida an und nippten schließlich an ihren Bechern. »Dass wir uns vermissen, findest du romantisch?«, fragte Marten plötzlich, als er seinen Becher auf den winzigen, ausklappbaren Tisch im Strandkorb stellte. Er machte ein Gesicht, als hätte er gerade in eine Fischsemmel gebissen, die nicht mehr ganz frisch war. »Romantisch finde ich das überhaupt nicht. Das ist einfach nur furchtbar! Ohne meine Mädels bin ich nur ein halber Seemann.«

»Stimmt, Papa«, sagte Ida trocken.

Marten drückte ihr einen Kuss auf die Wange, woraufhin Stines Herz wie immer einen Hüpfer machte. Wie unglaublich liebevoll Marten doch mit Ida umging.

»Wir vermissen dich auch ganz doll«, sagte Ida jetzt mit ernstem Gesicht zu Marten und schmiegte ihre Wange an seine Brust.

Er streckte die Arme in den Himmel. »Wenigstens eine, die mir mal sagt, wie lieb sie mich hat!«, jubelte er.

»Ach komm, so war meine Bemerkung doch gar nicht gemeint. Ich vermisse dich selbstverständlich auch, mein halber Seemann.« Stine ließ sich zu ihnen in den Sand gleiten und drückte Marten schnell einen Kuss auf den Mund. »Außerdem freu ich mich schon wahnsinnig auf unsere Hochzeit.«

»Und ich erst«, sagte Marten. Stine wollte sich wieder in den Strandkorb setzen, aber er zog sie noch einmal fest zu sich heran. Er küsste sie erneut, diesmal deutlich leidenschaftlicher.

Seine Zunge tastete nach ihrer, und Stine spürte, wie sich ein aufgeregtes Kribbeln in ihrem ganzen Körper ausbreitete. Seit über vier Jahren war sie mit Marten zusammen, und seine Küsse waren immer noch so unglaublich heiß, dass Stine sich nur schwer von ihm lösen konnte. Wenn wir heute ohne Ida hier wären, dachte Stine, dann hätten Marten und ich vielleicht mal kurz unbeobachtet in den Dünen verschwinden können, wo wir …

»Wie schön du heute bist«, unterbrach Marten nach dem Kuss ihre Gedanken. Er schaute ihr tief in die Augen, bevor er ihr ins Ohr raunte: »Der Mann, der dich mal heiratet, kann sich glücklich schätzen.«

Stine war so gerührt, dass es ihr kurz die Sprache verschlug. »Genau dasselbe könnte man über die Frau sagen, die *dich* mal heiratet«, sagte sie dann, bevor Ida ihre Turtelei unterbrach.

»Schauuut mal, wie tief mein Burggraben schon ist!« Ihre Tochter zeigte mit einer roten Schaufel auf ihr Meisterwerk.

»Ganz toll, mein Schatz!«, riefen Marten und Stine gleichzeitig, und Stine war ganz beeindruckt.

In diesem Moment war Stine so glücklich, dass sie sich wünschte, es gäbe irgendwo eine Pausetaste, die sie drücken könnte. Dieser Moment sollte bitte *niemals* vergehen.

Plötzlich klingelte es.

»Entschuldigt bitte.« Marten zog sein Telefon aus den dunkelgrünen Shorts und schaute irritiert aufs Display, wo der Name »Pam« aufleuchtete. »Was will Pam denn heute schon? Wir drehen doch erst morgen.« Er stand auf. »Bin gleich wieder da, okay? Esst bitte unbedingt alles auf!«, rief er ihnen im Weggehen zu.

»Hi, Pam! Was gibt's?«, hörte Stine ihn noch sagen, während er barfuß über den Strand aufs Wasser zuging. Dann blies der Wind so stark, dass seine Stimme fortgetragen wurde.

Marten hatte ihr vor zwei Wochen erzählt, dass seine gute Freundin Pam ihn beruflich kontaktiert hatte. Sie war Moderatorin beim NDR und wollte den »Wal« in ihrer Sendung »Das is(s)t der Norden« vorstellen.

»Noch mehr PR brauchen wir nicht«, muffelte Marten damals. »Die Gäste rennen uns nach dem *Schneebesen*-Artikel eh schon die Bude ein. Außerdem fehlen mir ein zweiter Koch und ein weiterer Kellner. Bis sich daran nichts geändert hat, können wir auf einen zusätzlichen Ansturm gut und gern verzichten.«

Stine sah das ganz anders. »Man muss die Werbemühle immer schön am Laufen halten«, hatte ihre frühere Chefin Frau Ratz immer gesagt.

»Wart's ab! Wenn erst mal ein paar Influencer auf euch aufmerksam werden, wird der ›Wal‹ noch zum Promi-Restaurant«, sagte Stine vor zwei Wochen nach dem Anruf von Pam. Die Moderatorin hatte über hunderttausend Follower auf Instagram, die bestimmt auch ihre Sendung sahen.

»Bloß nicht«, stöhnte Marten auf. »Das ist so ungefähr das Letzte, was ich will. Gäste, die nur in den ›Wal‹ kommen, um ein Selfie mit uns zu machen. Vergiss es! Die werfe ich sofort wieder raus.«

»Ich sag nur: Hashtag DerheißeTypausdemWal«, scherzte Stine trocken.

Marten verzog das Gesicht. »Horror.«

47

»Ach, komm schon. Kann doch nicht schaden, wenn ein paar Influencer Fotos von dir und euren Gerichten posten«, versuchte sie, ihn umzustimmen. Sie sah die jungen Frauen schon vor sich, die darauf anspringen würden: stark geschminkt, in schwer angesagten superweiten Jeans, mit champagnerfarbenen Smartphones an langen Handyketten. Bei der Vorstellung, dass die Hipstermädels im »Wal« grüppchenweise vor Marten an der Bar herumstanden und dann wahrscheinlich nichts weiter bestellten als eine kalorienreduzierte Brause und einen »Salat ohne alles«, musste Stine laut auflachen. Sie hatte die Vorstellung besser für sich behalten.

Sie reichte Ida gerade ein Stückchen Melone aus der Kühlbox und strich ihrer Tochter übers Haar, als Marten mit dem Telefon in der Hand zu ihnen zurückkam.

»Ich muss leider gleich los«, sagte er geschäftig. »Pam und ihre Leute sind schon auf der Fähre. Der Filmcrew ist ein Drehtermin auf Amrum weggebrochen, der für heute angesetzt war. Sie fragt, ob ich heute schon mit ihrem Team den Drehablauf durchsprechen kann. Und vielleicht machen sie auch schon Aufnahmen im ›Wal‹.« Er seufzte.

»Na, dann mal flugs ab in die Maske mit dir, was?«, sagte Stine.

»Ich will auch eine Maske!«, rief Ida sofort. »Wie im Fasching.«

»Wir basteln dir eine, wenn wir gleich zu Hause sind, Idachen«, sagte Stine. »Ich würde sagen, wir packen dann zusammen, oder?« Als Marten nichts erwiderte, drehte sie sich zu ihm um. Überrascht sah sie, dass er mit zusammengekniffenen Augen und nach vorn gebeugtem Oberkörper auf seinem Telefon herumwischte. Er wirkte angespannt.

»Hey …« Stine stand auf, schlang ihre Arme um Marten und zog ihn noch einmal ganz nah zu sich heran. Sie küsste ihn. »Viel Erfolg, mein TV-Sternchen. Du wirst ganz großartig sein.«

»Meinst du?«, fragte er unsicher. »Nicht, dass ich mich komplett zum Vollpfosten mache.«

»Wirst du nicht! Glaub mir, das wird super.« Stine zwinkerte ihm aufmunternd zu.

»Für dich, Papa.« Ida stupste Marten am Knie an, und er bückte sich zu ihr runter, sodass Ida ihm mit ihren sandpanierten Händchen eine wunderschöne weiße Herzmuschel geben konnte.

»Bringt die etwa Glück?«, fragte Marten.

Ida nickte.

»Danke, mein kleiner Rabauke«, sagte er gerührt, drückte Ida einen dicken Schmatzer auf die Wange und ließ die Muschel in die Brusttasche seines Hemds fallen. »Damit kann beim Dreh ja gar nichts mehr schiefgehen.«

Ida nickte zufrieden. »Die kann zaubern«, bestätigte sie.

»Wart's ab, mit *dem* Glücksbringer geben sie dir demnächst noch deine eigene Sendung«, raunte Stine Marten zu.

»Bloß nicht!« Marten griff geschockt an seine Hemdtasche, die sich über der Muschel leicht wölbte. »Der Dreh reicht mir fürs Erste«, sagte er nervös lachend. Dann betrachtete er das Spielzeug, das Ida in einem Radius von über zehn Metern um den Strandkorb herum verteilt hatte.

»Ich helfe euch noch einpacken, ja?«, sagte er. Er wollte gerade nach einem Sandförmchen greifen, als das Handy schon wieder klingelte. »Pam noch mal«, sagte er, nachdem er einen Blick aufs Display geworfen hatte. Er zuckte mit den Schultern und ging erneut ein paar Schritte weg, um sie mit dem Telefonat nicht zu stören.

Ein Schatten legte sich auf den Strandkorb. Stine schaute in den Himmel hinauf. Über ihnen hatten sich ein paar dicke, vom Festland kommende Wolken vor die Sonne geschoben. Sie fröstelte etwas. Marten telefonierte, während Stine und Ida das Sandspielzeug zusammensammelten, in den Netzbeutel steckten und auch die Leckereien, das Besteck und die Trinkbecher in Korb und Kühltasche verstauten.

Als Marten endlich auflegte, hatte sich seine Stirn wieder in Falten gelegt. »Ihnen ist gerade aufgefallen, dass sie ihr Mietauto erst für morgen ab sechzehn Uhr gebucht haben.«

»Und jetzt …«, fragte Stine.

»… hat mich Pam gebeten, mal schnell unter meinen Freunden herumzufragen, ob jemand sein Auto heute und morgen zufällig nicht braucht. Ein Caddy oder ein VW-Bus wäre ihnen natürlich am liebsten.« Er rollte mit den Augen und massierte sich gestresst die Schläfen.

»Sie können meinen alten Golf haben«, bot Stine an.

»Danke, das ist lieb. Aber ihr braucht deinen Wagen doch selbst, da draußen bei deiner Tante. Ohne Auto ist man in Bredland aufgeschmissen. Außerdem würde Pams Crew eh nicht in den Fünfsitzer passen. Sie sind einfach zu

viele. Ich fürchte, ich muss mir etwas anderes überlegen.«
Er griff nach dem Picknickkorb. »Danke fürs Zusammen-
packen, ihr Lieben. Wollen wir?«

»Ich bin als Erste beim Auto!«, rief Ida. Sie schnappte
sich den Netzbeutel mit dem Spielzeug und rannte voraus.
Mit Körben und Taschen in beiden Händen stapften Stine
und Marten durch den Sand hinter ihr her.

Stine beobachtete Marten. Er schwieg. Wahrscheinlich
überlegte er, wie er das Autoproblem für Pam lösen konnte.
Ihr Besuch hielt Marten ganz schön auf Trab. Für seine alte
Freundin hatte er sogar ihr gemeinsames Picknick abgebro-
chen, und dabei war Pam noch nicht mal auf der Insel.

3. Hannah

Vier Tage nach Nicoles Beförderung hatte sich Frederik endlich zurückgemeldet, und sie waren für heute Abend verabredet. Kurz vor 19 Uhr schloss Hannah ihr Rad an eine Straßenlaterne vor seinem Haus. Sie hatte das Büro schon wieder mit klopfenden Kopfschmerzen verlassen und sich vor ihrem Aufbruch eine Paracetamol aus ihrer Schreibtischschublade eingeschmissen. Jetzt konnte sie klarer denken und stellte erleichtert fest, dass sie sich auch etwas besser fühlte. Vor der Tür zupfte sie die Falten ihrer zartblauen Lieblingsbluse ein wenig zurecht.

Hannah klingelte und hörte wenige Sekunden später auch schon den Türsummer schnarren, woraufhin sie die schwere alte Holztür aufdrückte. Sie trat in einen sanierten Hausflur, dessen Wände mit Jugendstilfliesen gekachelt waren.

Seit Montag hatte sie Frederik noch zweimal angerufen. Nach dem frühen Mittagessen mit Alexis. Und gestern. Beide Male war die Leitung frei gewesen, aber Frederik

hatte nicht abgenommen. Heute Morgen hatte er schließlich eine SMS geschrieben.

*Sorry, hatte irre viel zu tun. Zeit für einen Drink? Heute
Abend bei mir?*

Das klang schon wieder mehr nach dem alten Frederik.
Nüchtern und zweckmäßig. Und irgendwie so, als wäre er
überhaupt nicht lange abgetaucht gewesen. Während ihrer
Beziehung hatte er sich immer mal wieder für ein paar Tage
von ihr zurückgezogen. Und hinterher war er dann stets
wieder voll da gewesen. Lieb und aufmerksam. Ganz der
Alte. Hannah hatte die ab und an auftretende Funkstille nur
ein einziges Mal vorsichtig thematisiert, worauf Frederik etwas angefressen reagiert hatte. Er schulde ihr ja wohl keine
Rechenschaft über jede seiner Stunden, hatte er gesagt und
mit den Augen gerollt. Sie dürfe nicht so klammern. Seither
fragte sie nicht mehr. Das wirkte nur unsicher. Und natürlich auch genau so, wie sie am *wenigsten* rüberkommen
wollte: nämlich klammernd und bedürftig.

Hannah hatte Frederiks Nachricht heute Morgen dreimal gelesen. Anschließend hatte sie extra vierzig Minuten
lang gewartet, bis sie ihm mit einem knappen *Bin um 7 da*
antwortete.

Die gesamten vierzig Minuten lang hatte sie überlegt, ob
sie es fertigbringen würde, so lässig zu sein und ihm für
heute Abend einfach abzusagen. Nur, um ihm zu zeigen,
dass sie auch ohne ihn ein Leben hatte und so kurzfristig
nicht verfügbar war. Aber spielte man diese komischen
Spielchen noch mit jemandem, mit dem man schon eine
Weile zusammen war? Selbstverständlich nicht. Außerdem

wollte sie Frederik ja wiedersehen und ihm alles erzählen, was in den letzten Tagen im Büro passiert war.

Im verspiegelten Fahrstuhl drückte Hannah den obersten der fünf runden vergoldeten Knöpfe. Die schweren Türen schoben sich zusammen, und der Fahrstuhl setzte sich in Bewegung. Er passierte fast geräuschlos die Etagen.

Sie stieg aus. Die Tür, die in Frederiks Dachgeschosswohnung führte, stand schon einen Spalt weit offen. Hannah schlüpfte hindurch und zog sie hinter sich zu. Von Frederik war nichts zu sehen.

»Hallo?« Sie stand allein im Eingangsbereich. Auch nach anderthalb Jahren war sie immer noch beeindruckt, wenn sie eintrat. Das oberste Geschoss war voll verglast, alle Seitenfenster reichten vom Boden bis an die Decke. Frederiks Wohnung war ein geräumiges, lichtdurchflutetes Glashaus, das die Architekten auf diesen ehrwürdigen Altbau draufgesetzt hatten. Wie ein i-Tüpfelchen oder ein Sahnehäubchen auf einen Kuchen. Eine Wohnung ganz nah an den Wolken, wie Hannah sie so ähnlich zuvor nur in schweren Bildbänden über New York oder Paris gesehen hatte.

»Hallo!«, rief sie noch mal ins Apartment hinein.

Vom Eingang aus trat man sofort in eine offene Küche mit Glastür, die auf die Dachterrasse führte. Vom anderen Ende des Raumes gingen ein separates Arbeitszimmer und ein Schlafzimmer ab. Die Türen zu beiden Räumen standen offen. Aus dem linken drang ein undeutliches Gemurmel zu Hannah hinaus. Sie hörte Frederik, dann eine weitere Stimme, die aus einem Lautsprecher zu kommen schien. War sie zu früh? Nein, es war schon kurz nach 19 Uhr.

Sie ging ein paar Schritte und sah Frederik mit übereinandergeschlagenen Beinen auf dem kleinen Sofa in seinem Arbeitszimmer sitzen. Auf dem niedrigen Couchtisch vor ihm stand ein aufgeklappter Laptop, auf dessen Monitor vier junge Gesichter zu sehen waren. Als er Hannah bemerkte, hob Frederik kurz die Hand und winkte freundlich. Dann richtete er seinen Blick wieder auf den Bildschirm.

»Kann ich das letzte Chart noch mal sehen?«, fragte er. »Tut mir leid, Leute, aber da müsst ihr noch mal ran. Das ist noch viel zu unübersichtlich. Schaut sich doch so keiner an.«

Eine weibliche Stimme aus dem Off begann, die überfüllte PowerPoint-Folie zu verteidigen, aber schon zwei Sätze später wurde sie von Frederik unterbrochen.

Hannah ging in die Küche, öffnete den Kühlschrank und nahm sich ein Bier heraus. Der erste kühle Schluck aus der Flasche schmeckte herrlich herb. Ihr Tag im Büro war ein richtiger Schrotttag gewesen. Nicole hatte Hannah den ganzen Nachmittag lang ihre Aufgaben übergeben. Sie hatte das würdevoll über sich ergehen lassen, obwohl es doch genau umgekehrt hätte sein müssen! Hannah war schließlich die Dienstältere von ihnen beiden. Aber irgendwer musste Nicoles Projekte schließlich weiterbetreuen. Sie schob die Gedanken ans Büro zur Seite und nahm sich vor, sich stattdessen auf den Abend mit Frederik zu freuen. Der Tag konnte nur besser werden.

Da die Tür zur Terrasse offen stand, stieg sie mit ihrem Bier in der Hand über die kleine Stufe auf das dunkle Holzdeck und ging zur Outdoor-Couch, der gegenüber zwei passende Sessel standen. Hier konnte sie noch ein wenig die Abendsonne genießen, bis Frederik seinen Call beendet hatte. Auf dem verglasten Tisch in der Mitte lag sein Telefon. Wie ungewöhnlich. *Das kann er ja nur versehentlich hier draußen liegen gelassen haben.* In dem Moment, in dem sie sich auf die Couch fallen ließ, leuchtete das Display auf. Frederik hatte eine Nachricht bekommen.

Hannah ignorierte das Telefon und nippte noch einmal an ihrem Bier, als es plötzlich klingelte. Jetzt wagte sie doch einen Blick aufs Display, auf dem die Buchstaben AW aufleuchteten. Weshalb hatte Frederik die Person, die ihm schrieb, denn nur mit den Initialen abgespeichert und nicht mit ihrem vollständigen Namen?, wunderte sie sich. AW – nie gehört. Als das Klingeln aufhörte, entspannte sie sich wieder. Sie blinzelte in die Abendsonne, die schon etwas tiefer am Himmel stand, dann traf eine weitere Nachricht ein. Entnervt beugte Hannah sich vor.

Und? Hast du's ihr schon gesagt?

Hannah setzte sich wieder gerade hin. Hatte Frederik *wem was* gesagt?

Vielleicht war es das Bier, vielleicht die Tatsache, dass er sich so lange nicht gemeldet hatte … Hannah beugte sich noch einmal vor und schnappte sich das Telefon. Sie tippte Frederiks Geburtsjahr ein und entriegelte damit das Gerät. Das hatte sie noch nie getan.

Ging es bei der Frage von dieser oder diesem AW vielleicht um etwas Berufliches? Klar, so musste es sein. Es war wohl besser, wenn sie das Telefon sofort zurücklegte. Aber bevor sie das tun konnte, traf eine weitere Nachricht von AW ein.

Sag schon. Wie hat sie reagiert?

Wer sollte auf *was* reagiert haben? Hannah zuckte unwillkürlich mit den Schultern und legte das Handy wieder auf den Tisch, als die nächste Nachricht aufleuchtete.

Hat sie geweint? War's schlimm?

Hannah las die beiden Fragen dreimal. Geweint? Was konnte denn so schlimm sein, dass AW davon ausging, dass Frederik jemanden zum Weinen brachte? Dass es sich um etwas Berufliches handelte, war doch wohl eher unwahrscheinlich, wenn jemand darauf weinend reagieren könnte. Frederik war zwar streng zu seinem Team, aber doch kein Unmensch.

Blitzschnell schossen Hannahs Gedanken durch alle möglichen Szenarien. Um was konnte es gehen? Worauf zielten AWs Fragen ab? Aber alle Gedanken mündeten immer wieder in einer Frage: Konnte es sein, dass AW mit »sie« Hannah meinte? Sie griff noch einmal zum Telefon und löste die Bildschirmsperre erneut. *Hat sie geweint?*, hatte AW zuletzt geschrieben. *War's schlimm?*

Hannah überlegte fieberhaft. Konnte es sein, dass AW gar kein Mann war, sondern eine Frau? Konnte das wirklich sein? Ihr Herz blieb einen Moment lang stehen – und dann wurde ihr plötzlich ganz schlecht.

Ihre Hände waren schweißnass, und ihr Herz raste los, als würde es von null auf hundertachtzig beschleunigen.

Sie scrollte sich durch alle Nachrichten in Frederiks Chat mit AW. Weiter vorn wurde es richtig interessant. Aber auch richtig schmerzhaft. Sie las Sätze von AW wie: *Ich vermisse dich.* Und von Frederik: *Danke für die aufregende Nacht mit dir!* Und: *Weißt du eigentlich, wie sexy du bist?* und *Ich würde es jetzt gern mit dir tun.* Außerdem Termine und Orte, die sie sich gegenseitig für ihr nächstes Treffen vorschlugen. Hannah umklammerte Frederiks Telefon so fest, dass sich dessen Kanten in ihre Handflächen bohrten. Sie versuchte, ihren Kopf auszuschalten und nur auf das zu hören, was ihr Herz ihr in diesem Moment sagte. Aber so weh es auch tat: In ihrem Herzen fand sie dieselbe Antwort. Frederik hatte mit der Person, die ihm gerade schrieb, eine Affäre begonnen. So viel war klar. Und Hannah hatte er unter dem Vorwand, beruflich viel um die Ohren zu haben, die letzten Tage hingehalten. Eiskalt lief es ihr den Rücken hinab.

Sie schaute sich noch mal den Nachrichtenverlauf an. Nur so konnte sie herausfinden, was bisher passiert war.

Was hältst du davon, wenn ich gleich vorbeikomme und dich für ein paar Tage in ein kleines, diskretes Hotel an der Ostsee entführe? Vorschlag von Frederik.

Darauf AW: *Klingt heiß!!! Wann holst du mich ab?*

Hannah hielt die Luft an. *Deshalb* hatte Frederik sich nicht gemeldet. Er war mit dieser verdammten AW einfach untergetaucht! Hannah saß in der Abendsonne, die sich warm und golden auf die Dächer der Stadt senkte, und fror plötzlich. Sie riss den Blick von Frederiks Telefon und starrte fassungslos in den Berliner Himmel, ohne etwas zu sehen. Frederik hatte mit dieser anderen Frau ein Liebeswochenende verbracht. Hinter ihrem Rücken. Wie dreist war das denn?!

Sie kniff sich kurz in den Arm. Passierte das gerade wirklich? Oder hatte sie nur gerade einen ganz furchtbaren Albtraum, aus dem sie einfach nicht aufwachte? Autsch!

Hannah seufzte auf. Nein, das passierte gerade wirklich.

Als ihr die ersten Tränen in die Augen stiegen, blinzelte Hannah sie weg. Sie könnte auf der Stelle losheulen. Ihr Herz fühlte sich an, als hätte Frederik es gerade wie ein matschiges Stück Blutorange in den Hipster-Mixer geworfen, mit dem er morgens immer seine Smoothies machte. Sie war kein Klammermädchen. Und sie hatte *immer* Verständnis gehabt, wenn er tagelang wegen eines wichtigen Projekts abtauchte, in das er gerade investierte. Dann war er nicht erreichbar, und das hatte Hannah akzeptiert. Schließlich wusste sie, wie es war, in Arbeit zu ersticken. Aber ihr Gefühl hatte sie in den letzten Tagen nicht getäuscht. Dass Frederik sich so plötzlich überhaupt nicht mehr gemeldet hatte, das war nicht gut gewesen. Ganz und gar nicht gut. Aber sie würde ihm heute auf keinen Fall die Genugtuung geben, vor ihm zu weinen.

Wütend und verletzt überraschte Hannah sich selbst, indem sie eine Antwort an AW ins Nachrichtenfenster tippte: *Ja, war schlimm.*

O GOTT!, schrieb AW sofort. *RICHTIG schlimm? Ist sie schon weg? Soll ich kurz rüberkommen?*

Fassungslos starrte Hannah auf das Handy in ihrer Hand.

Eine weitere Nachricht von AW rutschte ans untere Ende des Chats: *Soll ich ins Taxi steigen? Antworte doch bitte …*

Sollte AW rüberkommen? Etwas Dunkles mit Zähnen und Klauen krallte sich in ihren Magen, und Hannah wehrte sich gegen das Gefühl, sich gleich übergeben zu müssen. *Nein!*, schrie eine Stimme in ihrem Kopf. *Doch, doch, lass sie ruhig mal rüberkommen!*, brüllte eine andere zurück. *Dann finde ich wenigstens heraus, wer sie ist!* Hannah war hin- und hergerissen. Eigentlich sollte sie diese Frau meiden wie eine Feuerqualle. Aber was, wenn sie dann nie herausfand, wer AW war? Nein, das war völlig inakzeptabel.

Gute Idee, schrieb sie schließlich. Eine Kurzschlussreaktion. *Komm gern rüber.* Dann schob sie das Telefon so hastig und angeekelt auf den Tisch zurück, dass es ein paar Zentimeter über die spiegelglatte Glasplatte schlitterte, bis es von einem Schälchen mit Erdnüssen gebremst wurde. Hannah griff zu ihrer Bierflasche und kippte den Rest in einem Zug herunter. Hatte sie AW tatsächlich eingeladen herzukommen? Sie konnte es noch immer nicht ganz glauben. Schnell erhob sie sich von der regenabweisenden Couch. Ihr Herz hämmerte wieder wie verrückt, als sie auf die offene Terrassentür zuging, die in die Küche führte. Sie musste mit Frederik reden. Sofort.

»Hey!«, rief er exakt in dem Moment, in dem Hannah wieder die Küche betrat. Sie erschrak kurz. Obwohl er nicht wissen konnte, dass sie in seinem Telefon herumspioniert hatte, fühlte sie sich ertappt. *Stopp!* Wenn sich jemand ertappt fühlen sollte, dann ja wohl Frederik. Immerhin sprach alles dafür, dass *er* sie betrog, und zwar schon seit Wochen. Aber das schien ihn gar nicht weiter zu kratzen. Statt mit hängenden Schultern und einem vom schlechten Gewissen zerknirschten Blick kam er bestens gelaunt aus dem Arbeitszimmer zu ihr in die offene Küche. Er trug dunkelblaue Shorts zu einem verwaschenen T-Shirt, das mit dem Logo eines Start-ups für recycelte Kaffeebecher bedruckt war. Frederik hatte mal in das Start-up investiert – und fast unverschämt viel Geld wieder rausbekommen. Irrte sie sich, oder war es zwei Grad kühler geworden, seit er vor ihr stand?

»Sorry, hat leider etwas gedauert.« Er drückte ihr einen flüchtigen Kuss auf die Wange, und in Hannah spannte sich alles an vor Wut.

»Ach, du hast dir schon was zu trinken genommen? Sehr gut«, sagte er mit einer Freundlichkeit, die Hannah jetzt nur noch aufgesetzt vorkam, da sie wusste, wie schlimm er sie seit Wochen hinterging. »Nach *dem* Tag brauche ich auch erst mal ein Bier«, sagte er grinsend. »Sechsundneunzig PowerPoint-Charts. Und keins so richtig gut. Ich habe das Team jetzt mal zu einer Nachtschicht verdonnert. Ging einfach nicht anders. Morgen haben wir einen wichtigen Termin.« Er zog die Kühlschranktür auf und kramte im untersten Fach herum.

Hannah beobachtete ihn. Die Kopfschmerzen, gegen die sie vorhin schon eine Tablette geschluckt hatte, schlichen sich von hinten schon wieder an. Aber diesmal so *richtig*. Über den Hinterkopf zogen sie ihr bis hinauf in die

Stirn. In Hannahs Bauch rumorte es. Sie war furchtbar wütend und gleichzeitig baff. Dazu kam die Scham, den Betrug so lange nicht bemerkt zu haben. Dass Frederik ein Bier in ihre Richtung hielt, registrierte Hannah erst, als er es vor ihren Augen ein wenig hin- und herschwenkte.

»Willst du auch noch eins?«, fragte er freundlich.

»Gern«, hörte sie sich in einem überraschend neutralen Ton sagen. Wie sie es schaffte, in diesem Moment noch so souverän rüberzukommen, verstand sie selbst nicht. Ihr Kopf explodierte gleich, und in ihren Ohren dröhnte ein Dauerrauschen, das sich anhörte, als hätte jemand den Knopf am Radio ein Stück weitergedreht und die kleine Nadel, die die Frequenz anzeigte, einfach im Niemandsland zwischen zwei Sendern stehen gelassen.

Frederik hebelte mit einem Öffner die Kronkorken von beiden Bieren und reichte ihr eine Flasche.

»Du, ich wollte was mit dir besprechen«, begann er dann in einem geschäftsmäßigen Tonfall, der zwar nicht direkt unfreundlich, aber doch emotionslos klang. Hannah kannte ihn schon. Frederik schlug den Ton privat zum Beispiel immer dann an, wenn er im Restaurant ein Steak zurückgehen ließ und erwartete, dass ihm der Kellner zwei Minuten später ein neues brachte. Ein noch besseres Filetstück, noch exakter auf den Punkt gebraten.

»Worum geht's denn?«, fragte Hannah. Für einige Sekunden hielt sie den Atem an. *Da musst du jetzt durch. Aber du schaffst das!*

»Also, was ich dir sagen wollte ...« Frederik schaute nicht so unauffällig, wie er dachte, auf seine Uhr.

Plötzlich wollte Hannah gern hören, welche Unverschämtheiten Frederik vorbringen würde, um mit ihr Schluss zu machen. Würde er seinen Betrug vor ihr zugeben? Mit ihrem Bier ging sie von der Küche in den Wohnbereich. Mitten im Raum standen sich zwischen tiefen Fenstern zwei schlichte hellgraue Sofas gegenüber. Hannah ließ sich auf das hintere fallen und stellte ihr Bier auf das Sideboard neben sich.

»Schieß los«, sagte sie nüchtern. Ihr Blick wanderte über das schöne Kirschholz des Sideboards, auf dem ein Plattenspieler stand. Neben dem teuren High-End-Gerät, das so rar war, dass Frederik monatelang im Internet nach dem Ding gesucht hatte, lag ein signierter Baseballschläger auf einer Halterung, daneben ein Baseball. *Weshalb fällt mir eigentlich erst jetzt auf, wie aufgesetzt Frederiks Deko ist?*

Er folgte ihr, lehnte sich ans Spinning-Bike, das neben dem Sofa stand, auf dem sie saß, und kratzte sich nun offenbar doch etwas verlegen am Kopf. »Tja, also, ich habe einfach das Gefühl, dass wir in letzter Zeit …«

Und dann war es Hannah zu viel. Er wollte sie also tatsächlich mit Lügen abspeisen. Ihr sagen, dass es mit ihnen nicht mehr so richtig *passte*, während er sie doch längst betrog.

»… warte mal«, unterbrach sie ihn schroff, »vielleicht ist es besser, wenn *ich* beginne. Wer ist AW?«

Frederiks Augen weiteten sich, er schaute sie an. Suchte in ihrem Blick vermutlich nach einer Antwort auf die Frage, was genau sie wusste. »Wie kommst du denn darauf?«, fragte er langsam und betrachtete jetzt den kleinen

Computer am Spinning-Bike. Ganz offensichtlich wollte er Zeit gewinnen. »Das ist«, er zögerte, »nur eine Freundin von mir.«

Hannah biss die Zähne so fest aufeinander, dass es schmerzte. »Ach ja? Ist ja komisch, dass ich ihren Namen noch nie gehört habe. Noch dazu, wo die Nächte mit ihr doch so heiß sind.«

Frederik zuckte zusammen. »Woher …?« Er überlegte kurz. »Sie ist eine alte Freundin aus dem Studium«, sagte er dann betont ruhig, obwohl schon erste rote Flecken auf seinem Gesicht erschienen. »Hat sich neulich mal wieder gemeldet. Voll nett.« Er nickte, als wollte er sich die Lüge selbst bestätigen.

Voll nett?! Hannah betrachtete Frederik. Die perfekt sitzenden Haare, die frisch gebleachten Zähne, sein gebräuntes, symmetrisches Gesicht. In diesem Moment fragte sie sich, was sie an ihm eigentlich gefunden hatte. An einem aalglatten, überstylten Mann, der am liebsten über sich selbst oder seine Erfolge im Job sprach und Hannah mit seinem Hang zum Unverbindlichen immer wieder an sich selbst zweifeln ließ.

»Eine alte Freundin, was?«, sagte Hannah kalt. »Die Lügen kannst du dir sparen. Ich habe eure Nachrichten gelesen.«

Frederiks Hand fuhr sofort in seine Hosentasche. Und fand nichts. Das Handy fehlte. Er blinzelte hektisch und schien nachzudenken. Dabei schaffte er es nicht, Hannah weiterhin anzusehen.

Gut so. Diese kleine Geste erfüllte Hannah mit ein

wenig Genugtuung. Sollte er sich ruhig für seinen Betrug schämen.

»Okaaay«, sagte Frederik langsam.

Hannah konnte regelrecht dabei zusehen, wie sein Gehirn arbeitete. Er wägte seine Optionen ab.

Option eins: Sie fragen, wie sie es wagen konnte, seine privaten Nachrichten zu lesen.

Option zwei: Zugeben, dass er eine Affäre hatte und Hannah dahintergekommen war.

Frederik ging zu dem anderen Sofa und ließ sich auf das Sitzpolster fallen.

Schweigend beobachtete Hannah ihn, während sich Wut und Scham in ihr zu einem Orkan zusammenbrauten, den sie nicht mehr lange kontrollieren könnte. *Bleib einfach sitzen, wo du bist, und versuche, ruhig zu atmen*, befahl sie sich.

»Wie lange geht das schon? Seit wann betrügst du mich?«, fragte sie. Ihre Hände in ihrem Schoß ballten sich zu Fäusten.

»Was?«, fragte Frederik überrascht. »Wie kommst du denn darauf? Also …« Er räusperte sich kurz. »Ich meine … Sag mal, hast du wirklich meine Nachrichten gelesen?« Er begann zu schwitzen, schien sich aber immer noch nicht geschlagen geben zu wollen. »Ist ja eigentlich nicht so die feine Art, oder?«, fragte er mit einer hochgezogenen Augenbraue.

Offenbar hatte er sich für Option eins entschieden. Die Flucht nach vorn. Hannahs Fingernägel gruben sich ins Sitzpolster. Sie war so unglaublich wütend, sie musste sich mit aller Macht zusammenreißen, um nicht vom Sofa aufzuspringen.

»Das ist alles, was dir dazu einfällt?«, konterte sie schließlich. »Du betrügst mich und wirfst mir hinterher vor, dass es unmoralisch wäre, deine Nachrichten zu lesen?« Ihre Stimme war lauter geworden. »Geht's eigentlich noch?«

Frederik verschlug es tatsächlich kurz die Sprache.

»Die feine Art ist *das* jedenfalls auch nicht«, sagte Hannah sarkastisch. »Hört sich in meinen Ohren eher nach einer ziemlichen Doppelmoral an.«

»Komm schon, die Nachrichten sind doch aus jeglichem Kontext gerissen«, sagte Frederik ausweichend. »Du weißt gar nicht, was vorher gelaufen ist. Wir waren mit ein paar Leuten tanzen, ich war ziemlich betrunken und habe dann nachts wohl noch …«

»… schon gut, den Rest kann ich mir denken«, fuhr Hannah schnell dazwischen. Das wollte sie nun wirklich nicht im Detail hören. Sie erhob sich vom Sofa und kippte im Stehen das zweite Bier herunter. Anschließend knallte sie die Flasche mit einer solchen Wucht auf das Sideboard, dass Frederik erneut zusammenzuckte.

»Seit Tagen frage ich mich, was eigentlich mit dir los ist«, sagte sie aufgebracht. »Erst tauchst du einfach ab. Und dann finde ich per Zufall heraus, dass du mit dieser guten *Freundin* hinter meinem Rücken längst …«

»Aber genau darüber wollte ich doch heute mit dir sprechen. Jetzt lass mich halt mal eben ausre…«

»Was gibt's denn da noch groß zu sprechen?«, rief Hannah. »Ich bin doch nicht bescheuert. Was bist du nur für

ein verdammter Feigling, dass du mich wochenlang betrügst und nicht mal so viel Anstand hast, es zuzugeben?«
Sie wusste nicht, ob es an den beiden Bieren lag, die sie so schnell getrunken hatte, oder an den Nachrichten von AW, die sie sich im Nachhinein vielleicht besser doch nicht durchgelesen hätte. Gestern noch wäre sie an dieser Stelle einfach gegangen. Sie wäre wütend und verletzt aus der Wohnung gerannt, um vor Frederik nicht in Tränen auszubrechen. Aber so leicht wollte sie es ihm jetzt nicht mehr machen.

»Geht man *so* mit anderen Menschen um?«, rief sie aufgebracht. Ihre Stimme klang schrill. »Schon mal überlegt, wie du dich fühlen würdest, wenn ich das mit *dir* tun würde? Dich wochenlang anlügen? Dich«, sie suchte nach Worten, »so richtig *verarschen*? Das ist doch echt das Allerletzte.« Plötzlich wurde Hannah furchtbar schwindelig. Sogar in ihrem Magen drehte sich alles, als ihr klar wurde, dass Frederik tatsächlich eine andere hatte.

»Jetzt mach mal halblang, ja?«, hörte sie ihn sagen, während er noch mal auf seine Uhr schielte. »Das muss ich mir wirklich nicht geben.«

Hannah stützte sich am Sideboard hinter ihr ab und spürte, wie ihre rechte Hand sich um den Baseballschläger schloss. In ihren Ohren ein diffuses Rauschen. War das ihre Wut? Ohne zu realisieren, was sie tat, hob sie den Schläger in die Luft.

Frederik sprang vom Sofa auf. »Nein!«, rief er erschrocken. Dieser Schläger war so etwas wie der Heilige Gral für ihn. Er hasste es, wenn Freunde ihn auch nur berührten.

Auf dem Holzgriff hatten alle Spieler der New York Mets unterschrieben.

»Nicht *damit*!«, rief Frederik noch, aber da hatte sie schon ausgeholt und schlug mit voller Wucht auf den Plattenspieler ein.

Die neue Techno-Platte von Westbam, die aufgelegt war, zersprang in schwarze scharfkantige Stücke. Das Geräusch von splitterndem Glas, brechendem Plastik und Metall löste ein überraschend gutes Gefühl in Hannah aus.

»Sag mal, bist du jetzt vollkommen übergeschnappt?«, rief Frederik. Er sah sich leicht panisch um und fragte sich sicher, ob er seine anderen Schätze vor ihr in Sicherheit bringen sollte. »Was sollte *das* denn jetzt bitte?« Seine Stimme hatte einen harten Tonfall, den Hannah von ihm nicht kannte. »Weißt du eigentlich, wie schwer es war, den Schläger zu bekommen? Und den Plattenspieler bezahlst du mir!«

»Ach ja? Wie wär's, wenn du mich erst mal für die ganze Lebenszeit entschädigst, die ich an dich verschwendet habe?«, fragte Hannah trocken. Sie zitterte vor Wut. Der Baseballschläger baumelte jetzt kraftlos in ihrer Hand. Sie ließ ihn zu Boden fallen, woraufhin Frederik ihn sofort aufhob und auf Kratzer kontrollierte. Das Ding war ihm wirklich wichtiger als die Zerstörung, die Hannah hinterließ.

»Ich glaube, es ist besser, wenn du jetzt gehst«, sagte er matt, während er den Schläger vorsichtig zurück auf das Sideboard neben den zerstörten Plattenspieler legte.

»Ja, klar, das wäre jetzt das Beste, oder?«, fragte Hannah.

»Wenn ich jetzt einfach verschwinden würde.« Aber den Gefallen würde sie ihm nicht tun.

Frederik nickte. »Ich habe versucht, in aller Ruhe mit dir zu reden, bevor du begonnen hast, meine Wohnung zu zertrümmern.«

In diesem Moment klingelte es. Zwei Sekunden später gleich noch mal. AW, dachte Hannah, das kann nur AW sein.

Frederik starrte irritiert zum Wohnungseingang.

»Vielleicht der Paketdienst?«, sagte Hannah, die Lippen zu einem verzerrten Lächeln verzogen. »Ich mach mal eben auf.«

Sie ließ ihn im Wohnbereich stehen und eilte zur Eingangstür, wo sie auf den Türöffner drückte. Sie öffnete die Wohnungstür und ging in die Küche, zog angespannt die Kühlschranktür auf und nahm sich mit zitternder Hand ein drittes Bier. Zumindest würde sie noch herausfinden, wer AW war.

»Ich denke, es ist wirklich besser, wenn du jetzt gehst«, sagte Frederik, der hinter ihr aufgetaucht war. Sein Tonfall war jetzt anders, als hätte Hannahs Eskapade mit dem Baseballschläger ihn doch verunsichert.

Gut so, dachte sie erneut mit einem kalten Gefühl der Befriedigung.

In diesem Moment wurde die Wohnungstür noch weiter aufgeschoben. »Hiiiii!« Die weibliche Stimme klang aufgekratzt. »War's *sehr* schlimm mit ihr?« Eine kleine, eher zierliche Frau kickte mit ihren neonpinken Stroh-Wedges die Tür hinter sich zu. Sie trug einen knallbunt gemusterten

Overall zu einem riesigen Strohhut mit breiter schwarzer Krempe und hielt in der ausgestreckten Hand eine Flasche Rosé-Champagner.

War das etwa …?

Hannah riss die Augen auf. Konnte das wirklich wahr sein? Sie blinzelte. Blinzelte noch mal. Vor ihr stand Ariane Wührt. Die Ariane Wührt, mit der sie noch vor Kurzem einen Megadeal abgeschlossen hatte.

»Ich dachte, ich bringe uns Champagner mi… Oh, Shit!« Als sie Hannah erblickte, wich Ariane einen Schritt zurück. Hannahs Gesichtsausdruck musste zum Fürchten sein.

»Hallo, Ariane«, sagte Hannah gedehnt und mit einer Ruhe, die ihren inneren Zustand nicht im Mindesten widerspiegelte. Auf schreckliche Weise ergibt das alles einen Sinn, dachte sie. Es war Frederik gewesen, der Hannah angeboten hatte, seine alte Freundin Ariane zu kontaktieren, als Hannah ihn nach potenziellen Kaufinteressenten aus der Gründerszene fragte. Hatte er etwa gleich die Gelegenheit genutzt, um dieser alten Freundin auch noch auf andere Weise näherzukommen?, fragte Hannah sich jetzt fassungslos. Einer Frau, mit der sie wochenlang *zusammengearbeitet* hatte, während Frederik Ariane hinter ihrem Rücken angrub? Oder andersrum? Hatte Ariane Frederik angegraben? Allein bei dem Gedanken bohrte sich schon wieder ein fieser Schmerz in Hannahs Schädel.

»Was macht *sie* denn noch hier?«, fragte Ariane erschrocken in Hannahs Richtung. »Ich dachte, sie wäre längst wieder …« Sie sah sich um. Als ihr Blick auf den zertrümmerten Plattenspieler fiel, weiteten sich ihre Augen entsetzt. Dann schaute sie wieder zu Hannah und machte langsam noch einen Schritt zurück.

»Hier ist alles leider etwas aus dem Ruder gelaufen«, sagte Frederik mit einem vorsichtigen Achselzucken. Er warf Ariane einen bedeutsamen Blick zu. »Ich hab Hannah schon vorgeschlagen, dass sie jetzt besser ...«

»Schon gut, schon gut.« Hannah hob kapitulierend beide Hände. Plötzlich war sie unfassbar müde. Ihre Wut war aus ihr gewichen wie Luft aus einem löchrigen Luftballon. Sie fühlte sich nur noch schlapp und ausgelaugt. Ariane brauchte wirklich nicht zu fürchten, dass sie auch noch auf sie losging.

»Bin eh schon auf dem Weg nach draußen«, versicherte sie den beiden, schnappte sich ihre Handtasche und ging mit schnellen Schritten zur Wohnungstür. Als sie an Ariane vorbeikam, nahm sie ihr spontan die Champagnerflasche aus der Hand. »Die braucht ihr doch sicher nicht, um im Schlafzimmer gleich auf Touren zu kommen, oder?«, sagte sie kühl.

Verschämt sah Ariane zu Boden.

Hannah drehte sich ein letztes Mal zu Frederik um, der jetzt doch etwas verloren in der Küche herumstand. »Hab noch ein schönes Restleben«, sagte sie zu ihm. »Auf Nimmerwiedersehen.«

Ob er noch etwas erwiderte, bekam sie schon nicht mehr mit, weil sie die Tür lautstark hinter sich ins Schloss warf. Im Fahrstuhl konnte sie die Tränen, die sie bisher hinter ihrer Wut versteckt hatte, dann beim besten Willen nicht mehr zurückhalten. In der Spiegelwand betrachtete sie ihr Gesicht, in dem sich das Make-up langsam mit den Tränen vermischte, und tat sich einen Augenblick lang sehr, sehr leid. Wie hatte sie nur auf so ein oberflächliches und hinterhältiges Arschloch wie Frederik hereinfallen können? Wie hatte sie sich mit ihm nur eine Zukunft wünschen können?

»Und jetzt?«, fragte Hannah ihr Spiegelbild. Sie sah grauenhaft aus und fühlte sich auch genauso. Gegen ihren Willen begannen die Nachrichten von Ariane und Frederik, in Endlosschleife durch ihre Gedanken zu laufen. Sie konnte sich nicht dagegen wehren.

Weißt du eigentlich, wie sexy du bist?

Ich würde es jetzt gern mit dir tun.

Danke für die aufregende Nacht mit dir...

Mit aller Macht versuchte Hannah, diese Sätze aus ihrem Kopf zu verbannen. Aber das war leichter gesagt als getan.

Sie wischte sich mit dem Handrücken über die rot geheulten Augen, was nur dazu führte, dass sie noch mehr von der wasserlöslichen Wimperntusche um ihre Augen herum verteilte. Jetzt sah sie aus wie ein trauriger Pandabär. Sie erreichte das Erdgeschoss und beeilte sich, durch den Hausflur auf die Straße zu kommen. Bloß raus aus diesem Haus!

Am Fahrrad riss Hannah die apricotrosafarbene Folie vom Kopf der Champagnerflasche. Sie zwirbelte das Drahtgeflecht auseinander, drehte mit einem lauten »Plopp!« den hellbraunen Korken aus dem Flaschenhals und nahm einen kräftigen Schluck, wobei etwas Champagner herausschäumte und auf

ihre Bluse kleckerte. Dass Frederik es wahrscheinlich furchtbar fände, könnte er sehen, wie sie den Bollinger direkt aus
der Flasche in sich hineinkippte, spornte sie erst recht an,
es zu tun. Der Schaumwein war herrlich kalt und prickelte
schön auf ihrer Zunge. Sie stellte die Flasche neben ihr Rad,
schloss es auf und schob mit dem Schampus in einer Hand
und dem Lenker in der anderen los.

Zwei Straßen weiter überkam es sie wieder. Schluchzend
stellte sie das Rad ab, setzte sich in einen Hauseingang und
ließ ihren Tränen freien Lauf. Vorbeihetzende Passanten,
die volle Einkaufstüten trugen, fragten Hannah mehrfach,
ob sie ihr helfen könnten. Hannah schüttelte jedes Mal den
Kopf. Sie trank noch ein paar weitere Schlucke, und nach
einer Viertelstunde verebbten ihre Tränen endlich. Sie
fühlte sich hundsmiserabel, aber gut genug, um es bis zu
sich nach Hause zu schaffen, und schob ihr Rad weiter.

Nachdem sie es vor ihrem Wohnhaus angeschlossen
hatte, überprüfte Hannah ihr Telefon. Frederik hatte weder geschrieben noch angerufen. War ja eigentlich klar,
aber es tat trotzdem verdammt weh zu merken, dass er
offensichtlich nicht dasselbe für sie empfunden hatte wie
sie für ihn. Was sagte es über seinen Charakter aus, dass er
nicht einmal *versuchte*, sich zu entschuldigen oder zu erklären? Bevor er fremdgegangen war, hatte Hannah wirklich an eine Zukunft mit ihm geglaubt. Wie hatte sie nur
so falschliegen können?

Sie trat gerade vom Hof ins Treppenhaus, als ihr Telefon
doch piepste. Frederik? Nein, die Nachricht war von Stine.
Ihre Schwester schickte ihr ein Foto von Ida. Darauf sprang

ihre Nichte mit dem Rücken zur Kamera in klatschnassem T-Shirt und durchweichten Shorts durch einen Rasensprenger. An den Möbeln im Hintergrund erkannte Hannah den Garten ihrer Eltern. Der breit aufgefächerte Wasserstrahl, der vermutlich eiskalt war und in den sich Ida trotzdem unerschrocken hineinwarf, funkelte im Gegenlicht der Abendsonne in einem spektakulären Weißgold.

Hannah war ganz gerührt von dem Foto. Und gleichzeitig zog schon wieder etwas in ihrer unteren Magengegend. Seit etwa einer Dreiviertelstunde war sie wieder Single. Würde sie jemals jemanden kennenlernen, der sich vorstellen konnte, mit ihr ein Kind zu bekommen, das abends durch den Rasensprenger ihrer Eltern hüpfte?

Bevor sie das Foto im Familienchat kommentieren konnte, schickte Stine ein weiteres Bild, diesmal direkt an Hannah. Es war die To-do-Liste für die Hochzeit, die sie gemeinsam abarbeiteten. Beim Gedanken an die Hochzeit zog es gleich noch stärker in Hannahs Magen. Warum hatte sie nur so ein Pech mit den Männern?

Und dreiundvierzig Punkte auf der Liste waren auch noch nicht abgehakt. Der Punkt »Hochzeitsband / Something Blue« allerdings schon. Verdammt, wie konnte Hannah das nur wieder geraderücken?

In diesem Moment fühlte sie sich einfach nur überfordert. Sie ließ das Telefon zurück in ihre Tasche fallen und stieg mit der Flasche in der Hand die Treppen hinauf bis in den vierten Stock. Vor ihrer eigenen Wohnung setzte sie sich auf die Fußmatte. Sie lehnte sich mit dem Rücken an die Tür, nahm noch einen ordentlichen Schluck und machte anschließend ein Foto von der halb leeren Flasche, die sie mit ausgestrecktem Arm in die Luft hielt. Kommentarlos und mit einem schwermütigen Lächeln auf den Lippen schickte sie es an Stine.

Oh, gibt's was zu feiern?, antwortete ihre Schwester innerhalb weniger Sekunden.

Nicht direkt, dachte Hannah und stand auf. Mittlerweile war sie so angetrunken, dass sie jeweils drei Anläufe brauchte, um den richtigen Schlüssel an ihrem Schlüsselbund zu finden, ihn ins Schloss zu friemeln und die Wohnungstür aufzuschließen.

Ich wünschte, ich könnte mit dir anstoßen!, schrieb Stine nun.

Wümnschte ich miur asuch! Wirfeirnmeine Trennung von Frdereik, tippte Hannah zurück.

Wie sehr sie ihre Schwester in diesem Moment doch vermisste! Und nicht nur die: Nach diesem absoluten Horrortag vermisste sie ihre ganze Familie. Ida, Christa und Ulli, die Insel … Dass sie mal jemand kräftig in den Arm nahm. Sie schleppte sich ins Wohnzimmer und legte sich aufs Sofa. Es tat so gut zu liegen. Sofort klingelte ihr Telefon. Es war Stine, aber Hannah hatte jetzt keine Kraft, mit ihr über Frederik zu reden.

Sekunden nach dem Anruf ertönte das Signal einer eingegangenen Nachricht. Hannah entsperrte das Display und las:

Oh nein!!! Das tut mir leid. Aber ich konnte ihn noch nie wirklich leiden. Also: Glückwunsch! Pack die Pulle ein und komm auf die Insel! In Tante Ellas Haus haben Ida und ich noch ein riesiges Gästezimmer für dich frei. Hier kannst du entspannen und den Mistkerl vergessen.

Hannah las die Nachricht ihrer Schwester ein weiteres Mal mit leicht verschwommenem Blick. Stine lud sie tatsächlich in Tante Ellas Haus ein. Das klang ziemlich gut. Warum eigentlich nicht? Hannah lag im dunklen Wohnzimmer auf dem Sofa und schaute gedankenverloren aus dem Fenster. In einigen Fenstern im Altbau gegenüber brannte Licht. Die Wohnungen sahen gemütlich aus. Hannah wohnte seit acht Jahren in ihrer Wohnung und kannte trotzdem niemanden aus dem Haus gegenüber.

Hier kannst du entspannen und den Mistkerl vergessen. Wenn das doch nur so einfach wäre!

Sie zog die Wolldecke, auf der sie lag, unter sich hervor und breitete sie über ihren Beinen aus. Sollte sie das wirklich tun? Einfach ein paar Sachen zusammenschmeißen und nach Föhr verschwinden? Sie rollte sich auf die Seite und schloss die Augen. Ihre Gedanken wanderten ein paar Tage zurück. Zu Nicoles Beförderung und zum Mittagessen mit Alexis. Hatte er ihr nicht ausdrücklich angeboten, ein paar Tage freizunehmen? Seinetwegen müsste Hannah also kein schlechtes Gewissen haben. Und nach dieser Sache mit Frederik brauchte sie dringend etwas Zeit, um nachzudenken und wieder auf die Beine zu kommen.

Ein paar Tage Föhr? Warum eigentlich nicht?, dachte Hannah noch einmal, bevor sie in einen traumlosen Schlaf fiel.

4. Stine

Stine kam nicht aus dem Bett. Sie wollte die Decke zu-
rückschlagen und ihre Beine wie sonst über die Bettkante
werfen, aber das war unmöglich. Ihr Körper klebte wie
Kaugummi an der Matratze. Und das, obwohl sie eigentlich eine absolute Frühaufsteherin war. Irgendetwas an
diesem sonnigen Frühsommertag stimmte nicht. Aber
was? Am Wetter konnte es nicht liegen: Vor dem Fenster
begann ein strahlender Morgen. Vom Bett aus hörte Stine
Möwen übers Reetdach kreischen. Ein kräftiger, von der
Nordsee kommender Wind rauschte unentwegt um Tante
Ellas Haus und ließ die sattgrünen Blätter der Hortensien
rascheln. Durch die Gardinen am Fenster blinzelte Stine
zu den Büschen hinaus. Wie majestätisch der Wind sie
doch hin und her wiegte. Tante Ella hatte ihr erzählt, dass
die Büsche mit ihren üppigen Blüten in Flieder, Hellblau
und Rosé bereits im Garten standen, als sie das Strandhaus mit Onkel Horst vor über dreißig Jahren gekauft
hatte.

Na, los jetzt … Stine gab sich erneut einen Ruck und setzte ihre nackten Füße auf den dicken, kuscheligen Bettvorleger.

Mit noch etwas müden Beinen ging sie zum Fenster hinüber, schob die Vorhänge zurück und kniff geblendet die Augen zusammen. Unglaublich, wie hell und kraftvoll die Sonne heute Morgen schon wieder schien.

Ob Ida wohl schon wach war? Auf Zehenspitzen schlich Stine sich aus dem Zimmer und in die Diele. Sie lugte durch die halb offen stehende Tür ins verdunkelte kleine Gästezimmer und hörte Ida leise schnarchen.

Sie lächelte. Nie hätte sie gedacht, dass sie Ida eines Morgens tatsächlich mal von der Matratze kratzen müsste. Seit ihrer Geburt hatte Ida Stine jeden Morgen zwischen fünf und sechs geweckt. Vier Jahre und drei Monate lang hatte Stine nicht mehr ausgeschlafen. Bis vor zwei Wochen: Seit sie in Tante Ellas Haus gezogen waren, schlief Ida plötzlich bis acht, manchmal auch bis halb neun. Am Wochenende gelegentlich sogar noch länger! Lag es am alten Friesenhaus und seiner unverwüstlichen Ruhe? Oder am mächtigen Reetdach, das sie zu beschützen schien? Wirkte hier in Bredland, in dieser kleinen Siedlung direkt vor Nieblum, möglicherweise ein anderes Schlaf-Feng-Shui als anderswo auf der Insel? Stine grinste leise in sich hinein. Konnte gut sein.

Sie lehnte die Tür wieder an. Wenn Ida noch tief und fest schlief, konnte sie sich in aller Ruhe einen Kaffee in Tante Ellas Traumküche machen. Barfuß tapste Stine durch die Diele zur offenen Wohnküche hinüber. Kurz vor der Küchentür kam sie am großen antiken Wandspiegel vorbei. Im Vorbeigehen warf sie einen schnellen Blick hinein und erschrak kurz über sich selbst. Ihr schulterlanges dunkelblondes Haar stand ungekämmt zu allen Seiten ab. Das verwaschene T-Shirt war mit dem Schriftzug einer Band bedruckt, die es längst nicht mehr gab. Und die alten Boxershorts, die sie Marten noch vor dem Umzug aus dem Schrank geklaut hatte, waren am Bündchen schon ganz abgewetzt und rissig. Schnell löste Stine ihren Blick von ihrem Spiegelbild und betrat die großzügige Wohnküche.

Alles im Haus war geplant worden und passte wunderbar zueinander. Alles bis auf Stine. Seit sie in Tante Ellas Strandhaus gezogen waren, beschlich sie morgens manchmal das Gefühl, als spazierten sie und Ida illegal durch eine Doppelseite von *Architectural Digest* oder *Schöner Wohnen*.

In der hochwertigen Designerküche schraubte sie den italienischen Espressokocher auseinander, den sie aus der alten Wohnung in Wyk mitgenommen hatte. Sie füllte Espresso in den mittleren Teil und Leitungswasser in den unteren. Als die Espressokanne auf dem eingeschalteten Herd stand, ließ sie sich aufs naturweiße Sofa fallen und schaute sich um.

Stine liebte das skandinavische Flair. Viel Holz, viel Weiß, Hellgrau und Marineblau. Nur wenige Möbel in den Räumen. Für die Küchenwände hatte Tante Ella zusammen mit der Inneneinrichterin Claire Townsend handbemalte Fliesen aus einer Manufaktur in Kopenhagen ausgewählt. Sie zeigten Fischkutter, Inseln im Meer, Leuchttürme und junge Männer und Frauen mit Heugabeln in den Händen bei der Feldarbeit. Stine hatte noch nie in einem dermaßen schönen Haus gewohnt und genoss es in vollen Zügen. Trotzdem gab es Tage wie heute, an denen sie nicht unbedingt kerzengerade und mit durchgestrecktem Selbstbewusstsein aus dem Bett sprang. Tage, an denen sie mit den offenen Räumen, dem Tageslicht überall und so viel Platz für sich, für Ida und deren Spielzeug erst mal klarkommen musste. Die Wohnung in Wyk, in der sie mit Marten und Ida gewohnt hatte, war nur fünfundsechzig Quadratmeter groß gewesen. An Tagen wie heute schüchterte Stine das aufeinander abgestimmte Interieur, das sie umgab, ein kleines bisschen ein.

»Du meine Güte, das muss es überhaupt nicht!«, hatte Tante Ella alarmiert gerufen, als Stine ihr letzte Woche am Telefon ein bisschen verschämt davon berichtete. »Eigentlich wollte ich nach der Scheidung von Horst ja nur ein paar Möbel rausschmeißen«, erklärte sie, »aber dann habe ich mich von Frau Townsends Geschmack und Verkaufstalent wohl ein wenig hinreißen lassen. Glaub mir, diese Frau ist ja so was von *überzeugend*!« Stines Tante hatte herzlich gelacht. »Bitte bringt alles ordentlich durcheinander, meine Kleine.«

Stine schreckte hoch, als der Espressokocher zu blubbern begann. Die letzten Wochen waren für Mama und sie in der Apartmentvermittlung »Halligblick« hektisch gewesen, und jede Sekunde ihrer kostbaren Freizeit verbrachte sie mit Ida und Marten. Es war immer viel zu viel los, um ihren Gedanken wie jetzt einfach mal nachzuhängen. Aber vielleicht sollte sie das häufiger tun.

Mit der Espressotasse in der Hand ging sie ins kleine Gästezimmer zurück. Dort war alles ruhig. Ihre Nordseekrabbe schlief immer noch tief und fest, auch wenn sie die Decke in der Nacht von sich gestrampelt hatte. Vorsichtig setzte sie sich auf die Bettkante. Gerührt beobachtete sie ihre Tochter, die heute wieder in ihrem Lieblingsschlafanzug schlief, dem rosafarbenen mit den knallroten Herzchen. Er war ihr inzwischen deutlich zu klein. Ida trug ihn bauchfrei. Am linken Knie hatte die Hose, die zur Hochwasserhose geworden war, ein großes Loch, aber das war Ida vollkommen egal. Sie liebte ihren Herzchenanzug heiß und innig und hätte am liebsten in nichts anderem geschlafen.

Stine erinnerte der Schlafanzug immer an die Babydecke mit den winzigen hellrosa Herzchen, die ihre Eltern direkt nach der Geburt auf die Wöchnerinnenstation ins Hamburger UKE mitgebracht und Ida geschenkt hatten. Sie war aus einem ganz ähnlichen Stoff und schlummerte nun gut verpackt in einer Umzugskiste und wartete darauf, dass Ida und Stine sie im Haus von Martens Großeltern wieder auspacken würden.

Stine stellte die Espressotasse auf den Boden und strich Ida ganz zart über einen kleinen Fuß.

Was für ein Schock war es gewesen, als der Schwangerschaftstest zwei Streifen zeigte! Als sie in einer Mittagspause im winzigen Bad des Hamburger Hotels, in dem sie damals arbeitete, das längliche Kunststoffgehäuse mit dem Ergebnis in den Händen hielt, war sie schon in der neunten Woche. Wie konnte das sein? Laut der App auf ihrem Telefon, die Stines fruchtbare Tage Monat für Monat mit einer kleinen gelben Sonne markierte, konnte das Kind nur in einer ganz bestimmten Woche gezeugt worden sein. In einer Woche, in der sie eine Nacht mit einem ganz bestimmten Mann verbracht hatte.

In den darauffolgenden Monaten begann Stine auf ihrem Telefon, mehrere Nachrichten an Idas Vater zu schreiben … und löschte sie sofort wieder. Sie schrieb ihm sogar eine Mail. Aber auch die schickte sie nicht ab. Anrufen wollte sie ihn nicht, dafür war Stine der Abschied am Morgen danach einfach zu schwergefallen. Und dann war da noch die Sache mit der Frau gewesen, die er kurz darauf heiraten wollte. Weshalb er bis heute nichts von Ida wusste.

Stine war sich sicher, dass es besser für ihn war. Dieses ungeborene Kind, das sie damals unter dem Herzen trug, hätte doch das sofortige Ende seiner noch taufrischen Verlobung bedeutet, und Stine hatte nicht noch mehr im Leben von Idas Vater durcheinanderbringen dürfen, als sie es ohnehin schon getan hatte.

In diesem Moment schlug Ida die Augen auf. Sie blinzelte langsam und wurde wach, als sie ihre Mutter auf der Bettkante entdeckte.

»Mamaaa, mach mal: Mäh!«, sagte Ida noch mit verschlafener, heiserer Stimme. »Aber ganz laaauuut, Mama: Mäh!«

Stine rutschte zu Ida rüber und schlang ihre Arme um sie. »Guten Morgen, mein Lämmchen! Mäh!«

Wenig später stand sie mit Ida in der Küche. »Hast du gut geschlafen? Lust auf Frühstück?« Stine hob Ida auf ei-

nen Barhocker und schob sie etwas näher an die Fensterbank im Erker.

»Mäh!«, bejahte Ida nickend.

Kurz darauf stellte Stine einen Becher mit warmem Kakao und zwei frisch getoastete Brotscheiben auf einem Teller vor Ida ab. Sie bestrich die Scheiben mit Butter und
Marmelade, schnitt sie in der Mitte durch und reichte Ida
eine der Hälften. Dann goss sie sich einen zweiten Espresso
ein, setzte sich auf den zweiten Barhocker, der neben Ida
stand, und griff selbst zu. Die hausgemachte Erdbeermar-
melade von Martens Mutter schmeckte himmlisch fruchtig. So köstlich und nach Sommer, dass Stine die künstlich
aufgezuckerten Supermarktmarmeladen nie mehr kaufen
würde.

Stine drückte Ida einen Kuss auf das zerzauste Haar.
»Schmeckt's dir denn, mein Schatz?«

»Mäh«, gab Ida mit vollem Mund zurück. Sie trank einen
Schluck Kakao, dann zeigte sie aufgeregt nach draußen.
»Schau mal, Mama!«, rief sie. »Eine Möwe!« Und tatsäch-
lich. Vor dem Erkerfenster setzte sich eine Möwe auf das
Dach des Strandkorbs, der auf der Terrasse stand. Mit ei-
nem Auge schaute das Tier zu ihnen herüber.

»Die will bestimmt auch ein Brot mit Erdbeermarme-
lade«, sagte Ida.

Stine lachte. »Das denke ich auch! Sieht hungrig aus, die
Möwe.«

»Aber wir geben nichts ab«, sagte Ida mit entschlossenem
Blick. »Oder, Mama?«

»Nein, das tun wir nicht. Das wäre nicht gut für sie. Von

dem Brot würde die Möwe böse Bauchschmerzen bekommen.« Stine nippte an ihrem Espresso und lehnte sich auf dem Barhocker etwas zurück. Sie schaute auf ein paar Meter Terrasse, auf der ein langer Teakholztisch mit passenden Stühlen und der Strandkorb standen. Direkt dahinter begann ein kleiner Streifen mit Rasen, der mal wieder gemäht gehörte. Wenn Stine sich nur endlich aufraffen könnte! Und auf den Rasen folgten rechts und links schon die Hortensienbüsche, zwischen denen an der Seite zum offenen Meer hin ein kniehoher, dunkelblau gestrichener Lattenzaun verlief. Ida und Stine mussten nur durch die kleine Pforte gehen, dann waren sie in wenigen Schritten am weißpudrigen Strand.

Der Ausblick auf die Nordsee, den sie von ihren Barhockern im Erker hatten, war einfach atemberaubend: der Strand, das Meer, die Sandbänke. Und über ihnen dieser weite Emil-Nolde-Himmel. Ganz großes Kino.

Das Panorama haute Stine täglich aufs Neue um.

Sie nahm sich noch eine Brotscheibe und dachte an Marten. So schade, dass er jeden Morgen das schöne Frühstück mit Meerblick und ihnen verpasste. Aber er wollte das neue Haus unbedingt in den nächsten Wochen fertig bekommen. Und Stine und Ida profitierten am Ende ja auch von seiner unbeirrbaren Disziplin, obwohl er ihnen natürlich sehr fehlte.

Aber jetzt war der straffe Zeitplan der Renovierung von Pam und ihrem Filmteam etwas durcheinandergebracht worden. Sie beanspruchten Marten seit ein paar Tagen komplett für sich. Seit ihrem Picknick am Meer wurde

Stine nur noch durch seine sporadischen Nachrichten darüber informiert, was er so trieb. Telefoniert hatten sie in der Zwischenzeit nicht. Wenn er spätabends nach der Arbeit im »Wal« nach Hause kam, die ja auch noch zu erledigen war, schlief Stine längst. Und morgens war Marten mit seinem Vater schon auf der Baustelle, wo er aber gestern kaum Zeit hatte, wie er schrieb. Sobald das Filmteam gefrühstückt hatte, musste er mit allen über die Insel gurken. Drehorte suchen, was im hippen Filmleutesprech »Locationhunting« hieß.

»Ein Seehund!«, rief Ida plötzlich und zeigte mit einer angebissenen Toastscheibe in der Hand aufgeregt nach vorn. »Da drüben, Mama! Ein Seehund!« Hibbelig hüpfte sie auf dem Barhocker auf und ab.

Und tatsächlich: Auf der vordersten Sandbank bewegte sich ein kleiner schwarzer Punkt. »Ich seh ihn«, sagte Stine lächelnd.

»Mama!«, quietschte Ida. »Noch einer!«

Ein zweiter, deutlich größerer Punkt robbte sich neben den ersten und legte sich dann in die Sonne.

Während Stine die Tiere beobachtete, machte sich ein warmes Gefühl der Geborgenheit in ihr breit.

»Wahrscheinlich Mama und Babyseehund«, sagte Ida mit ernstem Gesicht.

Stine überlegte. »Wahrscheinlich, mein Schatz. Könnte aber natürlich auch der Papa sein.«

»Nein, das ist die Mama«, sagte Ida entschieden, während sie ihre Augenbrauen zusammenzog.

Stine nickte ergeben. »Na, wenn du das sagst.«

»Wann kommt denn der Seehundpapa?«, fragte Ida dann. »Kommt der auch gleich?«

»Bestimmt. Vielleicht fängt er gerade einen Fisch für alle, damit …«

»… und dann kommt er?«, unterbrach Ida sie.

»Da bin ich mir sicher, mein Schatz.« Stine drückte ihrer Tochter einen Kuss aufs Strubbelhaar.

Ida zögerte kurz. »Aber wo ist er jetzt?«, fragte sie.

Stine stöhnte unhörbar auf. Woher sollte sie das wissen? Sie hatte keine Ahnung, ob noch ein zweiter ausgewachsener Seehund auftauchen würde. »Ganz ehrlich, ich weiß es nicht, mein Liebling. Vielleicht schwimmt er noch ein wenig in der Nordsee spazieren.«

Damit gab Ida sich erst mal zufrieden. Zumindest stellte sie keine weiteren Fragen mehr. Stine atmete erleichtert durch, während Ida mit beiden Händen den lila Becher zum Mund führte und noch einen Schluck Kakao trank.

Stine betrachtete ihre Tochter. Worauf hatten diese Fragen nach dem Seehundpapa gerade eben abgezielt? War es einfach nur Zufall, dass Ida das heute so brennend interessierte? Nachdenklich rutschte Stine vom Hocker und ging zur Spüle, um einen Lappen zu holen. Während sie die Brotkrümel zusammenwischte, stellte sie irritiert fest, dass sich das lähmende Gefühl, mit dem sie heute Morgen aufgewacht war, wieder anschlich. Jetzt legte es sich bleischwer und kalt auf ihre Schultern. So wie eine dieser gummierten Röntgenmatten, die man ihr im Krankenhaus mal über das Knie gelegt hatte, nachdem sie beim Beachvolleyballspielen ausgerutscht war und sich das Knie verdreht hatte. Das Bleimattengefühl gefiel ihr überhaupt nicht.

Mit dem krümeligen Lappen ging sie zur Spüle zurück und öffnete den Wasserhahn. Autsch! Erschrocken ließ sie das dünne Microfasertuch ins Spülbecken fallen und riss die Hand zurück. Das Wasser, das aus der Leitung kam, war ja kochend heiß! Über die Mischbatterie änderte sie schnell die Temperatur und hielt die Hand ein paar Sekunden lang unter den eiskalten Wasserstrahl. Das tat gut.

Dann ging sie zu Ida zurück. Sie schlang ihre Arme von hinten um ihre Tochter und wiegte sie ein wenig hin und her. »Möchtest du noch mehr Brot oder Kakao, mein Schatz?«

Ida schüttelte den Kopf. »Mäh, Mama.«

Schweigend schauten sie zusammen aus dem Fenster. Die Seehunde waren wieder verschwunden, die Sandbank war leer.

Stine versuchte, das Bleimattengefühl zu ignorieren. Sie dachte an Marten. Für Ida war er ihr Papa. Das war klar. Klar für Ida, klar für Marten. Aber Ida wusste nicht, dass es da noch einen zweiten Papa gab. Ihren leiblichen Vater eben. Stines Magen zog sich zusammen. Eines Tages würde sie Ida die Wahrheit sagen müssen. Sie hatte einfach ein Recht darauf zu erfahren, wer ihr biologischer Vater war. Und auch Marten musste sie irgendwann beichten, dass sie die Nummer von Idas Vater sehr wohl noch in ihrem Telefon gespeichert hatte.

Stines Magen krampfte sich jetzt noch mehr zusammen. Das Schlimmste an der ganzen Geschichte war: Sie belog seit Jahren die Menschen, die sie am allermeisten liebte. Ida, Marten, ihre Eltern. Hannah, Tante Ella, ihre Freundinnen auf der Insel, ihre Hamburger Mädels. Niemandem hatte sie erzählt, wer Idas leiblicher Vater war. Es war einfach unmöglich gewesen.

Ursprünglich hatte sie das nie so beabsichtigt. Die Situation hatte sich einfach verselbstständigt. Sie war eben schwanger geworden. Also, *versehentlich* schwanger geworden. Damit hätte ihre Familie sicherlich kein Problem gehabt. Das wusste Stine. Der kleine Haken daran war nur: Der Vater des Kindes war bereits verlobt. Und *das* konnte sie ihren Eltern irgendwie nicht zumuten. Stine schämte sich einfach zu sehr dafür.

Sie hatte mit einem Mann geschlafen, der bereits die Hochzeit mit seiner künftigen Frau plante! Der mit seiner Verlobten eine Gästeliste erstellte, Weine und Probemenüs testete und sich Partylocations zeigen ließ, wo die Gäste zu »Never gonna give you up« von Rick Astley geschlossen die Tanzfläche stürmen würden.

Stine schüttelte es jetzt noch, wenn sie nur daran *dachte*. Sie hätte sich nie auf diesen einen Drink einlassen dürfen. Es entschuldigte die Sache nicht, und sie war auch nicht stolz darauf (ganz im Gegenteil!), aber: An diesem Abend war sie eben schon ein bisschen angetrunken gewesen. Vielleicht hatte sie sich auch deshalb auf ein Abenteuer eingelassen und alle Vernunft in den Wind geschlagen.

Dieser eine Drink war *seine* Idee gewesen. Er schickte ihr eine Nachricht, in der er fragte, ob sie am kommenden Abend spontan Lust auf ein Bier hätte. Er wollte sich bei

Stine noch einmal persönlich für ihre Hilfe bei der Hochzeitsplanung bedanken. Warum nicht?, hatte Stine gedacht. War doch eigentlich ganz nett, dass er sie mal wieder persönlich treffen wollte.

Sie hatten sich von der ersten Sekunde an, als sie sich in der Kneipe zur Begrüßung umarmten, wieder bestens verstanden. Als träfen sie sich jede Woche auf ein paar Drinks. Wie alte Freunde eben ... Nach zwei Flaschen Bier hatten sie jeder noch einen Gin-Tonic getrunken, bevor sie in eine kleinere Bar mit Livemusik wechselten. Es war so voll und laut, dass sie dicht beieinanderstehen mussten, um sich überhaupt unterhalten zu können. Und dann war es passiert. Als die Band die ersten Takte des Songs »So lonely« von The Police spielte, hatten sie sich plötzlich geküsst. Erst noch ganz zaghaft. Dann immer leidenschaftlicher ... Stines Herz schlug so schnell wie die Flügel einer Seeschwalbe. Ob es Louis genauso ging? Stine konnte es nicht sagen, aber er hielt sie die ganze Zeit über in seinen Armen. Sie küssten sich so lange, bis die Band schließlich zusammenpackte und die Bar sich leerte. Dann war es Stine, die fragte, ob sie noch zusammen in ihre Wohnung gehen wollten. Die lag ja nur ein paar Straßen weiter. Sie machte den Vorschlag ohne Hintergedanken. Er war ein alter Freund, den sie lange nicht gesehen hatte, bevor er sie darum bat, für ein ganz bestimmtes Wochenende im August alle verfügbaren Zimmer des Hotels, in dem sie arbeitete, für die Gäste seiner Hochzeit zu blocken. Sie kannten sich, seitdem sie Kinder waren. Zwar hatten sie in der Bar eben herumgeknutscht, aber mehr würde definitiv nicht passieren. In ihrer Wohnung wollte sie ihnen wirklich nur einen Kaffee machen, um wieder auszunüchtern.

Nach dem starken Kaffee hatten sie beide tatsächlich sofort einen sehr viel klareren Kopf. Mit den Tassen in der Hand saßen sie noch lange auf Stines Balkon und redeten. Und, schon fast nüchtern, küssten sich immer wieder. Im Osten zog sich am Himmel über ihnen irgendwann ein zartrosa Streifen über die Dächer. Es wurde langsam hell, und sie redeten und küssten sich immer noch. Und konnten gar kein Ende finden. Und dann hatte Idas Vater bei ihr übernachtet. Es war einfach so passiert. Und diese Nacht, die sie miteinander verbrachten, hatte sich nach den vielen Jahren, die sie sich schon kannten, so angefühlt, als wäre sie die natürlichste Sache der Welt.

Alles fühlte sich richtig an. Und war gleichzeitig natürlich von Grund auf falsch.

Sie hätten sich niemals küssen dürfen. Er hätte nie über Nacht bleiben dürfen – und wenn, dann nur auf ihrem Sofa. Der Gedanke an diese Nacht mit Idas Vater zerriss Stine bis heute. Sie hätte nicht passieren dürfen. Und gleichzeitig war etwas so Schönes aus ihr hervorgegangen. Sie bereute es, mit einem verlobten Mann geschlafen zu haben. Aber ohne diese schwüle Nacht damals im Juli gäbe es ihre kleine Ida heute nicht. Ihr sommerblondes Glück. Deshalb würde Stine, wenn sie die Zeit noch einmal zurückdrehen dürfte, wieder genauso handeln. In dieser Nacht hatte der Himmel (oder all die anderen Kräfte, die da oben am Werk waren) Stine zur Mutter gemacht und Ida zu ihr gebracht.

So grundfalsch dieser One-Night-Stand mit Louis also auch gewesen sein mochte: Nach Idas Geburt hatte Stine beschlossen, ihren Frieden mit dieser Nacht zu machen. Sie war nun einmal passiert.

Das Problem daran war nur, dass sie sich in den darauffolgenden Wochen und Monaten entschied, niemanden in ihr Geheimnis einzuweihen. Stine wusste, dass sie ihrer Schwester Hannah die Wahrheit über diese Nacht selbstverständlich hätte erzählen können. An der Stelle, an der Stine ihr gebeichtet hätte, dass sie in der Nacht leider überhaupt nicht ans Verhüten gedacht hatten, hätte Hannah sich zwar höchstwahrscheinlich mit der flachen Hand an die Stirn geschlagen, aber es dennoch nachvollziehen können. Dass das Leben einen manchmal überrollte, hätte die Sache nicht entschuldigt, sie aber vielleicht erklärt.

Solange Stine sich jedoch zu sehr schämte, um ihren Eltern alles zu erzählen, konnte sie Hannah nicht einweihen. Sie konnte von ihrer Schwester doch nicht erwarten, dass sie über Monate dichthielt. Und inzwischen waren aus den Monaten schon über vier Jahre geworden.

Für die »offizielle« Version, die ihre Eltern, Hannah und Marten kannten, hatte Stine also einen Vornamen erfunden. Idas Vater heiße Leonard, hatte sie behauptet, seinen Nachnamen würde sie leider nicht kennen. Die restliche Lüge entstand erst, als Hannah am zweiten Weihnachtstag nach dem Gänseessen bei einem ausgedehnten Strandspaziergang einfach nicht lockerließ. So hartnäckig, wie Hannah bei »Nüssler & Nüssler« wahrscheinlich sein musste, wenn sie aus einem Kontakt den Ansprechpartner für ein extrem lukratives Baugrundstück und dessen Durchwahl herausquetschen musste, löcherte sie die schwangere Stine, wer denn nun bitte Idas Vater war.

»Jetzt erzähl mir doch lieber mal, was in deinem Leben los ist«, sagte Stine und versuchte, sich um die Wahrheit herum zu winden. Als Hannah nach zweieinhalb Sätzen über ihre Arbeit aber schon wieder auf sie und das Baby zu sprechen kam, erzählte Stine ihr schließlich eine Version der Geschichte, die zwar mit der Realität nichts zu tun hatte, aber dafür sorgte, dass Hannah endlich Ruhe gab.

In dieser Version war Stine auf einen Feierabenddrink in einer Bar gelandet und mit zwei Jungs ins Gespräch gekommen. Sie hatten direkt neben ihr am Tresen gestanden und waren richtig nett gewesen. Irgendwann war einer von ihnen gegangen und der andere, Leonard, noch etwas geblieben. Stine hatte erfahren, dass er in Köln lebte und nur für ein paar Tage in Hamburg war. Am folgenden Morgen hatten sie keine Nummern ausgetauscht, was Stine offiziell natürlich furchtbar ärgerte. Aber damit war dieser fiktive Leonard unauffindbar. Und das war auch gut so.

Mit dieser Version hatte Stine die weihnachtliche Inquisition erst mal überstanden. Sie war wahnsinnig erleichtert gewesen. Aber Hannah war nun mal Hannah und hatte trotzdem immer wieder nachgehakt.

»Sag mal, hast du denn wirklich *keine* weiteren Infos von Leonard aufgeschnappt?«, fragte sie kurz nach Neujahr. »Das kann doch gar nicht sein! Beruf, Arbeitgeber, LinkedInfähige Schlagworte? Über irgendwas müsst ihr doch gesprochen haben, bevor …« Ihr Tonfall war latent vorwurfsvoll. »Hast du ihn schon mal gegoogelt?«

»Wie denn?«, erwiderte Stine defensiv. »Mit ›Leonard‹ und ›Köln‹ und ›etwa 1,80 m‹? Das ist doch absurd.«

Ein paar Wochen nach Idas Geburt fing Hannah schon wieder mit dem Thema an. »Warte, ich googele ihn mal eben.« Sie lag nach mehreren Gläsern Rosé und einer halben Schachtel Schoko-Minz-Täfelchen bei ihren Eltern auf der Couch, als sie zu ihrem Telefon griff. »Könnte doch sein, dass Leonard jetzt einen neuen Job hat und durch die Pressemeldung seines neuen Arbeitgebers in Googles Trefferliste weit oben angezeigt wird.«

Stine sagte nichts, aber innerlich standen ihr die Haare zu Berge. Was würde passieren, wenn Hannah im Netz auf einen Leonard aus Köln stieß, der der neugeborenen Ida tatsächlich ähnlich sah? Würde sie diesen Mann dann sofort kontaktieren? Zuzutrauen wär's ihr jedenfalls. Der Arme würde doch aus *allen* Wolken fallen, wenn Hannah ihm in ihrer zackigen Art, mit der sie potenziellen Käufern zu verstehen gab, dass sie die Gewerbefläche bei der kleinsten Verzögerung im Verkaufsablauf in zwei Sekunden an dreißig andere Interessenten loswerden könnte, von seiner Vaterschaft erzählte. Stine wurde ganz schlecht.

»Okay, das könnte schwierig werden«, gab Hannah zu Stines Erleichterung schließlich zu, während sie das Telefon auf den Couchtisch zurückschob. »Das würde Wochen dauern, bis wir sämtliche Leonards und Leos angeschrieben hätten.«

»Sag ich doch die ganze Zeit«, sagte Stine erleichtert. »Kannst du voll vergessen. Ich hab's ja auch schon versucht«, flunkerte sie weiter. »Außerdem kenne ich ihn doch gar nicht. Was mache ich denn, wenn er sich in Idas Erziehung einmischen will und ein totaler Idiot ist?«

»Ich kann mir nicht vorstellen, dass du mit einem Idioten ins Bett gestiegen bist. Wobei ...«, Hannah schaute amüsiert zu Stine rüber, »... es kommt natürlich ganz darauf an, *wie* betrunken du in der Nacht warst.«

»Nicht so betrunken, dass ich mich an nichts erinnere«, sagte Stine wahrheitsgemäß.

»Alles andere hätte mich auch gewundert.« Hannah nickte zufrieden, während sie den letzten Rest Rosé aus der Flasche ins Glas kippte. »Aber es ist schon ein bisschen schwach von dir, dass du dich nicht ein wenig mehr reinhängst. Wenn du es wirklich wolltest, würdest du Idas Vater doch irgendwie finden, meinst du nicht?«, murmelte sie noch und durchbohrte Stine dabei mit ihrem stechenden Maklerinnenblick. Stine hatte ihm ein paar Sekunden lang standgehalten, bis Hannah schließlich aufgab, das Glas abstellte und nur stumm den Kopf schüttelte. Damit war die Sache erledigt gewesen.

Stine tauchte langsam aus ihrer Erinnerung auf und betrachtete Ida, die durch das Erkerfenster wieder die Möwe beobachtete, die noch nicht davongeflogen war.

»Kann ich malen, Mama?«, fragte Ida jetzt.

Stine nickte. »Aber natürlich, mein Liebling.«

Ida holte einen Malblock und ihre Buntstifte vom Küchentisch. Sie legte alles auf die Fensterbank im Erker, kletterte wieder auf den Barstuhl und malte blaue Wellen auf ein weißes Blatt Papier.

Mit einem unguten Gefühl dachte Stine an Hannahs Recherchen zurück. Das bleischwere Gefühl wollte sie an diesem Morgen einfach nicht loslassen. Sie war bis heute stur bei ihrer erfundenen Geschichte geblieben.

Sie versuchte, ihr schlechtes Gewissen abzuschütteln. Sie hatte die Wahrheit eben ein wenig umformuliert. Ein paar Details weggelassen, ein paar hinzugefügt und einen Vornamen erfunden. So richtig angelogen hatte sie die anderen doch gar nicht, oder?

Stine schüttelte den Kopf. Selbstverständlich hatte sie gelogen. Auf Idas Geburtsurkunde war ihre Lüge von einem Hamburger Standesbeamten sogar offiziell besiegelt und abgestempelt worden. »Vater: unbekannt« stand auf dem Papier, das Stine nach Idas Geburt sofort in ein Mäppchen mit dem Sticker »Papierkram Ida« gesteckt, in einen Karton gelegt und nie wieder hervorgeholt hatte.

Ihre Eltern hatten sich Stines »offizielle« Version angehört und keine weiteren Fragen gestellt. Sie freuten sich riesig auf ihr erstes Enkelkind, alles andere war ihnen völlig egal gewesen. »Du kannst dich *immer* an uns wenden, wenn du Hilfe brauchst«, sagten ihre Eltern kurz vor Idas Geburtstermin zu Stine. Ida sollte von ihren Großeltern die Unterstützung bekommen, die sie brauchte, aber Ulli und Christa würden sich nicht in ihre Erziehung einmischen, das hatten sie Stine versprochen. Stine rührten die warmen Worte ihrer Eltern so, dass sie vier Wochen nach der Entbindung tatsächlich mit Ida vom Hamburger

Schanzenviertel nach Föhr zurückzog. Auf der Insel würden ihre Eltern ihr viel besser helfen können.

Auch Marten, mit dem Stine ein paar Monate nach ihrer Rückkehr nach Föhr zusammenkam, hakte nicht weiter nach. Die Geschichte über Idas Vater, den Stine nicht ausfindig machen konnte, klang für ihn wohl ganz schlüssig. Er hatte sie sicherlich schon vorher über den Inselfunk gehört, der früher oder später so gut wie jede Einzelheit aus dem Leben der Inselbewohner verbreitete. Bis auf Hannah hatte also niemand weiter nachgebohrt oder Stine unangenehme Fragen gestellt.

»Schau mal, Mama! Fertig.« Ida zeigte Stine stolz ihre Zeichnung. Sie hatte über das ganze Blatt Papier Wellen in verschiedenen Blautönen gekräuselt.

»Wunderschön, mein Schatz.« Stine legte einen Arm um Ida.

»Das ist für Papa.« Mit Papa meinte Ida natürlich Marten.

Stine nickte. »Da wird er sich aber freuen.«

Ida kuschelte sich zufrieden an sie, und Stine genoss den ruhigen Moment mit ihr. Ihre Tochter war oft genug ein kleiner Wirbelwind. An manchen Tagen konnte sie überhaupt nicht still sitzen.

»Jetzt male ich noch ein Einhorn«, sagte Ida dann.

Während sie ein neues Blatt in dem Malblock aufblätterte, schaute Stine gerührt auf die blauen, teilweise noch etwas krakeligen Linien, die Ida gezeichnet hatte. Dann wanderte ihr Blick zur Nordsee vor dem Fenster. Die Sonne war inzwischen hinter ein paar Wolken verschwunden, während der Wind die Wellen auftürmte, bevor sie sich übereinanderlegten, in sich zusammenbrachen und erneut wuchsen. Der ewige Rhythmus des Meeres.

Ja, sie wusste, dass sie schon längst mit Marten über Idas Vater hätte sprechen müssen. Und mit allen anderen auch. Vor Wochen. Ach was: vor Jahren! Aber sie hatte einfach nie den richtigen Zeitpunkt gefunden. War er jetzt gekommen? So kurz vor ihrer Hochzeit? Stine horchte in sich hinein.

Der aktuelle Zeitpunkt war ja wohl der denkbar schlechteste: Es waren noch dreiunddreißig Tage bis zur Hochzeit. Marten und sie wollten in der Mittsommernacht heiraten, und bis dahin würde Stine es niemandem sagen. Das ergäbe einfach keinen Sinn, so kurz vor dem großen Tag die Bombe platzen zu lassen. Sie schüttelte entschieden den Kopf. Nein, es ging einfach nicht.

»Eine Fähre, Mamaaaa!«

Stine schreckte hoch.

»Da, Mama!« Ida zeigte mit ihrem pinken Buntstift aufs Meer.

»Wow, stimmt! Und so nah, mein Schatz.« Eine schneeweiße Fähre der Wyker Dampfschiffs-Reederei schipperte vorbei. Würdevoll wie ein Schwan passierte sie die verwaiste Sandbank, die jetzt doch noch einmal in helles Sonnenlicht getaucht wurde und golden leuchtete.

Stine lehnte sich auf dem Barstuhl zurück, streckte ihre Arme nach rechts und links und dehnte sich. Und es klappte: Das bleischwere Gefühl rutschte ihr tatsächlich ein Stück weit von den Schultern. Endlich. Erleichtert atmete sie durch.

Als die Fähre überraschend zügig Richtung Amrum verschwunden war, warf Stine einen Blick auf die Küchenuhr. 8:45 Uhr. Wie konnte es schon so spät sein? Hektisch schaute sie an sich und Ida herab: Sie waren immer noch in ihren Schlafsachen! Jetzt mussten sie aber in die Puschen kommen.

»Los, mein Schatz!« Vorsichtig hob sie Ida vom Barhocker. »Ab ins Zimmer und umziehen, wir sind tierisch spät dran.«

»Kann ich das Wellenbild im Kindergarten zeigen?«

»Aber selbstverständlich kannst du das. Jetzt aber los …«

Fünfzehn Minuten später stellte Stine ihren Wagen in der Badestraße ab. Sie hatte Ida mit dem Wellenbild in der Hand im Kindergarten abgegeben, und obwohl Stine heute schon wieder spät dran war, hatte Erzieherin Sybille nicht mit den Augen gerollt. Die Uhren tickten auf der Insel wirklich anders. Stine hatte Hamburg zwar geliebt, aber sah eben auch klar die Vorteile, die das Leben für sie als Mutter mit einer noch recht kleinen Tochter auf Föhr hatte. Vieles lief hier einfach viel entspannter.

Sie ging die Süderstraße hinunter. An ihrem Ende sah sie die Nordsee schon in der Sonne glitzern, die wieder hervorgekommen war. Auch das Straßenentlangschlendern auf der Insel: viel entspannter als in Hamburg.

Vom Meer her kam ihr ein älteres Paar in Trainingshosen und Sweatshirts mit dem Aufdruck »I ♥ Föhr« entgegen. Mit ihren Nordic-Walking-Stöcken klapperten sie freundlich grüßend an Stine vorbei.

Sie genoss es, die Süderstraße kurz für sich zu haben. Im Laden ihres Vaters und der Apartmentvermittlung ihrer Mutter würde es gleich trubelig werden. Sie musste Ulli heute dringend dabei helfen, Bikinis, Badeanzüge, Schwimmringe, Luftmatratzen und Sandspielzeug über seinen Großhändler zu bestellen. Und Christa hatte um diese Uhrzeit sicher schon mit einigen Stammgästen telefoniert. Stines Job war es, ihre Telefonmitschriften, die am Rand von Christa immer noch mit Kritzelgesichtern und Kringelchen verziert wurden, in einen digitalen Kalender auf Stines Rechner zu übertragen, über den sie alle Buchungen der Feriengäste verwalteten. Täte Stine das nicht sofort und gewissenhaft, konnte es leicht vorkommen, dass eine Ferienwohnung doppelt belegt wurde. Ein absolutes Horrorszenario, aber mit ihrem handschriftlichen Sammelsurium war es Christa in den letzten Jahren leider schon öfter passiert. Erst seit Ida in den Inselkindergarten ging und Stine Christa im Büro half, hatten sie das Problem in den Griff bekommen.

Stine hatte nun fast die Kreuzung zur Johannesstraße erreicht. In ihrem hellgrauen Pulli schwitzte sie ein wenig. Sie schob sich die Bündchen über die Ellenbogen und spürte die Sonne auf ihren Armen. Wie sie diese frühen warmen Tage auf der Insel doch liebte. Sie blieb einen Augenblick lang stehen.

Und das Beste: Der ganze Sommer lag ja noch vor ihnen. Sie freute sich auf die langen, hellen Tage, die noch kommen würden. Auf die vielen Kugeln Eis, die sie mit Ida und Marten essen würde. Auf Idas strandsandpanierte

Füße und Beine. Auf die prächtigen Burgen, die sie zu dritt bauen würden. Auf bunte Eimer voll Sand und auf Gießkannen mit Salzwasser, die Ida vor Anstrengung so niedlich zum Schnaufen bringen würden, wenn sie sie über den Strand schleppte. Auf laue Abende mit Marten auf Tante Ellas Terrasse, während sie sich bei einem Glas Wein tief in die Augen schauten.

Aber am allermeisten freute Stine sich natürlich auf die Hochzeit. Darauf, dass Marten und sie ihre Liebe bald mit ihren Eltern, mit Hannah und allen Freunden feiern würden. Eine Liebe, die sich für Stine immer noch jeden Tag aufs Neue aufregend anfühlte. Stine sah den luftig leichten Schäfchenwölkchen am Himmel hinterher. Dieser Sommer konnte doch gar nicht anders, als der großartigste Sommer aller Zeiten zu werden.

Als Stine die Johannesstraße überquerte, stieg ihr der köstliche Geruch von frisch gebackenem Brot in die Nase. Der Duft kam aus der kleinen Inselbäckerei im Eckhaus. Spontan beschloss sie, ein dunkles Brot für sich und ihre Eltern mitzunehmen. Sie würde es mit Ulli und Christa mittags in der kleinen Küche vom Laden aufschneiden und mit Käse, Schinken und frischen Tomaten belegen. Für eine warme Mahlzeit oder eine Pause, die länger als zehn, fünfzehn Minuten dauerte, hatten sie ohnehin selten Zeit.

Im Gehen kramte Stine in ihrer Hosentasche nach etwas Kleingeld. Hatte sie genug dabei? In ihrer Hand klimperten ein paar Münzen, als sie die kleine Stufe erklomm, durch die offene Tür trat, die in die Bäckerei führte und …
»Rummms!«

Noch im Türrahmen prallte sie frontal mit einer Bäckereitüte zusammen. Sie fiel zu Boden, das Papier riss, und fünf gemischte Brötchen rollten über den gefliesten Ladenboden. Direkt neben den Brötchen erblickte Stine ein paar lässig ausgetretene Segelschuhe.

»'tschuldigung!«, rief der Mann, mit dem sie zusammengestoßen war, sofort. Er trug ein hellrotes Poloshirt und eine elegante Sonnenbrille aus bernsteinfarbenem Horn. Unter der dunkelgrünen Basecap kräuselten sich blonde Locken.

Stine stutzte. Viel sah sie nicht von ihm, aber der Teil seines Gesichts, der nicht von der riesigen Sonnenbrille verdeckt wurde, kam ihr erstaunlich bekannt vor.

»Es tut mir so leid, ich habe Sie nicht gesehen«, sagte er, während sie schon auf dem Fliesenboden kniete, um die Brötchen aufzuklauben. »Sie sind so schnell in den Laden geschossen gekommen … Haben Sie sich wehgetan?«

»Aber so was von«, sagte Stine, als sie ihm das letzte Vollkornbrötchen in die Hand drückte, das er zu den anderen auf den Tresen legte. »Rufen Sie sofort einen Helikopter, der mich ins Krankenhaus fliegt.« Sie lachte.

»Was ist denn passiert?«, rief die Verkäuferin alarmiert, die gerade von hinten aus der Backstube kam. Sie war recht klein und musste sich in ihren Gesundheitsschuhen auf die Zehenspitzen stellen, um über den Tresen zu Stine auf den Boden sehen zu können. »Du meine Güte, sind Ihnen die Brötchen runtergefallen?«, fragte sie und rollte dabei typisch norddeutsch jedes R. »Warten Sie, ich packe Ihnen sofort frische ein.«

»Das ist nett, aber überhaupt nicht nötig«, lehnte der Mann ab, der seinen Blick auch nicht von Stine löste, als sie wieder auf die Beine kam.

Sie spürte ein Kribbeln im Nacken. Ein sicheres Zeichen dafür, dass sie im Gesicht lachsrosa anlief.

»Könnte es sein, dass ...«, begann er, bevor er verwundert innehielt.

»Dass was?«, fragte Stine und klopfte sich etwas Staub von den Knien. Dann sah sie auf, und der Mann nahm seine Sonnenbrille und die Basecap ab. O Gott, dachte Stine, als sie ihn erkannte.

»Stine?« Sie schauten sich in die Augen, und Stine lief ein heißer Schauer über den Rücken. Für einen kurzen Augenblick hielt sie die Luft an.

»Louis?«, fragte sie dann überrascht. »Was machst du denn hier?«

Wie konnte das sein? Das letzte Mal, dass Louis auf die Insel gekommen war, lag mindestens zehn Jahre zurück. Dass er jetzt frisch rasiert vor ihr stand und sie angrinste, als wäre es erst gestern gewesen, dass sie miteinander gesprochen oder geschrieben hatten, fühlte sich für Stine vollkommen irreal an. Sie hielt seinem Blick stand und spürte, wie sich tief in ihrem Herzen ein Gefühl regte, das sie sich jahrelang verboten hatte. Es war, als hätte jemand einen unsichtbaren Bann gebrochen: Mit Schwung flog die Tür zu einer jahrelang gut verschlossenen Kammer ihres Herzens auf. *Weit* auf. Viel zu weit! Alles, was sie gerade noch scharf gesehen hatte, sah sie nun unscharf. Die Fliesen, die Brötchen, die große Sonnenbrille, Louis ...

»Ist Ihnen beiden etwas passiert?« Die freundliche Verkäuferin um die fünfzig, gerade noch hinter dem Tresen, stand jetzt mit einer neuen Papiertüte voller Brötchen neben ihnen. »Hier, mien Jung«, sagte sie und reichte sie dem perplexen Louis.

»Ganz herzlichen Dank«, sagte er, während er Stine noch immer in die Augen sah. »Aber das war wirklich nicht nötig. Wie nett …«

Stine versuchte, ihren Blick von Louis zu lösen, aber es gelang ihr nicht. In seinen Augen las sie all die Fragen, die sie sich selbst in den letzten Jahren immer wieder gestellt hatte.

»Junge Frau!« Die Verkäuferin stupste Stine in die Seite. »Ist das nicht Ihr Geld?« Sie gab ihr einige Münzen, dir ihr beim Zusammenprall aus der Hand gefallen sein mussten.

Endlich riss sich Stine von Louis' Blick los und lächelte die Verkäuferin an. »Vielen Dank! Das ist wirklich sehr freundlich von Ihnen.«

»Beim nächsten Mal setzen Sie besser rechtzeitig den Blinker, bevor Sie so zügig in den Laden abbiegen, sonst gibt's noch ein paar Punkte in Flensburg.« Die Frau zwinkerte Stine verschmitzt zu. »So, was kann ich denn jetzt noch für Sie tun?«

Während Stine weiterhin Louis' Blick auf sich ruhen fühlte, verlangte sie ein falsches Brot. Sie suchte noch die passenden Münzen zusammen, da läutete das Telefon in der Backstube, und die Verkäuferin eilte mit einem »Momentchen bitte …« davon. Stine wartete ein paar Sekunden am Tresen, aber das Gespräch schien zu dauern. Sie spürte Louis in ihrem Rücken wie eine warme Hand. Er machte keine Anstalten zu gehen. Schließlich drehte sie sich zu ihm um.

»Was machst du denn hier auf der Insel?«, fragte sie ihn. Ihr T-Shirt klebte ihr jetzt nass geschwitzt unter dem Pulli am Rücken.

»Dieselbe Frage wollte ich dir gerade stellen«, sagte Louis, setzte sich die Basecap wieder auf und grinste.

Stine zwang sich zu einem Lächeln, wich aber seinem Blick aus. Sie war froh, dass die Verkäuferin nun hinter den Tresen zurückeilte und sie bezahlen konnte. Ein paar Sekunden später stand sie mit Louis draußen vor dem Laden.

»Besuchst du deine Eltern?«, fragte er und steckte die Tüte mit den Brötchen in einen großen blau-gelb karierten Baumwollbeutel.

»Nicht direkt«, sagte Stine. Fehlt nur noch die Preiselbeermarmelade in der Hand, dachte sie, dann kann man Louis direkt in eine Werbung für Ferien in Schweden stellen. *Feiern Sie Midsommar bei uns im Norden!* Er schob sich einen der Bügel seiner zusammengeklappten Sonnenbrille in den Ausschnitt seines Poloshirts. Seine Haare trug er seit ihrem letzten Treffen etwas länger, das Gesicht war braun gebrannt, sodass seine hellblauen Augen zu leuchten schienen. Geschockt stellte Stine fest, dass Louis *noch* besser als damals aussah.

»Was meinst du mit ›nicht direkt‹?«, fragte Louis interessiert. »Bleibst du länger?«

»Könnte man so sagen«, bestätigte sie. Das war ja grundsätzlich nicht falsch …

»Echt? Versteh ich gut. Ich weiß auch noch nicht, wann ich wieder nach Hamburg fahre.«

Plötzlich war Stine übel. Ihr Magen zog sich auf ungute Weise zusammen, und die Sonne, die sie gerade eben noch so genossen hatte, brannte plötzlich unangenehm auf ihrem Scheitel. »Seit wann bist du denn wieder zurück in Hamburg?«, fragte sie.

Louis winkte ab. »Ach, schon seit einem Jahr oder so.«

Die Lachfalten um seine Augen herum waren neu, die kannte sie noch nicht. Sie mussten erst in den letzten Jahren dazugekommen sein.

»Ich mochte das Rheinland«, erklärte Louis. »Wahnsinnig nette Leute da. Aber irgendwann habe ich meine Jungs in Hamburg dann doch zu sehr vermisst.«

Schon seit einem Jahr? Stine traute ihren Ohren nicht. Warum hatte ihr denn Caro nichts davon gesagt? Sie dachte an die letzten Sprachnachrichten, die sie sich mit Louis' Schwester geschickt hatte. Aber darin war es nur um Caros Zwillinge gegangen, die jetzt etwa ein halbes Jahr alt sein mussten.

»Und wie geht's Amélie?«, fragte Stine, obwohl sie es eigentlich gar nicht wissen wollte. Sie waren ein paar Schritte gegangen und standen jetzt vor Louis' Fahrrad. Mit ihrer rechten Hand ergriff Stine die restlichen Münzen in ihrer Jeanstasche. Sie waren kalt, das lenkte sie ein wenig ab.

»Wie's ihr geht?« Die Lachfalten um Louis' Augen herum verschwanden plötzlich. »Ganz gut, nehme ich an«, sagte er in sachlichem Ton. Er zögerte kurz, bevor er weitersprach. »Wir sind nicht mehr zusammen.« Mit ernster Miene knibbelte er etwas Rost vom Fahrradlenker. Mit dem schweren, alten Hollandrad war Louis' Vater schon vor zwanzig Jahren über die Insel zum Brötchenholen geradelt. Damals, als Louis, Caro, Hannah und Stine noch Teenager und beste Sommerferienfreunde gewesen waren.

Die Neuigkeit sickerte langsam in Stines Bewusstsein. Louis war getrennt. Vor ihren Augen drehte sich plötzlich alles, sie griff nach dem Fahrradlenker, um sich daran abzustützen.

»Tut mir leid«, sagte sie nach einer kurzen Pause. »Ihr wart ja immerhin …« Der Satz blieb unbeendet in der Luft hängen. In Stines Magen rumorte es jetzt heftig.

»Verheiratet?«, fragte Louis. »Genau. Sind wir immer noch. Schon fast fünf Jahre lang.« Er schmunzelte kurz. »Das erste Jahr immerhin ganz glücklich. Aber dann …« Seine Schultern rutschten eine Etage tiefer. »Egal. So weit weg von Hamburg hatten wir jedenfalls keine gute Zeit zusammen. Und als wir zurück waren, wurde es leider nicht unbedingt besser.« Louis fasste an den Schirm seiner Basecap und rückte sie gerade. »Und bei dir? Ich habe gehört, dass du bald heiratest? Erzähl.«

Stine nickte. »Stimmt.«

»Und ein Kind hast du auch?«, fragte er weiter.

Die Übelkeit in Stines Magen drohte überzuschwappen. »Genau. Eine Tochter. Ida heißt sie.« Sie kickte mit einem Sneaker einen Kieselstein über den Asphalt, um Louis nicht ansehen zu müssen. »Du bist ja ziemlich gut informiert«, schob sie schnell hinterher, bevor er noch weitere Fragen stellen konnte. Anscheinend war noch nicht zu ihm vorgedrungen, dass sie schon vor ein paar Jahren wieder nach Föhr gezogen war.

»Ich hab da halt so meine Quellen«, sagte Louis mit tiefer Inspector-Columbo-Stimme.

Stine lächelte anerkennend. »Müssen ziemlich gute Quellen sein.«

»Eigentlich ist es nur eine. Hilla hat mich gestern auf den neusten Stand gebracht.«

»Gut, also bei *der* Quelle …« Stine versuchte ein Grinsen. Hilla war gebürtige Insulanerin und putzte seit dreißig Jahren das Haus von Louis' Familie. Wenn die Familie nicht da war, lüftete Hilla regelmäßig alles, goss die Blumen und kümmerte sich um den Garten.

Ein paar Meter über Louis' Kopf sah Stine eine strahlend weiße Möwe kreisen. Mit ausgebreiteten Flügeln schwebte sie über ihnen und hoffte wohl, dass sie ihr einen Leckerbissen zuwarfen.

»Du hast dich überhaupt nicht verändert, seit …«, begann Louis jetzt.

Stine schaute wieder zu ihm, und sein Blick fing ihren ein. Sie versank in seinen hellblauen Augen und spürte es diesmal noch deutlicher: Das Wiedersehen mit Louis setzte Gefühle frei, die sie lange verdrängt hatte, weil es diese Gefühle einfach nicht geben durfte. Panik stieg in ihr auf. Sie sah zum Fahrrad hinunter, das sie mit der rechten Hand festhielt. Der Rost, der sich über den gesamten Lenker sprenkelte, machte das alte Rad in ihren Augen nur noch schöner.

Dann warf sie demonstrativ einen Blick auf ihr linkes Handgelenk. »Du, es tut mir echt leid, aber ich muss jetzt weiter. Bin schon spät dran.« Dass sie keine Uhr trug, schien Louis zum Glück nicht mitzubekommen.

»Okay, aber wenn du Lust hast, könnten wir uns in den nächsten Tagen ja mal treffen«, sagte er. »Und dann erzählst du mir in aller Ruhe, was bei dir in den letzten Jahren so los war. Das würde mich ehrlich freuen.«

Sie zwang sich zu einem Lächeln, obwohl sich in ihrem Mund ein säuerlich-bitterer Geschmack ausbreitete. »Hmmm, klingt gut. Ich hab nur gerade wirklich nicht viel Zeit«, sagte sie ausweichend und schaute sich unauffällig nach einer Fluchtmöglichkeit um. »Weißt du was? Ich melde mich einfach spontan, wenn's bei mir mal passt, in Ordnung?«

Damit begann sie, rückwärts in Richtung Sandwall zu gehen. Sie winkte Louis zu, der ihr irritiert hinterhersah, dann drehte sie sich um. Mit dem falschen Brot unter dem Arm lief sie, so schnell sie konnte, aber ohne zu rennen, zum Wasser hinunter. Am Straßenende sah sie die Wellen, auf denen sich das Sonnenlicht brach. Das Meer funkelte und glitzerte, als würden Hunderttausende winzige Edelsteine auf seiner Oberfläche schwimmen.

»Warte mal!«, rief Louis ihr hinterher. »Erreiche ich dich noch unter deiner alten Nummer?«

Stine fokussierte sich auf ihre Schritte. Rechter Fuß, linker Fuß, rechter Fuß, linker ... Bloß nicht stehen bleiben. »Was hast du gesagt?«, fragte sie im Gehen über ihre Schulter hinweg.

»Na, deine Nummer ...« Louis ließ nicht locker.

Stine ging nicht darauf ein. Sie hob nur den brotfreien

Arm und winkte noch einmal. Hoffentlich würde das den Abschied beschleunigen.

Erleichtert stellte sie fest, dass Louis sich auf das Rad schwang. Ein Segelschuh ruhte bereits auf einem Pedal, der zweite stand noch auf den Betonplatten des Bürgersteigs.

»Also, wenn du Lust hast, könnten wir ja mal einen Strandspaziergang machen!«, rief ihr Louis hinterher. »Ich schreibe dir, in Ordnung?«

»Mach das«, erwiderte Stine und schlug sich noch in derselben Sekunde innerlich mit der flachen Hand auf die Stirn. Bloß nicht! Das sollte er selbstverständlich nicht tun. Auf *gar* keinen Fall wollte sie mit Louis »mal einen Strandspaziergang machen«.

Der säuerliche Geschmack in ihrem Mund war jetzt kaum noch zu ertragen. Stine bog in den Sandwall ein und ging ein paar Meter Richtung Hafen. Als sie sich sicher war, dass Louis sie definitiv nicht mehr sehen konnte, schleppte sie sich über den schmalen Rasenstreifen in der Mitte der Promenade zu den Beachvolleyballfeldern. Vor einem Mülleimer blieb sie stehen.

Sie würgte und wartete – und würgte noch etwas länger. Aber: vergeblich. Es kam einfach nichts. Stine schaute hoch und wischte sich ein paar Haarsträhnen aus der schweißnassen Stirn. Dann eben nicht, dachte sie erschöpft. Sie schaute auf die Tüte mit dem Brot in ihrer Hand und wünschte sich nichts sehnlicher, als sich in den Laden zu ihren Eltern zu retten. Auch wenn sie ihnen vermutlich nicht erzählen würde, dass sie Louis getroffen hatte.

In ihrem Kopf überschlug sich alles, als sie wenige Minuten später in Ullis Souvenirladen trat. Louis war zurück – und mit ihm das fürchterliche Gefühlschaos in ihr. Wie ein alter, vertrauter Poltergeist hatte er in den vergangenen Jahren immer wieder in Stines Kopf herumgespukt, obwohl sie wirklich versucht hatte, ihn zu vergessen. Der hatte ihr jetzt gerade noch gefehlt – noch dazu dreiunddreißig Tage vor ihrer Hochzeit!

5. Hannah

Die Fähre fuhr mit einem lang gezogenen »Tuuuuuuut!« vom Dagebüller Anleger ab. Hannah stand auf dem Oberdeck der »Schleswig-Holstein« und schaute Richtung Festland. Der Schiffsboden unter ihren Turnschuhen vibrierte leicht. Als sie heute Morgen mit einem Schwung Zeitschriften zum Thema »Hochzeit« unter dem Arm in den Zug gestiegen war, hatte sie sich etwas Sonne für die Überfahrt gewünscht, aber der Himmel über ihr war jetzt grau und verhangen. Sie fröstelte ein wenig. Immerhin war es trocken. Hannah stopfte das Tuch, das sie sich vor der Abreise noch schnell um den Hals geschlungen hatte, unter der Windjacke fest und zog den Reißverschluss zu. Das teure Stück, das mit goldenem Pferdegeschirr bedruckt war und von dessen Kauf sie Frederik während eines romantischen Wochenendes in Paris überzeugt hatte, war völlig unpassend für Föhr.

Sie hatte immer geglaubt, dass sie durch Ambition, gute Ideen, Spätschichten und Kundenmeetings, für die sie auch mal einige Stunden ihres Wochenendes opferte, im Job weiterkäme. Es war zwar nicht einfach gewesen, genügend Zeit für eine Partnerschaft freizuschaufeln, aber auch das war ihr irgendwie gelungen. Jahrelang war diese Taktik aufgegangen. Sie war die Karriereleiter immer weiter hinaufgeklettert und hatte mit Frederik ein paar wirklich gute Monate gehabt. Bis die nächste Sprosse, die sie doch eigentlich schon erklommen hatte, überraschend unter ihren Füßen weggebrochen war und Frederik sich eine Neue gesucht hatte. Eine, die noch besser in sein Beuteschema passte, die besser verdiente und noch erfolgreicher war als Hannah.

Sie lehnte sich an die Reling und stellte fest, dass der absurd teure Seidenschal bei dem frischen Wind überraschend gut wärmte. Die Fähre schipperte zügig aus dem Hafenbecken, eine Handvoll Möwen kreiste über dem schäumenden Fahrwasser, und die bunten Strandkörbe am Dagebüller Deich wurden kleiner und kleiner. Geschafft! Hannah atmete durch.

Die letzte Woche in Berlin war eine absolute Katastrophenwoche gewesen und steckte ihr noch tief in den Knochen.

Allein bei dem Gedanken daran, dass Frederik sie betrogen hatte, spürte sie ein Brennen in ihren Augen, das sie schnell wegblinzelte. War er es überhaupt wert, dass sie sich so schrecklich elend fühlte und drei Nächte hintereinander wach gelegen hatte, obwohl *er* sie hintergangen hatte? Sie kannte die Antwort. Nein.

Gleichzeitig fiel es Hannah schwer, die Gefühle für Frederik einfach so abzustellen. Liebe war doch kein Stecker, den sie nur herausziehen musste, wenn sie das Gefühl wieder abstellen wollte. Das funktionierte so nicht! Jedenfalls nicht für Hannah.

Sie musste sich nicht nur von Frederik verabschieden, sondern auch von allem, was sie sich für ihre gemeinsame Zukunft gewünscht hatte. Das tat verdammt weh.

In diesem Moment piepste etwas in ihrer Jackentasche. War das vielleicht Frederik, dem es schlecht ging und der sie bat, zu ihm zurückzukommen, weil er einen schrecklichen Fehler gemacht hatte? Eilig zog sie das Telefon heraus und schaute aufs Display. Leider nicht Frederik, stellte sie enttäuscht fest. Natürlich nicht.

Sie hatte ein Foto zugeschickt bekommen. Es zeigte ein mit blauen Stiften gekritzeltes Bild im »Kiesewetter«-Chat. Ida hatte Wellen gemalt. »Nordseewellen« heiße die Arbeit der jungen Künstlerin, schrieb Stine. Gerührt vergrößerte Hannah das Bild auf dem Display. Noch während sie es betrachtete, wurde es von Christa schon mit einem Smiley mit zwei verliebten roten Herzchen als Augen kommentiert. *Brauche ich für meine Sammlung*, schrieb Hannah unter den Smiley ihrer Mutter in den Chat. *Bitte reservieren, liebe Galeristin.*

Zu spät, liebe Sammlerin, antwortete Stine. *Ist für Marten. Kannst aber sicher eine ähnliche Arbeit bei der Künstlerin in Auftrag geben.*

Hannah schmunzelte. Eine Superidee! Das Bild passte wirklich gut zu ihrem Tag. Genau diese Nordseewellen, die Ida gezeichnet hatte, umgaben sie, während sie vom Festland nach Föhr übersetzte.

Sie konnte es kaum mehr erwarten, auf der Insel einzutreffen. Niemand dort wusste, dass sie sich ein paar Wochen freigenommen hatte und die nicht im Süden, sondern auf Föhr verbringen würde. In etwas weniger als einer Dreiviertelstunde würde sie ihre Familie mit ihrer Ankunft überraschen. Dass für Stine und ihre Eltern mit der Hochsaison jetzt eine stressige Zeit anbrach, war ihr natürlich klar. Trotzdem hoffte sie insgeheim, dass Christa, Ulli und Stine abends Zeit haben würden, um mit ihr bei einem Glas Wein auf dem Sofa oder der Terrasse entspannt und ausführlich über Frederik herzuziehen, der sie so hintergangen und verletzt hatte. Außerdem würde sie mit ihrer Familie gern über den Job auf Mallorca sprechen, der für Hannah doch schon zum Greifen nah gewesen war.

Sie dachte an die Postkarte, die Stine ihr kurz nach ihrem Umzug nach Berlin geschickt hatte. »Hinfallen, aufstehen, Krone richten, weitergehen« hatte auf ihr gestanden. Hannah war damals zum dritten Mal hintereinander an einen Mann geraten, dem seine Freiheit nach anderthalb Monaten On-off-Beziehung dann doch »irgendwie wichtiger« gewesen war.

Eigentlich hatte sie die Postkarte etwas kitschig gefunden. Sie war ja kein Prinzesschen im hellrosa Tutu, das händeringend auf einen Märchenprinzen wartete. Und trotzdem: In Phasen, in denen sie gerade mal wieder Single war, hatte sie die Karte mit einem Streifen Tesafilm an ihren Badezimmerspiegel geklebt. Konnte ja nicht schaden.

Hinfallen, aufstehen, Krone richten, weitergehen.

Der Spruch konnte glatt von Stine selbst stammen. Die

fiel zwar auch mal auf die Nase, aber dann klopfte sie eben schnell den Staub ab, und weiter ging's! Sie machte sich einfach nicht so viele Gedanken wie Hannah. Sie plante nicht so weit im Voraus und ließ die Dinge einfach passieren. Wie vor fünf Jahren, als sie überraschend in diese ungeplante Schwangerschaft hineingestolpert war. *Das* war mal ein Schock gewesen! Für Hannah und für ihre Eltern. Wobei, für ihre Eltern dann doch irgendwie nicht. Christa und Ulli reagierten erstaunlich gelassen. Diejenige, die diese Schwangerschaft am meisten geschockt hatte, war Hannah. Aber am Ende ging ja doch immer alles irgendwie gut für ihre jüngere Schwester aus. Christa und Ulli unterstützten sie seit Idas Geburt, und dann war Stine kurz nach dem Umzug auf die Insel mit Marten zusammengekommen, der nicht nur sie liebte, sondern auch Ida. Er füllte die Leerstelle in Idas Leben, die ihr leiblicher Vater hinterlassen hatte. Ida war erst drei Monate alt, als Marten mit ihr voller Stolz am Strand spazieren ging, an seiner Brust in einem Tuch, das gerade so um seinen breiten Oberkörper passte. Hannah war nicht von Anfang an überzeugt davon gewesen, dass dieser herzliche Gute-Laune-Wirt die richtige Wahl für ihre Schwester war, aber das lag wohl daran, dass sie selbst auf Männer vom Typ »gut aussehender, erfolgreicher Manager« stand. Und wie das endete, hatte sie ja gerade mal wieder gesehen.

Ihre Gedanken wanderten zu Frederik zurück. Für eine Weile hatte er ihr so viel Wärme geschenkt, so viel liebevolle, ungeteilte Aufmerksamkeit, die dann irgendwann nachließ und abkühlte – und schließlich ganz erloschen war. Dass er sie so einfach gegen eine andere eintauschte, hätte sie ihm nie zugetraut. Hannah zog fröstelnd ihre Schultern hoch.

Die Fähre schwankte im schweren Wellengang, und Hannah spürte, wie ein kühler Tropfen auf ihrer Stirn zerplatzte. Eine Sekunde später folgte der nächste. Sie schaute in den Himmel, der nun, genau wie ihre Stimmung, steingrau geworden war. Vielleicht war es besser, wenn sie zum Bordkiosk runterging.

Auf dem Weg dorthin schob sie ihre rechte Hand in ihre Jackentasche. Ihre Finger glitten über ihr Telefon. Ob Frederik oder Ariane ihre neue Beziehung auf ihren Social-Media-Accounts schon öffentlich gemacht hatten? Nein!, verbot sich Hannah und zog ihre Hand wieder heraus. Das wollte sie besser gar nicht wissen.

Schon auf der Treppe nach unten schlug ihr der köstliche Duft von frisch aufgebrühtem Kaffee entgegen und lenkte sie von ihren Gedanken ab. Sie reihte sich in die Schlange zum Bestellen ein. Aber noch einen Kaffee schaffte sie heute nicht mehr, sie hatte im Zug schon drei getrunken und fühlte sich inzwischen hibbeliger, als gut war. Sie schaute auf ihre Uhr. 12:55 Uhr. War es zu früh für ein Bier? Aber nach der schlimmen Nacht, die sie hinter sich hatte, wäre ein Flensburger jetzt sicherlich okay, oder?

»Der Nääächste, bitte!«, rief die Frau mit den kurzen blond gefärbten Haaren in dem Moment freundlich aus ihrem Kioskfenster, aber Hannah war glücklicherweise noch nicht an der Reihe. Sie hatte noch Zeit, sich zu entscheiden.

Ihr Blick wanderte von der großen Angebotskarte neben dem Kioskfenster zu dem Mann, der vor ihr stand. Er trug eine lässige grüne Wildlederjacke im Achtzigerjahrestil zu schlichten schwarzen Jeans und nahm gerade einen weißen Getränkebon von der Kassiererin entgegen. Neben ihm auf dem Laminatboden stand ein Gitarrenkoffer, der offenbar ihm gehörte. Er war über und über mit zerkratzten Stickern beklebt. Auf einem runden stand in knallblauer Blockschrift: Something Blue. Hannah stutzte. Der Name sagte ihr doch was.

Und dann wusste sie auch, was. Der Typ griff sich den Gitarrenkoffer und wollte gerade um die Ecke herum zur Speisen- und Getränkeausgabe gehen, als Hannah klar wurde, dass sie ihn nicht entkommen lassen durfte. Das war *ihre* Chance.

»Hey, du, entschuldige bitte!«, rief sie ihm hinterher. Offenbar fühlte er sich nicht angesprochen, jedenfalls reagierte er nicht sofort. »Ich muss dich mal eben was fragen!«, setzte Hannah noch einmal nach, ließ schnell drei Leute vor und folgte ihm zum Ausgabefenster.

»Mich?« Der Mann in der dunkelgrünen Jacke drehte sich endlich zu ihr um. Er war etwa in ihrem Alter, trug ein schwarzes T-Shirt und Skaterschuhe und sah auch von vorn überraschend gut aus. Sein dunkelbraunes, etwas längeres Haar fiel ihm in die Stirn. Auf seinen Wangen lagen Schatten, er hatte sich wohl ein paar Tage nicht rasiert und wirkte etwas müde.

»Ich, also ...« Er sah *so* gut aus, dass Hannah ins Stocken geriet. Wie peinlich!

»Worum geht's denn?«, fragte er freundlich. Sein Blick aus blaugrauen Augen hielt sie fest, und für einen kurzen Moment schauten sie sich einfach nur an.

Jetzt wusste Hannah erst recht nicht mehr, was sie ihn eigentlich fragen wollte. »Also, der Aufkleber von dieser Band auf deinem Koffer ...«, begann sie stotternd und hielt dann wieder kurz inne. *Reiß dich zusammen, Hannah!*, fuhr sie sich an. *Der Typ sieht zwar ziemlich gut aus, aber das ist noch lange kein Grund, dich dermaßen vor ihm zu blamieren.* Mit sechzehn hatte sie solche Situationen auf jeden Fall souveräner gelöst. Schnell zeigte sie auf den »Something Blue«-Sticker. »Kennst du die vielleicht? Also, die Leute von der Band, meine ich.«

»Ja, die kenne ich.« Er lächelte und sah plötzlich deutlich jünger aus. »Ziemlich gut sogar. Warum?« Er stellte den Gitarrenkoffer wieder neben sich ab.

»Ich muss sie dringend erreichen«, sprudelte Hannah los. »Ich hab es schon mehrmals per Mail versucht, aber irgendwie meldet sich niemand zurück, und langsam läuft mir die Zeit davon. Meine Schwester ist ganz vernarrt in die Band und heiratet in einem Monat, und ich ...«

»In einem Monat schon?« Der Mann klang überrascht. Er rieb sich mit dem Bon in der Hand am Hinterkopf und dachte kurz nach.

Hannah musterte ihn unauffällig. Er war groß, etwas schlaksig, aber durchaus trainiert. Einen attraktiven Mann von diesem Kaliber traf man nicht bei jeder Fährüberfahrt, so viel war mal klar!

»Vier Wochen sind nichts. Dass das verdammt knapp ist, ist dir aber schon klar, oder?«, fragte er lächelnd.

»Ich weiß.« Hannah verzog schuldbewusst das Gesicht. Natürlich hätte sie sich schon viel früher bei der Band melden müssen, aber sie hatte sich ja auf ihre bescheuerte Beförderung konzentriert. *Und* auf die Beziehung mit einem Mann, der es überhaupt nicht wert gewesen war. Sie schüttelte den Kopf, um die störenden Gedanken zu verdrängen.

»Es ist wahrscheinlich hoffnungslos«, gab sie kleinlaut zu, als sie wieder in die blaugrauen Augen des Mannes schaute. »Aber bevor ich nach einer Notlösung suche, muss ich die Band wenigstens erreichen. Stine wünscht sich so, dass Something Blue auf ihrer Hochzeit spielen. Hast du vielleicht die Nummer von einem der Bandmitglieder? Wahrscheinlich stimmen die Kontaktdaten auf der Webseite nicht mehr, deshalb hat sich niemand zurückgemeldet.«

»Doch, doch, die stimmen noch«, sagte der Mann mit dem leichten Anflug eines Lächelns, das ihn sogar unverschämt gut aussehen ließ. »Aber für SB laufen gerade so viele Anfragen ein, dass wir mit dem Antworten gar nicht hinterherkommen.«

Wir? SB? Moment mal …

Er fing ihren fragenden Blick auf und zwinkerte ihr zu. »SB steht für Something Blue«, erklärte er, während er ihr seine rechte Hand entgegenstreckte. »Hi, ich bin Tom und singe in der Band.«

Hannah griff nach seiner Hand. Träumte sie das alles gerade? So einen Zufall gab es doch gar nicht. Sie wollte sich kneifen, aber sie hielt ja gerade Toms Hand. Er hatte einen warmen, zupackenden Händedruck.

»Du bist wirklich der Sänger der Band, die meine Schwester für ihre Hochzeit haben will?«, fragte Hannah mit einem hoffnungsvollen Flattern im Magen. »Stine hat euch in Oldenburg bei einer Hochzeit gesehen und war total begeistert.«

»Ich erinnere mich, Oldenburg hat echt Spaß gemacht. *Das* war mal ein feierwütiges Brautpaar.« Tom stieß einen leisen Pfiff aus und lächelte schon wieder. »Und danke für das Kompliment. Das gebe ich gern an die anderen weiter. SB ist unsere Brot-und-Butter-Band. Alle von uns spielen noch in anderen Bands, die aber nicht so viel abwerfen.« Er grinste etwas verlegen.

»Aber …« Hannah konnte es immer noch nicht fassen. »Was machst du hier?« Sie nickte in Richtung der Glasfenster, vor denen sich die Wellen vom Wind kräuselten. »Mitten auf der Nordsee, meine ich?«

Das Lächeln wich langsam aus Toms Gesicht. »Ich suche etwas«, sagte er ernst, und sein Blick wirkte plötzlich deutlich verschlossener als noch vor ein paar Sekunden.

Hannah bereute ihre letzte Frage sofort, das ging sie nun wirklich nichts an. Aber bevor sie sich dafür entschuldigen konnte, tönte über die Bordlautsprecher oberhalb ihrer Köpfe die automatische Ansage, dass sie in wenigen Minuten im Hafen von Wyk anlegen würden.

Hannah musterte Tom. »Steigst du auch in Wyk aus?«, fragte sie.

Er schüttelte den Kopf. »Ich fahre nach Amrum weiter.«

Oh nein, dachte Hannah. Endlich hatte sie einen direkten Draht zu Something Blue, der Sänger stand tatsächlich *vor* ihr – und jetzt musste sie aussteigen? Und er nicht? Das konnte doch nicht wahr sein.

»Es würde meiner Schwester Stine und mir wahnsinnig viel bedeuten, wenn es mit eurem Auftritt bei ihrer Hochzeit vielleicht doch klappen würde«, sagte sie schnell, bevor ihre Chance vorüber war.

»Wenn du willst, kann ich mal in unseren Kalender schauen«, bot Tom an. Die Falte, die sich gerade noch über seine Stirn gezogen hatte, glättete sich wieder, und seine Stimme klang freundlicher. »Aber wir sind ziemlich ausgebucht.«

»Vielleicht hat ja jemand abgesagt«, meinte Hannah hoffnungsvoll.

»Du meinst, dass ein Paar seine *Hochzeit* abgesagt hat?« Tom schmunzelte. »Ziemlich unwahrscheinlich, oder?«

»Vielleicht ist dem Paar ja auch nur klar geworden, dass es lieber einen DJ will?«

»Einen DJ?« Toms Augen funkelten amüsiert. »Du meinst, sie stornieren die Live-Band, für die sie schon vor anderthalb Jahren eine Anzahlung geleistet haben, und buchen lieber einen DJ? Einen Typen mit schräg zur Seite geschobener Basecap, der alles von einem Laptop abspielt und wahrscheinlich nicht mal mehr weiß, was Vinylplatten sind?«

Hannah zuckte mit den Schultern. »Könnte doch sein. Den meisten Paaren reicht das wahrscheinlich – ist bestimmt auch billiger.« Ein Lächeln schlich sich auf ihre

Lippen, als Tom auflachte. »Weißt du, Stine und Marten sind wirklich ganz große Fans von euch. Wenn ihr die Hochzeit also noch *irgendwie* zwischen eure anderen Termine quetschen könntet, wären sie euch in alle Ewigkeit dankbar. Und ich auch.« Sie strahlte ihr hellstes Lächeln. »Kannst du ja mal so an die anderen Bandmitglieder weitergeben ...«

Auf Toms Wange bildete sich ein Grübchen. »Ich schaue, was sich machen lässt.« Er entknitterte sorgfältig den Getränkebon, den er noch immer in der Hand hielt. »Aber versprechen kann ich nichts.«

Hannah nickte begeistert. »Wie erreiche ich ...«, begann sie, brach aber ab. ... *dich denn?*, hatte sie noch hinzufügen wollen, aber das verkniff sie sich mal besser. Hatte sie gerade tatsächlich ein ganz klein wenig mit Tom geflirtet, damit er noch mal in den Kalender schaute? Ja, das hatte sie. Plötzlich fiel ihr auf, dass ihr Überfall hier unten am Bordkiosk möglicherweise ein bisschen groupiemäßig rüberkommen könnte. Er war ja immerhin der Leadsänger einer nicht ganz unbekannten Band.

Tom nahm seinen Gitarrenkoffer. »Wie du uns erreichst?«, fragte er freundlich. »Mail mir doch einfach deine Nummer und das Datum der Hochzeit. Tom@somethingblue.de. Dann rufe ich dich morgen mal an, okay?« Er trat einen Schritt zur Seite und ließ einen Jungen im Grundschulalter zur Eistruhe, der sich in sie hineinhängte, um sich durch die Eissorten zu wühlen.

»Klingt gut«, meinte Hannah. Selbst wenn er ihr absagen wollte: Sobald sie ihn an der Strippe hatte, könnte sie mit ihm verhandeln. *Dranbleiben.* Das war die allererste Makle-rinnen-Regel, die Hannah gelernt hatte. Egal, wie schlecht es eigentlich aussah.

»Ich schreib dir gleich, wenn ich auf der Insel bin, okay?«, sagte sie. Dann zögerte sie. Konnte sie Tom einfach so ziehen lassen? Was, wenn er nicht zurückrief? Dann würde sie von Something Blue wahrscheinlich nie wieder etwas hören.

»Ich melde mich wirklich«, versicherte Tom, als könnte er ihre Gedanken lesen. Er wirkte wieder ernster. »Du kannst dich auf mich verlassen.«

Aus dem Augenwinkel beobachtete Hannah, dass einige Passagiere schon ausstiegen. Sie hatte das Anlegen der Fähre gar nicht mitbekommen. »Du hast meine Nummer in ein paar Minuten in deinem Postfach«, sagte sie.

»Dann sollte ich meine Mails wohl noch vor Amrum checken, was?« Seine Mundwinkel umspielte der Hauch eines Schmunzelns.

»Auf jeden Fall.« Hannah nickte und musste nun eben-falls lächeln. »Also, bis dann …« Zum Abschied hob sie noch kurz die Hand, dann drehte sie sich um und ging in Richtung Gepäckraum.

»Und dein Name war …?«, rief Tom ihr plötzlich hinter-her.

Hannah hielt inne. Hatte sie sich gerade eben nicht mal vorgestellt? Wie peinlich! Sie spürte, dass sich ein heißes Kribbeln über ihren Rücken zog, und drehte sich um. »Han-nah«, beeilte sie sich zu sagen. »Hannah Kiesewetter.« Aus irgendeinem Grund fing ihr Herz an, schneller zu schlagen.

Tom nickte und lächelte ihr so charmant zu, dass sich wieder ein Grübchen in seiner linken Wange bildete. »Dann melde ich mich morgen bei dir, Hannah Kiesewetter.«

Sie warf ihm einen letzten Blick über ihre Schulter zu, dann ging sie zügig und mit einem Lächeln auf den Lippen Richtung Ausgang. Mit so viel Glück wie gerade eben hatte sie an diesem Tag nicht gerechnet – jetzt musste nur noch der Termin frei sein, und die Sache mit der Band war geritzt. Und das musste schon allein deshalb klappen, weil Hannah plötzlich *sehr* interessiert daran war, Tom mit seinen Grübchen und blaugrauen Augen wiederzusehen. Wie gern würde sie ihn live singen hören. Sie schüttelte verwirrt den Kopf. Wo kamen denn jetzt *diese* Gedanken her?

Als sie die Fähre verließ, blies der Seewind ihr um die Ohren. Die Luft war herrlich frisch. Gerade eben auf der Fähre war der Himmel noch wolkenverhangen gewesen. Jetzt riss die graue Decke auf, die Sonne kämpfte sich hindurch und schien warm auf Hannahs Schultern. Sie schloss im Gehen ganz kurz die Augen und genoss diesen Moment. Endlich zu Hause, dachte sie, obwohl sie schon seit fast einem Jahrzehnt in Berlin lebte. Nach wenigen Schritten auf der Gangway setzte sie den ersten Fuß auf die Insel ihrer Kindheit und Jugend. Ob es wohl eine gute Idee war, zurückzukehren und sofort einen Mann mit dermaßen schönen Augen wiedersehen zu wollen? Andererseits: Warum nicht? Schlimmer als ihre letzten Tage in Berlin konnte es wohl kaum kommen. Was sprach gegen etwas Ablenkung und ... einen ganz kleinen Flirt? Sie spürte, wie die Anspannung, die sie in Berlin seit Wochen begleitet hatte, hier unten am Wyker Fährhafen mit jedem weiteren Schritt von ihr abfiel.

Hannah passierte ein Grüppchen von Insulanern und Feriengästen, die locker zusammenstanden und auf die Ankommenden warteten, die von der Fähre herunterströmten. Eine ältere Dame in zitronengelber Caprihose fiel einem jungen Mädchen in Shorts und Jeansjacke in die Arme. Hannah beobachtete die Szene gerührt, bevor sie sich unauffällig umschaute. Kannte sie vielleicht jemanden unter den Wartenden? Tatsächlich! Sie hob die Hand und winkte Hilla zu, die ein paar Schritte hinter dem Mädchen in der Jeansjacke stand. Hilla hütete auf der Insel das Ferienhaus ihrer alten Hamburger Freunde Caro und Louis, beziehungsweise das Haus ihrer Eltern.

Über Hillas Gesicht flog ein warmes Lächeln, als sie Hannah erkannte. Sie winkte zurück.

Wie es Caro und Louis wohl geht?, fragte Hannah sich. In den letzten zehn Jahren hatte sie nur noch sporadisch von beiden gehört. Das Geburtsgeschenk für Caros Zwillinge liegt immer noch hübsch verpackt auf meinem Schreibtisch, dachte sie mit einem Anflug von schlechtem Gewissen. Zurück in Berlin würde sie es sofort zur Post bringen!

Hinter Hilla erblickte Hannah die Autoschlangen vor dem Fähranleger nebenan. Die Urlauber, die mit verschränkten Armen an ihren voll beladenen Autos lehnten, würden gleich wieder nach Dagebüll übersetzen. Ihr Gesichtsausdruck war deutlich weniger fröhlich. Abreisetag eben. Eine schräge Gefühlsmischung aus Vorfreude auf das eigene Zuhause, die im selben Moment schon vom großen »Föhrweh« überlagert wurde: einer tiefen Sehnsucht nach Föhr, die mittlerweile so bekannt war, dass Gäste die »Föhrweh«-Sweatshirts, die sie auf der Insel gekauft hatten, schon *vor* ihrer Heimreise trugen! Wie gut Hannah diese Wehmut doch kannte, die auch sie überkam, wenn sie zurück aufs Festland musste.

Aber sie kam ja gerade erst an! Und sie würde mehrere Wochen bleiben, das hatte sie mit Ralf geklärt. Mit schnellen Schritten rollte sie ihren Koffer vom Hafen Richtung Wyker Innenstadt. Nach ein paar Metern erreichte sie das Strandhotel und bog von hier aus in den Sandwall ein, in Wyks bekannteste Einkaufsmeile. Gleich war sie am Laden ihres Vaters. Und ihre Mutter und Stine würde sie dort sicher auch treffen. Hannah lächelte schon wieder, diesmal vor aufgeregter Vorfreude. Befreit atmete sie die salzige Nordseeluft ganz tief ein und merkte, wie etwas in ihr zur Ruhe kam. Sie war zu Hause.

6. Stine

Stine scrollte sich mit ihrem Vater an seinem Schreibtisch durch neue Bademode. Sie saßen vor Ullis Rechner in dem winzigen Büro, das sich in der Etage über dem Ladengeschäft mit dem Namen »Die Sandbank« befand. Stines Eltern teilten sich das gemütlich vollgerümpelte Arbeitszimmer. Es war nicht besonders groß und auch nicht besonders hoch. An den Dachschrägen mussten sich Erwachsene bücken, damit sie mit ihren Köpfen nicht anstießen. In der Mitte des Raumes waren zwei antike Schreibtische aus dunklem Holz aneinandergeschoben worden. Als Stine dazugekommen war, um ihre Eltern im Souvenirladen und in der Apartmentvermittlung zu unterstützen, hatten sie einen dritten Schreibtisch an die hintere Zimmerwand gestellt. Direkt unter das Fenster zum Hof. Von dort aus konnte Stine die Bienen und Hummeln beobachten, die an den Rosenstöcken vor der Hauswand gegenüber geschäftig von einer tiefroten Blüte zur nächsten flogen. Rechts und links von ihrem Schreibtisch sowie auf jeder anderen freien

Fläche des Zimmers stapelten sich Kartons mit der Ware für den Souvenirladen, den eigentlich ihr Vater allein betrieb.

»Der hier!«, rief Ulli und zeigte auf dem Monitor auf einen knallroten Badeanzug im Fifties-Look, über den Stine gerade mit der Maus fuhr. »Den nehmen wir unbedingt«, sagte er. »Am besten gleich fünf, sechs davon in jeder Größe.«

»Wird gemacht«, sagte Stine. »Und was ist mit dem Bikini hier?« Sie klickte auf das Modell »Copacabana« in grellem Pinkorange und mit dünnen Spaghettiträgern und einem winzigen Höschen.

»Ich weiß nicht … Bisschen *sehr* pink, findest du nicht?« Ulli trommelte mit den Zeigefingern unentschlossen auf die Schreibtischkante. »Nee. Der ist für uns hier oben im Norden auch zu unpraktisch. Sobald die Trägerin mit ein paar kräftigen Nordseewellen Bekanntschaft macht, rutscht ihr das Ding doch gleich sonst wohin.« Er schüttelte lächelnd den Kopf.

»Gar nicht drüber nachgedacht.« Stine lachte laut auf. »Aber du hast vollkommen recht, Papa.«

»Oh, bestellt ihr gerade Bikinis? Lasst mich auch mal sehen!« Stines Mutter Christa kam mit einem prall gefüllten Aktenordner im Arm die Wendeltreppe zum Büro herauf.

»Wie findest du den hier?«, fragte Stine und umkreiste mit dem Cursor einen Pünktchen-Bikini.

»Joah.« Christa nickte anerkennend. »Nicht schlecht. Wenn ich noch mal dreißig wäre und das Figürchen dafür hätte …« Sie zog den kleinen Bauchansatz unter der weißen Leinenbluse, die sie zu Sandalen und engen Jeans trug, ein wenig ein und zwinkerte Stine zu.

»Ach komm, Schatz.« Stines Vater rollte mit seinem Schreibtischstuhl zu seiner Frau hinüber und schlang im Sitzen einen Arm um ihre Hüften. »Du kannst doch alles tragen, du hast nämlich das schönste Figürchen der Welt.«

Stine nickte zustimmend. »Glaub ihm, Mama! Außerdem ist der Bikini zeitlos. Den könnte man auch noch mit achtzig tragen.«

»Ihr seid so lieb!« Christa drückte Ulli einen Kuss auf die Stirn. »Aber ob ich mich mit achtzig und so wenig Stoff auf der Haut am Strand nicht doch ein wenig nackig fühlen würde?« Lachend ging sie ans Regal, das, wann immer jemand daran vorbeilief, unter der Last von über hundert Ordnern ächzte. Sie klappte eine leicht angerostete Mini-Trittleiter aus und stieg die drei Stufen hinauf. Aus dem obersten Fach zog sie drei Aktenordner, stapelte sie aufeinander, stieg mit ihnen herunter und legte sie auf dem linken der beiden Schreibtische ab.

»Sag doch was, Mama! Wir hätten dir mit den schweren Ordnern doch geholfen!«, rief Stine, als ihr Handy ein leises »Ping-Ping!« von sich gab. Sie warf einen Blick auf das Display, das den Eingang einer neuen Nachricht verkündete. Vorhin hatte sie versucht, Marten zu erreichen, aber ihn nicht erwischt. Doch die Nachricht war von jemand anderem.

Hey! Wie wär's mit einem kleinen Spaziergang in der Mittagspause? Mit einem Kaffee Richtung Südstrand? Zeit und Lust?

Stine brauchte gar nicht auf den Absender oberhalb der Nachricht zu schauen, sie wusste genau, wer sie geschrieben hatte.

Louis.

Ihr Magen zog sich augenblicklich zusammen. Sollte sie darauf antworten? Oder es lassen? Das ungute Bauchgefühl war eindeutig: lassen. Deshalb hatte sie die erste Nachricht, die Louis ihr schon vorgestern Abend, nur wenige Stunden nach ihrem Wiedersehen, geschickt hatte, ja auch ignoriert.

Stine stöhnte innerlich auf. Fast fünf Jahre lang war es ihr doch bestens gelungen, Louis zu ignorieren. Ihre Leben überschnitten sich nicht. Jeder machte sein Ding. Weshalb hatte das nicht einfach so bleiben können?

Gleichzeitig fühlte sie sich lausig dabei, seine Nachrichten nicht zu beantworten. Sie waren doch alte Freunde, oder nicht? »Sommerferienfreunde«, so hatte Louis sie auf seinen Postkarten bezeichnet, die er Stine meist kurz nach Ende der großen Ferien aus Hamburg schickte. Damals, als sie noch Grundschüler gewesen waren. Nachdenklich starrte Stine auf ihr Telefon.

»Irgendwas mit Ida?«, fragte Ulli.

Auch Christa schaute neugierig zu ihr hinüber.

»Nein, alles gut«, beruhigte Stine sie. »Keine Nachricht aus der Kita.« Es war so rührend, wie sehr sich ihre Eltern immer um Ida sorgten.

»Hast du sie heute Morgen eigentlich eingecremt? Die Sonne knallt ja ganz schön runter«, sagte Christa.

»Hab ich, Mama«, sagte Stine gedehnt. Also gut, manchmal sorgten ihre Eltern sich vielleicht auch ein bisschen *zu* sehr um ihre Enkelin. Mit ihren vierunddreißig Jahren schaffte sie es schon, sich um ihre Tochter zu kümmern.

»Bitte entschuldige, mein Schatz.« Ihre Mutter lächelte. »Manchmal rutscht mir so etwas einfach raus. Ich will doch nur, dass es euch dreien gut geht. Meinen Mädels.«

»Deinen Mädels? Ach, Mama!« Stine zwinkerte ihrer Mutter liebevoll zu. Christas Mädels waren Hannah, Stine und Ida. Um Hannah sorgte sie sich am wenigsten, obwohl es jetzt tatsächlich mal angebracht wäre. Davon hatten ihre Eltern allerdings noch immer keine Ahnung. Stine hatte ihnen ganz bewusst nichts von Hannahs Trennung von Frederik erzählt. Sie wollte ihrer Schwester nicht zuvorkommen.

»Und wer sorgt dafür, dass es mir gut geht?«, scherzte Ulli, während er seine Firmenkreditkarte an den Monitor hielt, sich die Brille ins Haar schob und mit zusammengekniffenen Augen die eingestanzte Nummer Ziffer für Ziffer mit der verglich, die er für den Abschluss der Bestellung eingegeben hatte.

»Wir alle fünf«, lächelte Stine und meinte damit ihre Familie inklusive Marten.

Christa lachte. »Stimmt, Ulli!«

»Ihr seid lieb. Was hab ich nur für ein Glück mit euch!« Stines Vater stand auf und strich seiner Frau zärtlich durchs Haar. »Und jetzt brauche ich erst mal eine Tasse Kaffee.« Er betonte norddeutsch auf dem A von Kaffee. »Wer noch?«

»Ich!«, rief Stine.

»Ich auch, bitte«, sagte Christa.

»Dann also dreimal Kaffee. Kommt sofort.«

Und damit ging Ulli die Wendeltreppe nach unten, wo die Küche lag.

Christa setzte sich an ihren Schreibtisch und blätterte sich durch einen Ordner, der Apartmentbuchungen enthielt und mit der Aufschrift »P-S« beschrieben war. Obwohl Stine vor drei Jahren damit begonnen hatte, die Buchungen zu digitalisieren, hielt Mama noch an ihrem Ordner-»System« fest. Stine hatte es aufgegeben, sie davon abzubringen. Es war eh zwecklos.

Während der Duft von frisch gebrühtem Kaffee zu ihnen nach oben stieg, griff Stine noch einmal zu ihrem Telefon und öffnete erneut die Nachricht von Louis. Weshalb klopfte ihr Herz nur so schnell, als sie seine Zeilen ein zweites Mal las?

Mit einem Kaffee Richtung Südstrand? Zeit und Lust?

Das ungute Bauchgefühl, das jeder Gedanke an Louis in ihr hervorrief, wurde von ihrem schlechten Gewissen zur Seite geschubst. Wie antwortete sie ihm denn jetzt am besten? Vielleicht mit: *Tut mir leid, schaffe es heute nicht …?* Ja, das war gar nicht mal schlecht. Einfach freundlich auf einen unbestimmten Zeitpunkt vertrösten. Hoffentlich gab Louis dann irgendwann auf.

Ihr Zeigefinger tippte schon in das kleine Feld auf dem Display, das für die Antwort vorgesehen war, als Marten anrief. Stine nahm mit einem unguten Gefühl ab. Sie fühlte sich, als hätte er sie gerade bei etwas Verbotenem erwischt.

»Guten Mooorgen! Wie war eure Nacht? Habt ihr gut geschlafen, du und Ida?«

»Sehr gut. Und du?« Stine stand auf und flüsterte leise in Christas Richtung: »Es ist Marten.«

Sie stieg die Wendeltreppe hinab und gab Ulli an der Tür zur schuhkartongroßen Küche ein Zeichen, dass sie kurz rausgehen würde. Ulli kippte den Kaffee gerade in drei Becher und streckte lächelnd einen Daumen nach oben.

»Ich bin heute Morgen total schwer aus dem Bett gekommen«, sagte Marten.

Stine grinste. »Kann ich mir vorstellen.« Sie dachte daran, wie verschlafen er morgens normalerweise ins erste Licht blinzelte und sie dann zurück unter die Bettdecke zog, und ihr wurde ganz warm ums Herz.

»Hinnerk hat zwei Anläufe gebraucht, um mich aus dem Bett zu holen. Ich war einfach zu platt.« Marten lachte kurz auf. »Aber Timo ist doch jetzt da und hat schon nebenan auf uns gewartet. Er wollte heute unbedingt die alten Türen abschleifen, und Hinnerk und ich sollten alle aus den Angeln heben und in den Hof stellen.« Er stöhnte leise auf. »Meinem Rücken hat die Aktion überhaupt nicht gutgetan.«

»Oje«, sagte Stine mitfühlend. »Erst die Rund-um-die-Uhr-Betreuung von Pam und ihrem Team, und jetzt hält Timo euch auf Trab.« Timo war ein befreundeter Allround-Handwerker vom Festland, der sich seine Jobs aussuchen konnte. Dass er nur in dieser Woche Zeit hatte, war denkbar ungünstig, aber jetzt war er nun mal auf der Insel und brauchte Hinnerk und Marten auf der Baustelle als Handlanger.

Stine schlüpfte durch die Ladentür. Sie stand jetzt mitten auf dem Sandwall. Im Laden war es angenehm kühl und dunkel gewesen, aber auf Wyks breiter Einkaufsstraße mit Meerblick blendete Stine das grelle Sonnenlicht. Alle Läden hatten geöffnet. Vor dem Buchladen nebenan stöberte ein Paar am Zeitungsständer. Im Café »Wattenläufer«, das rechts an Ullis Souvenirladen angrenzte, trug eine Kellnerin gerade ein Bastkörbchen mit knusprigem Halligbrot und eine dreistöckige Etagere mit Lachs, Käse, Marmeladen und aufgeschnittener Melone nach draußen. Einer der beiden jungen Männer am Tisch, den die Kellnerin mit schnellen Schritten ansteuerte, fotografierte mit seinem Telefon gerade eine schneeweiße Fähre, die in den Hafen einlief und die er von seinem Platz aus bestens im Blick hatte.

Stine kniff die Augen zusammen. Ich hätte besser meine Sonnenbrille mit rausnehmen sollen, dachte sie und stellte sich in den Schatten unter die blau-weiß gestreifte Ladenmarkise.

»Aber ihr schleift schon die Türen? Wow!«, sagte sie zu Marten, während sie gedankenverloren mit einer Hand durch die Beachvolleybälle in einer großen Kiste wühlte. »Ich fühl mich so nutzlos. Ich wünschte, ich könnte euch auf der Baustelle mehr unterstützen …«

»Bloß nicht!«, rief Marten. »Papa sagt ja immer: Zwei Döösbaddel auf der Baustelle reichen. Außerdem will er sich mit seiner Schwiegertochter auf keinen Fall schon *vor* der Hochzeit in die Haare bekommen.«

»Das wird nicht passieren«, versicherte Stine lächelnd. »Hinnerk soll mir einfach eine Aufgabe geben, und dann erledige ich den Job zu seiner Zufriedenheit. Versprochen!«

»Danke für dein Angebot«, sagte Marten, »aber im Moment ist ja Timo noch da. Lass uns abwarten, was als Nächstes anfällt, wenn er wieder weg ist.«

»So machen wir's!«, stimmte Stine ihm zu. Sie konnte es kaum erwarten, in das renovierte kleine Häuschen einzuziehen. »Aber wenn ich helfen kann, gib mir unbedingt Bescheid«, sagte sie zum hundertsten Mal.

»Mach ich, mein Liebling«, brachte Marten seine Standardantwort. Seine Stimme war dunkel und warm.

Der Klang beruhigte Stine immer. Egal, wie hibbelig und gestresst sie war. Schade, dass Marten heute nicht wie sonst zum Mittagessen vorbeikommen würde, sie hätte sich so gern mal wieder an seine Brust gekuschelt. Aber das schaffte Marten gerade nicht. »Sag mal, das Filmteam hat dich letzte Woche aber auch ganz schön gekapert, oder?«, brummelte sie. Über die Drehtage mit Pam wusste Stine fast nichts, sie hatten sich letzte Woche immer nur kurz gesprochen. Und seit Timo Marten auf der Baustelle voll eingespannt hatte und er anschließend direkt in den »Wal« musste, besprachen sie wirklich nur noch das Allernötigste miteinander. Stine vermisste Marten so intensiv wie nur selten. Und das, obwohl jeder Gedanke an ihn seit zwei Tagen ein latent schlechtes Gewissen in ihr weckte. Von Louis hatte sie ihm bisher nichts erzählt. Sie hatte nur in einer Nachricht erwähnt, dass ein alter Bekannter zurück auf der Insel war.

Ach, kenne ich ihn?, hatte Marten zurückgeschrieben.

Denke nicht, war Stines knappe Antwort gewesen, obgleich sie wusste, dass Louis mit seinen Eltern lange Gast im »Wal« gewesen war. Marten hatte die Familie Blohm im Restaurant sicher immer wieder gesehen, er *musste* Louis kennen. Aber von dem Treffen konnte sie Marten ja später in Ruhe erzählen. So richtig begriffen hatte sie es ja selbst noch nicht, dass Louis wieder auf der Insel war.

»Kapern trifft es ganz gut.« Marten lachte jetzt. »Nach dem geplatzten Drehtermin auf Amrum ist Pam letzte Woche einfach davon ausgegangen, dass ich alles stehen und liegen lasse und ihr dabei helfe, das weggebrochene Sendematerial mit noch mehr Highlights von Föhr zu füllen.«

»Im Ernst?«, fragte Stine. »Wo wart ihr denn?«

»Ach, überall.« Er gähnte. »Ich habe dem Filmteam die Lembecksburg in Borgsum gezeigt, die Sprechenden Grabsteine auf den Friedhöfen in Süderende, Nieblum und Boldixum. Wir waren am Goting Kliff, außerdem wollte das Team Friesentorte essen, schwimmen gehen und Aufnahmen von den Kitesurfern vor Utersum machen. Irgendwann sind wir von Dunsum aus auch noch durchs Watt Richtung Amrum gewandert, mussten aber immer wieder anhalten, weil die Filmleute ein paar Wattwürmer ausgraben und für den Beitrag abfilmen wollten. Natürlich macht so was hungrig«, fuhr Marten fort. »Also sind wir jeden Abend in den ›Wal‹ gefahren. Die Crew hat am größten Tisch gegessen, und nach ein paar Gläsern Küstennebel sind alle an unsere Bar gewechselt, wo ich noch bis in die Puppen Hits von den Beginners und Deichkind aufgelegt habe.«

»Echt wahr?«, fragte Stine. »Das klingt aber, als wäre deine Freundin Pam mit einer ziemlich lustigen Truppe unterwegs gewesen.«

»Schon«, bestätigte Marten. »So viel wie letzte Woche ist noch nie bei uns getanzt worden.«

Stine nickte, kein Wunder, dass sie ihn in dieser Zeit kaum erreicht hatte. Das war zwar ungewohnt, aber wenn sie ehrlich war, musste sie sich eingestehen, dass sie es nach dem Picknick auch nicht oft bei ihm versucht hatte.

»Hauptsache, ihr habt den ›Wal‹ schön prominent im Beitrag über Föhr untergebracht. Das habt ihr bei der ganzen Kurverei über die Insel doch nicht vergessen, oder?«, fragte sie schließlich.

»Keine Sorge. Ist alles im Kasten«, versicherte Marten ihr.

»Sehr gut. Und dann sind alle wieder abgereist?«

»Jep. Die mussten am Samstag um halb neun schon wieder auf die Fähre. Keine Ahnung, wie sie das geschafft haben. Einige müssen noch ziemlich besoffen gewesen sein.« Er lachte. »Ausgestrahlt wird der Beitrag übrigens nächste Woche am Donnerstag.«

Stine pfiff leise durch die Zähne. »So schnell schon? Wow.« Sie setzte sich auf die kleine Stufe, die in den Laden führte. »Aber dann waren die Dreharbeiten doch ein voller Erfolg, oder?«

»Kann man so sagen«, meinte Marten. »Pam hat mir sogar …« Er zögerte. »Sie hat mir gestern noch eine Nachricht geschrieben. Sie will wissen, ob ich vielleicht morgen spontan zur Aufzeichnung der Sendung ins Studio kommen könnte. Ihnen ist ein Gast abgesprungen und …«

»... nach Hamburg?«, unterbrach Stine ihn. »Zum NDR? Aber das klingt doch super, Marten!« Aufgeregt lief sie durch die beiden Reihen aus Holzkisten, in denen sie Sandspielzeug zum Verkauf anboten. »Hat sie noch mehr dazu gesagt?«

»Nicht so richtig. Sie will mir im Studio wohl zur Begrüßung zwei, drei Fragen stellen, dann wird der Beitrag vom ›Wal‹ gesendet. Und danach käme noch ein Live-Auftritt von Lynn Sander, der Sängerin.«

»Von Lynn Sander?« Stine klappte die Kinnlade runter. »Ist nicht wahr! Das ist ja der Hammer!«

»Ich hab erst mal abgesagt.« Marten klang etwas bedrückt.

»Du hast was?« Stine verschluckte sich fast.

»Ich pack das nicht. Im Studio mit Publikum würde ich doch kein Wort rausbringen. Und dann auch noch vor Lynn Sander!«

»Aber die ist doch sicher nett. Ich meine, ihretwegen musst du doch nicht ...« Jetzt fehlten ihr die Worte.

»Weiß nicht«, sagte Marten leise.

Durch das Telefon hörte Stine, wie Stuhlbeine über Fliesen schrammten. Wahrscheinlich saß er gerade in der Küche seiner Eltern und trank eine Tasse von dem ultrastarken Filterkaffee, den Hinnerk immer aufbrühte. Schon allein beim Gedanken an den Herzkasperkaffee schaltete Stines Puls einen Gang höher.

Marten räusperte sich. »Schau mal, ich bin Gastronom. Ich liebe gutes Essen. Zu jedem Gericht kann ich den Gästen den passenden Wein empfehlen.« Er machte eine kurze

Pause. »Darin bin ich ziemlich gut. Aber ich in einem Fernsehstudio? Das krieg ich nicht hin …«

Stine schaute von ihrem Platz unter der Markise aufs Meer. Draußen schoss ein weinroter Katamaran Richtung Amrum und würde in wenigen Minuten einen ordentlichen Wellengang am Strand verursachen. Sie dachte angestrengt nach. Gab es denn kein Argument, mit dem sie Marten noch umstimmen konnte? Er war doch sonst für jeden Spaß zu haben! Er mochte Menschen und ging auf jeden Urlauber grundsätzlich erst mal charmant und freundlich zu. Ganz egal, wie hölzern oder überheblich manche waren.

Dass er nicht in die Sendung wollte, verstand Stine beim besten Willen nicht. Sie glaubte an ihn. Seine Eltern wären *so* stolz auf ihn. Und so gut der »Wal« auch lief, mit den steigenden Lebensmittelpreisen konnte das Restaurant jede Werbung gut gebrauchen. Aber vermutlich würde sie seine Meinung nicht ändern können. Dann hatte sie plötzlich eine Idee.

»Du hast doch noch deine Glücksmuschel«, sagte sie leise. »Die von Ida.« Dabei beließ sie es. Es war besser, wenn sie nicht weiterdrängelte.

»Oh, bitte entschuldige«, sagte Marten jetzt. »Pam klopft gerade an. Ich glaube, ich sollte rangehen.« Er zögerte kurz. »Vielleicht hat sie ja einen Tipp, wie ich das Lampenfieber in den Griff bekomme.«

Stine traute ihren Ohren nicht. Hatte er das gerade wirklich gesagt? »Sprecht einfach noch mal«, sagte sie bemüht ruhig. »Du kannst dich ja dann später bei mir melden.« Aber Marten hatte schon aufgelegt.

Verdutzt sah Stine sich um. Beim Café nebenan kurbelte die Bedienung die Markise aus. Die Gäste murmelten einen Dank. Vor Ullis Laden düste ein kleines Mädchen in kurzen Jeansshorts auf einem froschgrünen Roller vorbei. Die Eltern, schwer bepackt mit Strandtaschen an allen vier Schultern, hetzten ihr verschwitzt hinterher. Das vor Energie strotzende Mädchen war in etwa in Idas Alter. Stine lächelte den Eltern verständnisvoll zu, dann ließ sie das Telefon in ihrer Hosentasche verschwinden und schlüpfte wieder in den angenehm kühlen, dunklen Laden.

»Sagen Sie, haben Sie diese ausklappbaren Alufächer, damit mein Gesicht beim Sonnenbaden am Strand auch schön knackig braun wird?«, rief plötzlich jemand hinter ihr.

Erschrocken drehte Stine sich um. Im Türrahmen stand Louis und lächelte breit.

»Kaffee?« Grinsend streckte er ihr einen Mehrwegbecher entgegen. Er trug dieselbe Basecap wie beim Bäcker, aber diesmal dazu ein hellblaues Sweatshirt, das gut zu seiner leicht gebräunten Haut passte. Seine Füße steckten wie immer barfuß in ausgetretenen Segelschuhen. In einem ähnlichen Outfit hatte Louis schon als Kind und Teenager seine gesamten Sommerferien auf der Insel verbracht.

Stines Herz setzte einen Schlag aus. Was wollte Louis denn jetzt hier? »Mensch, *du* hast mir aber einen Schreck eingejagt«, sagte sie schroffer als beabsichtigt.

Das Grinsen wich sofort aus seinem Gesicht. »Störe ich gerade? Tut mir leid.« Er schaute verlegen auf die zwei Kaffeebecher in seinen Händen.

Stine biss sich auf die Unterlippe. Warum war er aufgetaucht? »Woher wusstest du, dass ich hier …?«

Louis schmunzelte. »Ich hab doch gesagt, dass ich meine Quelle habe.«

Hilla, dachte Stine sofort. »Eine gute Quelle«, gab sie zu. Was genau hatte Hilla Louis eigentlich sonst noch so über sie erzählt? Sie schaute ihn unschlüssig an. Und jetzt? Ihre Hände fühlten sich schwitzig an.

»Magst du?«, fragte er zögernd. »Ist ein Cappuccino mit Hafermilch. Ich hab ganz wenig Zucker reingetan.« Unsicher streckte er ihr erneut den einen Mehrweg-Cup entgegen.

Stine starrte für einen Moment regungslos auf den Becher. Louis' bloße Anwesenheit überforderte sie.

»Ich dachte, ich schaue einfach mal im Laden vorbei«, sagte Louis. »Ich muss wohl eine alte Handynummer von dir haben. Tut mir leid, ich wollte dich hier nicht überfallen. War eine echt blöde Idee von mir.«

Er wirkte so zerknirscht, dass er Stine sofort leidtat. »War es nicht«, sagte sie leise, und dann nahm sie ihm den Kaffeebecher endlich ab. »Die Nummer stimmt noch, ich hab nur gerade irre viel zu tun.« Sie nickte in Richtung eines Regals, auf dem sich Teebecher mit norddeutschen Sprüchen aneinanderreihten.

»Verstehe.« Louis' Blick wanderte zu den hübschen blau-weiß gemusterten Bechern, die in Norddeutschland und besonders auf den Inseln so beliebt waren. Dann machte er ein paar Schritte vorwärts und schaute sich interessiert im Laden um. Leider hielt sich in diesem Moment kein einziger Kunde hier auf, der es gerechtfertigt hätte, dass Stine nicht dazu kam, eine Nachricht zu beantworten.

Verlegen steckte sie einen Kochlöffel mit dem Spruch »Meer, bitte!«, der neben den Bechern lag, zurück zu den anderen in einen hohen Tontopf.

Louis wusste, dass Stine Betriebswirtschaftslehre studiert und mit der Note 1,7 abgeschlossen hatte. Insgeheim fragte er sich bestimmt, weshalb jemand mit ihrem Potenzial jetzt im Laden ihres Vaters Nippes und Strandbedarf an Touris verkaufte. Aber *ganz* so war es ja auch nicht. Sie half hier nur an Tagen aus, an denen Ulli Termine hatte. Eigentlich war sie Businesspartnerin in der Apartmentvermittlung »Halligblick«, die ihre Mutter schon seit über dreißig Jahren in dem winzigen Büro über dem Geschäft betrieb. Das zwar erfolgreich und mit jährlich steigendem Umsatz, aber von außen musste ein Job wie dieser auf High Potentials wie Louis, der an einer weltbekannten Eliteuni in den Staaten studiert hatte, alles andere als glamourös wirken. Auch ihre Hamburger Freundinnen zogen ja immer noch eine Augenbraue hoch, wenn Stine ihnen erzählte, dass sie sich den ganzen Tag mit Feriengästen und deren Terminanfragen herumschlug, die heute noch »absolut in Stein gemeißelt« waren und sich anderntags schon wieder um eine oder zwei Wochen nach vorn oder hinten verschieben konnten.

Plötzlich war es Stine egal, was Louis über ihre Karriere oder ihre nicht vorhandene Karriere dachte. Sie wollte nur noch, dass er den Laden verließ. Wenn ihre Eltern ihn sahen, luden sie ihn glatt noch auf Kaffee und Kekse in das

Rumpelbüro ein, und das wollte Stine unbedingt vermeiden! Sie ging zur Eingangstür, durch die nun tatsächlich ein älteres Paar in luftiger Sommerkleidung den Laden betrat. Die beiden Senioren steuerten die Teebecher an.

»Also, ich melde mich dann bei dir, sobald ich mehr Luft habe, okay?«, sagte Stine laut in der Hoffnung, dass Louis ihr zur Tür folgen würde. Zu ihrer Erleichterung tat er das sogar.

»Oder wir verabreden uns gleich?«, fragte er. Er schien ihr nicht mehr zu glauben, dass sie sich melden würde.

»Okaaay«, sagte Stine zögernd. Gab er denn überhaupt nicht auf? Sie atmete kurz durch. Also gut. Vielleicht würde er ja Ruhe geben, wenn sie ein einziges Mal gemeinsam spazieren gingen und sie alle Neuigkeiten der letzten Jahre mit ihm austauschte – bis auf eine natürlich. Insgeheim interessierte es Stine ja schon, wie es ihm ergangen und aus welchem Grund genau seine Ehe auf Grund gelaufen war.

»Wann passt es dir denn?«, fragte Louis. »Also, wann passt es dir besser als heute, meine ich.« Er wagte ein vorsichtiges Lächeln.

Stine lächelte zurück. »Freitagvormittag?«, überlegte sie laut. Marten war dann mit Timo und Hinnerk auf der Baustelle, Ida in der Kita, und ihrer Mutter im Büro würde sie einfach sagen, dass sie eine kurze Pause brauchte. »Gleich um halb zehn?«, fügte sie hinzu.

Louis hob zustimmend seinen Mehrwegbecher. »Okay! Kommst du nach Nieblum?«

Stine nickte. Sie könnte die Strecke zum Ferienhaus seiner Eltern heute noch im Schlaf fahren. Wie oft war sie mit Hannah in den Sommerferien zu Louis und Caro rübergeradelt? Zwei-, dreimal am Tag? Jedenfalls genauso oft, wie Louis und Caro nach dem Baden mit ihren zusammengerollten Handtüchern auf dem Gepäckträger wieder mit ihnen zurück nach Wyk gedüst waren. Jetzt, da Louis vor ihr stand, konnte sich Stine dieses Bild ihrer warmen, sonnigen Inselferien sofort wieder ins Gedächtnis rufen: Hannah und Stine mit Louis und Caro. Zu viert, in Sandalen, bunten Shorts und weiten T-Shirts, die der Wind im Rücken unermüdlich aufplusterte, wenn sie auf ihren Rädern in die Pedalen traten. Wobei sie eigentlich immer *auf* den Pedalen gestanden hatten.

»Wenn du mit dem Rad kommst, könnten wir gleich zum Strand weiterfahren«, schlug Louis vor.

»Klingt gut«, sagte sie. Damit hatte sie jetzt also eine Verabredung mit ihm.

»Find ich auch.«

Als Louis die Hand hob und den Laden verließ, starrte Stine nachdenklich auf den To-go-Becher in ihrer Hand. Sie horchte in sich hinein. In ihrem Herzen zog es merkwürdig, und ihre Gedanken schossen von: *Bist du jetzt eigentlich komplett verrückt geworden?* zu: *Spätestens nach zehn Minuten verabschiedest du dich wieder.* Aber jetzt hatte sie zugesagt. Mit dem Kaffee ging sie an die Kasse, wo das ältere Paar mit zwei blau-weißen Teebechern geduldig auf sie gewartet hatte. Sie seufzte leise. Ob dieses Treffen wirklich eine gute Idee war, würde sie wohl erst am Freitag herausfinden.

7. Hannah

Zwei Tage später saß Hannah im winzigen Rosengarten hinter Ullis Laden und blinzelte in die warme Mittagssonne. Sie wartete auf ihre Mutter, die jetzt tatsächlich zu ihr hinaushetzte. Christa wischte sich eine schweißnasse Haarsträhne aus der Stirn.

»Also, wo waren wir gerade stehen geblieben, mein Schatz?«, fragte sie ein wenig außer Atem. Sie ließ sich auf einen gepolsterten Gartenstuhl fallen und hielt plötzlich inne. Durch das offene Bürofenster im ersten Stock hörten sie ihr Handy schon wieder leise vor sich hin klingeln. »Dingelingeling, dingelingeling …!« Es wollte einfach nicht enden. Die Feriengäste ließen sie heute keine fünf Minuten in Ruhe.

Hannah entnahm dem leicht gequälten Blick ihrer Mutter, dass sie überhaupt nicht glücklich darüber war, diesen Anruf zu verpassen. Die Kundschaft war heutzutage viel ungeduldiger als noch vor ein paar Jahren. Alles musste schneller gehen. Die Leute kauften heute das meiste online und bekamen nach ein paar Klicks alles, was sie in den Warenkorb gelegt hatten, an die Haustür geliefert. Oft schon am nächsten Tag!

Deutlich schnellere Abläufe erwarteten die Urlauber seit ein paar Jahren auch von den Insulanern. Wenn sie Christa und Stine von der Apartmentvermittlung »Halligblick« nicht *sofort* erreichten, versuchten sie es eben bei einer anderen – womit diese Einnahmen ins Portemonnaie der Konkurrenz flossen. Das klang ein wenig nüchtern, aber so war es. »Wir dürfen uns einfach kein Schneckentempo erlauben«, dozierte Christa neuerdings immer häufiger. Hannah verstand das. Der Grundsatz war auf alle Branchen zu übertragen, niemand konnte jobmäßig im Schneckentempo unterwegs sein. Aber gleichzeitig sorgte die Maxime dafür, dass ihre Mutter sich immer mehr unter Druck setzte. Und sie wurde ja nicht jünger.

Hannah lächelte. »Komm, Mama. Jetzt machen wir es uns erst mal schön. Du brauchst doch auch mal eine Pause.«

»Schon, aber mir wäre es lieber, wenn sich meine Pause nicht mit der von Stine überschneiden würde.«

»Bestimmt ist sie jede Sekunde wieder zurück.«

»Ja, bestimmt.« Christa atmete erschöpft durch. Sie trug bunte Sneakers zu dunkelblauen engen Jeans, die ihre wohlgeformten Beine wunderbar in Szene setzten. Die hellblaue Leinenbluse mit den feinen weißen Streifen hatte sie mal in Schweden gekauft. Endlich lächelte sie und griff nach ihrem Teebecher. »Ist denn noch ein Schlückchen da?«

»Aber selbstverständlich.« Hannah nahm Christa den Becher ab und kippte den kalten Tee in den Rasen. Dann griff sie zur Kanne und schenkte ihrer Mutter nach. »Und diesmal bleiben wir so lange sitzen, bis du diesen Becher ausgetrunken hast, in Ordnung?« Sie hatten schon vor ein paar Minuten hier draußen zusammengesessen, aber dann war Christa aufgesprungen und in den Laden gesprintet, weil ein Feriengast bei Ulli am Tresen gestanden und behauptet hatte, Christa *dringend* sprechen zu müssen.

Christa nahm Hannah den Becher ab und pustete in ihren Tee. »Danke, mein Liebes.« Sie stellte den Becher auf die Lehne.

Hannah reichte ihr den Kuchenteller, und Christa griff sich eins von den dänischen Apfelplunderstücken, die Hannah morgens beim Brötchenholen aus Nieblum mitgebracht hatte.

»Mmmh, sooo gut.« Christa nahm einen Bissen und kaute genüsslich. »Danke, dass du uns immer so lieb versorgst, wenn du da bist. Das ist wirklich ein Luxus.«

»Das ist kein Luxus, sondern selbstverständlich«, hielt Hannah ernst dagegen. »Ihr arbeitet beide zu viel, Mama. Könntet ihr es nicht langsam mal etwas ruhiger angehen lassen?«

»Ach was.« Christa winkte lächelnd ab. »Papa und mir macht das doch Spaß. Wirklich, mein Schatz.« Sie biss ein zweites Mal von ihrem Plunderstück ab, schaute zu Hannah hinüber und schien erst jetzt ihren besorgten Blick zu bemerken. »Gut, wir sind natürlich nicht mehr dreißig, das stimmt schon …«, fügte sie kauend hinzu.

»Eben«, sagte Hannah vorsichtig. Sie wollte ihre Eltern auf keinen Fall in ihre Arbeit hineinreden, das würde nur nach hinten losgehen. Aber beide wirkten in letzter Zeit etwas unkonzentriert und erschöpft. Christa noch mehr als Ulli, der eher vom Typus »Ich richte meinen Stress nach innen« war. Außerdem hatten Hannah und Stine schon im letzten Sommer heimlich überlegt, wie man Ullis eher konventionelles Souvenirsortiment ein wenig verjüngen konnte. Und, aber das durfte man nur hinter vorgehaltener Hand sagen, wie man den Laden ganz dezent ein wenig *ausmisten* konnte. Die Klientel auf Föhr hatte sich in den letzten Jahren gewandelt, viele Urlauber waren jetzt so alt wie Hannah und Stine und kamen mit Kleinkindern auf die Insel. Alles sprach dafür, dass die »Sandbank« etwas modernere Geschenke anbot. Weniger von den kleinen Schatztruhen und Pillendosen, die außen mit künstlichen Muscheln beklebt und innen mit Samt ausgelegt waren. Dafür mehr Küchenbedarf mit Inselflair, mehr Shabby Chic und Nordic Living. Im vorigen Jahr war Hannah mit Frederik auf Ibiza durch eine durchgestylte Beachboutique nach der anderen geschlendert und hatte es geliebt. Gut, alles war exorbitant teuer gewesen, und die Einrichtung würde auch nicht zu ihnen auf die Föhrer Einkaufsmeile passen. Ganz so lindgrün, altrosa, eierschalenblau und Ton in Ton wie die Läden auf der Mittelmeerinsel sollte der ihres Vaters gar nicht werden, wenn es nach Hannah ging. Aber ein paar neue Impulse hatte er ihrer Meinung nach mehr als dringend nötig. Und Stine war voll auf ihrer Seite.

Hannah hatte es unglaublich erleichtert, dass ihre Schwester vor ein paar Jahren bei Christas Apartmentvermittlung »Halligblick« mit eingestiegen war. Stine war zwar oft etwas chaotisch, aber sie hatte ihr BWL-Studium ambitioniert und im Rekordtempo durchgezogen. Wenn es um das Familiengeschäft ging, konnte man sich also keine bessere Kollegin als sie vorstellen.

Christa spülte den letzten Bissen Apfelplunder mit einem großen Schluck Tee herunter. »So, mein Schatz, du wolltest mir gerade erzählen, wer die Frau war, die in Frederiks Wohnung gekommen ist, als ...«

»Klingeling, klingelingeling!« Das war das schnurlose Festnetztelefon, das Christa immer bei sich trug. Sie beugte sich ein wenig nach vorn und warf einen Blick aufs Display. »Hmmm, eine Nummer aus Ulm ...«

Hannah hoffte schon, dass ihre Mutter den Anruf ignorieren würde, aber das tat sie natürlich nicht.

Sanft legte Christa eine Hand auf ihren Arm. »Tut mir leid, mein Liebling, aber das werden die Fischers sein. Wir haben gestern Nachmittag ein paarmal aneinander vorbei telefoniert. Wäre es in Ordnung, wenn ich doch mal eben schnell ranginge?«

Hannah nickte und zwang sich zu einem Lächeln. »Mach nur, Mama, ist kein Problem. Wir sprechen danach weiter.«

Erleichtert drückte Christa ihr einen Kuss auf die Wange. »Danke!« Sie nahm das Gespräch an und flüsterte Hannah im Gehen noch ein »Bin gleich zurück« zu.

Na super. Hannah seufzte leise, als Christa in ihren

bunten Sneakers schon wieder auf die Terrassentür zueilte, die in die winzige Ladenküche führte.

Dann war Hannah wieder allein im Garten. Zwei Bienen kreiselten summend um den Gartentisch herum. Hannah sah ihnen einen Moment dabei zu, dann nahm auch
sie sich ein Stück Apfelplunder und biss frustriert hinein.
Aus dem offenen Bürofenster im ersten Stock hörte sie ihre
Mutter am Telefon etwas zu herzlich auflachen.

In Hannah regte sich ein wenig Unmut. Sie wusste, dass
dieser Gedanke blöd und kindisch war, aber gehörten das
Lachen und die Zeit, die ihre Mutter wirklich immer für
die Feriengäste übrig hatte, nicht auch mal ihr?

Seit *zwei* Tagen versuchte sie, mit ihren Eltern und Stine
alles, was in Berlin passiert war, in Ruhe durchzusprechen.
Aber das konnte sie voll vergessen: *Niemand* hatte Zeit für
sie. Die Hauptsaison stand vor der Tür, und ihre Eltern
und ihre Schwester waren *toujours* mit anderem Krempel
beschäftigt. Alle drei hatten zwar jedes Mal interessiert zugehört, wenn Hannah einen weiteren Anlauf unternahm,
um ihnen zu erzählen, was passiert war, nachdem sie Arianes Nachrichten auf Frederiks Telefon gelesen hatte ...
Aber wenn nicht die Arbeit dazwischengekommen war,
waren Hannah, Stine, Christa und Ulli nach wenigen Minuten von Ida unterbrochen worden. Hannahs Nichte
wurde bei Erwachsenengesprächen, denen sie inhaltlich
nicht ganz folgen konnte, unglaublich schnell langweilig.
Dann stand sie plötzlich mit einem Memory oder Bilderbuch vor ihnen und wollte beschäftigt werden. Außerdem
konnte Hannah in Gegenwart einer Vierjährigen auch

schlecht über Frederiks sexy Nachrichten sprechen. Dafür war Ida zu klein. Sie brauchte noch nicht zu wissen, welche Griffe ins Klo einen in Sachen Partnerschaft erwarten konnten, sobald man erwachsen war.

Und abends waren die Chancen, dass ihr jemand seine volle Aufmerksamkeit schenkte, noch geringer! Gestern Abend hatte Hannah Stine auf Tante Ellas Terrasse gerade von Nicoles Beförderung erzählt, als sie ihre Schwester dabei ertappte, wie sie sich die Hand vor ihren Mund hielt und vermeintlich unauffällig zur Seite gähnte.

»Du, ganz ehrlich, ich bin ganz froh, dass du mir hier in Deutschland erhalten bleibst«, wollte Stine ihre Erzählung abkürzen, während sie sich müde das rechte Auge rieb. »Karriere hin oder her, Mallorca ist ja doch ein paar Flugstunden von Föhr entfernt.«

»Aber meinst du nicht, dass mir damit eine *Mega*chance durch die Lappen gegangen ist?«, fragte Hannah.

»Nö«, sagte Stine bloß und schüttelte den Kopf.

Hannah war da ganz anderer Meinung, aber gut: Ihre Schwester hatte es sich nach dem Studium ja auch einfach gemacht. Oder wie war es sonst zu deuten, dass sie sich damals sofort in einem Boutiquehotel in Winterhude anstellen ließ, in dem sie schon als Studentin gejobbt hatte? Offiziell war sie dort zwar für die Buchhaltung und das Marketing verantwortlich, aber wenn »Land unter« war (und laut Stine war das jede zweite Woche der Fall), hatte ihre Schwester schon auch mal morgens um halb sieben mit Schürzchen am Frühstücksbüfett gestanden und benutzte Teller weggeräumt oder nachts Klopapier zu einem

Zimmer gebracht, wenn der Gast sich telefonisch gemeldet hatte, weil die ihm zugeteilten Rollen aus unerfindlichen Gründen aufgebraucht waren. Und irgendwann war dann ja auch Ida auf dem Weg gewesen. Dass Stine jetzt andere Prioritäten im Leben hatte, war klar.

Trotzdem hatte Hannah gestern Abend leicht angefressen neben Stine im Strandkorb gesessen und geschmollt. Und dabei waren sie in kuschelige Wolldecken gehüllt, hatten freien Blick aufs Meer! Über den gleichmäßig rollenden Wellen ging gerade die Sonne unter. Das Licht war atemberaubend. Hannah hatte sich auf eine durchquatschte Nacht mit ihrer Schwester gefreut, und die Chancen dafür hatten gar nicht so schlecht gestanden, denn Ida lag schon im Bett. Aber Stine hatte das Glas Rosé, das Hannah ihr rausgebracht hatte, noch nicht mal angerührt.

Dann erhob sich Stine gähnend aus dem Strandkorb. »Du, es tut mir wirklich leid, aber wär's in Ordnung, wenn ich mich schon mal hinlege? Ich bin echt platt und muss morgen wieder früh raus.« Sie zwinkerte Hannah zu. »Du kannst ja ausschlafen, du Urlauberin.« Sie beugte sich zu ihr herunter und drückte sie noch einmal. »Schön, dass du gleich für ein paar Wochen gekommen bist. Dann bleibt uns ja noch ganz viel Zeit, um über alles zu reden.«

Hannah verstand ihre Schwester. Und gleichzeitig verstand sie sie auch nicht. Wozu war sie denn auf Föhr, wenn niemand Zeit für sie hatte? »Wollen wir nicht wenigstens kurz …?« Sie zeigte auf den Block mit der To-do-Liste für die Hochzeit, der neben ihrem Weinglas lag. »Wir könnten doch noch eben die offenen Punkte durchgehen. Geht auch schnell, versprochen.« So könnte sie schon am nächsten Morgen einiges erledigen, während Stine nach Wyk ins Büro rüberfuhr, um zu arbeiten. Aber ihre Schwester faltete ihre Wolldecke zusammen.

»Lass uns das morgen machen«, bat Stine und ging mit der Decke unter dem Arm zur Terrassentür. »Schlaf gut! Ida und ich sind morgen früh auch ganz leise.« Und damit verschwand sie in der Küche.

Hannah blieb allein auf der Terrasse zurück. Na, toll! Wie viele Tage waren es noch bis zur Hochzeit?, fragte sie sich. Dreißig? Konnte das sein? Sie rechnete noch einmal nach. Ja, es stimmte. Tatsächlich nur noch dreißig Tage. Aaargh.

Sie schlug den Block auf. Das Programm für den Gottesdienst. Tischblumen. Platzkärtchen. Begrüßungsdrinks. Erster Song zur Eröffnung der Tanzfläche. Schleiertanz – ja oder nein??? Sie hatten noch so viel abzustimmen! Dringend. Aber oben im Badezimmer wurde jetzt das Licht angeknipst. Stine stand wahrscheinlich schon am Waschbecken und putzte sich lieber die Zähne, als über ihre Hochzeit zu sprechen. Aber Stine war doch die Braut! Wie konnte sie nur dermaßen die Ruhe weghaben? Hannah hatte es nicht glauben können.

Jetzt saß Hannah im Garten, schon wieder allein, und beobachtete die nächste Biene, die sich interessiert auf ihrem Teller neben den Apfelplunderkrümeln niederließ. Christa war nicht zurückgekommen. Hannah hörte sie aus dem offenen Bürofenster im ersten Stock heraus noch angeregt plaudern. Mit den Ulmern! Sie schüttelte entnervt den Kopf. Reisten die nicht eh in ein paar Wochen an? Dann haben sie doch genug Zeit, um stundenlang miteinander zu quatschen, dachte Hannah beleidigt. Sie fühlte sich an ihre Kindheit und Jugend erinnert. An die Sommer, in denen ihre Eltern sich in erster Linie um die Feriengäste kümmerten. Für Hannah und Stine hatten sie erst in den Herbst- und Wintermonaten wieder Zeit gehabt.

Rückblickend konnte Hannah das natürlich verstehen. Ohne zufriedene Feriengäste brummte auch das Geschäft nicht. Und ohne ein brummendes Geschäft kam man nicht durch die ruhigen Winter, wenn die Gäste weniger wurden und die Einnahmen deutlich zurückgingen. Und trotzdem nervte es Hannah heute, dass sie wegen der Ulmer auf ihre Mutter warten musste. Pah! Blöde Ulmer!

Hannah schlug den Block mit der To-do-Liste, den sie seit ihrer Ankunft auf der Insel immer bei sich trug, so ruppig auf, dass sie das erste Blatt versehentlich von der Klebekante riss. Egal. Die Punkte auf diesem Blatt waren eh fast alle erledigt. Hinter »Brautkleid« setzte sie mit ihrem Kugelschreiber einen dicken Haken, der schon ewig gefehlt hatte. Check! Dass Stine nach monatelangen »Ich kann mich nicht entscheiden«-Allüren im Februar endlich ein Brautkleid ausgesucht *und* es auch in Auftrag gegeben hatte, das grenzte tatsächlich an ein Wunder. Bis Anfang Juni würde das Kleid fertig sein. So hatte Hannah es schriftlich mit der Designerin Anna von Schlehe vereinbart. Sie würde es dann in deren Hamburger Atelier abholen und *persönlich* nach Föhr bringen, so konnte mit der Post nichts schiefgehen. Das war der Plan. Ein ziemlich guter Plan, wenn man Hannah fragte. Sie blätterte ein paar Seiten zurück und fuhr mit dem Kuli die offenen Punkte noch einmal ab. Bei »Live-Band« hielt sie kurz inne. Der Punkt war noch nicht abgehakt, obwohl Stine ihn auf ihrer Liste längst durchgestrichen hatte. Ihre Schwester ging seit Monaten davon aus, dass Something Blue längst gebucht war. Aber damit lag sie leider falsch.

Hannah malte zwei fette Pfeile, die von rechts und links auf »Live-Band« zeigten. Dann fügte sie seitlich je noch zwei Ausrufezeichen hinzu.

Einfach *zu* blöd, dass Tom sich nicht gemeldet hatte. Vorgestern auf der Fähre war sie der Band ja schon einen riesigen Schritt näher gekommen, aber das war es dann auch.

Hannah checkte viertelstündlich ihr Telefon. Aber nach jeder Viertelstunde: Nichts! Tom meldete sich einfach nicht.

Gestern hatte sie auf der Webseite der Band noch einmal nach einer anderen Kontaktmöglichkeit geforscht. Aber keine gefunden. Immerhin hatte sie dabei erfahren, weshalb die Band sich Something Blue nannte: Die Bandmitglieder trugen auf den Hochzeiten blaue Outfits, womit sie dem Brautpaar Glück wünschen wollten. Hannah hatte die Tradition »Something old, something new, something borrowed, something blue« bisher eigentlich nur aus amerikanischen Filmen gekannt.

Dann war sie auf einer Seite mit einigen Videos gelandet. Wie lässig war bitte der nachtblaue Anzug, den Tom trug, während er »Tonight's the night« von Rod Stewart sang? Wie cool das leuchtend blaue Stirnband und die dunkelblaue Trainingshose des Schlagzeugers? Und die Background-sängerin in einem hellblauen langen Kleid hatte sich das Haar mit einem nachtblauen Seidentuch zurückgebunden. Also, wenn sie *diese* Band bekamen, dann musste Stines Hochzeit einfach eine Wucht werden! Dann hätten sie die allerwichtigsten Punkte erledigt: ein wunderschönes Braut-kleid, ein verliebtes Paar und eine Band, die so gut war, dass die Gäste nur so auf die Tanzfläche stürmen würden.

Aber die Band *brauchten* sie eben noch! Hannah griff zu ihrem Handy. »Na, los! Weshalb rührst du dich denn nicht?«, fluchte sie die dunkle Glasscheibe an, in der sie sich spiegelte, aber das Gerät blieb stumm.

Tom hatte sein Wort nicht gehalten. Heute war Freitag. Es war jetzt schon zwei Tage her, seit Hannah ihn auf der Fähre kennengelernt hatte. Er hatte einen absolut zuverläs-sigen Eindruck auf sie gemacht, aber inzwischen sanken ihre Hoffnungen auf seinen Anruf mit jeder Stunde.

Enttäuscht schob sie das Telefon auf das kleine Metall-gartentischchen mit den Schnörkelfüßen zurück und blin-zelte nachdenklich in die Sonne.

Hannah dachte daran, wie sie auf der Fähre mit Tom ins Gespräch gekommen war. Er hatte unglaublich gut ausge-sehen. Wenn auch etwas müde. Sie sah seine Augen vor sich. Blaugrau und klar. Hannah war in ihnen regelrecht *versunken*. In seinem Blick hatte eine Ehrlichkeit gelegen, die sie bei den meisten Männern, die sie in den Berliner Kneipen oder Clubs kennenlernte, vermisste.

Verunsichert biss sie sich auf die Unterlippe. Hatte sie sich so in Tom getäuscht? Dass er sich nicht melden würde, hätte sie jedenfalls *nie* von ihm gedacht.

Und wenn Tom sich auch in den nächsten Tagen nicht meldete, musste dringend eine andere Band her. Vielleicht war es besser, wenn sie sich sofort nach einer Alternative umschaute. Hannah entsperrte ihr Telefon und landete, wie auch immer, auf Instagram. Sie wollte die App eigentlich gleich wieder schließen, aber dann fiel ihr Blick auf den geteilten Status von Ariane: ein Bild von ihr und Frederik, beide trugen Basecaps und übergroße Sonnenbrillen, sahen aus wie Filmstars, die fürchteten, gleich von Fotografen oder aufdringlichen Fans erkannt zu werden. Wie es schien, frühstückten sie in einem Straßencafé. Hannah sah genauer hin. Moment mal, war das nicht das »Le Monde«? Ihr Magen zog sich zusammen. Dort hatte *sie* doch immer mit Frederik gefrühstückt! *Sie* war es auch, die ihm das Café erst gezeigt hatte. Frederik hatte es vorher gar nicht gekannt. Und jetzt besaß er tatsächlich die Frechheit, mit Ariane dort hinzufah…

»Schau mal, was gerade abgegeben wurde.« Ulli kam lächelnd mit einem braunen Päckchen in den Garten. Als er Hannah sah, wich das Lächeln aus seinem Gesicht. »Alles okay, mein Liebling?«

Sie legte ihr Handy auf den Tisch zurück. »Ja, alles gut, Papa.« Sie bemühte sich, ihre Mundwinkel nach oben zu ziehen, obwohl sie sich hundeelend fühlte. »Das war nur …«, sie brach ab. »Ach, mein Ex ist einfach ein Arschloch.«

»Och, komm mal her, meine Kleine.« Ulli stellte das Päckchen auf den Rasen, nahm ihre Hand, zog sie auf die Füße und drückte sie. »Der Typ ist es nicht wert.« Liebevoll strich er ihr über den Rücken.

»Ist er auch nicht.« Hannah wischte sich verstohlen eine Träne aus dem Augenwinkel. Sie war so froh, dass sie auf Föhr war, bei ihrer Familie. Und dass ihr Vater genau in dem Moment in den Garten gekommen war, in dem sie mal kurz gedrückt werden musste. Dann standen sie wieder voreinander, und Hannah musterte interessiert das Päckchen. »Für mich?«, fragte sie.

»Aber ja!« Er bückte sich und gab ihr den Karton, der kompakt und erstaunlich schwer war.

Hannah runzelte die Stirn. Wer schickte ihr denn ein Paket nach Föhr? Und dann noch in den Laden. Ihre Augen wanderten zum Adressaufkleber. »Ladengeschäft Die Sandbank, z.Hd. Fr. Hannah Kiesewetter«, stand darauf. Als Absender war in winziger Schrift »Nüssler & Nüssler« zu lesen.

»Ich glaub, das kommt von einer Nicole«, sagte Ulli.

»Von Nicole?« Richtig! Jetzt erinnerte sich Hannah auch wieder an Alexis' Mail. *Nicole hat übrigens nach einer Föhr-Adresse von dir gefragt. Ich hoffe, ich durfte die Ladenadresse rausgeben?*

In der linken oberen Ecke des Pakets stand in geschwungener Handschrift auch tatsächlich: »Nicole Kröger«. Es folgte die Adresse der Mallorca-Zweigstelle. Hannah schüttelte den Karton, aber nichts darin klapperte.

»Vielleicht Unterlagen?«, scherzte Ulli und knuffte Hannah mit dem Ellenbogen sanft in die Seite. »Deine Kollegen schicken dir die Arbeit aber nicht in den Urlaub hinterher, oder?«

»So weit kommt's noch«, sagte Hannah entrüstet, und beide lachten.

»Vielleicht solltest du das Päckchen besser erst mal liegen lassen«, meinte Ulli. »Wenn tatsächlich Arbeit drin ist, kann die noch ein paar Tage warten.« Er drückte ihr einen Kuss aufs Haar. »Du bist doch gerade erst angekommen, mein Schatz.«

Hannah stellte den Karton ab und kuschelte sich an ihn. »Da hast du völlig recht, Papa.«

Sie lösten sich voneinander, und Ulli schnappte sich Christas Teebecher und trank zwei Schlucke im Stehen.

»Setz dich doch ein bisschen zu mir.« Hannah griff zur Teekanne, aber Ulli schüttelte den Kopf.

»Das würde ich wirklich gern, mein Schatz. Aber ich muss zurück in den Laden.«

Hannah ließ die Kanne wieder sinken. »Ist Stine denn immer noch nicht zurück?«, fragte sie erstaunt und schaute in den Himmel. Vor die Sonne schoben sich trübgraue Wolken, obwohl gar kein Regen angesagt war. »Sie wollte doch nur kurz frische Luft schnappen.« Ihre Schwester hatte sich just in dem Moment, als Hannah mit dem Kuchen eingetroffen war, den Schlüssel von Ullis altem E-Bike geliehen (er hatte längst ein neues!) und war jetzt schon über zwei Stunden weg. Merkwürdig.

»Na, dann dauert das Frische-Luft-Schnappen heute wohl einfach etwas länger«, sagte Ulli lächelnd. Er schlug den versöhnlichen Ton an, in dem er früher immer gesprochen hatte, wenn es zwischen Hannah und Stine beim Mau-Mau-Spielen Zoff gab. »Deine Schwester wird bestimmt gleich wieder auftauchen. Vielleicht hilft sie Marten und Hinnerk ein Stündchen auf der Baustelle.«

Auf der Baustelle? In ihren besten Jeans, mit blütenweißen Stoffschuhen und knallrot geschminkten Lippen? Das konnte Hannah sich beim besten Willen nicht vorstellen. Aber wo steckte Stine dann?

Ulli beäugte die Apfelplunderstücke.

»Komm, setz dich doch wirklich mal kurz hin, Papa«, sagte Hannah, die seinen Blick bemerkt hatte. »Nimm dir Tee und Kuchen, und ich geh in die ›Sandbank‹.«

»Wirklich?«, fragte Ulli skeptisch, den Kuchen aber nach wie vor fest im Blick. »Du kennst dich mit der neuen Kasse doch noch gar nicht aus. Das komplizierte Ding kommt direkt aus der Vorhölle.«

Hannah lächelte. »Ich werde das schon hinkriegen. Und wenn nicht, rufe ich dich.«

»In Ordnung.« Ulli hatte sich gerade auf den Gartenstuhl fallen lassen, auf dem vorher Christa gesessen hatte, als sie durch das offene Fenster im ersten Stockwerk ein lautes »Ruuuummmms!« vernahmen. Eine Sekunde später schrie jemand auf: »Aaaaahhh, neeeein, verdammtverflixtund … ahhhh!«

»Mama?«

»Christa?«

Hannah und Ulli schossen ins Haus.

»AaaaaahwasfüreinMistaaaaaahhh!« Christa schrie und fluchte.

Hannah und Ulli flogen die Treppe hinauf.

Auf dem oberen Absatz sah Hannah Christa schließlich vor dem hohen Regal auf dem Dielenboden liegen. Um sie herum mehrere prall gefüllte Aktenordner. »Mama! Um Himmels willen! Was ist passiert?«

Ulli ließ sich neben Christa fallen, die sich mit schmerzverzerrtem Gesicht den linken Fußknöchel hielt. »Ahhhh ...« Tränen rannen ihr über die Wangen.

Auch Hannah hockte sich neben ihre Mutter. Einen halben Meter entfernt lag die Trittleiter, die ihre besten Jahre anscheinend hinter sich hatte. Eine Stufe war aus dem rostigen Gestell herausgebrochen.

»Bist du etwa von diesem Mistding gestürzt?« Ulli konnte es nicht fassen. »Wir hätten es längst entsorgen sollen«, sagte er aufgebracht, stand auf und versetzte der Leiter einen wütenden Tritt. Ihm war anzusehen, dass er sich schwere Vorwürfe machte. Dann griff er Christa unter die Arme. »Kannst du aufstehen, mein Schatz? Warte, ich helfe dir.«

Aber es ging nicht. Christa stöhnte laut auf und weinte immer noch. Der Knöchel musste furchtbar wehtun.

»Das ist alles meine Schuld«, sagte Ulli bekümmert. »Stine hatte ja recht. Wir hätten das olle Ding längst ...«

»Unsinn, Ulli!«, fuhr Christa ihn an. »Es ist nicht deine Schuld. Die Leiter war einfach durch.« Sie versuchte sich an einem Lächeln, aber es wirkte gequält.

»Es wäre ganz gut, wenn wir dich wenigstens da drüben

hinlegen könnten.« Hannah zeigte auf das winzige Ecksofa, das mit französischem Streublumenstoff bezogen war. »Der Boden ist doch viel zu hart.« Sie stand auf, schob mit ausgebreiteten Armen aufgeschlagene Ordner, Schnellhefter und einzelne herumfliegende Ausdrucke zusammen, die die gesamte Sitzfläche bedeckten, und legte alles auf den Schreibtisch ihrer Mutter.

Christa riss entsetzt die Augen auf. »Haaaalt, meine *Ordnung*!«, rief sie panisch. »Wie soll ich denn da jetzt noch den Durchblick …?«

»Ich sortiere dir später alles wieder so hin, wie du es brauchst, Mama«, beruhigte Hannah sie, während sie sich erneut zu ihr runterkniete und ihr den linken Arm unter eine Achsel schob. Ihr Vater übernahm die andere Seite. »So, Mama, und jetzt alle zusammen! Eeeins, zweeei, dreeei!«

Christa stöhnte laut auf. Sie fluchte und rief noch: »Bitte nicht, es geeeht nicht!«, aber auf magische Weise gelang es Ulli und Hannah doch, sie auf das Sofa zu legen, und ihre Tränen versiegten.

»Das hätten wir«, sagte Hannah erleichtert. Vorsichtig stopfte sie zwei Kissen unter Christas verletzten Fuß, der noch in dem Turnschuh steckte. An den trauten sie sich nicht heran, das sollte besser der Arzt übernehmen.

»Ich rufe jetzt sofort Dr. Thomsen an«, sagte Ulli und griff zum schnurlosen Telefon.

»Willst du was trinken, Mama?«, fragte Hannah. »Ein Glas Wasser?« Im Hintergrund hörten sie Ulli, der anscheinend Dr. Thomsens Sprechstundenhilfe erreicht hatte.

»Ein Schnaps wäre mir auf den Schreck lieber«, scherzte Christa matt.

Hannah streichelte ihren Arm. »Dr. Thomsen wird bald da sein. Und dann kommt alles wieder in Ordnung.«

»Das hoffe ich auch, mein Schatz.« Christa schloss erschöpft die Augen. »Und das ausgerechnet, wenn die Hochsaison losgeht! Das ist mir in fünfunddreißig Jahren noch nie passiert.« Sie riss die Augen auf, als wäre ihr etwas eingefallen. »Mit *dem* Fuß kann ich doch gar nicht auf Stines Hochzeit tanzen.« Ihre Augen füllten sich schon wieder mit Tränen.

»Mach dir darüber mal keine Sorgen, Mama. Der wird schon rechtzeitig heilen, da bin ich mir ganz sicher.«

Während Christa wieder die Augen schloss, betrachtete Hannah besorgt den Fuß ihrer Mutter. Würde der Knöchel wirklich bis zur Hochzeit heilen? War das realistisch? Sie seufzte leise. Sie wusste es nicht.

Ulli trat zu ihnen. »Dr. Thomsen ist auf dem Weg. Es tut mir leid, aber ich muss jetzt dringend in der ›Sandbank‹ nach dem Rechten schauen«, sagte er.

Hannah sprang auf. Der Laden! Sie konnte nicht glauben, dass sie den Laden vergessen hatten. »Ich übernehme das«, sagte sie entschieden zu Ulli. »Du bleibst bei Mama, okay?«

Er nickte, kniete sich neben das Sofa und ergriff Christas Hand. »Danke, mein Schatz. Wir warten dann hier oben auf den Arzt.«

Hannah rannte in Windeseile die Treppe hinunter. Was, wenn sich schon jemand an der Kasse zu schaffen gemacht hatte? Aber das neue Kassensystem war fest am Tresen verankert und mit einem GPS-Tracker ausgestattet. Und die Zahlenkombi, die das Ding öffnete, knackte so aus dem Stand auch niemand. Einfacher wäre es, die eine oder andere muschelbeklebte Pillendose mitgehen zu lassen ... Aber gut, dann war das halt so.

Als Hannah den Laden betrat, war er leer. Gott sei Dank. Sie sah sich um, aber alles wirkte unauffällig.

Draußen vor der Ladentür peitschte jetzt der Regen über die Straße. Bei der ganzen Aufregung hatte Hannah den Wetterumschwung gar nicht mitbekommen. Der Sandwall war fast menschenleer. Sie öffnete die Tür und rollte die Postkartenständer in den Laden zurück. Sie waren mit einer Folie geschützt, konnten bei starkem Wind aber umkippen. Sie stellte sie in eine Ecke, damit sie nicht im Weg standen, und schaute oben noch einmal kurz nach dem Rechten.

Ihre Eltern bemerkten sie gar nicht. Ulli erzählte Christa gerade leise kichernd einen Schwank über eine Stammkundin. Offenbar, um ihr die quälende Wartezeit zu verkürzen, bis Dr. Thomsen endlich eintraf. Hannah lehnte gerührt am Treppengeländer. Ihre Eltern waren *so* ein gutes Paar! Sie hatte keine Ahnung, wie sie selbst jemanden finden sollte, der so lieb und aufmerksam war wie ihr Vater ihrer Mutter gegenüber.

Als Hannah die Glocke unten an der Ladentür hörte, lief sie die Treppe schnell wieder hinab. Der Kunde, der reingekommen war, stand mit dem Rücken zu ihr nahe dem Schaufenster. Er hatte sein Gepäck abgestellt und blätterte in einem Bildband über die nordfriesischen Inseln.

Sie wollte gerade zu ihm gehen und fragen, ob sie helfen könne, als die Tür noch einmal unter Glockengebimmel aufflog und Dr. Thomsen mit einem knappen »Moin« eintrat, in Regenjacke, die Kapuze tief in die Stirn gezogen.

Zur Begrüßung tippte er nur kurz einen Zeigefinger an seine Kapuze. »Nach oben, nehme ich an?« Er war ein Freund der Familie und kannte sich hier bestens aus.

»Ja. Papa ist bei ihr. Danke, dass Sie so schnell gekommen sind.« Ob Dr. Thomsen den letzten Satz gehört hatte, wusste Hannah nicht. Er eilte schon mit seiner Arzttasche die Treppe hinauf, und sie spürte, wie sie warme Erleichterung durchflutete.

Sie wandte sich wieder zu dem Mann um, der immer noch mit dem Rücken zu ihr den Bildband betrachtete. Sie konnte sehen, dass er in ein Luftbild von Langeneß versunken war. Darauf erkannte man jedes einzelne Gebäude, jedes Schaf auf den Deichen und zwei Kinder, die in kurzen Hosen auf winzigen Fahrrädern über die autofreie Landstraße jagten. Eine beeindruckende Aufnahme. Hannahs Blick fiel auf die grüne Wildlederjacke, die der Typ trug. Der Regen hatte sie komplett durchweicht. Das schöne Leder! Ihr Blick wanderte zu den engen Jeans, den Turnschuhen, dann zu seinem Gepäck. Moment mal … War das ein Gitarrencase? Hatte sie das nicht erst kürzlich irgendwo …?

»Hi. Sagen Sie, was kostet der Band?« Der Kunde drehte sich um, und Hannah hielt den Atem an. Vor ihr stand Tom, der Sänger von Something Blue. Er lächelte.

»Du?«, fragte Hannah verdutzt. »Was machst du denn

hier?« Sie wäre fast umgefallen. Mit *ihm* hatte sie hier als Allerletztes gerechnet. »Ich warte seit zwei Tagen darauf, dass du dich meldest!«, platzte es vorwurfsvoll aus ihr heraus.

»Ich wollte hier nur den Schlüssel für eine Ferienwohnung abholen«, sagte Tom und ignorierte ihren Vorwurf. »Ich habe heute Morgen mit einer netten Frau von der Apartmentvermittlung ›Halligblick‹ telefoniert. Sie sagte, ich würde den Schlüssel hier bekommen, sobald ich auf der Insel bin, und …« Tom schien mindestens genauso überrascht über die Begegnung zu sein wie sie. »Aber was machst du hier?«, fragte er.

»Ich arbeite hier«, pampte Hannah. »Also, nur heute.« Nicht, dass er noch dachte, sie würde den ganzen Tag zwischen dem maritim-nostalgischen Kapitäns- und Teekannengeraffel herumsitzen, das Ulli leider immer noch bestellte.

»Schön, dich wiederzusehen«, sagte er und fand sein Lächeln wieder.

Hannah fiel auf, dass er trotzdem fertig aussah. Die Ringe hatten sich noch tiefer und dunkler unter seinen Augen eingegraben als noch vor ein paar Tagen auf der Fähre. Aber als Toms Blick ihren einfing, funkelten seine Augen wieder in dem unglaublichsten Blaugrau, das Hannah je gesehen hatte.

»Weshalb hast du nicht zurückgerufen?«, hakte sie noch mal nach, diesmal deutlich weniger vorwurfsvoll.

Toms Lächeln, das sein Gesicht so erhellt hatte, als er sie erkannte, erlosch wieder. »Ich musste etwas erledigen«, sagte er leise und schaute zu Boden. Dann klappte er den Bildband zu und legte ihn zurück. »Tut mir leid. Ich wollte mich wirklich melden, aber ich hab's total vergessen.«

»Vergessen?!«, fragte Hannah entgeistert. »Aber ich wollte euch *buchen*! Gehst du mit allen Anfragen so um? Wie kann man das denn bitte …?« Sie verstummte enttäuscht. Wie hatte Tom denn bitte *vergessen* können, dass er ihr versprochen hatte, bei der Band wegen Stines Hochzeitstermins nachzuhaken und sich zurückzumelden?

Er kratzte sich verlegen am Hinterkopf. »War einfach viel los in den letzten Tagen.«

»Auf Amrum?«, spottete Hannah. Amrum war wunderschön, keine Frage. Sie liebte Amrum. *Alles* an der Nachbarinsel! Aber dort lief doch jetzt auch nur die ganz normale Sommersaison an. Was konnte Tom denn auf Amrum zu tun gehabt haben, dass er darüber vergessen hatte, sich um eine Buchungsanfrage für seine Band zu kümmern? Das ergab doch überhaupt keinen Sinn!

Dann fiel Hannah wieder ein Satz ein, den Tom auf der Fähre gesagt hatte. *Ich suche etwas.*

Natürlich hatte sie sich in den letzten Tagen immer mal wieder gefragt, was genau der gut aussehende Musiker suchen könnte. Einen Gegenstand? Einen besonderen Ort auf der Insel? Oder eine Person? Lebte sie vielleicht auf Amrum? Und falls es tatsächlich eine Person war: Was konnte Tom von ihr wollen? Weshalb hatte er sich denn nicht genauer ausgedrückt?

Aber noch viel brennender interessierte sie jetzt, was aus dem Auftritt auf Stines Hochzeit wurde. »Hast du wenigstens mal einen Blick in euren Kalender geworfen?«, fragte sie. *Sag ja*, dachte sie. *Bitte sag ja.* Sie war so gespannt, dass sie für einen Moment tatsächlich den Atem anhielt.

Tom nickte. »Hab ich. Aber an dem Tag, an dem deine Schwester heiratet, sind wir leider abends nach wie vor gebucht.« Er fuhr sich zerknirscht über seinen Fünftagebart.

Hannah starrte ihn an. Gab es auf Amrum eigentlich keine Rasierer? Enttäuscht ging sie zum Kassentresen. Das war's also. Mist. Mistmistmist. Something Blue konnte sie für die Hochzeit vergessen. Sie riss die Schublade unter der Kasse auf, schnappte sich einen gelben Klebeblock und schrieb »Hochzeitsband« auf den obersten Zettel. Dann riss sie ihn ab und schob ihn sich in ihre rechte Jeanstasche.

Sie musste sich sofort um einen Ersatz kümmern. Heute noch. *So* nervig! Frustriert schubste Hannah mit der Hüfte die Schublade wieder zu. Ihr graute es schon vor der elendigen Internetrecherche. Die Hochzeit war doch schon in vier Wochen! Wie sollte das denn *jetzt noch* klappen? Es wurde jetzt wirklich *mega*knapp. Vielleicht sollte Hannah gleich nach einem DJ suchen? Aber wenn, dann nach einem besseren als DJ Matti, das war klar. Der Föhrer DJ legte nur auf, was *er* wollte. An guten Abenden Hip-Hop und schmissige Dance-Hits aus den Achtzigern. An schlechten, und davon gab es einige, unhörbares Elektrozeug. Er träumte davon, in einem angesagten Club in Flensburg oder Kiel Resident DJ zu werden, aber das würde wohl für immer ein Traum bleiben! DJ Matti auf der Hochzeit käme einer Vollkatastrophe gleich.

Es musste jemand anders her. Jemand aus Husum, Flensburg oder Kiel, gute Leute gab's in Norddeutschland doch reichlich. Die Tanzfläche musste brummen.

Wie eine kleine schwarze Wolke sah Hannah die Migräneattacke schon über sich schweben, wenn sie sich vorstellte, dass sie DJ Matti in ihrer Not doch noch buchen musste. Sie hob die Hand, um die unsichtbare schwarze Wolke wieder zu verscheuchen, als Tom zu ihr an den Kassentresen trat.

»Wie komme ich denn jetzt an den Schlüssel für die Ferienwohnung?«, fragte er sichtlich verlegen. »Und dass ich mich nicht gemeldet habe, tut mir wirklich leid.« Er stand jetzt direkt vor Hannah, zwischen ihnen nur der Tresen und Ullis neue Kasse, deren Display eine unverständliche Fehlermeldung anzeigte.

Sie gab sich bockig. »Wenn du mir das vorgestern gesagt hättest, hätte ich mich schon um Ersatz kümmern können.«

»Ich kenne auch ein paar Leute. Ich könnte mich umhören.«

»Nee danke, lass mal.« Hannah winkte ab. Das würde er doch eh wieder vergessen.

»So unzuverlässig bin ich sonst eigentlich nicht«, sagte Tom leise. »Weiß auch nicht, was die letzten Tage mit mir los war.« Er zog verlegen seine Schultern hoch.

Hannah schwieg für einen Moment. Was konnte ihn auf Amrum nur so abgelenkt haben? Aber als sie Tom jetzt anschaute, sah sie, dass ihm die Sache wirklich leidtat. Seine Augen waren von einem Blaugrau, so kühl und klar und funkelnd wie die Nordsee an Tagen, an denen man in ihr baden konnte. Badetagblaugrau.

Hannah konnte sich einfach nicht von seinem Blick losreißen. Ihr Herz klopfte so laut, dass man es mit Sicherheit schon auf dem Festland hörte. Einmal rüber bis nach Dagebüll. In ihrem verwundeten Herzen rührte sich etwas. Sie kannte das. Ein schönes Gefühl. Schön, wenn es gut lief. Nicht so schön, wenn's nicht so gut lief. Sie war sich nicht sicher, ob sie dieses Gefühl wirklich zurückwollte. Brachte einen ja doch nur in Schwierigkeiten.

»Meine Mutter kümmert sich um die Apartments, aber sie ist gerade gestürzt«, sagte sie. »Der Arzt ist bei ihr. Kannst du vielleicht in ein paar Minuten wiederkommen? Dann weiß ich bestimmt mehr wegen des Schlüssels.«

Tom blinzelte kurz. »Gar kein Problem«, sagte er dann, drehte sich um und ging zu seinem Gepäck. »Und dass deine Mutter gestürzt ist, tut mir leid.«

»Ja, blöde Sache.« In Hannahs Herz zog es ein wenig. Sie bedauerte, dass der Moment mit Tom vorüber war. Wenn sie doch noch einmal in diesem Badetagblaugrau versinken könnte …

Tom hatte schon seine kleine Reisetasche geschultert. Er bückte sich, griff zum Gitarrenkoffer und hob die Hand. »Bis gleich!«

»Bis gleich«, sagte Hannah.

Er öffnete die Ladentür, blieb aber auf der Schwelle stehen. Er zögerte, schaute nach draußen in den Regen. Und dann drehte er sich noch einmal zu Hannah um. »Weißt du was, vergiss den Schlüssel«, sagte er. »Ich fahr nach

Hamburg zurück. Amrum war ein echter Reinfall, deshalb wollte ich hier spontan einen Zwischenstopp einlegen, um ein wenig runterzukommen. Aber jetzt ist mir aufgefallen, dass ich gar keine sauberen Sachen mehr habe.« Er lächelte. »War wahrscheinlich eh eine doofe Idee. Also, gibst du Bescheid, dass ich die Wohnung nicht mehr brauche? Das wäre super. Mach's gut.«

Mach's gut? Hannah stutzte. Was war das denn jetzt? Wollte Tom wirklich abreisen? Hatte sie das gerade richtig verstanden?

Neeein!, rief eine leise Stimme in ihrem Kopf. *Lass ihn nicht noch einmal ziehen! Schon gar nicht in den Regen …*

Das Glöckchen klingelte kurz, als die Tür mit einem leisen Quietschen aufgezogen wurde, dann fiel sie ins Schloss, und im Laden war es ruhig. Hannah blieb für einen Moment regungslos stehen. *Pah*, sagte der vernünftige Teil in ihr, *dann fährt er halt wieder.* Die Band hatte eh keine Zeit. Außerdem hatte er sich nicht mal gemeldet. Der Typ war genauso schlimm wie alle anderen Luschen, die sie in Berlin …

Los!, machte sich die andere Stimme in ihrem Kopf noch mal bemerkbar. *Geh ihm hinterher! Schnell!*

Sollte sie? Sollte sie nicht? Hannah verstand nicht ganz, was das jetzt noch bringen sollte, aber die letzte Stimme ließ nicht locker. *Geh, geh, geh!*

Also gut. Hannah rannte vom Tresen zur Tür und riss sie auf. »Heeey!«, rief sie in den Regen, aber Tom war schon ein gutes Stück den Sandwall hinuntergegangen. »Tooom!«

Er hörte sie nicht. Entschlossen lief er Richtung Rathaus und Fährhafen. Auf der Nordsee zog eine Fähre wie in hauchdünnen weißen Nebel gehüllt durch den trüben Regen. Eine Geisterfähre. Sie kam von Amrum und näherte sich zügig dem Wyker Fährhafen, wo sie kurz anlegen und dann nach Dagebüll weiterfahren würde. Diese Fähre konnte Tom jetzt gleich nehmen. Und wenn er das tat, würde Hannah ihn vermutlich nie wiedersehen. Dann würde er mit der Geisterfähre für immer verschwinden.

»Tooom!«, rief sie noch mal. Sie rannte ihm ein Stück hinterher. »Tooom!«

Er drehte sich um, überrascht, Hannah zu sehen.

»Ich kann dir den Schlüssel wirklich in ein paar Minuten geben!«, rief sie. »Ich frag meine Mutter gleich mal. Und wegen deiner Sachen, die kannst du doch in der Wohnung waschen. Im Haus gibt es für alle Apartments eine Waschmaschine.« Hannah nutzte sein Zögern, um weiter auf ihn zuzulaufen. »Na, los. Ich mach uns auch einen Kaffee.« Sie schaute verlegen auf ihre nassen Sandalen. »Tut mir leid, dass ich gerade so unfreundlich war. Ich brauche einfach dringend gute Musik für die Hochzeit. Das ist alles.«

»Schon okay«, sagte Tom. Er lächelte. »Ohne gute Musik ist auch eine Hochzeit nur halb so gut.«

Na, toll! Der macht einem ja Mut. Hannah dachte wieder an DJ Matti und seine wummernden Bässe und schob den Gedanken sofort beiseite. »Also, kommst du noch mal mit rein?« Sie zeigte mit dem Kopf Richtung Laden.

Tom schaute aufs Meer hinaus, zur vernebelten Fähre. Dann schaute er wieder Hannah an. Ihre Blicke trafen sich, und Hannah spürte wieder dieses ziehende Gefühl in ihrem Herzen. In seinen Augen las sie, dass in Tom etwas ganz Ähnliches vorgehen musste.

»Kaffee und Waschmaschine?« Er zwinkerte ihr zu. »Klingt beides ziemlich verlockend, wenn ich ehrlich bin.«

»Na dann, Abmarsch!« Hannah drehte sich um und ging Tom voraus. Zusammen eilten sie durch den Regen zurück in die »Sandbank«.

8. Stine

Stine saß auf Ullis E-Bike und schoss mit gefühlten hundertzwanzig Kilometern pro Stunde Nieblum entgegen. Gut, so schnell konnte das E-Bike nicht sein. Es fühlte sich für Stine nur so an, weil der Wind ihr kühl unter die Jacke fuhr und den Stoff im Rücken so stark blähte. Einige Haarsträhnen peitschten ihr immer wieder in die Augen, und unter ihrem Helm rauschte der Wind in ihren Ohren.

Sie flog an Wiesen vorbei, auf denen Schafe grasten. An Pferdekoppeln. An Weiden, auf denen schwarzbunte Kühe knietief im Gras standen und die Köpfe hoben, als Stine vorbeibretterte. Sie fuhr schnell. So unglaublich viel schneller als auf ihrem eigenen Rad, auf dem sie niemals mit einer solchen Frequenz gegen den Wind antreten könnte. Mit ihrer eigenen Möhre hätte sie es nie rechtzeitig geschafft, sie war viel zu spät aufgebrochen.

Dass Hannah gerade eben mit Kuchen im Laden aufgetaucht war, hatte Stine überhaupt nicht gepasst. »Ich dachte, ich mache uns einen Tee, und dann setzen wir uns alle raus in den Garten«, hatte ihre Schwester gesagt. »Das Wetter ist wunderbar, und was zum Lesen hab ich auch dabei.« Dabei hatte sie mit der Ausgabe einer Tageszeitung gewedelt, die sie wohl gerade im Buchladen nebenan gekauft hatte. War das ihr Ernst? Dachte Hannah wirklich, dass Stine und ihre Eltern tagsüber im Frühsommer die Zeit hatten, um in *einer Zeitung* zu blättern?

Stine lachte laut auf, und ein Paar um die fünfzig, das ihr in wetterfester Kleidung auf Rädern entgegenkam, dachte wohl kurz, das Lachen würde ihnen gelten. »Moin!«, riefen sie freundlich, und Stine grüßte zurück.

Wenige Meter später hielt sie kurz an, nahm den Helm ab und band ihre Haare, die sich gelöst hatten, erneut mit dem Zopfgummi im Nacken zusammen. Während sie die Riemen vom Helm wieder zusammenklickte, schaute sie in die Wolken hinauf. Der Himmel leuchtete zwar noch in einem umwerfenden Blau, aber es war ganz schön windig, und von der offenen See schoben einige graue Wolken auf die Insel zu. Kein gutes Zeichen. Stine kannte das Inselwetter. Da oben braute sich was zusammen! Sie stieg wieder aufs Rad und trat noch ein wenig schneller in die Pedalen. Sollte es tatsächlich bald losregnen, hätte sie nicht mal eine Jacke dabei. Vielleicht hätte sie Louis doch besser absagen sollen.

Als Stine vorgestern nachgegeben und ihm versprochen hatte, heute Morgen einen Strandspaziergang mit ihm zu machen, war Hannah noch auf der Fähre gewesen.

Dass Hannah jetzt da war, machte die Sache etwas komplizierter. Noch dazu hockte sie diesmal anders als in den Jahren zuvor nicht Tag und Nacht an ihrem Rechner und ackerte sich durch vermeintlich wichtige Jobmails, die nicht unbeantwortet bleiben durften. Stine gönnte es ihr von Herzen, dass sie sich endlich mal ein paar Wochen ausstöpselte. Aber es bedeutete für sie selbst auch: Ihre ansonsten so viel beschäftigte Schwester langweilte sich und wollte, wenn es nach ihr ginge, am liebsten ständig mit Christa, Ulli oder eben Stine zusammensitzen und tiefsinnige Gespräche über die beziehungsunfähigen Arschgeigen führen, auf die sie immer wieder in Berlin reinfiel. Natürlich würde Stine mindestens eins dieser Gespräche in den nächsten Tagen auch noch mit Hannah führen, gar keine Frage! Aber ganz ehrlich: Führten sie nicht alle paar Monate oder halbe Jahre das gleiche Gespräch? Satz für Satz, nur mit sich ändernden männlichen Vornamen? Diesmal war es Frederik, vorher ein Camillo, davor ein Balthazar, davor ein … Ach, Stine konnte sich schon gar nicht mehr an alle erinnern. Dabei war die Story leider immer austauschbar: Irre gut aussehender, aber oft etwas arroganter Typ setzte Himmel und Hölle in Bewegung, um mit Hannah zusammenzukommen. Sobald das gelungen war, verlor er das Interesse. Nicht sofort, erst nach ein paar Monaten. Aber es war immer derselbe Typ Mann, der in Hannah dann offenbar keine Beute mehr sah, der er nachjagen konnte, und sie daher abservierte. Das klang wie ein schlechtes Klischee, durchschaubar und furchtbar traurig, das musste Stine zugeben, sie waren ja keine Steinzeitmenschen, aber trotzdem war's so.

Wenn sie doch nur wüsste, wo Hannah jemanden finden könnte, der ein großes Herz hatte. Mindestens so groß wie das von Marten. Aber sie wusste es nicht. Vielleicht liefen in der Großstadt auch keine Männer von Martens Format herum?

Heute Abend würde sie mit Hannah sprechen, nahm Stine sich vor. Gerade eben war einfach ein superschlechter Zeitpunkt gewesen. Sie musste dringend los. Zu Louis. Als sie sich Ullis Fahrradschlüssel borgte, hatte sie die fragenden Blicke ihrer Eltern und von Hannah natürlich gespürt. Aber sie hatte ihnen nicht gesagt, wo sie hinfuhr.

Es würde ja sowieso nur dieses eine Treffen geben. Das würde sie jetzt irgendwie hinter sich bringen und hoffen, dass Louis sie dann in Ruhe ließ.

Stine wechselte mit der Gangschaltung vom Sport- in den Turbomodus, und das Rad machte einen ordentlichen Satz nach vorn. Schon in zwei Minuten konnte sie bei Louis in Nieblum sein.

Was er wohl hier auf der Insel wollte? Nach all den Jahren? Nach der Nacht damals hatte Stine eine Zeit lang gehofft, dass sie ihn eines Tages ganz zufällig wiedersehen würde. Auf der Schanze, bei einem Sonntagsspaziergang an der Alster oder am Elbstrand in Övelgönne mit einem Bier in der Hand. Aber bald nach Idas Geburt war sie aus Hamburg weggezogen, und damit war klar gewesen, dass sie ihm so schnell nicht wiederbegegnen würde.

Louis mochte Föhr. Das wusste sie. Trotzdem war er seit fast zwanzig Jahren nur noch sporadisch rübergekommen. Zwei, drei Mal vielleicht? Die Wahrscheinlichkeit, dass sie sich hier auf der Insel trafen, war also eigentlich gleich null gewesen. Ach was, gleich minus hundertzehn. Deshalb hatte Stine auch fast der Schlag getroffen, als sie Anfang der Woche beim Bäcker plötzlich in ihn hineingerannt war.

Louis' Eltern hingegen hatte Stine in den letzten Jahren regelmäßig in Wyk gesehen. Oft abends bei einem Aperitif in einem der Straßencafés. Angelika und Wolf fielen unter den anderen Gästen einfach auf, obwohl ihnen viel daran lag, genau das *nicht* zu tun. Doch schon an ihrer schlichten, aber eleganten Sommergarderobe war innerhalb von Nanosekunden zu erkennen, dass sie einer sehr gut situierten Hamburger Reedersfamilie angehörten. Beide trugen viel Weiß und Beige, an sonnigen Tagen hochwertiges Leinen, an kühleren wärmendes Cashmere.

»Schau mal, wer da kommt, Wolf!«, rief Angelika jedes Mal, sobald sie Stine von ihrem Tisch aus erblickte. »Stiiine! Bist du das? Neeein, wie schön!«

»Du liebe Güte, bist du gewachsen«, fügte Wolf immer kopfschüttelnd hinzu, sobald Stine artig bei ihnen stehen blieb, woraufhin sie schmunzeln musste, weil das natürlich nicht stimmte. »Hast du einen Moment Zeit?«, fragte er dann, sprang auf und zog von einem Nebentisch einen Stuhl für sie heran.

»Wir wollen *alles* wissen«, ergänzte Angelika atemlos. »Bitte lass *keinen* Inselklatsch und -tratsch aus!«

Und dann setzte Stine sich, bekam ein Glas mit Bowle in die Hand gedrückt und erzählte. Und tat es gern. Angelika und Wolf waren ein unglaublich angenehmes Gespann. Immer herzlich. Immer bestens gelaunt. Das Einzige, was sie wirklich nervte, war die Tatsache, dass Caro und Louis sich auf Föhr nicht mehr blicken ließen. Darüber regte sich vor allem Angelika bei jedem Gespräch mit Stine auf.

Umso erstaunlicher also, dass Louis jetzt wieder auf der Insel war.

Stine bog mit dem Rad in die Strandstraße ein und fuhr ein Stück Richtung Dorfkern hinauf, dann über den Karkstieg um die Kirche herum. Kurz schaute sie ehrfürchtig zum Turm von St. Johannis hinauf, dann erreichte sie das Blohm'sche Ferienhaus, wo Louis schon mit dem alten Hollandrad seines Vaters wartete und den kleinen Bügel an der Gartenpforte öffnete, als er sie erblickte. Hinter ihm das nicht unbedingt riesige, aber unglaublich schöne Reetdachhaus seiner Familie, das für viel Geld saniert worden war, sodass es wieder exakt so aussah wie auf den alten Schwarz-Weiß-Fotos aus dem Jahr 1850, die in seinem Eingangsbereich hingen.

»Wow! *Über*pünktlich! Ich bin beeindruckt«, sagte er und verließ das Grundstück.

Stine stieg mit einem mulmigen Gefühl von Ullis Rad. War das nicht absolut falsch, was sie gerade im Begriff war zu tun? Sie musste das Treffen möglichst schnell hinter sich bringen.

»Was hast du denn erwartet? Lassen deine Hamburger Freunde dich etwa immer eine halbe Stunde lang doof irgendwo warten, wenn ihr verabredet seid?«, fragte sie frech. Sie klappte den Fahrradständer aus, ging um das Rad herum und umarmte Louis etwas steif. »So was machen wir auf Föhr nicht. Ist uns zu bekloppt.« Sie grinste.

»Leute warten lassen? Erzähl das mal besser Caro«, witzelte Louis. »Wie viele Jahre ich zusammengerechnet auf *die* schon gewartet habe.«

»Aber jetzt mit den Zwillingen kann doch immer etwas dazwischenkommen«, verteidigte Stine Caro spontan. »Kann ich als …« Sie brach ab. Über Ida wollte sie mit Louis heute auf gar keinen Fall sprechen.

»Hast schon recht«, wiegelte Louis sofort ab. »Caros Zwillinge bringen ihr Leben ganz schön durcheinander.«

»Wollen wir los?«, fragte Stine, während sie wieder aufs Rad stieg.

»Gern.« Er schloss die Gartenpforte, und wenig später rollten sie auf ihren Rädern Richtung Nieblumer Strand. Stine stellte an dem E-Bike den Schildkrötenmodus ein, damit Louis sich nicht so anstrengen musste.

Caro!, dachte Stine. Caro war eigentlich ein gutes Stichwort, um nicht so viel über sich zu reden. »Wie geht's deiner Schwester denn?«, rief sie Louis zu.

»Ganz gut, denke ich!«, rief Louis betont locker zurück. Er wollte sich vor Stine offenbar nicht anmerken lassen, dass er trotz ihrer Tempoverminderung schon leicht aus der Puste war. »Aber seit die Zwillinge da sind, scheint sie sich nicht mehr groß für mich zu interessieren«, sagte er in einem gespielt vorwurfsvollen Ton. »Ich habe gestern mit ihr geschrieben und ihr versprochen, dich lieb zu grüßen. Sie lässt ausrichten, dass sie dich schon länger unbedingt anrufen wollte.«

Stine lächelte. »Dann richte ihr bitte aus, dass sie sich deshalb nicht stressen soll. Ist doch klar, dass es mit dem Telefonieren gerade schwierig ist. Und ich freu mich immer über ihre Fotos.« Stine konnte sich vorstellen, wie es Caro ging. In den ersten Monaten mit Ida hatte ihr Leben kopf gestanden. Hatte es wirklich! Und Caro hatte *Zwillinge*!

Sie erreichten den Nieblumer Strand. Stine kettete Ullis E-Rad mit dem schweren Sicherheitsschloss an einen Fahrradständer, Louis stellte das alte Hollandrad seines Vaters einfach unabgesperrt daneben. Er nahm einen Stoffbeutel, der auf dem Gepäckträger geklemmt hatte, runter und schwang ihn sich über eine Schulter. In dem Beutel klapperte etwas leise.

»Irgendwie krass, dass du auch schon …« Er schüttelte den Kopf.

»Dass ich was?«

Louis zog die Schultern hoch. »Na, dass du auch schon Mutter bist.« Er lächelte.

»Stimmt«, sagte Stine nur.

»Sind wir nicht gerade noch hier mit unseren Luftmatratzen in die Wellen gerannt?«, fragte Louis. »Genau da vorn?« Er zeigte auf das Meer, das in der Sonne gerade so funkelte, dass Stine ihre Augen mit einer Hand abschirmen musste.

Sie lächelte. »Ja, das sind wir. Und ich war immer die Schnellste.«

»Warst du nicht!« Louis buffte ihr sanft den Ellenbogen in die Seite, dann krempelte er die Hosenbeine hoch, schlüpfte aus seinen ausgetretenen Segelschuhen und rannte zum Wasser. »So was von nicht!«

»Hey!« Stine folgte ihm. »Warte!« Als sie am Strand stand, zog sie ihre Stoffschuhe aus, pellte sich die Strümpfe von den Füßen, steckte sie in ihre Jeanstaschen und watete Louis hinterher, der schon fast knietief im Wasser stand.

»Uaaahhh.« Das noch ziemlich kühle Nordseewasser versetzte ihr einen kurzen Eisschock, aber nach ein paar Sekunden war es gar nicht mehr so schlimm.

»Wollen wir ein bisschen gehen?«, fragte Louis und setzte sich Richtung Goting Kliff in Bewegung.

Stine nickte. »Klar.«

Am Strand kamen ihnen ein paar Spaziergänger mit Hunden entgegen. Sie nickten Stine und Louis im Wasser freundlich zu.

»Kann deine Tochter schon schwimmen?«, wollte Louis wissen.

Wo kommt denn diese Frage plötzlich her? Stine schüttelte überrascht den Kopf. »Nein, sie ist ja erst vier«, sagte sie knapp. In ihrem Magen ziepte es. Ida und Louis waren zwei freie Radikale, die Stine auch in Zukunft möglichst weit voneinander getrennt halten musste. Sonst würde alles nur im Chaos enden. Im *absoluten* Chaos. Gleichzeitig war es aber natürlich aufmerksam von ihm, dass er sich nach Ida erkundigte. »Im letzten Sommer hat es leider noch nicht geklappt«, fügte sie deshalb in freundlicherem Ton hinzu. »Sobald das Wasser ein bisschen wärmer ist, probieren wir es noch mal.«

»Wäre schon gut, wenn sie früh schwimmen könnte. Ich meine, schon allein, weil ihr hier von so viel Wasser umgeben seid«, sagte Louis ernst.

»Richtig«, sagte Stine. »Das muss sie bald lernen.« Sie dachte an Ida, die im letzten Sommer noch so zierlich gewesen war, dass Marten sie keine drei Minuten, nachdem er mit ihr im Meer ein paar Schwimmübungen gemacht hatte, schon wieder in ein dickes Frotteehandtuch wickeln musste.

Im Strandkorb beschwerte sich Ida zähneklappernd und mit blauen Lippen darüber, dass Marten sie aus dem Wasser geholt hatte. »Mir ist nicht kaaalt!«, krähte sie. Und: »Wooo ist die Flaschenpost, Papa?« Marten hatte ihr immer mal wieder versprochen, dass sie im Meer nach einer Flaschenpost suchen würden.

»Die werden wir noch finden«, hatte Marten sie beruhigt. »Aber ein andermal, meine kleine Strandkrabbe. Eines Tages finden wir eine. Versprochen.«

Stine schmunzelte bei der Erinnerung. Das mit der Flaschenpost war höchst unwahrscheinlich, weil eine Glasflasche normalerweise zu Bruch ging, wenn sie von den kräftigen Wellen der Nordsee an Land geworfen wurde. Aber es rührte sie einfach immer wieder, wie liebevoll Marten mit Ida umging.

»Was war mit euch?«, fragte sie, als sie mit den Schuhen in ihren Händen über eine kleine Sandbank liefen. Der nasse, feste Untergrund war angenehm warm unter ihren Füßen. »Wolltet ihr keine Kinder?«

Louis blieb stehen. »Amélie und ich, meinst du?«

Stine nickte.

»Hm, ja, schon.« Er kniff seine Augen ein wenig zusammen und schaute dann aufs Wasser. Über Langeneß verdunkelte sich der Himmel, einige Warften lagen schon im Schatten. »Aber es hat nicht geklappt. Amélie wurde einfach nicht schwanger.« Er schwieg.

»Tut mir leid für euch«, sagte Stine. Sie zeichnete mit dem großen Zeh einen Stern in den Sand. Dann noch einen zweiten, direkt daneben. Bald stieg die Nordsee wieder an, dann würde sie die Sterne mit sich fortspülen. So wie sie alles mitnahm, was Föhrer und Urlauber hier in den Sand malten. Wie viele private Kunstwerke das Meer wohl schon weggewaschen hatte?, fragte Stine sich. »Habt ihr euch entmutigen lassen?«

Louis schüttelte den Kopf. »Nein, jedenfalls nicht gleich. Aber es war ein echt schwieriges Thema für uns. Und dann erzählt einem ja auch jeder Arzt etwas anderes.« Er ging weiter, und Stine folgte ihm.

Sie beobachtete eine Fähre, die auf Amrum zusteuerte. Alle Plätze am Oberdeck schienen mit Urlaubern belegt zu sein. Auch Louis spähte hinüber.

»Wir haben alles versucht«, sagte er. »Erst Homöopathie und sanfte Methoden, unterschiedliche Nahrungsergänzungsmittel. Wir haben weniger gearbeitet, Stress reduziert und ständig irgendwelche kleinen Kurzreisen gemacht, um noch mehr runterzukommen. Wann immer uns irgendwer gegenübersaß, der etwas von dem Thema verstand, waren Entspannung und Ablenkung das Wichtigste.« Er bückte sich und hob eine hübsche schwarz-weiße Feder auf, die im Wasser schwamm. »Dann haben wir mit In-vitro angefangen.«

»Und damit hat es dann auch nicht …?« Stine brach ab. Wie konnte das nur sein? Louis und Amélie hatten doch die finanziellen Mittel gehabt. Hätten sie sich damit nicht unzählige Versuche in den besten Kliniken in Hamburg und im Rheinland leisten können?

»… nicht geklappt?«, fragte Louis und schüttelte dann den Kopf. »Anfangs dachten wir noch, dass das auf jeden Fall funktionieren wird. Aber diese Kliniken können einen ja nur dabei *unterstützen*, schwanger zu werden. Ob es wirklich passiert, haben auch sie nicht in der Hand.« Er schaute nach oben. »Das wird wohl woanders entschieden, hat Amélie immer gesagt.« Er schob sich die Feder hinter ein Ohr, wo sie sich, festgeklemmt von einer längeren Haarsträhne, tatsächlich hielt.

Stine lächelte. Die Feder veränderte ihn. Louis wirkte gleich viel weniger elitär und privilegiert, eher weicher, verletzlicher.

»Eine von Amélies verschrobenen Großtanten hat irgendwann angerufen und gesagt, sie hätte von uns geträumt«, fuhr Louis fort.

»Wirklich?«

»Sie hat behauptet, wir müssten erst mal ein Geheimnis aus der Vergangenheit aufdecken, bevor der Nachwuchs sich einstellt.« Er grinste. »Ach, Tante Gitta! Die ist einfach etwas schräg, ein bisschen spinnert.« Schmunzelnd imitierte er mit der flachen Hand vor seiner Stirn einen Scheibenwischer.

»Ich mag spinnerte Leute ja«, sagte Stine lachend, spürte aber gleichzeitig sofort ein flaues Gefühl in sich aufsteigen. Hatte sie das gerade richtig verstanden? Hatte die Tante wirklich von einem *Geheimnis* gesprochen? Ihr wurde ganz heiß. Unsicher schaute sie zu Louis rüber, aber der schien Tante Gitta nicht ernst genommen zu haben.

»Na ja, und dann«, er hob einen Stock auf, den die letzte

Flut angespült hatte, »dann ist Amélie irgendwann ausgezogen.«

»Weil es nicht geklappt hat?«, fragte Stine.

»Hatte mehrere Gründe.« Louis warf den Stock ins Meer zurück.

Stine sah ihm nach, wie er auf den Wellen forttrieb. Dass Amélie und Louis erfolglos probiert hatten, ein Kind zu bekommen, tat ihr wirklich leid. Wie gern hätte sie tröstende Worte gefunden für das, was Louis durchgemacht hatte, aber ihr fielen keine passenden ein.

»Amélie wollte mich in ihrer neuen Wohnung in der Schanze dann erst mal nicht sehen. Sie sagte, sie bräuchte Zeit für sich. Ein paar Wochen später hat mir ein Freund erzählt, dass er sie mit einem Typen auf einer Party getroffen hätte. Die beiden hätten sich mehrfach geküsst und die Feier dann Hand in Hand verlassen. Als ich sie darauf angesprochen habe, sagte sie, dass sie sich verliebt hätte. Sie wolle sich trennen. So richtig. Mit Scheidung. Wieder frei sein. Alles vergessen, was war.« Louis lächelte traurig.

Stine schwieg. In ihrer Brust zog es. Sie dachte an das Geheimnis, von dem die Tante gesprochen hatte. Tante Gitta hatte es gewusst: Es gab da etwas, von dem Louis und Amélie nichts ahnten. Das Ziehen wurde stärker. Sollte sie Louis etwas sagen? Sie hatte es in der Hand, das ominöse Geheimnis sofort zu lüften. Sollte sie das tun?

Die Sonne hatte sich hinter einen schweren Vorhang aus dunkelgrauen Wolken verzogen. Von der Nordsee kommend fegten kühle Windböen über die Insel.

Stine war plötzlich eiskalt. Sie schaute nach Langeneß

rüber. Die Hallig wirkte, als hätte sich eine trübe Milchglasscheibe vor sie geschoben. Es dauerte einen Moment, bis Stine verstand, dass vor ihr nur ein starker Regenguss niederging.

Sie zupfte an Louis' Ärmel. »Sag mal, wär's okay, wenn wir zurückgehen?« Sie zeigte auf die dunkle Wolkenfront über dem Wasser, die näher kam.

Er zögerte einen Moment. »Eigentlich hatte ich uns Kaffee und ein paar Scheiben süßen Rosinenzopf eingepackt. Dafür bin ich heute Morgen extra zum Nieblumer Bäcker gefahren.« Er hob den Beutel, der auf seinem Gepäckträger geklemmt hatte.

In diesem Moment zerplatzte der erste Regentropfen auf Stines Stirn. Es folgte ein zweiter, dann ein dritter. Stine zog den Pullover aus und spannte ihn sich wie eine Zeltplane über den Kopf. Auf ihren Fingern landeten jetzt immer mehr kühle Tropfen.

Louis gab sich geschlagen. »Du hast vollkommen recht.«

»Na, dann los, oder?« Stine rannte voraus und schaute sich ab und zu nach Louis um, der dicht hinter ihr blieb.

Jetzt prasselte es richtig auf sie herab. Der Pulli in ihren Händen war schon klitschnass. Kalte Bäche rannen über ihre Schultern, ihren Nacken und ihr den Rücken hinunter. Stine kam es so vor, als hätte der Himmel auf Knopfdruck seine Schleusen geöffnet. Weshalb ausgerechnet jetzt? Vor einer halben Stunde war es doch noch sonnig und frühsommerlich warm gewesen!

Nach ein paar Minuten erreichten sie den noch geschlossenen Strandimbiss, dann den Parkplatz mit ihren

Rädern. Louis schlug vor, sich seitlich davon unter die Bäume zu stellen. »Dort sind wir geschützt!«, rief er Stine durch das Regenrauschen zu.

Der Sand unter den Bäumen war tatsächlich noch relativ trocken. Hier konnten sie kurz warten. Sie waren viel zu schnell gerannt. Stines Herz raste. Sie atmete heftig ein und aus, spürte erst jetzt die Stiche in der rechten Seite und krümmte sich.

»Alles okay?«, fragte Louis.

Sie nickte, obwohl gar nichts okay war. Sie fühlte sich furchtbar. Nass, kalt und merkwürdig verwirrt. Aus dem Augenwinkel sah sie, dass auch Louis um Atem rang.

Ein paar Minuten lang standen sie stumm nebeneinander. Auf dem Parkplatz füllten sich die Schlaglöcher mit Regenwasser, und über ihnen rauschte der Wind durch die Blätter und die Äste, die sich aneinanderrieben. Es knackte und knarzte. Stine hoffte, dass sie kein morscher Ast erschlagen würde. Sie fror immer stärker, auch wenn sie nicht mehr nass wurde.

Plötzlich erinnerte sie sich daran, dass sie genau hier, an dieser Stelle unter diesen Bäumen, manchmal zu viert zusammengestanden hatten. Sie, Hannah, Caro, Louis. Vier Teenager. Kleine Schauer waren auf der Insel auch damals ganz normal gewesen. Oft zogen sie so schnell vorüber, wie sie gekommen waren.

Stine schob sich eine nasse Haarsträhne hinters Ohr und sah zu, wie der Regen monoton in die Pfützen prasselte. Amélies spinnerte Tante kam ihr wieder in den Sinn. Konnte sie tatsächlich von Louis' und Stines Nacht gewusst haben? Von Idas Existenz? Und davon, dass Stine ihr gesamtes Umfeld seit fast fünf Jahren anlog? *Was genau* hatte Tante Gitta denn geträumt?

Stines Kopf brummte, und sie hätte sich gern hingesetzt. Sie schaute zu Louis rüber, und erst jetzt wurde ihr bewusst, *wie* nah sie beieinanderstanden. Sie konnte Louis' atmen hören, sein Pulli streifte ihren nackten Arm.

Er schaute zu ihr und fing ihren Blick sofort ein. In Stines Bauch breitete sich ein Kribbeln aus, das sich unglaublich gut anfühlte. Und gleichzeitig durfte es dieses Kribbeln nicht mehr zwischen ihnen geben. In Louis' Augen las sie, dass auch er verwirrt war.

»Weshalb hast du mich eigentlich nie zurückgerufen? Damals, nach der Nacht in Hamburg?«, fragte er mit rauer Stimme.

Stine fiel keine Antwort ein. Sie beschloss, sich einfach dumm zu stellen. »Hattest du mich angerufen? Wann denn?«

»Du weißt schon, damals … Nach der Nacht?«

Natürlich wusste sie das. Er hatte sie in den Wochen darauf andauernd angerufen. Tagsüber, abends … manchmal sogar nachts um drei. Stine war nie rangegangen. Sie schaute auf ihre weißen Stoffschuhe. Sie waren jetzt braun und voller Sand.

»Du warst verlobt«, sagte sie nüchtern, obwohl ihr ganz flau im Magen war. »*Deshalb* habe ich nicht zurückgerufen.« Punkt. Mehr brauchte sie dazu ja wohl nicht zu sagen. Stine hatte seine Heirat mit Amélie nicht gefährden wollen. Auch wenn es ihr verdammt schwergefallen war, seine Anrufe zu ignorieren. *Bitte sehr, gern geschehen …*

»Aber …«

»Außerdem hast du morgens einen ziemlich merkwürdigen Abgang hingelegt, erinnerst du dich?«, fügte sie etwas spitz hinzu. Louis war nach der Nacht ohne Abschied gegangen. Sie schlief noch, als er sich davonschlich. Erst als er die Wohnungstür leise knarrend hinter sich zuzog, wachte Stine auf.

Der restliche Tag war furchtbar. Ohne Louis. Dafür mit dem Kater des Jahrhunderts, gegen den auch die vier Aspirin nicht halfen, die sie sich über den Tag verteilt einwarf. Sie hatte nie wieder an diesen Moment gedacht. Hatte nie wieder an das aschfahle Gefühl, als Louis aus der Wohnung schlich und zu Amélie zurückkehrte, erinnert werden wollen.

Aber jetzt war er zurück. Und er stellte Fragen. Fragte nach dieser Nacht, nach dem Morgen. Nach allem, was Stine weit von sich geschoben hatte.

»Ich hab mich echt schlimm verhalten«, gab Louis zu. »Ich hätte nicht einfach gehen sollen. Ich war verwirrt.« Er fuhr sich durchs Haar. »Ich wollte dich wecken, mit dir reden … Und dann stand ich vor deinem Bett, und … und ich konnte irgendwie nicht.«

Schon klar, dachte Stine. Du *konntest irgendwie nicht*. Und dann war es natürlich einfacher, sich klammheimlich zu verziehen. Dass er sich später gemeldet hatte, ließ sie nicht gelten.

Er wischte sich mit dem Ärmel seines Pullis etwas aus den Augen. »Keine Ahnung, weshalb ich einfach abgehauen bin. War auf jeden Fall mies von mir.«

»Ziemlich mies«, bestätigte Stine trocken.

Louis schaute sie verletzt an. »Ich erinnere mich immer noch an jede einzelne Sekunde dieser Nacht.«

Irgendwas in seinem Blick verriet ihr, dass er es wirklich so meinte. Sie hielt kurz den Atem an. Es war wohl besser, wenn sie darauf jetzt nicht weiter einging.

»Ich wünschte, ich wäre morgens nicht abgehauen«, sagte Louis leise.

Er war jetzt so nah, dass sie seinen Atem auf ihrem Gesicht spürte.

»Hinterher hab ich mir so viele Vorwürfe gemacht. Ich hätte bleiben sollen. Wenigstens so lange, bis du wach warst.«

Stine schwieg. Es tat gut zu hören, dass Louis sein Verhalten heute bereute. Auch wenn es überhaupt nichts daran änderte, dass er damals verlobt gewesen war. Sie hätten nicht miteinander schlafen dürfen. Es war ein Fehler gewesen.

Aber der Fehler hatte zu Ida geführt. *Jetzt erzähl's ihm einfach*, sagte eine leise Stimme in Stines Kopf plötzlich. Der Moment konnte doch nicht besser sein. Sie holte kurz Luft. »Louis?«

»Ja?«

»Weißt du, nach der Nacht damals …«

In diesem Moment klingelte es in Stines Tasche. Sie schrak zusammen. Ihr Telefon. War das Marten? Sie fühlte sich sofort ertappt, obwohl ja gar nichts passiert war. Sie war mit Louis nur spazieren gegangen.

»Entschuldige bitte«, sagte sie zu ihm, während sie in

ihrer Tasche wühlte. »Ich muss nachschauen, wer das ist. Könnte die Kita sein.«

Bei der Vorstellung, dass Ida etwas passiert war, wurde Stine ganz schlecht. Hektisch zerrte sie das Telefon aus ihrer Tasche und schaute aufs Display. Nicht die Kita, dachte sie erleichtert und atmete tief durch. Stattdessen die Nummer von Ullis Ladentelefon. Ihre Eltern wunderten sich sicher nur darüber, dass sie so lange wegblieb. Sie nahm den Anruf an.

»Papa?«

»Sag mal, wo steckst du eigentlich?« Es war Hannah, und sie klang genervt.

»Ich bin gleich zurück, bin nur in den Regen geraten«, begann Stine, sich zu rechtfertigen.

»Mama ist gerade vom Krankenwagen abgeholt worden«, blaffte Hannah aus dem Hörer.

Stine fuhr der Schock in alle Glieder. »Was ist passiert?«

»Sie hat sich wahrscheinlich das Sprunggelenk angebrochen«, sagte Hannah schon etwas weniger pampig. Eher besorgt. »Die alte Trittleiter ist in sich zusammengefallen, und sie stand drauf.«

Stine schüttelte den Kopf. Ihr fehlten die Worte.

»Dr. Thomsen glaubt, dass der Fuß wahrscheinlich operiert werden muss«, sagte Hannah. »Wenn du deinen Hintern jetzt also bitte wieder in Richtung Büro bewegen könntest? Ich schaffe nicht beides. Die Urlauber im Laden *und* oben am Telefon.«

»Bin schon auf dem Weg«, sagte Stine. Sie legte auf und erzählte Louis, was passiert war.

Er war genauso besorgt um Christa wie Stine. »Wenn du dein Rad bei mir in Nieblum stehen lässt, kann ich dich schnell mit dem Wagen nach Wyk fahren.«

Stine schüttelte den Kopf. »Nicht nötig.« Sie ging durch den Regen zu Ullis E-Bike. »Ich hab doch den alten fliegenden Besen von meinem Vater«, scherzte sie und betätigte mit dem Daumen die Klingel, die ein helles »Ping!« von sich gab. »Damit bin ich jetzt wirklich am schnellsten. Aber danke für das Angebot.«

»Jederzeit.« Louis schaute ihr noch einmal in die Augen.

Stine hielt seinen Blick. Etwas fühlte sich immer noch vertraut an. Auch nach so vielen Jahren. Sie riss sich von ihm los. »Ist es okay, wenn ich vorausfahre?«

»Na klar.« Louis klemmte den Beutel wieder auf den Gepäckträger seines alten Hollandrads.

Stine klingelte zum Abschied noch einmal. »Danke für den schönen Spaziergang«, sagte sie, als sie schon auf dem Sattel saß.

»Schreibst du mir nachher, wie es deiner Mutter geht?«, fragte Louis. »Wenn es etwas Kompliziertes sein sollte … meine Eltern kennen da eine sehr gute Professorin am Kieler Unikrankenhaus.«

Etwas Kompliziertes? »Ich hoffe nicht, dass wir die brauchen!«, rief Stine ihm über die Schulter hinweg zu, schaltete den Motor am Rad ein und trat fest in die Pedalen.

»Schreib mir auf jeden Fall!«

»Mach ich!« Stine winkte noch einmal, dann bog sie um die Kurve und ließ Louis zurück.

Mach ich?! Sie schüttelte den Kopf. Hatte sie das gerade wirklich gesagt? Sie würde sich nicht noch mal bei Louis melden. Das Treffen hatte sie viel zu sehr durcheinandergebracht, ab jetzt durften sich ihre Leben nicht mehr überschneiden.

Bald hörte der Regen auf, und die ersten Häuser von Bredland und Greveling kamen in Sicht. Stine konnte vor Sorge um ihre Mutter kaum klar denken. Sie musste sofort zu Hannah in den Laden. Ihre Schwester könnte ihr berichten, was passiert war.

Nach zwei Kilometern bremste Stine kurz ab und schrieb ihrer Mutter eine Nachricht. *Es wird alles wieder gut, Mama.* Sie fügte noch ein knallrotes Herz hinzu und schickte die SMS ab. Wenig später war sie wieder so schnell unterwegs, dass sie nur noch das Rauschen des Fahrtwinds hörte.

Dann fiel ihr die Leiter ein, von der ihre Mutter gestürzt war. Stine ärgerte sich tierisch über sich selbst. Hätte sie das olle Ding doch bloß längst entsorgt! Wäre der Unfall vielleicht nicht passiert, wenn sie Louis abgesagt hätte? Über ihre Arme kroch eine Gänsehaut. Sie zog die Schultern hoch und schüttelte sich. Sie würde sich bei Louis nicht melden und ihm auch nicht mehr schreiben. Seit sie beim Bäcker mit ihm kollidiert war, lief alles aus dem Ruder.

9. Hannah

Vier Tage nach Christas Sturz verließ Hannah mit einem prall gefüllten Jutebeutel den Supermarkt in der Boldixumer Straße. Sie hatte alles bekommen: Mehl, Butter, braunen Rohrzucker, Backpulver, Äpfel, Puderzucker. Und für Ida ein paar Kekse. Schnell warf sie einen Blick auf ihre Uhr. 13:37 Uhr. Sie lag gut in der Zeit. Ullis »Sandbank« blieb heute Nachmittag ausnahmsweise geschlossen, und auch in der Apartmentvermittlung erreichten die Gäste bis morgen früh »aufgrund einer familiären Angelegenheit« nur den Anrufbeantworter. Hannah, Stine und Ulli hatten sich aus gutem Grund freigenommen: Christa wurde heute aus dem Krankenhaus entlassen. Ulli würde sie gleich nach Hause holen. Endlich! Nach einigem Hin und Her hatte sie nun doch nicht operiert werden müssen. Aber bis das feststand, hatten Christa und Ulli etwa siebenundachtzig Gespräche führen müssen. Mit Schwestern, Ärzten und Oberärzten. Am Ende sogar mit einer zugeschalteten Professorin aus Kiel, die ihnen von Angelika und Wolf Blohm empfohlen worden war. Wie die Blohms von dem Unfall erfahren hatten, sodass sie sich noch am selben Abend gegen 21 Uhr bei Ulli mit einer direkten Durchwahl von Professorin Güzel aus der Uniklinik Kiel meldeten, war Hannah noch immer ein absolutes Rätsel. Wahrscheinlich von Hilla, die ja immer über alles Bescheid wusste, was auf der Insel passierte.

In Abstimmung mit Professorin Güzel hatte die Föhrer Chefärztin schließlich beschlossen, nicht zu operieren. Das Sprunggelenk würde, wenn Christa sich Ruhe gönnte, auch so bestens heilen.

Christa war diese Entscheidung grundsätzlich mehr als recht. Ihr Fuß war nun eingegipst, und Ida hatte gestern schon eine Handvoll Filzstifte ins Krankenhaus mitgenommen, um den Gips zu verschönern. Das Einzige, was Hannahs und Stines Mutter schon seit Tagen nicht hören wollte, war die Sache mit dem Ausruhen. Die Hochsaison begann doch jetzt …

»Aber der Knöchel muss heilen«, hatten Stine und Hannah am Krankenbett insistiert. Und Ulli hatte in seiner diplomatischen Art (hier zahlten sich die dreißig Jahre Berufserfahrung im Umgang mit gestressten Feriengästen aus) hinzugefügt, dass sie über die Aufgabenverteilung noch einmal in aller Ruhe sprechen würden, wenn Christa aus dem Krankenhaus entlassen wurde.

Heute war es nun so weit. Sobald Christa zu Hause war, wollten sie ihre Rückkehr mit Kaffee und einem selbst gebackenen Apfelkuchen feiern, weshalb Hannah jetzt ein wenig Gas geben musste.

Sie legte den Jutebeutel mit den Einkäufen in den Fahrradkorb. Auf dem hellen Baumwollstoff stand: »Danke der Nachfrage, mir fehlt nix. Musste nur mal wieder nach Föhr.« Frau Lott hatte diesen Satz mal bei Ulli in der »Sandbank« fallen lassen. Sie war Stammgast bei Christas und Stines Apartmentvermittlung, pensionierte Studienrätin, fast achtzig, aber noch unglaublich fit, scharfsinnig und mit einem schmetternden Lachen gesegnet, das die Deckelchen der Teekannen im Laden zum Klirren brachte. Ulli hatte die Bemerkung so originell gefunden, dass er spontan ein paar Jutebeutel damit bedrucken ließ. Der erste ging damals per Post an Frau Lott nach Göttingen. Mittlerweile war sie stolz darauf, dass die Beutel schon seit ein paar Jahren ein Dauerbrenner im Geschäft waren. Hannah musste jedes Mal schmunzeln, wenn sie mit dem Beutel einkaufen fuhr.

Und der Satz war ja auch wahr. Wer sich gerade nicht so fühlte, musste einfach mal kurz nach Föhr. War einfach so. Frau Lott hatte das in ihrer trockenen Art nur auf den Punkt gebracht.

Hannah wollte gerade in die Pedale treten, als es in ihrer Jackentasche piepste. Sie zog das Telefon hervor.

Sorry, hab einen spontanen Termin, schrieb Stine. *Fang doch schon mal mit dem Kuchen an. Komme minimal später.*

Minimal später? Hannah war schlagartig genervt. *Wie viel* später denn? Hatten Stine und Marten vielleicht einen Baustellentermin? Aber nein. Stine hatte Hannah morgens beim Frühstück erst erzählt, dass Marten heute im »Wal« mit seinen Eltern zwei größere Gruppen bewirten musste. Einmal fünfzehn und einmal achtundzwanzig Personen.

Beides runde Geburtstage. Mit Marten konnte Stine also definitiv nicht auf der Baustelle sein. Ob sie allein hingefahren war? Möglich. Aber würde Stine dann von einem »Termin« sprechen?

Hannah war aufgefallen, dass Stine in letzter Zeit fast täglich mit einem »Termin« um die Ecke kam, der sich angeblich ganz plötzlich ergeben hatte. Dann tauchte sie, manchmal regelrecht von einer Sekunde auf die andere, für zwei Stunden ab. Sie verschwand von der Bildfläche, war auch auf dem Handy nicht mehr erreichbar. Es war merkwürdig.

Bei Marten war sie dann nicht, weil er manchmal bei Hannah im Laden anrief, wenn auch er Stine nicht auf ihrem Handy erreichte. Ihn schien Stines Abtauchen nicht weiter zu verwundern. Hannah hingegen schon.

Bisweilen fühlte sie sich an das weiße Kaninchen aus »Alice im Wunderland« erinnert. Ida kicherte sich auf Hannahs Schoß immer ganz kringelig, wenn sie gemeinsam das sonnenverblichene Bilderbuch lasen, das schon Hannah und Stine als Kinder mit ihren Eltern durchgeblättert hatten. Das Kaninchen rannte, genau wie Stine in letzter Zeit, in Windeseile an Alice vorbei, bevor er in einem dunklen Loch im Boden verschwand, in das Alice ihm zögernd folgte, um sich plötzlich in einer magischen Welt wiederzufinden.

Gut, eigentlich ging es Hannah überhaupt nichts an, wo Stine sich herumtrieb. Aber sie hatten noch so viel für die Hochzeit zu organisieren. Die Zeit lief ihnen langsam wirklich davon. Und den »spontanen Termin« heute nahm sie ihr einfach nicht ab. Schon allein die Formulierung, die klang doch irgendwie dubios, oder nicht?

Und dann die sandigen Schuhe …

Gestern Mittag hatte Hannah Ulli im Laden vertreten. Während in der »Sandbank« die Hütte brannte und sie es nicht einmal auf die Toilette schaffte, war Stine in aller Seelenruhe rausgegangen, um dringende »Besorgungen« zu machen. Volle *zwei* Stunden lang.

Klar, konnte sie ja auch. Warum nicht. Trotzdem fand Hannah es schon etwas ignorant, dass Stine nicht mal *gefragt* hatte, ob sie vielleicht Hilfe brauchte. Sie hatte doch gesehen, was im Laden los war.

Schließlich war Stine wieder eingetrudelt. Ohne *Besorgungen*. Dafür mit reichlich Sand an den Schuhen und einem fetten Sonnenbrand auf Stirn und Nase. Sie hatte sich also zwei Stunden am Strand herumgetrieben. Wie schön für sie! Während Hannah nicht mal die Zeit gehabt hatte, sich einen Schluck Leitungswasser aus der Küche zu holen.

Abends war Hannah fix und alle gewesen. Aber auf eine *gute* Art. Sie hatte unglaublich gut verkauft, der Job in der »Sandbank« machte ihr richtig Spaß. Und ihr blieb überhaupt keine Zeit, um an Frederik und Ariane zu denken. Oder an Nicoles Beförderung. Hannah *dachte* schon nicht mal mehr an ihre Jobmails. Und *das* sollte schon was heißen.

Pah. Wenn Stine nicht half, würde sie den Apfelkuchen eben alleine backen. *Beeil dich bitte. Wir wollten Mama doch überraschen*, tippte sie in ihr Handy. Sie schickte die Antwort ab und stieg wieder aufs Rad.

Während der Fahrt dachte sie immer wieder an Christa. Der Arzt hatte gestern gesagt, dass sie ihren Fuß den ganzen Sommer lang nicht voll belasten dürfe. Den ganzen Sommer! Das war eine *verdammt* lange Zeit.

Ihre Eltern brauchten dringend Unterstützung. Stine würde die meisten von Christas Aufgaben in der Apartmentvermittlung »Halligblick« mitübernehmen. Aber wer kümmerte sich um den Laden, wenn Ulli Christa zur Physiotherapie fuhr? So praktisch es auch war, dass Hannah momentan ihren Vater vertreten konnte, irgendwann wäre ihr Urlaub zu Ende. Leider …

Hannah bog von der Badestraße in den Rebbelstieg. Vor dem Haus ihrer Eltern stieg sie ab. Die Gartenpforte quietschte leise, als sie sie aufdrückte und ihr Rad an den üppigen zartrosa Rosenbüschen vorbei zum Haus schob. Es war nicht groß. Nur ein paar Zimmer, Küche, Bad. Das Schmuckstück war die großzügig verglaste Küche, von der man auf die Südterrasse gelangte. Hier draußen verbrachten ihre Eltern bei schönem Wetter jede freie Minute.

Hannah stellte das Rad an der Hauswand ab. Ullis Wagen stand nicht mehr in der Einfahrt, er war mit Ida anscheinend schon in die Inselklinik gefahren, um Christa abzuholen. Ihre Nichte hatte unbedingt mitkommen und Oma beim Packen helfen wollen. Sie hatte sogar ihren gelben Kindergartenrucksack größtenteils ausgeleert, damit dort Platz für »Omas Sachen« war. Hach, dass Christa heute nach Hause durfte, schien sie alle unglaublich zu freuen. Alle bis auf Stine. Die war ja schon wieder in ihrem Loch verschwunden.

Hannah ging ins Haus und gleich in die Küche. Sie holte eine Karaffe Wasser und einige Gläser und stellte sie auf den ovalen Gartentisch auf der Terrasse, an dem ein paar Stühle und eine Bank standen, alles aus Teakholz. Dann holte sie Kaffeetassen und Kuchenteller, Besteck, Servietten und eine Kerze. Als der Tisch hübsch gedeckt war, ließ sie sich kurz auf der Bank nieder. Eigentlich musste sie jetzt sofort damit beginnen, die Äpfel zu schälen. Ob Stine ihr in der Zwischenzeit noch mal geschrieben hatte? Zu zweit ginge es so viel schneller. Eine von ihnen könnte sich um den Rührteig kümmern, die andere um die Äpfel.

Hannah schaute auf ihr Telefon, aber keine Nachricht von Stine. Sie wollte das Handy eigentlich wieder auf den Tisch legen und beginnen, die Äpfel zu schälen … Sie wusste auch nicht, weshalb sie das tat, aber Hannah schaute für einen *ganz* kurzen Moment bei Instagram rein.

Die erste Story, die ihr angezeigt wurde, war jedoch nicht von Freunden, sondern von … Ariane. Mist.

Hör auf damit!, rief eine Stimme in Hannahs Kopf. Aber es ging nicht. Sie *musste* das einfach sehen.

Das Bild zeigte Arianes Frühstück: eine Schale Hirsebrei mit Granatapfelkernen und hauchdünnen Apfelscheiben am Rand. Die hübsche graue Müslischale hatte Hannah Frederik mal geschenkt. Ein Zweierset. Auch die Arbeitsplatte, auf der die Müslischale stand, erkannte Hannah als die in Frederiks Küche wieder. Sie schluckte kurz, dann schob sich das nächste Bild auf den Bildschirm. Wieder Ariane und Frederik zusammen. Ein Selfie. Beide wie neulich schon mit dunklen Sonnenbrillen und umeinander gelegten Armen. Sie grinsten und wirkten tierisch glücklich. Aber das, was Hannah am meisten irritierte, waren die bekloppten schwarzen Basecaps, die beide trugen. »KICK ASS!« war vorn in fetter Blockschrift eingestickt. Dem eingefügten Text entnahm Hannah, dass sie gerade am Flughafen eingetroffen waren. Offenbar wollten sie auf eine Wichtigwichtig-Gründermesse in die Staaten fliegen. Der Spruch auf den Caps zitierte eigentlich nur die Haudrauf-Mentalität eines Berliner Start-ups, an dem Frederik beteiligt war. Aber Hannah bezog das »KICK ASS!« trotzdem irgendwie auf sich ... Darauf, dass Frederik und Ariane ihr vorige Woche mit ihrem unterirdischen Verhalten ganz ordentlich in den Hintern getreten hatten.

Ihr stiegen die Tränen in die Augen. Mist. Sie wollte es eigentlich nicht, aber sie konnte sich nicht dagegen wehren und sah sich die Story noch einmal an. Jedes Detail sog sie in sich auf. Das Armband, das Frederik auf dem zweiten Foto trug, kannte sie noch nicht. War das etwa aus dem Laden am Wasserturm, in dem sie immer ...

»Bitte nicht erschrecken«, sagte plötzlich eine männliche Stimme.

»Was zum ...?« Hannah schrak so sehr zusammen, dass ihr das Telefon aus den Händen rutschte. Zum Glück fiel es auf den weichen, moosigen Rasen neben der Gartenbank.

Als sie vom Rasen aufschaute, sah sie ... direkt in Toms Augen. Mit ihm hatte sie hier am wenigsten gerechnet!

»Bitte entschuldige.« Tom trat verlegen von einem Bein aufs andere. »Ich wollte dich auf keinen Fall erschrecken.«

»Hast du aber.« Hannah bückte sich und hob ihr Telefon auf. Als es wieder auf dem Tisch lag, wusste sie kurz nicht, wie sie sich verhalten sollte. War es besser, auf cool zu machen? Oder konnte sie ihm zeigen, dass sie sich freute, ihn wiederzusehen?

Denn sie freute sich wirklich, ihn wiederzusehen. Das spürte sie schon daran, dass ihr Herz einen sanften Hüpfer gemacht hatte, als er ihr direkt in die Augen schaute.

Wie lange war Tom schon da? Hatte er ihr etwa schon länger dabei zugesehen, wie sie sich in das Flughafenfoto von Ariane und Frederik richtiggehend hineingefräst hatte? Hannah wurde ganz heiß bei der Vorstellung. Wie peinlich wäre das denn bitte? Sie beschloss, erst mal auf cool zu machen.

»Setz dich doch«, sagte sie knapp und zeigte auf die freien Gartenstühle auf der gegenüberliegenden Seite des Tisches.

»Gern.«

Während Tom Platz nahm, musterte Hannah ihn. Er trug ein weißes, leicht angeknittertes T-Shirt und blaue Jeans mit Riss am linken Knie. Seine Füße steckten in Lederschuhen. Sie waren schmal geschnitten, vermutlich aus England, und passten überhaupt nicht nach Föhr. Kein Mensch trug hier enge Herrenschuhe, aber Tom standen sie unglaublich gut. Tom, dem Musiker …

Sie wagte einen kurzen Blick in seine Augen … und stellte fest, dass Tom ebenfalls ihren Blick suchte. Schnell schaute sie auf die Tischplatte.

»Wasser?«, fragte sie verlegen. Ohne seine Antwort abzuwarten, griff sie zur Glaskaraffe und einem Glas und schenkte ein.

»Danke«, sagte er, nahm das Glas und trank es in mehreren Schlucken leer.

Hannah beobachtete ihn unauffällig. Was machte er hier? Er wohnte doch seit Freitag in der winzigen Ferienwohnung in der Mühlenstraße. Die Jensen-Wohnung. Klein, aber gut aufgeteilt. Und unglaublich ruhig. Ein echter Geheimtipp.

Tom setzte das Wasserglas ab. »Ich bin nur vorbeigekommen, weil deine Schwester mir heute Morgen geschrieben hat, dass ich hier ein Strandtuch abholen kann«, erklärte Tom, als hätte er Hannahs Frage gehört. »Es war keins in der Wohnung, und die weißen Handtücher darf ich sicher nicht nehmen, oder?«

»Auf *gar* keinen Fall.« Hannah sah ihn streng an. »Die sind nur zum Duschen.« Gut, das hatte jetzt etwas *zu* streng geklungen. Tom hatte ja keinen millionenschweren Immobiliendeal vermasselt. Sie setzte ein Lächeln auf. »Ich bring dir eins raus. Willst du vielleicht noch was anderes trinken? Einen Kaffee oder so?«

Er schaute sich um. »Gern. Aber nur, wenn ich nicht störe. Immerhin scheinst du Gäste zu erwarten.«

»Tust du nicht. Ich wollte mir eh gerade einen machen.« Das stimmte zwar nicht ganz, eigentlich hatte sie Äpfel schälen wollen, aber da hatte sie ja auch noch keinen Besuch gehabt. *Interessanten* Besuch.

Ein paar Minuten später trug sie zwei Becher Kaffee für Tom und sich nach draußen. »Ach, das Handtuch!«, fiel ihr dann ein. Sie ging sie noch einmal ins Haus und brachte Tom das flauschige Strandhandtuch, das er zusammengefaltet auf dem Stuhl neben sich ablegte. Auch die Schale mit den Äpfeln, die sie für den Kuchen schälen wollte, hatte sie im Arm.

»Sind das Freunde von dir?«, fragte Tom, während Hannah sich an den Tisch setzte.

Sie verstand die Frage nicht. »Wer denn?«

»Die beiden auf deinem Telefon?«

Hannah wusste immer noch nicht, wen er meinte. Erst nach ein paar Sekunden fiel bei ihr der Groschen. Sie schüttelte den Kopf und kippte sich etwas Milch aus dem Kännchen in ihren Kaffee. »Nee, keine Freunde. Also«, sie zögerte, »keine engen jedenfalls.« Schnell nippte sie an ihrem Becher.

Tom hatte sie also tatsächlich dabei beobachtet, wie sie das Bild von Ariane und Frederik anstarrte. »Hast du in deiner Wohnung denn sonst alles, was du brauchst?«, fragte sie ihn nun freundlich, um das Thema zu wechseln. Das miese Gefühl in ihrem Magen, das Hannah beschlichen hatte, als sie sich die zwei Fotos angesehen hatte, war merkwürdigerweise so schnell verflogen, wie es gekommen war. Lag das an Tom?

»Hab ich.« Er nickte. »Die Wohnung ist wirklich super. Seit ich auf der Insel bin, schlafe ich wie ein Stein.«

»Auf Amrum hast du doch sicher genauso gut geschlafen.«

»Nee, nicht so richtig.« Tom lächelte sie an. »Lag aber nicht an der Insel. Die ist wirklich schön.«

Hannah nickte. Das war sie wirklich. Amrum war genauso ein Juwel wie Föhr. Sie musterte Tom noch einmal.

Die dunklen Schatten unter seinen Augen, die ihr noch vor einer knappen Woche auf der Fähre aufgefallen waren ... waren verschwunden.

Ich suche etwas. Das hatte Tom gesagt. Hannah fragte sich, ob er das, was er suchte, auf Amrum wohl gefunden hatte. Handelte es sich nicht vielleicht doch um eine Person? Einen Typen? Oder um eine Frau? Verflixt, weshalb muss man dir eigentlich alle Amrum-Infos einzeln aus der Nase ziehen?, dachte Hannah neugierig. Soweit sie wusste, war Tom doch Musiker – und nicht Agent beim Bundesnachrichtendienst!

Tom lächelte ungläubig. »Ich hatte so ein Glück. Deine Schwester meinte, dass die Wohnung erst am Tag davor storniert worden war.«

»Ja, das passiert wirklich selten. Und im Frühling und Sommer sind die Wohnungen auf Föhr ewig im Voraus ausgebucht.« Hannah griff zu einem kleinen Messer und begann, den ersten Apfel zu schälen. Die rot-grüne Schale kringelte sich. Kommt Stine denn heute überhaupt noch mal wieder?, dachte sie verärgert. So langsam mussten sie doch mit dem Rührteig beginnen, den Backofen vorheizen ...

Tom trank noch einen Schluck Wasser. »Deine Schwester hat wirklich was gut bei mir. Könnte sogar sein, dass ich mich ...« Er räusperte sich, und Hannah unterbrach das Apfelschälen. Tom hatte einen geheimnisvollen Blick aufgesetzt. »Na ja, vielleicht kann ich mich direkt bei ihr revanchieren. Es gibt da nämlich Neuigkeiten.« Bedeutungsvolle Pause.

Hannah stutzte. »Neuigkeiten?«

»Von meiner Band«, sagte Tom.

»Von Something Blue?«, fragte sie überrascht. »Was für Neuigkeiten?«

»Wir haben tatsächlich auch eine Stornierung reinbekommen. Für den Tag, an dem deine Schwester heiratet.«

»*Ist* nicht wahr?«, rief sie aufgeregt.

»Das Paar, das uns gebucht hatte, heiratet zwar noch«, erläuterte Tom, »aber nur standesamtlich. Die Braut ist schwanger. Eigentlich tolle News, aber ihr ist wohl schon seit Wochen furchtbar schlecht. Die Übelkeit wird überhaupt nicht besser. Die Trauzeugin hat gesagt, das Paar will mit der Party nun doch lieber bis nach der Entbindung warten.«

»Das gibt's doch nicht!« Hannah ließ Apfel und Messer fallen und sprang auf. »Heißt das …?«

Tom nickte. »Dass wir auf Stines Hochzeit spielen können. Genau das heißt es.«

»Yesss!« Sie machte auf der Terrasse einen kleinen Lufthüpfer. Das war ja der Oberhammer! Das Hochzeitspaar hatte tatsächlich abgesagt, ihre Gebete waren also erhört worden! Unglaublich!

Es erleichterte sie natürlich, dass das andere Paar trotzdem heiraten würde. Nur eben in kleinerem Rahmen. Und nach der Hochzeit würden die beiden bald Nachwuchs bekommen. Schien also alles bestens für sie zu laufen – wenn man mal von der Übelkeit der Braut absah.

Und deshalb spielten Something Blue bei ihnen auf Föhr! Was *hatten* Stine und Marten nur für ein Glück!

Tom schob seinen Stuhl zurück, stand auf und griff zum flauschigen Handtuch. »Also, wir treten auf. Aber natürlich nur«, er lächelte Hannah so an, dass ihr plötzlich unglaublich heiß wurde, »wenn ihr noch Interesse an uns habt.«

»Interesse?«, wiederholte Hannah kopfschüttelnd. »Machst du Witze? Natürlich haben wir … Weißt du, das ist«, sie war dermaßen überwältigt, dass sie sich für einen Moment vergaß und Tom umarmte, »*so* genial!« Schnell ließ sie ihn wieder los und machte einen Schritt zurück.

Tom wirkte etwas überrumpelt. Er stand so steif vor Hannah, als wäre er zu einer Salzsäule erstarrt.

Sie lief rot an. »Bitte entschuldige.« Hatte sie das gerade wirklich getan? Tom umarmt? Grundgütiger! Was war nur in sie gefahren?

»Was ist *so* genial?«, fragte in dem Moment eine weibliche Stimme hinter ihnen.

Hannah drehte sich um und erblickte Stine. Sie stand an der Hausecke und hielt mit den Händen den Lenker von Ullis E-Bike fest.

Rasch musterte Hannah Stines Schuhe. Diesmal war kein Sand an ihnen. Aha. Aber wenn sie nicht am Strand gewesen war, wo dann?

Stine klappte den Fahrradständer aus und fuhr das Display des E-Bikes herunter. »*Was* ist so genial, dass man einem fremden Typen dafür sofort um den Hals fallen muss?«, fragte sie noch einmal. Belustigt zog sie eine Augenbraue hoch, während sie von Hannah zu Tom und wieder zurück zu Hannah schaute.

»Meine Band kann auf eurer Hochzeit auftreten«, sagte Tom, der sich nun wieder berappelt hatte. »Darüber hat Hannah sich gefreut.«

Stine runzelte die Stirn. »Aber wir haben doch längst eine Band!«, sagte sie irritiert. »Wir haben Something Blue gebucht. Schon vor Monaten. Sorry, aber wir brauchen deine Band nicht.«

Tom hob amüsiert die Hand. »Darf ich mich kurz vorstellen? Ich bin Tom, Sänger bei Something Blue. Wir hatten heute Morgen wegen des Strandtuchs telefoniert«, sagte er zu Stine.

»Ach, wie lustig. Jetzt erkenne ich dich auch. Hi, Tom!« Stine nickte ihm lächelnd zu, bevor sich ihre Augenbrauen zusammenschoben. »Bitte entschuldigt, aber jetzt bin ich komplett verloren. Worüber freut ihr euch denn so? Meine Schwester hat dich und deine Band doch schon vor Monaten gebucht. War doch längst geregelt.«

»Na ja, so ganz geregelt …«, begann Tom und sah Hannah unsicher an.

»Wir hatten das damals nur mündlich ausgemacht«, sagte Hannah schnell. »Aber Tom hat mir gerade gesagt, dass wir die Zusage jetzt auch schriftlich bekommen, stimmt's?« Sie zwinkerte ihm zu. Dass es zwischendurch in den Sternen gestanden hatte, ob sie rechtzeitig überhaupt irgendeine Live-Band für die Hochzeit auftreiben würde, brauchte Stine ja nicht unbedingt zu wissen. Das sollte besser ein kleines Geheimnis zwischen ihr und Tom bleiben. Er verstand offenbar, denn er nickte ihr unauffällig zu.

»Wozu brauchen wir das denn bitte schriftlich?«, fragte Stine verständnislos. »Typisch Hannah. Unsere Hochzeit ist zwar kein Millionendeal, den man doppelt und dreifach absichert, aber gut, wenn *du* dich damit wohler fühlst.« Stine verdrehte die Augen, und Hannah verkniff sich den Kommentar, dass sie sich beim Thema »Hochzeitsband« noch bis vor einigen Minuten furchtbar *unwohl* gefühlt hatte.

»Setz dich doch«, sagte Stine zu Tom. »Soll ich uns vielleicht einen Kaffee aufsetzen?« Dann entdeckte sie die beiden benutzten Kaffeebecher und Wassergläser. Sie fixierte Hannah mit einem Blick, der wohl so viel bedeuten sollte wie: *Oh, sorry, bin ich hier mitten in etwas hineingeplatzt?*

Hannah tat so, als würde sie den Blick und die unausgesprochene Frage nicht bemerken. Stine war ja auch in gar nichts hineingeplatzt. War doch alles vollkommen harmlos. Tom hatte sich nur sein Strandtuch abgeholt, wie mit Stine besprochen.

»Bitte entschuldigt mich«, sagte er jetzt. »Ich wollte an den Strand, bevor das Wasser gleich ganz abgelaufen ist. Danke für das Handtuch, Hannah.« Er klemmte sich die Handtuchrolle unter einen Arm und hob die Hand. »Schönen Tag euch noch.«

»Dir auch«, sagte Hannah.

Tom nickte ihnen noch einmal zu und ging über den Gartenweg zum Rebbelstieg.

Hannah und Stine schauten ihm wortlos nach. Hannah lauschte auf ihr Herz, das leise und unglaublich vergnügt vor sich hin klopfte.

»Hab ich euch etwa gerade gestört?«, fragte Stine, als Tom die Gartenpforte hinter sich geschlossen hatte und schon Richtung Strand ging.

»Überhaupt nicht«, log Hannah.

Eine halbe Stunde später schoben sie den Kuchen in den Ofen. Hannah stellte die Rührschüssel in den Geschirrspüler, da fiel Stine etwas ein. »Sag mal, hast du schon die kryptische E-Mail von Anna von Schlehe gelesen?«

»Welche kryptische E-Mail?« Hannah horchte auf. Sie hatte keine Mail von der Designerin gelesen, die Stines Brautkleid nähte. »Was steht denn drin?«, hakte sie sofort nach.

Stine zog die Nase kraus. »Das ist ja das Problem.« Sie nahm zwei Becher Schlagsahne aus dem Kühlschrank. »Ich hab's nicht so richtig verstanden. Sie schreibt irgendwas von einem Personalengpass. Lies am besten selbst.«

Hannah eilte schon zu ihrem Telefon, das noch draußen auf der Terrasse lag. Sie wischte es ins Leben und … tatsächlich! In ihrem Postfach war eine von Stine weitergeleitete Mail der Designerin, markiert mit einem roten Ausrufezeichen.

Hannah überflog die Mail so schnell, wie sie nur konnte. *Zwei entscheidende Mitarbeiterinnen haben das Unternehmen mit sofortiger Wirkung verlassen … Ich muss Ihnen leider mitteilen, dass … Aus diesem außerordentlichen Grund trete ich von unserem Vertragsverhältnis zurück … Die Anzahlung wird Ihnen in den nächsten vierundzwanzig Stunden zurücküberwiesen …*

Nachdem Hannah am Ende der Mail abgekommen war, fing sie noch einmal von vorne an zu lesen. Und zur Sicherheit las sie sie noch ein weiteres Mal. Dann ging sie zurück in die Küche.

»Du kriegst dein Kleid nicht«, sagte sie fassungslos zu Stine.

Für einen Moment hing dieser Satz zwischen ihnen. Stine und Hannah schauten sich in die Augen. Der Backofen brummte, der süßliche Geruch von Äpfeln und einem Hauch Zimt verbreitete sich in der Küche.

Schließlich zuckte Stine mit den Schultern. »Schöne Scheiße«, meinte sie trocken.

»Das kann man wohl sagen«, bestätigte Hannah. Ihr war ganz schlecht. Das konnte Anna von Schlehe doch wohl nicht bringen. Oder doch? Hannah setzte sich an den Küchentisch. Die Designerin *musste* das Kleid liefern. Alles andere wäre doch Sabotage. Die Hochzeit würde in weniger als vier Wochen stattfinden. Wo sollten sie denn jetzt so schnell …?

In diesem Moment hupte ein Auto in der Einfahrt.

»Sie sind da«, sagte Stine. »Du, wahrscheinlich ist es besser, wenn wir Mama und Papa heute nichts davon sagen. Die kriegen doch sonst nur einen Schock.«

Hannah nickte. »Ja, besser nicht.« Ihren Eltern konnten sie auch morgen noch davon erzählen. Ganz in Ruhe.

Sie öffneten die Haustür, gingen über die Stufen in den Vorgarten und zum Parkplatz, wo Ulli Christa gerade aus dem Auto half. Ida tanzte mit ihrem Rucksack auf dem Rücken um die beiden herum.

Hannah lief lächelnd auf ihre Eltern zu. Während sie Christa so doll an sich drückte, wie es deren Krücken erlaubten, wanderten ihre Gedanken noch einmal zu Stines Kleid. Weshalb flog denn jetzt mit hundertsechzig Stundenkilometern schon wieder die nächste Katastrophe auf sie zu, die sie wuppen mussten, nachdem sich gerade das Problem mit der Musik geklärt hatte? Das Leben war doch kein Tennisballautomat, der einen unentwegt mit Bällen – oder eben Katastrophen – bombardierte. Oder doch?

Sie musterte Stine von der Seite. Merkwürdig. Dass Anna von Schlehe das Kleid nicht liefern würde, schien sie nicht im Geringsten zu beunruhigen. Und dabei war *sie* doch die Braut. Fröhlich plaudernd brachte Stine ihre Mutter auf die Terrasse und platzierte sie auf der Gartenbank. Ulli schob einen Stuhl davor und warf mehrere Sitzkissen übereinander, auf die Christa ihren Fuß betten musste.

Plötzlich spürte Hannah ein Zupfen an ihrem T-Shirt. Es war Ida.

»Hannah, kannst du mir ein Buch vorlesen?« Sie stellte ihren gelben Rucksack auf einen Gartenstuhl und zog ein Bilderbuch heraus. Es war »Alice im Wunderland«.

Wo kam das denn her? Hannah blinzelte überrascht. Aber vermutlich hatte es Ida heute Morgen einfach in den Kindergarten mitgenommen.

»Gern«, sagte sie lächelnd. »Aber vorher müssen wir ganz kurz nach dem Kuchen schauen. Der ist noch im Ofen. Willst du mir dabei helfen?«

Ida und Hannah umarmten Christa noch einmal und gingen dann in die Küche. Einige Minuten später löste Hannah den köstlich duftenden Kuchen aus der Springform heraus, während Ida die Schüssel mit der Schlagsahne vorsichtig auf die Terrasse trug. Um das Brautkleid können wir uns auch morgen noch kümmern, dachte Hannah. Heute sollte Christa im Mittelpunkt stehen. Und wenn das Leben wirklich wie eine Tennisballmaschine war, die Katastrophen verschoss, dann musste diese Brautkleidkatastrophe heute eben mal an ihnen vorbeifliegen. Die nächste würden sie schon wieder übers Netz zurückwuppen. Ganz bestimmt.

10. Stine

Zwei Tage später stand Stine mit der Fernbedienung in der Hand vor Tante Ellas Fernseher. Sie war der Verzweiflung nahe. »Warum springt die olle Kiste denn nicht an?« Sie streckte den Arm aus und drückte hektisch verschiedene Knöpfe. Sie hielt die Fernbedienung waagerecht, senkrecht, schließlich kopfüber mit den Tasten nach unten, aber auch das half nichts. Der Bildschirm blieb schwarz. Nichts rührte sich. Verflixt! Sie kniete sich hinter den Fernseher, zog den Stecker aus der Steckdose und schob ihn wieder hinein. Aber der Fernseher sprang immer noch nicht an.

In wenigen Minuten würde die Sendung »Das is(s)t der Norden« beginnen, heute mit dem Föhr-Beitrag. Das war also wichtig! Die ganze Insel würde zuschauen, wie Marten mit Pam und ihrer Crew von Wyk bis nach Dunsum und von der Vogelkoje ganz oben im Norden bis zum Goting Kliff auf der Südseite der Insel fuhr.

Alle würden zuschauen. Alle bis auf Stine und ihre Familie, wenn das mit der Fernbedienung so weiterging. Sie musste den Fernseher jetzt sofort zum Laufen bringen. Lag es vielleicht an den Batterien in der Fernbedienung? Sie ging in die Küche und riss die oberste Schublade neben dem Herd auf. Sie kramte darin herum und fand alles Mögliche. Streichhölzer, Kerzen, ein Sturmfeuerzeug … aber keine Batterien. Genervt zog sie die nächste Schublade auf. Während sie den Inhalt in Augenschein nahm, fragte sie sich, wie Marten wohl im Fernsehen rüberkommen würde.

»Lief ganz okay«, hatte er gesagt, als er wieder auf der Insel war. Das hatte nicht unbedingt euphorisch geklungen. Konnte aber auch daran gelegen haben, dass er ihr nur diesen Halbsatz zugerufen hatte. So richtig häufig hatten sie sich seither nicht gesehen.

Zweimal hatte er sie kurz im Büro besucht, beide Male war er in Eile. Als Stines Bürotelefon dann auch jeden Satz, den sie gerade begonnen hatten, unterbrach, sodass ein richtiges Gespräch nicht möglich war, hatte Marten ihr einen schnellen Kuss auf den Mund gedrückt und war dann auch schon wieder weitergefahren.

Er hatte so unglaublich viel zu tun. Nach der Aufzeichnung der Sendung war er noch für eine Nacht bei einem Freund auf dem Festland geblieben, der einen Resthof bei Bredstedt bekommen hatte. »Snørre freut sich über jeden, der ein Stündchen auf der Baustelle mithilft«, hatte Marten seine Entscheidung begründet.

Und seit er zurück auf Föhr war, musste er einiges nacharbeiten. Die Renovierung des Hauses seiner Großeltern hatten er und Hinnerk fürs Erste zurückgestellt. Im »Wal« war einfach zu viel los. Für die nächsten vier Wochen waren alle Tische ab 17:30 Uhr und 20 Uhr ausgebucht. Die Hochsaison war angebrochen, und die Tage von Marten und Stine waren jetzt straff durchgetaktet. Die Wünsche der Gäste würden bis Mitte September ihren Tagesablauf bestimmen, was sie trotzdem nicht davon abgehalten hatte, ihre Hochzeit an Mittsommer zu planen. Dieser Termin bedeutete ihnen einfach zu viel.

Auch heute Abend konnte Marten nicht dabei sein, wenn Stine sich mit Ida, Hannah und ihren Eltern – hoffentlich – in wenigen Minuten »Das is(s)t der Norden« ansah. Stine fand das unglaublich schade. Sie hätte gern mal wieder in Ruhe mit ihrem Verlobten gesprochen. Sie wollte ihm erzählen, dass sie sich hin und wieder mit Louis traf, davon wusste Marten ja immer noch nichts. Aber dafür brauchten sie ein paar Minuten nur für sich. Sie wollte auf keinen Fall riskieren, dass er die falschen Schlüsse zog. Bei diesem Gespräch durfte sie weder Ida noch ihr Diensthandy oder das in Dauerschleife dudelnde Bürotelefon unterbrechen. Doch bisher hatte sich ein solcher Moment noch nicht ergeben.

Gut war es nämlich nicht, dass sie sich heimlich mit Louis traf. Das war Stine schon klar. Aber sie genoss diese kleinen Pausen vom Alltag. Der erste Spaziergang mit Louis war tatsächlich der Beginn von einem kleinen Ritual gewesen. Louis und Stine trafen sich jetzt öfter. Wobei, das war komplett untertrieben. Wenn Stine ehrlich war, trafen sie sich fast täglich.

Die Spaziergänge begannen immer an unterschiedlichen Stränden. Am Wasser entlang liefen die beiden so weit, bis sie sowohl Strandkörbe als auch Feriengäste hinter sich gelassen hatten. Dort, wo sie den Strand ganz für sich allein hatten, breitete Louis die alte Picknickdecke seiner Eltern aus. Er hatte stets Tee oder Kaffee in einer Thermoskanne dabei. Dazu aßen sie Friesenkekse. Mit einem Becher in der Hand hockte Stine dann neben Louis und schob ihre nackten Zehen in den Sand.

Meistens unterhielten sie sich angeregt miteinander, aber es gab auch Momente, in denen sie schwiegen. Minuten, in denen sie nur auf die Wellen hinausschauten. Das waren eigentlich die schönsten Momente, fand Stine. Es gab nicht viele Menschen, die ihr so vertraut waren, dass sie einfach mit ihnen schweigen konnte.

Wenn es regnete, blieben sie im Blohm'schen Ferienhaus in Nieblum. Im verglasten Wintergarten war es unglaublich gemütlich. Stine liebte es, mit einem Becher Kaffee in der Hand in dem weich gepolsterten Korbsofa zu versinken. Das Sofa wirkte, als hätte Angelika es aus einem englischen Landhaus einfliegen lassen. Der Bezug war mit zarten Rosen bedruckt, und auf dem Glastisch vor ihr lagen leicht vergilbte Ausgaben des *TIME*-Magazins, des *New Yorker* und der amerikanischen *Vanity Fair*. Wolf brachte die Zeitschriften von seinen Geschäftsreisen mit. Während Stine in den Heften blätterte, stand Louis immer mal wieder aus dem knarzenden Korbsessel auf, um eine Schallplatte aus der Sammlung seiner Eltern aufzulegen. Sie hörten die »Rolling Stones«, »Fleetwood Mac«, Van Morrison, frühe »The Police«-Platten und zwischendurch immer mal wieder Jazz-Klassiker.

Die Platte »Rumors« von »Fleetwood Mac« legte Louis auf ihre Bitte mehrmals hintereinander auf. Wie gut das Album doch passte! Bei der Zeile »*Oh, thunder only happens when it's raining*« aus dem Song »Dreams« lief Stine jedes Mal ein Schauer über den Rücken. Für einen kurzen Moment fühlte sie sich dann, als säßen Louis und sie nicht in einem Wintergarten auf Föhr, sondern irgendwo in Kalifornien oder auf Martha's Vineyard. Die Stunden mit ihm trugen sie in eine andere Welt. Eine Welt, die so weit weg war von ihrem Alltag mit Kind, ihren Aufgaben in der Apartmentvermittlung, den Bergen aus Laken und Bettwäsche, die sie abends noch zusammenfaltete, wenn Ida schlief und Marten im »Wal« am Tresen stand und Pils zapfte. Mit niemandem konnte sie sich für ein paar Stunden so gut aus dem Leben ausklinken wie mit Louis.

Stine fand tatsächlich ein Päckchen Batterien und riss es auf. Sie trat ans Wohnzimmerfenster und schaute in den Garten hinaus. Ida scheuchte Hannah gerade mit einem Gartenschlauch über den Rasen. Hannah schrie. Das Wasser aus dem Schlauch, das den Rücken ihres T-Shirts schon ganz durchnässt hatte, war offenbar ziemlich kalt. Und Ida schrie auch. Aber nur aus purem Vergnügen. Stine wandte sich schmunzelnd ab, tauschte die drei schmalen Batterien in der Fernbedienung aus und ging zum Fernseher. Mit ausgestrecktem Arm probierte sie noch einmal, ihn einzuschalten, und diesmal leuchtete der Flatscreen auf Anhieb auf. Das war mal höchste Eisenbahn gewesen.

Sie ließ sich aufs Sofa fallen und zappte durch die Programme, bis sie den NDR gefunden hatte. Die Sendung hatte noch nicht begonnen. Sie legte die Fernbedienung auf den Couchtisch und riss eine von zwei Chipstüten auf. Obwohl auf dem Tisch schon einige von Tante Ellas eleganten japanischen Keramikschälchen für die Knabbereien bereitstanden, griff Stine in die Tüte hinein und schob sich eine Handvoll knusprige Chips in den Mund. Sie schmeckten köstlich. Salzig. Stine genehmigte sich noch zwei weitere Handvoll. Jetzt fehlte nur noch ein Glas Wein. Sie stand auf und ging in die offene Küche zurück.

»*Oh, thunder only happens when it's raining …*«, sang sie leise vor sich hin, während sie den Kühlschrank öffnete und einen Weißwein herausnahm. Summend entkorkte sie die Flasche, die sofort beschlug. Zusammen mit vier Weingläsern trug sie sie zum Sofa zurück. Sie dachte an den heutigen Vormittag, den sie mit Louis schon wieder in seinem Wintergarten verbracht hatte.

Sie musste Marten unbedingt bald von ihren Treffen erzählen. Ob er verstehen würde, dass sie nur Musik hörten und sich unterhielten? Ob er es total okay fände, dass sie mit Louis abhing? Und damit meinte sie wirklich nur: abhing! Rein freundschaftlich und absolut harmlos. Doch, dachte Stine. Das würde Marten auf jeden Fall verstehen. Sie musste es ihm nur in Ruhe erklären.

Irgendwie gehörte Louis ja sogar zur Familie. Er war der Vater von Ida. Auch wenn das niemand wusste. Und dabei sollte es bis zur Hochzeit auf jeden Fall bleiben.

Sprach denn etwas dagegen, dass Stine mit Louis Zeit verbrachte? Sprach etwas dagegen, dass sie im Blohm'schen Wintergarten oft fast gleichzeitig von der Korbgarnitur kippten, weil Louis oder ihr schon wieder irgendwas *zum Schreien* Komisches eingefallen war, was Hannah, Caro oder sie beide vor einigen Jahrzehnten in den Sommerferien ausgefressen hatten? War doch vollkommen in Ordnung, oder nicht? Stine fand es jedenfalls mit jedem weiteren Tag immer schöner, ihren alten Sommerferienfreund wiederzuhaben.

Nur ein einziges Mal, seit sie im Regen unter den Bäumen gestanden hatten, hatte ihr Herz noch mal ganz wahnsinnig losgehämmert. Vor einigen Tagen am Strand hatte Louis diese eine gemeinsame Nacht in Hamburg wieder angesprochen. »Ich weiß, ich sollte das nicht sagen, aber ich sag's jetzt trotzdem: Ich fand die Nacht richtig schön, und ich muss manchmal noch an sie denken.«

Stine war rot angelaufen, hatte geschwiegen und schnell aufs Wasser hinausgeschaut. Sie waren Freunde, und dabei würde es auch bleiben. Das sagte jedenfalls ihr Kopf.

Ihr Herz sagte etwas anderes. Es wusste, dass auch Stine immer mal wieder an die irre schöne Nacht mit Louis zurückdachte. War das okay? Durfte sie das? Zu ihrer Verteidigung ließ sich immerhin sagen, dass sie damals noch nicht mit Marten zusammen gewesen war. Außerdem gehörte diese Nacht in Hamburg doch zu ihrem Leben dazu. Sie war eben passiert, und selbst wenn Stine es wirklich gewollt hätte, hätte sie sie nicht mehr aus ihrem Gehirn löschen können. Aber es wurde kompliziert, wenn Louis sie erwähnte.

»Geht es schon los?«, rief Hannah.

Stine schrak kurz zusammen. Sie drehte sich um und erblickte ihre Schwester und Ida, die mit triefenden Haaren durch die Terrassentür ins Wohnzimmer schauten. Das Wasser tropfte auf Tante Ellas Holzparkett.

»Nee, ihr habt noch gar nichts verpasst«, beruhigte Stine sie.

»Darf ich auch Chips, Mama?«, rief Ida und zeigte auf die offene Tüte, die noch vor Stine lag. Ihre Hand war nass und schwarz, sie musste in der dunklen Gartenerde gebuddelt haben.

»Aber selbstverständlich, meine Süße«, sagte Stine. »Aber erst waschen und gut abtrocknen, bitte.« Sie zwinkerte Hannah zu. »Beide.«

»Och, muss das sein?«, fragten Ida und Hannah wie aus einem Mund, und Hannah machte ein Gesicht, als würde Stine ihnen gerade den ganzen Spaß verderben.

»Ja, muss es.« Stine deutete auf den hellbeigen Sofabezug. »Oatmeal«, so hatte die Inneneinrichterin laut Tante Ella diese Farbe genannt.

Hannah sah das sofort ein. »Wer als Erste von uns im Bad fertig ist, darf auch als Erste an die Chips«, sagte sie.

»Iiich!«, kreischte Ida. Eilig streifte sie die neuen Gummistiefel, die sie von Hannah geschenkt bekommen hatte, auf der Terrasse ab. Dann tapste sie mit Hannah im Schlepptau barfuß durch die Küche und an Stine vorbei ins Gästebad.

Als Ida kurz darauf auf dem Sofa Platz genommen hatte, drückte Stine ihr einen langen Kuss aufs Haar. Es war immer noch feucht und kalt.

»Du schlotterst ja, mein Lämmchen.« Sie zog Ida an sich und drapierte die Sofadecke über ihre Beine. Dann schüttete sie ein paar Chips für sie in ein Schälchen.

»Und wo zaubern wir jetzt dein neues Kleid her?«, fragte Hannah, als sie mit einer großen Karaffe Wasser und einigen kleinen Gläsern zum Sofa kam.

»Wenn ich das nur wüsste«, sagte Stine ratlos. Dass sie noch kein Kleid hatte, war natürlich schlecht. Aber sie versank in der Apartmentvermittlung »Halligblick« gerade in Arbeit und hoffte insgeheim, dass ihre Schwester – gut organisiert, wie sie war – sich schon eine Lösung überlegen würde.

»Wir müssen uns dringend was einfallen lassen«, sagte Hannah. Sie ging zum Kühlschrank, zog ihn auf und nahm eine Flasche Apfelsaft aus der Türhalterung. »Vielleicht fahren wir morgen oder am Samstag mal nach Flensburg oder Kiel und schauen, was es so in den Geschäften gibt?«

Stine verzog das Gesicht. »Wann soll ich das denn bitte noch unterbringen? Im Büro ist viel zu viel los.« Außerdem kaufte sie doch jetzt nicht das erstbeste Hochzeitskleid von der Stange. Das konnte ja wohl nicht Hannahs Ernst sein.

»Meinetwegen auch nach Hamburg«, schlug Hannah vor. »Wir dürfen nicht lange fackeln. Eine Schneiderin, die uns etwas näht, finden wir jetzt, Ende Mai, eh nicht mehr. Und wenn wir nicht Gas geben, sind auch alle schönen Kleider in den Brautmodeläden ratzfatz weg.«

»Lass uns später darüber reden«, bat Stine. »Die Sendung fängt doch gleich an. Uns wird schon etwas einfallen.« Sie schlug einen möglichst zuversichtlichen Ton an.

Hannah zog die Stirn kraus. »Einfallen schon«, sagte sie. »Fragt sich nur, wann. Aber du scheinst ja die Ruhe wegzuhaben.« Sie mischte eine Apfelsaftschorle und reichte Ida das Glas.

Gegen ihren Willen wanderten Stines Gedanken zu ihrem Hochzeitskleid. Hannah hatte schon recht: Sie brauchte eins.

Ida zeigte auf den Fernseher. »Wann kommt Papa?«, fragte sie. »War er schon da?«

»Nein, mein Schatz«, beruhigte Stine sie. Sie sammelte ein Paar Chipskrümel von der Decke und ließ sie zurück in Idas Schälchen rieseln.

Durch die Terrassentür fiel ihr Blick nach draußen. Im Westen färbte sich der hellblaue Himmel schon zart apricotrosa. Stine schaute auf ihre Uhr. 18:23 Uhr. Langsam wurde es wirklich Zeit. Sollten ihre Eltern nicht längst …?

In diesem Moment läutete die alte Schiffsglocke an Tante Ellas Haustür.

»Oma und Opa!!!«, rief Ida und sprang mit einem Satz vom Sofa.

Hannah fing das Chipsschälchen, das sich schon im freien Fall befand, gerade noch auf.

»Oma! Opa!« Ida flog mit ausgestreckten Armen auf die Haustür zu und hängte sich an den Türgriff, der aber nicht nachgab.

Hannah, die ihr mit Stine gefolgt war, half ihr dabei, die schwere, alte Holztür aufzuziehen.

»Omaaa!« Ida schlang so stürmisch ihre Arme um Christa, dass diese auf ihren Krücken für eine Nanosekunde gefährlich ins Wanken geriet. Geistesgegenwärtig griff Hannah nach dem Arm ihrer Mutter.

Ulli kniete sich neben Ida. »Vorsicht. Sei heute mal nicht ganz so stürmisch mit der Oma«, flüsterte er, während er sie an sich drückte. »Die brauchen wir doch noch.« Er zwinkerte. »Sie ist die Einzige, die das Geheimrezept für die leckeren Pfannkuchen kennt.« Beide kicherten los.

»Habt ihr noch was von der Designerin gehört?«, fragte Christa mit einem hoffnungsvollen Blick in Stines Richtung.

Stine schüttelte den Kopf. »Leider hat sie den Auftrag wirklich storniert, Mama«, sagte sie, bevor sie ihre Eltern zur Begrüßung umarmte.

Christa seufzte. »Was machen wir denn jetzt bloß?« Sie humpelte auf den Krücken überraschend zügig zum Sofa. Seit ihrer Entlassung aus dem Krankenhaus übte sie mit ihrem Gehgips zweimal am Tag für ein paar Minuten auf dem Gartenweg. Das hatte die Ärztin erlaubt, nur übertreiben durfte sie es nicht. Stine war so stolz auf Christa. Ihre Mutter ließ sich wirklich von nichts unterkriegen.

»Und wenn du dich in den nächsten Tagen nach einem neuen Brautkleid umschaust?«, fragte Christa. Sie stellte beide Krücken an der linken Sofaseite ab, dann half ihr Stine beim Hinsetzen. »In Flensburg oder Kiel gibt es doch genug Geschäfte. Oder ihr fahrt noch mal nach Hamburg.«

»Genau das hab ich auch gerade vorgeschlagen.« Hannah warf Stine einen ihrer »Aber auf mich hörst du ja nicht«-Blicke zu. »Das werte Frollein hat sich aber noch nicht entschieden«, fügte sie hinzu, woraufhin Stine kurz die Augen verdrehte.

»Guck mal, Opa, wir haben Chips!« Ida zog Ulli an den Couchtisch, wo dieser ein Päckchen für Hannah abstellte.

»Das stand immer noch im Laden«, sagte er. »Ich dachte, ich nehm es mal mit. Nicht, dass es noch wegkommt.«

Hannah schob den Karton sofort hinter das Sofa und lächelte ihrem Vater zu. »Danke, Papa. Wenn ich ehrlich bin, hatte ich das Päckchen absichtlich im Laden gelassen.« Sie sah wieder zum Fernseher, wo schon der Trailer von »Das is(s)t der Norden« lief.

Auch Stine wandte sich dem Fernseher zu. In rascher Abfolge wurden Bilder der norddeutschen Idylle gezeigt. Schafe mit kuscheligem Fell, die mit staksigen Beinchen auf rappelkurz gefressenen Deichen standen und vom Wind kräftig durchgepustet wurden. Ein Fischkutter auf hoher See mit ausgelassenen Netzen. Dann eine Luftaufnahme: das Wattenmeer vor einem atemberaubenden Sonnenuntergang. Schließlich wieder Deiche in sattem Grün und eine Nahaufnahme von einem Teller, auf dem ein Fischfilet zu einer appetitlichen Roulade zusammengerollt war. Als eine junge Köchin mit einer eleganten Bewegung eine grüne pestoartige Soße auf den weißen Fisch tröpfelte, lief Stine das Wasser im Mund zusammen.

»Möchte jemand Wein?«, fragte Hannah.

Ihrer Eltern nickten.

»Für mich aber nur ein winziges Schlückchen«, sagte Christa. Sie zeigte mit Zeigefinger und Daumen etwa einen Zentimeter an »Nicht, dass ich mir noch den anderen Knöchel breche. Wenigstens einen brauche ich noch.« Sie kicherte.

»Keine Angst, da passe ich schon auf. Ein zweites Mal fällst du mir nicht hin«, sagte Ulli, rutschte etwas näher und gab Christa einen Kuss auf die Wange.

Auf dem Bildschirm war jetzt Pam aufgetaucht. Sie trug eine etwas weitere dunkelgrüne Bluse zu engen schwarzen Jeans und strahlte stark geschminkt in die Kamera. »Ich freue mich, dass Sie heute wieder dabei sind. ›Das is(s)t der Norden‹ hat diesmal zwei ganz besonders außergewöhnliche Gäste. Mehr will ich aber noch nicht verraten. Wir fangen an mit dem ersten Beitrag ...«

Wenige Sekunden später sahen sie einen Biohof in der Nähe von Oldenburg. Statt der aufgebrezelten Studio-Pam zeigte die Kamera jetzt eine Jeans-Pam, die Stine sehr viel besser gefiel. Die lockeren Boyfriend-Jeans, die Pam trug, hatten Risse an den Knien, in dreckverkrusteten Gummistiefeln schob sie eine Schubkarre voll Mist über den Hof.

Ida langweilte sich offenbar jetzt schon. Sie krabbelte hinter das Sofa und schob das Päckchen nach vorn, das Ulli mitgebracht hatte. »Was ist da drin? Darf ich das aufmachen?«

Hannah schmunzelte. »Sind leider nur Arbeitsunterlagen, mein Schatz. Nichts Spannendes ... Keine Klamotten für dich oder so.«

»Ich will das trotzdem aufmachen.«

»Wirklich?«, fragte Hannah etwas zögerlich.

Ida nickte.

»Also gut«, seufzte Hannah. »Aber sei hinterher bitte nicht enttäuscht.«

»Jaaa! Ich darf das Paket aufmachen!« Ida rannte in die Küche und zog eine Schublade auf. »Mama, wo ist die Schere?«

Stine sprang auf und eilte Ida zu Hilfe.

Wenig später hatten beide die Klebestreifen durchtrennt und den Karton geöffnet. Stine schaute immer mal wieder auf den Fernseher, aber von Marten war noch nichts zu sehen. Lynn Sander sang gerade ein Lied von ihrem neuen Album.

Als sie wieder zu Ida hinunterschaute, zog die gerade die neue Ausgabe von *N & N* aus dem aufgeklappten Päckchen. Stine kannte das »Nüssler & Nüssler«-Magazin, Hannah brachte es manchmal mit. Sie blätterte durch die Seiten. Hannahs Chef Ralf kümmerte sich offenbar höchstpersönlich um das Heft. Er war auf jeder Doppelseite mit einem anderen Promi zu sehen, was größenwahnsinnig und groupiemäßig zugleich rüberkam: mit Bastian Schweinsteiger auf einem Golfturnier, mit Helene Fischer bei einem Charity-Event, mit Iris Berben in Abendgarderobe bei einer Filmgala ...

Hannah sah Stine über die Schulter und schnaubte verächtlich. »Pah, das war so was von klar!«, rief sie empört. »Ralf hofft wohl, dass ich das Käseblatt hier auf der Insel verteile. Der ist ja so was von dreist.«

»Es ist nur ein einziges Heft«, beruhigte Stine sie. »Sieh mal.«

Ida zog ein Päckchen in feinem weißem Seidenpapier und mit goldener Schnur aus dem Karton. »Was steht da drauf, Hannah?« Sie zupfte eine Karte unter der goldenen Schnur hervor und reichte sie Hannah, die sie widerwillig nahm.

»Die ist von Nicole.«

»Was steht drauf?«, fragte Ida noch einmal, dann riss sie, nachdem Hannah genickt hatte, das Seidenpapier auf.

»*Liebe Hannah!*«, las Hannah vor, und Stine stellte den Ton vom Fernseher leiser.

Ulli und Christa wandten ihren Blick von Lynn Sander ab und hörten jetzt auch zu.

»*Hier ein kleiner Gruß aus Mallorca, weil du so oft erwähnt hast, wie gern du meine Kleider magst, die ich selbst nähe. Jetzt schicke ich dir zwar keins, aber zweieinhalb Meter Stoff, woraus du dir vielleicht auch ein Kleid nähen kannst. Ich habe dir einen tollen Schnitt und die Nähanleitung dazugelegt. Die Verkäuferin hat mir versichert, dass der Schnitt auch für Nähanfänger geeignet ist.*«

»Schaut mal!«, rief Ida. Sie hielt einen dicken Stoffballen im Arm. Durch das luftige Gewebe in einem pudrigen Altrosa zogen sich goldene und weiße Fäden.

»Wow.« Stine beugte sich über den Karton. Ganz unten lagen zwei zusammengetackerte Blätter: eine Nähanleitung und ein Schnittmuster.

»Wer ist Nicole noch mal?«, fragten Ulli und Christa.

»Die Kollegin, die den Job auf Mallorca bekommen hat«, erklärte Stine mit einem vielsagenden Blick auf Hannah, die davon nichts mitbekam.

»Ach ja, richtig.« Christa nickte.

»Ist ja echt lieb von Nicole, aber was soll ich damit?«, fragte Hannah ratlos. Sie griff zu ihrem Weinglas.

»Ich nehme an, sie möchte, dass du dir was Schönes nähst, mein Schatz«, sagte Christa.

Hannah nippte an ihrem Wein. »Aber ich hab doch überhaupt keine Nähmaschine.«

»Du kannst dir meine ausleihen«, sagte Christa. »Außerdem bist du keine Nähanfängerin. In der Oberstufe hast du doch viel genäht.«

»Oh ja!«, rief Ida begeistert. »Darf ich helfen? Bitte, Hannah!«

»Beim Nähen?« Hannah riss ungläubig die Augen auf. »Um Gottes willen, ich *kann* das doch gar nicht mehr.«

»Ach was.« Christa winkte ab. »Das verlernt man nicht.«

»Da bin ich anderer Meinung«, sagte Hannah grimmig.

»Boah, der ist richtig schön, oder?« Stine strich über den Baumwollstoff. Er fühlte sich leicht an und ganz weich. »Perfekt für ein Strandkleid.« Plötzlich kam ihr eine Idee. Sie drehte sich zu Hannah um und wedelte mit der Nähanleitung. »Sag mal, wenn du schon dabei bist, kannst du mir doch auch gleich ein Brautkleid nähen«, scherzte sie. »Wir brauchen nur cremeweißen Stoff, ein bisschen Tüll vielleicht …«

»Bitte waaas?!«, rief Hannah entsetzt. »Das ist jetzt aber nicht dein Ernst!«

»Weshalb denn nicht?«, fragte Stine lachend. »Muss ja kein superraffiniertes Brautkleid werden.«

»Du machst Witze, oder?!« Hannah starrte Stine dermaßen fassungslos an, dass die sich schwer zusammenreißen musste, um nicht zum Handy zu greifen und ein Foto von ihr zu machen.

»Ich *kann* kein Brautkleid nähen«, sagte Hannah entschieden.

»Also, *ich* halte das für eine großartige Idee!« Christa klatschte begeistert in die Hände. »Uns Kiesewetters fällt doch immer eine Lösung ein! Egal, wie verfahren die Lage ist. Näht das Kleid einfach selbst, ihr zwei. Ich unterstütze euch auch gern bei komplizierten Säumen.«

Hannah hob abwehrend die Hände. »Danke für dein Angebot, Mama, aber dabei bin *ich* so was von raus. Das würde ich doch nie hinkriegen.«

»'türlich würdest du das«, sagte Stine zuversichtlich. »Wart's ab, das wird dir sogar richtig Spaß machen. Früher hast du doch ständig alles Mögliche genäht.«

»Ich habe Secondhandklamotten *um*genäht«, sagte Hannah. »Das ist was vollkommen anderes. Könnt ihr euch eigentlich vorstellen, wie schwierig es ist, ein Brautkleid zu nähen?« Hannah griff in die offene Chipstüte. »Dass ihr mir das zutraut, ehrt mich zutiefst, aber«, sie wandte sich an Stine, »so ein von mir zusammengeschustertes Vogelscheuchenkleid würdest du doch auch gar nicht tragen wollen.«

»Ein Vogelscheuchenkleid?« Stine schmunzelte. »Interessant. Mit schön viel zusammengeknülltem Tüll wie ein Brautkleid von Issey Miyake oder der Antwerpener Modeschule. So in Richtung Dries Van Noten und Ann Demeulemeester.« Sie nickte zufrieden. Das konnte sie sich sehr gut vorstellen. Einige der älteren Gäste würden es vielleicht ein bisschen crazy finden, aber warum eigentlich nicht?

Ihrer Schwester klappte der Unterkiefer herunter. »Nicht dein Ernst.«

»Aber so was von.« Stine nickte amüsiert.

»Ich glaube, jetzt kommt Marten!«, rief Ulli aufgeregt dazwischen. Er griff zur Fernbedienung und stellte den Ton wieder lauter.

Damit war die Brautkleiddiskussion vertagt. Alle schauten gebannt auf den Fernseher. Ida knabberte lautstark die Kartoffelchips aus dem Schälchen, und Stine traf kurz der Schlag, als auf dem Sofa neben Pam Lynn Sander Platz nahm. Hatte Marten nicht genau das befürchtet? Doch, das hatte er! Lynn Sander wirkte vollkommen entspannt. Sie lehnte sich auf dem Sofa zurück, schlug die Beine übereinander und strahlte das Studiopublikum an.

O Gott, dachte Stine. Wie hatte Marten mit seinem Lampenfieber denn bitte das überstanden? Mit Lynn Sander als Super-VIP neben sich.

»So, meine Damen und Herren ...« Pam sortierte kurz ihre Karteikarten. Eins musste man ihr lassen: Sie hatte wirklich Fernsehpräsenz. Die Kamera *liebte* sie. »Und jetzt bitte einen herzlichen Applaus für ... Maaarten Christiansen, den Mitinhaber des Restaurants ›Wal‹ auf Föhr.«

Das Publikum klatschte, und Stine hielt die Luft an. Würde Marten gut rüberkommen? Dass er den Auftritt trotz seiner Angst gewagt hatte, grenzte an ein Wunder. Sie war so stolz auf ihn! Im Hintergrund lief ein schmissiger Jingle, während Marten mit federnden Schritten auf die Kamera zulief. Wie würde er reagieren, wenn er sah, dass Lynn Sander schon auf dem Sofa saß? Stines Fingernägel krallten sich vor Anspannung ins Sofa, während sie ihn beobachtete ... und dann entspannten sich ihre Finger wieder. Marten lächelte! Er lächelte tatsächlich, hüpfte sportlich auf das kleine Podest mit dem Sofa, winkte den Leuten im Studio freundlich zu und lächelte immer noch, als wäre er das Selbstbewusstsein in Person. Stine konnte es gar nicht glauben. Dann gab er Pam ein Küsschen auf die Wange, bevor auch Lynn Sander eins bekam. Dabei wirkte er so routiniert, als hätte Thomas Gottschalk persönlich ihn vorher gecoacht.

Als er sich zwischen Pam und die Sängerin auf die Couch fallen ließ, zog Marten den Stoff seiner sandfarbenen Chinos an beiden Knien ein wenig hoch.

»Marten!« Pam strahlte ihn von links an, Lynn Sander von rechts. Und Marten? Strahlte einfach zurück. »Herzlich willkommen.«

»Danke«, sagte Marten.

»Wow«, sagte Hannah jetzt.

Ja, dachte Stine, »wow« trifft's verdammt gut. Sie grinste und spürte, wie ihr Puls sich wieder beruhigte. Marten machte das irre gut!

»Danke dir, dass du dir so spontan Zeit genommen hast, mich hier im Studio zu besuchen«, sagte Pam. Sie drehte sich zum Publikum und wisperte hinter vorgehaltener Hand in dessen Richtung und gleichzeitig in eine zweite Kamera, die offenbar am Rand von dem Podest stand: »Sie müssen wissen, dieser Mann ist *schwer* beschäftigt.«

Stine kicherte leise in sich hinein. Pam war wirklich gut.

Marten schmunzelte und gab sich gebührend bescheiden. »Immer gern, liebe Pam. Außerdem hattest du mir ja versprochen, dass Lynn Sander hier sein würde. Da habe ich selbstverständlich alles stehen und liegen lassen.«

»Wegen mir?«, rief Lynn Sander begeistert.

Marten nickte, und Pam warf ihre Karteikarten auf ein Beistelltischchen, auf dem drei Gläser mit Wasser standen, die niemand anrührte. Sie brauchte die Karten nicht mehr. Marten war kein Gast, bei dem sie ihre vorformulierten Fragen bemühen musste. Er und Lynn Sander kamen direkt ins Plaudern. So dermaßen ins Plaudern, dass er die Sängerin vor laufender Kamera doch tatsächlich fragte, ob sie im Sommer nicht mal ein inoffizielles Konzert im »Wal« geben würde. Ganz klein, nur für ein paar Gäste. Seine Eltern würden sich so freuen.

»Und meine Verlobte natürlich auch. Hallo, Stine!« Marten winkte verschmitzt in die Kamera.

»Hallo, Stine!«, rief nun auch Lynn Sander in die Kamera.

Ulli, Christa, Hannah und Ida johlten.

»Das gibt's doch gar nicht«, sagte Stine fassungslos.

»Also, normalerweise müsste ich das noch mit meinem Management besprechen …«, überlegte Lynn Sander laut, warf dann aber alle Bedenken über Bord und war einverstanden. »Aber nur, wenn du dich in die Küche stellst und was für mich kochst«, stellte sie eine einzige Bedingung.

»Abgemacht«, sagte Marten.

Die Sängerin zögerte. »Wirklich?«

»Aber ja! Was hältst du von einem Risotto mit Queller, Petersilie und Schollenfilet?«

»Mmmh«, schmachteten Lynn Sander und Pam unisono.

»Abgemacht«, lachte die Sängerin dann. »Ein so charmantes Angebot kann ich ja wohl schlecht ablehnen.«

Stine konnte sogar auf dem Bildschirm sehen, dass Martens Augenbrauen vor Freude über diesen Coup tanzten.

»Hast du nicht gesagt, dass Marten vor dem Auftritt schreckliches Lampenfieber hatte?«, fragte Hannah ihre Schwester jetzt.

Stine nickte.

Ihre Schwester schüttelte ungläubig den Kopf. »Also, *die* Superdroge, die der sich vor dem Auftritt eingeschmissen hat, hätte ich auch gern.«

»Ich auch«, sagte Stine lächelnd. Sie wusste, dass Marten bis auf die gelegentliche Kopfschmerztablette nichts nahm, wenn es sich nicht vermeiden ließ.

»Ach was«, winkte Ulli ab. »War doch klar, dass Marten einen Eins-a-Auftritt hinlegt.«

Sie schauten Richtung Fernseher.

Jetzt redete Pam. »So, nachdem wir das also geklärt hätten, reisen wir im nächsten Beitrag nach Föhr. Ich habe Marten und seine Eltern neulich auf der Insel besucht und mich dort so gut erholt, dass ich gar nicht mehr abreisen wollte!« Und zack, harter Schnitt.

Auf dem Bildschirm erschien eine Nahaufnahme von einem Tablett, auf dem dicht an dicht Gläser mit Wein, Bier, Säften und Wasser standen. Dann zoomte die Kamera stark heraus und schwenkte durch den proppenvollen »Wal«. Im Restaurant war jeder Platz belegt. Marten stand hinter der Bar und zapfte ein Pils nach dem anderen, und Frauke hatte sich das schnurlose Telefon zwischen Ohr und Schulter geklemmt und notierte etwas in einem dicken, schwarz eingebundenen Buch. Jetzt trug Hinnerk zwei Suppenteller mit hellrosa Inhalt an der Kamera vorbei.

Stine schmunzelte. Das war das Krabbensüppchen mit Sahnehaube, der Vorspeisenklassiker im »Wal«.

Der Beitrag über Föhr war ganze sechs Minuten lang. Nach einem kurzen Interview mit Marten und seinen Eltern, das telegen in Fraukes und Hinnerks blau-weiß gefliester Friesenküche gefilmt worden war, tingelte die Filmcrew unter Martens Leitung über die Insel. Um die Sache übersichtlicher zu machen, wurde immer wieder eine gezeichnete Karte von Föhr eingeblendet, auf der ein illustrierter kleiner Bus zu allen »Lieblingsorten« ratterte.

Stine war ganz hingerissen.

Es folgten Aufnahmen von den Stationen, von denen Marten Stine schon in Kurzform erzählt hatte, das Abschlussbild war ein fürstliches Stück Friesentorte, das mindestens zwölf Zentimeter hoch und mit reichlich Schlagsahne und Pflaumenmus gefüllt war.

Dann war Pam im Studio wieder an der Reihe. »Mmmh, also von dieser köstlichen Friesentorte hast du uns jetzt rein zufällig nichts mitgebracht, Marten, oder?«

Marten verneinte lächelnd, und Stine fiel auf, dass Lynn Sander nun fehlte.

Pam wandte sich wieder an die Zuschauer. »Das Rezept für die Friesentorte finden Sie auch auf unserer Webseite, liebe Zuschauerinnen und Zuschauer. So, und zum Abschluss wird Lynn Sander mit ihrer Band noch einmal für

Stimmung sorgen.« Pam drehte sich wieder zu Marten. »Danke, lieber Marten, dass du heute mein Gast warst.«

»Jederzeit wieder!« Marten ließ sich von Pam noch einmal drücken. »Wobei es natürlich ganz darauf ankäme, welchen Prominenten du dann einlädst«, scherzte er.

Pam schüttelte über diese kleine Unverfrorenheit mit gespieltem Entsetzen den Kopf. »Ist dieser Mann nicht frech?«, fragte sie die Studiogäste. Wieder hielt sie ihre Hand seitlich an den Mund und tat so, als dürfte Marten das, was sie jetzt gleich sagte, nicht hören. »Ich verrate Ihnen jetzt mal ein kleines Geheimnis. Marten und ich waren vor ein paar Jahren verlobt. Wenn er mir damals nicht das Herz gebrochen hätte, würde ich ihn jetzt glatt fragen, ob wir nach der Sendung noch was trinken gehen.«

Einige Studiogäste pfiffen begeistert, andere klatschten.

»Aber das tue ich nicht.« Pam schüttelte entschieden den Kopf. »*Zweimal* lasse ich mir mein Herz ganz bestimmt nicht vom selben Mann brechen.« Damit knuffte sie Marten lachend in die Seite. Das sollte ihm wohl zeigen, dass sie längst über ihn hinweg war.

»Und bevor ich's vergesse, Marten«, fügte Pam noch an, »richte deinen Eltern bitte herzliche Grüße aus.« Sie schaute wieder in die Kamera. »Vielen Dank, liebe Zuschauerinnen und Zuschauer im Studio und zu Hause. Das war's schon wieder, unsere heutige Ausgabe von ›Das is(s)t der Norden‹ ist vorbei. Daaanke, Föhr, du warst großartig.«

Pam und Marten winkten in die Kamera, und im Hintergrund hörte man schon ein Schlagzeug einen leisen, aber schmissigen Beat schlagen. Dann erklangen die ersten

Akkorde einer Gitarre. Die Kamera zoomte heraus und schwenkte auf Lynn Sander, die in Nebelschwaden gehüllt auf der Bühne stand und sich mit dem Mikro in der Hand zum Takt bewegte.

Aber auf Lynn Sanders Auftritt konnte Stine sich nicht mehr konzentrieren. Wie betäubt saß sie zwischen Ida und ihren Eltern auf dem Sofa. Hatte sie das gerade richtig verstanden? War Marten schon einmal verlobt gewesen?

»Hast du das gewusst?« Hannah hatte als Erste die Sprache wiedergefunden.

»Hab ich *was* gewusst?« Stine goss sich etwas Wasser aus der Karaffe in ihr Glas.

»Na, komm schon«, sagte Hannah sanft.

Stine schüttelte den Kopf. »Nein, ich hatte keine Ahnung, dass er mit Pam verlobt war.« In harten Schlucken trank sie das Wasser. Es war kühl und tat gut. Als sie das Glas geleert hatte, schenkte sie sich gleich noch einmal nach.

»Was ist verlobt?«, fragte Ida, und Ulli erklärte es ihr.

Stine hörte nicht hin. Wie eine Schar aufgescheuchte Wildgänse schossen ihr hundert Fragen gleichzeitig durch den Kopf und ließen sie keinen klaren Gedanken fassen. Sie schloss die Augen und massierte sich die Schläfen. Sie wusste nicht genau, weshalb, aber aus irgendeinem Grund musste sie an Tante Gitta denken, die gesagt hatte, dass Louis und Amélie ein Geheimnis aufdecken müssten.

Plötzlich kribbelte es ganz heiß in Stines Nacken. Gab es etwa noch weitere Geheimnisse, die nun nach und nach ans Tageslicht kamen? Hatte Marten ihr etwa auch nicht alles aus *seiner* Vergangenheit erzählt?

Das Kribbeln wurde zu einem Stechen in Stines Brust, heiß und aggressiv. Eine Eifersucht, so glühend, wie Stine sie überhaupt nicht von sich kannte. Sie hatte ganz vergessen, wie unglaublich mies es sich anfühlen konnte, auf eine Wahrheit zu stoßen, die jemand einem für eine Weile ganz bewusst vorenthalten hatte. Sie fühlte sich hintergangen … und das tat verdammt weh.

Hatte Marten die Verlobung aufgelöst? Oder war es Pam gewesen? Was genau war damals passiert? Stine verstand gerade überhaupt nichts mehr. Weshalb hatte Marten ihr nie etwas von der Beziehung erzählt? Weshalb wusste Stine nichts von der Verlobung? Sie hatte immer angenommen, dass Marten und sie alles voneinander wüssten. Also, *fast* alles.

Christa strich ihr besorgt über den Rücken. »Ich bin mir sicher, dass es für alles eine ganz vernünftige Erklärung gibt, mein Liebling«, sagte sie in einem zuversichtlichen Ton, der Stine offenbar beruhigen sollte. »Vielleicht hat sich die Moderatorin ja nur einen kleinen Scherz erlaubt.«

»Einen schlechten Scherz«, sagte Hannah. Sie griff in die Chipstüte und schaute auf den Bildschirm, wo Lynn Sander und ihre Band sich gerade vor dem Publikum verbeugten. Parallel dazu lief links am Bildrand der Abspann von »Das is(s)t der Norden«.

»Ich denke nicht, dass das ein Scherz war«, sagte Stine mit rauer Stimme.

Ulli schwenkte sein Weinglas und schaute gedankenverloren hinein. »Marten wird dir das sicher erklären können.« Er stellte das Glas wieder ab und legte einen Arm um

Stine. »Na, komm. Jetzt lass uns erst mal vom Besten ausgehen, mein Schatz. Wird sich bestimmt alles aufklären … und dann lachen wir drüber!«

Stine legte ihren Kopf an seine Schulter. »Danke, Papa.« Mit der linken Hand ergriff sie Christas. Der liebevolle Zuspruch ihrer Eltern tat so gut. »Ich muss noch heute Abend mit ihm sprechen«, sagte sie. Vor ihr auf dem Couchtisch lag ihr Telefon. Sollte sie Marten gleich anrufen? Nein, heute Abend war mehr als ungünstig. Er und seine Eltern hatten heute mindestens achtzig Gäste zu bewirten. Selbst wenn sie Marten jetzt auf seinem Handy erreichte, hätte er definitiv nicht die Ruhe, um ihr alles zu erklären.

Stines Telefon gab ein leises »Ping!« von sich.

Hannah beugte sich vor und schaute kurz aufs Display.

»Marten?«, fragte Stine hoffnungsvoll.

»Nein«, sagte Hannah und machte ein betretenes Gesicht.

Sie wollte das Telefon schnell wieder weglegen, aber Stine nahm es ihr aus der Hand. Die Nachricht war von Gisa aus Hamburg, mit der Stine vor Idas Geburt eine Weile zusammengearbeitet hatte.

Hab Marten gerade im NDR gesehen. Alles in Ordnung bei euch?, schrieb Gisa und hatte das Emoji mit weit aufgerissenen Augen hinzugefügt. Stine wusste nicht, ob das Erstaunen oder Entsetzen bedeuten sollte. Sie atmete tief durch. Gisa würde sicher nicht die einzige Freundin bleiben, die sich heute und in den nächsten Tagen bei ihr meldete. Stine hatte ein paar Leuten sogar extra Bescheid gegeben, dass Marten im NDR zu sehen sein würde. Und die gesamte Insel hatte die Sendung bestimmt ebenfalls gerade eben im Wohnzimmer verfolgt. Sie starrte unentschlossen auf ihr Telefon.

»Du musst jetzt nicht antworten«, sagte Hannah. »Gib es mir mal …« Sie hielt ihr die Hand hin, und Stine legte das Telefon brav hinein.

Während Hannah es in die Küche brachte, kuschelte Stine ihren Kopf wieder an Ullis Schulter.

Ida, die sich zwischendurch kurz verzogen hatte, kam mit einem Bilderbuch die Treppe hinunter. Sie rutschte auf Christas Schoß und schlug das Buch auf. Christa las die ersten Sätze von Lotta vor, die zum Geburtstag kein Fahrrad bekommt und trotzdem das Radfahren lernt. Ida konnte jeden einzelnen Satz mitsprechen. Stine, Hannah und Ulli hingen schweigend ihren Gedanken nach.

»Sag mal, wär's okay, wenn du Ida heute ins Bett bringst?«, flüsterte Stine schließlich Hannah zu.

Hannah nickte. »Klar, kein Problem.«

»Bist ein Schatz.« Stine konnte es kaum erwarten, zu Marten in den »Wal« zu fahren. Seine vermeintliche Verlobung mit Pam ließ ihr keine Ruhe.

11. Hannah

Hannah saß in ihrem Gästezimmer unter dem Reetdach von Tante Ellas Haus und versäuberte mit der Nähmaschine die letzten Säume ihres Strandkleids. Zwei Tage lang hatte sie den altrosa Stoff und das Schnittmuster nicht angerührt. Beides hatte in ihrem Zimmer herumgelegen, wo sie ihre Hand immer mal wieder über den Stoff gleiten ließ. Ob ich das wohl hinbekomme?, hatte sie sich mehrmals gefragt. Ein ganzes Kleid hatte sie noch nie genäht. Und überhaupt, wann hatte sie das letzte Mal an einer Nähmaschine gesessen? Mit siebzehn, achtzehn?

Aber vorgestern Morgen, als das Wetter auf der Insel sich mal von seiner nicht so schönen Seite zeigte, hatte Hannah sich entschlossen, es einfach mal zu wagen.

Jetzt stand Christas Nähmaschine in dem Gästezimmer unter dem Reetdach. Der Platz war einfach perfekt. Hannah hatte sie direkt unter das Fenster gestellt, auf den antiken Tisch mit der Marmorplatte. Von dort aus hatte sie beim Nähen einen herrlichen Blick über die Dünen und das Wattenmeer. Das Nähen machte unglaublich viel Spaß, aber Hannahs Gedanken wanderten immer wieder zu Tom. Wann sahen sie sich wieder? Sie war in den letzten fünf Tagen mit dem Rad zweimal durch die Mühlenstraße gefahren, in der Toms Ferienwohnung lag. Beim Hindurchradeln hatte sie sich jedes Mal eingeredet, dass sie auf dem Weg zu Ulli in die »Sandbank« doch eh rein zufällig hier lang musste, was aber überhaupt nicht stimmte. Leider hatte sie Tom weder in der Mühlenstraße noch in den kleinen Einkaufsstraßen von Wyk oder an der Strandpromenade getroffen. Sie könnte ihm eine Mail schreiben, aber die Band war ja jetzt fest gebucht. Vielleicht ja so was wie: *Hey, du, Lust auf einen Kaffee? Wir müssen dringend besprechen, was ihr für die Hochzeit benötigt. Mehrfachsteckdose und so weiter …*

Mehrfachsteckdose? Grundgütiger. Hannah schlug sich mit der flachen Hand an die Stirn. War sie jetzt komplett verrückt? In einer Mail an einen Typen, den sie ziemlich heiß fand, sollte sie doch nicht das Wort »Mehrfachsteckdose« gebrauchen. Wie unsexy war das denn bitte?

Außerdem wäre für die Mehrfachsteckdose auch nicht Hannah die richtige Ansprechpartnerin. Das wäre Martens Job. Aber den konnte Hannah zurzeit nicht erreichen. Nach der Ausstrahlung von »Das is(s)t der Norden« hatten Stine und er sich erst furchtbar gestritten … und anschließend war Marten abgetaucht. Niemand wusste, wo er war. Nicht mal Stine!

Also, *das* hätte Hannah Marten wirklich nicht zugetraut. Dass er schon mal verlobt gewesen war, natürlich schon.

Marten war ja ein echt guter Fang, wenn man ihn besser kannte. Seine gute Laune war ansteckend, die Partys, die er im »Wal« veranstaltete, legendär. Aber besonders liebte Hannah an ihrem künftigen Schwager seinen Humor.

Dass jemand wie Pam auf Marten abfuhr, überraschte sie deshalb überhaupt nicht. Was sie hingegen sehr wohl überraschte: Dass er Stine von der Verlobung nichts erzählt hatte. Das war, nun ja, *schon* etwas merkwürdig.

Die Maschine ratterte leise vor sich hin, während Hannah im Zickzackstich ein letztes Mal über die versäuberten Nähte fuhr. Die Arbeit war so wunderbar meditativ. Sie brachte sie zur Ruhe und lenkte sie gleichzeitig ab.

Und Ablenkung konnte Hannah gut gebrauchen. Immerhin war sie Trauzeugin eines Paares, zwischen dem seit einigen Tagen Funkstille herrschte. Absolute Funkstille! Und Stine hielt sich merkwürdig bedeckt darüber, was genau im »Wal« geschehen war. Sie hatte nur erzählt, dass Marten mit Pam tatsächlich verlobt gewesen war. Aber was genau zu dem bösen Streit zwischen ihnen geführt hatte, darüber schwieg sich ihre Schwester aus.

»Und jetzt?«, hatte sie Stine heute Morgen beim Frühstück gefragt, als Ida gerade in ihr Kinderzimmer gegangen war, um nach einem Tigerkostüm zu suchen, das sie heute im Kindergarten tragen wollte. »Kannst du denn in etwa einschätzen, wann ihr euch, also …«, Hannah ließ das letzte Wort kurz in der Luft hängen, »… wieder vertragt?«

»Keine Ahnung.« Stine zuckte nur missmutig mit den Schultern. »Was weiß denn ich?« Sie stand auf, kippte mit einer fahrigen Bewegung ihren Kaffeerest in die Spüle und klemmte sich den Bürolaptop unter den Arm. »Wenn Marten gerade nicht mit mir sprechen will, dann halt nicht! Und jetzt entschuldige mich bitte, ich hab heute tierisch viel zu tun.« Und damit war sie abgerauscht.

Bei der Erinnerung stutzte Hannah. *Wenn Marten gerade nicht mit mir sprechen will ...* Hatte sie das richtig verstanden? Weshalb sprach Marten denn nicht mehr mit Stine? Hätte es nicht genau andersrum sein müssen? Marten war doch derjenige, der Stine nichts von seiner Verlobung gesagt hatte. Sollte nicht vielmehr Stine sauer auf Marten sein? Das, was Stine vorhin gesagt hatte, ergab doch überhaupt keinen Sinn.

Aber solange Hannah die Details dieses klärenden Gesprächs fehlten, das ja offenbar alles andere als klärend gewesen war, konnte sie ihrer Schwester auch nicht helfen.

Dass Stine nicht auf Hannah zukam, sie nicht um Rat bat, das verletzte Hannah schon deshalb, weil Stine ihr doch *alles* sagen konnte. Alles! Sie war Stines Schwester und gleichzeitig auch ihre Trauzeugin.

Aber Stine war eben *eigen*. Sie konnte sturer sein als so mancher Schafbock, der hier auf dem Deich herumlief. Wenn sie nicht wollte, dann wollte sie nicht. Punkt. Und wenn sie beschlossen hatte, Hannah nicht alles zu erzählen, dann würde sie das auch nicht tun.

Hannah schaltete das Licht an der Nähmaschine aus und hängte das fertige Strandkleid auf einen Bügel. Der Stoff war wirklich besonders, er hatte sich ganz unkompliziert nähen lassen. Stolz stand sie vor ihrem ersten selbst zugeschnittenen und genähten Kleid. Es war unglaublich schön geworden und sah gar nicht nach einem Strandkleid aus, sondern eher elegant. Nicole hatte mit dem altrosa Stoff eine gute Wahl getroffen. Genau richtig für ein Abendessen in einem teuren Restaurant mit Meerblick, bei einer sommerwarmen Brise, mit einem gut gekühlten Glas Sancerre … Sie nahm das Kleid noch mal vom Bügel, schlüpfte aus ihren Klamotten, streifte es sich über den Kopf und zupfte es an den Hüften glatt. Vor dem Spiegel drehte sie sich. Könnte sie das auch auf der Hochzeit tragen? Oder war es zu wenig förmlich?

Ihre Gedanken wanderten wieder zu Stine und Marten. So wahnsinnig lang durfte dieser Streit zwischen ihnen nicht mehr dauern. Sie heirateten schließlich in knapp drei Wochen. Das würden sie doch, oder?

Eine halbe Stunde später schob Hannah Tante Ellas Rad aus dem Gartenschuppen. Sie wollte nach Alkersum in den kleinen Stoffladen »Frau Rose« fahren, weil sie noch zwei Rollen Nähgarn und Gummiband brauchte. Aus dem Rest des sommerlichen Stoffs, den Nicole ihr geschickt hatte, wollte sie einen Rock für Ida nähen. Auf einem Nähblog hatte sie eine Nähanleitung für einen Ballonrock gefunden, der Ida gefiel.

Während der ersten zwei Kilometer musste Hannah kräftig gegen den Wind antreten. Der Fahrtwind blies ihr ins Gesicht, und die Sonne brutzelte auf die Basecap herunter, die sie sich vorsorglich aufgesetzt hatte. Sie zog sich die Cap noch ein wenig tiefer in die Stirn, damit ihre Nase auch wirklich geschützt war.

Bald hatte sie Nieblum hinter sich gelassen. Sie kam an Wiesen vorbei, auf denen schwarzbunte Holsteiner-Kühe einträglich nebeneinander grasten. Richtung Alkersum radelte Hannah mit starkem, von der Nordsee kommendem Wind im Rücken, sodass sie nur noch ganz leicht mittreten musste.

Stine und Marten wollten ihr einfach nicht aus dem Kopf gehen. Es musste sich alles schnell wieder einrenken. Wie sollte denn sonst die Hochzeit stattfinden? Und wenn es sich nun nicht wieder einrenkte? Bis wann konnte man die Gäste wieder ausladen?

Hannah war zum ersten Mal Trauzeugin und hatte, wenn sie ehrlich war, keine Ahnung, wie sie diese heikle Frage beantworten sollte. Konnte man so etwas googeln? Du liebe Güte! Diesen Gedanken vergaß sie besser sofort wieder.

Es war doch ganz einfach: Solange Stine und Marten die Hochzeit nicht absagten, würde sie stattfinden. Punkt. Das war alles, was Hannah wissen musste.

Deshalb würde sie in Alkersum auch gleich alle Stoffe durchsehen, die für Stines Brautkleid infrage kämen. Mit ihrer Schwester hatte sie das zwar nicht mehr abgesprochen, aber Stine hatte sie am Abend, an dem Marten in »Das is(s)t der Norden« aufgetreten war, ja explizit darum gebeten, ein Brautkleid für sie zu nähen. Darauf war Hannah zwar nicht unbedingt scharf, aber fest stand auch: Stine hatte kein Brautkleid, und das mussten sie schleunigst ändern. Und da ihre Schwester nicht mit ihr nach Flensburg, Husum, Kiel oder Hamburg fahren wollte, um sich nach einem neuen Kleid umzusehen, musste sie als vorausschauende Trauzeugin eben eine andere Lösung finden. *Stoffe ansehen* durfte man ja wohl noch.

Keine zwanzig Minuten später radelte Hannah mit Garnrollen, zwei Meter Textilgummiband und drei Proben von Stoffen in einem cremigen Elfenbeinton, die sich nach Meinung von Nina Rose, der Inhaberin des Stoffladens, bestens für ein Brautkleid eigneten, nach Wyk weiter. Sie wollte am Sandwall noch ein Eis essen und dann nach Bredland zurückfahren.

Mit zwei Kugeln Heidelbeereis in einer frisch gebackenen Waffel betrat Hannah kurz darauf die Seglerbrücke. Über den schmalen Steg lief sie Richtung Wasser. Ganz vorn mündete er in einer breiten Aussichtsfläche mit mehreren Bänken. Einige davon waren noch frei.

Auf der Bank ganz links, mit Blick auf die Mittelbrücke und den Fährhafen, saß ein Mann mit dem Rücken zu ihr. Er schaute aufs Meer und hielt etwas in den Händen. Etwas Längliches. War das etwa … eine Gitarre? Hannah ging etwas näher. Ja, der Mann spielte hier auf der Brücke tatsächlich Gitarre und sang leise dazu. Moment, war das nicht …? Hannah stutzte. Tatsächlich! Das vor ihr auf der Bank war Tom. Unauffällig setzte sie sich auf die Bank nebenan, aß ihr Eis und lauschte stumm.

»Wie sieht der Himmel aus, der jetzt über dir steht?
Dort, wo die Sonne im Sommer nicht untergeht.«

Tom hatte eine unglaublich schöne Stimme. Warm und tief, mit viel Gefühl. Sie hatte ihn schon in den Videos singen gehört, aber live berührte er sie noch viel mehr. Die Härchen auf Hannahs Armen stellten sich auf. Ob Tom den Song über diese verlorene Liebe selbst geschrieben hatte? Die Sehnsucht, die sie aus den Zeilen heraushörte, brachte sie fast zum Weinen.

Sie schob sich den Rest Eiswaffel in den Mund. Obwohl sie nur anderthalb Meter von ihm entfernt saß, gab sie sich nicht zu erkennen, und Tom bemerkte sie nicht. Er sang einfach weiter. Den Refrain kannte Hannah jetzt. Sie sang leise mit.

»Wie sieht der Himmel aus ...«

Schließlich verklangen die letzten Akkorde der Gitarre.

»Wow«, sagte Hannah. Sie stand auf und hätte fast applaudiert, konnte sich aber gerade noch bremsen.

Tom drehte sich um. Als er Hannah erkannte, wirkte er verlegen. »Hast du schon länger zugehört?«, fragte er.

Hannah sah amüsiert, dass er tatsächlich ein wenig rot anlief.

Sie schüttelte den Kopf. »Nur ein paar Takte. War purer Zufall. Ich wollte nur in Ruhe mein Eis essen und muss jetzt auch gleich weiter.« Sie wollte auf gar keinen Fall, dass Tom dachte, sie würde ihn stalken. Dachte er das etwa? Jetzt war es nicht mehr Tom, der rot anlief, sondern Hannah. Aaargh. Schnell schob sie sich die Hände in die Taschen ihrer Shorts.

»Und wo ist das Eis?«, fragte Tom.

»Aufgegessen«, sagte Hannah verlegen.

»Soso, nur ein paar Takte, was?« Tom schmunzelte.

»War ein kleines Eis.«

»Schon klar.« Lächelnd legte er die Gitarre wieder in den Koffer zurück.

Schade, dachte Hannah. Sie hätte ihm gern noch länger zugehört. »Singst du öfter hier auf der Brücke?«, fragte sie.

»Nee, das hab ich grad zum ersten Mal gemacht. Und dann hast du mich sofort dabei erwischt«, sagte er vorwurfsvoll, bevor er Hannah zuzwinkerte.

Ihr Herz tat einen kleinen Hüpfer. »Also, ich war wirklich nur zufällig auf der Brücke«, verteidigte sie sich. »Und außerdem ist die Insel jetzt nicht besonders groß.«

Unter ihren Füßen hörte Hannah das Wasser glucksen. Es war Flut, das Meer stieg immer weiter, die ersten Wellen umspülten schon die Holzbohlen, auf denen die Seglerbrücke stand. In einigen Minuten würden sie beide nasse Füße bekommen. Aber Tom setzte sich ohnehin nicht zurück auf die Bank, sondern lief mit dem Gitarrenkoffer in der Hand zu dem schmalen Steg, der zu den Läden am Sandwall zurückführte.

»Weshalb bist du eigentlich hier?«, fragte er plötzlich. Im Gehen drehte er sich zu Hannah um. »Ich dachte, du bist im Stress.«

»Im Stress?«

Er grinste. »Na, wegen der Hochzeit von deiner Schwester?«

»Ach, ja, richtig. Deshalb bin ich *voll* im Stress«, beeilte sich Hannah zu sagen. Wobei die Hochzeit ja im Moment doch ein wenig in den Sternen stand, weshalb Hannah nicht *ganz* so im Stress war, wie sie es eigentlich sein sollte. »Ich kümmere mich gerade um das Brautkleid.« Sie wedelte mit dem Beutel, in dem sie die Stoffproben verstaut hatte.

»Verstehe.« Tom nickte. »Ach, könntest du deiner Schwester sagen, dass ich die Wohnung schon übermorgen wieder frei mache?«

»Weshalb das denn?«, rutschte es Hannah heraus, bevor sie sich stoppen konnte.

»Ich muss nach Hamburg zurück. Wir haben am Wochenende spontan einen Auftritt.«

»Klar«, sagte Hannah enttäuscht. Sie hatte sich gerade so gefreut, ihn wiederzusehen. Sie verstand es zwar selbst nicht ganz, aber dass Tom schon wieder abreiste, gefiel ihr überhaupt nicht. Dann würde er wahrscheinlich erst wieder zur Hochzeit zurückkommen, und Hannah wusste ja gar nicht, ob Stine und Marten sich überhaupt rechtzeitig zusammenraufen würden.

Sie nickte. »Ich gebe Stine Bescheid.« Sie hoffte, dass sie lässig geklungen hatte. Und unverbindlich. Sie wollte Tom nicht zeigen, dass sie es eigentlich ganz schön gefunden hätte, ihn häufiger auf Föhr zu treffen. »Musst du denn in nächster Zeit noch mal nach Amrum?«, fragte sie noch. Amrum war ja nicht weit, die Insel lag nur dreizehn Kilometer Luftlinie von Föhr entfernt. Wenn Tom dort wäre, könnte Hannah vielleicht aus einem fadenscheinigen Grund einfach mal rüberfahren.

Aber Tom schüttelte den Kopf »Erst mal nicht.«

»Hast du denn …« Sie verstummte. Sie hatte Tom fragen wollen, ob er gefunden hatte, wonach er auf Amrum gesucht hatte, aber das ging vielleicht zu weit. Sie kannten sich ja kaum, und Hannah wollte ihn auf keinen Fall groupiemäßig löchern.

»Hab ich was?«, fragte Tom interessiert. Sein Blick fing ihren ein, und Hannah hielt für einen Moment den Atem an.

Hilfe! Sie spürte ein zartes Flattern in ihrem Magen. Tom hatte die klarsten Augen, in die sie seit Langem geschaut hatte. Die hellgrauen Sprenkel im Blau funkelten so sehr, dass Hannah sich gar nicht losreißen konnte.

»Also ...« Jetzt hatte sie doch glatt den Faden verloren. *Reiß dich zusammen, du bist doch kein hysterischer Fan!*, rief ihr eine innere Stimme zu. Und sie hatte recht, Hannah musste sich wirklich konzentrieren. »Hat dir Amrum denn gefallen?«, fragte sie sachlich. Du meine Güte! Das hatte jetzt so bierernst geklungen, als wäre sie eine Nachrichtensprecherin, die einen Experten zu einer drohenden Leitzinserhöhung befragte.

»Klar.« Tom schaute auf die Nordsee hinaus, Richtung Osten, wo Amrum lag. Von der Seglerbrücke aus konnten sie Nebel, das Dorf an der Südspitze der Insel, nur erahnen. »Ist 'ne schöne Insel, das schon.«

Hannah spürte, dass er nicht über seinen Aufenthalt auf Amrum sprechen wollte. Sie standen jetzt auf dem breiten Fußgängerweg, der von den großen Schachbrettfeldern aus am Wasser entlang zum Leuchtturm am Südstrand führte.

Tom schwenkte seinen Gitarrenkoffer. »Tut mir leid, ich muss los«, sagte er. »Ich habe gleich einen Call mit der Band. Wir müssen Orgazeug besprechen.«

»Orgazeug?!« Hannah lachte laut auf. »So wie wir Normalos? Ich dachte, als Band hat man das Privileg, sich nur über Ultrakreatives auszutauschen. Über neue Songs und so.«

Tom grinste. »Schön wär's. Ganz so ist es leider nicht.« Er schob sich mit der freien Hand eine Haarsträhne hinters Ohr. Der Wind zerrte sie sofort wieder hervor. »Dann sehen wir uns das nächste Mal auf der Hochzeit deiner Schwester, oder?«, fragte er und hatte schon wieder dieses unglaubliche Funkeln in den Augen.

»Denke schon«, sagte Hannah. Sofern die Hochzeit denn stattfindet, fügte sie noch stumm hinzu.

Ein Urlauber blieb jetzt neben ihnen stehen. Er war etwa in Toms Alter und fragte ihn, in welchem Laden er den Gitarrenkoffer gekauft habe, er spiele auch Gitarre. »Aber nur hobbymäßig«, fügte der junge Mann etwas verlegen hinzu. Er war viel kleiner als Tom und trug eine bunte Teddyplüschjacke von einem nachhaltigen Label, das in Berlin unter Medienleuten gerade wahnsinnig angesagt war.

Freundlich empfahl Tom dem Typen, der sich ihnen als Lasse vorstellte, einen Musikladen in Hamburg. Während Tom redete, beobachtete Hannah ihn verstohlen von der Seite. Wenn er lächelte, bekam er kleine Grübchen. Er hatte einen leicht schiefen Schneidezahn, der sich vor den Nachbarzahn schob. Und zwei, drei hauchfeine graue Haare, die seitlich an seinen Schläfen abstanden … Ob Tom die grauen Haare selbst schon mal aufgefallen waren? Wie alt mochte er wohl sein? Sechsunddreißig, siebenunddreißig?

Sie hätte ihn gern noch besser kennengelernt. Oder war es vielleicht doch ganz gut so, dass er schon wieder abfuhr?

Tom und Lasse unterhielten sich jetzt über kleine Clubs, in denen auch unbekannte Bands spielen durften. Bands wie »BOZ«, die von Lasse. Hannahs Blick fiel auf Toms Gitarrencase, das über und über mit Stickern von Clubs und anderen Bands beklebt war.

Moment mal!

Erst in diesem Augenblick wurde Hannah bewusst, dass Tom vermutlich ein ganz anderes Leben führte als sie und, nun ja ... als alle anderen Normalos.

Tom war Musiker! Er sah verdammt gut aus, konnte super singen und trat ständig irgendwo auf, wo sich die Mädels in der ersten Reihe bestimmt nur so *stapelten*, um ihn den ganzen Abend lang schamlos anzuhimmeln. Wenn er in zwei Tagen in Hamburg seine Haustür aufschloss, wartete vielleicht schon ein weiblicher Fan auf dem Bürgersteig auf ihn.

Hannah ließ diesen Gedanken einen Moment auf sich wirken. Ihr wurde etwas schwindelig. Sie wappnete sich dagegen, dass die Alarmglocken in ihrem Kopf losschrillen würden. Aber das taten sie nicht. Hmmm. Das war merkwürdig.

Sie dachte an die Fans in den Videos, die Tom und Something Blue abfeierten. *Weibliche* Fans vor allem. Und aus *genau* diesem Grund sollte Hannah sich von Tom besser fernhalten. War ihr die Enttäuschung mit Frederik denn keine Lehre gewesen? Aber dann legte sich der Schwindel wieder, und die Alarmglocken hatten immer noch nicht geschrillt. Und irgendwie wollte Hannah sich auch nicht von Tom fernhalten.

Jetzt lächelte er ihr kurz zu, während er sich von Lasse verabschiedete, und Hannah lächelte zurück. In ihrem Magen kribbelte es sofort los. Aber konnte sie sich auf ihr Bauchgefühl überhaupt verlassen? Vor einem Aufschneider wie Frederik hatte es sie jedenfalls nicht bewahrt.

Lasse bedankte sich noch mehrmals für die nette Auskunft und ging dann zufrieden weiter. Typisch Föhr, dachte Hannah. Hier kam man immer mit netten Leuten ins Gespräch, die ähnlich tickten wie man selbst. Föhr-Urlauber waren irgendwie alle vom selben Stern (pardon, von derselben Insel).

Hannah und Tom schauten Lasse kurz nach. An der Seglerbrücke grüßte er ein Paar, das er offenbar kannte. Der Mann trug eine mit einer Krabbe bedruckte Papiertüte in der Hand. »Fietes Fischhaus«, las Hannah leise.

»Ich muss jetzt wirklich in meine Ferienwohnung zurück«, sagte Tom schließlich. »Hat mich gefreut, dass wir uns noch mal getroffen haben.« Er hob den Arm. »Schönen Nachmittag noch …«

Halt ihn auf!, rief die Stimme in Hannahs Kopf verzweifelt. Aber wie sollte sie das tun?

»Weißt du«, sie konnte es selbst nicht glauben, dass sie das jetzt tat, »hast du morgen vielleicht Lust …« Lust auf was? Verflixt! Sie überlegte angestrengt, wie der Satz weitergehen könnte.

Das Paar, das Lasse an der Seglerbrücke zugewunken hatte, kam näher. Hannahs Blick fiel wieder auf die »Fietes Fischhaus«-Tüte mit der kleinen Krabbe.

»Also, hast du morgen vielleicht Lust, die besten, also«,

ihr Blick wanderte von der Tüte zu Tom und zurück zur Tüte, »die besten Fischfrikadellen der Welt zu probieren? Ich könnte uns welche machen.« O Gott! Fischfrikadellen?! Hatte sie das tatsächlich gerade vorgeschlagen?! Innerlich stöhnte sie auf. Hannah hatte keine Ahnung, wie man Fischfrikadellen zubereitete.

»Du machst die besten Fischfrikadellen der Welt?«, fragte Tom überrascht. »Wow. Also, *das* ist ja mal ein Angebot.« Er grinste. »Klar, danke für die Einladung!«

Hannah hob die Hände. »Aber bitte erwarte nichts Sensationelles«, fügte sie etwas kleinlaut hinzu. »Ist ja immer Geschmackssache.«

»Selbstverständlich erwarte ich jetzt sensationelle Fischfrikadellen«, lachte Tom. Er überlegte kurz. »Sag mal, wär's okay, wenn ich dir beim Kochen helfe? Ich würde gern wissen, wie du sie machst.«

Hannah biss sich auf die Zunge. Damit würde sie nicht mehr mogeln und die Fischfrikadellen bei Fischfiete besorgen können. Aber gut, da musste sie jetzt durch. Sie nickte. »Gern. Aber nur unter einer Bedingung.«

»Und die wäre?«

»Du musst auch wirklich mithelfen, nicht nur zugucken. Zuschauer in der Küche machen mich irgendwie nervös.« Sie lachte. Damit hatte sie schon mal vorweggenommen, dass sie keine gut organisierte Köchin war. Ganz im Gegenteil.

»Kein Problem«, sagte Tom.

»Dann also bis morgen in Bredland, Hausnummer zwölf. Um fünf? Schaffst du das?« Bis dahin musste Hannah unbedingt noch ein Fischfrikadellenrezept finden. Normalerweise hätte sie Marten angerufen, aber darauf wollte sie unter den derzeitigen Umständen lieber verzichten. Glücklicherweise stand in Tante Ellas Küche eine halbe Bibliothek aus Kochbüchern – auch mit norddeutschen Rezepten.

»Ist perfekt. Ich komme mit dem Rad. Die Eigentümerin meiner Ferienwohnung hat mir angeboten, es zu benutzen. Und ich bringe uns eine Flasche Weißwein mit. Noch etwas anderes?«

Hannah schüttelte den Kopf.

Tom hob noch einmal die Hand, bevor er zügig an den Schachbrettern vorbei Richtung Feldstraße lief.

Hannah ging mit ihrem Beutel mit den Stoffproben und dem anderen Nähzeug zu ihrem Fahrrad zurück. War das jetzt ein Date? Ihr Gesicht war ganz heiß. Sie konnte es nicht glauben, dass sie tatsächlich all ihren Mut zusammengenommen und Tom in Tante Ellas Haus nach Bredland eingeladen hatte.

Während Hannah auf ihrem Rad durch die Mühlenstraße schlich – schneller konnte sie nicht fahren, sie war einfach zu aufgeregt –, horchte sie noch einmal in sich hinein. *Hallo, liebe Alarmglocken? Wollt ihr mir noch irgendwas sagen?*

Wollten sie offenbar nicht; sie blieben still.

12. Stine

Stine kniff die Augen zu. Es war noch früh. *Viel* zu früh. Ihr Handy hatte gerade erst 5:15 Uhr angezeigt. Sie lag im Bett und versuchte, wieder einzuschlafen, aber es wollte ihr einfach nicht gelingen.

Sie öffnete die Augen wieder und starrte an die Decke. Dann eben nicht. Sie fand ohnehin keine Ruhe. Wie ein Schwarm Fische stoben ihre Gedanken jedes Mal auseinander, wenn Stine sie einfangen wollte. Es war einfach zu viel passiert in letzter Zeit.

Sie bereute, dass sie sofort nach der Ausstrahlung von »Das is(s)t der Norden« zum »Wal« rübergefahren war und Marten zur Rede gestellt hatte. Hätte sie doch bloß auf einen ruhigen Moment gewartet! Aber das hatte sie nicht.

Es war spät gewesen, als sie im »Wal« eintraf. Marten hatte einen langen Tag im Restaurant hinter sich, er war müde, und Stine war viel zu wütend, um ein sachliches Gespräch zu führen. Erst im vorigen Monat hatte sie in einer Zeitschrift gelesen, dass man immer auf den richtigen Zeitpunkt warten sollte, wenn ein schwieriges Gespräch mit dem Partner anstand. Aber das schaffte Stine nie! Diese Regel brach sie *jedes* Mal.

Auch diesmal hatte sie also noch am selben Abend mit Marten gesprochen, woraufhin sie sich natürlich gezofft hatten. So schlimm, dass Marten anschließend einfach verschwunden war.

Bin für ein paar Tage aufs Festland gefahren, schrieb Marten ihr am Morgen nach dem Streit.

Wohin genau? Und zu wem? Völlig unklar! Martens Trauzeuge Will, der ansonsten nie auf Anrufe, Mails und Nachrichten zur Hochzeitsplanung reagierte, antwortete auf Stines SMS *(Hi, Will, muss Marten dringend sprechen! Ist er bei dir???)* schlappe zwölf Stunden später nur mit: *Tut mir leid aber ich habe keine ahnung wo marten steckt.* Mehr nicht. Die Nachricht erreichte Stine um 3:31 Uhr in der Nacht. Will war Chefkoch im »Peach«, Hamburgs angesagtestem veganem Restaurant. Stine fragte sich, ob man es als Chefkoch nur alle zwölf Stunden schaffte, auf sein Telefon zu schauen, aber darüber konnte sie sich keine weiteren Gedanken machen. Sie musste wissen, wo Marten war.

Selbstverständlich fragte sie auch seine Eltern, aber selbst die wussten nicht, wo er steckte. Er hatte ihnen nur mitgeteilt, dass er eine Vertretung für den »Wal« gebucht hatte. Linus studierte in Hamburg, hatte in den letzten beiden Sommern im »Wal« gejobbt und würde es auch diesen Sommer tun. Jetzt war er einfach etwas früher auf die Insel gekommen.

Und dann war Marten verschwunden. Er reagierte nicht mehr auf Nachrichten und Anrufe. Und dabei heirateten sie doch in etwas weniger als drei Wochen!

Aber der Streit zwischen ihnen war einfach unterirdisch gewesen … Wie gern würde Stine die Zeit zurückdrehen und das ganze Gespräch mit ihm anders beginnen! Aber dafür war es jetzt zu spät.

Sie schlüpfte aus dem Bett, ging ans Fenster, zog die Vorhänge zur Seite und schaute hinaus. Draußen wurde es langsam hell. Im Osten schob sich ein zarter hellrosa Streifen in den schwarzblauen Morgen. Ob Marten dort, wo er steckte, auch diesen Sonnenaufgang sah? Spürte er, dass sie ihn vermisste?

Sie ging in die Küche hinunter, schob die Terrassentür auf und betrat die Holzbohlen. Tief atmete sie die Morgenluft ein. Sie war kühl und roch salzig. Der Himmel über ihr und dem Meer verwandelte sich in ein warmes Apricot. Stine verschlug es kurz den Atem.

In diesem Moment hob sich die betonschwere Trauer, die sich seit dem Streit mit Marten auf sie gelegt hatte, ein wenig. Ihre Gedanken wurden klarer. Sie ließ den Blick zur silbern glänzenden Nordsee schweifen, die heute früh ganz ruhig war, und atmete nochmals tief ein. Versuchte, ganz in diesem Moment zu sein. Nirgends sonst.

Aber nach ein paar Sekunden wanderten ihre Gedanken doch wieder zu Marten. *Wo* war er? Bei Pam? War er zu ihr nach Hamburg gefahren? Aber das konnte Stine sich beim besten Willen nicht vorstellen. Marten war keiner, der nach einem Streit sofort in die Arme seiner Ex zurückrannte. Dachte sie zumindest. Aber sie hatten sich eben auch noch nie so schlimm gestritten wie nach der Ausstrahlung von »Das is(s)t der Norden«.

»Weshalb hast du mir denn nicht gesagt, dass ihr verlobt wart?«, hatte Stine ihn abends um kurz nach elf gefragt, als sie endlich miteinander sprechen konnten. Das Licht im Restaurant war schon abgeschaltet, nur in den Fenstern leuchteten noch die grünen Lampen. Benni aus der Spülküche hatte Stine durch die Hintertür reingelassen. Sie fand Marten in seinem winzigen Büro, seine Eltern und fast alle Mitarbeiter waren längst gegangen.

»Es war keine richtige Verlobung«, sagte Marten müde. »Also, für mich jedenfalls nicht.« Er nippte an einer Flasche Cola, die neben seinem Laptop stand.

»Das klang vorhin im Fernsehen aber ganz anders«, sagte Stine. Sie räumte ein paar Ordner von einem Klappstuhl und setzte sich.

»Wir waren nur ganz kurz zusammen«, sagte Marten. »Ich habe Pam in Hamburg kennengelernt. Sie war damals Volontärin beim Fernsehen, und ich hatte gerade in der Küche vom ›Vier Jahreszeiten‹ angefangen. Nach Dienstschluss haben wir mit Freunden jeden Abend Party gemacht. Wir waren eigentlich immer unterwegs.« Erschöpft wischte er sich mit der Hand etwas aus dem rechten Auge. »Also, diese Art von Beziehung war das eher.«

Stine schwieg.

»Aber plötzlich wollte Pam heiraten«, fuhr Marten fort. »Eine Freundin hatte gerade einen Antrag bekommen, das muss Pam irgendwie angesteckt haben.« Er nippte noch mal an der Cola und schwieg.

»Und dann?«, fragte Stine, als nichts mehr kam.

»Ein paar Wochen später war ich abends mal wieder ziemlich betrunken«, sagte Marten. »Wir waren gerade auf einem Konzert, die Band war richtig gut, die Musik hat eine besondere Stimmung in uns ausgelöst, es war einfach der perfekte Abend. Als Pam wieder mit dem Thema anfing, habe ich ihr halt spontan einen Heiratsantrag gemacht.«

»Wie? Sofort? Mitten auf dem Konzert?«

»Jep.« Marten seufzte. »Also, nicht auf der Bühne vor allen Leuten oder so. Ich habe ihr ins Ohr geflüstert, ob sie … also, du weißt schon.«

»Ob sie deine Frau werden möchte?«

»Genau.« Er nickte. »Ich habe es gleich am nächsten Morgen bereut.« Er strubbelte sich verlegen durchs Haar. »Ich lag noch im Bett, als Pam schon telefonierend durch die Wohnung tigerte. Es war ein Samstag, und sie wollte gleich mittags mit ihrer besten Freundin Brautkleider anschauen. Mir ging das alles etwas zu schnell.«

»Verstehe«, sagte Stine.

»Nach zwei Wochen habe ich ihr gesagt, dass ich den Antrag etwas unüberlegt gemacht hätte.« Marten räusperte sich. »War so ziemlich das unangenehmste Gespräch, das ich bis heute geführt habe.«

Stine nickte. »Weshalb hast du mir das nie erzählt?«, fragte sie ruhig.

Marten zuckte mit den Schultern. »Die Verlobung hat mir wirklich nichts bedeutet. Und außerdem«, er schaute etwas zerknirscht zu ihr rüber, »außerdem war mir die ganze Sache peinlich. Ich wollte nicht, dass du mich für genauso unzuverlässig hältst wie die Typen, mit denen Hannah immer zusammen ist.«

Stine nickte wieder. Auch das verstand sie. »Aber jetzt hab ich's aus dem Fernsehen erfahren. Zusammen mit allen anderen 8488 Föhrern.« Sie schüttelte den Kopf. »Ich dachte, wir hätten keine Geheimnisse voreinander.« Ihre Stimme klang jetzt eine Spur vorwurfsvoll. »Also, nicht diese Art von Geheimn…«

»… nicht diese Art von Geheimnis?«, unterbrach Marten sie überraschend heftig. Er zog die rechte Augenbraue hoch. »Sicher?«

»Was soll das denn heißen?«, fragte Stine.

»Mit wem triffst du dich hinter meinem Rücken?«, fragte er.

»Ich?!« Stine stockte der Atem. »Wie kommst du denn *darauf*?«

»Du bist mit einem Typen gesehen worden«, sagte Marten. »Am Strand. Und in Nieblum. Und wer weiß, wo ihr sonst noch zusammen wart.« Er stand auf und stellte die leere Colaflasche in einen Getränkekasten, der unter dem Fenster stand.

»Ach, du meinst Louis?«, fragte Stine und versuchte, ihre Stimme sicher klingen zu lassen. »Der ist nur ein alter Freund von mir«, sagte sie wahrheitsgemäß. »Ich kenne Louis Blohm seit über zwanzig Jahren.«

»Louis Blohm ist ein Freund von dir?!«, fragte Marten entsetzt. »*Dieser* aufgeblasene Lackaffe?«

»Wir hatten uns eine Weile aus den Augen verloren«, sagte Stine etwas defensiv.

»Und jetzt trefft ihr euch ständig? Du und dein alter Freund?«, fragte Marten verächtlich.

Stine zuckte innerlich zusammen. Er schien von Louis ja wirklich überhaupt nichts zu halten. »Louis ist schon wieder nach Hamburg zurückgefahren«, sagte sie ausweichend. »Gestern.«

»Wie schade«, sagte Marten trocken.

»Was soll das denn jetzt heißen?«

»Keine Ahnung.« Marten hob beide Hände. »Nichts. Was weiß denn ich, was ihr zwei gemacht habt, wenn ihr zusammen wart.«

»Nichts haben wir *gemacht*!«, rief Stine. Ihre Stimme klang jetzt trotz aller Vorsätze schrill. »Er ist ein alter Freund, das ist alles.«

»Sicher?«

»*Ganz* sicher.« So langsam reichte es Stine. »Wenn du mit Pam nicht tagelang gedreht hättest und später in Hamburg und dann bei Snørre auf dem Hof gewesen wärst, dann hätte ich dir längst von den Treffen erzählt«, giftete sie Marten an.

»Ach, jetzt bin ich auch noch schuld daran, dass du dich hinter meinem Rücken ständig mit diesem Reedersöhnchen triffst?«, rief Marten aufgebracht. »Über was redet man mit dem denn so? Über Tennis am Rothenbaum? Ausparkprobleme mit dem Porsche Panamera? Oder darüber, dass man die Barbour-Steppjacke leider über Ostern auf Mallorca verbummelt hat?« Er schlug mit der flachen

Hand auf die Tischplatte. »Gott, stell ich mir das langweilig vor, mich mit dem zu unterhalten.« Er lehnte sich auf dem Schreibtischstuhl zurück und starrte an die Decke. »Du hattest auch schon mal interessantere Freunde.«

Stine sprang von ihrem Klappstuhl auf. »Diesen Schwachsinn muss ich mir wirklich nicht länger anhören.«

»Warum denn nicht, wenn's denn stimmt, dass er wirklich nur ein Freund von dir ist?«

Der Satz hing im Raum. Sie schwiegen für einen Moment.

In Stine rotierte es. Unterstellte Marten ihr gerade, dass mit Louis etwas gelaufen war? Hatte er denn überhaupt kein Vertrauen in sie? »Okay, das reicht. Er *ist* nur ein Freund.« Stine war bedient. Sie ging mit schnellen Schritten zur Bürotür.

Marten hob den Blick und schaute ihr direkt in die Augen, als sie sich noch einmal umdrehte. »Jemand hat euch dabei beobachtet, wie ihr euch geküsst habt.«

Stines Herz setzte für einen Schlag aus. War sie jetzt im falschen Film? Dann wurde ihr kotzübel.

Vor ein paar Tagen hatte Stine auf dem Gartenweg vor dem Blohm'schen Ferienhaus gestanden, als ... »Aber das war doch nur ein Versehen!«, versuchte sie zu erklären. »Louis wollte sich verabschieden. Er hat mich umarmt, als ich mich zu meinem Rad umgedreht hab, und dabei ... also, dabei hat sein Mund irgendwie meinen getroffen.« So war es tatsächlich gewesen.

Marten zog die linke Augenbraue hoch. »Und *das* soll ich dir glauben?«

»Ja!«, rief Stine aufgebracht. »Weil es die *Wahrheit* ist.«

Marten schüttelte den Kopf. »Erst trefft ihr euch heimlich, und dann steht ihr mitten auf der Straße herum und knutscht aus Versehen miteinander? Sorry, aber wer's glaubt …«

»Ich lüge nicht, Marten.«

»Schon klar.« Er wandte sich wieder seinem Laptop zu, tippte auf die Tastatur, und der Monitor, der gerade noch dunkel gewesen war, leuchtete wieder auf. »Ich muss hier noch was fertig machen«, sagte er knapp.

Stine war plötzlich stinksauer. Sie spürte, wie sich heiße Wut in ihr ausbreitete. Vom Bauch über die Brust und dann in den Kopf hinauf. Das konnte doch alles nicht wahr sein. Dachte Marten wirklich, dass sie etwas mit Louis angefangen hatte? »Dann glaub doch, was du willst!«, pampte sie, drehte sich um und rauschte aus dem Zimmer.

»Darauf kannst du dich verlassen!«, rief Marten ihr hinterher. »Und viel Spaß noch mit deinem alten Freund Louis.« Die letzten drei Worte betonte er extra.

Sie schlug die Hintertür zu und rannte in den Hof. Auf dem Parkplatz heulte sie erst mal. *Wie* gründlich war das denn bitte nach hinten losgegangen?! Heulend wartete sie noch kurz im Dunkeln darauf, dass Marten zu ihr rauskam. Aber das tat er nicht. Die Hintertür blieb geschlossen.

Am nächsten Abend war Marten abgereist.

Jetzt stand Stine in Tante Ellas Küche und weinte wieder. Heiß rannen die Tränen über ihre Wangen. Sie wischte sie immer wieder mit den Ärmeln ihres Pullis fort, aber sie konnte einfach nicht aufhören zu weinen.

So ging es nicht weiter. Das Geheimnis, das sie mit sich herumtrug, drohte alles kaputtzumachen. Stine hatte so gehofft, dass sie Marten und Louis erst *nach* der Hochzeit erzählen konnte, wer Idas Vater war. *Lange* nach der Hochzeit, wenn es nach ihr ginge. Aber die Situation wurde immer komplizierter. Stines Konstrukt aus kleinen Lügen, Unwahrheiten und winzigen Flunkereien ließ sich seit Louis' Auftauchen auf Föhr immer schwerer aufrechterhalten. Zu den alten Unwahrheiten hatte Stine immer mehr neue hinzuerfinden müssen.

Das war nicht gut. So was von nicht gut. Deshalb war sie auch *mehr* als froh darüber gewesen, dass Louis wieder nach Hamburg gefahren war.

Und dann das! Nie hätte sie gedacht, dass sie jemand bei diesem verrutschten Kuss gesehen hatte. Louis hatte sich ja selbst darüber erschrocken. Sie hatten beide verlegen gelacht und dann so getan, als wäre dieser Kuss gar nicht passiert. Wer auch immer sie beobachtet hatte, musste das auch noch sofort auf der Insel weitergetratscht haben ... das war doch wirklich einer der dümmsten Zufälle, den die Welt je gesehen hatte. Mist. Stine versuchte, die immer weiter aufsteigenden Tränen in den Griff zu bekommen. Aber es klappte einfach nicht, unaufhaltsam rannen sie ihr über die Wangen.

Was hatte sie nur angestellt? Weshalb geriet ihre wunderbare heile kleine Inselwelt denn jetzt plötzlich ins Wanken? Stine verstand es nicht. *Wie* hatte sie es geschafft, in so kurzer Zeit ein dermaßen schlimmes Chaos anzurichten?

Draußen war es inzwischen hell geworden. Die Sonne beschien den leuchtend roten Klatschmohn, den Tante Ella unter dem Küchenfenster ausgesät hatte. Die Blumen wurden vom Wind hin und her gewiegt und wirkten dabei so fröhlich, dass Stine ihre verfahrene Situation für einen Moment vergaß. Gebannt sah sie dem Mohn beim Tanzen zu.

Plötzlich musste sie an ein T-Shirt denken, das ihre frühere Chefin mal vor einem Team-Event an Stine, Gisa und alle anderen Hotelmitarbeiter verteilt hatte. Es war genauso rot gewesen wie der Mohn vor dem Küchenfenster.

Nothing changes, if nothing changes, hatte Frau Ratz auf die T-Shirts drucken lassen. *Nichts ändert sich, wenn sich nichts ändert.* Ein Motivationsspruch, den ihre Chefin vermutlich aus einem ihrer schlauen amerikanischen Businessratgeber geklaut hatte.

Stine besaß das T-Shirt noch. Es lag zusammengefaltet in einer Umzugskiste. Sie und ihre Kolleginnen und Kollegen hatten sich heimlich über den Satz lustig gemacht. *Nichts ändert sich, wenn sich nichts ändert.* Klang ja ganz griffig, aber was genau sollte das bedeuten? Ihre Chefin schraubte doch sowieso alle zwei Tage am Konzept des Hotels herum. Die Zielgruppe änderte sich bei ihnen schneller, als Stine das Wort »Zielgruppe« überhaupt aussprechen konnte. Die Büroregale ihrer Chefin enthielten vierzig Titel zum Thema »Change Management«, Stine hatte mal nachgezählt. Und das, was man am Vortag mit ihr besprochen hatte, war am kommenden Morgen oft schon wieder überholt. Das war zwar anstrengend, aber gleichzeitig blieb alles im Fluss. Und damit genau so, wie Frau Ratz es wollte.

Stine starrte immer noch auf den Klatschmohn unter dem Fenster. Zwei rote Blüten verhakten sich kurz ineinander, schwangen gemeinsam für einen Moment hin und her, hin und her ... bis eine Windböe sie wieder durchschüttelte und voneinander trennte.

Stine lächelte, und dann dämmerte ihr plötzlich, warum Frau Ratz dieser Spruch so wichtig gewesen war. Himmel, weshalb war sie darauf nicht schon früher gekommen?

Alles, was mit dem Hotel zusammenhing, war nur deshalb ständig im Fluss gewesen, weil Frau Ratz es im Fluss *hielt*! Unermüdlich versuchte ihre Chefin, es besser zu machen, den Aufenthalt noch schöner und erholsamer für die Gäste, die Zimmer noch einfacher zu buchen. Was auch immer sich verändern ließ, veränderte Frau Ratz. Sie schraubte vor und schraubte zurück. Und genau das war vermutlich der Grund, dachte Stine jetzt, weshalb das kleine Boutiquehotel, das über einige Zimmer verfügte, die zur Straße hinausgingen, wo es während der Rushhour durchaus mal etwas lauter werden konnte, ständig ausgebucht gewesen war. Frau Ratz hatte sich alle Mühe gegeben, überall dort, wo sie Dinge ändern konnte, diese auch zu ändern.

Stine atmete tief durch. Sie war nicht halb so spontan und hemdsärmelig wie ihre ehemalige Chefin. Bis zur Hochzeit wollte sie den Status quo, was ihr Geheimnis betraf, *unbedingt* erhalten. Aber konnte es nicht vielleicht sein, dass sie sich mit Marten nur deshalb so gestritten hatte, weil sie *zu* starr auf dem Status quo beharrte? War das Marten gegenüber nicht furchtbar unfair?

Ja, dachte Stine jetzt. Das war unfair.

Außerdem glaubte sie nicht daran, dass sich die Wogen diesmal wieder von selbst glätten würden. Das spürte sie. Wenn es da oben im Universum eine riesige Kraft gab, die alles im Lot hielt, dann befand sich der Kraftanteil, der für Stines Leben zuständig war, wohl gerade im Urlaub.

Oder hatte vielleicht die Bereichsleiterin dort oben im Universum, die Stine betreute, von ihrem Konstrukt aus größeren Lügen und kleineren Flunkereien so langsam einfach die Schnauze voll? Das wäre natürlich auch eine Möglichkeit. Stine könnte es ihr nicht mal verdenken. Aber das bedeutete wohl, dass sie jetzt selbst dafür sorgen musste, dass alles wieder in Ordnung kam.

Stine sah nach oben in den Morgenhimmel. Drei Brandgänse stoben vom Watt auf, flogen laut schnatternd ins Inselinnere. Wenige Flügelschläge später waren sie verschwunden.

Also gut, dachte Stine. *Dann muss ich jetzt eben mit der Wahrheit rausrücken.* Auch wenn das bedeutete, dass die Welt für Ida, Marten und Louis danach nicht mehr dieselbe war.

Sie seufzte leise. Wie gern würde sie jetzt mit Marten sprechen. Ihm alles erzählen. Die ganze Geschichte. Von Idas Empfängnis vor etwa fünf Jahren bis zu dem Moment, in dem Stine vor zwei Wochen beim Bäcker in der Süderstraße in Louis hineingerannt war. Würde Marten sie verstehen?

Sie wusste es nicht. Was Stine aber plötzlich ganz genau wusste: Ihr Leben musste von nun an *anders* weitergehen. Alles beruhte auf einer Lüge, und das war falsch.

Aber wie sollte sie sich verhalten, wenn Marten noch einige Tage lang verschwunden blieb? In kniffligen Situationen weiterhin ein wenig, nun ja ... flunkern?

Nein, das durfte sie nicht. Wenn sie Marten nicht erreichte, würde sie nach Hamburg fahren und mit Louis sprechen. Er war Idas Vater. Er musste endlich erfahren, dass er vor mehr als vier Jahren eine Tochter bekommen hatte.

»Moin Moin! Wo soll's denn hingehen?«, fragte der Taxifahrer Stine durch das geöffnete Beifahrerfenster.

»Zur Elbchaussee Richtung Blankenese, bitte«, sagte Stine. Sie zog die hintere Wagentür auf, rutschte auf die Rückbank und schnallte sich an.

»Einmal Elbchausseee Richtung Blankeneeese«, näselte der Fahrer die Bestätigung.

Der Wagen rollte vom Taxistandstreifen, und Stine schaute aus dem Fenster. Der Fahrer fädelte sich geschickt in den Verkehr ein, rasch ließen sie den Altonaer Bahnhof hinter sich. Im Radio lief Deutschlandfunk Kultur. Für ein paar Minuten lauschten sie beide der Nachrichtensprecherin.

»Auf Besuch hier?«, fragte der Fahrer schließlich. Er war in etwa so alt wie Ulli, Anfang sechzig, aber viel hagerer. Er trug eine hellgraue Sweatshirtjacke und eine Basecap mit dem Logo des Fußballvereins Manchester City, unter der seine Augen freundlich hervorblinzelten.

Stine nickte. »Nur für einen halben Tag.«

»Schade«, sagte der Fahrer. »Hamburg ist eine schöne

Stadt. Ist sie wirklich. Viel weniger Regen, als die meisten annehmen.«

»Ich weiß«, sagte Stine von der Rückbank, »hab eine Weile hier gelebt.«

»Und dann?«, fragte der Fahrer.

Gute Frage, dachte Stine. *Verdammt* gute Frage. Tja, dann war Ida dazwischengekommen. Die Schwangerschaft hatte das Ende ihrer Zeit in Hamburg eingeläutet. Sie war nicht sofort weggezogen, aber Ulli und Christa hatten sie doch recht schnell davon überzeugt, dass sie mit einem Säugling für eine Weile auf Föhr besser aufgehoben wäre. So lange, bis sie sich als Alleinerziehende mit Ida wieder in den Großstadtdschungel zurücktraute. So hatte es Stine jedenfalls fest vorgehabt. Aber sechs Wochen nachdem sie mit Ida auf die Insel gezogen war, war etwas oder besser jemand dazwischengekommen: *Marten.*

»Dann habe ich mich verliebt«, sagte Stine. Hatte sie das wirklich gerade rausgehauen? Vor einem wildfremden Taxifahrer. Sie sah ihn im Rückspiegel schmunzeln.

»Damit konnte Hamburg natürlich nicht mithalten?«, folgerte er.

Stine nickte. »Richtich!«, sagte sie im breiten Norddeutsch, dann lachten sie und der Fahrer gleichzeitig laut auf.

»Ja, so kann das gehen ...« Dann schwiegen sie wieder, und der Fahrer drehte das Radio etwas lauter. Es lief »Me and Julio down by the schoolyard« von Simon & Garfunkel.

Stine fragte sich, ob Louis überrascht sein würde, sie zu sehen.

Vor einer Viertelstunde war sie mit dem Zug aus Dagebüll gekommen. Hannah hatte Ida in den Kindergarten gebracht, deshalb konnte Stine schon die Fähre um 8:20 Uhr nehmen.

Hannah und ihren Eltern hatte Stine erzählt, dass sie in Hamburg bei ihrer Freundin Maxi eine Handtasche abholen wollte, die sie sich für die Hochzeit ausleihen durfte. Aber das stimmte nicht, die cremefarbene Lamella Bag hing längst in Tante Ellas Schrank auf der Insel. Stine hatte sie schon vor ein paar Wochen bei Maxi abgeholt, aber das hatten Hannah und ihre Eltern nicht mitgekriegt.

Stine zog es ein wenig in der Brust, wenn sie an diese weitere Lüge dachte, die sie sich heute Morgen ausgedacht hatte. Aber das merkwürdige Ziehen konnte auch vom Simon & Garfunkel-Song kommen, der machte sie immer emotional. Eigentlich hätte sie lieber zuerst Marten ihr Geheimnis erzählt, aber diese Chance hatte sie vertan, als sie sich bei ihm im Büro so in die Haare bekommen hatten. Sie war zu stolz gewesen und einfach abgerauscht. Jetzt bereute sie diesen falschen Stolz fürchterlich. Was hatte sie an dem Abend eigentlich geritten?

Das Taxi passierte Ottensen und Othmarschen. Sie fuhren entlang des Jenischparks nach Nienstedten, am Hirschpark vorbei und weiter nach Blankenese. Rechts und links von ihnen wurde es immer grüner, schließlich auch immer ruhiger. Immer weniger Häuser standen an den Straßen, dafür wurden die Grundstücke drum herum immer parkähnlicher. Stine nannte dem Fahrer die Adresse, die sie letzte Woche auf einer Rechnung gelesen hatte, die neben Louis' Laptop im Wintergarten herumlag.

Sie schaute sich neugierig um, als der Wagen in eine schmale Straße einbog, die in eine noch schmalere Straße mündete. Alle Häuser waren jetzt durch riesige Hecken abgeschirmt, vor denen zweieinhalb Meter hohe Zäune standen. An den Sicherheitskameras, die an die Sockel der Zäune montiert waren, blinkten rote und grüne Lichter. Die Kameras hatten das vorbeifahrende Taxi mit Stine auf der Rückbank längst registriert.

Schließlich bog der Fahrer in einen kleinen Privatweg ein. In der Sackgasse gab es nur ein einziges Grundstück. Sowohl der Zaun als auch die Hecke, die das Haus schützten, waren höher als alle anderen auf der Fahrt hierher.

Stine bezahlte den Fahrer und gab ihm ein gutes Trinkgeld. Dann bat sie ihn, noch kurz zu warten. Sollte Louis nicht zu Hause sein, wollte sie direkt in die Innenstadt zurückfahren und es in seinem Büro in der Reederei versuchen. Sie musste schnellstmöglich mit ihm sprechen.

Der Fahrer stellte den Motor ab, woraufhin Stine die Wagentür öffnete und ausstieg. Auf dem Bürgersteig hörte sie das leise Sirren einer Sicherheitskamera, die etwa anderthalb Meter über ihr am Tor befestigt war. Die Kamera nahm Stine offenbar etwas genauer ins Visier.

Augenblicklich fühlte sie sich unwohl und beobachtet. Wer genau schaute sie jetzt an? Hatte nur die Automatik in der Kamera sie scharf gestellt oder tatsächlich ein Sicherheitsmann, der irgendwo auf dem Grundstück in einem muffigen Kabuff hockte oder, was wahrscheinlicher war, irgendein Angestellter irgendwo in irgendeinem Sicher-heitsunternehmen?

Unsicher blickte Stine zum Taxi zurück. Der Fahrer nahm gerade ein Butterbrot aus einer Metalldose. Er sah so aus, als freute er sich über die kurze Pause.

Stine drehte sich wieder zum Zaun zurück. Pah, von einer bescheuerten Kamera würde sie sich doch nicht ein-schüchtern lassen. Diese Kamera *konnte* sie mal.

Entschlossen steuerte Stine auf das Schild mit den zwei Klingeln zu. Dann kurze Ratlosigkeit. Nirgendwo stand ein Name. Aber die Hausnummer stimmte, Stine stand vor der Nummer 42, hier musste sie richtig sein. Sie drückte die untere der beiden Klingeln. Als nichts passierte, drückte sie die obere. Es knackte kurz in dem runden Lautsprecher unter den Klingeln, aber … das war's auch schon. Weiter passierte rein gar nichts.

Aus dem offenen Taxifenster hörte sie leise das Lied, das gerade im Radio lief. Ein schneller lateinamerikanischer Beat, der ihr gut gefiel.

Stine klingelte noch einmal. Vielleicht hatte man sie hinter dem Zaun einfach nicht gehört? Das Haus stand vermutlich dreißig Meter vom Zaun entfernt.

Stine wartete fünf Sekunden, zehn, fünfzehn … Sie wollte jetzt einfach nicht aufgeben. Deshalb klingelte sie noch ein weiteres Mal, bevor sie sich schließlich resigniert umdrehte. Okay, dann halt nicht.

Sie wollte gerade zum Taxi zurückgehen, als ein schnar-rendes »Ja, bitte?« ertönte. Eine weibliche Stimme. Stine hielt den Atem an. Wer war das? Eine Haushälterin? Louis'

Noch-Ehefrau Amélie lebte ja nicht mehr hier. Stine fehlten die Worte. Sie hatte mit *allem* gerechnet, aber nicht mit einer weiblichen Stimme.

»Hallo?«, fragte die Frau wieder. Sie klang ziemlich freundlich. Stines erster Impuls war, sich blitzschnell ins Taxi zu flüchten und wegzufahren. Schaffte sie das wirklich, was sie sich vorgenommen hatte? Ja, sprach sie sich Mut zu und gab sich einen Ruck. Das schaffte sie.

Nichts ändert sich, wenn sich nichts ändert.

Stine atmete tief durch. »Guten Tag«, sagte sie entschlossen. »Ich bin Stine Kiesewetter. Ich würde gern mit Louis Blohm sprechen, bitte. Ist er zu Hause?« Sie hoffte, dass man das leichte Zittern in ihrer Stimme durch die Gegensprechanlage nicht hörte.

»Ja, er ist da«, sagte die Stimme. »Einen Moment, bitte.«

Dann schnarrte tatsächlich das Tor. Es öffnete sich automatisch, die große Gittertür schwang in Richtung Garten auf. Stine winkte dem Taxifahrer zu, er könne fahren und betrat das Grundstück.

Stine ging durch den Garten. Es roch nach frisch gemähtem Gras. Nach exotischen Blumen, die sie nicht kannte, nach Flieder in voller Blüte und nach vielen alten Bäumen. Stine fühlte sich, als hätte sie Hamburg gerade hinter sich gelassen. Das hier war eine eigene Welt. Ein eigenes Reich, in dem die Vögel so fröhlich vor sich hin zwitscherten, als täten sie das nur für Stine.

Gleichzeitig spürte sie, dass sie auf Schritt und Tritt beobachtet wurde. Im Garten, den bestimmt ein Gärtner pflegte, erblickte sie noch weitere Kameras. Sie waren an unauffälligen Stellen angebracht, drehten sich sofort in Stines Richtung und stellten ihre Objektive scharf. Zügig steuerte Stine auf das Haus zu. Bloß weg von hier. Sie fühlte sich unwohl. Sie würde das Gespräch mit Louis möglichst schnell hinter sich bringen und dann sofort wieder verschwinden.

Das Haus in diesem Central-Park-artigen Garten mit mehreren Teichen war nicht mal übertrieben groß, was Stine erst mal sympathisch war. Eine Altbauvilla mit unglaublich hohen Fenstern. Im zweiten Stock klebte seitlich ein kleiner Turm an dem makellos instand gehaltenen Gebäude, und die prächtige geschwungene Treppe, die von beiden Seiten zur Eingangstür hinaufführte und die Stine nun Stufe für Stufe erklomm, erinnerte sie in ihrer Pracht ein wenig an »Downton Abbey«. Alles doch ein wenig *over the top*. In einem normalen Haus wohnte Louis definitiv nicht.

Stine nahm in ihren Sneakers gerade die letzten beiden Treppenstufen, als sich die schwere Eingangstür aus dunkel lasierter Eiche öffnete. Im Türrahmen erschien … Amélie!

Stine blinzelte zweimal. Sie hatte Amélie mal kurz vor Louis' Hochzeit gegoogelt, ihr Bild hatte sich ihr eingebrannt. Tatsächlich. Sie war's! Hatte Louis nicht gesagt, dass sie ausgezogen war? War sie vielleicht nur zu Besuch hier?

»Hi, ich bin Stine.« Sie lächelte nervös.

»Hi.« Das Lächeln, mit dem Amélie ihr antwortete, war fast noch ein wenig nervöser. »Ich bin Amélie. Komm doch rein.« Sie trug kaum Make-up und sah aus wie ein Model. In natura war sie sogar noch schöner als auf den Aufbrezelfotos, die Stine damals von ihr im Netz gefunden hatte: Amélie in Abendgarderobe, in schulterfreien Kleidern und hohen Pumps, mit teuren Handtaschen. Heute trug sie ihr glänzendes dunkelbraunes Haar nicht hochgesteckt, sondern als klassischen Bob. Es war viel kürzer als früher, nur kinnlang. Sie war barfuß in flachen Loafers. Das weiße etwas übergroße Herrenhemd hatte sie in enge dunkelblaue Jeans gesteckt, in denen ihre Beine wirkten, als wären sie vier Meter lang. Amélie sah noch kosmopolitischer aus, als Stine sie sich vorgestellt hatte.

Sofort meldete sich das schlechte Gewissen wieder bei ihr. Sie dachte an die Nacht mit Louis. Und daran, dass sie ihm gleich sagen musste, dass er Vater einer Tochter war. Dass das Kind gezeugt worden war in einer Zeit, in der er mit Amélie eine unglaublich imposante Hochzeit geplant hatte. Die Hochzeit zweier Erben der besten Hamburger Familien.

Stine lugte über Amélies Schulter. Wo steckte Louis denn jetzt?

Sie folgte Amélie in die Diele.

»Wer ist es denn, Schatz?« Louis trat aus einem langen Gang zu ihnen. In dem schwarzen Rollkragenpulli, den er trug, wirkte er überraschend streng. Er legte seine Hand auf Amélies Rücken. »Stine? Wow, das ist ja eine Überraschung!«, rief er, als er sie entdeckte. Er freute sich offenbar. »Hattest du zufällig in der Nähe zu tun?« Neugierig schaute er sie an.

»Ja«, log Stine zögernd. Dass sie Louis und Amélie hier zusammen antraf, verwirrte sie. Und dann gingen sie auch noch so vertraut und freundlich miteinander um. Louis hatte doch gesagt, dass sie sich getrennt hatten. Dass Amélie sich in einen anderen Mann verliebt hatte. Und Louis war doch erst seit ein paar Tagen zurück in Hamburg. Stine verstand das alles nicht …

Louis' Blick fiel auf ihren schon etwas verschlissenen Rucksack, in dem Stine für Notfälle den Bürolaptop mit sich herumschleppte. Stine lief sofort rot an. Er hatte ja recht: Der Rucksack war hässlich. Aber alle anderen Taschen steckten gerade in Umzugskartons. »Der, äh … Termin … ging schneller als geplant. Und dann dachte ich, ich schaue einfach mal kurz vorbei.«

»Wie nett«, sagte Amélie, und Louis nickte zustimmend. Sie standen eng beieinander, Louis hatte den Arm um Amélies Schultern gelegt, und sie lächelten Stine an. Es vergingen ein paar unangenehme Sekunden, in denen Stine auf eine höfliche Geste wartete. Zum Beispiel auf die Frage, ob sie nicht vielleicht kurz reinkommen möge. Auf einen Kaffee oder einen Saft. So hielt man es auf Föhr jedenfalls, wenn nette Bekannte vor der Tür standen. Hier in Hamburg-Blankenese wohl eher nicht. Dann dämmerte es Stine plötzlich, dass man es in einer dermaßen exklusiven Wohngegend hinter blickdichten Zäunen und Büschen mit teurer Sicherheitstechnik auf dem Gelände möglicherweise überhaupt nicht gewohnt war, dass mal jemand unangekündigt vor der Tür, pardon, dem meterhohen Tor stand.

Das T-Shirt, das Stine unter ihrer Jacke trug, klebte schon nass an ihrem Rücken. Sie fürchtete, dass sie müffeln könnte, und fühlte sich jetzt doch auch etwas fehl am Platz. Die Entschlossenheit, mit der sie heute früh von Föhr aufgebrochen war, schwand mit jeder Sekunde, die sie hier in diesem schicken Schuppen herumstand. War es doch eine bescheuerte Idee gewesen, die Fähre zu nehmen und herzukommen? Machte sie sich nicht gerade völlig zum Affen?

Stine verfluchte nicht nur den abgewetzten Rucksack, auch ihre Sneakers, die schon ganz schön durch waren. An einem der beiden Schuhe löste sich vorn das Leder vom Gewebe. Wenn sie jetzt mit dem linken Zeh wackelte, könnten Louis und Amélie ihre rote Socke sehen. Bloß nicht! Stine presste ihre Zehen fest auf die Schuhsohlen.

Im Gegensatz zu ihr, die so unauffällig wie möglich vor sich hin schwitzte, sahen Louis und Amélie frisch und stilvoll aus. Die beiden liefen offenbar auch zu Hause so schnieke herum, als ob sie jederzeit erwarteten, dass jemand sie für den Dreh einer Serie abholte, die im Bankenmilieu spielte. Oder für eine Neuauflage von »Das Erbe der Guldenburgs«.

In diesem Moment hörte Stine aus einer der offen stehenden Türen, die von der Diele abgingen, ein melodisches Handyklingeln.

Amélie drehte sich in die Richtung, aus der das Klingeln kam. »Bitte entschuldigt, aber da muss ich mal eben rangehen«, sagte sie. »Ist wahrscheinlich ein Rückruf, auf den ich schon den ganzen Morgen warte.« Sie warf Stine ein freundliches Lächeln zu und verschwand.

Endlich war Stine mit Louis allein. Sie atmete tief durch und kratzte all ihren Mut zusammen. »Hast du kurz Zeit?«, fragte sie ihn. »Ich würde gern mit dir sprechen. Dauert auch nicht lang.«

»Na klar«, sagte Louis freundlich. »Ich muss nur ...« Er schob den Pulli am Handgelenk ein wenig zurück und schaute auf die teure Herrenuhr, die zum Vorschein kam. Stine kannte sie nicht. Letzte Woche auf Föhr hatte Louis immer nur eine einfache, aber lässige Kunststoffuhr eines Schweizer Herstellers getragen. »Ich hab noch einen wichtigen Call«, sagte er. Dann winkte er lächelnd ab. »Aber der ist erst in zwanzig Minuten. Komm doch rein.«

Er führte sie durch die Diele in eine geschmackvoll geflieste Eingangshalle, die mit antiken Möbeln eingerichtet war und überraschend gemütlich wirkte. Es lagen Zeitschriften herum, eine halb volle Teetasse stand auf der Fensterbank. Stine erblickte ein Paar ausgetretene Chelseaboots aus cognacfarbenem Leder unter einem Tisch, einer der Schuhe war auf die Seite gekippt. Über einen schmalen Flur gelangten sie schließlich in eine helle Küche. Sie war aufgeräumt, aber nicht penibel sauber. Auf der Arbeitsplatte stand ein Teller mit einem angebissenen Lachsbrot. Das dunkle Vollkornbrot war fingerdick mit cremigem Frischkäse bestrichen und der Lachs darauf mit frischem Schnittlauch und Dill bestreut.

»Magst du einen Kaffee?«, fragte Louis, »Ich wollte mir eh gerade einen machen.«

»Gern«, sagte Stine und war froh, dass Louis erst mal beschäftigt war. Sie beobachtete ihn dabei, wie er ein Kaffeesieb aus einer italienischen Kaffeemaschine aus Chrom herausdrehte und den Kaffeesatz über einer offenen Schublade unterhalb der Maschine ausklopfte. Sie musste an Marten denken, der für das Haus in Nieblum auch so eine Maschine anschaffen wollte.

»Schön habt ihr's hier«, sagte sie, als der Kaffee aus der Maschine in zwei Tassen lief. Ihr Blick fiel auf den langen Esstisch und die acht Wishbone Chairs, die in dem Wintergarten standen, der sich direkt an die Küche anschloss. An den Wänden hing abstrakte Malerei, und in der Ecke stand die lebensgroße Skulptur eines hageren Mannes mit sehr langen Beinen. *Moment mal!* Stine hielt kurz inne. War das etwa eine Skulptur jenes Künstlers mit dem wohlklingenden Namen, über den sie in der Oberstufe mal ein Referat gehalten hatte? Wie hieß der noch? Giacometti? Aber das hier war doch wohl kein Original, oder? Sie schüttelte stumm den Kopf und sah sich weiter um. Ihr Blick wanderte zur Fensterbank, auf der maritime Fundstücke lagen: altes Treibholz, rund geschliffene Steine, Muscheln, eine Flaschenpost … Manches war vermutlich vom Trödel, anderes hatten Louis und Amélie vielleicht auf Spaziergängen an der Elbe gesammelt.

»Danke«, sagte Louis. »Ich hab das Haus von meinen Großeltern geerbt. Eigentlich hab ich hier drin nicht viel gemacht. Hab nur die Räume streichen lassen, und dann sind wir eingezogen. Gut, diese Wand hier«, Louis zeigte auf den Durchbruch, der die Küche mit dem Wintergarten verband, »ist auf Amélies Wunsch hin auch rausgekommen. Sieht gut aus, nicht?«

»Richtig super.« Stine nickte. Sie mochte den zurückhaltenden Stil, in dem alles modernisiert war. »Ist mit Amélie alles wieder …«, begann sie neugierig, stoppte dann aber und setzte sich an den Tisch im Wintergarten.

»… wieder in Ordnung?«, fragte Louis gut gelaunt. Er brachte die Kaffees und eine etwas unförmige Zuckerdose aus knallbunt bemaltem Porzellan.

Noch so ein Kunstobjekt, dachte Stine.

»Ja, alles wieder beim Alten.« Louis nickte und setzte sich ihr gegenüber. »Als ich vor vier Tagen von Föhr zurückgekommen bin, haben wir uns noch am selben Abend getroffen und über alles gesprochen«, sagte er. Er griff in ein Sideboard, das hinter ihm unter dem Fenster stand, und holte ein Päckchen italienische Mandelkekse heraus. »Wir geben uns noch eine zweite Chance.«

»Wie schön«, sagte Stine. »Ich freue mich für euch.« Das tat sie wirklich. Waren doch Superneuigkeiten für Louis. Sie nippte an ihrem Kaffee. Er tat gut, aber er war ziemlich stark. Das Koffein schoss ihr sofort ins Blut.

Louis warf noch einen schnellen Blick auf seine Uhr. »Also, du wolltest etwas mit mir besprechen?« Er trommelte mit den Fingern nervös auf die Tischplatte. »Bitte entschuldige, dass ich gerade ein bisschen auf die Tube drücken muss. Es ist nur … Der Call gleich ist mit einem Investor. Ist wichtig, da muss ich wirklich pünktl…«

»… gar kein Problem«, unterbrach Stine ihn. Sie wollte dieses Gespräch ja eh schnell hinter sich bringen, bevor sie noch der Mut verließ. Oder bevor Amélie ihr Telefonat beendet hatte und hier bei ihnen im Wintergarten auftauchte. Dann würde Stine nämlich *auf jeden Fall* der Mut verlassen!

Sie atmete kurz durch. *Okay, du schaffst das!* »Also, ich muss dir etwas sagen. Ich habe dir was verschwiegen, was du wissen solltest.«

»Ach, wirklich?«, fragte Louis interessiert. Er biss in einen Mandelkeks. Ein paar Krümel rieselten auf die Tischplatte, was Louis nicht weiter zu stören schien. Kauend grinste er zu ihr rüber. Er hatte keine Ahnung von der Tragweite dessen, was Stine ihm gleich sagen würde. Wie auch?

Stine kribbelte es im Nacken. Blitzschnell breitete sich das Kribbeln über ihre Wirbelsäule und ihren ganzen Rücken aus. Lag es am verschwitzten T-Shirt? Oder war es das schlechte Gewissen, das sie daran erinnerte, wie *falsch* es doch gewesen war, Louis nichts zu sagen?

»Aus meiner Sicht ist es ein gutes Geheimnis«, begann Stine mit einem leichten Flattern in der Stimme. Das stimmte. Voll und ganz. Ida hatte ihr Leben zwar in eine ganz andere Richtung katapultiert als ursprünglich geplant, aber in eine *gute* Richtung. Stine war glücklich. Sie war zwar keine Topmanagerin in einem Spitzenhotel. Und sie hatte auch kein eigenes Bed & Breakfast auf der Schanze eröffnet. Sie war mit Ida ganz einfach nach Föhr zurückgekehrt, zu ihren Eltern, und hatte auf der Insel Marten wiedergetroffen. Nach so vielen Jahren. Sie war heute glücklich darüber, wie alles gekommen war. Und unglaublich dankbar. Stine wusste, dass nicht jede ihrer Freundinnen das so klar von sich und ihrem Leben sagen konnte.

»Dann schieß mal los!« Louis schob sich den restlichen Keks in den Mund.

»Also …« Stine starrte auf die Kekskrümel neben Louis'
Kaffeetasse. Ihr wurde ein wenig schwindelig, sie nippte
noch einmal an dem wahnsinnig starken Kaffee. Aber es
half nichts, sie musste es ihm jetzt einfach sagen. *Nichts ändert sich, wenn sich nichts ändert.*

»Ich bin in der Nacht schwanger geworden. In der
Nacht, in der wir … na ja, du weißt schon …«

Louis riss beide Augenbrauen hoch. »Du bist *was?*« Er
verschluckte sich an dem Keksrest. »Im Ernst?«, fragte er
hustend. »Also, wirklich?«

Stine nickte. »Ja, wirklich.«

Für einen Moment war Louis sprachlos. »Wie konnte
uns das denn, also …?« Er rang nach Worten. Irgendwie
war er wohl davon ausgegangen, dass sie verhütet hatten.

Nun, Stine hatte es nicht. Und Louis hatte auch keine
Kondome dabeigehabt. Irgendwie war an jenem Abend damals in Hamburg alles, nun ja … etwas überraschend gekommen.

»Und was ist mit dem Kind?«, fragte Louis.

Stine überlegte, warum bei ihm nicht längst der Groschen gefallen war. Er musste doch nur nachrechnen.

»Ich meine, kann ich es mal kennenlernen?«, fügte er sofort hinzu.

»Selbstverständlich«, sagte Stine. »Ida lebt bei mir auf
Föhr, du kannst gern bei uns vorbeikommen.«

»Ida ist von mir?!«, fragte Louis fassungslos. Die Worte
»von mir« hatte er gekrächzt. »Ich meine, deine Tochter
ist …«

»Sie ist unsere Tochter, genau«, bestätigte Stine.

»Ihr habt zusammen eine Tochter?«, rief eine weibliche Stimme hinter Stines Rücken.

Stine drehte sich um … und erblickte Amélie im Durchgang zur Küche.

Louis sprang sofort von seinem Stuhl auf. »Amélie, das ist …«

»Ihr habt zusammen eine Tochter?«, wiederholte Amélie noch einmal, diesmal schriller.

»Ja«, sagte Stine. »Es tut mir leid, aber Louis hat es gerade erst von mir erfahren.«

Amélie hielt sich an der Wand fest. »Und das Kind ist *wie* alt?« Ihr Gesicht war kreidebleich.

»Ida ist vier«, sagte Stine im selben Moment, in dem Louis auf Amélie zuging.

»Lass mich dir das doch erst mal ganz in Ruhe erklär…«, begann er, aber Amélie drehte sich wortlos um.

Sie rannte durch die Diele Richtung Haustür. Stine hörte noch ein Schlüsselrasseln, dann, wie die Haustür zunächst aufging und Sekunden später mit einem lauten Knall wieder ins Schloss flog.

»Shit!«, rief Louis. »Shitshitshit …« Er rannte den Flur hinab und riss die Haustür auf, Stine hinterher. »Amélieee!«, rief er durch den Garten. »Jetzt waaarte doch! Ich kann dir das alles …«

Er konnte es erklären. Das stimmte. Aber diese Erklärung würde Amélie vermutlich den Boden unter den Füßen wegreißen. Stine wusste ja, dass die beiden für längere Zeit versucht hatten, ein Kind zu bekommen. Dass Louis durch eine einzige Nacht längst Vater war, musste für Amélie furchtbar sein. Stine war voller Mitgefühl für sie.

Sie schob sich an Louis vorbei durch die Haustür. »'tschuldige, dass ich hier einfach so reingeplatzt bin.« Sie eilte die Eingangstreppe hinab.

»Hey, du nicht auch noch!«, rief Louis ihr noch nach, aber sie drehte sich nicht um, sondern rannte durch den Garten Richtung Straße.

»Stine! Jetzt *warte* doch!«

Sie reagierte nicht auf sein Rufen. Bloß nicht umdrehen, bloß nicht noch mal zurück. Sie hatte Louis gesagt, was sie ihm heute hatte sagen wollen. Alles Weitere dann beim nächsten Mal. Stur lief Stine auf das etwa drei Meter hohe Tor zu. Die Vögel zwitscherten noch so vergnügt wie vor einer halben Stunde, und aus einer breiten Doppelgarage direkt neben dem Tor fuhr jetzt rückwärts ein dunkelblauer E-Golf heraus. Amélie. Sie lenkte den Wagen zum Tor, stoppte davor und hielt aus dem geöffneten Autofenster eine Fernbedienung in Richtung der Gittertüren, die nun aufgingen. Sie fuhr an, schaute am Gehweg noch einmal nach rechts und links und schoss dann den kleinen Privatweg zur Hauptstraße entlang. Wo sie wohl hinfuhr?

Stine hatte das Tor fast erreicht, es waren nur noch wenige Meter, aber die Türen schwangen langsam wieder zu. *Oh nein! Das muss ich unbedingt noch schaffen!* Sie sprintete das letzte Stück und schlüpfte gerade noch hindurch. Uff. Ihr Herz pochte laut, das Blut rauschte in ihren Ohren, als sie wieder auf dem Bürgersteig stand. Eine unglaubliche Erleichterung durchflutete sie. Sie hatte Louis alles gesagt.

Mission erfüllt. Wobei, sobald Louis Zeit hatte, um über alles nachzudenken, schossen ihm vermutlich neunundneunzig Fragen durch den Kopf. Und auf jede einzelne war Stine ihm eine Antwort schuldig.

Sie würde sie ihm alle beantworten.

Aber nicht jetzt. Jetzt wollte sie nur noch zurück nach Föhr. Und dann musste sie Marten finden. Dringend. Auch er sollte die Wahrheit erfahren.

13. Hannah

Tom war überpünktlich. Er klingelte schon zwanzig Minuten vor der verabredeten Zeit. Hannah war noch nicht fertig, sie stand in T-Shirt und Unterhose vor dem Gästezimmerspiegel, als die alte Schiffsglocke an Tante Ellas Haustür läutete. Jetzt schon? Verflixt.

Alle Klamotten, die Hannah aus Berlin mitgebracht hatte, lagen wild verstreut auf dem Bett. Viele waren es allerdings nicht. Nachdem Hannah herausgefunden hatte, dass Frederik hinter ihrem Rücken etwas mit Ariane begonnen hatte, hatte sie keinen Nerv gehabt, für alle Eventualitäten zu packen. Sie hatte vor allem Bequemes mitgenommen.

Für den Abend mit Tom hatte sie jetzt die Wahl zwischen:

1. einem T-Shirt mit Jeansshorts.
2. einem T-Shirt mit langen Jeans.
3. einem T-Shirt mit einer Leggins, die sie sonst zum Yoga trug.

So richtig der Bringer war das alles nicht. Vorhin hatte sie selbstverständlich schon in den Schrank in Stines Zimmer geschaut, aber auch ihre Schwester hatte nur wenige Klamotten dabei, und nichts davon hatte Hannah sich für den Abend mit Tom vorstellen können.

»Bing, bing …!« Wieder die Schiffsglocke an der Tür. Jetzt aber schnell!

»Komme sofort!«, rief Hannah Tom aus dem offenen Dachfenster zu, obwohl das glatt gelogen war. Sie stand wie angewurzelt im Zimmer und raufte sich die Haare. In T-Shirt und Unterhose konnte sie ihm ja wohl schlecht die Tür öffnen! Hektisch zog sie noch einmal ein anderes T-Shirt an.

Plötzlich fühlte sich Hannah wie die Hauptdarstellerin in einer schlechten Vorabendserie. Sie schüttelte sich. Schluss damit. Sie ging ihre drei Hosenoptionen noch einmal durch. Egal. Dann zog sie einfach *irgendeine* davon an.

»Hi!« In schwarzem T-Shirt und schwarzer Yoga-Leggins öffnete Hannah kurz darauf die Tür. Maximal unoriginell. Vermutlich ging Tom jetzt davon aus, dass sie in diesem Aufzug gerade eben ihre Online-Yogastunde beendet und sich anschließend nicht mal geduscht hatte.

»Hi!«, sagte Tom und umarmte sie in der Diele etwas steif. »Bin ich zu früh? Ging mit dem Rad dann doch etwas schneller, als ich dachte.«

Viel zu früh, dachte Hannah, aber sie lächelte nur. »Hast du's gleich gefunden?«

Tom nickte. »Hab ich. Ich hoffe, der passt zu Fischfrikadellen?« Er überreichte Hannah eine braune Papiertüte und hängte seine Jacke auf die Garderobe. In einem weißen T-Shirt, dunkelblauen Jeans und Skaterschuhen folgte er Hannah in die Küche.

Sie zog zwei Flaschen Sancerre aus der Tüte. Gekühlt war der Wein auch schon! »Nicht schlecht«, sagte sie beeindruckt. »Du warst extra im Weinladen, den gibt's doch gar nicht im Supermarkt.« Sie stellte eine der beiden Flaschen in den Kühlschrank und kramte in einer Küchenschublade nach einem Flaschenöffner.

»Na, wenn du mich schon ins Geheimnis der *weltbesten* Fischfrikadellen einweihst, muss ich mich doch irgendwie revanchieren«, sagte Tom lächelnd und rutschte auf einen der hohen Hocker an der Kücheninsel.

Die weltbesten Fischfrikadellen?! Ja, richtig, die hatte sie ihm versprochen. Hannah wurde ein wenig rot. »Wie gesagt, das ist ja immer Geschmackssache.« Das Kochbuch hatte sie schon vorhin aufgeschlagen neben den Herd gelegt. Sie reichte es Tom, der das Rezept interessiert überflog.

Jetzt war sie doch etwas aufgeregt. »Willst du vielleicht schon ein Glas Wein?«, fragte sie ihn. Ihre Nerven konnten jedenfalls dringend ein Schlückchen gebrauchen. Das Rezept las sich zwar einfach, aber Hannah wusste aus ihrer begrenzten Erfahrung, dass die auf den ersten Blick einfachsten Rezepte sich manchmal als die schwierigsten herausstellten.

Es konnte so viel schiefgehen: Die Fischfrikadellen konnten zu weich werden. Oder eben zu fest. Dann würden sie bestimmt wie trockene Torfbriketts schmecken. Irks.

Sie ploppte den Korken aus der Flasche, ging dann an den Küchenschrank und nahm zwei Weingläser heraus. Weshalb hatte sie kein einfacheres Gericht vorgeschlagen? So etwas wie Spaghetti mit Olivenöl und Parmesan? Idas Lieblingsessen. Da *konnte* gar nichts danebengehen. Aber dann wäre Tom vielleicht nicht hergekommen. Das kochte er sich nach einem langen Strandtag vermutlich jeden Abend selbst in seiner Ferienwohnung.

»Zum Wohl«, sagte Hannah. Sie reichte Tom sein Weinglas, und dann stießen sie an.

Der Wein schmeckte herrlich fruchtig und trocken. Sie stellten die Gläser ab, und Tom bot an, die Fischfilets in kleine Stücke zu schneiden. Hannah warf erst die Zwiebeln in die Küchenmaschine, anschließend die Petersilie. Die Kartoffeln hatte sie heute Morgen schon vorgekocht.

Als alles zusammengemischt war, standen Hannah und Tom nebeneinander an der Kücheninsel und formten ihre ersten Frikadellen.

»O Gott, wie sieht *die* denn aus?«, rief Hannah entsetzt. Sie zeigte Tom das missratene Matschbällchen in ihrer flachen Hand, woraufhin beide in schallendes Gelächter ausbrachen.

Weder Toms noch Hannahs Frikadellen wurden auch nur *ansatzweise* so flach, rund und perfekt wie die auf den Kochbuchfotos.

»Ist doch wurscht. Hauptsache, sie schmecken!«, lachte Tom, als die ersten vier Fischfrikadellen in der Pfanne brutzelten. Er wedelte sich mit der Hand etwas Bratendunst in die Nase. »Mmmh, riecht köstlich!«

»Finde ich auch«, sagte Hannah. Sie ging an den Kühlschrank und schenkte ihnen Wein nach.

Tom nippte an seinem Glas. »Wie geht's denn deinen Freunden?«

Hannah schaute ihn überrascht an. »Wen meinst du?«

»Na, die auf Instagram?«

»Auf Instagram?« Hannah stand kurz auf dem Schlauch.

»Die du dir neulich im Garten auf deinem Telefon angesehen hast. Sind die ein Paar?«

Jetzt dämmerte es Hannah. »Ach, du meinst …« Tom meinte natürlich Frederik und Ariane. »Du, keine Ahnung, wie es denen geht«, log sie. Sie trank einen großen Schluck Wein und setzte das nunmehr leere Glas mit etwas zu viel Schwung auf der Kücheninsel ab. Der Glasfuß klirrte leise. Sie schaute zu Tom und sah, dass sein Blick noch auf dem Glas ruhte, das sie gerade geext hatte. Aber er sagte nichts. Dann drehte er sich wieder zum Herd und wendete mit geübtem Griff die Fischfrikadellen in der Pfanne. Dieser Mann steht nicht zum ersten Mal in der Küche, dachte Hannah begeistert.

Tom hantierte für einen Moment schweigend mit der Pfanne, und Hannah ließ »Drei Tage am Meer« von Annen-MayKantereit über die Box laufen (sie hörte diesen Song schon seit Wochen!). Dann ging sie wieder an den Kühlschrank und schenkte sich Wein nach. Als sie die Flasche zurückstellte, bereute Hannah, dass sie geflunkert hatte. Sie hätte Tom doch sagen können, dass ihre Freunde eigentlich ihr Exfreund und seine Neue waren.

In der Küche roch es mittlerweile herrlich nach gebratenem Fisch, gedünsteten Zwiebeln und frischer Petersilie.

Da die ersten Frikadellen gleich fertig waren, griff Tom wieder in die Schüssel und formte weitere. Auch diese waren nicht ganz rund, aber sie wurden immer besser. Tom hatte es wirklich drauf. Als er Hannah seine erste perfekte Frikadelle zeigte, streckte sie den Daumen nach oben.

»Top«, sagte sie. »Du bist ein echtes Naturtalent, was Fischfrikadellen angeht.«

Tom lachte auf. »Findest du?« Er freute sich offensichtlich riesig über das Kompliment. »Ist gar nicht so schwierig, man muss nur ein wenig üben.«

Es war wie mit allem, dachte Hannah. Musste man nicht alles, was einem das Leben so bot, erst mal ein wenig üben, bevor man es draufhatte? Sie nippte schweigend an ihrem Wein. Es war schon das dritte Glas Sancerre, das sie auf nüchternen Magen trank. Allmählich spürte sie eine Wirkung, sie fühlte sich angenehm angetrunken ... und entspannt. Das Date lief doch eigentlich nicht schlecht, oder? Hannah musste noch nicht einmal selbst Fischfrikadellen machen! Die brutzelte ja jetzt Tom für sie. Bei manchen bröselte beim Wenden ein bisschen was ab, aber das war nun wirklich nicht weiter schlimm. Tom hantierte unglaublich geschickt am Herd. Wie sexy!, dachte Hannah, dann fuhr sie sich panisch mit der Hand über ihren Mund. Das hatte sie gerade doch nicht etwa ausgesprochen, oder? Wie sexy? Sie riskierte einen Blick zu Tom, aber der stand am Herd und summte den Song »Wunder gescheh'n« von

Nena mit, der in der Playlist gerade begonnen hatte. Er hatte also nichts gehört.

Vielleicht sollte sie heute Abend doch mal ab und zu einen Schluck Wasser einschieben, das konnte auf jeden Fall nicht schaden. Hannah ging zum Küchenschrank, nahm zwei große Gläser heraus und füllte sie mit Leitungswasser. Ihr eigenes trank sie sofort halb leer. Sie füllte es noch einmal auf und schaute aus dem Küchenfenster auf den Parkplatz, wo Stines Auto fehlte. Sie war noch nicht aus Hamburg zurück, und Ida übernachtete heute bei Ulli und Christa. Tom und sie hatten das Haus also für sich. Noch! Stine konnte jeden Moment hereinplatzen. Wäre das blöd? Nein, eigentlich überhaupt nicht.

Tom und Hannah würden ihr selbstverständlich ein Glas Wein anbieten und sie einladen mitzuessen. Genügend Fischfrikadellen hatten sie ja. Und dann würde Stine unaufgefordert aufstehen und sie wieder allein lassen. Hannah kannte ihre Schwester doch. Sie war zwar deutlich unbedarfter und chaotischer als sie selbst, aber auch unglaublich sensibel. Sie spürte sofort, wenn sie störte.

»Brauchst du Hilfe?«, fragte sie Tom.

Tom lächelte. »Nein, ich glaub, ich hab hier alles im Griff. Es sei denn, du möchtest auch mal …?« Er hielt den Pfannenwender in die Luft.

»Nein, das überlasse ich mal besser dir.« Sie grinste. »*Never change a winning team*, oder?« Den Spruch hatte Frederik ständig in seinen Calls gebracht. »Du hast gerade einen Lauf.« Und ich?, dachte Hannah. Im Moment stand sie untätig daneben und betrank sich. »Dann decke ich schon mal den Tisch draußen, okay?«, schlug sie vor.

Tom nickte. »Gute Idee.«

Hannah trug die Wassergläser auf die Terrasse. Auf dem Tisch lag etwas eingetrockneter Sand, der mit abgerissenen Rasenhalmen dekoriert war. Vermutlich ein Kunstwerk von Ida.

Hannah ging noch einmal in die Küche und kam mit einem Lappen zurück. Sie schob das »Kunstwerk« zur Tischkante und wischte den restlichen Sand dort, wo sie und Tom sitzen würden, vom Tisch.

Was will Stine eigentlich in Hamburg?, fragte sie sich, während sie wischte. Dass Stine die Handtasche bei ihrer Freundin abholen wollte, konnte sie doch ihrer Friseurin erzählen! Hannah hatte sie vorhin in Stines Zimmer gesehen. Aber wenn Hannah nicht die Handtasche abholte, was machte sie dann in Hamburg?

Nachdenklich ging Hannah mit dem Lappen in die Küche zurück. Weshalb hatte Stine ihr nicht die Wahrheit erzählt? Hatte sie ein Geheimnis? *Noch* eins?

Heute Mittag hatte Hilla in Ullis Laden vorbeigeschaut. Hannah war allein dort gewesen, weil Ulli Christa zu ihrer Physiotherapie fuhr.

Hannah füllte gerade Sandspielzeug vor dem Laden nach, als jemand rief: »Mensch, Hannah, schön, dich wiederzusehen! Hilfst du Ulli ein bisschen im Laden?« Es war Hilla.

Hilla umarmte sie ein paar Sekunden lang, als wollte sie Hannah gar nicht mehr loslassen. »Irgendwann zieht es alle zurück auf die Insel. Louis Blohm war ja auch gerade ein paar Tage hier«, sagte sie dann. »Hast du ihn getroffen? Ich hab ihn mit deiner Schwester gesehen.«

»Mit Stine?«, fragte Hannah perplex.

»Sie waren zusammen in Nieblum am Strand spazieren«, sagte Hilla.

Am Strand? Hannah fiel ein, dass Stines Schuhe sandig gewesen waren, als sie von ihren »Terminen« zurückgekehrt war. Die Spaziergänge mit Louis wären tatsächlich eine Erklärung dafür, dass Stine sich mittags Mascara nachgetuscht und Lippenstift aufgetragen hatte und anschließend fast zwei Stunden lang mit Ullis E-Bike verschwunden gewesen war. Dass sie in diesem Aufzug nicht in den Supermarkt geradelt war, hatte Hannah sich ja gleich gedacht.

Weshalb haben die mich denn nicht mitgenommen?, fragte sie sich einen Moment lang beleidigt. Immerhin waren sie früher in den Sommerferien immer gemeinsam über die Insel gestrolcht. Hannah hätte es interessiert, wie es Louis so ging. Das Letzte, was sie von ihm gehört hatte, war, dass er für die Reederei seines Vaters arbeitete und seit ein paar Jahren mit der extrem erfolgreichen PR-Agentin Amélie verheiratet war.

Weshalb hatte Stine ihr nicht erzählt, dass Louis auf Föhr war? Hatte sie ihn allein treffen wollen? Aber Louis war doch verheiratet. Und Stine und Marten planten seit einem Dreivierteljahr ihre Hochzeit. Das ergab doch alles keinen Sinn. Gedankenverloren hatte Hannah noch den Kopf geschüttelt, als Hilla sich längst verabschiedet hatte.

»Schau mal!« Tom holte Hannah wieder ins Jetzt zurück. Mit dem Pfannenwender zeigte er auf die Arbeitsplatte. In der Zwischenzeit hatte er aus der restlichen Fischzwiebelpetersilienkartoffelmasse sechs weitere perfekte Frikadellen geformt. Sie warteten auf einem Teller darauf, dass die Pfanne wieder frei wurde. »Das hätten wir«, sagte er, ging zur Spüle und wusch sich die Hände.

»Respekt.« Hannah nickte anerkennend. »Die sehen wirklich super aus.«

»Danke.« Tom lächelte bescheiden. Er stellte sich zu Hannah an die Kücheninsel, trank einen Schluck Wein und behielt über den Glasrand hinweg die Pfanne im Auge. Er war wirklich ein deutlich besserer Koch als Hannah. Was nicht schwer war.

Hannah kochte selten, und wenn, dann musste es schnell gehen. Sie nahm sich nicht die Zeit, Gemüse zu schneiden, frischen Fisch zu säubern und zu dünsten … Für sie war es wichtig, dass die Essenszubereitung so wenig Zeit wie möglich in Anspruch nahm, damit sie schnell weiterarbeiten konnte, auch abends. Sie wusste, dass das überhaupt nicht gesund war. Mit Frederik hatte sie öfter zusammen gekocht, aber meistens war es auf frische Pasta hinausgelaufen, für die sie eine Tomaten-Basilikum-Soße aus einem Glas mit hübsch gestaltetem Etikett aufgewärmt hatten. Beides aus einem Feinkostladen, woher auch sonst? Frederik kaufte nur in Feinkostläden ein. Sie hatten also ziemlich übderteuerte Nudeln mit Soße gegessen, was aber genau genommen auch nichts anderes war als Fast Food.

»Das war mein Exfreund«, rutschte es plötzlich aus Hannah heraus. Hatte sie das wirklich gerade gesagt? Sie schaute in ihr Weinglas. Es war schon wieder fast leer. Ups …

Tom hielt überrascht inne. »Wen meinst du?«

»Na, den Typen auf dem Instagram-Foto«, sagte sie. »Er ist jetzt mit einer anderen zusammen.«

»Schon länger?«, fragte Tom.

»Nee. Erst seit ein paar Wochen.«

»Autsch.« Tom verzog das Gesicht. »Ist also noch frisch.« Er nahm die fertigen Fischfrikadellen aus der Pfanne.

»Ja«, bestätigte Hannah. Sie stellte ihr Weinglas ab und trank etwas Leitungswasser.

Tom legte die letzten Frikadellen in die Pfanne. Dann schnitt er von einer fertig gebratenen ein Stück ab und reichte es Hannah auf der Gabel. »Probier mal.«

»Mmmh«, gab Hannah nur von sich. »Boah, schmeckt das lecker!«, sagte sie mit vollem Mund. »Haben wir echt gut hinbekommen!«

Tom probierte jetzt auch. Er kaute kurz, dann nickte er begeistert. »Wow. Das sind wirklich die weltbesten Fischfrikadellen! Ohne Scheiß.« Er schnitt noch ein kleines Stück ab und hielt es Hannah hin.

»Ohne deine Hilfe wären mir die nie so gut gelungen«, sagte sie kauend.

»Glaube ich dir nicht«, sagte Tom.

»Doch, doch, kannst du mir ruhig glauben.« Hannah schmunzelte in sich hinein. Wenn Tom wüsste, dass sie die Fischfrikadellen noch nie zuvor gemacht hatte!

Er widmete sich wieder der Pfanne, und Hannah mixte

ein Dressing für den grünen Salat, den sie besorgt hatte. Dann war es Zeit, Teller, Besteck, Weingläser und eine Karaffe mit kaltem Wasser auf die Terrasse zu tragen.

Sie setzten sich ans windgeschützte Ende von Tante Ellas großem Tisch. Anscheinend würden sie allein essen. Noch immer keine Spur von Stine.

Als sie satt waren, wurde es langsam dunkel. Hannah öffnete die große Glaslaterne, die auf dem Tisch stand, zündete die cremefarbene Kerze an und schloss das Türchen wieder. Tom trug ihre Teller in die Küche und kam mit der zweiten Flasche Weißwein zurück. Außerdem legte er eine Tafel Schokolade auf den Tisch, die er in seiner Jacke versteckt gehabt haben musste. Toller Typ, dachte Hannah. Ein Mann, der Schokolade zum Nachtisch mitbrachte. Ein Stückchen ging ja immer.

»Du weißt ja schon, dass ich auf Amrum war, weil ich etwas gesucht habe«, sagte Tom, als er sich wieder setzte. »Ich war vor zwei Jahren mit meiner Exfreundin da«, fuhr er fort.

Hannah nickte stumm. Irgendwie war das ja klar gewesen.

»Wir haben Urlaub gemacht. Damals hatten wir schon eine ganze Zeit eine On-off-Beziehung. Auf der Insel habe ich dann mitbekommen, dass Karla mal wieder etwas mit einem anderen Typen angefangen hatte.«

»Kommt mir bekannt vor«, sagte Hannah nur. Sie wollte Tom nicht zeigen, *wie* brennend sie der Rest seiner Geschichte interessierte, also wickelte sie betont langsam das Papier von der Schokolade.

»Karla hat im Urlaub hinter meinem Rücken ständig mit dem anderen Typen getextet«, erzählte Tom weiter. »Ich *wusste* das einfach. Und ich sah es auch in ihrem Blick. Als ich sie dann vor einem Restaurant dabei erwischt habe, wie sie heimlich mit ihrer neuen Flamme telefoniert und in den Hörer geflüstert hat, wie sehr sie sich mit mir auf Amrum langweilt, hatte ich wirklich die Schnauze voll.«

Hannah schob Tom die Schokoladentafel hin, und er brach sich ein Stück ab. »Als sie wieder an den Tisch zurückkam, habe ich gesagt, dass es mir jetzt reichen würde. Ich wollte mich trennen. Für immer.«

»Und dann?«, fragte Hannah. Auch sie brach sich ein Stück von der Tafel ab und steckte es sich in den Mund. Die Schokolade schmeckte köstlich und nicht zu süß, nach Mandeln und Kakao. Hannah drehte die Papierbanderole um: »Die Insel-Manufaktur«. Nie gehört. Auf Föhr war so viel Neues entstanden, seit sie weggezogen war.

»Erst hat Karla nur gelacht«, sagte Tom und fuhr sich mit der Hand durch die Haare, die jetzt verstrubbelt in alle Himmelsrichtungen abstanden.

Er sah unglaublich niedlich aus. Hannah hoffte, dass sie nicht schon wieder rot wurde. »Und dann?«, fragte sie. Verlegen strich sie das Schokoladenpapier glatt.

Tom schaute ihr dabei zu. »Als sie spürte, dass ich es diesmal wirklich ernst meine, hat sie mich im Restaurant vor allen Gästen zusammengeschrien«, sagte er.

»Im Ernst?«

Tom nickte. »Sie sagte, ich sei kein guter Musiker. Völlig talentfrei und so weiter. Karla spielt selbst in mehreren

Bands. In der Ferienwohnung auf Amrum haben wir noch zusammen an neuen Songs für ihre nächste Platte geschrieben. Auf ihrer ersten waren zwei, drei richtige Hits, die sogar im Radio liefen.« Tom trank einen Schluck Wasser. »Anfangs auf Amrum hat Karla die neuen Songs auch noch ganz gut gefunden ...« Er lachte bitter auf. »Aber dann, als ich die Trennung wollte, nur noch scheiße. Sie schrie, ich würde ab jetzt nur noch Schrott zustande bringen.«

»Das hat sie wirklich gesagt?«, fragte Hannah ungläubig. »Sie hat dich verflucht?«

Tom nickte. »Das war der letzte Satz, den wir miteinander gewechselt haben.«

»Wow! Das gibt's doch nicht.« Hannah war fassungslos.

»Leider schon.« Toms Blick war ernst. Er schwieg, schien in Gedanken noch einmal ganz bei dieser letzten Begegnung mit seiner Exfreundin zu sein.

Hannah nippte an ihrem Wasser und wartete einfach ab.

»Aber ich hätte nie damit gerechnet«, sagte Tom schließlich, »dass das tatsächlich eintreten könnte. Seit Amrum habe ich nichts Gutes mehr geschrieben. Nur noch Schrott.«

»Ach komm, das kann ich mir nicht vorstellen. Bist du da jetzt nicht etwas *sehr* kritisch mit dir?«, fragte Hannah. »Der Song gestern auf der Seglerbrücke ist doch der Hammer.« Sie hatte den Refrain sofort wieder im Ohr.

Wie sieht der Himmel aus ...

Tom nickte. »Stimmt. Der ist super. Aber leider nicht von mir.«

»Nicht?«, fragte Hannah überrascht.

»Nee, von Philipp Poisel. Wir covern Philipps Songs oft auf Hochzeiten. Die Leute lieben seine Texte.«

»Verstehe.«

Tom rieb mit dem Daumen über eine sonnenverblichene Stelle auf dem Tisch. »Meine eigenen Songs sind nur noch Mist. Die Texte sind platt, und die Melodien taugen nichts. Seit Karla mich auf Amrum so runtergemacht hat, ist alles irgendwie …« Er brach ab.

»… irgendwie was?« Hannah schaute ihn an. Ihr Blick fing seinen auf, und auch er schaute ihr einen Moment lang nur in die Augen. In ihrem Bauch kribbelte es plötzlich so sehr, als hätte sie gerade eine Tüte von dem Himbeerbrausepulver, das Ida so liebte, in sich hineingeschüttet.

»Irgendwie … keine Ahnung«, sagte Tom ratlos. »Irgendwas stimmt seitdem jedenfalls nicht mehr.« Er griff zu seinem Weinglas. »Karla muss auf Amrum irgendwas losgetreten haben, wie auch immer sie das angestellt hat.« Er schwenkte sein Glas ein wenig und hielt es vor die Kerze. Der Sancerre leuchtete golden.

»Könnte es sein, dass deine Exfreundin dich …«, begann Hannah nachdenklich, »… also, dass sie dich irgendwie blockiert hat?«

»Blockiert?«, fragte Tom.

»Mental, meine ich«, sagte Hannah. »Ich glaub, ich hab darüber mal was gelesen.« Sie schaute in die Laterne. Um sie herum war es jetzt fast dunkel, und die Kerze tauchte den Tisch in warmes Licht.

»Blockiert? Meinst du wirklich, so was geht?«, fragte Tom zweifelnd. »Kann es nicht sein, dass ich meine Ideen aufgebraucht habe? Dass mir deshalb keine eigenen Songs mehr einfallen?«

Hannah schüttelte entschieden den Kopf. »Ach was, gute Ideen gehen einem doch nicht einfach so aus! Gute Songs kann man noch schreiben, wenn man hundert ist.«

Tom nickte. »Eigentlich schon.«

Hannah überlegte kurz. »Und wenn das so ist, dann müsste man den Bereich im Gehirn, der die Ideen sprudeln lässt, doch auch irgendwie wieder aktivieren.« Plötzlich hatte sie einen Einfall. »Sag mal, kannst du Karla nicht mal anrufen? Vielleicht würde schon eine Aussprache deine Blockade lösen.«

»Vergiss es«, blaffte Tom sofort. »Seit dem Tag auf Amrum haben wir keinen Kontakt«, fügte er in einem freundlicheren Ton hinzu. »Und darüber bin ich auch ganz froh. Ich hab ihre Nummer längst gelöscht.«

»Aber die könntest du dir doch über Freunde wieder besorgen, oder nicht?«

»Ich will einfach nichts mehr mit ihr zu tun haben«, sagte Tom entschieden. »Karla und ich haben uns nicht gutgetan. Ich möchte nicht, dass das alles wieder aufgerollt wird.« Seine Zeigefinger trommelten auf die Tischkante. »Deshalb bin ich ja allein nach Amrum gefahren. Ich hatte gehofft, dass es vielleicht helfen würde, wenn ich *dort* einen Song schreibe. Ich hab nach der Muse gesucht. Aber die Hoffnung war vergeblich.«

»Was hältst du davon, wenn ich mich mal ein wenig umhöre?«, fragte sie spontan. »Vielleicht können wir ja doch was gegen deine Blockade tun.«

»Wie denn?«

»Das weiß ich noch nicht. Aber ich könnte nach einem Coach suchen. Einem, der auf Künstler mit Blockaden spezialisiert ist«, schlug Hannah vor. »Wärst du denn dabei, falls ich dir einen Online-Termin ergattern könnte?«

Tom schaute ihr in die Augen. Wieder spürte Hannah das zarte Brausepulverkribbeln in ihrem Bauch und wünschte sich, dass es nie mehr aufhörte.

Dann blinzelte Tom, und der Blickkontakt brach ab. »Klar«, sagte er. »Warum nicht.«

»Cool«, sagte Hannah zufrieden. »Dann mach ich das.«

Tom nickte. »Klingt nach einem Plan.« Er zog sein Telefon aus seiner Jeanstasche. »Dann geb ich dir mal meine Nummer.«

Als das erledigt war, grinste Hannah Tom ein wenig frech an. »Ich helfe dir aber nur unter *einer* Bedingung«, sagte sie schmunzelnd.

»Und unter welcher?«, fragte Tom interessiert.

»Du musst rangehen, wenn ich dich anrufe. Diesmal renne ich dir nämlich nicht so hinterher wie damals, als ich Something Blue buchen wollte.«

Tom ließ sich lachend in den Gartenstuhl zurückfallen. »Klar, ab sofort nehme ich immer sofort ab, wenn du anrufst.«

»Sonst bin ich wirklich raus«, sagte Hannah, jetzt wieder etwas ernster.

Tom hob sein Weinglas. »Versprochen«, sagte er feierlich. »Wirklich. Kannst dich auf mich verlassen.«

»Sehr gut.« Hannah lächelte. Und Tom lächelte zurück. Sie schauten sich wieder in die Augen, und Hannah hielt den Atem an. In seinem Blick las sie so vieles gleichzeitig. Er war hellwach, humorvoll und warm. Und in ihm lag ein Hauch von Sentimentalität, was sie an Männern mochte. Dann fiel ihr auf, dass sie sich immer noch ansahen. Nur ansahen und schwiegen. War sie etwa schon rot angelaufen? Verlegen hob sie ihr Glas. »Auf all die guten Songs, die du noch schreiben wirst«, sagte sie schnell und ohne groß überlegt zu haben.

»Wow«, sagte Tom mit rauer Stimme, dann war er still.

»Was?«, fragte Hannah.

»Der Trinkspruch.« Er schaute auf den Tisch. »Also, so einen hat noch nie jemand für mich ausgebracht. Ziemlich schön.«

Sie lächelte, und er sah sie an und lächelte zurück. Sie könnte ewig in diese Augen schauen. Die ganze Nacht lang, wenn das denn möglich war.

Aber wenig später verabschiedete sich Tom. Sie hatten viel Wein getrunken, beide waren nicht mehr ganz nüchtern. »Danke, dass du mir gezeigt hast, wie man die weltbesten Fischfrikadellen macht«, sagte Tom, während sie durch die Küche gingen. In der Diele nahm er seine Lederjacke vom Haken, dann standen sie sich kurz etwas verlegen gegenüber.

»Komm gut nach Hamburg zurück«, sagte Hannah.

»Danke«, sagte Tom. »Und melde dich, falls du etwas herausfindest. Über meine Blockade.«

»Auf jeden Fall.«

Er ging einen Schritt auf sie zu und umarmte sie.

Hannahs Herz jubelte heimlich. Er war nicht riesig, aber genau richtig groß. Sie fühlte sich sofort geborgen. Sie lehnte ihren Kopf an seine Schulter, schob ihre Nase unter seine Jacke und schnupperte ein wenig. Er roch gut. Nach Nordseeluft, Sonnencreme und Salzwasser. Dann ließ Tom sie wieder los.

Hannah überlegte kurz, ob sie ihn noch ein zweites Mal umarmen könnte, aber sie traute sich nicht. War das uncool? Empfand Tom eigentlich dasselbe wie sie? Oder mochte er sie nur freundschaftlich? Es machte sie ganz verrückt, nicht zu wissen, was er dachte. Oder was er *nicht* dachte.

»Schönen Abend noch«, sagte Tom.

Er ging über den schmalen Gartenweg zu seinem Rad, schob es auf die Straße und drehte sich noch einmal zu ihr um. Hannah winkte ihm zu, und auch er hob die Hand. Dann fuhr er los. Sie schaute dem kleinen roten Rücklicht unter dem Gepäckträger noch so lange hinterher, bis es von der Dunkelheit verschluckt wurde.

14. Stine

Endlich! Ein Zeichen von Marten. Stine konnte ihr Glück kaum fassen. Marten hatte geschrieben, und Stines Herz machte vor Erleichterung einen kleinen, ach was, einen *riesigen* Hüpfer. Wieder und wieder überflog sie die Zeilen seiner Nachricht auf ihrem Telefon.

Helfe einem Freund auf seiner Baustelle. Knuddele unsere kleine Ida bitte ganz doll von mir. Brauche noch etwas Zeit. Marten.

Stine freute sich über sein Lebenszeichen, aber irgendwie klang das doch ein wenig distanziert. Vermutlich musste Stine einfach noch eine Weile respektieren, dass er sauer auf sie war.

Sie dachte kurz nach, dann begann sie, eine Antwort in das Nachrichtenfeld zu tippen.

Marten! So schön, von dir zu hören. Deine kleine Strandkrabbe drückt dich ganz doll zurück. Du fehlst uns.

Konnte sie das so abschicken? Stine zögerte. Sie wollte Marten noch fragen, *wie viel* Zeit er denn wohl noch in etwa brauchte. Aber wie sollte sie das formulieren, ohne pampig und fordernd zu klingen? Eins wollte sie im Moment nämlich auf *gar keinen Fall*: pampig und fordernd klingen.

Sie legte das Telefon auf ihre Strandtasche und schloss für einen Moment die Augen. Der Sand unter ihren Füßen war noch warm, obwohl es schon fast sieben Uhr abends war. Die Sonne hatte beim frühen Abendessen noch so heiß auf die Terrasse geschienen, dass Hannah, Ida und Stine ihre Fischstäbchen schnell aufgegessen hatten und noch einmal ans Meer runtergegangen waren. Hannah und Ida wollten ein kompliziertes Kanalsystem buddeln. Seit ein paar Tagen zeichneten die beiden schon morgens am Frühstückstisch auf Idas Malblock Tunnel und Kanäle. Stine war neuerdings bei ihrer Tochter völlig abgemeldet. Seit Hannah auf der Insel war, wich Ida keine Sekunde von deren Seite.

Stine genoss das. Sie liebte ihre kleine Tochter über alles, aber es war auch schön zu sehen, *wie* viel Spaß Ida mit ihrer Tante hatte.

»Kommst du, Mama?«, rief Ida vom Wasser aus.

Stine öffnete die Augen und sah ihre Tochter, die knietief im Wasser stand, zwei Eimerchen in der Hand. Die Abendsonne brach sich warm und golden auf ihren Schultern. So, wie sie im Gegenlicht in der Nordsee stand, erinnerte der Anblick Stine an das Motiv einer Postkarte, die Ulli in der »Sandbank« verkaufte.

Stine winkte Ida mit der freien Hand zu. »Bin gleich bei euch, mein Liebling!« Sie griff noch einmal nach ihrem Telefon. *Ich muss dich dringend sprechen. Wo finde ich dich?*, ergänzte sie ihre Nachricht. Klang das pampig? Sie hoffte nicht. Stine las sich alles noch einmal durch, dann schickte sie die Nachricht ab und steckte das Telefon wieder in ihre Strandtasche.

Sie blinzelte in die Sonne, die sich schon tief über die Halligen senkte. Bald würde sie untergehen. Stine lauschte den Wellen, die leise an den Strand rollten. Ihr Klang war rhythmisch und beruhigend und erinnerte Stine an die Meditations-App, die sie sich im vorigen Jahr runtergeladen hatte. Sie war damals extrem gestresst gewesen. Die Meditationen hatten ihr gutgetan. Zumindest die ersten zehn Minuten der Meditationen, länger hatte sie nie durchgehalten.

Sie stand auf und ging schmunzelnd zu Ida und Hannah ans Wasser. Weshalb bezahlte sie eigentlich immer noch das Abo der Meditations-App, wenn sie die Wellen jederzeit kostenfrei hören konnte? Sie sollte das wirklich kündigen.

Ihre Hände zitterten ein wenig, als sie zu einer Sandschaufel griff und ihrer Schwester und Ida beim Buddeln half. Las Marten in diesem Moment vielleicht schon ihre Nachricht? Sie hoffte es.

»Alles okay?«, fragte Hannah.

Stine nickte. »Alles okay.« Die Erleichterung darüber, dass Marten sich endlich gemeldet hatte, durchströmte sie warm.

Sie erzählte Hannah erst von Martens Nachricht, nachdem ihre Schwester Ida ins Bett gebracht hatte. Hannah kam mit einer Flasche Weißwein und zwei Gläsern auf Tante El-las Terrasse, wo Stine mit angezogenen Beinen im Strand-korb hockte und alle zwei Minuten auf ihr Telefon schaute. Aber Marten hatte ihr auf die Frage, wo er denn steckte, noch nicht geantwortet. Sie musste ihn unbedingt treffen, ihm alles erzählen.

Hannah entkorkte den Wein.

»Marten hat geschrieben«, sagte Stine zu ihr.

Hannah riss überrascht die Augenbrauen hoch. »Wann? Jetzt gerade? Was schreibt er? Erzähl!« Sie stellte die Wein-flasche und die beiden Gläser auf den Terrassentisch und ließ sich neben Stine in den Strandkorb fallen.

»Hier, schau mal.« Stine reichte ihr das Telefon.

Hannah überflog Martens Nachricht, dann legte sie das Telefon auf den Tisch.

»Ich hab bis jetzt nichts gesagt, weil ich Ida nicht beun-ruhigen wollte«, sagte Stine. »Sie will doch sicher auch wis-sen, wann Marten zurück ist.«

Das ließ Hannah durchgehen. »Guter Punkt.« Sie schnappte sich die Flasche, Stine hielt ihr die Gläser hin, und sie schenkte ein. »Es war richtig, dass du gleich zu-rückgeschrieben hast«, sagte sie zufrieden, als sie anstießen.

Ihre Gläser gaben ein helles »Pling!« von sich, das noch kurz nachklang, bevor der Wind es über Tante Ellas Hor-tensienbüsche zur Nordsee trug. Sie tranken einen Schluck und hingen kurz ihren Gedanken nach.

»Blöd nur, dass von ihm jetzt nichts zurückkommt«, sagte Stine, als sie ihr Glas abstellte. Sie scrollte wieder auf ihrem Handy herum.

»Er wird sich sicher melden«, beruhigte Hannah sie.

»Meinst du?«, fragte Stine unsicher.

Hannah nickte und hob ihr Glas noch mal. »Aufs Vertragen.«

»Aufs Vertragen.« Stine griff zu ihrem Wein und stieß mit Hannah an. »Bei welchem Freund er wohl ist?«, rätselte Stine weiter. »Und wann kommt er zurück?« Sie schaute erneut aufs Display ihres Telefons, aber in den letzten dreißig Sekunden hatte sich nichts getan. Sie stellte ihr Glas ab und warf Hannah einen fragenden Blick zu. »Meinst du, wir sollten die Hochzeit besser …« Sie zögerte.

»… absagen?«, fragte Hannah. Sie schüttelte entschieden den Kopf. »Nein, das solltet ihr nicht. Glaub mir, das wird schon wieder.«

»Aber wir müssen den Gästen doch rechtzeitig Bescheid geben, damit sie nicht umsonst anreisen.« Stine rieb sich über die müden Augen. »Ich meine, wenn Marten und ich uns nicht rechtzeitig versöhnen …«

»Ach was.« Hannah winkte ab. »Das werdet ihr schon. Alles andere kann ich mir bei euch beiden gar nicht vorstellen.«

Sie klang zuversichtlich. Viel zuversichtlicher, als Stine sich fühlte.

Hannah nippte noch mal an ihrem Glas. »Du *willst* ihn doch noch heiraten, oder?«, fragte sie.

»Hallo?! Was ist das denn jetzt für eine Frage?«, empörte sich Stine. »Selbstverständlich will ich das! Auf jeden Fall. Die doofe Verlobung mit Pam ist mir doch längst wurscht. War nur blöd, dass er mir nie etwas davon erzählt hat.«

Hannah stellte ihr Glas ab und schaute Stine tief in die Augen. »Willst du mir nicht doch erzählen, was genau bei Marten im Büro passiert ist? Nach der Sendung? Weshalb ist er weggefahren? *Er* war doch derjenige, der schon mal verlobt war, nicht du.«

»Wir haben uns wirklich nur darüber gestritten, dass Marten die Sache mit Pam nie erwähnt hat«, sagte Stine ausweichend.

»Sicher, dass nicht noch etwas anderes vorgefallen ist?«, fragte Hannah zweifelnd. Sie musterte Stine kritisch aus zusammengekniffenen Augen. »Sag mal, weshalb warst du eigentlich in Hamburg?«

»Hab ich dir doch gesagt. Um die Handtasche bei Maxi abzuholen.«

»Aber diese Muscheltasche von Kaviar Gauche hängt doch schon oben in deinem Schrank«, sagte Hannah. Sie ließ Stine nicht aus den Augen. »Sicher, dass du noch mal bei Maxi warst?«

Mist, dachte Stine. Mistmistmist ...

»Also, Maxi wollte mir in Hamburg eben noch eine *andere* Tasche zeigen«, begann sie ausweichend. »Eine, die mir vielleicht besser gefällt.«

»Und davon konnte sie dir kein Foto schicken?«, fragte Hannah.

»Doch, doch, das hatte sie ja schon ...« Ein flaues Gefühl breitete sich in Stines Magen aus. Dass sie Hannah schon wieder anflunkerte, war nicht so geplant gewesen. Aber ein paar Tage musste sie noch durchhalten.

Als Nächstes hatte Marten ein Recht darauf, alles zu erfahren. Erst danach kam ihre Familie. Diese Reihenfolge wollte sie einhalten. Alles andere wäre Marten gegenüber unfair.

»Nach dem Streit mit Marten ging's mir echt mies«, sagte Stine. »Ich musste einfach mal raus. Mal was anderes sehen. Der Tag mit Maxi hat mir gutgetan.«

»Ach, wirklich? Hat er das?«, fragte Hannah spitz und warf Stine schon wieder einen langen Blick zu.

Stine erwiderte ihn. Das Sitzpolster unter ihrem Hintern fühlte sich merkwürdig hart und unbequem an. Verlegen rutschte sie im Strandkorb ein wenig nach rechts, dann wieder nach links. Nahm Hannah ihr ab, dass sie Maxi getroffen hatte? Vermutlich nicht. Vermutlich war jetzt der Moment gekommen, in dem sie besser mit der ganzen Wahrheit herausrücken sollte, bevor Hannah …

»Maaamaaa!«, hörten sie in dem Moment Ida durch das offene Fenster von ihrem Schlafzimmer. »Maaamaaa! Neeein!«

Stine sprang aus dem Strandkorb. »Ida, mein Schatz!«, rief sie. »Ich bin sofort da!« Dann rannte sie ins Haus und die Treppe hinauf.

Einige Minuten später war Ida wieder fest eingeschlafen. Sie hatte im Halbschlaf geweint. Seit sie den Kindergarten besuchte, träumte sie manchmal von Streitereien mit ihren neuen Freunden. Stine saß noch ein paar Minuten an Idas Bett. Liebevoll strich sie ihr über den blonden Strubbelkopf, während sie an Hannah dachte. Ihre Schwester konnte so unglaublich hartnäckig sein. Die musste doch längst wissen, dass sie ihr nicht die Wahrheit sagte. Dass Hannah Maxis Handtasche gesehen hatte, war natürlich extrem ungünstig gewesen. Und die Geschichte von der anderen Tasche, die Maxi ihr in Hamburg zeigen wollte … Na ja. Wenn sie ehrlich war, hätte Stine selbst sich die nicht abgenommen.

Sie stand auf und ging wieder ins Erdgeschoss. Als sie mit einer Tüte Salzbrezeln auf die Terrasse trat, stand Hannah am anderen Ende des Grundstücks und schaute über die Gartenpforte aufs Meer hinaus. Stine legte die Tüte auf den Tisch und stellte sich zu ihrer Schwester. Es war fast dunkel. Unten am Strand gingen noch einige Urlauber spazieren. Allein oder mit Hund. Zu zweit, zu dritt. Fast alle barfuß, die Füße im Wasser, die Schuhe in den Händen.

Von hier oben sahen sie winzig aus. Über ihnen der norddeutsche Abendhimmel. Mächtig und weit. Der Mond stand über Amrum. Er war nur halb voll, aber er leuchtete hell.

»Und was macht Tom heute Abend?«, fragte Stine. Sie wusste, dass er wieder nach Hamburg abgefahren war.

Hannah zuckte die Schultern. »Keine Ahnung.« Sie schwieg kurz, dann drehte sie sich zu Stine um. »Wüsste ich aber natürlich verdammt gern.«

Stine grinste. »Kann ich mir vorstellen.« Sie knuffte ihre Schwester in die Seite.

»Aber ich kenne ihn ja kaum«, sagte Hannah dann. »Ich melde mich morgen mal bei ihm. Eine Coachin, die ich kontaktiert hatte, hat vorhin zurückgeschrieben. Hatte ich dir erzählt, oder?« Sie ging zum Tisch zurück, und Stine folgte ihr.

Hannah nahm ihr Weinglas und trank noch einen Schluck. »Ach ja, als du oben warst, hast du ein paar Nachrichten bekommen. Von Louis.«

»Hab ich?«, fragte Stine verunsichert. Sie warf sofort einen Blick auf ihr Telefon, das auf dem Terrassentisch lag. Mit dem Display nach oben. Mist.

Heiß lief es Stine den Rücken hinunter. Sie musste sich unglaublich beherrschen, um nicht sofort zum Telefon zu greifen. »Keine Ahnung, was er will«, log sie und schaute noch mal zu Hannah. Ahnte ihre Schwester auch diesbezüglich etwas?

Aber Hannah gähnte nur hinter vorgehaltener Hand. »Sag mal, wär's okay, wenn ich schon ins Bett gehe? Ich bin total platt. Das Buddeln mit Ida hat mich ganz müde gemacht. Deine Kleine hat vielleicht eine Energie«, sagte sie lächelnd, während sie zur Terrassentür ging.

Stine grinste. »Ida hat mehr Energie als wir zwei zusammen«, sagte sie.

Hannah lachte zustimmend. »Auf jeden Fall!«

Als sie in der Küche verschwunden war, wagte Stine es schließlich doch, das Telefon vom Tisch zu nehmen. Das Gerät fühlte sich kühl an. Als sie es berührte, leuchteten die ersten Zeilen der beiden Nachrichten auf dem Display sofort auf. Stine widerstand noch kurz der Versuchung, die Nachrichten zu öffnen und ganz zu lesen. Sie wollte abwarten, bis Hannah in den ersten Stock hinaufgegangen war. Das wäre sicherer. Sie legte das Telefon wieder auf den Terrassentisch und begann, ein paar trockene Blätter von den Rosenstöcken aufzusammeln.

»Gute Nacht.« Hannah stand mit einem Glas Leitungswasser in der Hand auf der Schwelle der Terrassentür. »Bis morgen.«

»Bis morgen. Ich komme auch gleich rauf«, sagte Stine und setzte sich wieder an den Tisch. »Schlaf gut.« Sie wartete einen Moment und lauschte. Schließlich hörte sie aus dem gekippten Badezimmerfenster im ersten Stock Wasserplätschern, dann das Summen einer elektrischen Zahnbürste.

Erst jetzt wagte Stine es, Louis' Nachrichten zu lesen.

Nachricht eins:

Ich verstehe immer noch nicht, weshalb du mir die Wahrheit über Ida erst gestern gesagt hast. Ich war doch eine Weile auf Föhr. Du hattest ganze zehn Tage lang Zeit, um mir alles zu erklären.

Keine Begrüßung, kein Abschied. Aber es war auch sein gutes Recht, wütend zu sein.

Dann las sie die zweite Nachricht:

Amélie weiß jetzt auch über alles Bescheid. Sie war erst mal tierisch sauer, aber sie hat sich wieder beruhigt. Sie freut sich darauf, Ida kennenzulernen. Wann wäre das möglich?

Stine schloss für einen kurzen Moment die Augen. Grundgütiger. Sie hatte Louis doch gerade erst gesagt, dass er Idas Vater war, und jetzt machten Amélie und er schon Druck? Weshalb wollten sie Ida sofort kennenlernen? Konnte das nicht noch ein paar Tage warten? Stine hatte ja noch nicht mal mit Ida gesprochen.

Sie warf sich ins Kissen zurück. Hilfe. Hatte sie zu früh mit Louis geredet? Hätte sie zuerst mit Marten sprechen müssen? Schwer zu sagen. Aber irgendwann hatte sie doch damit beginnen müssen, diese Lüge, die so viel Chaos anrichtete, aus der Welt zu räumen, oder nicht?

Stine stand auf und trug die beiden Kissen mit dem blau-weißen Blumenstoff, die sie tagsüber in den Strandkorb legten, in die Küche. Dann stellte sie sich noch kurz an die offene Terrassentür. Sie lehnte sich gegen den Türrahmen und schaute in den Garten. Wind kam auf. Sanft schaukelten die Äste in der Birnbaumkrone. Eine Möwe, die Stine in der Dunkelheit nicht sah, flog kreischend über das Reetdach hinweg Richtung Nordsee.

Sollte sie Louis heute noch antworten? Stine entschied sich dagegen. Das konnte bis morgen warten. Sie dachte an Marten. Viel wichtiger war es, dass er ihr endlich antwortete. Weshalb hatte er das heute Abend nicht mehr getan? Stine sah in den klaren Nachthimmel. Wie unglaublich hell die Sterne zu ihr herunterfunkelten. Und wie viele es waren!, dachte sie bewegt. Das Leuchten legte sich wie eine warme Decke über die ganze Insel. Sie blieb noch für ein paar Minuten in der Tür stehen. Sah Marten diese Sterne in diesem Moment auch? Sie hoffte es. In ihrer Brust zog es jetzt, so sehr vermisste sie ihn.

Sie ging in die Küche und schob die Terrassentür hinter sich zu. Ach, wenn sie doch nur wüsste, wo er war.

Als Stine am nächsten Morgen erwachte, war das Zimmer noch dunkel. Sie warf einen Blick auf die Uhr. 4:33 Uhr. Sie war spät eingeschlafen, jetzt fühlte sie sich vollkommen gerädert. Sie setzte sich auf und griff zu ihrem Telefon. Hatte ihr Marten inzwischen vielleicht geantwortet?

Nein, hatte er nicht. Enttäuscht legte Stine ihr Telefon auf den Nachttisch. Was hatte Marten gestern geschrieben? *Helfe einem Freund auf seiner Baustelle.* Stine atmete tief durch. Sie überlegte noch einmal, wo Marten stecken konnte. Aber ihr fiel kein Freund von ihm ein, der gerade ein Haus baute oder ein Grundstück gekauft hatte ...

Wobei, Moment mal! Plötzlich saß Stine kerzengerade im Bett. War Marten kurz nach seinem Auftritt in »Das is(s)t der Norden« nicht bei seinem Freund Snørre auf dem Festland bei Bredstedt vorbeigefahren? Snørre baute seinen Resthof zu einem Bed & Breakfast um, und alle, die ihm dabei halfen, durften bis in alle Ewigkeit umsonst bei ihm übernachten.

Das konnte doch sein, dass Marten tatsächlich bei Snørre war, oder nicht? Snørre war ein guter Freund von ihm, er besuchte sie öfter auf Föhr und hatte mit seinem VW-Bus schon drei längere Urlaube im Utersum verbracht, wo er einige Kurse im Kitesurfen belegt hatte. Stine war plötzlich ganz aufgeregt. Sollte sie vielleicht einfach mal zu Snørre fahren und nachsehen? Einen Versuch wäre es auf jeden Fall wert. Und weit war es auch nicht. Stine musste nur mit der Fähre übersetzen und von Dagebüll aus einen Zug nach Bredstedt und anschließend einen Bus nehmen.

Vor dem Fenster wurde es langsam hell, aber das Licht war noch verwaschen und milchig. Der Tag erwachte gerade erst.

Stine ging zu Ida ins Zimmer und küsste sie sanft auf die Stirn. Dann schnappte sie sich ein paar frische Klamotten und schlich leise in die Diele. Sie öffnete die Tür zu Hannahs Zimmer und schlüpfte hinein. Hannah lag auf der Seite, mit dem Rücken zu ihr. Stine sah nur ihr zerknittertes T-Shirt und einen Schopf dunkles Haar.

»Hannah«, flüsterte sie. Sie drückte Hannahs Schulter ganz leicht. »Pssst, kann ich dich um einen Gefallen bitten?«

Ihre Schwester gab ein leises Brummen von sich. »Is was passiert?«, fragte sie. Ihre Stimme klang rau und verschlafen.

»Nein, nein, alles gut«, flüsterte Stine.

Hannah drehte sich so, dass sie Stine ansehen konnte, und rieb sich die Augen.

»Ich fahre gleich nach Bredstedt.« Stine flüsterte wieder, um Hannah nicht vollkommen aufzuwecken. Sie hoffte, dass sie gleich noch mal einschlafen konnte. »Ich glaube, ich weiß, wo Marten steckt. Kannst du Ida heute vielleicht noch mal in den Kindergarten bringen? Und Mama im Büro helfen?«

Hannah nickte und schloss die Augen. »Klar.«

»Kann sein, dass ich heute Nachmittag noch nicht zurück bin«, fügte Stine hinzu. »Könntest du Ida dann vielleicht auch wieder vom Kindergarten abholen?«

»Lass dir ruhig Zeit.« Hannah gähnte. »Ida und ich kommen wunderbar ohne dich zurecht.«

»Ach, du bist wirklich die Beste!« Stine beugte sich vor und drückte Hannah einen Kuss auf die Wange.

Hannah lachte müde. »Da nich für«, sagte sie im breiten Norddeutsch.

Als Stine aufstand, öffnete Hannah ihre Augen doch noch einmal.

»Sag mal, was war das gestern eigentlich mit Louis?« Sie setzte sich im Bett auf und wirkte plötzlich viel wacher. »Weshalb hat er dir gestern Abend zweimal geschrieben? Irgendwas Wichtiges?«

Stine spürte, dass sie rot anlief. »Ach, Louis wieder!«, winkte sie verlegen ab. »Keine Ahnung, was er wollte. Ich hab die Nachrichten noch gar nicht gelesen«, flunkerte sie in einem möglichst unaufgeregten Ton. »Ich schaue sie mir auf der Fähre gleich mal in Ruhe an und erzähle dir heute Abend, was er wollte, okay? Aber jetzt muss ich echt los, sonst verpass ich die Fähre noch.«

Hannah kniff die Augen einen Moment lang zu Schlitzen zusammen und schaute Stine skeptisch an, aber fragte nicht weiter nach. Stattdessen rutschte sie schläfrig zurück in ihr Kissen. »Viel Erfolg mit Marten«, sagte sie noch, und damit drehte sie ihr wieder den Rücken zu.

»Daaanke«, flüsterte Stine. Sie schlüpfte schnell durch die Tür und zog sie hinter sich zu, bevor Hannah sich es doch noch anders überlegte und sie weiter mit Fragen löcherte.

Bevor sie losfuhr, warf Stine einen letzten Blick in Idas Zimmer, wo ihre Tochter noch leise vor sich hin schnarchte. Sie zögerte kurz. Sollte sie sie noch mal knuddeln? Aber sie verzichtete darauf, sie wollte Ida auf keinen Fall wecken.

Zwei Stunden später stieg Stine in Bredstedt in den Bus. Snørres Resthof lag im Cecilienkoog und damit etwas außerhalb des Ortes. Stine, Marten und Ida hatten ihn hier im letzten September besucht, als Snørre gerade den Kaufvertrag für den Hof unterschrieben hatte. Martens guter Freund hatte sie stolz durch das urige Wohnhaus und die Scheunen geführt. Anschließend hatten sie Kaffee und Ida Saft getrunken. Außerdem hatte Snørre extra einen Blechkuchen mit bunten Streuseln beim Bredstedter Bäcker besorgt, den sie sich zu viert auf der Bank im Innenhof geteilt hatten. Ida sprach heute noch davon.

Welch ein entspannter Nachmittag es doch letztes Jahr bei Snørre war, dachte Stine, als der Bus immer weiter Richtung Nordseeküste fuhr. Vor ihrem Fenster leuchteten die Felder schon in der Sonne. Sie waren von schnurgeraden Gräben durchzogen und so unglaublich platt, dass es schien, als würden sie sich hinter dem Horizont bis in die Unendlichkeit erstrecken.

Schwarzbunte Rinder standen knietief in saftigem Gras, der Raps blühte in expressionistischem Knallgelb, und einige Meter weiter wiegte sich blassgrün das noch nicht ganz reife Korn im Wind.

Dazwischen in weitem Abstand voneinander: mächtige Höfe mit ausladenden Ställen und Scheunen. Hier wirkte alles doppelt so groß und doppelt so breit wie auf Föhr. Selbst die Leinen, an denen die Wäsche im Wind flatterte, wirkten doppelt so lang.

Der Bus rumpelte gerade an Erdbeerfeldern vorbei (»Zum Selbstpflücken: So viel, wie in Ihren Kofferraum passt!«), als Stine auffiel, dass sie immer noch nicht gefrühstückt hatte. Aus ihrer Thermoskanne kippte sie Kaffee in den abschraubbaren Becher und wickelte das Butterbrot aus, das sie sich in Tante Ellas Haus noch schnell geschmiert hatte.

Der Blick aus dem leicht getönten Busfenster ist unglaublich schön, dachte sie kauend. Und spürte gleichzeitig, wie sie immer aufgekratzter wurde. Je mehr Rapsfelder an ihr vorbeiflogen, umso näher kam sie Snørres Hof.

Sie schob sich den letzten Brotrest in den Mund und knüllte kauend das Pergamentpapier zusammen. Wie ein verschlagener Hofhund, dem man nicht trauen konnte, schlichen sich jetzt doch Zweifel an: War Marten überhaupt bei Snørre? Was, wenn Stine mit ihrer Vermutung völlig danebenlag? Sollte sie nicht lieber umkehren?

Sie trank noch einen Schluck Kaffee und versuchte, diese Gedanken beiseitezuschieben. Es fühlte sich verdammt gut an, dass sie nach den vielen planlosen Tagen etwas tat. Sie würde es bei Snørre jetzt einfach mal probieren. Und wenn sie Marten nicht bei ihm fand, dann fuhr sie eben wieder zurück, mehr konnte doch nicht schiefgehen.

Bei Cecilienkoog drückte Stine auf den roten Knopf, und der Bus hielt an der nächsten Haltestelle. Der Fahrer öffnete die Tür und hob in seiner offenen Kabine seine Hand zum Gruß.

»Tschüss!«, rief Stine ihm zu, während sie sich ihre Tasche schnappte und ins Gras neben der Straße sprang.

Der Bus fuhr an und wurde überraschend schnell zu einem winzigen Punkt, der schließlich mit dem grauen

Asphalt verschmolz. Stine musste sich kurz orientieren. Sollte sie nach rechts gehen? Oder nach links? Sie konnte sich nicht mehr erinnern, wo Snørre wohnte, und zu beiden Seiten lagen Höfe mehrere Hundert Meter von der Bushaltestelle entfernt. Sie schaute auf ihre Füße, die barfuß in Sandalen steckten. Weshalb hatte sie morgens nicht ihre Turnschuhe angezogen? Schließlich ging sie einfach in die Richtung, in die der Bus weitergefahren war, und hatte Glück: Nach ein paar Minuten stand sie tatsächlich vor Snørres Hof. Erleichtert atmete sie auf.

Die Einfahrt neben dem Wohngebäude war mit alten Steinen gepflastert. Stine folgte ihr bis zu den zwei alten Scheunen, die sich rechts und links auf dem ebenfalls gepflasterten Hof gegenüberstanden. Ihnen fehlte eigentlich alles: das Dach, die Fenster, die Tore, die Fassade. Sie wurden von Grund auf saniert. Auf der Wiese neben der linken Scheune türmten sich alte Holzbalken, Heu und ballenweise zerrissene Isolierfolie mit gelbem Wattekern. An der Scheunenwand lehnten mehrere rostige Drahtgatter, die vielleicht mal in einen Pferdestall gehört hatten. Aus einem rechteckigen Loch in der Wand hörte Stine rhythmisches Hämmern. »Klonk, klonk, klonk!« Dann verstummte das Geräusch, und zwei Männer riefen sich etwas zu, was Stine nicht verstand.

War einer davon Marten? Ihr Herz klopfte mindestens so laut wie das Schlagen der Hämmer gerade. Wieder überlegte sie umzudrehen. Noch hatte sie niemand gesehen, noch könnte sie sich unbemerkt davonschleichen. Aber die leise Stimme in ihrem Kopf beharrte darauf, dass sie das hier durchziehen musste. *Nichts ändert sich, wenn sich nichts ändert.* Wenn Marten hier war, musste sie ihn sprechen.

Stine atmete noch einmal tief durch und ging dann entschlossen auf die Scheune zu, aus der Stimmen kamen. Sie hatte noch nicht das Tor erreicht, da schob jemand eine Schubkarre voll Bauschutt auf sie zu. Stine war so überrascht, dass ihr Herz zwei Schläge lang aussetzte: Marten! Er war es wirklich. Sie hatte ihn gefunden.

Als auch er sie erkannte, blieb er verblüfft stehen. Er stellte die Schubkarre ab. »Du?«, fragte er kopfschüttelnd. »Woher wusstest du …?«

Stine tippte sich mit dem Zeigefinger an die Stirn. »Ich hab nur eins und eins zusammengezählt«, sagte sie lächelnd. Sie war so erleichtert, dass ihr ein Brocken vom Herzen rutschte, der mindestens so groß war wie die moosüberwucherten Feldsteine, die in der Mitte des Hofs ein Rondell bildeten.

Martens Mund umspielte kurz ein Lächeln, dann war der Moment vorbei, und er schaute wieder ernst. Schweigend betrachtete er sie.

Stine stellte erstaunt fest, dass er sich in den letzten Tagen verändert hatte. Er war unrasiert, was ungewöhnlich war, und er trug ein verwaschenes T-Shirt, das mit dem Titel eines Hits von Fettes Brot bedruckt war: »Nordisch by nature«. Stine kannte das Shirt nicht, hatte er es sich von Snørre geliehen? Die verschlissenen Jeans hatte er meistens auch auf ihrer Baustelle in Nieblum an, und sie liebte sie an ihm.

»Ich wollte dich einfach mal wieder sehen«, sagte Stine schließlich. Sie war verlegen und aufgeregt. Eine seltsame

Gefühlsmischung. Sie hatte es tatsächlich geschafft, Marten zu finden, jetzt stand er nur fünf Meter von ihr entfernt. *Wie* gern wäre sie auf ihn zugeflogen, in seine Umarmung, aber sie traute sich nicht. Marten schien von ihrem Wiedersehen viel weniger begeistert zu sein als sie. Er verschränkte die Arme und schaute unentschlossen, fast distanziert.

»Bist du noch sauer?«, fragte sie.

Er zuckte mit den Schultern. »Was heißt schon sauer?«, sagte er etwas heiser, hob die Schubkarre wieder an und schob sie auf die Wiese, wo er den Bauschutt neben die Dämmfolie kippte.

Stine wartete.

»Ich brauche einfach etwas Zeit für mich«, sagte er, als er wieder zurückkam. Er stellte die Schubkarre ab und setzte sich auf einen der Feldsteine.

Stine fasste sich ein Herz und hockte sich auf den Stein daneben.

»Willst du einen Kaffee?«, fragte Marten.

Aber sie schüttelte den Kopf. Es war wohl besser, gleich zur Sache zu kommen. »Ich habe keine Affäre mit Louis angefangen«, sagte Stine.

Marten nickte. »Das glaube ich dir. Aber es war einfach nicht cool, dass du mir nicht erzählt hast, dass ihr euch manchmal trefft. Du hättest es mir doch sagen können.«

»Das ist richtig«, sagte Stine. Sie wollte gerade damit beginnen, Marten alles zu erklären, aber zu ihrem Entsetzen schien er es eilig zu haben. Er stand schon wieder auf.

»Wär's okay, wenn wir in Ruhe reden, sobald ich zurück

bin?«, fragte er. Ungeduldig schaute er zur Scheune. »Wir wollten heute noch so viel schaffen, morgen kommen die Dachdecker, und die brauchen Platz.«

Stine nickte entmutigt. Sollte sie Marten jetzt einfach in Ruhe lassen? Sie erhob sich ebenfalls.

»Ich wollte übermorgen eh zurückkommen«, sagte Marten.

»Verstehe«, sagte Stine leise. Sie fokussierte sich auf einen Marienkäfer, der auf ihrem linken großen Zeh gelandet war. Es schien ihm dort zu gefallen.

»Na dann ...«, sagte Marten.

Stine musste sich zusammenreißen, um nicht zu weinen. Sie wich Martens Blick aus, aber er schien zu merken, dass es ihr nicht gut ging.

»Hey«, sagte er leise. »Komm mal her.« Er nahm sie in den Arm und hielt sie fest.

Stine vergrub ihr Gesicht in diesem T-Shirt, das nicht seins war und doch nach ihm roch. Es war so schön, von Marten gehalten zu werden. Ihre Augen brannten, aber sie schluckte die Tränen hinunter. Auf keinen Fall wollte sie vor ihm weinen. Erst jetzt, in Martens Armen, wurde Stine klar, *wie* sehr sie ihn vermisst hatte. Und wie anstrengend es gewesen war, ihren Kummer nach seinem Verschwinden immer wieder von sich wegzuschieben. Würde zwischen Marten und ihr wieder alles gut werden? Auch wenn sie ihm die Wahrheit über Louis und die Nacht in Hamburg erzählte?

In der Scheune heulte plötzlich eine Kreissäge auf. Stine zuckte in Martens Armen kurz zusammen, woraufhin er ihr beruhigend über den Rücken strich. Und dann war der Moment vorbei. Die Kreissäge verstummte, und Marten löste sich von ihr.

»Wir sehen uns dann in zwei Tagen, okay?« Er drückte ihr noch einen Kuss aufs Haar und wollte schon wieder zu der Schubkarre zurückgehen, als Stine nach seiner Hand griff.

»Ich muss was mit dir besprechen«, sagte sie. »Dringend.«

Marten drehte sich überrascht um. »Kann das nicht ...«

»Nein«, unterbrach Stine ihn, »das kann leider nicht bis übermorgen warten.« Sie spürte, wie ihre Aufregung zunahm. Sie schaute auf ihre Finger, die plötzlich feucht waren und Martens Hand ein wenig *zu* fest hielten. Ihr Herz klopfte so laut, dass er es eigentlich hören musste. »Könnten wir uns noch mal kurz setzen?« Stine zeigte auf einen Tisch und zwei Bierbänke, die am Wohngebäude vor dem Küchenfenster standen. »Und einen Kaffee würde ich jetzt auch nehmen.«

Marten sah sie kurz an. Er schien abschätzen zu wollen, wie wichtig das Gespräch war. Dann gab er nach. »Aber ich hab wirklich nicht viel Zeit«, sagte er, als sie zum Wohngebäude rübergingen.

»Geht auch ganz schnell«, versicherte Stine ihm. Und dann ging es wirklich ganz schnell.

Marten holte zwei Kaffee aus der Küche, und als sie mit den Bechern in ihren Händen auf der Bank saßen, kam Stine gleich zur Sache. »Ich hab dir doch von dem One-Night-Stand erzählt. Du weißt schon, vor fünf Jahren, bei dem Ida entstanden ist.«

Marten runzelte die Stirn. »Na ja, *erzählt* würde ich das jetzt nicht nennen. Du hast ja nie so richtig drüber gesprochen. Ich weiß nur, dass es diese Nacht gab. Und dass du von dem Typen hinterher nie wieder was gehört hast.«

»Richtig«, sagte Stine. »Das ist die offizielle Version. Aber die stimmt nicht so ganz …«

»Was meinst du damit?« Marten schaute sie verwirrt an.

»Na ja …« Stine kratzte all ihren Mut zusammen. Sie musste Marten jetzt einfach die Wahrheit sagen. In ihrer Brust ziepte es. Er hatte keine Ahnung, mit welcher Wucht ihn das, was sie ihm gleich sagte, treffen würde. Ihr wurde ganz schlecht. »Ich hab dir doch immer erzählt, dass ich nicht weiß, wer Idas Vater ist. Und wo er lebt. Aber das war eine Lüge. Ich hab's die ganze Zeit über gewusst.«

Martens Augen weiteten sich. »Das wusstest du?« Ungläubig schüttelte er den Kopf.

Stine nickte. »Ich hab's nur niemandem erzählt.«

Marten blinzelte zweimal, dreimal. »Warte mal kurz. Ich komm da gerade nicht ganz mit.«

»Ich habe damals mit Louis Blohm geschlafen«, sagte Stine schnell. Und damit war es raus. »Louis ist Idas Vater.«

»Louis ist … was?!« Marten war so überrascht, dass er nicht merkte, dass er den Becher schief hielt. Ein wenig Kaffee schwappte auf seine Jeans. Er stellte den Becher auf den Tisch. »*Louis* ist Idas Vater?« Seine Stimme klang rau. »Das ist nicht wahr, oder?«

»Doch. Ist es«, sagte sie.

»Aber wie kann das sein?« Für einen Moment sah Marten auf die Pflastersteine hinunter, dann hob er den Blick wieder. Auf dem Deich in einiger Entfernung grasten ein paar Schafe. Marten beobachtete sie so konzentriert, als könnte er dort eine Lösung für das Rätsel finden, das Stine ihm aufgegeben hatte.

»Bitte entschuldige«, sagte Stine kleinlaut. »Ich hab wirklich Mist gebaut, ich weiß …«

Marten erwiderte nichts.

Ging er im Kopf jetzt alle Momente durch, in denen Stine ihn angelogen hatte? Ihr wurde ganz heiß. Sie schämte sich so sehr, dass sie Marten nicht länger ansehen konnte. Mit ihrer linken Sandale kratzte sie etwas Moos von den Pflastersteinen. Unter der freigelegten Fläche schimmerten die Steine trotzdem noch grünlich. Je länger Stine auf die Steine schaute, desto schneller drehten sie sich im Kreis. Ihr wurde ganz schwindelig. Und Marten? Der saß immer noch schweigend neben ihr. Für einen Moment dachte sie, dass sie es damit ja jetzt besprochen hatten. Mehr durfte sie von ihm nicht erwarten. Es würde zu ihm passen, dass sie ihm die Wahrheit sagte und er sich dann einfach ausschwieg. Aber dann passierte doch noch etwas, was gar nicht zu Marten passte.

»Ausgerechnet *der*?«, rief er wütend und sprang von der Bank auf. »Ich glaub's nicht! *Dieser* steinreiche Lackaffe?« Er ging ein paar Meter auf die eine Scheune zu, bevor er sich wieder umdrehte und zu Stine zurückkam. »Weshalb hast du mir das nicht früher gesagt?«, sagte er immer noch aufgebracht. »Zum Beispiel *gleich*, als wir zusammengekommen sind? Hätte sich doch angeboten, findest du nicht?«, fragte er mit einem zynischen Unterton.

»Schon«, sagte Stine kleinlaut. »Ich hätte das viel früh…«

»Und Louis wusste die ganze Zeit davon?«, unterbrach Marten sie scharf. »Bin ich etwa der Einzige, den ihr die ganze Zeit verarscht habt? Hinter meinem Rücken habt ihr euch wahrscheinlich über mich kaputtgelacht, oder?«

Stine schüttelte den Kopf. »Haben wir nicht! Louis wusste doch selbst von nichts. Ich hab's ihm erst vorgestern erzählt. Eigentlich solltest du es als Erster erfahren, aber dann konnte ich dich nicht erreichen und …«

»… meine arme kleine Ida«, fiel Marten ihr erneut ins Wort.

»Marten.« Stine stand auf und ging auf ihn zu, aber er wich vor ihr zurück.

»Ich dachte, wir hätten keine Geheimnisse voreinander«, sagte er kühl.

»Dachte ich auch«, konterte Stine. »Aber du hast mir ja auch nichts von deiner Verlobung erzählt.«

»Das ist doch etwas völlig anderes!«, rief Marten wütend. »Ich hab die Verlobung sofort wieder aufgelöst. Sie hat mir doch überhaupt nichts bedeutet.« Er schob seine Hand am Nacken ins T-Shirt. »Das kannst du doch nicht ernsthaft miteinander vergleichen. Du hast mich vier Jahre lang angelogen, Stine. *Vier. Jahre. Lang.*« Er schaute sie ratlos an. In seinem Blick lag so viel Schmerz, so viel Enttäuschung, dass Stine kaum mehr Luft bekam.

»Ich habe mich für den One-Night-Stand einfach zu sehr geschämt«, sagte sie leise. »Louis war doch verlobt. Es hätte nicht passieren dürfen. Als ich nach ein paar Wochen festgestellt habe, dass ich schwanger war, war er gerade in die Flitterwochen geflogen. Und als er zurück war, *konnte* ich es ihm nicht sagen. Das hätte seine Ehe doch nie überstanden.«

Marten schüttelte müde den Kopf. »Aber was war mit uns? Mit mir und deinen Eltern? Und mit Hannah?«

Stine zog die Schultern hoch. »Irgendwann habe ich mir eingeredet, dass es besser wäre, wenn ich niemandem davon erzähle«, sagte sie zerknirscht. »Dass es besser wäre, es erst mal ein paar Monate lang für mich zu behalten.«

»Eine *Mega*idee«, sagte Marten trocken. Er kickte mit seinem Sneaker einen Kieselstein übers Pflaster. Der Stein hüpfte zweimal, dann blieb er vor einem rostigen Pflug, der an der Scheune stand, liegen.

Stine schwieg. Marten hatte ja völlig recht. Es war eine absolute *Scheiß*idee gewesen, niemandem etwas zu sagen. Heute würde sie das ganz anders machen, aber sie konnte die Zeit eben nicht mehr zurückdrehen.

»Und was meint Ida dazu?« Marten hob den Blick.

»Sie weiß von nichts«, versicherte Stine ihm. »Ich dachte, wir könnten ihr das zusammen sagen.«

Martens Blick verdunkelte sich. »Ach, und *da* darf ich dann wieder dabei sein?«, fragte er lauter. »Bei diesem Gespräch?! Keine Ahnung, wie man Ida *so eine Scheiße* erklären soll!« Erschöpft rieb er sich über die Augen. »Meine arme kleine Strandkrabbe. Warum hast du uns alle nur so lange angelogen, Stine?« Er tippte sich mit dem Zeigefinger an die Stirn. »Ich versteh's einfach nicht. Das will da einfach nicht rein.«

»Es war falsch«, sagte Stine mit wackeliger Stimme. Sie

räusperte sich. »Ich hätte das *nie* tun dürfen.« Sie fühlte sich furchtbar. Der Schmerz, den sie Marten und Louis jetzt zufügte, war so viel größer, als sie es sich jahrelang schöngeredet hatte. Insgeheim hatte sie immer gehofft, dass die beiden ihre Gründe schon irgendwie verstehen würden, wenn sie eines Tages endlich mit der Sprache rausrückte.

Aber wie konnten sie das? *Wie* sollten sie Verständnis dafür haben, dass sie sie jahrelang belogen hatte? Wie sollte Louis verstehen, dass Stine ihn um die ersten vier Lebensjahre mit seiner Tochter gebracht hatte? Diese Jahre waren nicht zurückzuholen. Unwiederbringlich vorbei. Wie sehr es Ida verwirren würde, wenn Louis und Amélie plötzlich in ihr Leben traten, darüber mochte sie noch gar nicht nachdenken.

»Hey, wir haben ja Besuch!«, rief plötzlich jemand über den Hof. »Wie nett!«

Stine drehte sich um. Aus der Scheune, aus der Marten mit der Schubkarre gekommen war, trat ein Mann in Jogginghose und einem weißen T-Shirt, das mit salbeigrünen Farbklecksen übersät war. Stine gefiel das Salbeigrün. In der rechten Hand hielt der Mann eine Bohrmaschine, in der linken einen schwarzen Akku, der wohl in die Maschine gehörte. Snørre, dachte Stine.

»Ich hab mich schon gewundert, wo du bleibst!«, rief er Marten freundlich zu. »Aber bei dieser Gesellschaft ist es ja kein Wunder, dass du nicht weiterarbeiten willst!« Er kam zu ihnen rüber.

Martens Gesichtsausdruck wurde sanfter. »Stine wollte nur mal schauen, wie wir hier auf der Baustelle vorankommen.«

»Genau!« Stine ging Snørre ein paar Schritte entgegen und umarmte ihn. »Und ich bin ganz beeindruckt. Die Scheunen scheinen ja schon vollständig entkernt zu sein.«

Snørre grinste zufrieden. »Wir haben seit letztem Herbst einiges geschafft, da hast du recht. Schön, dass du mal wieder hier bist! Du bist immer herzlich willkommen auf meiner bescheidenen Scholle.« Stolz breitete er die Arme aus, Bohrmaschine und Akku immer noch in den Händen.

»Bescheiden ist gut.« Stine lächelte.

Snørre wurde ihr mit jeder Begegnung sympathischer. Immer wenn sie ihn traf, wirkte er tiefenentspannt. Das kinnlange, sonnengebleichte Surferhaar hatte er heute mit einem neonpinken Gummi zu einem kurzen Zopf zusammengezwirbelt, und ein paar Strähnen, die ihm entgangen waren und der Wind immer wieder in seine Augen wehte, pustete er sich lässig aus dem Gesicht.

»Du hast unglaubliches Glück gehabt«, sagte Stine. »Es ist *so* schön hier.«

»Finde ich auch«, sagte Snørre grinsend. »Dieser Hof hat einfach ein gutes Chi. Oder Karma. Oder was auch immer einen Ort besonders macht.« Er zeigte auf die schief herabhängende Dachrinne über dem Küchenfenster, in der ein kleines Vogelnest war.

Stine stellte gerührt fest, dass es leise aus dem Nest herauspiepste. Ihr war das Nest vorher gar nicht aufgefallen.

»Bis die ersten Gäste hier übernachten können, ist zwar noch ordentlich was zu tun«, sagte Snørre, »aber es wird langsam, oder?« Er schaute Marten fragend an.

»Wird richtig super!«, bestätigte Marten nickend. »Ich wünschte, ich könnte dir den ganzen Sommer hier helfen.«

»Kommt gar nicht infrage, du hast deine eigene Baustelle.« Snørre schüttelte den Kopf. »Wenn du mit der fertig bist, können wir uns ja noch mal unterhalten.«

Marten fügte sich schmunzelnd. »Wenn du meinst.«

Als eine kurze Pause entstand und alle schwiegen, schien Snørre plötzlich zu spüren, dass er ein wenig störte. Er schaute zur Küchentür. »Gibt's eigentlich noch Kaffee?«, fragte er. »Andreas und ich wollten unsere Becher auffüllen.«

»Den haben wir gerade ausgetrunken«, sagte Marten. »Warte, ich setz euch schnell neuen auf.« Er machte einen Schritt Richtung Küche, aber Snørre stellte sich ihm in den Weg.

»Schon gut«, sagte er. »Du hast doch hohen Besuch, Digger.« Er nickte mit wichtigem Blick in Stines Richtung, was Stine ein Lächeln entlockte. Snørre tat ja so, als wäre sie Victoria von Schweden! Er hob den Akku in die Luft. »Der muss eh mal eben nachladen.« Damit grinste er sie beide noch einmal an und verschwand im Haus.

»Guter Typ«, sagte Stine.

»Das ist er.« Marten nickte. »Also, ich muss jetzt mal wieder rüber zu Andreas. Ohne mich kann er nicht weitermachen.«

Stine verstand das. »Na klar, lass dich nicht aufhalten.«

»Ich bin übermorgen wieder zurück, dann können wir mit Ida sprechen.«

»Und sag mal, unsere …« Stine zögerte kurz. »Also, die Hochzeit?«

Marten atmete hörbar aus, dann zuckte er mit den Schultern. »Ganz ehrlich? Ich hab keine Ahnung.«

»Was meinst du damit?« In Stines Ohren begann es, schrill zu pfeifen. Ein Pfeifen, das nur sie hören konnte.

»Im Moment ist mir gerade überhaupt nicht nach Heiraten zumute«, sagte Marten in sachlichem Ton. Er sprach ziemlich leise. »Ich muss das erst mal sacken lassen, verstehst du?« Er wirkte mitgenommen.

Stine nickte. Sie ballte die Hände zu Fäusten zusammen. Ihre Fingernägel bohrten sich scharf in ihre Handflächen. Hätte sie Marten doch nur von Anfang an die Wahrheit erzählt.

Im Scheuneneingang tauchte in dem Moment ein weiterer Kopf auf. Er hatte ultrakurz rasiertes Haar und schaute neugierig zu ihnen herüber. Andreas, dachte Stine. Er fragte sich bestimmt, wo Marten so lange blieb. Marten hob kurz den Arm, um Andreas zu bedeuten, dass er ihn gesehen hatte.

»Also, ich melde mich bei dir, wenn ich wieder auf der Insel bin«, sagte Marten.

Stine spürte, dass er jetzt wirklich froh wäre, wenn sie ging. Sie blieb trotzdem noch kurz stehen. Wie gern würde sie ihn noch einmal umarmen.

Aber Marten schnappte sich die Schubkarre und schob sie Richtung Scheune. »Bis dann, ja?«, sagte er noch.

»Bis dann«, sagte Stine und stand wie angewurzelt vor den Findlingen.

Einen Moment später war Marten in der Scheune verschwunden. Sie hörte ihn undeutlich mit Andreas reden, dann wurde wieder losgehämmert. »Klonk, klonk, klonk!«

Stine schloss kurz die Augen. Als sie sie wieder öffnete, rannen ein paar Tränen über ihre Wangen. Schnell drehte sie dem Wohnhaus und den Scheunen den Rücken zu, nahm ihre Tasche und ging die Einfahrt entlang zurück zur Straße.

Im Gehen hoffte sie, dass Marten noch einmal auf den Hof kam und nach ihr rief. Aber das würde er nicht tun. Stine hatte ihn zu sehr verletzt.

Als sie wieder in den Bus gestiegen und auf der hintersten Bank Platz genommen hatte, liefen ihr die Tränen immer noch übers Gesicht. Sie schaute sich um, ob jemand es bemerkte, aber die kleine Urlaubergruppe vorn im Bus war ganz in eine Unterhaltung mit dem Fahrer vertieft.

Der Blick aus dem Fenster beruhigte Stine. Die Sonne stand jetzt senkrecht am Himmel, und die Kühe lagen faul auf der Wiese. Der gelbe Raps flog im schnellen Wechsel mit dem Korn und dem sattgrünen Gras vorbei. Stine schloss die Augen. Der Himmel war heute viel zu blau und viel zu schön. Er passte überhaupt nicht zu ihrer düsteren Traurigkeit. Die Urlauber brachen nun auch noch geschlossen in schallendes Gelächter aus. Der Busfahrer hatte offenbar einen Witz gerissen. Stine bedauerte fast, dass sie ihn nicht mitbekommen hatte. Er schien ziemlich gut gewesen zu sein, die Gruppe lachte immer noch.

Sie lehnte sich im Sitz zurück, hielt die Augen geschlossen. Bis zum Bredstedter Bahnhof waren es noch ein paar Kilometer.

Würde Marten mir verzeihen?, fragte sich Stine dösend. Und was wurde aus der Hochzeit? Mussten sie allen Gästen absagen? Und wie ging es mit Louis weiter, der mit Amélie Ida kennenlernen wollte?

Stine musste dringend mit Ida sprechen. Aber das Gespräch wollte sie unbedingt zusammen mit Marten führen. Für Ida war er bis heute ihr einziger Papa. Seine Anwesenheit würde ihr die Sicherheit geben, dass sie ihn nicht verlor, wenn noch ein weiterer Papa dazukam – und mit Amélie auch eine Mama, irgendwie.

Stines Kopf brummte. Sie versuchte, nicht mehr an Marten und Louis und Amélie zu denken. Sie konnte es kaum erwarten, in Dagebüll auf die Fähre zu steigen, die sie nach Föhr zurückbrachte. Zurück zu ihrer Ida. Stine hätte das in ihren wilden Hamburger Jahren nie zugegeben, aber es stimmte: Egal, wie schlimm es kam, auf der Insel ging es ihr gleich besser.

15. Hannah

Von: Alexis_Petropoulos@nuesslerandnuessler.com
An: Kuestenhannah@gmail.de
Betreff: Wie geeeht's?

Liebste Hannah,
ich hoffe, du liest auf der Insel wenigstens deine
privaten Mails!

Also, liebes Miesewetterchen, ich kann es kaum
erwarten, dass du wieder in Berlin aufschlägst. Seit
Britt dich im Büro vertritt, fällt mir mit jedem Tag
stärker auf, wie <u>sehr</u> ich es vermisse, das Zimmer mit
dir zu teilen.

Britt nimmt den ganzen Tag nichts anderes als
Proteinshakes zu sich, die wie flüssige Raufasertapete
aussehen. (O-Ton Britt: »Mmmh, sind die lecker
und echt sättigend!«) Schon klar …

Ich vermisse auch unseren »Croissant-Mittwoch«.
Weißt du noch, wie sauer Ralf war, als er einmal

völlig überraschend am Mittwochmorgen mit wichtigen Investoren ins Büro kam? Wir hatten diese riesige Tüte Croissants vom Bäcker gegenüber geholt, und unsere Schreibtische waren voller Blätterteigbrösel – und wir auch. Die Investoren haben vielleicht geschaut! Ha, ich lache heute noch, wenn ich an ihre Gesichter denke.

Ansonsten nichts Neues. Wobei, stimmt gar nicht … Vor ein paar Tagen hat mich echter Knallertratsch aus Mallorca erreicht. Weißt du, wer frischverliebt ist? Na, rate mal … Richtig, Nicole! Sie hat einen Mann kennengelernt, irgendeinen »von und zu«, offenbar aus dem Hochadel und so weiter und so fort, mit Familienwappen am Siegelring, ältester Familienstamm der »Von Soundsos«, aber, und das ist ja das Wichtigste: Der Typ scheint ein unglaublich Netter zu sein und sieht auch noch gut aus (habe ihn mit Britt natürlich sofort gegoogelt). Blitzgescheit ist er auch, das Internet sagt, er habe in Stanford (!) studiert. Einziger Haken an der Sache: Er arbeitet in Boston, Massachusetts, was leider sehr weit weg von Mallorca ist. Zumindest zu weit, um jedes Wochenende rüberzujetten.

Nicole ist jetzt durchgehend übernächtigt – die Zeitverschiebung, das Die-Nacht-Durchtelefonieren, *you name it*!

Damit sie im Statuscall morgens nicht permanent wegratzt, muss sie sich zwei Streichhölzer hochkant in die Augen stecken. Wobei, wenn du mich fragst, ratzt sie selbst damit weg. Aber dann mit offenen Augen, sodass es kaum jemand merkt.

Von unserer indiskreten Personalabteilung habe ich gehört, dass Nicole ihren gesamten Jahresurlaub am liebsten sofort und am Stück nehmen würde, um jede Sekunde mit ihrer neuen Flamme in Boston zu verbringen. Ralf ist darüber natürlich trotz größter Wertschätzung für den Adel (und für die Kontakte, die sich für »Nüssler & Nüssler« aus dieser Liaison ergeben könnten) *absolutely not amused*. Er hat ihr fürs Erste nur fünf freie Tage bewilligt. Nicole ist gerade in den Staaten, kommt aber Anfang kommender Woche schon wieder zurück und wird auf Malle dann vermutlich das heulende Elend sein.

»Ach, die beiden Königskinder«, hat Stefan heute Morgen beim Frühstück zu mir gesagt. »Wie schlimm muss es doch sein, so frischverliebt nicht zueinanderkommen zu können. Stell dir mal vor, das wäre uns passiert! Wie furchtbar…« Woraufhin Stefan und ich uns erst mal etwa drei Minuten lang ganz doll gedrückt haben. Wo mein Mann recht hat, da hat er nämlich einfach recht.

So weit mein Report aus Berlin. Wie geht's dir auf Föhr? Und wenn du magst, bleib doch noch ein wenig. Britt treibt mich zwar manchmal in den Wahnsinn, aber sie verkauft gut. Wir werden uns schon noch ein, zwei Wochen miteinander arrangieren. Ich könnte mit Ralf sprechen, ob er dir nicht vierzehn Tage unbezahlten Urlaub bewilligt. In letzter Zeit ist er etwas kleinlaut. Sagt immer, wie gut wir das Berliner Büro im Griff haben und wie zuverlässig du bist. Und er erkundigt sich regelmäßig bei mir nach dir. Die Gelegenheit ist günstig: Gerade kannst du Ralf alles aus den Rippen leiern. Auch einen verlängerten Sommer an der Nordsee!

Zum Schluss nur noch schnell die Frage: Hat Stine sich seit unserem letzten Telefonat denn eigentlich wieder mit Marten vertragen? Stefan und ich freuen uns schon riesig auf die Hochzeit, sagt uns bloß nicht ab!

Will ALLES wissen und drücke dich und deine Schwester ganz doll (Stefan auch).
Dein Alexis

Hannah war auf dem Weg zu Tom. Gleich begann sein Coaching-Termin. An Greveling vorbei radelte sie nach Wyk rein. In Gedanken ging sie noch einmal Alexis' unterhaltsame Mail durch, die heute Morgen in ihrem Postfach gewesen war.

Nicole frischverliebt? Das war ja mal spannend! Aber leider *nicht* in jemanden, der auf Mallorca lebte, sondern in den Staaten. Hannah hatte im Netz nachgeschaut: Boston lag tatsächlich um die sechstausend Kilometer von Mallorca entfernt. Wie verrückt ist das denn bitte?, dachte sie.

Nachdem sie die Mail gelesen hatte, hatte sie den gesamten restlichen Morgen genäht und war jetzt unglaublich stolz auf sich: Stines Hochzeitskleid war schon zur Hälfte fertig. Es fehlte nur noch der Teil oberhalb der Hüfte. Der war ziemlich kniffelig, deshalb hatte Hannah ihn sich bis zum Schluss aufgespart. Aber der würde ihr auch noch gelingen!

Wirklich merkwürdig war nur, dass Stine sich überhaupt nicht für das Kleid interessierte. Seit sie mit Marten geredet hatte, wich sie allen Gesprächen mit ihr irgendwie aus. So kam es Hannah jedenfalls vor. Oder bildete sie sich das nur ein? Außerdem wirkte Stine noch niedergeschlagener als vor dem Treffen. Aber egal, wie vorsichtig Hannah es anstellte, ihre Schwester sprach einfach nicht mit ihr! Und dabei konnte sie ihr doch nur helfen, wenn Stine ihr alles erzählte. Das hatte sie Stine gestern Morgen auch so gesagt, aber in diesem Moment hatte das Geschäftstelefon der Apartmentvermittlung leider schon wieder geklingelt, und ihre Schwester schien mehr als erleichtert, das Gespräch mit ihr an dieser Stelle abbrechen zu können.

Hannah schwang sich vom Fahrrad und eilte die Treppe zur Pension »Wattwurm« hinauf. Tom wohnte in Zimmer Nummer 9, hatte er ihr geschrieben. Sie klingelte an der Tür und wartete auf der Fußmatte, die mit einem dicken Schaf bedruckt war, das Strohhut und Sonnenbrille trug. Hannah lächelte. Ein rundherum glückliches Sommerschaf, dachte sie.

»Hi!« Tom öffnete ihr lächelnd. »Komm doch rein.«

»Ich bin leider ein bisschen spät dran«, sagte Hannah, als sie auf ihre Uhr schaute. Der Onlinetermin mit der Coachin, den Hannah für Tom gebucht hatte, begann schon in ein paar Minuten.

Die Coachin hieß Biggi und hatte sich auf das »Lösen von kreativen Blockaden« spezialisiert, wie auf ihrer Website nachzulesen war.

»Willst du was trinken?«, fragte Tom. »Ich habe Wasser und Bier da.«

Hannah überlegte. Es war mal wieder ein heißer Tag auf der Insel, und sie hatte heute gefühlt schon hundert Liter Wasser getrunken. »Ich nehm ein Bier«, sagte sie lächelnd. Warum nicht?

»Gute Wahl.« Tom kniete sich grinsend vor den winzigen Kühlschrank. Er war heute Morgen erst zurückgekommen und hatte mal wieder unglaubliches Glück bei der Suche nach einer Unterkunft gehabt. Als Hannah ihn gestern in Hamburg anrief, um ihm zu erzählen, dass sie einen Termin mit Biggi ergattert hatte, hatte er sofort ein Zugticket für die Strecke Hamburg – Dagebüll gebucht.

Hannah hatte zunächst gedacht, sie hätte sich verhört, als Tom sagte, er würde für den Termin extra die einhundertfünfundfünfzig Kilometer mit dem Zug fahren und auf die Insel kommen. In den Call mit Biggi hätte er sich schließlich auch in Hamburg einwählen können.

Aber Tom hatte es trotzdem getan. Das Timing war gut, denn für dieses und das nächste Wochenende hatte Something Blue ausnahmsweise keine Buchungen angenommen. Ein paar der Musiker hatten Auftritte mit ihren anderen Bands.

Und jetzt waren sie hier. In Toms Zimmer, das eher einem Studio ähnelte, mit zwei Flaschen Bier, die Tom gerade etwas umständlich aus dem Kühlschrankzwerg in der

Küchenzeile herausgeangelt hatte. Er war so klein, dass man die Flaschen hinlegen musste.

Tom öffnete beide Flaschen und reichte Hannah eine.

»Prost«, sagte sie. »Auf den Termin mit Biggi!«

»Auf den Termin mit Biggi.« Tom ließ seine Flasche mit dem Boden in Hannahs Richtung zeigen, sodass sie mit ihrer vorsichtig dagegenklacken konnte. Als ein bisschen Bier auf den Boden schäumte, lachten beide. Tom schnappte sich einen Lappen aus der Spüle und wischte schnell übers Linoleum.

Dann nippten sie an ihren Bieren. Vor dem Fenster standen ein kleiner Tisch und zwei Stühle. Tom stellte den Laptop auf den Tisch, und sie setzten sich.

»Ich wähle uns schon mal ein, oder?«, fragte Tom. »Schadet ja nichts, ein bisschen früher dran zu sein.«

»Klar, mach ruhig.« Unauffällig schaute Hannah ihn von der Seite an. War Tom etwa nervös?

»Das zeigt Biggi auch gleich, wie sehr mir an dem Termin mit ihr gelegen ist«, sagte er, als sich auf seinem Laptop ein schwarzes Fenster öffnete, in dem sie lasen, dass sie sich im »Wartebereich« befanden und bald eingelassen würden.

Während Tom mit beiden Zeigefingern einen Beat auf die Tischkante klopfte, warf Hannah wieder einen Blick auf ihre Uhr. 19:28 Uhr. Noch zwei Minuten bis zum Termin. Sie war schon ziemlich gespannt auf Biggi. Die Bewertungen auf der Webseite hatten regelrecht euphorisch geklungen. *Biggi war meine Rettung!!!*, schrieb ein Theo aus Augsburg. *GROSSE Biggi-Liebe. Biggi forever!*, hatte eine

Anneli aus Chemnitz gepostet. Aber der Kommentar von Marco aus Bremen hatte Hannah besonders neugierig gemacht: *Biggi hat magische Kräfte – und das ganz ohne Zauberstab.*

Magische Kräfte? Wow. Wenn Biggi so gut war, wie alle schrieben, dann konnte sie doch auch Tom helfen, oder?

19:29 Uhr. Sie waren im Call noch immer im »Wartebereich«, die Einzige, die noch fehlte, war Biggi.

Hannah nutzte die Zeit und schaute sich im Zimmer um. Es gab ein großes Doppelbett, auf dem Toms kleine Reisetasche stand. Außerdem vor dem Bett einen kleinen Flatscreen-Fernseher, an der Wand ein gerahmtes Bild, das einen Leuchtturm zeigte. Und dann eben diese Küchenzeile mit dem Minitisch. Neben der Tür zum Hausflur ging eine weitere Tür ab. Hannah nahm an, dass es durch sie ins Bad ging, das vermutlich genauso winzig war. Klein, aber fein, dachte sie.

»Hallo, ihr zwei«, sagte jetzt eine freundliche, aber leise Stimme aus dem Lautsprecher. Biggi hatte sie endlich aus dem »Wartebereich« in den Call hineingelassen.

»Hallo, Biggi!«, riefen Tom und Hannah zeitgleich.

»Schön, dass es geklappt hat«, fügte Tom hinzu und drückte ein paarmal hintereinander auf eine Taste an seinem Rechner.

»Freut mich auch«, sagte Biggi, und ihre Stimme war etwas lauter. »Wer seid ihr denn eigentlich? Mögt ihr euch vielleicht mal kurz vorstellen?«, fragte sie, während sie lächelnd in die Kamera blinzelte.

Biggi war Hannah auf den ersten Blick sympathisch. Sie

trug einen Kapuzenpulli vom Glastonbury-Festival. Das hennarot gefärbte Haar hatte sie sich auf dem Kopf zu einem lässigen Knoten zusammengewickelt, und an ihren Ohren baumelten große goldene Creolen, die Hannah an die Piraten in Idas Bilderbüchern erinnerten.

Tom und sie stellten sich kurz vor. Als Biggi an der Reihe war, erzählte sie ihnen, dass sie Erzieherin in einer Kita war. In ihrer Freizeit coachte sie Künstler und Musiker. »Ich liebe beide Jobs«, sagte sie. »Deshalb mache ich beide. Ich würde mich nicht zwischen ihnen entscheiden können.«

Hannah nickte begeistert und sah schnell zu Tom rüber. Er schien Biggi genauso zu mögen wie sie. Seine Aufregung hatte sich gelegt, seine Knie wippten nicht mehr auf und ab.

Jetzt plauderte er mit Biggi über Düsseldorf, wo er mit Something Blue und anderen Bands immer mal wieder auftrat. Er kannte sich in der Clubszene von Biggis Heimatstadt ziemlich gut aus.

»Dann lasst uns mal zur Sache kommen, ihr zwei«, sagte Biggi schließlich. »Deine Mail klang ja ziemlich dringend, Hannah. Dein Freund braucht wirklich schnell Hilfe, stimmt's?« Sie nippte an einer Tasse Tee. »Tom, magst du mir mal erzählen, was los ist?«

Dein Freund?! Hannah spürte, dass ihre Wangen rosa anliefen. Hatte Biggi das gerade wirklich gesagt? Tom war doch nicht *ihr Freund!* Auch wenn sie ihn mit jedem Tag mehr mochte, den sie ihn besser kennenlernte. Sie spürte seinen Blick auf sich und linste schon wieder möglichst unauffällig zu ihm hinüber. Er schmunzelte amüsiert.

347

Hannah hoffte, dass dieser Moment schnell vorüberging, aber Tom lächelte sie einfach weiter an und schien extra einige Sekunden verstreichen zu lassen, bevor er sich wieder Biggi zuwandte und ihr erklärte, weshalb er ihren Rat brauchte.

Er erzählte ihr die ganze Geschichte und sparte auch das ewige Beziehungschaos mit Karla nicht aus, die immer wieder Affären begonnen hatte.

Biggi hörte schweigend zu und nickte ab und an.

Dann kam Tom zu ihrem Urlaub auf Amrum und dem Moment, in dem Karla ihm im Streit den entscheidenden Satz ins Gesicht geschrien hatte: *Du wirst ab sofort nie wieder einen guten Song schreiben.* »Und sie hat recht behalten«, sagte er. »Seither kriege ich wirklich nichts Brauchbares mehr hin. Ich *kann* keine Songs mehr schreiben.« Er schaute verlegen zu Biggi in die Kamera. »Hast du von so was schon mal gehört? Ich frage mich manchmal, ob ich mir diese Blockade nur einbilde.«

»Das denke ich nicht«, sagte Biggi sanft. »Ich tippe auf eine Art Songschreibblockade, die deine Exfreundin in dir ausgelöst hat.«

Hannah hörte interessiert zu. Sie war erleichtert, dass sie bei Biggi schon einmal an der richtigen Adresse waren. Die Frage war nur: Konnte sie Tom helfen?

»Am besten wär's, wenn du noch einmal den Kontakt zu deiner Ex suchst«, sagte Biggi zu Tom. »Ginge das? Dass ihr euch noch mal aussprecht. Wenn sie das zurücknimmt, was sie im Streit gesagt hat, könnte das auch auf psychologischer Ebene ganz gu…«

»Du meinst, ich soll noch mal mit Karla reden? Nie und nimmer«, sagte Tom knapp. »Sorry, aber das geht nicht.« Er hob beide Hände. »Geht schon deshalb nicht, weil ich ihre Nummer nicht mehr habe. Gelöscht.«

Biggi neigte ihren Kopf nachdenklich zur Seite und spielte mit einem Ohrring. »Verstehe.«

»Ein Freund hat mir vor Kurzem erzählt, dass Karla nach Lindau gezogen ist«, sagte Tom dann, und Hannah horchte auf. »Das war aber wirklich das Letzte, was ich von ihr gehört habe.«

»Okay, dann probieren wir etwas anderes«, sagte Biggi. »Hättest du Lust, ein paar Coaching-Sessions mit mir zu machen, um deine mentale Blockade zu lösen?«

»Auf jeden Fall.« Tom nickte.

Biggi griff zu einem Kugelschreiber und einem dicken Timer in einem knalligen Koralleton, der neben ihrem Rechner lag. »Wann hättest du Zeit? Eher nachmittags oder abends? Am Wochenende ginge es nach Absprache auch immer mal.« Sie klickerte mit dem Kugelschreiber. »Abends bin ich in den nächsten Wochen schon ziemlich voll, sehe ich gerade …«

Tom vereinbarte zwei Termine für die kommende Woche, dann drang ein schepperndes »Dingdong!« aus dem Lautsprecher von seinem Rechner.

Biggi drehte sich kurz um. »Ich fürchte, das ist schon mein nächster Termin. Bisschen früh dran, aber wir haben ja alles besprochen. Danke für alles«, verabschiedete sie sich mit einem warmen Lächeln, »und habt noch einen schönen Abend, ihr zwei.«

Tom und Hannah bedankten sich ebenfalls noch schnell für den kurzfristigen Termin, dann beendete Tom den Call und klappte den Laptop zu. »Und? Wie fandest du Biggi?« Er griff zu seinem Bier, nippte daran.

»Richtig gut«, sagte Hannah. »Sie wirkt ziemlich kompetent.« Sie wusste zwar nicht, woran sie das festmachte, aber Biggi schien in sich zu ruhen und strahlte deshalb wahrscheinlich eine wohltuende Zuversicht aus.

»Finde ich auch«, bestätigte Tom.

Hannah fiel auf, dass Tom schon etwas entspannter wirkte. Während er das Ladekabel für seinen Rechner zusammenwickelte, lächelte er leise in sich hinein. Es schien, als hätte Biggi schon etwas von dem Ballast, den er mit sich herumtrug, von seinen Schultern genommen. Und dabei hatte er mit ihr nur ein kurzes Kennenlerngespräch geführt.

»Was hältst du von dem Rat, dich mit Karla zu treffen?«, fragte sie vorsichtig.

»Gar nichts«, sagte Tom noch einmal mit Nachdruck. »Die will ich nie wiedersehen.«

»Okay, verstehe ich«, sagte Hannah. Insgeheim war sie darüber sogar erleichtert. Was hatte Tom noch auf der Terrasse gesagt? *Karla und ich haben uns nicht gutgetan.*

Wenn das so gewesen war, war es vielleicht wirklich besser, wenn Tom sich von ihr fernhielt. Und jetzt hatten sie ja auch Biggi. Wenn sie so fantastisch war, wie ihre Kunden auf ihrer Webseite geschrieben hatten, dann würde sie Toms Blockade auf jeden Fall lösen.

Hannah warf einen schnellen Blick auf die Uhr. »Oh,

entschuldige bitte, aber ich muss los!« Sie hatte Ida versprochen, ihr heute Abend eine Gutenachtgeschichte vorzulesen. Im Sommer ging Ida zwar etwas später als sonst ins Bett, aber jetzt musste Hannah sich doch ein wenig beeilen, wenn sie noch rechtzeitig kommen wollte. »Meine Nichte wartet schon auf mich.« Sie stand auf und stellte die leere Bierflasche in die Spüle.

»Kein Problem«, sagte Tom und erhob sich ebenfalls. Während sie für einen Moment so voreinander standen, fiel Hannah erneut auf, *wie* winzig diese Ferienwohnung doch war. Sie hängte sich ihre Tasche über die Schulter. »Na dann ...«

»Sag mal, hast du später schon was vor?«, fragte Tom schnell. Er fing ihren Blick ein und hielt ihn fest. Für einige Sekunden schauten sie sich schweigend in die Augen.

Sekunden, die Hannah wie eine halbe Ewigkeit vorkamen. Ihr Atem ging schneller. Sie fühlte sich, als würde sie sich gerade in kühle Wellen stürzen und weit aufs offene Meer hinauskraulen. *Diese Augen!* Was hatte sie gedacht, als Tom plötzlich in Ullis Laden vor ihr stand? Augen in einem Blaugrau, so kühl und klar und funkelnd wie die Nordsee an Tagen, an denen man in ihr baden konnte. Badetagblaugrau.

Hannah blinzelte verlegen. Was hatte Tom sie gerade gefragt? Verflixt, sie erinnerte sich nicht mehr. Dann fiel es ihr doch wieder ein. Er hatte gefragt, ob sie später schon etwas vorhatte.

Sie schüttelte den Kopf. »Nichts Konkretes«, sagte sie. Eigentlich hatte sie abends noch ein wenig an Stines Brautkleid weiternähen wollen, aber dass sie deshalb schon etwas »vorhatte«, das konnte man so nicht behaupten.

»Hast du vielleicht Lust, irgendwo was trinken zu gehen?«, fragte Tom, und in seinem Blick lag tatsächlich ein Hauch von Unsicherheit.

»Gern«, sagte Hannah schnell, und ihr Herz tanzte plötzlich wie verrückt. Sie war so aufgeregt, dass sie Tom fast in die Arme gefallen wäre. Aber sie konnte sich gerade noch zurückhalten. *Ja!*, jubelte eine Stimme in ihr. *Jajaja!* Auf jeden Fall würde sie mit ihm etwas trinken gehen. »Sagen wir«, sie warf wieder einen Blick auf ihre Uhr und versuchte, so gelassen wie möglich zu klingen, »so gegen zehn?«

Tom lächelte. »Klingt super. Kannst du eine Bar empfehlen?«

Eine Bar? Ha! Sie konnte sicher fünf, sechs, sieben Bars empfehlen. Aber am besten saß man ihrer Meinung nach immer noch am Tresen im »Wal«. Bei Hinnerk, Frauke und Marten herrschte einfach die beste Stimmung. Man kam sofort mit anderen Gästen ins Gespräch und hockte unglaublich gemütlich zusammen.

Hannah hätte also fast den »Wal« vorgeschlagen. Aber dann überlegte sie es sich doch noch anders. Vielleicht wäre es nicht schlecht, wenn sie mit Tom irgendwo hinging, wo man sie nicht kannte. Nicht, dass sich noch jemand von den Föhrern dazusetzte und von Hannah wissen wollte, was sie »jetzt eigentlich so beruflich« machte oder ob sie schon »unter der Haube« war. Das passierte nämlich ständig, wenn sie mit Stine mal abends im Föhrer Nachtleben unterwegs war. »Wir treffen uns bei den Schachfeldern und starten von dort, okay?«

Tom nickte. »Einverstanden!«

Um Punkt 22 Uhr erreichte Hannah die öffentlichen Schachfelder auf Höhe der Seglerbrücke. Sie gehörten zu ihren Lieblingsorten auf der Insel. Von morgens nach dem Frühstück bis zum Abend konnten hier Insulaner und Feriengäste aller Altersstufen mit den kniehohen Figuren Schach spielen. Hannah blieb oft ein paar Minuten stehen, um bei einer Partie zuzuschauen. Vor zwei Tagen hatte eine etwa Zwölfjährige ihren Großvater schachmatt gesetzt. Neben den Passanten und Hannah hatten der Großvater und selbst die Möwen auf den nahe gelegenen Dächern dem Mädchen gratuliert.

Aber heute Abend war sie allein, als sie an den Schachfeldern wartete. Die Figuren wurden über Nacht eingeschlossen.

Um 22:03 Uhr war Tom da. »Und?«, fragte er. »Ich bin ja echt gespannt, für welche Bar du dich entschieden hast.«

»Für keine«, sagte Hannah lächelnd und ließ sich von Toms verständnislosem Blick nicht irritieren. »Wobei, stimmt nicht ganz«, sagte sie. »Wir gehen in unsere eigene Bar.« Sie hob den Jutebeutel, den sie in der Hand trug, in die Höhe. Von Tante Ellas Haus hatte sie zwei gut gekühlte Flaschen Weißwein mitgebracht, außerdem zwei Flaschen Bier, Pappbecher, eine Tüte Erdnüsse und einen Korkenzieher, aber das konnte Tom natürlich nicht sehen. Sie schwenkte den Beutel Richtung Strand. »Wollen wir ein Stück gehen?«

»Okay«, sagte Tom zögernd. »Aber wohin denn?«

»Zeig ich dir gleich! Glaub mir, es wird dir gefallen.« Sie ging voraus, und Tom folgte ihr. Sie kamen an der Seglerbrücke vorbei, dann liefen sie am Südstrand ein kleines Stück die Fußgängerpromenade entlang. Schließlich stapfte Hannah Richtung Meer, wo sie ein paar Strandkörbe passierten, bis sie vor einem hellblauen stehen blieb. »Voilà! Unsere Bar!« Sie zog einen kleinen Schlüssel aus der Tasche und wedelte damit vor Toms Gesicht herum.

»Tut mir leid, aber da komm ich gerade nicht mit.« Er starrte etwas begriffsstutzig auf den Schlüssel. »Was willst du damit?«

»*Damit* ...«, Hannah steckte den kleinen Schlüssel in das Vorhängeschloss am Holzgitter, sperrte den Strandkorb auf und setzte sich hinein, »... schließe ich unsere Privatbar auf.« Sie klopfte auf den freien Platz neben sich. »Oder ist dir das nicht fein genug?« Nicht, dass sie davon ausging, Tom war ja ganz anders als Frederik. Frederik wäre mit einem Drink in einem aus seiner Sicht doch viel zu unglamourösen Strandkorb überhaupt nicht glücklich gewesen. Und überhaupt: Seine Schuhe! Und der Sand überall! Und die Getränke vielleicht nur lauwarm?! Und weit und breit keine wichtigen Leute, mit denen man netzwerken konnte!

Tatsächlich blitzten Toms Augen jetzt begeistert auf. Nein, dachte Hannah erleichtert, Tom ist wirklich nicht wie Frederik.

»Du kannst nachts immer in diesen Strandkorb?«, fragte er neugierig und rutschte neben Hannah auf das Sitzpolster.

»Nur wenn unsere Feriengäste ihn gerade nicht brauchen«, räumte sie ein.

Der Strandkorb stand direkt in der ersten Reihe. Er war schön windgeschützt und bot eine Panoramasicht aufs Meer. Und er gehörte tatsächlich ihnen, den Kiesewetters. Also, nicht ganz. Nur in den Sommermonaten. Hannahs Eltern mieteten den Korb von Mai bis September, und die meiste Zeit wurde er von den Mietern der winzigen Ferienwohnung in der Süderstraße genutzt, die Christa und Ulli gehörte. Aber das jüngere Paar aus Jena, das diese Woche die Wohnung gebucht hatte, war heute Mittag bei Hannah im Laden mit einem Restaurantführer vorbeigekommen. »Wir wollen auf Amrum ein Restaurant ausprobieren und über Nacht bleiben«, hatte die Frau ihr erzählt. Hannah wusste also, dass niemand sich beschweren würde, wenn sie den Ersatzschlüssel benutzte.

Sie zog die erste Flasche Pouilly-Fumé aus ihrem Beutel. »Magst du?«

Tom betrachtete einen Moment lang sprachlos die Flasche. »Moment mal, so war das aber nicht gedacht«, protestierte er dann. »Ich wollte *dich* doch einladen.« »Aber jetzt sitzen wir ja in *meiner* Bar«, lachte Hannah. »Also, in meiner Strandbar.« Sie wühlte in ihrer Tasche nach dem Korkenzieher. »Deshalb musst du auch meine Getränke trinken. Bier steht übrigens auch auf der Karte.« Sie schaute auf und zwinkerte ihm zu. »Willst du lieber davon eins?«

Tom blinzelte ungläubig. »Jetzt komme ich mir aber wirklich blöd vor. Ich wollte mich doch heute Abend nicht bei dir durchschnorren. Ich hab ja überhaupt nichts für uns dabei.«

Hannah winkte ab. »Keine Sorge!«, sagte sie. »Beim nächsten Mal bist du dran.«

Schließlich gab sich Tom geschlagen. »Also gut. Und dann gehen wir in meine Bar.«

»Auf die bin ich schon gespannt«, sagte Hannah lachend. »Wo ist die denn? In Hamburg?«

»Das muss ich mir noch überlegen«, sagte Tom. »Muss ja mindestens so cool sein wie die hier. Eine Privatbar. Nur für uns.« Er schaute ihr in die Augen.

Hannah hatte gerade den Korken aus der Flasche hebeln wollen, aber das unterbrach sie kurz. In ihrem Magen kribbelte es so sehr, als hätte sie schon einige Gläser Weißwein intus. »Also, Wein oder Bier?«, fragte sie schnell. Sie riss sich von seinem Blick los, auch wenn es ihr unglaublich schwerfiel.

Tom entschied sich schließlich doch für Wein.

Mit den Pappbechern in der Hand schauten Hannah und Tom vom Strandkorb auf die Nordsee. Die Sonne war untergegangen. Nur ein zartes Orangerot erhellte noch einen schmalen Streifen, wo der Himmel auf das Meer traf. Von ihrem Platz aus hatte Hannah den Eindruck, als würde der Abendhimmel über dem Watt schweben. Oberhalb des hellen Streifens färbte er sich zu einem tiefen Dunkelblau, so dunkel und magisch wie die Flüssigkeit in dem antiken Tintenfass, das in Tante Ellas Wohnzimmer auf dem Sideboard stand. Das Wasser war gerade abgelaufen. Es war Ebbe, und in den Prielen und Pfützen spiegelten sich die

Sterne. Moment mal … war das da über ihnen nicht gerade eine Sternschnuppe gewesen?

Tom musste sie auch gesehen haben. Schweigend blickten sie beide auf die Stelle, wo sie verglüht war.

Dann unterhielten sie sich über Musik. Erst über internationale Bands, die sie mochten, dann über deutsche. Hannah kannte die meisten vom Hören, Tom war mit manchen schon aufgetreten. »Die meisten Musiker trifft man auf Festivals«, erklärte er ihr. Er erzählte ihr von seinem Studium (Lehramt in Kassel, sehr gut), von seinem Referendariat (an einem Gymnasium in Lübeck, so mittel) und von den ersten Jahren als Musik- und Geschichtslehrer (in Oldenburg, okay). »Nebenbei habe ich immer in Bands gespielt.« Er ließ sich von Hannah Wein nachschenken. »An den Wochenenden haben wir Songs aufgenommen oder einen Gig gespielt. Mit richtig viel Glück war der sogar bezahlt!« Er lachte bei der Erinnerung. »Und dann bin ich einfach drangeblieben.«

»Hat dir der Job als Lehrer nicht gefallen?«

»Doch, war schon in Ordnung.« Er wischte etwas Sand vom Sitzpolster. »Aber im Klassenzimmer habe ich mich die ganze Zeit nach dem Proberaum gesehnt. Wenn ich es mir hätte aussuchen können, wäre ich morgens nicht in die Schule, sondern in das alte Fabrikgebäude gefahren. Dort habe ich damals geprobt. Ich wollte den ganzen Tag Musik machen. Meine eigenen Songs schreiben. Eigentlich immer schon.«

»Und deshalb hast du den Job hingeschmissen?«, fragte Hannah. Sie nippte an ihrem Becher.

»Wie?!« Tom grinste. »Nee, jedenfalls nicht sofort. So mutig bin ich nun auch wieder nicht. Außerdem hat mein Vater ständig betont, wie gut ich es als Lehrer doch getroffen hätte. ›Hast es immer warm und trocken‹, hat er gesagt. ›Und zwölf Wochen Ferien im Jahr und eine Verbeamtung, was willst du mehr?‹«

Hannah lächelte. »Ganz unrecht hatte er ja nicht.«

Tom nickte. »Papa hat auf dem Bau gearbeitet. Er konnte gar nicht fassen, in was für einem guten Job ich als Lehrer gelandet war.« Er schaute aufs Meer. »Außerdem war es mit meiner Schwester etwas schwierig. Meine Eltern haben sich wahrscheinlich einfach gewünscht, dass mit mir alles glattläuft. Ein Problemkind in der Familie war genug.« Er drehte seinen Becher in den Händen. »Aber ich wurde immer unzufriedener. Irgendwann hat meine Mutter mir dann den Tipp gegeben, meine Stunden an der Schule zu reduzieren. Sie hat wohl gehofft, damit ginge es mir besser. Mit ein bisschen mehr Zeit pro Woche für die Musik.«

»Das hat bestimmt schon einen großen Unterschied gemacht, oder?«, fragte Hannah. Auch sie träumte manchmal insgeheim davon, ein wenig mehr Zeit für sich zu haben. Die lukrativsten Deals machte man als Maklerin am Wochenende oder nach Feierabend. Eigentlich ausschließlich dann. Und wenn man diese Extrastunden am Montag oder Dienstag abfeiern wollte, meldete sich garantiert Ralf aus Mallorca, gratulierte einem zu dem hervorragenden Einsatz und ließ ganz nebenbei fallen, dass »Nüssler & Nüssler« keine Firma war, in der Leute ihre Überstunden auch tatsächlich abfeierten. Deshalb auch die Caps: *All hands on deck.*

»Ich habe tatsächlich etwas weniger an der Schule gearbeitet«, sagte Tom. »Und dann ging es richtig schnell. Wenige Wochen später kamen ein Freund und ich auf die Idee, Something Blue zu gründen.«

»Eine Band, die nur auf Hochzeiten spielt?«

»Das war nicht sofort so geplant«, lachte Tom. »Anfangs wollten wir eine Partyband sein, die nicht mit eigenen Songs, sondern nur mit richtig guten Coverversionen von großen Hits auftritt. Aber dann wurden wir vor allem für Hochzeiten gebucht. Unter Trauzeugen und Hochzeitsplanern muss sich rasend schnell rumgesprochen haben, dass wir nicht allzu schlecht waren.« Tom hob die Hände. »Und irgendwann haben wir einfach kapituliert und unser Repertoire fast ausschließlich auf Hochzeiten ausgerichtet. Ab da ging es richtig ab.«

»Und dann hast du den Lehrerjob hingeschmissen?«, fragte Hannah.

»Ja, nach anderthalb Jahren. Something Blue ist momentan Monate im Voraus ausgebucht.« Er grinste. »Hochzeitspaare planen ihren großen Tag ja immer unglaublich früh. Also, die meisten jedenfalls.«

»Ist doch nur nachvollziehbar, oder nicht?« Hannah lächelte. Sie kannte die Situation ja aus zwei anderen Perspektiven, aus der der Trauzeugin und der des Brautpaars. »Du glaubst gar nicht, wie gut es tut, wenn man endlich mal einen Punkt von der ellenlangen Liste streichen kann«, erklärte sie ihm. »Es kommen ja ständig neue Sachen dazu, die vor der Hochzeit erledigt werden müssen.« Sie schob ihre Turnschuhe in den Sand. »Und du spielst auch noch in anderen Bands?« Wenn sie sich richtig erinnerte, hatte Tom das schon auf der Fähre gesagt, als sie sich am Bordkiosk getroffen hatten.

»Ja, wir sind alle noch in anderen Bands. Macht auch Spaß, aber damit verdient keiner von uns wirklich was. Noch nicht.« Er zog den kleinen Klapptisch aus der Holzverkleidung des Strandkorbs und stellte seinen Pappbecher ab. »Und du? Dass du Immobilien vertickst, sieht man dir gar nicht an.«

Hannah prustete den Schluck Wein, den sie gerade im Mund hatte, in ihren Becher zurück. »Wie war das denn jetzt gemeint?«

»Na ja.« Tom ruderte sofort zurück. »Die Immoleute, also ... die sind doch oft so geschniegelt und gebügelt.«

Hannah nickte. »Nicht alle. Aber manche schon, ja. Die denken dann, sie müssten sich viermal im Monat die Zähne bleachen. Keine Ahnung, wie die darauf kommen.«

Tom lächelte.

»Zum Glück muss man den Hype um das perfekte Fernsehmoderatorengebiss auch als Maklerin nicht mitmachen«, sagte Hannah. »Ich tu's jedenfalls nicht.« Gut, ganz stimmte das nicht. Sie ging überaus regelmäßig zur Zahnreinigung und hatte auch schon mal ein Bleaching Gel vom Zahnarzt für nachts ausprobiert. Aber das musste Tom ja nicht wissen.

Dann erzählte sie ihm von ihrem BWL-Studium und davon, dass sie in die Immobilienwelt über eine Kommilitonin reingerutscht war. Angefangen hatte alles mit einem gut bezahlten Studentenjob bei einem renommierten Makler. Dort hatte Hannah auch Alexis kennengelernt, der fortan immer, wenn er den Arbeitgeber wechselte, aushandelte, dass Hannah mitkam. Hannah hatte es genauso gehalten, wenn sie ein Angebot erhielt. So waren Alexis und sie in der Branche ziemlich viel herumgekommen und vor zwei Jahren schließlich bei »Nüssler & Nüssler« gelandet. Die Überstunden nervten Hannah zwar, aber die Bezahlung war ziemlich gut, und *so* schlimm war Ralf ja auch wieder nicht. Sie hatte schon schlimmere Chefs gehabt.

»Aber jetzt würdest du gern mal was anderes machen?«, fragte Tom.

»Würde ich?«, fragte Hannah überrascht.

»Keine Ahnung. Klang jedenfalls gerade ein bisschen so.« Er beugte sich nach vorn und hob eine Herzmuschel auf. Sanft strich er mit einem Zeigefinger den Sand von den Rillen.

Hannah schaute ihm dabei zu. Sie dachte über das nach, was er gerade gesagt hatte. Wollte sie etwas anderes machen? Gute Frage. Nach der Pleite mit der Beförderung war sie über etwas Abstand zu »Nüssler & Nüssler« jedenfalls ganz froh. Wie aufmerksam Tom ihr doch zuhörte. So anders als Frederik, der am liebsten über sich selbst gesprochen hatte. Tom war offenbar jemand, der sich auch für Zwischentöne interessierte. Für das, was Hannah nicht aussprach, aber vielleicht dachte.

»In den letzten Tagen habe ich mich tatsächlich manchmal gefragt, ob ich nicht für ein paar Jahre in die völlig falsche Richtung gerannt bin«, sagte sie zu Tom und fand es interessant, dass sie das ausgerechnet ihm erzählte, nicht Stine oder ihren Eltern. Natürlich hätte Hannah gern mit ihrer Schwester oder ihren Eltern über den Riesenberg an Arbeitsstunden gesprochen, den sie im Büro runterriss. Oder zu Hause am Küchentisch mit dem aufgeklappten Laptop vor ihrer Nase. Aber dafür hatten Stine und ihre Eltern bisher noch keine Muße gehabt.

In den letzten Tagen hatte Hannah sich auch gefragt, ob sie vielleicht immer nur an Männer geriet, die sich keine Zeit für eine ernsthafte Beziehung nahmen, weil Hannah es selbst nicht tat. Hatte sie sich am Ende immer nur mit Männern verabredet, die ihr und ihrer Karriere nicht in die Quere kamen? Sie schluckte. Wenn das stimmte, dann musste sie tatsächlich jahrelang in die *völlig* falsche Richtung gerannt sein. »Vor etwa vier Wochen wäre ich fast nach Mallorca gewechselt«, sagte sie jetzt. »In der Filiale war ein echt guter Job frei.« Erst jetzt wurde ihr bewusst, dass sie dort zum ersten Mal seit ihren frühsten Berufsjahren auch ganz ohne Alexis am Schreibtisch gegenüber hätte arbeiten müssen. Sie schluckte.

»Bist du aber nicht.«

Hannah schüttelte den Kopf. »Den Job hat eine Kollegin bekommen.« Sie zögerte kurz, bevor sie weitersprach. »Sie kommt frisch von der Uni, hat gerade erst bei uns angefangen.«

»Verstehe«, sagte Tom nachdenklich.

Sie schauten aufs dunkle Meer hinaus. Dort, wo die Nordsee an den Strand spülte, ging eine Gruppe Teenager mit einer Boombox entlang. Hannah liebte den Song von Jay-Z, den der Wind zu ihnen herüberwehte.

»*Only thing that's on my mind, is who's gonna run this town tonight.*«

»An der Schule, an der ich unterrichtet habe, ist mir so etwas Ähnliches mal passiert«, sagte Tom jetzt.

»Wie meinst du das?«

»Ich war für die Stelle als stellvertretender Rektor vorgesehen. Aber dann hat jemand im Landesschulamt eine jüngere Kollegin vorgezogen. Und weißt du was?« Er lächelte. »Saskia hat sich so dermaßen darüber gefreut. Die hat gleich am selben Abend das gesamte Kollegium in ihre Anderthalbzimmerwohnung auf einen Drink eingeladen. Nach dem zweiten Bier hat der Rektor zu mir gesagt, dass er von seinem Büro aus einen hervorragenden Blick auf den Lehrerparkplatz hat. Von seinem Schreibtisch aus könne er jeden Nachmittag beobachten, wie schnell ich mit meinen Gitarren auf dem Rücksitz den Parkplatz verlasse. ›Direkt zum Proberaum, nehme ich an?‹, hat er mich gefragt, und ich hab genickt.« Tom grinste. »Dann hat er mit seinem Bier noch mal mit mir angestoßen. ›Ihr Herz schlägt nicht für die Schule, es schlägt für die Musik. Das sollten Sie unbedingt weiterverfolgen‹, hat er gesagt.«

»Also war's am Ende gar nicht so schlecht, dass deine Kollegin den Job bekommen hat?«

»Nee, das war genau richtig. Hab ich aber erst im Nachhinein begriffen.«

Hannah musste an die letzte Mail von Alexis denken. »Weißt du, was echt schräg ist? Meine Kollegin, die nach

Mallorca gegangen ist, hat sich anfangs noch tierisch gefreut. Aber grad habe ich erfahren, dass sie jetzt lieber in Amerika wär.« Ihre Gedanken wanderten zu Nicole. Vielleicht war der Job bei Ralf für sie doch kein Hauptgewinn gewesen.

»Amerika?«, fragte Tom überrascht. »Weshalb denn das?«

Hannah zuckte mit den Schultern. »Sie hat jemanden kennengelernt, der dort lebt. Aber erst später. Scheint die große Liebe zu sein.«

»Dagegen kann ein Job auf Malle einpacken«, sagte Tom trocken.

»Aber so was von.« Hannah nickte mit ernster Miene, und dann lachten beide.

Die zweite Weinflasche war fast leer, und der Wind hatte gedreht. Frisch blies er in den Strandkorb. Hannah fröstelte etwas. Sie zog die Jacke an, die sie mitgenommen hatte.

»Wenn du den Job auf Malle bekommen hättest, wären wir jetzt nicht hier«, sagte Tom plötzlich. »Hier im Strandkorb, meine ich.«

»Stimmt.« Hannah lachte. »Dann hätte ich nie ein paar Wochen am Stück auf Föhr verbracht.« Sie lehnte sich zurück. »War auf jeden Fall die beste Entscheidung des Jahres, würde ich sagen. Jetzt schon.«

Das Bänkchen des Strandkorbs knarzte etwas, und Hannah bemerkte, dass Tom näher an sie heranrutschte. Sie saßen jetzt ganz dicht beieinander.

»Weißt du …«, begann er. Sein Jackenärmel berührte ihren, und er sah sie an.

Nachts sind seine Augen nicht so leuchtend und blau-

grau wie tagsüber, dachte Hannah. Nicht mehr badetagblaugrau. Nachts waren sie dunkel und unergründlich.

Einen Moment lang passierte gar nichts. Sie schauten
sich einfach nur an. Ihr Herz klopfte. Ziemlich laut sogar.
Konnte Tom das hören? Hannah wurde etwas schwumme-
rig. Vor ihren Augen drehte Tom sich ein ganz klein wenig.
Wie viele Pappbecher Wein hatte sie getrunken? Weshalb
hatte sie eigentlich kein Wasser eingepackt? Hannah schossen sechsundsechzig Fragen gleichzeitig durch den Kopf.

Tom beugte sich etwas vor, und die rasenden Gedanken
in ihrem Kopf stoppten abrupt. Moment ... Würde er sie
jetzt etwa gleich ...? Hannah hielt den Atem an. Und dann
passierte es wirklich. Tom küsste sie.

Der Kuss war unglaublich gut. Zärtlich und suchend.
Seine Lippen tasteten nach ihren. Für einen Moment berührten sich nur ihre Lippen, dann kam ganz sanft Toms
Zunge hinzu. Hannah fror nicht mehr, in der Jacke wurde
ihr nun unglaublich warm.

Und dann war sie für ein paar Sekunden doch hin- und
hergerissen. Wollte sie das? War das richtig, dass sie Tom
küsste? Brachte sie das nicht sofort wieder in Schwierigkeiten? Die Sache mit Frederik und Ariane hatte ihr verdammt
wehgetan. Sie wusste, dass es vernünftiger wäre, sich noch
ein wenig zurückzuhalten. Sie sollte sich Zeit geben, sich
erst mal wieder berappeln, ihr eigenes Leben leben. Aber
damit war es so eine Sache. Bot sich einem ja nicht alle
Tage die Gelegenheit, am Strand bei Mondschein einen so
gut aussehenden Musiker wie Tom zu küssen. Sollte sie ihn
jetzt etwa von sich schieben, obwohl in ihrer Brust tausend

Schmetterlinge wie auf Speed herumschwirrten? Das ergab doch keinen Sinn.

Toms Küsse wurden einen Hauch fordernder, und Hannah schob alle Zweifel beiseite. Sie würde diesen Moment jetzt einfach genießen. Mit dem Berappeln und ihrem eigenen Leben konnte sie dann ja wieder morgen früh weitermachen. Was sprach schon gegen eine kleine Urlaubsknutscherei am Strand? Alles, was an der Nordsee passierte (und damit weit weg von Berlin), blieb an der Nordsee, oder?

Tom schmeckte salzig, nach Sonne und Meer. Auch ein wenig säuerlich, nach dem Pouilly-Fumé, den sie getrunken hatten. Er setzte sich wieder zurück auf seine Seite des Strandkorbs, und dann schwiegen sie kurz etwas verlegen.

»Schau mal, dort draußen.« Hannah zeigte auf ein kleines Schiff auf der Nordsee. Mehrere Lichterketten schwankten an den Masten im Wind hin und her. Leise Musik drang zu ihnen herüber. War das nicht »Girl on fire« von Alicia Keys?

»*This girl is on fire, she's walking on fire ...*«

Viele Leute tanzten auf dem Deck im Mondlicht. Ein Partyboot glitt über die nachtschwarze See Richtung Amrum. Hunderte von Sternen funkelten auf die Tanzenden hinab.

Hannah schob das Verdeck des Strandkorbs zurück. Staunend schaute sie in den Himmel, in dieses Meer aus Sternen, das von überall auf der Welt ein wenig anders aussah und Hannah schon so oft zu Tränen gerührt hatte. In ihren Augen brannte es bereits ... Verdammt, jetzt bloß nicht heulen, dachte sie, während sie unauffällig zu Tom rüberschaute. Er schwieg und schien genauso ergriffen von den Sternen zu sein wie sie.

Sie beugte sich ein wenig aus dem Strandkorb heraus und stellte ihren Pappbecher in den Sand. Und dann war sie es, die zu Tom hinüberrutschte. Sie zog ihn an sich, schloss ihre Augen, und ihre Lippen berührten seine. Das Kribbeln flutete wieder ihre Brust, dann ihren ganzen Körper. Hannah fühlte sich unglaublich lebendig.

Kurz öffnete sie noch mal das linke Auge und riskierte über Toms Schulter hinweg einen weiteren Blick in die Sterne. Genau in diesem Moment fiel noch eine zweite Sternschnuppe vom Himmel. Wirklich wahr. *Wow!* Hannah bekam eine Gänsehaut. Sie schloss das Auge wieder und zog Tom noch enger an sich.

16. Stine

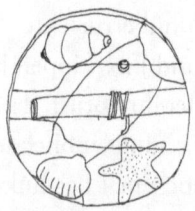

Die Mission war eigentlich hoffnungslos. Stine saß in Tante Ellas Küche und war auf der Suche nach einer Wohnung für ein Paar aus Krefeld, das mit ihren sechs Monate alten Zwillingen spontan einige Tage auf Föhr verbringen wollte. Stine seufzte leise. Föhr war in den kommenden Wochen komplett ausgebucht. So wie jedes Jahr im Sommer. Wenn man den hier auf der Insel verbringen wollte, sollte man sich schon ein wenig früher darum kümmern. Wussten die Krefelder das nicht?

Gut, den Eltern von Sebastian Blechschmidt, dem jungen Vater der Zwillinge, war das selbstverständlich bekannt. Kirsten und Siggi Blechschmidt waren seit über dreißig Jahren Stammgäste bei der Apartmentvermittlung von Stines Mutter. Mehr als drei Jahrzehnte lang hatten sie ihre Ferienunterkunft über Christa gebucht, und zwar immer schon zwölf Monate vor dem Reisetermin. Nur so bekamen sie die großzügige Wohnung bei Utersum, die nur fünf Gehminuten vom Strand entfernt lag.

Aber jetzt hatten sich Kirsten und Siggi Blechschmidt mit einer Spontananfrage gemeldet. Ihr Sohn hatte sich mit seiner Frau abends, nachdem die Zwillinge eingeschlafen waren, auf dem Sofa offenbar durch die sonnigen Föhr-Fotos gescrollt, die sie in den letzten Tagen ununterbrochen in den Blechschmidt'schen Familienchat posteten.

Stine konnte sich in etwa vorstellen, was die Blech-schmidt-Seniors so fotografierten: puderweiße Sandstrände. Möwen, die über den Fähren auf der blaugrauen Nordsee kreisten. Braun gebrannte Kinder, barfuß in kurzen Shorts und Windjacken, die mit Keschern auf der Seglerbrücke Krebse angelten (»In vier, fünf Jahren stehen Opa und Oma mit den Zwillingen hier auch!«). Die Überfahrt mit dem Katamaran nach Amrum. Frisch gebackenen Apfelkuchen mit Sahne, den sie dort im »Café Kniepsand« gegessen hatten. Erdbeerbowlen im Strandkorb abends in Wyk, während die Sonne orangegolden unterging.

Stine konnte sich auch vorstellen, welche Sehnsucht nach Ferien, pardon, nach »Föhrien«, diese Fotos bei den Kre-feldern hervorriefen. Was prompt dazu geführt hatte, dass Sebastian schon heute früh zum Telefon gegriffen und bei seinen Eltern durchgeklingelt hatte.

Stine war darüber deshalb so gut informiert, weil Kirsten und Siggi, als sie um 8:34 Uhr an ihrem Büro in Wyk ein-traf, tatsächlich schon vor der Tür auf sie warteten.

»Können Sie nicht irgendwas für Sebastian und seine kleine Familie tun?«, fragte Kirsten mit großem Augen-geklimper, nachdem sie Stine die Situation geschildert hatte.

Stine überlegte einen Moment. Sie ahnte, wie viel es den beiden bedeuten würde, ihre zwei Enkel im Doppelkinderwagen durch die schmalen Straßen der Inseldörfer zu schieben.

»Vielleicht über Ihr Netzwerk?«, fügte Siggi in einem fast geschäftlichen Ton hinzu, auf das ein »Na, kommen Sie, Sie haben doch sicher so Ihre Kontakte«-Zwinkern folgte.

»Mein *Netzwerk*?« Stine lachte herzlich auf. Sie wusste, dass die Insel in den kommenden Tagen wirklich bis auf die letzte Pritsche ausgebucht war, und eine letzte Pritsche konnte man Sebastian Blechschmidt, seiner Frau und den Zwillingen ja eh nicht zumuten. »Es tut mir wirklich leid. Es müsste schon jemand absagen. Das wäre die einzige Chance«, erklärte sie den Blechschmidts.

»Auf die lassen wir es ankommen«, sagte Siggi, dann verabschiedeten sich er und seine Frau. Siggi offenbar mit dem Gefühl, so früh am Morgen schon etwas erreicht zu haben.

Was nicht der Fall war. Stine hatte keine Absage reinbekommen. Gegen vier Uhr nachmittags klappte sie ihren Rechner zu, verließ das Rumpelbüro und kaufte noch schnell ein. Dann fuhr sie zu Tante Ellas Haus zurück, wo ihr ein bisschen Zeit blieb, bevor Martens Mutter Ida vorbeibringen würde. Es war Fraukes Nachmittag, sie holte Ida einmal die Woche vom Kindergarten ab. Daran änderte auch nichts, dass sie und Hinnerk sowie Christa, Ulli und Hannah seit vorgestern wussten, wer Idas biologischer Vater war.

»Das ist uns total wurscht, wenn wir Ida trotzdem weiterhin an unserem Nachmittag zum Spielen abholen dürfen«, hatte Frauke gesagt.

»Aber selbstverständlich dürft ihr das noch«, hatte Stine sie beruhigt, und damit war das Thema für die beiden auch schon durch gewesen.

Jetzt telefonierte Stine noch schnell zwei befreundete Apartmentvermittlungen für die Blechschmidts ab. Das müsste sie eigentlich nicht, aber es erzeugte *immer* gutes Karma, wenn man anderen half, obwohl man selbst gar nichts davon hatte. Sogar *extrem* gutes Karma. Und das Karma war ein echt fairer Geschäftspartner. Wie oft hatte Stine schon die Erfahrung gemacht, dass irgendwer oder irgendwas aus dem Nichts (das Karma!) ihr einen kleinen Schubs gab, wenn sie den gerade dringend nötig hatte. Aber auch die »Ferienvermittlung Carstens« und das Bed & Breakfast »Seemöwe« hatten nichts frei. Mist. Immerhin versprach Irmi Carstens, es für Stine noch bei einer Nachbarin zu probieren, die offiziell nicht mehr vermietete – nur noch inoffiziell an Gäste, die ihr das Geld schwarz in die Hand drückten und nachwiesen, dass sie die Kurtaxe am Automaten am Hafen trotzdem bezahlten.

Als das erledigt war, holte Stine sich ein Glas Wasser, trank es leer und überprüfte die Nachrichten auf ihrem Telefon. Hatte Marten ihr geschrieben? Nein, leider nicht. Sie hatte nichts mehr von ihm gehört, seit sie von Snørres Hof zurück war, seit sechs Tagen! Weil sie ihn nicht drängen wollte, hatte sie ihm keine weiteren Nachrichten geschickt.

»Gib ihm die Zeit, die er braucht«, hatte Hannah ihr geraten, und Hannah hatte recht, auch wenn Stine das schwer-fiel. Aber sobald Marten wieder auf Föhr war, wollte sie sich unbedingt noch einmal bei ihm entschuldigen.

In diesem Moment bimmelte eine Schiffsglocke.

»Bing, bing, bing!« Die Glocke an der Haustür. Und noch einmal: »Bing!«

Überrascht hob Stine den Blick von ihrem Telefon. War das vielleicht endlich Marten? Nach einer kurzen Pause bimmelte es ein fünftes Mal. »Bing!« Stine erhob sich und eilte in die Diele. Wenn das Marten war, konnte sie ihm jetzt gleich alles noch einmal ganz ausführlich ... Oder waren es Frauke und Ida, die so energisch klingelten? Wahrscheinlich. Ida liebte die alte Schiffsglocke. Frauke hob sie manchmal hoch, damit Ida die Glocke gut erreichen und richtig laut läuten konnte.

»Bing, bing!«

»Himmel!«, rief Stine der verschlossenen Tür entgegen. »Welche gefährlichen Piraten veranstalten denn da drau-ßen so einen Krawall?« Wenn sie Zeit hatte, würde sie Frauke noch auf einen Kaffee reinbitten, überlegte sie, als sie die schwere Eichentür aufzog ... und erschrak.

»Du?!«, fragte sie entgeistert. »Was machst *du* denn hier?« Vor ihr standen weder Frauke noch Ida und auch kein Marten. Vor ihr stand ... Louis.

»Hi! Ich, äh ...« Louis lächelte unsicher. »Darf ich kurz reinkommen?« Er hielt ein riesiges Etwas in den Händen. Es war in rosa Geschenkpapier eingepackt, auf dem kleine, glücklich strahlende Einhörner über bunte Regenbögen hüpften.

Stine starrte die Einhörner an und ärgerte sich jetzt, dass sie Louis' Nachrichten bisher nur knapp beantwortet hatte.

Er ging einen Schritt in den Flur, woraufhin sie sich ihm in den Weg stellte.

»Du, tut mir wirklich leid, aber gerade passt es mir *überhaupt* nicht«, sagte sie. Abwehrend hob sie ihre Hände. Als sie sah, wie Louis' Miene versteinerte, zwang sie sich schnell zu einem Lächeln. »Ich arbeite gerade und muss mich echt beeilen. In wenigen Minuten kommt meine Tochter nach Hause«, erklärte sie ihm. Das würde er doch verstehen, oder? »Komm doch morgen noch mal vorbei, dann ...«

»*Unsere* Tochter ... Du wolltest sagen: *unsere* Tochter, oder?«, sagte Louis mit finsterem Blick.

Für einen Moment standen sie sich schweigend gegenüber. Stine spürte, dass es ihm ernst war, sie atmete tief durch und nickte. »*Unsere* Tochter«, räumte sie ein. »Völlig richtig.«

Hinter sich in der Küche hörte sie ihr Telefon klingeln. War das Irmi Carstens? Hatte ihre Nachbarin noch etwas für die jungen Blechschmidts frei? Stine lauschte kurz, aber das Klingeln war schon wieder verstummt. Mist! Das war die einzige Chance für die Blechschmidts! Wenn sie nicht gleich zuschlug, war die Wohnung sicher wieder weg.

»Du, kein Problem«, sagte Louis jetzt schon wieder deutlich freundlicher, wenn auch eine Spur von oben herab.

Stine betrachtete den eingestickten Polospieler auf der linken Brust seines Sweatshirts. Ihr Blick wanderte zu seinen engen weißen Jeans und dann zu seinen Füßen, sockenlos in cognacfarbenen Wildleder-Loafers. Wie die Typen in der Werbung, die ihr mit perfekten Zähnen aus diversen Hochglanzmagazinen beim Friseur entgegengrinsten. Wartete nicht ein unglaublich glamouröses Leben in Hamburg auf Louis? Was wollte er denn schon wieder hier auf ihrer kleinen Insel?

»Ich könnte mit ihr spielen, während du arbeitest«, sagte Louis, und seine Augen blitzten plötzlich begeistert auf. »Ich hab auch was für Ida dabei, damit könnten wir ...«

»Nein, also, so einfach, wie du dir das vorstellst, wird das nicht gehen«, unterbrach Stine ihn ausweichend. »Ida kennt dich doch gar nicht.«

»Na und?« Louis zuckte mit dem Schultern. »Dann lernt sie mich eben heute kennen.« Er schob sich seitlich an Stine vorbei und schlüpfte aus seinen Loafers. Dann ging er in die Küche, stellte das Paket auf der Kücheninsel ab und legte die Laptoptasche, die Stine noch gar nicht aufgefallen war, daneben. Wollte Louis hier etwa auch arbeiten?

»Solange wir noch allein sind, muss ich dir mal kurz was zeigen. Ich hab mir da nämlich was überlegt.« Er zog einen ultraflachen Laptop aus seiner Tasche und klappte ihn auf der Kücheninsel auf.

»Hmmm«, machte Stine abwesend, während sie ungeduldig aus dem Fenster schaute. Frauke traf jeden Moment mit Ida ein, und bis dahin musste Louis definitiv wieder verschwunden sein. Sie wollte mit Ida über alles sprechen, wenn Marten dabei war, doch bis jetzt war von dem keine Spur zu sehen. »Weißt du was, das zeigst du mir mal ganz in Ruhe, ja?«, sagte sie. Sie musste Louis schnellstmöglich vor die Tür setzen. »Wir könnten zum Beispiel ...« Sie überlegte kurz. »Wir könnten irgendwo was essen gehen. Wie wär's mit morgen Abend?«

Louis schüttelte entschieden den Kopf. »Geht nicht. Ich hab morgen einen frühen Termin in Hamburg. Ich fahre heute noch zurück.«

»Dann eben beim nächsten Mal? Das hat doch keine Eile ...«

»Für mich schon«, unterbrach Louis sie. »Außerdem antwortest du mir ja nicht auf meine Nachrichten.« Er drückte einen Knopf am Laptop und klickte zweimal.

»Stimmt gar nicht«, sagte Stine etwas defensiv. Sie *hatte* geantwortet, nur eben sehr schleppend und nicht ausführlich. »Es ist Hochsaison, das weißt du doch. Ich hatte einfach viel zu tun, entschuldige bitte«, fuhr sie beschwichtigend fort. »Schau, ich werde dir deine Fragen auf jeden Fall beantworten, versprochen, aber jetzt musst du bitte wieder losfahr...«

»Geht auch ganz schnell!« Louis trat mit einem gewinnenden Lächeln einen Schritt von seinem Laptop zurück und zeigte auf die PowerPoint-Folie auf dem Display. »Ida – künftige Vereinbarung«, stand oben mittig. »Was hältst du von einem 60/40-Modell?« Er klickte zur nächsten Folie. Sie zeigte einen Kreis, der aus einem roten und einem blauen Teil bestand. Zwei dynamisch geschwungene Pfeile gingen rechts und links von ihm ab. Neben dem roten Tortenstück stand: »Stine: 60 %«, neben dem blauen: »Louis: 40 %«.

Stine erstarrte. Was sollte das denn jetzt bitte werden?

»Amélie und ich haben uns ein paar Gedanken dazu gemacht, wie es ab jetzt laufen könnte, und wir …«

»Dann will Amélie Ida also tatsächlich schon kennenlernen?« Stine schaute ihn überrascht an. Auch wenn er so etwas in seiner Nachricht angedeutet hatte, war sie irgendwie davon ausgegangen, dass Amélie mit Louis fürs Erste wieder durch war.

»Jep. Sie war natürlich ein paar Tage stinksauer«, sagte Louis. »Aber dann habe ich ihr alles erklärt. Sie muss das zwar immer noch verarbeiten, aber sie ist neugierig auf Ida und würde sie wirklich gern kennenlernen, wenn sie darf.«

»Klar …«, sagte Stine zögernd. »Warum nicht. Aber ich muss erst noch mit Ida sprechen.«

»Das hast du noch nicht gemacht?«, fragte Louis entgeistert. »Hätte sie nicht als Erste die Wahrheit erfahren sollen?« Er schüttelte verständnislos den Kopf.

»Nein«, sagte Stine mit fester Stimme. »Ich habe jetzt erst mal mit meiner Familie und Marten gesprochen. Und als Nächstes werden wir zwei, Marten und ich, mit Ida reden, in einem günstigen Moment.«

»In einem *günstigen* Moment?«, fragte Louis fassungslos. »Und wann soll der bitte schön sein? Sag mal, wie lange willst du das Kind denn *noch* anlügen?«

Stine reichte es jetzt. »Sie ist doch erst vier!«, rief sie aufgebracht, ihre Stimme klang ein wenig schrill. »Sie versteht das noch gar nicht!«

»Wie sollte sie auch, wenn du nicht mit ihr sprichst!« Louis schüttelte erneut den Kopf und tippte dann auf die

Tastatur seines Laptops, woraufhin der Bildschirm eine weitere Folie zeigte. Auf ihr war das kleine Porträtfoto einer Frau zu sehen. Sie war etwa Mitte fünfzig, hatte dunkles, krauses Haar und trug eine hellblaue Bluse. Freundlich, aber gleichzeitig auch etwas verunsichert, lächelte sie in die Kamera. Sie war offenbar kein Typ, der gern fotografiert wurde.

»Das ist Elisa. Sie hat Topreferenzen und war schon in großen Häusern angestellt. Der elfjährige Junge, den Elisa viele Jahre lang betreut hat, wechselt gerade auf ein Internat nach England.«

»Was für ein Junge?« Stine stand einen Moment lang auf dem Schlauch. Was hatte sie mit Elisa und diesem Jungen zu tun? Wozu erzählte Louis ihr von ihnen?

»Elisa könnte ab nächsten Monat bei uns anfangen«, sagte Louis. Er strahlte über das ganze Gesicht. »Ich würde sie gern anstellen. Sie könnte Ida in den Wochen betreuen, in denen sie bei uns in Hamburg lebt. Glaub mir, sie ist wirklich lieb. So lieb, dass der Junge gar nicht nach England will.«

Kann ich mir gut vorstellen, dachte Stine alarmiert. Bestimmt war Elisa seine engste Bezugsperson. Das arme Kind.

Ihr wurde ganz schlecht. *Sie könnte Ida in den Wochen betreuen, in denen sie bei uns in Hamburg lebt.* Das hatte sie doch falsch verstanden, oder? Stine spürte, dass sie keine Luft bekam. Das beklemmende Gefühl schnürte ihr die Kehle zu. »Ida gehört nach Föhr«, sagte sie leise zu Louis. Sie ging zur Terrassentür rüber und riss sie auf. »Und hier wird sie für die nächsten Jahre auch bleiben.«

»In *deinen* Wochen«, sagte Louis freundlich, aber mit einem Hauch Schärfe in der Stimme. »In *deinen* Wochen lebt sie auf Föhr. In *unseren* Wochen kommt sie nach Hamburg.«

Stine wurde schwarz vor Augen. »Das kann nicht dein Ernst sein.«

»Warum denn nicht?«, fragte Louis betont unbedarft. Wieder tippte er ein paarmal auf die Tastatur, woraufhin die Präsentation ein paar Folien übersprang, bis eine Liste von Aktivitäten den Bildschirm füllte. *Ballett. Klavier/Geige/Bratsche/Cello. Hockey. Malerei und Skulpturen. Skifahren in St. Moritz. Sommerferien auf Ibiza.* »Mach dir keine Gedanken. Ida wird es bei uns ganz großartig haben. Wir könnten sie viel besser«, Louis hielt kurz inne, schaute zu Stine und suchte nach dem passenden Wort, »fördern.«

»Fördern?«, rief Stine. »Ida wächst in einem Nationalpark auf! Auf einer Insel mitten in der Nordsee. Steht mit beiden Füßen jeden Tag im Watt! Ist *das* nicht Förderung genug?«

Louis hob beschwichtigend die Hände. »Das wollen wir ihr ja auch gar nicht nehmen. Aber in unseren Wochen könnten wir ihr eben viel mehr bieten.«

»Ihr habt doch gar keine Zeit für sie!«, widersprach Stine. »Oder weshalb sonst willst du diese Nanny einstellen?« Stine musste an den Jungen denken, den seine Eltern nach England ins Internat steckten. Er war gerade mal elf!

»Ich brauche Elisa, weil ich von Amélie nicht verlangen kann, dass sie ihre Karriere aufgibt, um sich um Ida zu kümmern«, sagte Louis.

»Wer spricht denn von Amélie?« Stine konnte sich gar nicht beruhigen. »Wenn *du* mit Ida Zeit verbringen willst, wäre es doch logisch, dass *du* deine Arbeitszeit ein wenig runterfährst, oder nicht?«

Louis schwieg für einen Moment. Stine schaute ihn herausfordernd an.

»Ich habe beruflich gerade viel im Ausland zu tun. Manchmal wochenlang«, räumte Louis ein. »Und Amélies eigene PR-Agentur hat gerade einen wahnsinnig wichtigen Kunden dazugewonnen. Ich verstehe, dass du besorgt bist«, sagte er in einem verständnisvollen Ton, der Stine aufgesetzt vorkam. Louis klang, als spräche er nicht mit einer Erwachsenen, sondern mit einer bockigen Grundschülerin. »Die Nanny wäre einfach da, damit Ida auch eine feste Bezugsperson in Hamburg hätte, wenn Amélie und ich mal nicht …«

»Kommt *nicht* infrage!«, rief Stine aufgebracht. »Auf gar keinen Fall. Da mache ich nicht mit!« Sie konnte die Tränen nicht mehr zurückhalten, heiß flossen sie über ihre Wangen. »Und jetzt RAUS! Verschwinde! Und davon«, sie klappte Louis' Laptop zu, der noch auf der Kücheninsel stand, »will ich *nichts* mehr hören.« Sie wischte sich die Tränen mit dem Handrücken vom Gesicht, aber sofort strömten weitere nach. »Ida ist ein Kind! Kein Projekt, das man mit ein paar Folien verwaltet«, sagte sie schluchzend.

»Gut, dann eben keine Nanny«, sagte Louis schnell. »Aber sieh es doch mal so: Mit Amélie und mir und«, er stockte kurz, »den Mitteln meiner Familie …«

Mit eurer Kohle, dachte Stine.

»… also, damit steht Ida doch die ganze Welt offen«, erklärte Louis.

Sie eilte weinend zur Terrassentür, sie brauchte dringend frische Luft. »Aber *hier* steht ihr doch alles offen!«, rief sie. »Was kann es denn Schöneres geben, als hier aufzuwachsen?«

Louis lachte gönnerhaft auf. »Also, im Moment ist es für Ida hier sicherlich schön, keine Frage. Aber als Schülerin wird sie doch die Welt sehen wollen. Was soll sie denn hier in der Provinz?«

»RAUS!« Stines Stimme überschlug sich.

»Ach was, du wirfst mich einfach raus?«, fragte Louis ruhig. Er zog die linke Augenbraue hoch. »Gut, ich gehe.« Er schob den Laptop in seine Tasche zurück und hängte sie sich über die Schulter. »Wenn wir so nicht weiterkommen, werde ich unseren Familienanwalt einschalten.« Er schüttelte scheinbar bekümmert den Kopf. »Das wird dir noch leidtun, aber wenn du es uns allen unbedingt so schwierig machen willst …«

»Dein Anwalt *kann* mich mal!«, rief Stine.

»Wenn er sich nächste Woche bei dir meldet, wirst du ja sehen, was er *kann*«, spottete Louis, während er zur Diele ging.

»Da bin ich aber mal gespannt«, sagte eine Stimme hinter ihnen.

Stine drehte sich überrascht um. Sie hatte angenommen, dass sie allein in Tante Ellas Haus war. Aber auf dem Treppenansatz, der ins Obergeschoss führte, stand Hannah und rieb sich verschlafen die Augen. Hatte die etwa bis jetzt gepennt? Und hatte sie heute Nachmittag nicht zu ihren Eltern rüberfahren wollen? Das hatte Stine eigentlich gedacht, aber ihre Kommunikation war in den letzten Tagen auch eher bescheiden gewesen.

Ob Hannah alles gehört hat?, fragte Stine sich beunruhigt.

Ihre Schwester wusste zwar inzwischen auch, dass Louis Idas leiblicher Vater war, aber nach dem Gespräch war sie ziemlich sauer auf Stine gewesen. Ulli und Christa hingegen nahmen ihr die Sache überhaupt nicht krumm. Sie hatten Stine sogar grinsend gestanden, dass sie schon in der Schwangerschaft vermutet hatten, dass sie ihnen einen entscheidenden Teil der Wahrheit vorenthielt.

Auch Louis drehte sich jetzt zur Treppe um. »Hallo, Hannah«, sagte er überrascht. Sein linker Mundwinkel zuckte amüsiert, während sein Blick über ihre ungekämmten Haare und das dunkelgrau verschmierte Augen-Make-up wanderte, aber dann hatte er sich wieder unter Kontrolle. »Verdammt lang her!« Er schlug einen kumpelhaften Ton an. »Du hast dich ja wirklich kaum verändert.« Er kam wieder in die Küche zurück.

»Du dich schon«, sagte Hannah kühl. Barfuß, in Jeansshorts und einem überlangen, verwaschenen T-Shirt, das Stine von irgendwoher bekannt vorkam, schlurfte sie an ihnen vorbei in die Küche und nahm sich ein Wasserglas aus dem Schrank. »Ich hatte dich jedenfalls freundlicher in Erinnerung«, sagte sie zu Louis, während sie das Wasserglas unter den zischenden Hahn hielt. Als sie das Glas abstellte, warf sie Stine einen raschen Blick zu: *Mach dir keine Sorgen, ab hier schaffen wir das zusammen.*

Stine nickte und atmete erleichtert durch. Hannah war offenbar nicht mehr sauer auf sie. Ach, hätte sie ihre Schwester doch schon viel früher eingeweiht! Gleich zu Anfang.

»Mit Anwälten hast du uns früher jedenfalls nie gedroht«, pampte Hannah jetzt Louis an. Sie kramte die French Press aus einem Küchenregal und stellte den Wasserkocher an.

»Bleibt mir ja nichts anderes übrig«, muffelte Louis zurück.

Hannah ging auf seine Antwort nicht weiter ein. Sie öffnete einen Oberschrank, nahm drei Becher heraus und winkte damit in Stines und Louis' Richtung. »Kaffee?«, rief sie ihnen über das Gurgeln des Kochers hinweg zu. Sie klang jetzt völlig anders. So wie früher, richtig freundschaftlich!

Weshalb ist sie denn jetzt plötzlich so nett zu Louis?, fragte Stine sich.

»Danke, sehr gern«, sagte Louis lächelnd, während er sich an den großen Esstisch setzte.

Stine riss sich ein Stück Küchenkrepp von der Rolle ab und putzte sich leise die Nase.

»Ich will Ida doch nur kennenlernen«, verteidigte Louis sich Hannah gegenüber, als sie einen Becher mit duftendem Kaffee vor ihm abstellte. »Was ist denn daran falsch?«, fragte er. »Ich hab doch schon so viel von Idas Leben verpasst.«

»Das stimmt«, sagte Hannah verständnisvoll, und Stine sah ihr an, dass sie es genau so meinte. Ihre Freundlichkeit war nicht gespielt, sie konnte Louis' Standpunkt voll und ganz verstehen. Und mit diesem Verständnis entschärfte sie den Streit komplett, das wurde Stine plötzlich klar. Sie verhandelte jedenfalls nicht zum ersten Mal mit jemandem von Louis' Kaliber.

»Als Stine nicht wirklich die Fragen in meinen Nachrichten beantwortet hat, hab ich gedacht, ich komme einfach mal rüber und stelle ihr ein Konzept vor, wie wir …«

»Das mit der Nanny kannst du dir auf jeden Fall abschminken«, sagte Stine noch immer schroff. Sie kippte einen Schluck Hafermilch in ihren Kaffee und schob die Packung dann zu Louis rüber. Er nahm das Friedensangebot an.

»Und den Anwalt brauchen wir wohl auch nicht«, fügte Hannah mit einem Zwinkern in Louis' Richtung hinzu. »Das kriegen wir auch allein hin.«

Louis nickte. »Meinetwegen. Find ich auch besser so.«

In diesem Moment wurde im Obergeschoss die Dusche angestellt. Stine schaute an die Zimmerdecke. Wer war denn das?

Louis bemerkte das Wasserrauschen überhaupt nicht, er hing seinen Gedanken nach.

Stine blickte überrascht zu Hannah, die sofort errötete und mit den Schultern zuckte.

Stine musterte noch mal das Oversize-T-Shirt, das ihre Schwester trug. »Record Store Hamburg« stand drauf. Und dann wusste sie plötzlich, an wem sie das T-Shirt schon mal gesehen hatte. An Tom! Ein dezentes Lächeln umspielte Hannahs Lippen, während sie scheinbar hochkonzentriert in ihrem Kaffee rührte.

»Oh, Mist!«, rief Louis plötzlich und warf einen Blick auf die klobige Herrenuhr an seinem Handgelenk. »Ich habe in einer halben Stunde ein wichtiges Telefonat, und meine Unterlagen liegen drüben in Nieblum.« Er schob seinen Stuhl zurück und stand auf. »Ich muss leider los.« Er zeigte auf das rosa eingewickelte Paket. »Gibst du das Ida, Stine? Sag ihr doch, es ist von …« Er überlegte.

»… von einem Freund von mir«, schlug Stine vor. »Und den Rest erkläre ich ihr dann auch, okay?«

»Danke.« Louis wirkte erleichtert und ein bisschen traurig. »Wisst ihr, ich hätte sie heute echt gern gesehen. Aber jetzt muss ich mich wirklich beeilen.«

Stine begleitete ihn zur Haustür. »Komm doch in ein paar Tagen noch mal wieder«, meinte sie. »Und bring mehr Zeit mit. Ida braucht immer ein wenig, bevor sie mit Leuten warm wird, die sie nicht kennt.«

Louis nickte. »Das werde ich«, versprach er. »Und Amélie?« Er schaute Stine verlegen an. »Meinst du, sie könnte …?«

»… mitkommen? Klar, warum nicht«, sagte Stine, während sie Louis durch die Diele schleuste.

»Wirklich?«, fragte er ungläubig, als Stine die Haustür aufzog.

»Na, wenn ich's doch sage.« Sie lächelte.

»Danke! Ich melde mich wieder, ja?« Louis schlüpfte in seine Loafers und eilte über den Kiesweg zu dem alten Saab Cabrio, das die Blohms auf Föhr fuhren.

Stine stand noch im Türrahmen und schaute ihm nach, als plötzlich ein anderer Wagen in die Einfahrt einbog. War das nicht …? Vor Schreck wäre Stine fast umgefallen. Neben

Louis' Saab parkte jetzt Martens VW-Bus. Der Kies knirschte kurz, Marten stellte den Motor ab, und dann war es still. Vom Fahrersitz aus schaute er reglos dabei zu, wie Louis zum Gruß die Hand in seine Richtung hob, das Cabrio aufschloss, einstieg und rückwärts aus der Einfahrt fuhr.

Stine rannte auf den VW-Bus zu. Er war wieder auf Föhr! Später als erwartet, aber er war wieder da. »Marten! Wie schön! Das ist ja eine Überraschung.« Sie freute sich riesig, ihn zu sehen.

Er ließ das Fahrerfenster runterfahren, aber er lächelte nicht. Sein Gesicht wirkte versteinert. So kannte Stine Marten überhaupt nicht.

»Das war doch nicht etwa …?«

»Doch, das war Louis«, sagte Stine. »Er war kurz hier, weil er mit mir sprechen wollte. Über Ida.«

Marten schüttelte genervt den Kopf. »Trefft ihr euch also immer noch hinter meinem Rücken?«

»Tun wir nicht! Louis ist unangekündigt vorbeigekommen«, versuchte Stine, ihm die Situation zu erklären. »Ich hatte keine Ahnung, dass er auf Föhr ist. Komm rein, dann erzähle ich dir alles.« Sie öffnete die Fahrertür, aber Marten stieg nicht aus. Stine stand vor ihm und hoffte so auf eine Umarmung. Auf ein Zeichen, dass alles wieder gut würde zwischen ihnen. Sie musterte sein gebräuntes Gesicht. Die Tage bei Snørre hatten Marten gutgetan, trotz der schweren Arbeit auf der Baustelle wirkte er erholt. Seine Augen leuchteten hell und erinnerten Stine an die Farbe von besonders seltenem verwaschenem Strandglas. Sie nahm seine Hand. »Komm, wir setzen uns auf Tante Ellas Terrasse, da können wir in Ruhe reden.« Liebevoll drückte sie seine Hand, aber Marten entzog sie ihr.

»Tut mir leid, aber ich kann das nicht«, sagte er. Seine Stimme klang so rau, als hätte er zu viele Zigaretten hintereinander geraucht, und dabei rauchte er eigentlich nicht mehr. »Ich habe in den letzten Tagen viel nachgedacht. Ich dachte, ich komme zurück und kriege das hin. Aber als ich Louis gerade eben mit dir aus der Haustür kommen gesehen hab …« Er brach ab und rieb sich erschöpft über die Augen. »Das tat verdammt weh. Du hast mich einfach viel zu lange angelogen.« Er starrte schweigend auf die Windschutzscheibe, und Stine nickte.

Sie fühlte, wie die Scham mit ihren fiesen Klauen in ihre Glieder kroch. Wie alles in ihr erstarrte, was diese Klauen zu packen bekamen. Es war so *falsch* gewesen, Marten zu belügen. Alle zu belügen.

»Dieser Lackaffe wird bei dir und Ida in Zukunft ständig ein und aus gehen«, sagte Marten. »Damit muss ich klarkommen. Bitte entschuldige, aber dafür brauche ich einfach noch ein bisschen.« Er zog die Fahrertür seines Busses wieder zu und startete den Wagen.

Stine trat erschrocken einen Schritt zurück. »Marten!«, rief sie ihm durch das offene Fenster zu. »Jetzt bleib doch noch! Lass uns reden. Nur ganz kurz!« Sie trommelte mit den Händen gegen die Fahrertür. »Bitte!«

»Lass mich erst mal ankommen, okay? Ich bin gerade von der Fähre runter und dachte, ich überrasche dich. Aber die Überraschung ist ja mal so richtig nach hinten losgegangen.« Langsam fuhr er los.

»Ist sie nicht!«, rief Stine. Sie ging jetzt neben dem Wagen her. »Du kannst dir nicht vorstellen, wie sehr ich mich freue, dass du wieder da bist! Bitte, Marten.«

Aber Marten hielt nicht noch einmal an. Stine blieb stehen, und als der VW-Bus einen Bogen machte, um einen Birnbaum zu umfahren, brach sich die Sonne in der Windschutzscheibe. Stine wurde so geblendet, dass sie die Augen für einen Moment schließen musste. Sie hörte, dass das Kiesknirschen und das Motorbrummen sich immer weiter von ihr entfernten.

»Maaarten!« Als sie die Augen wieder öffnete, hatte der Bus die Straße erreicht. Marten fuhr gerade an und drehte seinen Kopf noch einmal kurz zu ihr. Zum Abschied hob er die Hand. Immerhin. Bitte komm doch zurück!, flehte Stine innerlich. Bitte! Aber Marten gab Gas, und der Bus verschwand hinter einem Sanddornbusch.

»Scheiße!«, fluchte Stine laut. Sie schaute sich um, erschrocken über ihren Ausbruch. Aber dann überkam es sie noch mal. »SO EINE VERDAMMTE RIESENGROSSE SCHEISSE!« Jetzt durfte sie das, Ida hörte ja nicht zu. Schon wieder rannen ihr die Tränen übers Gesicht. »Mist!« Frustriert trat sie in den Kies. Eine gute Handvoll Steinchen flog über Tante Ellas Margeriten hinweg auf den Rasen. Stine stand für einen Moment in einer Staubwolke. Der feine Nebel kitzelte sie in der Nase und brannte ihr in den Augen. Sie nieste. Verflixt. Jetzt würde sie vor dem nächsten Rasenmähen die Steinchen auf den Knien aus dem Gras raussuchen müssen, sonst schredderten sie noch Tante Ellas Elektromäher. Aber der Tritt hatte trotzdem gutgetan.

Während die Spatzen unerträglich gut gelaunt vom Reetdach zwitscherten, ging Stine langsam zum Haus zurück. Was für ein *bescheuerter* Nachmittag!, dachte sie genervt. *Alles* ging daneben!

Eigentlich hatte sie gehofft, dass sie sich gleich nach Martens Rückkehr versöhnen würden. Dass sie sich entschuldigen konnte und sie sich noch einmal in aller Ruhe aussprachen. Genau das war der Plan gewesen. Aber jetzt hatte Louis mit seinem bekloppten Überraschungsbesuch alles ruiniert.

Sie drehte sich noch mal zur Einfahrt um. Wo blieben eigentlich Frauke und Ida? Seit Louis' Besuch – und seinen 60/40-Plänen! – hatte Stine eine unglaubliche Sehnsucht nach ihrer kleinen Maus.

»Irmi ist am Telefon!«, rief Hannah plötzlich von der Terrasse. Sie hielt sich ein Telefon ans Ohr.

Es war Stines, sie erkannte es an der Schutzhülle mit den bunten Glitzerstickern, die Ida draufgeklebt hatte.

»Sie sagt, ich soll dir bitte ausrichten, dass ihre Nachbarin noch eine Wohnung hat für irgendwelche Krefelder mit Zwillingen.« Hannah winkte verständnislos mit dem Telefon. Sie ging ein paar Schritte auf Stine zu und wollte ihr das Telefon übergeben, aber Stine winkte energisch ab.

»Ich kann jetzt nicht sprechen«, flüsterte sie kaum hörbar Hannah zu.

Hannah schaltete glücklicherweise sofort. »Hundert Euro die Nacht?«, gab sie Stine weiter durch.

Stine hob den Daumen und nickte.

»Geht in Ordnung«, sagte Hannah zu Irmi. »Stine meldet sich dann noch mal mit den Details.« Damit legte sie auf.

Die Krefelder sind also versorgt, dachte Stine. Da würde sich Familie Blechschmidt aber freuen! Ihre Stimmung besserte sich für einen kurzen Moment. Ihre Mutter wäre so stolz, wenn Stine ihr später erzählte, welches Ding der Unmöglichkeit die Apartmentvermittlung »Halligblick« heute wieder für ihre Gäste möglich gemacht hatte. Von Christa hatte Stine gelernt, dass man als Unternehmerin nicht gleich aufgeben durfte. Manchmal lohnte es sich dranzubleiben.

Also gut. Es ging heute nicht *alles* daneben. Aber dass Marten sofort wieder abgefahren war, war ein Desaster!

»*Was* für ein Timing!«, sagte Hannah, als Stine über den Rasen zur Terrasse ging. »Wir haben vom Küchenfenster aus alles beobachtet.«

Tom tauchte mit nassen Haaren neben Hannah auf. »Bitte entschuldige«, sagte er betreten. »Ich fahre jetzt besser, okay?« Er drückte Hannah einen langen Kuss auf die Wange, und Hannah wurde sofort rot.

»Ich ruf dich nachher an, ja?«, flüsterte sie ihm zu.

»Alles klar.« Tom lächelte, aber in Stines Gegenwart wirkte er jetzt doch ein wenig verlegen. Er ging zu seinem Rad, das an Tante Ellas Gartenschuppen lehnte.

Stine nahm Hannah ihr Handy aus der Hand und ging wortlos in die Küche zurück. Durchs Fenster sah sie, dass Hannah noch einmal barfuß über den Rasen zu Tom an den Gartenschuppen lief, um ihn in aller Ruhe zu küssen.

So schlecht es Stine auch ging, dieser Anblick zauberte ihr doch ein Lächeln aufs Gesicht. Wie lange man doch miteinander herumstehen und knutschen konnte, wenn man sich gerade kennengelernt hatte und ein wenig verknallt war! Ewig! Stine erinnerte sich noch gut an die erste Zeit, als Marten und sie gar nicht genug voneinander bekommen konnten! Wie aufregend das doch gewesen war!

Bei dem Gedanken an Marten wendete Stine ihren Blick von den beiden ab. Wenn sie doch nur wüsste, wie sie ihm zeigen konnte, wie sehr sie ihn noch liebte!

Sie schnappte sich wieder ihr Telefon und versuchte, ihn anzurufen, aber er nahm nicht ab. Sie erreichte nur seine Mailbox. Verflixt. Ihr Blick fiel auf das überproportionierte Geschenk, das Louis für Ida mitgebracht hatte. Es stand noch auf der Kücheninsel.

»Sag mal, soll ich das nicht erst mal wegräumen?«, fragte Hannah, als sie wieder in der Küche war. »In die Abstellkammer oder so?«

Stine überlegte kurz. Eigentlich hatte sie Louis versprochen, dass Ida das Geschenk bekam. »Nein, ist schon okay«, sagte sie zu ihrer Schwester. »Es wird Zeit, dass Ida von Louis erfährt.« Sie schob das Paket auf den Platz am Tisch, vor dem Idas höhenverstellbarer Kinderstuhl stand. »Auch wenn er heute erst mal nur als ein Freund in Erscheinung tritt, der Blendergeschenke macht …« Sie zuckte mit den Schultern. »Ida wird das Geschenkpapier mit den verstrahlten Einhörnern auf jeden Fall *lieben*.« Und was ist falsch daran, dass Louis Ida nach vier Jahren zum ersten Mal eine Freude macht?, dachte Stine, während Hannah lächelte. »Aber dass Marten Louis hier gesehen hat, war echt ungünstig.« Stine seufzte, versuchte es noch einmal bei Marten und landete wieder auf seiner Mailbox.

»Mist.« Sie feuerte das Telefon genervt in die Sofakissen. Ihr Brustkorb fühlte sich immer enger an. Selbst beim tiefen Einatmen bekam sie kaum noch Luft. Sie dachte an den furchtbaren Moment, als Marten die Autotür wieder zugezogen hatte. So etwas hatte er noch nie gemacht! Und trotzdem verstand Stine, warum er sich so verhielt. Warum er sich zurückzog. Er hatte Louis bei ihr gesehen. *Das tat verdammt weh*, hatte er gesagt. *Du hast mich einfach viel zu lange angelogen.*

In ihren Augenwinkeln brannte es. Stine zwinkerte ein paarmal. Sie drehte sich von Hannah weg und schaute angestrengt aus dem Küchenfenster.

»Hey, jetzt komm mal her«, sagte Hannah sanft. Sie strich über Stines Arm, und in diesem Moment rannen Stine schon wieder die Tränen über die Wangen.

»Das ist lieb, aber es geht schon wieder«, wehrte Stine sie ab.

»Shhh …« Hannah ignorierte ihre Worte und nahm Stine in den Arm. »Es wird alles wieder gut.«

»Wird es nicht!«, schluchzte Stine. »Es wird doch gerade alles nur noch schlimmer.«

»Shhh …«, machte Hannah noch einmal und strich ihr beruhigend über den Rücken.

Stine weinte jetzt ungehemmt an Hannahs Schulter. »Wir müssen die Hochzeit absagen. Marten ist immer noch total sauer. Der will mich bestimmt nicht mehr heiraten.«

Hannah reichte ihr ein Stück Küchenkrepp, und Stine schnäuzte sich laut. »Wahrscheinlich macht der morgen Schluss.« Sie knüllte das vollgerotzte Papiertuch zusammen, ging zum Mülleimer und warf es hinein.

»Ach was, macht er nicht«, sagte Hannah, aber Stine glaubte ihr nicht. Wie konnte Hannah sich da so sicher sein? Wer wusste schon, was in Marten im Moment vorging? Stine jedenfalls nicht mehr.

Sie hatte mal geglaubt, dass sie es wüsste. Aber die Nähe, die es zwischen ihnen mal gegeben hatte, hatte Stine mit ihrer Lüge verspielt. Wenn Marten doch nur mit ihr sprechen würde! Sie fischte das Telefon aus den Sofakissen und versuchte es noch einmal bei ihm. Wieder vergeblich.

»Siehst du«, sagte Stine mit finsterem Blick. »Nichts wird mehr gut. *Gar* nichts.«

»Hmmm.« Nachdenklich räumte Hannah die drei Kaffeebecher vom Tisch in den Geschirrspüler. »Kannst du Marten nicht irgendwie zeigen, wie wichtig er dir ist?«

»Und wie soll ich das bitte machen?«, fragte Stine. »Er spricht doch nicht mal mehr mit mir.«

Hannah stellte die Hafermilch in den Kühlschrank zurück. »Kannst du ihn nicht überraschen? Vielleicht fällt uns ja etwas ein, womit er überhaupt nicht rechnet. Kann sein, dass er dann so verblüfft ist, dass er dir zuhört.«

»Überraschen?« Stines Kopf brummte. »Ach, ich weiß nicht …« Sie konnte gerade nicht mehr klar denken.

»Irgendwas fällt uns schon ein«, sagte Hannah zuversichtlich, als in der Einfahrt wieder der Kies knirschte.

Stine rannte zum Küchenfenster. War das vielleicht noch

mal Marten? Nein, es war nicht der Bus, sondern Fraukes Golf, der vor dem Haus zum Stehen kam.

»Ida!« Sie winkte ihrer Tochter durch das Fenster zu, und Ida und Frauke winkten durch die getönten Autoscheiben zurück.

Stine öffnete die Haustür und ging in die Hocke, als Ida auf sie zugeflogen kam. »Hallo, mein Liebling. Hattet ihr zwei einen schönen Nachmittag?«

Ida nickte. Ihr Mund war erdbeerrot verschmiert. »Ich hab Eis gegessen. Oma hat mir *zwei* Kugeln gekauft!«, rief Ida stolz.

»Zwei Kugeln?«, tat Stine beeindruckt. »Da hast du aber Glück gehabt. Bei mir darfst du immer nur eine.«

»War eine Ausnahme.« Frauke lächelte. »Die Verkäuferin hat Ida die zweite Kugel geschenkt. Ist eine alte Schulfreundin von mir.« Sie gingen ins Haus.

»War Marten hier?«, fragte Frauke Stine leise, als Ida Hannah begrüßte. »Er kam uns auf der Straße entgegen, hat gehalten und Ida lange geknuddelt.«

Stine stiegen schon wieder Tränen in die Augen, als sie das hörte. Sie zwinkerte sie schnell weg. »Ja, er war ganz kurz hier. Aber das Treffen ist nicht gut gelaufen.«

»Ihr kriegt das schon wieder hin.« Frauke drückte Stines Arm.

»Meinst du?«

»Auf jeden Fall.« Frauke nickte zuversichtlich.

»Frauke?«, rief Hannah, die gerade eine Apfelschorle für Ida mixte. »Wir hatten gerade einen Kaffee und steigen jetzt um auf Wein. Hättest du vielleicht Lust auf ein Glas

Chardonnay?« Sie nahm eine dreiviertelvolle Flasche Wein aus der Kühlschranktür.

Frauke warf einen kurzen Blick auf die Küchenuhr. Halb sechs. »Ach, ich müsste eigentlich weiter in den ›Wal‹. Aber wenn Marten wieder da ist … Der hat mit Hinnerk und Linus bestimmt alles im Griff. Also, warum nicht! Ich trinke gern ein Glas mit euch.« Sie rutschte auf einen der Barhocker an der Kücheninsel. »Und was gibt's Neues bei dir?«, fragte sie Hannah. »Wer war denn dieser gut aussehende Mann, mit dem du letztens am Südstrand um die Strandkörbe geschlichen bist?«

Hannahs Augenbrauen flogen in die Höhe. »Hat uns jemand gesehen?«

»Die Insel sieht alles. Das weißt du doch«, raunte Frauke ihr mit einem vielsagenden Blick zu, dann kicherte sie. »Spaß beiseite. Bei uns im ›Wal‹ halten uns unsere Gäste immer auf dem Laufenden.« Sie hob das Glas, das Hannah ihr reichte. »Auf was stoßen wir an? Auf die Nächte am Südstrand?«

»Auf die Nächte am Südstrand«, sagte auch Stine, während Hannah grinste und schwieg.

Nachdem sie miteinander angestoßen hatten, kuschelten Ida und Stine sich aufs Sofa und blätterten in einem Bilderbuch, während Hannah Frauke ausführlich erzählte, wie sie Tom kennengelernt hatte.

Nachts lag Stine wieder wach. Sie dachte an Marten. Er hatte nicht mehr zurückgerufen, und sie hatte es nicht gewagt, zu ihm rüberzufahren. Sie fürchtete, dass sie sich so spät abends nach einem Tag, der für beide lang gewesen war, wieder nur schlimm streiten würden.

»Ihr solltet morgen noch mal miteinander sprechen. Ganz in Ruhe«, hatte Christa Stine geraten, als Stine abends anrief und ihr von Louis' PowerPoint-Präsentation erzählte. Und von dem Moment, als Marten mit seinem Bus vorgefahren und Louis gerade noch dabei gesehen hatte, wie er in das Blohm'schen Saab Cabrio stieg. Im Stillen stimmte Stine ihrer Mutter zu.

Bescheuerter ging's eigentlich nicht!, dachte sie, während sie sich von einer Seite auf die andere wälzte. Wie hatte der Nachmittag nur dermaßen schiefgehen können? Wenn sie die Zeit noch mal zurückdrehen könnte, wäre Stine in Wyk geblieben und hätte vom Büro aus eine Ferienwohnung für die Blechschmidts aufgetrieben. Und dann hätte sie Frauke gebeten, Ida dort vorbeizubringen. So hätte Louis vor verschlossener Tür gestanden. Wobei, vielleicht hätte er dann eins und eins zusammengezählt und es auch in Wyk versucht. So wie Marten, der tatsächlich erst bei ihnen am Laden gehalten hatte, um nach Stine zu sehen, als er von der Fähre kam. Das hatte Ulli ihr erzählt. Stine konnte sich vorstellen, dass ihr Wiedersehen mit Marten ohne Louis' Auftritt ganz anders verlaufen wäre. *Ganz* anders!

Sie schwang ihre Beine aus dem Bett und stand auf. Im Haus war es dunkel und ruhig. Ida schlief tief und fest, und Hannah war ausgegangen. Sie traf sich mit Tom und hatte daraus auch kein Geheimnis gemacht.

Für das Date hatte sie sich Stines beste Bluse geborgt (von Isabel Marant, Stine hatte sie im letzten Herbst in einem

Hamburger Secondhandladen gefunden, und Hannah, das »Mode-Trüffelschweinchen«, hatte natürlich darauf bestanden, dass sie nur *diese eine* Bluse bei dem Date tragen konnte). Stine tapste barfuß in die Küche hinunter und sah durchs Erkerfenster. Draußen stand der Mond über der Nordsee. Eine perfekte Sichel, so rund und gebogen wie das Keksförmchen, mit dem Ida und sie um die Weihnachtszeit herum immer Plätzchen ausstachen.

Stine füllte Wasser in den Kocher und stellte ihn an. Er brummte, dann blubberte das Wasser für einige Sekunden kochend vor sich hin, bevor sich das Gerät mit einem »Klack!« abschaltete.

Sie füllte losen Lavendeltee in das Teesieb, hängte es in die Kanne und goss dann heißes Wasser hinterher.

Während der Tee zog, setzte Stine sich an die Küchen-insel und schüttelte einen Butterkeks aus einer gelben schmalen Schachtel, die sie in der hinteren Schrankecke gefunden hatte. Sie biss in den Keks. Er war weich, die Packung war schon offen gewesen, aber der Zucker tat ihr gut. Sie aß noch ein paar Kekse und schaute wieder aus dem Fenster. Ein pastellblauer Streifen zog sich jetzt über den östlichen Himmel, bald würde der Tag anbrechen. Und dann? Würde sie heute alles mit Marten besprechen können? Sie hoffte es so sehr …

Kannst du ihn nicht überraschen? Das hatte Hannah gestern Nachmittag gesagt. Die Idee war doch bescheuert, oder nicht? Wie sollte sie Marten denn überraschen?

Stine nippte am Lavendeltee. Er war noch viel zu heiß. Sie pustete in die Tasse und stellte sie dann wieder ab. Ihr

Blick fiel auf die schöne Keramikschale auf der Küchen-insel. Marie Ming hatte sie getöpfert und bemalt, eine Freundin von Tante Ella, die jedes Jahr ein paar Tage bei ihr auf Föhr verbrachte. Sie war eine beeindruckende Frau, die wie ein Schlot rauchte und jeden noch so trinkfesten Föh-rer unter den Tisch soff. Den Entwurf der Schale, die au-ßen eine gemalte Flaschenpost zierte, hatte Marie Ming auf Föhr in ihr Skizzenbuch gezeichnet. Stine, Marten und Ida mochten die Schale mindestens so gern wie Tante Ella. Stine hatte auch eine geordert, aber Marie Ming und ihre beiden Assistentinnen waren so beschäftigt, dass Stine mit ihrer Bestellung erst auf Wartelistenplatz sechsundfünfzig vorgerückt war. Immerhin. Konnte ja nur noch bis Weih-nachten dauern, bis sie eine eigene Schale in den Händen hielt, die Marten und sie in die Küche ihres frisch renovier-ten Hauses in Nieblum stellen konnten. *Wenn* sie dort noch zusammen einzogen … Das taten sie doch, oder? Selbst wenn Marten die Hochzeit absagte, hieße das doch nicht, dass er nicht mehr mit ihr zusammenleben und sich trennen wollte, oder? Stine wurde ganz schlecht.

Sie nippte noch einmal an ihrem Tee. Er war nicht mehr so heiß, jetzt konnte sie ihn langsam trinken. Dann strich sie behutsam mit dem Finger über die hellblaue Farbe, die Marie Ming zum Bemalen der Schale benutzt hatte. Die ge-tuschten Linien waren nicht ganz gerade, an einigen Stellen zitterte der Strich ein wenig. Auch die schwere Schale selbst war nicht überall glatt getöpfert. Liebevoll berührte Stine die kleinen Kuhlen und Beulen und dann wieder die weni-gen glatten Flächen. Diese Schale war nicht perfekt. Auch mein eigenes Leben ist nicht perfekt, dachte Stine. Nicht immer lief alles glatt. Und aus exakt diesem Grund mochten sie und Marten diese etwas unförmige Schale auch so sehr. Sie war wunderschön.

Ihr Leben war nun mal nicht ganz so auf Hochglanz poliert wie in den Spielfilmen, die Stine und ihre Mutter sonntagabends mit einer Schachtel Pralinen auf dem Schoß und einer Flasche Rotwein zusammen schauten – während Ulli amüsiert das Weite suchte und eine lange Runde auf seinem neuen E-Bike um die Insel drehte. Wobei die Spielfilme ja zeigten, dass es auch in schottischen Gutshäusern und auf schwedischen Landsitzen Probleme gab, die gelöst werden mussten. Das Leben der gut aussehenden Bewohner, die in Cordsakkos oder weichen Pullis in Naturtönen in Oldtimer stiegen und auf dem Weg zu einem Termin immer durch eine atemberaubende Landschaft fuhren, lief auch nie nach Plan. Aber egal, wie verfahren die Situation auch gewesen war: Am Ende lagen sich alle in den Armen, und die Geschichte ging gut aus. Und wenn dann der Abspann lief, seufzten Stine und Christa immer zufrieden unter ihren Sofadecken. Ach, war das Leben nicht schön!

So lange jedenfalls, bis eine von ihnen nach der Fernbedienung suchte, um den Fernseher auszuschalten, und dabei garantiert ein halb volles Glas Rotwein vom Couchtisch riss. Das beschrieb ziemlich genau, wie ihr Leben so war. Manchmal etwas chaotisch. Irgendwas passierte immer, und dann musste man es wieder aufwischen. Oder Scherben aufkehren. Aber anschließend kam Ulli von seiner Radtour zurück und sagte mit einem Blick aufs Kehrblech, dass dieser Scherbenhaufen ihnen doch nur wieder das ganz große Glück brächte.

Stine trank den letzten Schluck Lavendeltee und stellte die Tasse in die Spülmaschine. Dann fuhr sie mit ihrem Finger noch einmal über die Schale. Über die breiten Striche, mit der die Flaschenpost gemalt war.

Sie musste daran denken, dass Ida und Marten oft davon gesprochen hatten, wie unglaublich toll es wäre, am Strand mal eine Flaschenpost zu finden.

»Vielleicht könnten wir mal eine für Ida hier irgendwo deponieren«, hatte Stine vor ein paar Monaten bei einem Strandspaziergang vorgeschlagen. Es war stürmisch gewesen, und sie hatten allerlei angeschwemmtes Holz nach Hause getragen, um daraus mit Ida etwas zu basteln. Marten hatte die Idee sofort super gefunden, aber dann war sie wieder in Vergessenheit geraten. Wie so viele Dinge im Frühling und Sommer, wenn die Gäste sich auf der Insel stapelten und Stine und Martens Privatleben für einige Monate zu kurz kam.

Stines Finger strich noch einmal über die Schale, als sie plötzlich in der Bewegung innehielt. War das nicht *die* Idee? Konnte sie nicht eine Flaschenpost für Marten basteln? Mit einer Überraschung darin, mit der er überhaupt nicht rechnete? Würde er sich darüber freuen? Oder es völlig daneben finden? Nein, völlig daneben würde er das nicht finden. Das konnte Stine sich nicht vorstellen. Plötzlich wurde sie ganz hibbelig und so aufgeregt wie schon lange nicht mehr. Sie schob die Terrassentür auf und rannte barfuß über den Rasen zu Tante Ellas windschiefem Gartenschuppen, wo das Altglas lagerte. Stine würde jetzt sofort nach der geeigneten Flasche für Martens Flaschenpost suchen. Und eine Idee für das, was sie möglicherweise in der Flasche verstecken könnte, hatte sie auch schon.

17. Hannah

Von: ralf_nuessler@nuesslerandnuessler.com
An: Kuestenhannah@gmail.de
Betreff: Lust auf Sonne?

Liebe Hannah,
bitte entschuldige, dass ich dir an deine private
Mailadresse schreibe, du bist schließlich noch im
verlängerten Urlaub. Aber glaub mir, ich würde
mich auch nicht melden, wenn es nicht so dringend
wäre. Aber es ist leider dringend. Deshalb falle ich
auch gleich mit der Tür ins Haus, kennst mich ja!
   Nicole hat heute Morgen gekündigt. Ich habe das
natürlich schon kommen sehen, aber so plötzlich
dann doch auch wieder nicht. Ich finde diese ganze
Aktion ehrlich gesagt ziemlich daneben. Du setzt
deine Prioritäten dagegen ganz anders und hättest
mich <u>nie</u> so hängen lassen. Deshalb meine Frage:
Könntest du dir vorstellen, Nicoles Job zu

übernehmen? Ich weiß, es ist etwas kurzfristig, aber Nicole verlässt uns schon Ende der kommenden Woche, ich brauche für sie auf Mallorca also dringend Ersatz, eigentlich ab sofort.

Über die Unterkunft mach dir bitte keine Gedanken. Die Kosten übernimmt erst mal die Firma. Würde dich ein möbliertes Apartment etwas außerhalb von Palma direkt am Meer interessieren? Oder möchtest du lieber in die Stadt? Gib mir doch Bescheid, dann bucht Nike etwas Schönes für dich.

Und schreib mir doch schnell zurück, ab wann du da sein und loslegen kannst. Du erreichst mich auch jederzeit telefonisch.

Dein Ralf
VICE PRESIDENT, The NUESSLER &
NUESSLER Real Estate Group

Hannah lag auf dem Rücken auf Tante Ellas Yogamatte, die Beine angezogen, die nackten Füße aufgestellt und das Telefon ein paar Zentimeter vor ihrem erhitzten Gesicht. Die Online-Yogastunde war anstrengend gewesen. Liegend scrollte sie sich noch einmal durch Ralfs Mail. Hatte sie das gerade richtig gelesen? Bot Ralf ihr gerade tatsächlich Nicoles Job auf Mallorca an?

Hannah schüttelte ungläubig den Kopf. *Der muss sich doch vertippt haben!* Diese Mail war doch sicher an jemand anderen gerichtet, oder nicht? Aber das war sie nicht. Nike hatte sie extra angerufen und nach ihrer privaten Mailadresse gefragt. Für Ralf. Hannah war schon drauf und dran, Nike diese Bitte abzuschlagen, aber die Assistentin beruhigte sie und versicherte ihr, diesmal habe Ralf kein »Sonderprojekt« für Hannah, für das sie eine bis vier Nachtschichten einlegen musste. »Er kommt in friedlicher Mission«, hatte Nike noch in einem getragenen Ton angefügt, so als wäre sie eine Darstellerin aus »Star Wars«.

Hannah überflog die Mail noch einmal. Sie hatte keine Ahnung, weshalb er sie nachnominierte, in der Firma gab es schließlich genug talentierte (und ehrgeizige!) Kolleginnen und Kollegen. Aber blau auf weiß leuchtete ihr das Jobangebot entgegen.

Hannah legte das Handy neben sich auf die Matte und schloss für einen Moment die Augen. Jetzt hatte sie den Job also. Aber wollte sie wirklich nach Mallorca? In die Höhle des Löwen aka Ralf? Wollte sie Tag für Tag an der Seite ihres Chefs arbeiten? Ohne Alexis? Vor ein paar Wochen hatte sie es jedenfalls noch ganz unbedingt gewollt. Aber jetzt stellte sich bei ihr die Freude über das Jobangebot irgendwie nicht so richtig ein.

Sie malte sich aus, wie Ralf sich morgens nach der Tennisstunde mit seinem Privattrainer (einem ehemaligen Profi mit Wimbledon-Erfahrung!) in verschwitzten Sportklamotten und mit einem weißen Handtuch über den Schultern auf seine Terrasse gesetzt und die Mail an Hannah geschrieben hatte. Schon nach den ersten beiden Zeilen hatte Nike ihn sicher dort entdeckt und war in die Küche gehetzt, um Ralf einen Smoothie zu bringen. Oder einen frisch aufgebrühten Espresso. Beide Getränke musste sie ihm möglichst geräuschlos servieren, das gehörte zu Nikes Job.

Hannah schüttelte lächelnd den Kopf. Den CEO-Kult, den Ralf zelebrierte, nahmen bei »Nüssler & Nüssler« nur noch die Praktikanten ernst. Und auch die durchschauten ihn nach der ersten Arbeitswoche.

Sie dachte daran, wie penetrant Ralf ihr und den Kollegen während der meisten Videocalls entgegenschlürfte, wenn er seine grünen Smoothies durch den Strohhalm trank. In wichtigen Terminen brach das Schlürfen manchmal kurz ab, wenn Ralf eine schwierige Entscheidung treffen und kurz nachdenken musste, bevor es wenig später wieder einsetzte.

Das Schlürfen würde sie ab sofort also live im Büro ertragen müssen. Acht bis zwölf Stunden am Tag. So wie sie sich auch an das leicht schnöselige Schnarren in Ralf Stimme gewöhnen müsste, an sein breites Grinsen, an die zu stark gebleichten Zähne und an seinen ausgeprägten rheinischen Dialekt (den Hannah nun wirklich gern hörte). Sie würde ab sofort ungefiltert das Drunter und Drüber mit Ralfs Porsche-Werkstatt mitbekommen, die dummerweise immer genau dann keine Aufträge mehr annahm, wenn einer von seinen beiden Oldtimer-Porsches zwischen Pollença und Palma liegen blieb. Auch die Probleme mit Ralfs Exfrauen und den vier Kindern, die aus diesen Ehen hervorgegangen waren, würden nicht an Hannah vorbeigehen. Und wenn sie an das ewige Theater zwischen Nike und Ingo von der IT dachte, die gemeinsam gefühlt alle zwei Tage Ralfs überfülltes Mailpostfach ausmisten mussten, bekam Hannah jetzt schon Kopfschmerzen.

Wollte sie das wirklich? In ihren Gedanken hallte der entscheidende Satz aus seiner Mail noch nach: *Könntest du dir vorstellen, Nicoles Job zu übernehmen?* Im Liegen atmete sie tief in den Bauch hinein. Und langsam wieder aus. Ein und aus. Ein und aus ...

Hatte Hannah einfach Glück, dass Nicole hingeschmissen hatte? Oder war das ein Wink des Schicksals? Hannah war so überwältigt, dass sie kurz nicht wusste, ob sie lachen oder weinen sollte. Sie hatte sich den Job *sooo dermaßen* gewünscht. Und jetzt hatte sie ihn bekommen. Ende gut, alles gut, richtig?

Aber trotzdem fühlte sich diese ganze Sache merkwürdig an. Aus irgendeinem Grund konnte Hannah sich nicht richtig drauflosfreuen. Sie kniff sich in den Arm. *Hallo?! Erde an Hannah. Du darfst nach Mallorca! Ist das nicht der Hammer? Jetzt freu dich doch mal!* Aber sie freute sich immer noch nicht. Jedenfalls nicht so, wie sie es noch vor ein paar Wochen getan hätte.

Hannah griff noch einmal zum Telefon und schob mit dem Zeigefinger Ralfs Mail über das Display. Wahrscheinlich sollte sie ihn sofort anrufen und sich für das tolle Angebot bedanken. Das wäre ihrem Chef gegenüber die richtige Geste. Wohlerzogen, pflichtbewusst. Genauso hätte Hannah noch vor ein paar Wochen reagiert. Dass sie nur seine zweite Wahl war, hätte sie am Telefon netterweise einfach unter den Tisch fallen lassen.

Aber Hannah wollte ihren Chef jetzt nicht anrufen. Was

sollte sie ihm denn sagen? Dass sie sofort alles stehen und liegen ließ und mit der nächsten Maschine nach Mallorca jettete? Das ging doch überhaupt nicht. Die Hochzeit von Stine und Marten war in acht Tagen. Momentan war Marten zwar noch sauer auf Stine, aber sie würden sich doch wohl wieder zusammenraufen, sodass die Hochzeit stattfand, oder? Oder doch nicht?

Gut, dass Stine so lange geflunkert hatte, war schon irgendwie unglaublich. Marten, Hannah, ihren Eltern, Freunden … *allen* hatte Stine über Jahre Mist erzählt. Dass Marten das als ihr künftiger Ehemann erst mal verdauen musste, war ja wohl klar. *Alle* mussten das erst mal verdauen.

Und dass Marten nach seiner Rückkehr Stine auch noch sofort mit Louis angetroffen hatte, machte die Sache natürlich nicht besser. Das musste sich für Marten doch angefühlt haben, als hätte Stine ihn gleich noch ein zweites Mal verarscht.

Er brauchte jetzt etwas Zeit. Völlig verständlich. Hannah hatte es ja selbst noch nicht so ganz begriffen. Diesen Leonard, von dem Stine immer gesprochen hatte, den hatte es nie gegeben. Statt mit ihm hatte Stine mit Louis geschlafen. Dass Stine sich ihr damals nicht anvertraut hatte, als sie schwanger wurde, machte Hannah wirklich traurig. Sie waren doch Schwestern! Als Schwestern hatte man keine Geheimnisse voreinander. Jedenfalls keine von dieser Größenordnung!

Aber sie hatte beschlossen, Stine fürs Erste keine weiteren Vorwürfe zu machen. Dass Marten nur noch das Allernötigste mit ihr sprach, war schrecklich genug. Und wenn Louis ihnen jedes Mal, wenn ihm etwas nicht passte, mit dem Blohm'schen Familienanwalt drohen würde, dann könnten sie wirklich einpacken. Louis' Familie war steinreich. So reich, dass Geld keine Rolle spielte. Wenn Louis gegen Stine vorgehen wollte, dann konnte sein Anwalt sie regelrecht wegpusten, wenn er es darauf anlegte. Es war besser, wenn Stine und sie sich das gar nicht weiter vor Augen führten.

Hannahs Aufgabe war es deshalb, ihrer Schwester wieder auf die Beine zu helfen. So schnell wie möglich. Und dafür brauchte sie hier auf Föhr noch ein wenig Zeit. Sie wollte ihre Familie nicht im Stich lassen. Und ihre Eltern waren seit Christas Sturz ja auch auf ihre Hilfe angewiesen. Das Jobangebot kam also gerade ein wenig unpassend.

Außerdem war da ja noch die Sache mit Tom …

Hannah spürte, wie sich ein zartes Flattern in ihrer Brust ausbreitete, wenn sie an die Tage und Nächte dachte, die sie mit ihm verbracht hatte. Es waren unglaublich *heiße* Tage und Nächte gewesen. Hannah wäre doch verrückt, wenn sie das aufregende Sommerabenteuer, das sie gerade mit Tom begonnen hatte, nicht noch ein wenig genießen würde.

Ob sie Ralf die Gründe dafür, weshalb sie sich nicht sofort mit voller Begeisterung auf diesen Job stürzte, gleich am Telefon sagen konnte? Nein, das konnte sie nicht. Damit wäre der Job für sie doch sofort weg. Und wusste sie denn, ob sie morgen, sobald sie eine Nacht über alles geschlafen hatte, nicht doch ganz anders über die Sache denken würde?

Was sagte eigentlich Alexis zu Ralfs Entscheidung? Hannah schnappte sich ihr Telefon und ließ es Alexis' Handynummer wählen, aber er nahm nicht ab.

Sitze in einer Schulung, Miesewetterchen, schrieb er ein paar Sekunden später. *Thema: Datensicherheit. Schnarch, schnarch. So sterbenslangweilig, ich hoffe, ich überlebe es. Kann ich dich nach Feierabend zurückrufen? Mit dir wär's hier heute auf jeden Fall so viel lustiger!*

Hannah tippte gerade: *Halte durch. Freu mich auf deinen Anruf!*, als die Schiffsglocke an der Haustür schellte. »Bing, bing!«

Sie setzte sich auf. Konnte das schon wieder Tom sein? Er hatte die Nacht bei ihr verbracht und war nach dem Frühstück kurz in seine Ferienwohnung zurückgefahren, um sich umzuziehen.

Er war es tatsächlich. »Hi«, sagte er, als sie ihm öffnete.

»Du bist ja schnell zurück!« Hannahs Herz machte einen erleichterten Hüpfer. Sie schlang die Arme um seine Hüften und küsste ihn zärtlich.

»Mmmh, was für eine Begrüßung«, murmelte Tom. Er zog sie etwas enger an sich und küsste sie noch einmal, diesmal fordernder.

Hannah spürte, wie sie sich augenblicklich entspannte und sich gleichzeitig eine elektrisierende Erregung in ihr ausbreitete. Tom war einfach ... heiß. Sie schnupperte an ihm. Er roch ein wenig verschwitzt, was Hannah an ihm einfach nur sexy fand. Sie zogen die Haustür hinter sich zu, und Tom schob Hannah in der kühlen Diele an die Wand, drängte seinen Körper an sie. Für etwa zehn Minuten standen sie im Halbdunkel und küssten einander. Wie gut das tat! Hannah vergaß alles: die Probleme zwischen Stine und Marten, bei denen sie ihrer Schwester so gern helfen würde, das Angebot für den Job auf Mallorca. Es war so befreiend, den Kopf mal für ein paar Minuten auszuschalten und sich nur ihren Gefühlen hinzugeben. Und Toms Händen, die sie überall berührten …

Es fiel beiden schwer, die Finger vom anderen zu lassen, aber irgendwann lösten sie sich zögernd voneinander und gingen in die Küche. »Wow, war das heiß gerade.« Tom nahm sich ein Glas aus dem Hängeschrank.

»Du meinst, auf dem Rad?«, fragte Hannah grinsend.

Tom lächelte ein wenig frech. »Nicht nur da.« Er warf ihr einen ziemlich eindeutigen Blick zu, bevor er das Glas unter den Wasserhahn hielt und dann ein paar Schlucke trank.

Hannahs Blick fiel auf ihr Handy, das sie beim Herunterkommen auf die Kücheninsel gelegt hatte. Mit dem Display auf die Tischplatte. Sollte sie Tom etwas von dem Jobangebot erzählen? Sie zögerte. Noch hatte sie ja überhaupt nichts entschieden. Aber so viel wusste sie schon: Wenn sie zusagte, würde sie sich als Bedingung ausbitten, den Job nicht sofort antreten zu müssen. Erst in zwei, drei Wochen. Hannah spürte, wie das Gedankenkarussell in ihrem Kopf wieder Fahrt aufnahm. Unablässig drehte es sich im Kreis, wurde schneller und schneller.

Ralf würde sich bestimmt nach einem anderen Nicole-Ersatz umsehen, wenn Hannah nicht sofort zusagte. Wenn ihr der Job nicht wieder durch die Lappen gehen sollte, musste sie jetzt schnell handeln. Sich bei Ralf melden. Vermutlich wunderte er sich schon, dass er noch nichts von ihr gehört hatte.

Himmel, weshalb musste eigentlich alles, was bei »Nüssler & Nüssler« passierte, *sofort* passieren? Hannah spürte, dass sie ihre Schultern schon wieder angespannt hochzog. Sie massierte sich mit einer Hand den Nacken. Wo war bitte die herrliche Entspannung von der Dreiviertelstunde »Poweryoga for your beachbody« hin, die sie gerade absolviert hatte? Für einen Moment ärgerte sie sich, dass sie in ihren Posteingang geschaut hatte.

Tom hob sein Glas. »Magst du eigentlich auch was trinken?«, fragte er.

Hannah schüttelte den Kopf. »Nein danke. Aber lieb, dass du fragst.«

Lächelnd füllte er das Glas noch einmal am Wasserhahn auf.

Sie lächelte. Toms Haare standen verstrubbelt vom Kopf ab. Das konnte an ihrer wilden Knutscherei liegen. Oder daran, dass Tom auf dem Rad von Wyk nach Bredland gegen den Wind gefahren war. Seine Stirn und seine Nase waren jedenfalls ein wenig von der Sonne gerötet. Jetzt stellte er das Glas auf die Kücheninsel, streckte seine schlaksigen Arme in die Luft und gähnte dezent. Leise hörte Hannah seine Gelenke knacken. Ihr Lächeln wurde zu einem Grinsen. Tom und sie hatten heute Nacht nicht viel geschlafen. Und in den vier Nächten davor auch nicht. Sie hatten Wichtigeres zu tun gehabt … Aufregenderes! Hannah konnte seine Hände noch an ihrem ganzen Körper spüren, diese Ruhe, mit der sein Zeigefinger jeden Quadratzentimeter ihrer Haut erforscht hatte, seine zärtlichen Küsse … Ihr wurde schon ganz heiß, wenn sie nur daran dachte.

Tom bemerkte, dass Hannah ihn beobachtete »Alles okay? Was denkst du?«, fragte er. In seinem Blick lag ein wenig Unsicherheit. Er schien wirklich kein Draufgänger zu sein, zumindest nicht Hannah gegenüber.

»Dass ich es schön finde, was da gerade zwischen uns passiert«, sagte sie.

»Finde ich auch«, sagte Tom. Er kam um die Kücheninsel zu ihr herum, zog sie an sich und drückte ihr einen zarten Kuss in die weiche Kuhle hinter ihrem Ohr.

»Mmmh«, machte Hannah leise. So standen sie für einen Moment in der Küche und hielten sich in den Armen. Die Sonne schien durch das Fenster und wärmte ihre Schultern. Draußen strich der Wind durch die Petersilie, die üppig in Tante Ellas Kräuterkasten auf der Fensterbank wuchs. Tom küsste Hannahs Haar, und dann kreischten zwei Möwen über dem Haus. Hannah sah sie am Fenster vorbeifliegen, bevor sie über die Hortensien Richtung Nordsee weiterzogen.

»Sag mal, hast du deine Badesachen dabei?«, fragte Hannah. »Es ist gerade Hochwasser. Wir könnten kurz an den Strand runtergehen.«

Tom nickte. »Ich hab alles dabei.«

»Super!«

Sie füllten eine Trinkflasche mit Wasser, und Tom schnappte sich noch zwei Äpfel und eine Banane aus der

Keramikschale, die auf der Kücheninsel stand. Die Schale von Marie Ming.

Während Hannah ihm einen Netzbeutel für das Obst reichte, blieb Tom noch kurz vor der Schale stehen. »Die ist echt cool«, sagte er und zeigte auf die Flaschenpost, die eine Seite zierte.

Marie Ming hatte das Motiv mit dicken Pinselstrichen gemalt, was naiv wirkte. Aber auf eine gute Art naiv, fand Hannah. Die Flaschenpost schwamm auf blauen Wellen, und in ihrem runden Glasbauch steckte ein zusammengerollter Zettel.

Hannah stellte sich neben Tom. Gemeinsam betrachteten sie die Schale, in der jetzt nur noch eine verschrumpelte Zitrone lag. Hannah zeigte auf die Flaschenpost. »Ida und ich überlegen uns jeden Tag, was wohl zum Vorschein kommen würde, wenn man den Zettel auseinanderrollt.«

»Und?«, fragte Tom.

»Ida meint, es kann nur eine Schatzkarte sein, die zu einem sagenhaften Piratenschatz führt.«

Tom nickte. »Und du?«, fragte er dann. »Was denkst du?«

»Ich? Hmmm, gute Frage ...« Hannah zögerte. Konnte sie Tom sagen, was sie dachte? Wenn er hörte, welche Bedeutung sie sich für den Zettel in der Flaschenpost überlegt hatte, würde er sie doch für komplett uncool halten, oder nicht? Oder für eine hoffnungslose Romantikerin – obwohl sie das nach allem, was ihr mit den permanent um sich selbst kreisenden Großstadtmännern in den letzten Jahren passiert war, schon lange nicht mehr war. *Wenn* eine von ihnen beiden im Herzen eine hoffnungslose Romantikerin war, dann ja wohl Stine. Und selbst ihre Schwester hatte die bedingungslose Liebe, die Marten und sie füreinander empfanden, mit ihrer Lüge aufs Spiel gesetzt. Stine hatte nicht festgehalten an dieser Liebe, so wie man einen mit Helium gefüllten rosaroten Herzchenluftballon in seiner Hand gut festhalten muss, damit er nicht in den Himmel aufsteigt und in den Wolken verschwindet. Denn genau das war Stine jetzt mit ihrer Liebe passiert.

»Und?«, fragte Tom interessiert. Er schien tatsächlich wissen zu wollen, was Hannah sich überlegt hatte.

Ach, was soll's! Sie warf ihre Zweifel über Bord. »Ich denke, es könnte ein Liebesbrief sein«, sagte Hannah. »Vor dreihundert Jahren sind Jugendliche und Männer von Föhr aus auf Walfang gesegelt. Draußen auf See konnte es richtig gefährlich werden. Ob sie je wiederkehren würden, wussten sie also nicht. Der Brief könnte doch von einem jungen Walfänger sein, der auf hoher See seine Liebste vermisst und befürchtet, dass er sie nie wiedersieht.« Hannah biss sich verlegen auf die Unterlippe. Hielt Tom sie jetzt für eine naive Kitschmarie?

»Das klingt ja dramatisch«, sagte Tom, aber seine Mundwinkel umspielte ein Lächeln.

Na, toll. Hannah stöhnte innerlich auf. Jetzt hielt er sie *definitiv* für eine *total* naive Kitschmarie. »Das, was Stine sich überlegt hat, ist noch viel dramatischer«, scherzte sie schnell, um von sich abzulenken. »Sie ist der Meinung, der Zettel könnte eine letzte Nachricht von den Einwohnern sein, die in Rungholt untergegangen sind. Die reiche Handelssiedlung ist 1634 von einer Sturmflut zerstört worden. Das Wasser hat alles verschluckt. Vieles liegt bis heute im Watt begraben.«

»Wie furchtbar!«, sagte Tom betroffen. »Davon wusste ich überhaupt nichts.«

»Ist ja auch schon eine Weile her. Nur gut, dass wir heute bessere Deiche haben.« Sie stupste ihn in die Rippen. »Und was glaubst du?«

»Ich?«

»Na, was es mit dem Zettel auf sich haben könnte.«

Tom schwieg einige Sekunden lang. »Keine Ahnung. Darüber muss ich erst mal nachdenken.«

Hannah gefiel seine Reaktion. Tom gehörte offenbar nicht zu den Leuten, die unüberlegt drauflosquatschten. Er war so anders als Frederik und die anderen Männer, an die Hannah in letzter Zeit geraten war. Die hatten eigentlich nie viel nachgedacht, sondern immer gleich drauflosgeredet. Ohne Punkt und Komma, was Hannah insofern anstrengend fand, weil die Typen während des Sprechens oft erst ins Nachdenken kamen und ihre ursprüngliche Meinung im späteren Verlauf revidierten, sodass man den ersten Teil dieser ellenlangen Bandwurmsätze getrost in die Tonne kloppen konnte.

»Nimm dir ruhig Zeit«, sagte Hannah. Sie steckte die Trinkflasche zu dem Obst in den Netzbeutel und griff nach Toms Hand. »Und jetzt los, bevor uns das Wasser wieder wegläuft.«

Sie gingen am Birnbaum und den Hortensien vorbei zur kleinen Gartenpforte, die zum Strand führte. Sie hielten Händchen, und Tom summte leise ein Lied. Das feine Dünengras kitzelte auf dem schmalen Sandweg Hannahs nackte Beine, und der feine Sand, der ihr bei jedem Schritt in die Sandalen rieselte, war von der Sonne herrlich angewärmt.

Nach etwa dreißig Metern erreichten sie den Deich. Vor ihnen nichts als Strand, Meer und die beiden Halligen: Langeneß und Hooge. Von Hooge konnten sie von hier aus nur einen kleinen Zipfel sehen. Mit einer Decke in der Hand und ihren Taschen über den Schultern blieben sie für einen Moment stehen.

»Wow, ist das schön«, sagte Tom begeistert. Er nahm die Sonnenbrille ab und blinzelte. Die Nordsee leuchtete in einem frischen Blau. Hannah überlegte, ob sie ihr Telefon aus der Tasche ziehen und ein Foto machen sollte. Aber diese unglaubliche Schönheit könnte ihre Handykamera sowieso nicht einfangen. Die Fotos sahen immer nur halb so toll aus wie die Realität.

»Jetzt weiß ich, was draufsteht«, sagte Tom, als sie über die schmale Betonfläche, die den Deich zum Wasser hin vor Sturmfluten schützte, zum Strand hinuntergingen.

»Wodrauf?«, fragte Hannah. Sie wurde von zwei Haubentauchern abgelenkt, die hintereinander am Wasser entlangstaksten.

»Auf dem Zettel in der Flaschenpost«, sagte Tom.

»Ach, du meinst die auf der Obstschale!« Hannah sah ihn neugierig an.

»Na ja …« Tom zögerte. »Vielleicht hört es sich ein bisschen blöd an …«

Hannah trat einen Schritt näher. »Raus mit der Sprache. Ich hab dir doch auch verraten, was ich mir überlegt hatte.« Sie knuffte ihn in die Seite. »*Nichts*, worüber man zehn Minuten nachgedacht hat, ist blöd.«

»Auf dem Zettel könnten die ersten Zeilen von einem Song stehen.« Tom schaute sie unsicher an.

Hannahs Augenbrauen flogen hoch. »Das ist eine echt schöne Idee!«, rief sie begeistert. »Die ersten Worte von einem Song, der noch nicht geschrieben ist.«

»Aber der darauf wartet, dass ihn jemand komponiert«, führte Tom ihren Gedanken weiter.

»Finde ich genial.« Hannah war sofort Feuer und Flamme. »Wie könnten diese Zeilen lauten? Sind sie auf Englisch oder Deutsch? Um was genau geht es in dem Song?«, bombardierte sie ihn aufgeregt mit Fragen, als sie weitergingen.

»So weit hatte ich noch gar nicht gedacht.« Tom schüttelte amüsiert den Kopf. Dann hielt er sie fest. »Du bist lustig, weißt du das?«

Hannah grub ihre Sandalen in den warmen Sand, während Tom sie anschaute. In ihrem Magen kribbelte es schon wieder gewaltig, und Toms Augen strahlten. Da war es wieder, das leuchtende Badetagblaugrau. »Du auch.« Sie ließ ihn mit ihrem Blick nicht los.

Plötzlich klingelte ein Handy in ihren Taschen. Ralf!, dachte Hannah. Er wollte sicher wissen, ob sie mit ihrem Gepäck schon auf dem Weg zum Flughafen war. Von Berlin-

Schönefeld aus nach Palma de Mallorca. Sie hielt den Atem an, während sie und Tom beide Taschen durchwühlten. Was sollte sie Ralf antworten? Sollte sie ihm gleich zusagen, aber eben unter der Bedingung, dass sie erst in drei Wochen loslegen konnte? Aber bevor sie zusagte, wäre es ja vielleicht nicht schlecht, noch über ihren Vertrag zu sprechen. Bekam sie einen Zuschuss für den Umzug? Eine Gehaltserhöhung? Würde die Firma hin und wieder Flüge nach Deutschland bezahlen?

Aber es war Toms Handy, das jetzt klingelnd in seiner Hand lag. Er hatte den gleichen Ton für Anrufe eingestellt wie Hannah auf ihrem: das scheppernde Schrillen eines alten Telefons.

»Wer ist das denn?«, wunderte sich Tom. Er zog die rechte Augenbraue hoch und schaute irritiert aufs Display. »Schon drei Anrufe in Abwesenheit. Von einer Nummer aus Düsseldorf, die ich nicht kenne. Merkwürdig.« Er zögerte so lange, bis das Klingeln aufhörte.

»Vielleicht eine Anfrage für Something Blue?«, schlug Hannah vor. »Könnte doch sein, dass euch jemand in Düsseldorf buchen will.«

»Ziemlich unwahrscheinlich«, sagte Tom. »Meine Nummer steht doch gar nicht auf unserer Webseite.«

»Dann ruf eben kurz zurück«, sagte Hannah. »Ich muss eh noch meinen Bikini anziehen.«

»Wäre das wirklich okay?«

»Aber klar.«

Tom blieb ein paar Schritte hinter Hannah zurück und ging mit dem Telefon am Ohr ans Wasser.

Dafür, dass er die Nummer nicht kennt, hat er überraschend viel mit Düsseldorf zu bereden, dachte Hannah, als sie sich umgezogen und in aller Ruhe mit Sonnenmilch eingecremt hatte. Nach drei, vier Minuten legte er erst auf, kam zu ihr und setzte sich auf die Decke.

»Neuer Gig?«, rutschte es Hannah heraus, und sie biss sich sofort auf die Zunge. Eigentlich hatte sie ihn nicht auf das Telefonat ansprechen wollen. Es ging sie ja überhaupt nichts an, was genau er mit wem besprach ... obwohl es sie gleichzeitig natürlich *brennend* interessierte.

Tom schüttelte den Kopf. »Nein, das war Biggi.«

»Biggi?« Hannah horchte auf.

»Ja, sie meinte, sie hätte sich mit ihrer Supervisorin noch einmal über mich ausgetauscht. Das ist Biggis ehemalige Coaching-Ausbilderin. Sie lässt mir über Biggi ausrichten, dass sie auch der Meinung ist, dass ich noch mal mit Karla Kontakt aufnehmen sollte.«

»Wirklich?«, fragte Hannah. Sie wusste nicht genau, weshalb, aber irgendwie fand sie den Tipp von Biggis ehemaliger Ausbilderin etwas ... daneben. »Die beiden Coachings bei Biggi haben dir doch schon total viel gebracht, oder nicht?« Tom hatte ihr erzählt, dass er sich schon viel zuversichtlicher fühlte. Und dass er auch schon wieder erste Versuche unternommen hatte, an eigenen Songs zu arbeiten.

»Ja, das stimmt, klar.« Tom nickte. »Aber wenn zwei Expertinnen mir empfehlen, dass ich noch mal mit Karla sprechen sollte, dann ...« Er starrte nachdenklich auf die Nordsee.

Im Gegenlicht der honigfarbenen Sonne flogen zwei Windsurfer an ihnen vorbei. Elegant hüpften die Surfbretter über die Wellen, während die Kunststoffsegel immer wieder laut knatterten. »Flappflapp, flappflappflapp!« Die Surfer wendeten und surften dann hintereinander gegen den Wind zurück. Hannah erkannte, dass es sich um einen Mann und eine Frau handelte. Ihre schwarzen Neoprenanzüge glänzten vor Nässe. Beide lehnten sich jetzt weit nach hinten in Richtung Wasseroberfläche und stemmten sich dem Wind mit voller Kraft entgegen, ihre Gesichter unerschrocken nach vorn gerichtet. Es war faszinierend, ihnen zuzuschauen.

»... dann sollte ich das vielleicht tun«, sagte Tom schließlich.

Hannah brauchte einen Moment, bevor sie wieder wusste, wovon er sprach. »Mit Karla reden? Klar, mach das doch«, sagte sie möglichst gut gelaunt und locker, obwohl sie von der Idee ganz und gar nicht mehr überzeugt war. »Wenn du meinst, dass das was bringt ...«

Tom zuckte mit den Schultern. »Keine Ahnung«, sagte er, »aber ich werde es auf jeden Fall ausprobieren.« Er stand auf und zog erst sein T-Shirt und dann die Hose aus, unter der er schon seine Badeshorts trug. »Wer zuerst im Wasser ist!«, rief er herausfordernd, bevor er losrannte.

Hannah hatte gerade noch auf dem Bauch gelegen, jetzt sprang sie von der Decke auf und warf die Sonnenbrille neben sich. »Hey, das ist ungerecht! Du hast einen Vorsprung!«, rief sie ihm hinterher, und dann rannte sie ihm nach.

Nachts lag Hannah neben Tom im Bett seines Pensionszimmers. Er war längst eingeschlafen, aber sie bekam kein Auge zu. Tom hatte noch abends online ein Bahnticket zum Super-Sparpreis gefunden und sofort zugeschlagen. Jetzt fuhr er von Dagebüll aus mit mehreren Umstiegen nach Lindau. Und das nicht erst in ein paar Wochen, worauf Hannah insgeheim gehofft hatte, sondern schon morgen Vormittag. Sie konnte es nicht glauben. Morgen früh! Hätte die Karla-Aktion nicht noch ein wenig warten können? Aber Tom war wohl der Meinung, dass sie es nicht konnte. Wie lange er in Lindau bleiben würde, wusste er noch nicht genau. Und Hannah wollte auch nicht nachbohren. Sie hatten zwar ein paarmal miteinander geschlafen, aber offiziell waren sie deshalb ja noch lange nicht zusammen. Oder doch?, fragte Hannah sich verwirrt. In Berlin wären sie es jedenfalls nicht. Dort musste schon mehr passieren, damit man von einer ernsthaften Beziehung ausgehen durfte:

1. mehrere SMS mit liebevollen Nachrichten, die man über den Tag verteilt ungefragt von einem Mann oder einer Frau bekam.

2. die Einladung zu einer Party, auf der auch die engsten Freunde des Mannes / der Frau eingeladen waren.

3. die Frage, ob man am Samstag- oder Sonntagmorgen noch miteinander zu Hause oder außer Haus frühstücken wollte.

4. die Frage, ob man am Samstag oder Sonntag nach dem gemeinsamen Frühstück noch den Tag miteinander verbringen wollte.

5. die Kenntnis darüber, mit wem der Mensch, mit dem man gerade schlief, sich an den Abenden traf, die man <u>nicht</u> miteinander verbrachte.

6. die Gewissheit, dass der Mensch an diesen Abenden nicht bei anderen Männern/Frauen übernachtete bzw. falls schon, dann aber wirklich auf dem Sofa.

Dies waren Indizien, an denen Hannah festmachte, dass man sich definitiv näherkam. Aber Tom und sie waren in diesem Stadium noch nicht angekommen. Sie hatten auf Föhr zwar in den letzten Tagen viel Zeit miteinander verbracht, aber sie wusste nicht, wie er sich ihr gegenüber verhalten würde, wenn er in sein altes Leben zurückkehrte. Würde er sich noch bei ihr melden? Würde er Hannah mal nach Hamburg einladen? Sie vielleicht fragen, ob sie am Wochenende bei ihm übernachten wollte? Sie auf eine Party mitnehmen und ihr seine Freunde vorstellen? Insgeheim hoffte Hannah natürlich, dass genau das passieren würde, wenn Tom wieder in Hamburg war. Aber eigentlich wusste nur der Himmel, wie das, was sie hier auf Föhr miteinander begonnen hatten, sich entwickeln würde.

Hannah spürte den dicken Kloß in ihrem Hals und ärgerte sich über sich selbst. Sollte sie Tom sagen, dass sie von der Lindau-Idee überhaupt nichts hielt? Nein, das konnte sie nicht. Dann wäre sie doch sofort eine dieser Frauen, die einen einengten. Die alles wissen und kontrollieren wollten und ihn »nicht machen« ließen. Aber so war Hannah gar nicht. Sie wollte ja auch nicht, dass ein Mann sie »nicht machen« ließ. Aber es stimmte sie trotzdem traurig und nachdenklich, dass Tom so plötzlich seine Meinung geändert hatte. Bis vorhin hatte er Karla nie wiedersehen wollen. Aber dann hatten ihm Biggi und ihre Supervisorin nachdrücklich empfohlen, sich doch noch mal mit seiner Ex in Verbindung zu setzen, und was tat Tom? Der hinterfragte das gar nicht, sondern warf alle Zweifel über Bord und buchte sich sofort ein Bahnticket.

Hannah seufzte leise in ihr Kissen, dann drehte sie sich zur Seite und schaute aus dem Fenster. Tom zog die Vorhänge nie zu. Das Zimmer lag ohnehin im obersten Stock des Hauses, wer sollte ihnen da schon reinschauen? Der Mond war heute Nacht nicht zu sehen. Das Funkeln der Sterne hätte Hannah auf jeden Fall getröstet, aber auch sie wurden von den dichten Wolken verdeckt.

Mit dem Zeigefinger strich Hannah vorsichtig über Toms nackten Rücken. Sie wollte ihn nicht wecken, er schlief viel zu fest. Immer wenn er ein- und ausatmete, hob und senkte sich sein Rücken in einem ruhigen, sanften Rhythmus. Hannah fuhr über seine Schulterblätter. Seine Haut fühlte sich warm an. Warm und schon so unglaublich vertraut, obwohl sie sich ja eigentlich kaum kannten.

Weshalb kann nicht alles so bleiben, wie es gerade ist?, fragte Hannah sich. Weshalb sollte sie nach Mallorca ziehen, wenn sie die Nächte mit Tom verbringen konnte? In Berlin oder Hamburg oder hier auf der Insel … Aber natürlich wusste sie nicht, was passieren würde, wenn Tom aus Lindau zurückkehrte. Würde er sich dann bei Hannah melden? Oder würde er sich dort unten im Süden sofort wieder in Karla verknallen?

In der Küchenzeile sprang leise summend der Kühlschrank an. Toms regelmäßigen Atemzüge stoppten kurz, und Hannah zog sofort ihre Hand von seinem Rücken.

Frustriert schaute sie an die dunkle Zimmerdecke, an der es neben einem hässlichen Ikea-Deckenstrahler nichts zu sehen gab. Wenn sie doch nur eine Glaskugel hätte! Dann könnte sie kurz in die Zukunft schauen. Ganz kurz und nur dieses eine Mal. Danach dürfte man ihr die Kugel auch sofort wieder aus den Händen reißen, Ehrenwort!

Hannah lag im Bett und ärgerte sich erst ein wenig über den hässlichen Deckenstrahler und dann noch sehr viel mehr über die Deutsche Bahn, die Tom über ihre Suchmaske ein wirklich sagenhaft günstiges Ticket ausgespuckt hatte. Warum?! *Wirklich jedes* Mal, wenn Hannah nach günstigen Tickets gesucht hatte, war der Super-Sparpreis nicht mehr verfügbar gewesen!

Ihre Gedanken jagten von Tom zu Karla. Und wieder zurück zu Tom. Würde die Liebe zwischen den beiden nicht wieder aufflammen, sobald sie sich sahen? Konnte doch gut sein, oder nicht? Hannah hatte sich den ganzen Restnachmittag und Abend bemüht, seine Fahrt nach Lindau möglichst locker zu sehen, aber es gelang ihr Stunde um Stunde weniger. Ihr wurde inzwischen ganz schlecht, wenn sie an das Wiedersehen von Tom und Karla dachte. Hätte sie Tom heute am Strand doch bloß nicht dazu ermuntert, die unbekannte Nummer aus Düsseldorf zurückzurufen! Sie hätte besser die Klappe halten sollen. Aber jetzt war es zu spät. Tom hatte mit Biggi gesprochen, und die und ihre superkluge Supervisorin hatten Tom zurück in die Arme seiner Ex geschickt.

Der Kühlschrank ratterte kurz, und das Summen verstummte wieder. Hannah schloss die Augen. Sie musste jetzt endlich einschlafen.

Mist! In diesem Moment fiel ihr ein, dass sie sich gar nicht bei Ralf zurückgemeldet hatte. Er wartete doch sicher ungeduldig auf ihre Zusage. Aber was passierte, wenn sie den Job annahm? Dann zog sie nach Mallorca und ließ ihr Leben in Deutschland erst mal hinter sich. Das klang zwar unglaublich verlockend und aufregend, aber damit würde die Sommerliebe mit Tom ganz bestimmt nicht weitergehen. Oder war das mit Tom *jetzt* schon vorbei? Sie würde ihn doch gleich nach seiner Lindau-Reise wiedersehen, oder nicht? Oder? Oder?

Nachdem sie Ralf eine kurze Nachricht geschrieben hatte, in der sie ihn bat, sich mit der Entscheidung für oder gegen Mallorca noch wenige Tage Zeit lassen zu dürfen, fiel sie in einen traumlosen Dämmerschlaf, aus dem sie wenige Stunden später erwachte.

Sie öffnete die Augen. Tom hatte schon geduscht, seine kleine Reisetasche war auch schon gepackt. Er setzte sich neben sie auf die Bettkante und gab ihr einen zärtlichen Abschiedskuss.

»Ich muss zur Fähre, der Zug in Dagebüll fährt in anderthalb Stunden. Könntest du den Schlüssel unten abgeben, wenn du gehst? Hab gestern noch Bescheid gesagt und bezahlt. Schlaf ruhig weiter.«

Hannah zwang sich zu einem Lächeln und nickte ihm zu, obwohl sie wusste, dass sie nicht wieder einschlafen würde.

Als sie zum Nachttisch tastete und ihr Handy checkte, sah sie, dass immerhin Ralf zurückgeschrieben hatte. Sogar viel freundlicher als erwartet! Er gab ihr noch eine knappe Woche, um sich zu entscheiden. Anscheinend wollte er wirklich *sie* für den Job.

18. Stine

»Schau mal, hier ist sie.« Stine steckte Hannah die Flaschenpost für Marten in den Rucksack. »Aber pass gut auf sie auf, versprich mir das.«

»Versprochen«, sagte Hannah. Sie setzte sich den Rucksack auf und ging zu Ullis altem E-Bike am Gartenschuppen.

Stine folgte ihr. Ihr Herz raste, als hätte sie gerade drei doppelte Espresso hintereinander weggekippt. Würde alles klappen, was sie sich überlegt hatte? »Sobald ich mit Marten unterwegs bin, schick ich dir eine Nachricht, okay?«

»Ach, wirklich?« Hannah grinste und tat überrascht. Wer von ihnen was genau in welchem Moment zu tun hatte, hatten sie doch schon tausendmal durchgesprochen. Das letzte Mal erst vor ein paar Minuten, drinnen im Haus, an der Garderobe, als Hannah sich ihre Jacke übergezogen hatte.

»Tut mir leid«, sagte Stine, »ich hab nur Schiss, dass die ganze Sache danebengeht.«

»Wird sie nicht.« Hannah ließ den Lenker wieder los. »Komm doch noch mal eben her.« Sie umarmte Stine. »Es wird alles gut gehen. Marten wird sich so freuen! Wart's nur ab.«

»Und wenn nicht?«, fragte Stine. »Es kann so viel schiefgehen.« Was passierte, wenn Marten gleich nicht mit Stine ins Auto stieg? Oder wenn er die Flaschenpost einfach im Sand liegen lassen wollte? Es konnte auch sein, dass er sie aufhob, gar nicht merkte, dass die Flasche etwas Besonderes war, und sie sofort in einen öffentlichen Mülleimer am Strand warf. Und wenn er es doch begriff, konnte er die Überraschung, die Stine für ihn im Flaschenbauch versteckt hatte, einfach nur bekloppt finden.

Stine hatte ihren Plan achtundvierzig Stunden lang super gefunden. Jetzt, wo es endlich losging, zweifelte sie an ihm. Aber so richtig. Sollte sie Hannah sagen, dass sie besser alles abbrachen? Dass ihre Schwester nicht mehr loszufahren brauchte? Hatte Stine sich nicht in eine komplette Schnapsidee verrannt?

Aber bevor sie ihre Zweifel mit Hannah teilen konnte, schaute die in den Himmel und nahm ihr die Entscheidung ab. »Also, ich mach mich jetzt auf den Weg. Aber wenn's gleich losschüttet, stell ich mich kurz irgendwo unter.«

»Klar«, sagte Stine. »Es wird eh dauern, bis Marten im Wagen sitzt.«

Hannah trug Tante Ellas maisgelbe Regenjacke, die ihr bis zu den Knien reichte. Sie hatten die Jacke in einem Teil des Kleiderschranks gefunden, in dem Ella ihre »Schietwetter-Sachen« aufbewahrte. Warme Pullis und Jacken für ungemütliche Tage. Eine Regenhose war leider nicht darunter gewesen. Hannah trug Jeans, die zwar warm hielten, aber ziemlich nass und schwer werden konnten, sobald sie damit in einen ordentlichen Regenguss geriet. Stine hoffte, dazu würde es nicht kommen.

Gestern war das Wetter noch so schön gewesen, heute fegte ein Sturm über die Insel. Starke Windböen peitschten kalt und schneidend um die Hauswände, sie rüttelten an Fensterläden, ließen die Bretter von Tante Ellas altersschwachem Gartenschuppen quietschen und knarzen und bogen den Birnbaum im Garten in alle Richtungen, nach rechts und nach links, nach vorn und nach hinten. Weit und breit war kein Vogel zu sehen, keine Möwe, kein Austernfischer. Den Tieren war es viel zu windig.

Stine wollte gerade zum Auto rübergehen, als Hannah, die das Rad schon über den Kies zur Ausfahrt schob, sich noch einmal umdrehte und auf den Rucksack zeigte.

»Und was mache ich, wenn ich vom Rad falle?«, rief sie Stine durch den Sturm zu.

»Dann fällst du gefälligst auf den Bauch«, scherzte Stine.

»Meine arme Nase!« Hannah verzog das Gesicht, als hätte sie in eine Limette gebissen. »Ich wär für immer entstellt!«

»Du musst ja nicht so rasen. Dann wirst du auch nicht stürzen. Und leg die Flaschenpost wirklich erst an die verabredete Stelle, wenn ich dir geschrieben habe, ja?«

»Weiß ich doch!« Hannah verdrehte die Augen, aber auf ihren Lippen lag im nächsten Moment schon wieder ein Lächeln. Sie schob das Rad weiter. »Also, bis gleich.«

»Bis gleich!« Stine setzte sich ins Auto. Im Rückspiegel sah sie ihre Schwester mit dem E-Bike auf der Straße stehen. Hannah setzte Ullis Helm auf, schwang sich auf den Sattel und beschleunigte das Rad, sodass sie schließlich in einem ziemlich waghalsigen Tempo die Straße hinabschoss.

»Hatte ich nicht gerade gesagt, dass sie nicht so rasen soll?«, fragte Stine die Windschutzscheibe, aber die Scheibe antwortete nicht. Weshalb war es auch so stürmisch heute? Fehlte nur noch, dass Hannah sich bei der Aktion irgendwas brach. Und dabei war Christa doch gerade erst aus dem Krankenhaus zurück. Ein Gipsfuß in der Familie reichte erst mal.

Seufzend ließ Stine den Wagen an. Während Hannah mit der Flaschenpost zum Nieblumer Strand fuhr, würde sie Marten abholen und dann ihrer Schwester folgen. Das klang nach einem ziemlich guten Plan, hatte nur einen einzigen Haken: Marten wusste noch nichts von seinem Glück. Er strich heute Morgen die Küche im Haus seiner verstorbenen Großeltern. Dass er das tat, wusste Stine nicht von Marten – sondern von Frauke. Martens Mutter war in Stines geheimen Plan eingeweiht und hatte ihr gestern Abend eine Nachricht geschrieben. Marten wollte heute streichen, aber eben nur morgens. Dann würde er in den »Wal« fahren, sie erwarteten am frühen Abend eine große Geburtstagsgesellschaft und mussten dafür noch einiges vorbereiten.

Außerdem kamen seit dem Föhr-Beitrag in »Das is(s)t der Norden« noch mehr Gäste. »Manche fragen tatsächlich, ob Lynn Sander denn mittlerweile schon bei uns im

Restaurant war«, hatte Frauke letztens erzählt. War sie aber leider bisher nicht, die Ausstrahlung der Sendung lag ja erst zwei Wochen zurück, und der Terminkalender der erfolgreichen Sängerin musste proppenvoll sein.

Stine legte den Rückwärtsgang ein und fuhr mit ihrem alten Golf in Schrittgeschwindigkeit auf die Straße. Dort wechselte sie in den ersten Gang und fuhr Richtung Nieblum. Als sie Hannah überholte, die in einem Affenzahn über den Radweg flog, hupte sie kurz und hob die Hand.

Hannah winkte zurück und bog dann auch schon in den Strandweg ein.

Während Stine nach Nieblum weiterfuhr, versuchte sie vorauszuahnen, ob Marten gleich mitkommen würde. Normalerweise liebte er Überraschungen – aber das hier war eine Ausnahmesituation.

In Idas Anwesenheit ließ Marten es sich nicht anmerken, dass er noch sauer war. Mit Ida kuschelte und scherzte er so liebevoll und zärtlich wie immer. Auch mit Stine sprach er in einem ziemlich normalen Ton, wenn Ida im Zimmer war. Aber sobald ihre Tochter für ein paar Sekunden aus dem Raum flitzte, um ihre Puppe Mimi oder irgendwas anderes zu holen, was sie *dringend* brauchte, änderte sich Martens Verhalten sofort.

Wenn sie nur zu zweit waren, unterhielt er sich kaum mit Stine, er scherzte nicht, und wenn sie ihn etwas fragte, weil sie die frostige Förmlichkeit zwischen ihnen nicht ertrug, antwortete er so knapp wie möglich.

Für Stine fühlte es sich nicht mehr so an, als spräche sie mit Marten, mit *ihrem* Marten, mit der Liebe ihres Lebens.

Nein, jetzt sprach sie mit jemand anderem, mit einem Zwilling von Marten. Oder einem Doppelgänger, der zwar exakt so aussah wie er, aber doch ganz anders war. Überhaupt nicht lustig, nicht liebevoll.

Die Distanz zwischen ihnen ließ sich schwer beschreiben. Marten war ihr in diesen Momenten völlig fremd. Er zeigte ihr eine Seite von sich, die sie überhaupt nicht kannte. Kühl und abweisend. Nie hätte Stine es für möglich gehalten, dass er so sein konnte. Das war doch nicht ihr Marten!

Es passte überhaupt nicht zu ihm. Auch passte nicht zu ihm, dass sie mit ihm nicht mal ansatzweise über die Sache mit Louis und Ida reden konnte. Jedes Gespräch darüber brach er sofort ab.

Ihr Verhältnis war also alles andere als entspannt oder normal.

Und dabei mussten sie über die Hochzeit sprechen. Stine musste jetzt wirklich wissen, ob sie alle Gäste wieder ausgeladen sollten, auch wenn sie das auf keinen Fall wollte. Sie wollte Marten an Mittsommer nach wie vor heiraten. Wobei es da eine kleine Einschränkung gab: Stine wollte ihren *alten* Marten heiraten. Ob sie mit seinem kühlen Doppelgänger die Ehe eingehen wollte, wusste sie nicht. Eher nicht, wenn sie ehrlich war.

Wenn sie nur wüsste, was in Marten vorging! Aber wenn er nicht mehr heiraten wollte, hätte er es Stine dann nicht längst gesagt? Das hätte er doch, oder? Sie blickte einfach nicht mehr durch, die Situation war zu verfahren.

Überhaupt nicht mehr verfahren hingegen war ihr Verhältnis zu Louis: Nach dem Streit bei seinem Besuch hatte er sich mit einem wirklich guten Vorschlag bei ihr gemeldet.

Louis musste selbst eingesehen haben, dass er mit seinem PowerPoint-Vortrag in Tante Ellas Küche etwas danebengelegen hatte. In den Tagen danach hatte er Stine erst mal in Ruhe gelassen und erst vorgestern mehrere höfliche SMS geschickt, in denen er ihr unter anderem den Artikel einer amerikanischen Kinderpsychologin ans Herz legte. Amélie habe den Artikel im Netz gefunden, schrieb Louis. Die Psychologin empfahl, dass man beim Thema »Einführung neuer Eltern und Stiefeltern bei Kindern« nicht mit der Holzhammermethode vorgehen sollte. Je nach Alter und Veranlagung des Kindes könnte die ungefilterte Wahrheit zur Überforderung führen, deshalb sei es ratsam, zunächst eine gute Basis miteinander aufzubauen. Wie genau das funktionieren sollte, wurde im Artikel nicht erklärt. Aber Amélie hatte Louis davon überzeugt, dass sie es auf jeden Fall etwas langsamer angehen sollten, damit Ida keinen Schaden davontrug.

Stine rührte es, dass gerade Amélie als Stiefmama an einem guten Verhältnis zu Ida gelegen war. Amélie schlug vor, dass sie und Louis zunächst also nur als »alte Freunde« von Stine und Marten auftreten würden. Zumindest in den ersten Wochen. Und auch das Thema Nanny war fürs Erste vom Tisch. Da Ida noch nicht gleich in Hamburg übernachten würde, würden sie zunächst auch kein Personal für ihre Betreuung einstellen (was Stine unglaublich beruhigte!).

Stine hatte Marten gestern Nachmittag alle Nachrichten von Louis gezeigt, und anfangs hatte Marten so getan, als würden sie ihn nicht weiter interessieren. Aber dann hatte er sich während einer Tasse Kaffee doch sichtlich interessiert in den Artikel der Kinderpsychologin eingelesen. Stine spürte, dass es ihm nicht egal war, wie es mit Ida weiterging. Er blieb ja nach wie vor ihr Vater. Das hatte Stine noch mal betont. Ida nannte Marten »Papa«, seit sie sprechen konnte.

Das offizielle Gespräch mit Ida hatten Marten und Stine also erst mal vertagt. Und im Moment war es ja auch nicht nötig. Ida würde Louis und Amélie hier auf der Insel irgendwann einfach mal kennenlernen. Vielleicht als nettes Freundespaar von früher, das Ida eine frische Waffel mit Puderzucker kaufte und mit Stine und Marten bei einem Kaffee plauderte.

Stine war davon überzeugt, dass die ersten Treffen etwas steif verlaufen würden. Marten hatte von Louis ja keine besonders hohe Meinung. Und ob Marten sich mit Amélie anfreunden würde, die auf jedem zweiten Foto im Netz nur in feinstes Kaschmir gehüllt war und für die Kundinnen ihrer PR-Agentur permanent um den Globus jettete, konnte Stine auch noch nicht sagen.

Aber sie würden sich irgendwie zusammenraufen. Das mussten sie. Schon allein für Ida. Bis zu dem ersten Kennenlernen würde es ohnehin noch etwas dauern. Louis und Amélie hatten in ihren Jobs dermaßen viel zu tun, dass Stine nicht davon ausging, sie in den nächsten vier bis sechs Wochen auf Föhr zu treffen. Insgeheim war ihr das ganz recht so. Und Marten sicherlich auch.

Langsam steuerte Stine den Golf durch den alten Dorfkern von Nieblum. Auf der Straße vor ihr strampelte eine
Gruppe Feriengäste auf Leihrädern gegen den Wind an,
alle in Regenjacken und Regenhosen. Die Fahrradfahrer
waren angeregt in ein Gespräch vertieft, sie schienen den
Wagen hinter sich überhaupt nicht zu hören, und obwohl
Stine es eilig hatte, wagte sie es nicht, sie zu überholen.
Langsam schlich sie hinter der Fahrradtruppe her. Die Straßen in Nieblum säumten alte Fischerhäuser. Ihre Eigen-
tümer hatten sie oft liebevoll restauriert, viele von ihnen
hatten ein frisches Reetdach in warmem Hellbraun bekommen, das auf dem Cremeweiß gestrichenen Haus
ruhte. In den Gärten blühten Obstbäume und üppige
Hortensienbüsche, und links von Stine kickten zwei kleine
Jungs in Gummistiefeln gerade einen Fußball über das
Grundstück.

Das Haus von Martens Großeltern lag am Dorfrand,
schön ruhig, inmitten von viel Grün. Stine verlangsamte
das Tempo, ließ ihren Golf in die Einfahrt rollen und
parkte im Hof hinter Martens silbergrauem VW-Bus.

Ob Marten ihren Wagen schon vom erleuchteten Küchenfenster aus sah? Stine stellte den Motor ab und atmete
noch einmal kurz durch.

Also, gleich würde sie durch die Hintertür ins Haus gehen und in der Küche Marten finden, wo er vermutlich auf
der Trittleiter stand und mit einem Farbroller in der Hand
eine Wand oder die Decke strich. Stine nahm an, dass über
Martens runden Lautsprecher, den er mit seinem Handy
verband, die »Beastie Boys« liefen. »No sleep till Brook-

lyn«. Oder die neue Platte von Lorde, Kanye West, irgendwas, womit er die Gäste, die im »Wal« an der Bar saßen,
eher nicht beschallen konnte. Zumindest nicht vor 22 Uhr.
Stine würde ihn ohne lange Umschweife bitten, kurz mit-
zukommen. *Ich muss dir unten am Strand nur was zeigen*,
würde sie sagen.

Würde das reichen, um Marten zu überzeugen? Keine
Ahnung. Aber gleich würde es Stine herausfinden. Sie öffnete die Autotür, ging mit zügigen Schritten zum Haus.
Der Wind war kalt, viel zu kalt für Juni. Er fuhr ihr unter
den Pulli und riss an ihren Haaren, die Stine heute nicht
zusammengebunden hatte. Bevor sie ins Haus trat, warf sie
einen Blick nach oben. Der Himmel war dunkelgrau, Stine
konnte die Feuchtigkeit, die sich in den tief hängenden
Wolken über ihr sammelte, schon spüren.

»Marten?« Einen Moment lang stand sie unschlüssig in
der Küche. Das Licht war an, aber von Marten war nichts
zu sehen. »Maaarten!«, rief sie noch einmal. Im Raum roch
es nach frisch aufgetragener Farbe, aber der Farbeimer war
fest verschlossen. Stine ging zum Farbroller hinüber, der an
der Wand lehnte, und tippte mit dem Finger auf die Rolle.
Sie war noch nass, an ihrer Fingerspitze klebte jetzt ein
Klecks weiße Wandfarbe. Stine wischte ihn in einen alten
Lappen, der über der Heizung hing. Die Wand dahinter
glänzte leicht. Sie war ganz offensichtlich gerade erst gestrichen worden. Aber wo steckte Marten?

»Maaarten!«, rief Stine noch einmal. Von der Küche
ging sie über die Diele durch die anderen Räume, die leer
waren. Die Dielen waren schon abgeschliffen, aber an den

Wänden klebten noch die alten Blümchentapeten von Martens Großeltern. Früher mussten sie mal wunderschön gewesen sein, aber sie hingen schon über dreißig Jahre in den Räumen und waren an den Stellen, wo keine Möbel gestanden hatten, entweder hell ausgeblichen oder vergilbt.

Im Bad war Marten auch nicht. Geschockt blieb Stine für einen Moment in der Badezimmertür stehen. Es war ja immer noch von oben bis unten lila gefliest. Das Waschbecken und die Toilette waren auch noch nicht ausgetauscht. Und die hintere Wand, die schlecht belüftet wurde, war immer noch ganz dunkel von Schimmel. Stine begriff, dass Marten und Hinnerk während der ersten Sommerwochen nicht halb so viel geschafft hatten wie geplant. Vielleicht hätte Stine doch mithelfen sollen, aber die beiden hatten sie ja nicht gelassen.

So ging es nicht weiter. Ab sofort würde sie sich in ihrer wenigen Freizeit aufdrängen und so lange nicht lockerlassen, bis man sie helfen ließ! Zu dritt kämen sie doch viel schneller voran.

»Marten? Bist du da oben?«, rief sie in die offene Bodenluke hoch, an der eine Leiter lehnte. Auf den Boden wollte Stine nicht hinauf, die Dielen waren morsch und mussten noch erneuert werden. Das würden sie später erledigen. Erst musste das Erdgeschoss so weit renoviert werden, dass sie mit Ida einziehen konnten. Was natürlich voraussetzte, dass Stine sich wieder mit Marten vertrug.

Sie schaute von unten Richtung Dachboden, aber auch dort rührte sich nichts. Marten war nicht im Haus.

Durch die Küche ging sie wieder auf den Hof. Wo konnte Marten denn sein? Sein Bus war doch da. Sie rannte über den mit alten Feldsteinen gepflasterten Hof zum Schuppen. Die Tür war von außen mit einem Vorhängeschloss versperrt. Hier war Marten also definitiv auch nicht, trotzdem spähte Stine zur Sicherheit durchs Fenster. Alles, was sie durch die milchig-trübe Scheibe sehen konnte, war ein beeindruckendes Spinnennetz, das das gesamte Fenster ausfüllte und an dem eine ganze Großfamilie von Spinnen gewoben haben musste. Ein paar Meter hinter dem Netz standen einige verrostete Spaten und ein neuer Elektro-Rasenmäher, den Marten schon angeschafft hatte.

In Stines Jacke piepste es jetzt. Sie zog ihr Telefon heraus. War das Marten? Nein, die Nachricht war von Hannah.

Alles in Ordnung? Ich glaube, es schüttet gleich los. Soll ich die Flasche schon hinlegen? Seid ihr unterwegs?

Kannst du noch ganz kurz warten?, tippte Stine ins Nachrichtenfeld. *Ich kann Marten nicht finden. Sein Wagen ist da, und Licht brennt im Haus auch, er muss hier irgendwo stecken.*

Alles klar. Ich suche mir ein trockenes Eckchen und warte noch ein wenig. Kein Stress!

Kein Stress? Hannah war ja entspannt. Am Strand war es sicher stürmisch und kalt. Hannah fror bestimmt längst. Stine musste sich jetzt wirklich beeilen. Wo konnte Marten nur sein? Sie schaute sich nachdenklich um, dann ging sie am verwilderten Gemüsegarten vorbei und blieb unter den beiden Kirschbäumen stehen, an denen schon unreife Früchte hingen; kleine grüne Kugeln, die im Wind hin und her baumelten.

Ob sie Frauke mal eben anrufen und fragen sollte, wo Marten sein konnte? Vielleicht war er zu seinen Eltern rübergegangen. Gut möglich, dass er von ihnen ein Werkzeug holte, das er zum Weiterarbeiten brauchte.

Stine wählte Fraukes Nummer, aber sie nahm nicht ab. Stine versuchte es noch ein zweites Mal ... und landete wieder auf Fraukes Mailbox. In diesem Moment traf ein Tropfen ihren Kopf. Dann noch einer. Es regnete. Zwar nur ganz leicht, aber die Tropfen waren schwer. Und kalt. Stine dachte an Hannah, die jetzt sicher unter dem Sonnenverdeck vor einem abgesperrten Strandkorb kauerte. Stine musste ihrer Schwester wirklich Bescheid geben, wie es weiterging.

Sie öffnete die Messenger-App. *Lass uns die Sache abbrechen, ich kann ihn hier einfach nicht finden*, schrieb Stine in das schmale Feld mit den abgerundeten Ecken, aber dann hielt sie inne. Der Cursor hinter »finden« blinkte ruhig und gleichmäßig, und Stine bräuchte nur auf den blauen Button zu tippen, damit wäre die Nachricht raus ...

Aber damit würde sie auch ihre »Mission Flaschenpost« abbrechen. Und Marten würde vielleicht nie die Überraschung sehen, die sie für ihn vorbereitet hatte! Und das wollte sie nicht. Sie wollte sich mit Marten aussprechen. Heute noch. Sie mussten jetzt sofort klären, was aus der Hochzeit wurde. Und aus ihnen. Wollte er noch mit Stine zusammen sein? Wollte er mit Ida und ihr in das Haus einziehen, das er von seinen Großeltern geerbt hatte? Oder wollte er das alles nicht mehr? Stine schob diesen Gedanken von sich. Ihr wurde ganz schlecht, wenn sie daran dachte, dass Marten für sie als Familie keine Zukunft mehr sah.

Der Regen fiel stetig auf Stines Kopf. Ihre Haare waren schon nass, und sie spürte, dass der Regen auch durch ihren Pulli und das T-Shirt drang.

Und?, schrieb Hannah jetzt.

Okay. Stine sah es ein. Hannah war kalt. Sie wollte zurückfahren. Stine konnte sie jetzt wirklich nicht länger warten lassen. Sie berührte den blauen Button und schickte den gerade getippten Satz ab. *Lass uns die Sache abbrechen, ich kann ihn hier einfach nicht finden.*

Mist. Tut mir echt leid, dass es nicht geklappt hat, schrieb Hannah. Unter der Nachricht blinkten drei Punkte. *Warte doch noch kurz, ich bin in fünf Minuten da. Kurze Lagebesprechung und dann zurück nach Bredland?*

Okay, antwortete Stine. Hannah konnte mit dem E-Bike vom Nieblumer Strand, wo sie gerade wartete, tatsächlich in fünf Minuten beim Haus von Martens Großeltern sein.

Enttäuscht ließ Stine ihren Blick noch einmal über die Obstwiese hinter dem Haus wandern. Ihr Plan mit der Flaschenpost war nicht aufgegangen. Sie hatte dabei mit *allem* gerechnet, aber nicht damit, dass sie Marten schlichtweg nicht finden würde.

Sie könnten natürlich einen neuen Anlauf starten. Aber wann? Morgen? Stine wollte *heute* alles klären. Der distanzierte Doppelgänger-Marten, den sie überhaupt nicht mochte, musste sofort verschwinden, sonst könnte sie selbst nicht mehr sagen, was aus ihrer Hochzeit wurde.

Stine spürte einen Druck in ihrer Brust. Irgendetwas schien ihr die Rippen zusammenzupressen, das Atmen fiel ihr schwer. Und dann liefen ihr auch schon wieder die ersten Tränen über die Wangen und mischten sich mit dem Regen. Die Enttäuschung darüber, dass ihr Plan fehlgeschlagen war, war einfach zu groß. Missmutig trat sie einen Kieselstein auf den ausgetretenen Trampelpfad, der zum Ende der Wiese führte. Dort hinten, bei den drei alten Eichen, hörte auch das Grundstück auf. Martens Großeltern hatten dort eine Bank aufgestellt. Nachmittags waren sie oft mit einem Korb über die Wiese zur Bank gegangen. Im Korb hatte eine Thermoskanne mit frisch aufgebrühtem Kaffee gelegen und ein paar Stücke von dem herrlich bröseligen Butterkuchen vom Blech, den Martens Oma jeden Samstag buk. Stine und Marten hatten Oma Frida und Opa Carl ein paarmal auf der Bank Gesellschaft geleistet. Sie hatten mit ihnen zusammen im schönsten Eckchen ihres Grundstücks Kuchen gegessen, Kaffee getrunken und auf das kleine Stück Nordsee geschaut, das zwischen den Dünen aufblitzte.

Stine betrachtete die drei Eichen. Moment. Sie kniff die Augen zusammen. Da hinten unter den tief hängenden Ästen rührte sich was. Saß da jemand auf der Bank?

Sie folgte dem Trampelpfad, und ihr Herz klopfte plötzlich ein wenig schneller. Und dann noch schneller Sie rannte zu den Eichen, und als sie um den dicken Stamm der ersten schaute, saß dort tatsächlich … Marten!

»Ach, *hier* steckst du!«, rief sie. Außer Atem stützte sie sich mit einem Arm an dem Baum ab.

Marten saß mit einer kleinen Flasche Cola in der rechten Hand auf der Bank, seine Sneakers ruhten auf einem Baumstumpf.

»Was machst du denn hier?«, fragte er überrascht. Dann veränderte sich sein Blick plötzlich. »Ist was mit Ida?«, fragte er erschrocken.

Stine winkte ab. »Nein, nein. Mit Ida ist alles bestens.«

»Gut.« Marten nickte erleichtert. Sein Gesicht entspannte sich, und er schien sich ehrlich zu freuen, Stine zu sehen. In seiner linken Hand hielt er den Rest einer selbst gedrehten Zigarette.

Marten rauchte eigentlich seit vier Jahren nicht mehr, aber Stine wusste, dass er und Hinnerk beim Ausräumen des Hauses einige Tüten Tabak in den Sachen von Opa Carl gefunden hatten. Manchmal drehten sie sich jetzt auf der Baustelle eine, die ihnen aber nicht so besonders schmeckte. Stine neckte ihn immer, wenn Marten sich bei ihr darüber aufregte, dass ihm von den Selbstgedrehten übel wurde.

»Weshalb bist du hier?«

»Ich wollte …« Stine zögerte. Sollte sie ihm sagen, weshalb sie gekommen war? Hannah und sie hatten die »Mission Flaschenpost« ja abgeblasen. Sie könnte behaupten, dass sie ihm im Haus helfen wollte, aber das stimmte nicht. Das wäre schon wieder eine Lüge, und lügen würde sie nicht mehr. Dann sah Stine das Leuchten in seinen Augen.

»Ich wollte dich abholen und dir etwas zeigen«, sagte Stine. »Unten. Am Strand.«

»Jetzt?«, fragte Marten ungläubig. »Musst du nicht ins Büro?«

»Ich habe das Büro heute Vormittag dichtgemacht. Wegen einer familiären Angelegenheit.« Christa wusste selbstverständlich Bescheid und hatte Stine den Rücken gestärkt. »Die Gäste können ruhig mal vier Stunden warten, mein Schatz«, hatte sie gesagt. Seit ihrem Sturz sah ihre Mutter alles viel gelassener. Das gefiel Stine.

Marten drückte die Zigarette im Gras aus und steckte den Stummel in eine alte Blechdose, in der schon mehrere Stummel lagen. »Und jetzt soll ich also mitkommen?« Er stand auf.

Sie schüttelte den Kopf. »Jetzt ist es zu spät«, sagte sie, woraufhin Marten sie fragend ansah. »Das, was ich dir zeigen wollte, ist nicht mehr da. Ist schon wieder weg.«

»Jetzt bin ich aber erst recht neugierig.«

Stine war erleichtert, dass Marten den grimmigen Doppelgänger zu Hause gelassen hatte. Sie schien ihn mit ihrem Besuch dermaßen überrumpelt zu haben, dass er sich ganz anders verhielt als in den letzten Tagen. War das jetzt ein guter Moment, um ihn auf die Hochzeit anzusprechen?

»Marten, wir müssen dringend über …«

»Stiiine!«, rief da eine Stimme von der Obstwiese zu ihnen herüber.

Stine drehte sich um und sah Hannah im Gras unter den Kirschbäumen stehen. Das leuchtende Sonnengelb von Tante Ellas Regenjacke hob sich kräftig vom saftigen Grün der Wiese ab. Hannah hatte sich die Kapuze tief in die Stirn gezogen, drehte sich suchend im Kreis und wandte sich dann wieder zum Haus um.

»Hiiier!«, rief Stine, als Hannah schon wieder ein paar Schritte in die entgegengesetzte Richtung gegangen war. »Wir sind hier bei den Eichen.«

Hannah blieb stehen, drehte sich wieder um, entdeckte Stine und Marten und rannte auf sie zu. Als sie ein wenig außer Atem bei ihnen stand, knuffte sie Stine in die Seite. »Weißt du eigentlich, wie lange ich am Haus nach dir gesucht habe?«, fragte sie ein wenig vorwurfsvoll. Bevor Stine ihr alles erklären konnte, umarmte sie Marten. »Hey!«

»Hey«, sagte Marten. »Schön, dich zu sehen. Ich würde euch ja gern was anbieten, aber ich habe nur noch einen Schluck Cola, der leider schon etwa schal ist.« Er hielt ihnen zum Spaß die Flasche hin, und Stine und Hannah hoben sofort die Hände. *Irks, nein danke! Bloß nicht!*

Alle drei lachten kurz auf, dann entstand eine winzige Pause, die Stine mit der Frage beendete, ob sie nicht zum Haus zurückgehen wollten. Der Regen ließ gerade nach, und Stine hatte den Eindruck, dass auch der Wind schwächer wurde.

Sie gingen ein paar Schritte, dann wandte Marten sich an Hannah. »Warst du zufällig in der Nähe, oder bist du hergekommen, weil du die Baustelle mal sehen wolltest?«

»Also, eigentlich hab ich nur eine Radtour gemacht«, flunkerte Hannah im Gehen.

»Bei *dem* Wetter?« Marten sah sie fragend an.

»Als Urlauberin muss ich ja nehmen, was kommt,

oder?«, konterte Hannah mit einem unsicheren Lächeln. Kaufte Marten ihr das ab? Sie schaute schnell zu Stine. *Hilf mir doch mal eben!*

Aber Stine sagte nichts. Sie konnte Marten nicht noch länger anlügen. Das hatte sie in den letzten Jahren zur Genüge getan.

Glücklicherweise standen sie jetzt schon wieder im Hof. Hannah zeigte auf den Rucksack, den sie in die Hintertür gestellt hatte, damit er nicht noch nasser wurde. »Kannst du den vielleicht im Auto mit zurücknehmen?«, fragte Hannah.

Stine nickte. »Na klar.«

Hannah drehte sich zu Marten um. »Bitte sei mir nicht böse, aber mir ist jetzt doch ziemlich kalt. Ich schaue mich ein andermal länger auf der Baustelle um, in Ordnung?«

»Schade, ich hab heute in der Küche immerhin eine ganze Wand gestrichen«, scherzte Marten.

»Sieht super aus!«, bestätigte Stine.

»Also dann …« Hannah stieg aufs Rad und setzte den Helm auf. Sie winkte ihnen noch kurz zu, und Marten und Stine winkten zurück.

»Bis später!«, rief Stine ihr nach, als Hannah um das Haus herumfuhr und auf die Straße einbog.

Und jetzt?, fragte Stine sich. Ihr Blick ruhte für einen Moment auf dem Rucksack, der noch an der Hintertür stand.

Marten stieg mit der fast leeren Flasche Cola über den Rucksack und öffnete die Tür. Er kippte den Rest braune Brause in ein kleines Waschbecken, das in der Diele direkt neben der Tür angebracht war. Dann steckte er den Kopf wieder nach draußen. »Ich werd jetzt mal in der Küche weitermachen, in Ordnung?« Er hob den Rucksack hoch und brachte ihn Stine, die noch im Hof stand. »Wir sehen uns später. Ich komme heute Nachmittag für ein halbe Stunde vorbei und spiele mit Ida. Im ›Wal‹ brennt zwar die Hütte, aber meine Eltern haben ja Linus.«

Stine nickte, und Marten drehte sich um und ging in die Diele zurück. Kein Kuss, keine Umarmung. Da ist er wieder, dachte sie. Martens Doppelgänger. Der kühle, distanzierte Typ, den sie nicht besonders mochte.

Mit dem Rucksack im Arm rührte Stine sich nicht vom Fleck. Sie konnte sich irgendwie nicht dazu bringen, zum Auto zurückzugehen. Durch das geöffnete Fenster hörte sie Marten in der Küche werkeln; etwas Schweres wurde über die Bodenfliesen geschoben, Abdeckplane raschelte, ein Wasserhahn rauschte, dann lief Musik. Die »Beastie Boys«: »Sabotage«.

Stine schaute den Rucksack an. Der unangenehme Druck auf ihrer Brust war wieder zurück. Ihre Schultern waren schwer, ihr Pulli nass, und hier draußen im Hof zog es ganz schön. Die feuchte Kälte kroch ihr in alle Glieder. Fröstelnd zog sie die Schultern hoch.

Nichts war heute so gelaufen, wie Stine es geplant hatte. Es war schon damit losgegangen, dass es nicht so warm und sonnig war, wie sie gehofft hatte, sondern stürmisch und kalt.

Der Rucksack in Stines Armen wurde immer schwerer. Was hatte Hannah da alles reingetan? Hinkelsteine? Und weshalb stand Stine hier eigentlich noch rum? Sie würde jetzt zum Auto gehen und einfach zurück zu Tante Ellas Haus fahren.

Stopp!, rief eine Stimme in ihrem Kopf. *Der Morgen war zwar absolut vermurkst, aber das ist noch lange kein Grund, um sofort aufzugeben. Bring's einfach hinter dich! Geh in die Küche und sprich mit Marten.*

Stine zögerte. Nein. Das war keine gute Idee. Sie würde auf die Stimme nicht hören. Marten hatte sich gerade eben völlig unterkühlt von ihr verabschiedet, ungünstiger konnte der Moment gar nicht sein.

Eben!, rief die Stimme. *Sauer ist er eh schon. Sprich endlich mit ihm! Wenn du dich mit ihm versöhnen willst, dann jetzt. Bevor ihr die Hochzeit wirklich absagen müsst.*

Die Stimme nervte Stine, aber sie hatte recht. Bevor sie es sich noch einmal anders überlegen konnte, trat sie über die kleine Stufe durch die Hintertür und ging durch die Diele in die Küche.

Marten stand mit dem Farbroller auf der Leiter und strich die Wand, an der ein Wasserhahn herausragte.

»Sag mal, kann ich dir kurz was zeigen?«, rief sie ihm über die Musik hinweg zu.

Marten drehte sich überrascht um. »Jetzt doch?« Er schaute auf die kleine Ecke, die er gerade gemalt hatte, und wirkte ungehalten. »Geht leider nicht. Ich wollte die Küche heute fertig streichen.«

Stine wand sich innerlich. Ihr Mut ließ sie schon mächtig im Stich, aber so schnell durfte sie nicht aufgeben. Sie ging zur Fensterbank, auf der die Lautsprecherbox stand, und stellte den Rucksack auf den Boden. Endlich konnte sie die Musik etwas herunterdrehen.

»Es ist wichtig«, sagte sie mit bebender Stimme. »Bitte. Geht auch ganz schnell.« Sie bückte sich und presste den Rucksack wieder an ihre Brust. Ihr Herz darin so laut, dass Marten es auf jeden Fall hören musste.

»Aber ich fahre heute Nachmittag doch eh bei euch vorbei.«

Okay, dann wird das hier eben wirklich nichts, dachte Stine enttäuscht. Sie zuckte mit den Schultern und drehte sich um. »Dann bis später.«

»Also gut«, hörte sie Marten plötzlich hinter sich sagen. Die Leiter quietschte, als er sie Sprosse für Sprosse herunterstieg.

Stine drehte sich erleichtert um. Kam er wirklich mit? Sah ganz so aus!

»Aber nur, wenn es nicht lange dauert.«

»Versprochen.«

Er folgte ihr aus der Küche in den Hof. »Und jetzt?«, fragte er.

Stine überlegte nicht lang. »Zur Bank unter den Eichen«, sagte sie. Für den Strand hätte Marten keine Geduld. Es würde zu lange dauern, ihn ins Auto zu verfrachten und rüberzufahren. Bis dahin würde er es sich anders überlegt haben. Stine musste jetzt einfach improvisieren.

Sie ging ein paar Schritte vor ihm den Trampelpfad entlang, den Rucksack immer noch vor sich. Marten folgte ihr. Der Wind hatte zwar nachgelassen, aber blies noch immer in Böen. Stine fror in ihrem nassen Sweatshirt.

Sie erreichten die Bank. »Setz dich doch noch mal kurz«, bat sie Marten, was er tatsächlich tat.

Er lehnte sich zurück und schaute Richtung Meer. Begeistert sah er nicht aus, aber er war hier. »Also?«, fragte er.

»Möge der gute Geist von Oma Frida und Opa Carl mit mir sein«, murmelte Stine so leise in den Wind, dass Marten es nicht hören konnte. »Also, ich habe dir was mitgebracht.« Sie öffnete den Rucksack und zog die Flaschenpost heraus. Die Situation war jetzt eine völlig andere als die, die sie sich vorgestellt hatte. Sie waren nicht am Strand, und Marten hatte die Flasche nicht im Sand gefunden. Aber es war egal. Sie würde das jetzt durchziehen. »Die ist für dich.«

Überrascht zog Marten die rechte Augenbraue hoch.

Stine nickte, während er ihr die Flasche abnahm und sie ins Licht hielt. Der Himmel war grau und verhangen, aber das Glas schimmerte trotzdem dunkelgrün. Fast magisch, fand Stine. Sie hatte die Weinflasche ausgespült und in heißes Wasser gelegt, um das Etikett abzulösen (es war ein richtig guter Côtes du Rhône gewesen, das *konnte* doch nur Glück bringen!). Seitlich ragte ein Stück rot-weiß geringelte Schnur aus dem Flaschenhals, in dem ein Korken steckte.

»Und was ist das?« Marten drehte die Flasche so, dass sich in ihr etwas Helles bewegte. »Ist da was drin?«

Stine zuckte mit den Schultern. »Könnte schon sein. Schau doch mal nach.« Sie wagte ein zartes Lächeln.

Neugierig drehte Marten den Korken aus der Flasche. Er zog an der geringelten Schnur, woraufhin eine Papierrolle in seinen Schoß rutschte. Sie war mit der Kordel zusammengebunden. Er sah Stine fragend an. »Ein Brief?«

Sie zuckte nochmals mit den Schultern. »Vielleicht?« Sie wagte es nicht, sich neben ihn zu setzen. Würde er die Überraschung mögen?

Marten legte die Flasche neben sich auf die Bank und begann, den feinen Knoten der Schnur zu lösen. Nachdem es ihm gelungen war, entrollte er das Papier, schaute es kurz an und drehte sich dann völlig baff zu Stine.

»Wo hast du das her?«, fragte er. Noch immer fassungslos beugte er sich über das Foto in seinen Händen.

»Von Olli«, sagte Stine.

Marten betrachtete fasziniert das Foto. So fasziniert, dass Stine sich endlich traute, sich neben ihn auf die Bank zu setzen.

»Aber ich dachte, die Bilder wären nichts geworden«, sagte Marten.

»Das dachte ich auch. Aber war nicht so. Wir haben ihm nur nie geschrieben und nach den Fotos gefragt. Und er selbst hatte sie nach seiner Abreise wohl einfach vergessen.«

»Ich kann nicht glauben, dass du das Bild bekommen hast«, sagte Marten gerührt. Er nahm ihre Hand und (träumte sie das gerade, oder passierte das wirklich?) drückte sie ganz fest. »Da ist ja noch mein alter Bus drauf«, sagte er, als er ihre Hand wieder losließ. Liebevoll strich er über das glänzende Fotopapier. Von Martens Bus war zwar nur das Heck zu sehen, aber ja, es war ganz eindeutig der Bus, den Marten damals gefahren war.

»Kannst du dich an den Abend noch erinnern?«, fragte Stine.

Marten nickte. »Und ob.« Er hob den Blick und schaute ihr tief in die Augen.

Stine hatte Olli vor vier Jahren auf einer Party bei ihrer Freundin Rieke kennengelernt. Sie war damals gerade erst mit Ida nach Föhr zurückgekommen, seit sechs Wochen wohnte sie in der kleinen Ferienwohnung ihrer Eltern. Die Wohnung war schön, das schon. Und ihre Eltern wuselten fast den ganzen Tag um Ida und sie herum, sie kamen ständig vorbei und halfen, wo sie nur konnten. Alles war genauso, wie Stine es sich vorgestellt hatte. Aber irgendwie fehlten ihr ihre Hamburger Freunde doch ein wenig.

Als Rieke sie zu einem spontanen Grillen einlud, zögerte Stine trotzdem. Rieke war nett, sie kannten sich schon ewig und drei Tage. Stine hatte die gesamte Grundschulzeit eine Reihe hinter Rieke gesessen, nachmittags hatten sie Käsecracker gegessen und »Vier gewinnt« gespielt, aber wenn Stine Rieke in den letzten Jahren in Wyk im Getränkemarkt oder anderswo getroffen hatte, dann hatten beide nicht mehr so richtig gewusst, worüber sie sich unterhalten sollten.

Und jetzt lud Rieke sie also zum Grillen ein. Stine hatte nach kurzem Nachdenken abgesagt. *Geht leider nicht. Ich kann Ida noch nicht meinen Eltern überlassen.* Ida war noch zu klein und wurde an herausfordernden Tagen noch zu unregelmäßig gestillt, um länger bei Christa und Ulli zu bleiben. Und gerade waren die Tage mit Ida wieder mal herausfordernder als noch in der Woche zuvor.

Dann bring sie doch einfach mit. Als deine »Plus eins«!, schrieb Rieke daraufhin und beendete die Nachricht mit so vielen Smileys, dass Stine sich geschlagen gab. Schon allein, um mit Rieke bei ihrem nächsten Treffen endlich Gesprächsstoff zu haben. Denn eine gute Party bot doch immer Gesprächsstoff ohne Ende!

Aber als Stine mit Ida am frühen Abend vor der marineblau gestrichenen Pforte stand, die in Riekes Garten führte, zweifelte sie plötzlich an ihrer Entscheidung. Die Feier war schon in vollem Gange. Laut wummerten die Bässe über den Rasen zu ihr herüber, und auf der Terrasse war jetzt schon kein Platz mehr. Es waren einfach zu viele Leute da.

Stine stand am Zaun und überlegte, sofort umzudrehen und nach Hause zu fahren. Rieke und ihre Freunde hatten sie noch nicht bemerkt, niemand würde erfahren, dass Stine überhaupt da gewesen war … und überhaupt! Sie war Mutter eines erst zehn Wochen alten Babys. Jeder wusste, dass so ein kleiner Zwerg einem ständig und jederzeit alle Pläne durchkreuzen konnte.

Aber wenn Stine jetzt umkehrte und wieder nur den ganzen Abend auf dem Sofa saß und mit ihren Hamburger Freunden textete, die sie so vermisste, wäre auch nichts gewonnen. Das konnte sie morgen Abend doch auch wieder tun, oder nicht?

Stine hob also den kleinen Metallbügel an Riekes Gartenpforte und schob den Kinderwagen auf dem Gartenweg

Richtung Haus. Rauch stieg über dem Grill auf und zog in den apricotfarbenen Abendhimmel. Einige Gäste tanzten auf der Terrasse und in der angrenzenden Küche. Andere standen auf dem Rasen zusammen und stießen klirrend mit Bier und Gin Tonic an. Zwei junge Frauen, die Stine nicht kannte, stellten gerade große Glasschalen mit verschiedenen grünen und Nudelsalaten auf die lange Tafel, die auf der Terrasse aufgebaut war. Die Stimmung war so gut, dass sich auch Stines eigene Stimmung etwas besserte. Sie verspürte sogar ein wenig Vorfreude. Das würde ein richtig guter Abend werden. Ihre erste Party mit Ida!

Zehn Minuten später bereute sie, dass sie nicht doch umgedreht war.

Ida war nach einem viel zu kurzen Nickerchen furchtbar schlecht gelaunt aufgewacht und plärrte so energisch herum, dass einige Gäste schon ein wenig gequält schauten. Stine hatte sie in die Babytrage gesteckt und sich von Rieke einen Teller mit einem Tofuwürstchen und kleinen Häufchen von allen Salaten reichen lassen. Mit Ida in der Trage aß sie im Stehen am äußersten Gartenrand. Dann versuchte sie, Ida in Riekes Schlafzimmer zu stillen, aber auch dort war es viel zu unruhig. Leute rannten ständig rein, um eine Jacke aufs Bett zu werfen oder sich eine zu holen. Ida trank nicht richtig und war ziemlich mies drauf. Und mies drauf war Stine so langsam auch. Dann halt nicht.

Sie steckte Ida wieder in die Babytrage und verabschiedete sich von Rieke, die unglaublich verständnisvoll reagierte. Dann schob sie mit dem leeren Kinderwagen wieder in Richtung Gartenpforte zurück. Ida beruhigte sich mit jedem Schritt mehr, mit dem Stine sich von der Party entfernte.

»Ach, geht ihr schon wieder?«, rief jemand auf der Straße gerade in dem Moment, in dem sie die Pforte hinter sich zuzog. Stine drehte sich um und erblickte Marten. Er hielt ein Sixpack Bier im Arm.

»Hey! Das ist ja eine Überraschung. Ich wusste gar nicht, dass du Rieke kennst.« Sie kannte Marten aus der Schulzeit, er war zwei Jahrgänge über ihr gewesen, aber ihre Freundeskreise hatten sich damals ein wenig überschnitten. Als er Abi gemacht hatte, hatten sie sich dennoch sofort aus den Augen verloren. Marten war nach Hamburg gezogen, wenn sie sich richtig erinnerte.

»Ich kenne Rieke nicht.« Marten lächelte. »Riekes Bruder hat mich eingeladen. Johannes. Kennst du, oder?«

Stine nickte. »Wobei, nicht wirklich. Ich hab ihm gerade zum ersten Mal die Hand geschüttelt.«

»Schön, dass du wieder auf der Insel bist«, sagte Marten. Er trug eine sandfarbene Baumwollhose und ein hellblaues Hemd, das er an den Ärmeln ein wenig hochgekrempelt hatte. Sein Outfit war ein wenig zu förmlich für Riekes Grillparty, auf der die meisten Männer in Klamotten angesagter Outdoor-Marken auf der Terrasse zusammenstanden. Stine nahm an, dass Marten später noch einmal in das Restaurant seiner Eltern zurückfahren würde. Sie hatte gehört, dass er dort vor einiger Zeit als Partner eingestiegen war.

»Entschuldige, ich meinte natürlich, dass *ihr* auf der Insel seid. Wer ist denn da eigentlich drin?« Marten neigte seinen Kopf ein wenig und versuchte, in die Trage hineinzuschauen, aus der es wieder herausmeckerte.

»Sie heißt Ida.« Stine öffnete einen Druckknopf an einer Seite der Trage, sodass Marten ihre Tochter besser sehen konnte.

»Hallo, Ida! Schön, dich kennenzulernen.« Er beugte sich über die Trage und winkte ihr zu. »Was ist denn los, kleine Strandkrabbe?«, fragte er. »Magst du etwa keine Partys?«

»Wäh, wäh, wäääh …« Aus der Trage plärrte es immer noch heraus, was Marten im Gegensatz zu den Partygästen aber nicht im Geringsten zu stören schien.

»Partys machen richtig Spaß, glaub mir«, plauderte Marten mit einer Selbstverständlichkeit auf Ida ein, die Stine nach der letzten anstrengenden Stunde fast zu Tränen rührte. Er war neben Christa und Ulli der Erste, der sich Zeit für Ida nahm. Sie lächelte. Es war schon bemerkenswert, mit wie viel Humor Marten das Plärren ignorierte.

»Du hast ja recht, natürlich kommt es immer darauf an, ob der DJ Mist auflegt oder ein paar gute Scheiben am Start hat«, bestätigte Marten nickend, als wäre Idas »Wähwähwäääh« tatsächlich ein Beitrag zu einer geistreichen Konversation über Partys, die sie gerade miteinander führten. Aber schließlich verstummte Ida tatsächlich immer mehr. Martens Stimme schien sie zu beruhigen, und auch Stine entspannte sich etwas.

»Darf ich?«, fragte Marten. Er zeigte auf die kleine Babyhand, die aus der Trage herausschaute.

»Klar«, sagte Stine. Sie hatte keine Ahnung, ob Ida Martens Berührung mögen oder wieder laut losbrüllen würde.

Marten stellte das Sixpack auf den Bürgersteig und hielt Ida seinen Zeigefinger hin. Ihre Hand umklammerte seinen Finger sofort.

»Wow, du heest over Knööv«, sagte Marten auf Platt.

Stine verstand, denn Ulli hatte sich mit seinen Eltern, Stines Großeltern, nur auf Platt unterhalten. Und Ida hatte ja auch richtig Kraft in ihren Fingern.

»Wir fahren jetzt mal besser nach Hause«, sagte Stine schließlich. »Ida ist müde, glaube ich.« Konnten auch Bauchschmerzen sein, zu viele Leute, zu viele fremde Geräusche und Gerüche. Vermutlich war es alles zusammen. In Stines Herz zog es ein wenig, als ihr klar wurde, welch einem Stress sie Ida ausgesetzt hatte. Was hatte sie sich eigentlich dabei gedacht? Sie hatte heute Abend auf jeden Fall etwas über sich und ihr Baby dazugelernt. Ida müsste noch ein paar Wochen älter werden, bevor sie den nächsten Ausgehversuch mit ihr unternehmen würde.

»Schön, dass wir uns mal wiedergesehen haben«, sagte sie zu Marten, während sie zu Idas Kinderwagen schaute und versuchte herauszufinden, ob sie auch nichts von dem ganzen Krempel vergessen hatte, den sie vorhin bei Rieke im Schlafzimmer ausgebreitet hatte, um Ida zu beruhigen.

»Fand ich auch«, sagte Marten.

Sie hob ihren Blick ... und schaute direkt in seine Augen. Erst jetzt wurde ihr bewusst, wie nah sie zusammenstanden. Viel zu nah für zwei alte Bekannte, die sich nach fünfzehn Jahren zum ersten Mal wiedertrafen.

»Wir sehen uns, oder? Die Insel ist ja klein«, sagte Stine.

»Na ja, so klein nun auch wieder nicht.« Marten wirkte

plötzlich ein wenig verlegen. Auch ihm schien jetzt aufzufallen, dass er ganz schön nah vor Stine und Ida stand.

Seine Augen leuchteten warm und in einer Farbe, die Stine an einen glatt geschliffenen Bernstein erinnerte. Wow. Ihr Herz schlug schneller, und unter den Rippen im linken Teil ihres Brustkorbs spürte sie ein aufgeregtes Flattern. Für einen langen Moment schauten sie sich einfach nur an. Stine versank in dem karamellbraunen Leuchten ... und erst dann fiel ihr auf, dass sich etwas verändert hatte.

Marten lächelte. »Ups. Tut mir wirklich furchtbar leid, aber du kannst jetzt nicht mehr fahren.« Er nickte Richtung Trage, aus der es leise herausschnarchte. »Ida lässt mich nicht mehr los.«

»Was?« Stine schaute an sich herunter. Es stimmte. Ida hielt Martens Finger immer noch fest umschlossen und ... war eingeschlafen! Wenn sie irgendetwas daran änderte, riskierte sie, dass sie ihre Tochter sofort wieder weckte. Und das wollte Stine auf keinen Fall. Wenn Ida schlief, war es besser, sie schlafen zu lassen. Mist. Was machte Stine denn jetzt?

»Na, immerhin haben wir Bier«, sagte sie trocken. Sie deutete auf das Sixpack, das neben ihnen stand. Sie trank zwar im Moment keinen Alkohol, was Marten sicher klar war, aber ihr Scherz brachte sie trotzdem beide gleichzeitig zum Lachen.

»Wenn wir es in Trippelschritten zusammen in den Garten schaffen, könnten wir uns von Rieke auch ein Glas Wasser für dich bringen lassen«, schlug Marten vor, und auch darüber lachten sie.

Doch Stine sah an seinem Gesichtsausdruck, dass er den Vorschlag nicht ganz ernst gemeint hatte. Unentschlossen warf sie einen Blick über den Zaun. Jemand drehte die »Black Eyed Peas« lauter.

»I got a feeling … That tonight's gonna be a good night …«

Bis vor ein paar Minuten war das noch keine gute Nacht für mich, dachte Stine. Aber seit sie Marten hier an der Gartenpforte getroffen hatte, war das ein bisschen anders.

»Wooohoooh«, hörten sie die Gäste grölen. Ein Typ steckte zwei Finger in den Mund und pfiff, als wäre er in einem Club oder auf einem Konzert. Eine Freundin von Rieke drehte den Song noch etwas lauter, woraufhin einige der Tanzenden begeistert zu johlen begannen.

Stine wagte einen Blick in die Trage, aber Ida war wohl wirklich erschöpft. Sie schnarchte ungerührt weiter.

»Weißt du was?«, sagte sie zu Marten. »Ich hab im Kinderwagen auch etwas Wasser dabei. Könntest du mit mir zusammen kurz in die Knie gehen? Dann kannst du dir ein Bier aus deinem Sixpack herausfischen und ich mir die Wasserflasche aus dem Kinderwagen, und wir stoßen kurz miteinander an.« Stine war über Ida mit Marten verbunden. Wenn sie sich zu ihren jeweiligen Getränken bücken wollten, mussten sie es gleichzeitig tun.

»Superidee!«, sagte Marten.

Sie schafften es, langsam in die Hocke zu gehen, ohne Ida aufzuwecken. Marten riss die Pappe des Trägers auf und zog sich ein Bier heraus, und Stine fand ihre Wasserflasche. Wenig später lehnten sie an Martens Bus, der ein wenig abseits der Gartentür stand, durch die immer weitere Gäste auf die Grillfeier strömten. Himmel, wen hat Rieke heute Abend eigentlich nicht eingeladen?, fragte Stine sich. Aber wenn Ida ein wenig älter war, würde Stine vermutlich zu den Letzten gehören, die mit Rieke noch im Morgengrauen auf der Terrasse tanzten.

Marten drückte mit dem Daumen gegen den Bügel an der Bierflasche, und dann war sie mit einem leisen »Plopp« offen. Stine hielt ihm ihre Trinkflasche entgegen. »Prost!«, sagte sie. »Auf unser Wiedersehen.«

»Prost!« Marten hob das Bier und trank einen großen Schluck. Den Zeigefinger seiner linken Hand hielt Ida nach wie vor fest umklammert.

»Jetzt erzähl mal. Du bist gleich nach dem Abi nach Hamburg gegangen, oder?«, fragte Stine.

Sie unterhielten sich etwa eine halbe Stunde auf der Straße. Die Abendsonne schien durch die Blätter einer Eiche auf sie hinab, und ein leichter Wind strich um die Häuser, blies Stine sanft durchs Haar und ließ die Blätter über ihren Köpfen rascheln. Die Margeriten im Garten nebenan schunkelten, während Marten und Stine sich erzählten, was ihnen in den letzten Jahren passiert war.

Plötzlich stand Riekes Cousin Olli vor ihnen. Er war vorhin durch den Garten und das Haus gestreift und hatte mit einer alten Spiegelreflexkamera Bilder von den Gästen gemacht. In der Küche hatte er Stine erzählt, dass er sie erst vor ein paar Tagen bei Ebay erstanden hatte.

Als Olli bemerkte, dass Ida schlief, hob er die Kamera. »Sagt mal, darf ich mal eben ein Bild von euch machen?«, flüsterte er. »Ihr seht so idyllisch aus, zu dritt hier draußen unter den alten Bäumen … Fast wie ein Liebermann-Gemälde.«

Fast wie ein Liebermann-Gemälde? Stine kicherte leise und drehte sich zu Marten. Kannte er die prächtigen Ölbilder des deutschen Impressionisten mit den wunderbaren Lichtstimmungen? Offenbar schon.

»Also, Bierflaschen und Busse waren in Gemälden aus dem Impressionismus bisher zwar noch nie vertreten, aber warum eigentlich nicht, finde ich echt gut«, scherzte Marten.

»Und Babytragen«, ergänzte Stine.

Weder Marten noch Stine hatten etwas dagegen, dass Olli ein Bild machte. Aber in diesem Moment wachte Ida auf. Bevor Olli loslegte, öffnete Stine die Trage und hob sie heraus. Während Olli zwei-, dreimal auf den Auslöser drückte, gluckste Ida auf ihrem Arm zufrieden vor sich hin.

»Wenn die Bilder was geworden sind, schicke ich Rieke ein paar Abzüge«, sagte Olli, der nicht auf Föhr lebte. Er hatte Stine erzählt, dass er in Köln studierte und in diesem Sommer in einem Hotel auf der Insel an der Rezeption jobbte, um sein Konto aufzufüllen. »Ich hoffe, ich vergesse es nicht.«

»Ich hätte wirklich gern einen Abzug«, sagte Stine. Ein Erinnerungsfoto von Idas erster Party, das konnte sie sich nicht entgehen lassen.

»Olliii!«, hörten sie Rieke in dem Moment aus dem Garten rufen. »Kannst du noch schnell ein Foto von der Eistorte machen, die ich gemacht hab? Die schmilzt uns gerade weg. Bitte beeil dich, bevor sich das Ding noch weiter verflüssigt!«

»Schon unterwegs!«, rief Olli. Er drehte sich noch einmal zu Stine, Ida und Marten um. »Danke für das Foto, ihr drei. Schönen Abend noch!« Das wünschten Stine und Marten ihm auch, und dann rannte er mit der Kamera in der Hand zum Haus zurück.

Stine schnallte Ida in der Babyschale auf dem Rücksitz ihres Wagens fest. Ida war jetzt gut drauf und strampelte vergnügt mit ihren Beinchen. Marten bespaßte sie, während Stine den Kinderwagen zusammenklappte, dann half er ihr dabei, ihn in den Kofferraum zu laden.

»Ich denke, ich gehe jetzt auch«, sagte er zu Stine. »Langsam muss ich zurück in den ›Wal‹. Und beim besten Teil der Party war ich ja dabei.«

Stines Blick traf noch einmal seinen. Diese Augen!, dachte sie. Wie warmer Bernstein, in dem sich die Sonne bricht. In Martens Blick lag Humor. Und unendlich viel Zufriedenheit. Marten wirkte auf Stine ausgeglichen und gelassen, wie ein Mensch, der rundum glücklich ist. Glücklich und unglaublich neugierig auf alles, was das Leben für ihn bereithielt.

Plötzlich stellte Stine fest, dass Marten sie immer noch ansah. Ihr lief ein heißer Schauer über den Rücken, obwohl der Wind gerade etwas auffrischte.

»Wie meinst du das?«, fragte sie. »Der beste Teil der Party geht doch gerade erst los?« Sie nickte in Richtung Garten.

Alle Gäste sangen gerade unisono: »*In Neeeew Yoooork, concrete jungle where dreams are made of ...*«

Sie lächelte. »Schau doch noch kurz vorbei. Johannes wird sich sicher freuen, dich wiederzusehen.«

Marten winkte ab. »Ist schon okay so. Wir sehen uns zweimal die Woche beim Fußball.«

»Ach so, na dann.« Stine umarmte ihn zum Abschied. »Danke, dass du Idas Klammergriff so lange ertragen hast«, sagte sie, als sie wieder voreinander standen. Nicht alle Männer hätten diese Engelsgeduld mit einem Baby gehabt.

»Ich hatte einen schönen Abend mit euch. Wirklich wahr.«

»Ging mir genauso.« Wieder spürte sie etwas in ihrem Brustkorb ganz leicht flattern. Sie ahnte, dass sie jeden Moment feuerrot anlaufen würde. »Wir sehen uns!« Sie stieg in ihren alten Golf und beeilte sich, die Tür hinter sich zuzuziehen. Hab ich das wirklich gerade gesagt?, fragte sie sich. *Wir sehen uns?* Weniger originell ging's ja wohl nicht. Sie startete den Motor, winkte Marten noch einmal zu und fuhr langsam an.

Am kommenden Morgen hatte sie eine Nachricht von ihm auf ihrem Handy. Er hatte die Nummer von Johannes und Rieke bekommen. *Wollen wir mit Ida mal spazieren gehen?*

Anders als Hamburger Männern, denen sie immer verzögert geantwortet hatte, also etwa vier Stunden nach Eingang der Nachricht (damit sie nicht dachten, sie wäre verzweifelt auf der Suche oder eine von denen, die den ganzen Tag nur am Telefon klebten), hatte Stine Marten sofort zurückgeschrieben. Zweieinhalb Wochen später waren sie ein Paar gewesen.

Marten beugte sich immer noch über das Foto. Um besser sehen zu können, rutschte Stine auf der Bank etwas näher an ihn heran.

Wir sehen wirklich aus, als wären wir einem Liebermann-Gemälde entsprungen, dachte sie. Auf dem Foto trug sie eine hellrosa Leinenbluse zu weißen Jeans. Damit Ida nicht zu kühl wurde, hatte Stine ihr ein dünnes Wolle-Seide-Mützchen aufgesetzt und sie in eine haferflockenfarbige Babydecke gewickelt. Marten stand direkt neben ihnen, schon startklar für den Abend im »Wal«, wo er die Gäste schick und lässig zugleich begrüßte.

»Seit wann hast du das Foto?«, fragte Marten.

»Seit gestern.« Gestern Morgen hatte Stine sich von Rieke Ollis Handynummer geben lassen und ihn in Köln kontaktiert, woraufhin er das Bild freundlicherweise gleich gestern Mittag rausgesucht, eingescannt und rübergemailt hatte. Mit einem Speicherstick in der Hand war sie sofort in den Drogeriemarkt gegangen und hatte die Datei ein paarmal ausgedruckt. Ein Ausdruck lag nun in Martens Schoß.

»Ich weiß jetzt, weshalb ich dir damals nicht gleich die Wahrheit über den One-Night-Stand mit Louis gesagt habe«, sagte Stine.

Marten hob den Kopf und schaute sie fragend an. »Und?«

»Ich habe mich einfach zu sehr geschämt. Ich hatte Angst, du hältst mich für eine, die mit jedem ins Bett springt. Völlig egal, ob die Person schon vergeben ist oder nicht.« Oder verlobt wie Louis, dachte Stine.

»Das hätte ich bestimmt nicht«, sagte Marten.

»Das hättest du vielleicht schon«, beharrte Stine. »Wir kannten uns ja kaum, als wir uns bei Rieke wiedergesehen haben. Wir hatten uns jahrelang nicht gesehen.«

Marten schwieg. Er hob die Hand und fuhr sich ein wenig ratlos durch die Haare. »Gut, dass du es mir nicht gleich in der ersten Woche gesagt hast, kann ich ja irgendwie verstehen. Aber später hat es so viele Gelegenheiten gegeben, mir alles zu erzählen.«

Stine nickte. Es hatte wirklich hundertzweiundzwanzig Gelegenheiten gegeben, mit Marten über die Sache zu sprechen. Aber sie hatte sie alle verstreichen lassen. Stine hatte jedes Mal gekniffen.

Zum Beispiel im Urlaub auf Sizilien. In Taormina, Syrakus und Noto hatten Stine und Marten viel Zeit füreinander gehabt, sie waren nur zu zweit, weil Ida bei ihren Eltern geblieben war. Aber auch in Norddeutschland hatte es zahllose Momente gegeben, in denen sie zu zweit im Auto oder auf dem Sofa saßen.

Aber keine Gelegenheit hatte Stine genutzt.

»Ich weiß auch nicht, was mich geritten hat«, sagte sie, aber während sie den Satz aussprach, kam er ihr selbst ziemlich lahm vor. Wie eine faule Ausrede. »Ich wollte es dir ganz oft sagen«, fügte sie schnell hinzu. »Aber je länger ich es vor mir hergeschoben hab, desto schwieriger wurde es.«

Himmel. Was konnte sie Marten noch sagen? Sie schaute ihm in die Augen, aber er wich ihrem Blick sofort aus und schaute wieder auf das Foto, das Olli von ihnen auf dem Bürgersteig vor Riekes Grundstück gemacht hatte.

Stine stiegen die Tränen in die Augen. Hielt Marten sie für eine pathologische Lügnerin? Für eine Psychopathin, die sich mit chronischen Flunkereien durch schwierige Situationen log?

Die ersten heißen Tränen rannen Stine die Wange hinab. *Wenn du ihm gleich die Wahrheit gesagt hättest, müsstest du jetzt nicht hier unter den Eichen sitzen und flennen*, schimpfte die Stimme in ihrem Kopf. Ihr besserwisserisches Korrektiv. *Halt die Klappe!*, rief Stine der Stimme zu. Hinterher war man doch immer klüger.

Sie wischte sich die Tränen mit den Ärmeln ihres Pullis weg, aber das half nur kurz. Sie ließen sich einfach nicht stoppen. Ob Marten die Tränen mitbekam, wusste sie nicht. Er saß bewegungslos neben ihr. Stine blinzelte durch den Tränenschleier in die Baumkronen hinauf. Wenn die Seelen von Oma Frida und Opa Carl hier, an ihrem Lieblingsort, gelegentlich noch verweilten, was würden die beiden ihr jetzt raten? Waren sie vielleicht gerade da? Schauten Martens Großeltern ihnen zu? Stine hoffte es. Über ihr in den Eichen knackte und knirschte es. Einige dünne Zweige brachen ab und fielen an ihren Schultern vorbei auf den moosigen Rasen. Der Tag war kalt und nass. Stine fröstelte erneut. Was für ein Schietwetter!, dachte sie.

Ihre Gedanken wanderten zu ihrer bevorstehenden Hochzeit. An die Ehe, die sie mit Marten eingehen wollte. Auch in ihrer Ehe würde es nicht immer Schönwettertage geben. Möglicherweise hielt das Schietwetter mal länger an, vielleicht sogar Wochen ... War es das, was Oma Frida und Opa Carl ihnen mit auf den Weg geben würden, dass es auch immer wieder Tage gab, die sie als Paar einfach miteinander durchstehen mussten? Schietwettertage, an denen sie sich einfach nicht einig wurden und aneinandergerieten, was zur Folge hatte, dass sie auch immer mal mit ein, zwei Schritten Abstand voneinander im Wind stehen und vom Regen durchnässt werden würden. Pitschepatschenass. Tage, Wochen, ja vielleicht Monate, die sie trotzdem überstehen würden, wenn sie zusammenhielten. Hinterher würden sie auch immer wieder gemeinsam in der Sonne sitzen und bei der Erinnerung an die Schietwettertage vielleicht sogar lächeln.

»Ich muss dir noch was sagen.« Stine stand auf und zog Marten an der Hand auf die Füße. Er wirkte irritiert, als Stine seine Hände in ihre nahm. »Marten, du bist das Beste, was mir passiert ist«, sagte sie zu ihm, während der Wind an ihren Haaren zog. Auch Martens Haar stand auf einer Seite etwas hoch, was ihn unglaublich süß aussehen ließ. »Und wenn ich die Lüge noch einmal rückgängig machen könnte, würde ich das sofort tun! Das musst du mir glauben. Ich hätte dir gegenüber absolut ehrlich sein müssen. Dir nicht die Wahrheit zu sagen, war falsch und unverzeihlich.«

»Und Louis gegenüber auch«, fügte Marten ernst hinzu.

Stine nickte. Es rührte sie, dass Marten wohl schon anders über Louis dachte. Und über Louis' Gefühle. Aber so war Marten eben. Unendlich freundlich und großzügig. Und dann sprudelten die Worte nur noch so aus ihr heraus. »Weißt du, ich habe dir jahrelang verschwiegen, dass

Louis der Vater von Ida ist, das stimmt. Aber ich habe auch so viel anderes nie gesagt.«

Marten verzog das Gesicht. »Oh nein, bitte nicht noch mehr Geheimnisse aus der Vergangenheit! Das verkrafte ich nicht.«

Aber Stine ließ sich nicht beirren. »Ich habe dir zum Beispiel nie gesagt, wie schön es ist, dass du morgens nach dem Aufwachen immer so unfassbar gut gelaunt bist«, sagte Stine. »Außerdem liebe ich es, nachts aufzuwachen und zu spüren, dass du neben mir liegst und meine Hand hältst. Ich liebe alles, was du kochst, auch die scharfen Gerichte, die mir die Tränen in die Augen treiben. Und ja, ich geb's zu, ich stecke deine heiligen Pfannen manchmal in den Geschirrspüler, obwohl du das nicht willst. Das passiert mir aber wirklich nur versehentlich.« Sie kicherte und sah erleichtert, dass auch über Martens Lippen ein Lächeln flog. »Ich finde es toll, dass du manchmal kurz weinst, wenn wir im Stadion sind und St. Pauli schon wieder verloren hat. Dein Lieblingsfrühstück ist Rührei mit Krabben und fünf Scheiben Toast. Du hasst es, Sport zu treiben, und ich werde dich nie joggen sehen. Du bist fast immer gut drauf und gehörst zu den wenigen Menschen, die einem wirklich zuhören. Und obwohl du es immer abstreitest, bist du ein echter Entertainer. Du kannst abends im ›Wal‹ an der Bar alle Strophen von ›Taxi nach Paris‹ auswendig mitsingen, ohne dich einmal zu verhaspeln. Du merkst es nicht, weil du gleichzeitig Bier zapfst, aber die Kiefer der Gäste klappen dann alle herunter, weil deine Stimme wirklich gut ist! Ich mag es, dass du Ida plattdeutsche Lieder beibringst und mit ihr im Garten Vogelnester baust, in denen Spatzen ihre Küken großziehen. Dass Ida heute ein starkes, selbstbewusstes und fröhliches Mädchen ist, hat sie mindestens zur Hälfte dir zu verdanken. Ohne dich wäre sie eine andere.« Stine drückte seine Hände. »Und ohne dich wäre auch ich eine andere.«

»Bitte aufhören, ich werde ja ganz rot«, unterbrach Marten sie verlegen. Auf seine Wangen hatte sich tatsächlich ein zartes Himbeerrosa gelegt. »Ich kann mir das gar nicht weiter anhören.«

»Shhh …« Liebevoll legte Stine ihren Zeigefinger an seine Lippen. »Ich bin auch gleich fertig. Nur das noch ganz kurz … Ich liebe dich. Und ich wollte dir damit nur sagen, dass ich mich schon so auf unsere Hochzeit freue. Vorausgesetzt, du möchtest mich überhaupt noch heiraten …«

»… das möchte ich«, unterbrach Marten sie. »Das habe ich nie infrage gestellt. Ich brauchte einfach ein bisschen Zeit, um diese Sache mit Louis zu verarbeiten.« Sein Gesicht wurde wieder ernster. »Eins musst du mir aber versprechen …«, sagte er.

»Alles!«

»Dass du mir alles, worüber ich Bescheid wissen sollte, in Zukunft bitte sofort sagst, in Ordnung? Nicht erst vier Jahre später.«

»Versprochen.« Stine verschränkte den Mittelfinger mit dem Zeigefinger und hob die Hand. »Ganz großes Ehrenwort!«

»Sehr gut. Dann hätten wir das ja geklärt.« Marten legte seine Hände um ihre Hüften und zog sie zu sich heran. Er küsste Stine. Erst ganz vorsichtig, nur zart auf die Lippen. Dann ein wenig stürmischer. Dabei öffneten sich seine Lippen, und seine Zunge tastete sich zu Stines vor.

Ein heißer Sommersturm durchfuhr ihren ganzen Körper. Träumte sie das, oder passierte das gerade wirklich? Marten und sie hatten sich endlich wieder vertragen! Sie schlang ihre Arme um seinen Rücken, drückte ihn fest an sich und genoss die Küsse, die sich wieder so aufregend und heiß anfühlten wie ihre allerersten.

19. Hannah

Von: Nicole_Fabiani@nuesslerandnuessler.com
An: Kuestenhannah@gmail.de
Betreff: Bis ganz bald!

Hi, Hannah,
hast du den Stoff bekommen, den ich dir geschickt
habe? Ich hoffe, du kannst mit dem Schnittmuster
für das Kleid etwas anfangen. Schick mir doch gern
mal ein Foto, wenn du den Stoff vernäht hast.
Würde mich sehr freuen!

Aber jetzt zu meinen Neuigkeiten: Hast du's
schon gehört? Ich ziehe nach Boston. Ich folge
meinem Herzen, obwohl ich nicht weiß, ob das
Herz mit dieser Entscheidung wirklich richtigliegt.
Aber jetzt fühlt es sich richtig an, nach Amerika zu
gehen, und alles Weitere wird sich in den nächsten
Wochen schon ergeben.

Ich habe von Ralf gehört, dass er dir den Job auf

Mallorca angeboten hat. Glückwunsch! Du nimmst ihn an, oder? Du wolltest den Job doch so gern haben. Ich wünsche dir einen tollen Start im Süden. Melde dich bitte jederzeit, wenn du mal in der Nähe von Boston sein solltest. Würde mich riesig freuen, dich wiederzusehen.

Auf ganz bald und lass dich drücken!
Deine Nicole

Hannah saß mit dem Rechner auf dem Schoß auf dem Bett und lächelte. War es nicht richtig nett, dass Nicole ihr noch mal schrieb? Die Mailadresse hatte Nike ihr gegeben, die diesmal mit einer kurzen SMS bei Hannah angefragt hatte, ob das in Ordnung war.

Hannah musste Nicole unbedingt antworten, sie hatte sich ja auch noch gar nicht für den Stoff bedankt. Das lange Sommerkleid, das daraus entstanden war, würde sie sogar auf Stines Hochzeit tragen. Und Ida den Ballonrock, den sie zusammen aus dem Rest genäht hatten.

Nicoles Mut beeindruckte Hannah. Ihre Kollegin war noch so jung, trotzdem schmiss sie ihren guten Job bei Ralf einfach unerschrocken hin. Wie verrückt, einfach nach Boston zu ziehen. Einem Mann hinterher, den sie kaum kannte. Ob Hannah sich das mit Mitte zwanzig getraut hätte? Nein. Wohl eher nicht, dafür war sie einfach zu vorsichtig.

Gut, sie war damals auch nicht *ansatzweise* in einer ähnlich luxuriösen Position gewesen wie Nicole. So ganz ohne

Job in Amerika würden ihre wohlhabenden Eltern sie vermutlich für ein paar Monate unterstützen.

Hannah klappte den Laptop zu und legte ihn auf die Matratze. Sie ließ die Beine vom Bett baumeln, dann stand sie auf und ging zu dem Tisch am Fenster. Dort stand die Nähmaschine ihrer Mutter. Sie war noch nicht ganz fertig mit Stines Hochzeitskleid.

Langsam sollte ich die Mail an Ralf abschicken, dachte Hannah, als sie sich an die Maschine setzte und sie einschaltete. Sie hatte sich immer noch nicht bei ihrem Chef mit einer finalen Entscheidung zurückgemeldet. Und dabei sprach doch alles *für* den Job auf Mallorca, oder nicht?

Die Sache mit Tom konnte sie jedenfalls abhaken. Seine Abreise nach Lindau lag jetzt vier Tage zurück. Vier Tage und vier Nächte, in denen sie nichts von ihm gehört hatte. Rein gar nichts. Ein gutes Zeichen war das nicht.

Nach diesen Tagen, in denen sie alle zweieinhalb Minuten ihr Telefon kontrolliert hatte, reichte es ihr jetzt. Das musste aufhören. Es zog sie nur runter. Hannah hatte sich so mies gefühlt wie seit der Trennung von Frederik nicht mehr. Vielleicht sogar mieser.

Tom war jetzt schon der zweite Mann, der sie in diesem Jahr ghostete. Genau wie Frederik vor einigen Wochen war er einfach abgetaucht. Er nahm ihre Anrufe nicht an und hatte auch keine ihrer Nachrichten beantwortet. Was Hannah daran am meisten verletzte: Ein solches Verhalten hätte sie Tom *nie* zugetraut. Er war ganz anders rübergekommen. Umsichtiger und sensibler. Nicht wie ein Mann, der den Kontakt von heute auf morgen abbrach. Der Menschen, die ihm nähergekommen waren, ignorierte.

Aber sie hatte ja gleich geahnt, dass es zu Problemen kommen könnte, wenn er zu Karla fuhr. Vom Bahnhof in Lindau aus hatte er noch einmal ganz kurz angerufen.

»Bin gut angekommen!«, rief er mit hupenden Autos und anderem Verkehrslärm im Hintergrund ins Telefon. Er wolle zu Fuß ins Hotel gehen, der Spaziergang würde ihm nach der langen Bahnfahrt sicher guttun.

Bevor sie auflegten, wünschte Hannah ihm noch viel Erfolg für das Gespräch mit Karla. »Melde dich unbedingt, sobald es etwas Neues gibt.« Gemeint hatte sie damit natürlich: Melde dich unbedingt, auch wenn es *nichts* Neues gibt. Aber das tat er nicht. Nach diesem anderthalbminütigen Anruf vom Bahnhof hörte sie nichts mehr von ihm.

Auf ihre zaghafte »Hey, wie läuft's denn so im Süden?«-Nachricht meldete er sich nicht zurück, und als sie einen halben Tag später einfach mal angerufen hatte, war sein Telefon ausgeschaltet gewesen. War der Akku leer? Hatte er kein Ladekabel dabei? Konnte natürlich sein. Sie wusste ja nichts über Lindau, aber die Stadt war doch mit Sicherheit so groß, dass er dort irgendwo ein Ladekabel kaufen konnte, oder nicht?

Hannah legte ihren Fuß auf das Pedal der Nähmaschine unter dem Tisch, und der Motor schnurrte los. Das gleichmäßige Surren der Maschine beruhigte sie. Es war hypnotisierend und lenkte sie ab. Von Tom. Und irgendwie auch von ihrer Wut auf Biggi, diese Hippie-Coachin!

Wenn Biggi und ihre clevere Supervisorin Tom nicht geraten hätten, nach Lindau zu fahren, dann wäre er jetzt noch bei Hannah auf Föhr. Oder in Hamburg.

Hannah faltete den unteren Saum des Kleides und zog ihn durch den Nähmaschinenfuß. Die Maschine nähte eine gerade Naht, und Hannah sah zufrieden zu. Wenigstens hier lief alles nach Plan. Auch wenn ihre Gefühle gerade voll aus dem Ruder liefen. Sie wusste ja nicht einmal, was Tom und sie eigentlich waren. Freunde? Hannah lebte wie Tom in einer Großstadt, sie kannte die Regeln. Diese paar heißen Nächte bedeuteten noch gar nichts.

»Hey!« Stine schaute ins Zimmer. »Alles gut? Was gehört?«

Hannah schüttelte den Kopf. »Nope.«

»Mist.« Stine stellte sich hinter Hannah, schlang ihre Arme um deren Schultern und drückte sie. »Das hätte ich ihm nie zugetraut.«

»Ich ihm auch nicht«, sagte Hannah. Sie lehnte ihren Kopf an Stines Oberkörper. Es tat gut zu hören, dass sie nicht die Einzige war, die sich in Tom getäuscht hatte.

»Schau mal, dein Kleid ist gerade fertig geworden.«

»Wirklich?« Stine ging zum Tisch, strich über den weichen Stoff ihres Hochzeitskleids und lächelte. Ach was, sie *strahlte* richtig! Seit mit Marten alles wieder gut war, leuchtete Stine von innen. Wenn Hannah nicht wüsste, dass Marten hinter ihrem Glück steckte, hätte sie fast vermutet, ihre Schwester hätte irgendwelche glücklich machenden Substanzen eingeworfen. Das Liebhabzeug, das Freunde von Hannah sich in Berlin auf Elektropartys in die Bowle mischten.

»Gefällt's dir?«, fragte Hannah. Sie hob das Nähfüßchen der Maschine, schnitt die Fäden ab und zog den Saum heraus. Fertig! Hannah schob einen Kleiderbügel in die Träger und hob das Brautkleid vorsichtig hoch. Es schien zwischen ihnen in der Luft zu schweben. Sie hielt es Stine an, und ihre Schwester schaute an sich herunter.

»Sehr.« Stine nickte. »Wow.« Sie stieß einen leisen Pfiff aus. »Du bist echt die Beste! Es ist traumhaft geworden. Du solltest unter die Brautkleid-Designerinnen gehen.«

»Bloß nicht!«, lachte Hannah auf. »Nicht jede Braut ist so entspannt wie du. Die meisten drehen doch voll am Rad, wenn's um das eigene Kleid geht.«

Stine grinste. »Da könntest du schon recht haben. Aber«, sie nahm Hannah das Kleid ab und hielt es vor sich, »es ist wirklich wunderschön geworden.«

Hannah wurde ein wenig rot. Vor Freude über Stines Freude. Und auch, weil sie selbst so stolz war auf das Ergebnis. Obwohl sie kein abgefahrenes Designerstück genäht hatte, das in eine Kollektion der Antwerpener Modeschule gepasst hätte. Stines Kleid war nicht asymmetrisch und provokativ, sondern ganz klassisch geschnitten. Aber auch ein konventionelles Kleid musste man unter Zeitdruck (und den hatte sie gehabt!) ja erst mal hinkriegen. Und das war Hannah gelungen. Das Kleid war bodenlang, das Oberteil würde wie ein ärmelloses Unterhemd eng am Körper anliegen. In Bauchnabelhöhe war der Rock leicht ausgestellt. Die Schleppe hinten würde über den Boden schleifen, das hatte Stine sich so gewünscht. »Ist doch eine Inselhochzeit! Der Stoff darf ruhig ein wenig sandig und schmutzig werden, wenn wir am Strand sind«, hatte sie gesagt. »Bringt Glück!« Und Hannah fand, dass ihre Schwester damit völlig recht hatte.

»Magst du es noch mal anziehen?«, fragte Hannah. »Nur zur Sicherheit, dass auch wirklich alles sitzt.«

»Auf jeden Fall«, sagte Stine. »Obwohl ich mir sicher bin, dass alles perfekt ist.«

Während sie den Knopf ihrer Jeansshorts öffnete, hielt Hannah wieder den Kleiderbügel in der Hand. Sie war so erleichtert, dass Stine das Kleid gefiel. Sie hatte ihr den Schnitt schon vor längerer Zeit gezeigt, aber nach dem Streit mit Marten war ihre Schwester überhaupt nicht mehr bei der Sache gewesen. »Ja, mach nur, wird sicher gut«, hatte sie nach einem flüchtigen Blick gesagt. Und weil die Zeit drängte, hatte Hannah irgendwann einfach drauflosgenäht. Was blieb ihr auch anderes übrig? Sonst wäre das Brautkleid doch niemals rechtzeitig fertig geworden.

»Es gibt sicher eine gute Begründung dafür, dass Tom sich nicht gemeldet hat«, sagte Stine, als Hannah ihr dabei half, sich das Kleid über den Kopf zu streifen. Ihr Gesicht war gerade irgendwo unter dem Stoff des Oberteils.

»Das glaube ich nicht.« Hannah schüttelte den Kopf. »Man kann sich immer melden. Eine SMS hätte doch gereicht! Aber ich bin ja auch selbst schuld.« Sie ließ den restlichen Stoff über Stines Kopf gleiten und zupfte ihn an den Schultern zurecht. »Nach der Sache mit Frederik hätte ich mich nicht gleich auf den nächstbesten Typen einlassen sollen. Weiß auch nicht, was mich da geritten hat.«

»Hallo?!«, empörte sich Stine und stupste Hannah in die Seite. »Erinnerst du dich noch, wie *gut* Tom aussieht? So ein Kaliber hätte ich mir an deiner Stelle auch nicht entgehen lassen. Also, alles richtig gemacht, würde ich sagen.« Ihr freches Grinsen war ansteckend.

Dass Stine fand, Tom würde gut aussehen, war interessant, denn Hannah war der Meinung, dass Tom nicht die Sorte Unverschämt-gut-aussehender-Typ war, nach der sich die Frauen in den Straßencafés und engen Gassen von Wyk oder Berlin sofort umdrehten. So wie Louis. Tom war eher ein Künstlertyp. Schmal, blass, vermutlich aß er zu unregelmäßig und schlief manchmal zu wenig.

Stine strich den Stoff an Bauch und Hüften glatt, und Hannah zuppelte hinten ein wenig an ihr herum. Das Kleid saß wirklich hervorragend. Überglücklich holte Hannah die cremefarbenen Pumps aus Stines Zimmer.

»Und?«, fragte Stine, als sie mit Hannahs Hilfe in die Schuhe geschlüpft war. »Wie seh ich aus?« Sie griff in ihre Haare und wickelte eine dramatische Turmfrisur, die ohne Zopfgummis, hundertzwanzig Haarnadeln und eine Tonne Haarspray natürlich gleich wieder in sich zusammenrutschte. Stine und Hannah kicherten.

»Wunderschön!«, sagte Hannah bewegt. »Du siehst wirklich wunderschön aus. Ein besseres Wort fällt mir nicht ein.«

»Danke, meine Süße!« Stine umarmte Hannah. »Ich bin so froh, dass du das Kleid genäht hast. Das Modell von Anna von Schlehe wäre nie so toll geworden!«

»Ach was«, winkte Hannah bescheiden ab.

»Wäre es nicht«, insistierte Stine kopfschüttelnd. Sie hielt Hannah immer noch fest im Arm, und Hannah atmete den Duft der Bodylotion ein, mit der Stine sich morgens nach dem Duschen immer eincremte. »Italienische Mandel«.

»Dass du es genäht hast, macht das Kleid für mich zu etwas ganz Besonderem«, fügte Stine hinzu.

Das rührte Hannah. Ihre Augen brannten plötzlich. Sie zwinkerte ganz schnell. »Lieb, dass du das sagst.« Stolz betrachtete sie Stine noch einmal von allen Seiten in ihrem Kleid. Es war fertig. Wirklich und wahrhaftig fertig.

Hannah war so zufrieden wie schon lange nicht mehr. Wann hatte sie zum letzten Mal ein Projekt ganz in ihrem eigenen Tempo fertiggestellt? Ohne Abgabestress, ohne Nachtschichten, ohne hirnrissige Änderungen in allerletzter Sekunde? Ewig nicht. Bei »Nüssler & Nüssler« passierte alles auf Zuruf und musste immer sofort umgesetzt werden. Oft in einer Hauruckaktion, die sie den letzten Nerv kostete. Wenn Hannah, Alexis oder die anderen Kollegen zu lange brauchten, waren es ja immer gleich ein paar Millionen, die Ralf flöten gingen.

Stine zog das Kleid wieder aus. »Sag mal, kannst du mir noch einmal das Foto von den Probe-Sträußchen zeigen, das die Floristin aus Flensburg gemacht hat?«, fragte sie, als sie wieder in ihre Shorts und das T-Shirt schlüpfte.

»Klar.« Hannah ging zum Bett und stellte den aufgeklappten Laptop auf den Nachttisch. Sie öffnete die Mail, die sie heute Morgen von der Floristin bekommen hatte, und Stine beugte sich zum Display. Plötzlich hörten sie ein

»Ping!«. Hannahs Postfach, das seitlich am Bildschirmrand geöffnet war, hatte neue Mails empfangen.

»Was ist das denn?«, fragte Stine neugierig. Sie zeigte auf das Fenster, das hinter dem Foto mit den Blumensträußchen hervorlugte.

Hannah hatte darin eine Mail an Ralf zu tippen begonnen. Sie klickte die Mail schnell weg, der Entwurf wurde ja automatisch gespeichert. »Nur meine Antwort an Ralf. Auf sein Jobangebot«, sagte sie schnell. Sie schob das Foto von den Sträußchen, die Marten, Hinnerk, Ulli und Will am Revers tragen würden, wieder nach vorn.

»Und was steht in deiner Antwort drin?«, fragte Stine. Die Blumen schienen sie nicht mehr zu interessieren. Sie ließ sich aufs Bett fallen und lehnte sich auf ihre Ellenbogen zurück. Ihre Beine baumelten über die Bettkannte, sodass sie wirkte, als wäre sie wieder zehn Jahre alt.

»Dass ich mich jetzt entschieden hab«, sagte Hannah.

Stines Augenbrauen flogen hoch. »Hast du?«

»Jep.«

»Und wofür?«

»Für Mallorca«, sagte Hannah. »Ich mach das jetzt einfach. Ist doch eine Wahnsinnschance. Und wenn ich mal in eine größere Firma wechsle, machen sich die Auslandsjahre im Lebenslauf doch auch ziemlich gut.«

»Stimmt schon.« Stine zog die Nase kraus. Irgendwas passte ihr an Hannahs Entscheidung offenbar trotzdem nicht so richtig. »Aber hattest du nicht gesagt, dass der Job mit deinem Chef so unglaublich stressig wird?«, fragte sie vorsichtig. »Also, *noch* stressiger als dein aktueller?«

Hannah zuckte mit den Schultern. »Jeder Job ist stressig«, sagte sie. »Ihr habt mit dem Laden und der Apartmentvermittlung doch auch viel zu tun.«

»Aber wir können es uns einteilen. Und es ist auch nicht das ganze Jahr so stressig.«

Das sah Hannah ein.

»Außerdem ist Mallorca ganz schön weit weg«, fügte Stine hinzu.

»Sooo weit weg nun auch wieder nicht. Nur ein paar Flugstunden.«

»Pffft. Nur ein paar Flugstunden.« Stine schnaubte durch die Nase. »Sag mal, willst du nicht irgendwann auch mal eine eigene Familie haben?«

»Klar. Aber solange ich noch keinen Mann gefunden habe, der mit mir ein Kind möchte, wäre es doch dumm, eine gute Karrierechance auszuschlagen, oder?«

»Aber muss man denn jeden Job annehmen, nur weil er einem zufällig von seinem Chef angeboten wird?«, fragte Stine. »Wie auch immer, klingt ja ganz so, als hättest du dich entschieden«, lenkte sie schließlich ein. »Dann muss ich das wohl so respektieren.«

»Willst du mir nicht gratulieren?«, fragte Hannah ein wenig beleidigt.

»Wozu denn?« Stine begriff nicht gleich. »Ach so, zu deinem neuen Job? Entschuldige, selbstverständlich gratuliere ich dir …« Sie hüpfte vom Bett und drückte Hannah so stürmisch an sich, dass Hannahs Brustkorb ein wenig schmerzte. »Herzlichen Glückwunsch!«

»Danke.« Hannah schob sie zurück. Sie spürte, dass Stines Gratulation nicht von Herzen gekommen war. Aber gut, das war wohl etwas, was *sie* so respektieren musste. »Ich hoffe, dass ihr mich alle ganz oft besuchen kommt.«

»Das wird leider nicht so einfach sein«, sagte Stine. »Ich bin dann mit Mama und Papa ja wieder allein hier, und Papa braucht eigentlich schon seit einer ganzen Weile eine Aushilfe, die ihm im Laden einige Stunden abnimmt. Keine Ahnung, wie das wird, wenn du wieder auf die Fähre steigst.«

Das wusste Hannah selbst noch nicht. »Ich verstehe, was du meinst.« Sie zog ratlos die Schultern hoch. »Aber ich bin mir sicher, dass uns schon etwas einfallen wird.«

»Das muss es auch.« Stine setzte sich wieder aufs Bett. »Du kannst froh sein, dass du das, was im März und April bei Papa im Laden los war, nicht mitbekommen hast.« Einen Moment lang schüttelte sie bekümmert den Kopf, bevor sie die Mundwinkel wieder zu einem Lächeln hochzog, das auf Hannah ein wenig gezwungen wirkte. »Ach, lass uns das nach der Hochzeit mal in Ruhe mit den beiden besprechen«, sagte Stine.

»Erst nach der Hochzeit? Auf keinen Fall. Sag sofort, was los war.« Hannah ließ sich neben Stine auf die Matratze fallen.

Ihre Schwester seufzte leise. »Ich hab schon seit längerer Zeit das Gefühl, dass Papa überfordert ist. Hatte ich dir über Weihnachten ja schon mal erzählt, richtig?«

Hannah nickte, sie erinnerte sich dunkel.

»Er wird älter«, fuhr Stine fort, »und so langsam kann er den Stress im Laden nicht mehr abschütteln. Er vergisst Dinge, rechnet den Kunden nicht alles ab, bestellt Ware zu spät oder gar nicht nach. Und dass Dr. Thomsen uns gewarnt hat, habe ich dir ja auch gesagt. Papas Blutdruck ist viel zu hoch. Er soll dringend weniger arbeiten, bis er mit Dr. Thomsens Hilfe seinen Blutdruck wieder in den Griff bekommen hat.«

»Dass es so schlimm ist, höre ich jetzt zum ersten Mal. Weshalb sagt mir denn niemand was?«, fragte Hannah aufgebracht. »Ich lebe doch nur in Berlin, nicht auf dem Mond!«

Stine sah sie nachsichtig an. »Ich hab dich doch im März häufiger angerufen und versucht, es dir zu sagen. Aber immer, wenn ich über Papas Bluthochdruck gesprochen habe, hast du wieder davon angefangen, wie unglaublich dich dieser Würz-Deal gerade stresst.«

Wührt-Deal, korrigierte Hannah sie in Gedanken. Aber Würz-Deal, das klang so bescheuert, das musste Hannah sich unbedingt merken. Ariane Würz. Sie verkniff sich ein Grinsen. Nicht schlecht. So würde Hannah sie in Zukunft nennen. Geschah ihr nur recht.

»Und hinterher waren es andere Deals, die dich gestresst haben«, fügte Stine hinzu.

Gut, das könnte natürlich stimmen, dachte Hannah. Als der Wührt-Deal in die heiße Phase ging, war sie für vieles nicht mehr aufnahmefähig gewesen. Für gar nichts eigentlich.

Sie schluckte. Sie erinnerte sich nur verschwommen an diese stressige Zeit, in der Alexis und sie unter Hochdruck an dem Zustandekommen des Deals gearbeitet hatten. Konnte also durchaus sein, dass Stine am Telefon tatsächlich mal von einem Gespräch mit Dr. Thomsen hatte erzählen wollen.

Hannah spürte ein heißes Brennen in ihrem Nacken. Sie schämte sich. Es stimmte, dass es oft mit ihr durchging, wenn im Job etwas anzubrennen drohte. Wenn sie sich voll auf ein Projekt fokussieren musste. Das konnte sie zwar, aber sie durfte Familie und Freunde in diesen Phasen nicht mehr auf den zweiten Platz schieben.

Sie fasste sich in den Nacken und rieb sich die brennende Haut. Sie fühlte sich furchtbar. Ihrem Vater ging es seit Monaten nicht gut, und sie hatte das ignoriert. Stine hatte versucht, sie um Hilfe zu bitten, aber sie hatte die Augen fest zugekniffen und die Ohren auf Durchzug gestellt. Jetzt wollte sie alles wissen.

»Es tut mir so leid«, sagte Hannah. »Wie kann ich euch helfen?«

»Dass du in den letzten Wochen so häufig im Laden eingesprungen bist, war schon toll«, sagte Stine. »Vielleicht kannst du uns noch dabei unterstützen, Papas Laden auf Vordermann zu bringen, bevor du in den Süden verschwindest.« Sie schaute sie aufmerksam an. »Wann musst du denn nach Mallorca? Lässt sich das vielleicht noch ein paar Wochen herauszögern?«

Ganz sicher nicht!, dachte Hannah alarmiert. Ralf hatte doch geschrieben, dass er sie *sofort* brauchte. Stine schaute sie immer noch an, sie wartete auf eine Antwort. Aber dann klingelte im Erdgeschoss Stines Geschäftshandy.

Ihre Schwester sprang auf. »'tschuldige, aber ich warte schon den ganzen Morgen auf einen Rückruf, bin gleich zurück.« Stine verließ das Zimmer und eilte die Treppe hinab. Einige Sekunden später war zu hören, wie sie in der Küche telefonierte.

Hannah stand auf und schaute auf ihr eigenes Telefon, aber das rührte sich nicht. Tom hatte ihr immer noch nicht geschrieben, und sie ging auch nicht davon aus, dass er es noch tun würde. Vermutlich lag er seit Tagen mit Klara im Bett, wo sie unglaublich krassen Sex hatten und ... *Stopp!* Hannah schob diesen Gedanken beiseite. Die Vorstellung brachte doch nichts.

Immerhin hatte Christoph, der Schlagzeuger von Something Blue, sie gestern angerufen, um Bescheid zu geben, dass die Band in drei Tagen um 12:35 Uhr die Fähre in Dagebüll nehmen würde. Sie würden um kurz nach eins auf Föhr eintreffen und dann gleich ins Strandcafé nach Nieblum weiterfahren, um dort aufzubauen. Dort würde nach der standesamtlichen und der kirchlichen Trauung die Hochzeitsparty steigen. Sie würden also spielen, und Hannah ging fest davon aus, dass Tom auch singen würde. Dass der Auftritt stattfand, war das Einzige, was Hannah an Tom noch interessieren durfte. Sie würde sich kurz mit ihm unterhalten, dafür war sie einfach zu sehr Profi. Aber ihr Ton würde ihm gegenüber distanziert bleiben. Sobald Something Blue mit allem versorgt waren, was sie für den Auftritt brauchten, würde sie Tom ignorieren.

Hannah warf ihr Telefon aufs Kopfkissen. »Blödmann!«, rief sie dem Gerät zu. Dann klappte sie ihren Laptop noch einmal auf, öffnete die Mail, die sie an Ralf begonnen hatte zu schreiben, und tippte weiter.

Lieber Ralf,

ich freue mich riesig auf den neuen Job und sage dir
hiermit zu. Ich kann direkt nach der Hochzeit von
meiner Schwester runterfliegen, die in drei Tagen
stattfindet. Exakte Anreisedaten folgen. Zur
Wohnung: Ein zentrales möbliertes Apartment in
Palma reicht für den Anfang.
Liebe Grüße von der Nordsee!
Hannah

Sie nahm die Finger von der Tastatur und atmete tief
durch. So. Diese Mail hatte sie jetzt endlich formuliert. Sie
horchte in sich hinein. Freute sie sich? Das schon, klar.
Aber an dem Tag vor einigen Wochen, an dem Ralf Nicole
befördert hatte, hätte Hannah sich deutlich mehr gefreut.
Was nett ausgedrückt war, damals wäre sie schier *ausge-
flippt* vor Freude. Das war jetzt anders. Sie war Ralfs zweite
Wahl und konnte sich einfach nicht mehr ganz so unbe-
schwert freuen. War eben vorsichtiger.

Sie schaute aus dem Fenster und sah einige luftige Wolken über den blauen Himmel ziehen. Vor der Erdgeschoss-
Ferienwohnung im Nachbarhaus saß eine junge Frau mit
aufgeklapptem Laptop am Terrassentisch. Sie sagte gerade
etwas, nahm offenbar an einer Videokonferenz teil. Hannah fragte sich, wie wohl ihr Arbeitsalltag auf Mallorca aussehen würde. Von März bis Ende Oktober war es dort so
warm, dass sie an den meisten Calls vermutlich auch von
einer sonnigen Terrasse aus teilnehmen könnte. Ach, wie
schön das Leben dort werden würde! Hannah dachte an die

heißen Sommertage, die weißen Strände, das kristallklare Wasser, die lauen Nächte und die Poolpartys, auf denen sich garantiert nur interessante Menschen tummelten, die Hannah nach und nach alle kennenlernen würde. Sie stellte sich vor, wie sie in einem der drei dunkelgrünen MINI Cabrios, die zur Mallorca-Dependance von »Nüssler & Nüssler« gehörten, über die Insel brauste. Mit offenem Verdeck an Orangenbäumen vorbei, an üppigen Weinreben und rot blühendem Oleander. Aus allen Himmelsrichtungen würde ihr der Geruch von wildem Thymian in die Nase wehen, von Salbei und Rosmarin. Hannah atmete tief durch. Ihr neues Leben klang einfach verlockend.

Und ab sofort, das nahm sie sich jetzt, in diesem Moment, fest vor, ab sofort würde sie *keine* einzige Mittagspause ausfallen lassen. Das hatte sie lang genug gemacht. Und was hatte das gebracht? Gar nichts. Abends war sie nach einem Arbeitstag ohne eine Pause trotzdem mit dem unzufriedenen Gefühl nach Hause gegangen, wieder nicht alles geschafft zu haben. Das war doch verrückt. Auf Mallorca würde sie jeden Tag um die Mittagszeit mit dem Dienstauto an einen Strand fahren und sich in einer unauffälligen, nur unter Insulanern und Insidern bekannten Strandbar eine Kleinigkeit zu essen bestellen. Und während ihr Mittagessen zubereitet wurde, würde sie ins Wasser hüpfen, sich abkühlen und sich auf dem Rücken treiben lassen, den Blick in den wolkenlosen Himmel gerichtet … Mmmh.

Hannah lief ein wohliger Schauer über den Rücken. Und würde es ihr nach den Enttäuschungen mit Frederik und Tom nicht guttun, noch einmal ganz neu anzufangen? Sie konnte die Hitze Spaniens schon auf ihrer Haut spüren, das Salzwasser, das nach dem Baden trocknete, und den Sand unter ihren Füßen ... Und wie gut all die balearischen Köstlichkeiten schmecken würden. Alles, was zu ihrem Glück noch fehlte, war, dass sie die Mail an Ralf abschickte. Anschließend würde sie einen Flug buchen. One way. Sie würde ja erst mal bleiben, mindestens bis Weihnachten. Das waren mehr als fünf Monate, in denen fast durchgehend die Sonne scheinen würde. Herrlich ...

Die Mail, die Hannah für Ralf geschrieben hatte, war noch geöffnet. Der Cursor blinkte nach »Liebe Grüße von der Nordsee! Hannah«. Sie ließ den Rechner für einen Moment auf ihren Knien vor- und zurückschaukeln. Dann klickte sie auf »Abschicken«. Ihr E-Mail-Programm gab ein leises »Swooosh« von sich, und die Mail war von ihrem Bildschirm verschwunden. So, das wäre erledigt. Sie hatte einen neuen Job. Die Konditionen würde sie später mit Ralf klären.

Jetzt musste sie sich noch um das Organisatorische kümmern, und dann konnte sie nach der Hochzeit sofort abfliegen.

Hannah stellte den Rechner aufs Bett und kramte in ihrem Schrank nach einem Pullover. Als sie ihn sich über den Kopf streifte, zog etwas in ihrer Brust. Ein unbestimmtes Gefühl, das keinen Sinn ergab. Was wird dann aus Mama und Papa?, fragte Hannah sich plötzlich. Würden ihre Eltern nach der Hochzeit ohne ihre Unterstützung zurechtkommen? Wann wäre Christas Fuß wieder in Ordnung?

Was würde aus Ullis Bluthochdruck werden? Und aus der Überforderung mit seinem Laden, von der Stine gesprochen hatte. Noch vor einer Minute hatte sie von ihrem neuen Leben im Süden geträumt und den Job angenommen … aber plötzlich waren ihre Gedanken sehr viel weniger euphorisch. Die Frage, ob ihre Eltern auch ohne ihre Hilfe zurechtkamen, wenn Hannah direkt nach der Hochzeit abreiste und Deutschland schon wenig später den Rücken kehrte, ließ ihr keine Ruhe.

Die letzten Wochen hatten ihr gezeigt, dass sie für ihre Familie da sein wollte. Wenn es ihr damit ernst war, durfte sie Föhr nicht verlassen, bevor mit Stine und ihren Eltern alle Fragen geklärt waren. Und bevor sie Ulli dabei geholfen hatte, eine zuverlässige Aushilfe für die »Sandbank« zu finden.

»Ping!« Ihr Laptop, der noch aufgeklappt neben ihr stand, hatte eine neue Mail empfangen. Hannah bückte sich und schaute in ihr Postfach. Merkwürdig. Es war eine Fehlermeldung. Die Mail, die sie Ralf geschickt hatte, war zurückgekommen. Sein Postfach war voll.

»Nicht dein Ernst, oder?«, murmelte Hannah. Das war mal wieder typisch für ihren Chef. Jetzt musste sie Nike anrufen und sie bitten nachzuschauen, welche Hundert-Megabyte-Mail denn gerade Ralfs Postfach verstopfte. Hannah griff zu ihrem Telefon und scrollte sich durch die Kontakte. Eigentlich hatte sie überhaupt keine Lust, aber …

Aber dann schaltete Hannah das Telefon wieder in den Ruhemodus und schob es sich in ihre Hosentasche. Sie hatte doch Urlaub. Das konnte auch der nächste Kollege machen, dessen Mail zurückkam. Ihre Mail an Ralf würde sie später einfach noch mal abschicken.

Sie würde jetzt nach Wyk in den Laden fahren und mit Ulli sprechen. Vielleicht hatte er ja schon eine Person im Auge, die in seinen Laden passte, gut mit Menschen konnte und um Himmels willen nicht gleich durchdrehte, wenn sie die vier Postkartenständer an einem Schietwettertag alle fünf Minuten in den Laden rein- und wieder rausrollen musste. Aber eine solche Person musste man erst mal finden. Doch das würden sie. Stine warf einen Blick auf ihre Uhr. Halb eins. Die meisten Feriengäste waren jetzt am Strand, der Laden würde nicht voll sein. Ein guter Zeitpunkt, um mit Ulli zu sprechen.

Fünf Stunden später erreichte Hannah Utersum. Sie hatte mittags lange mit ihren Eltern gesprochen und anschließend ein wenig bei Ulli im Laden ausgeholfen. Auf dem Rückweg war sie so in Gedanken gewesen, dass sie ein gutes Stück nach dem Wyker Ortsausgang verpasst hatte, nach Bredland abzubiegen. Auf Ullis E-Bike war sie immer weiter gen Westen geflogen. An Nieblum vorbei und an Borgsum. Erst kurz vor Hedehusum hatte sie angehalten und überlegt, wieder umzudrehen. Aber der Abend war zu schön. Die Luft war noch warm, und die Sonne stand schon tief am Himmel. Und dann war Hannah eingefallen, dass sie nach Utersum weiterfahren könnte. Zum »Haus des Gastes«. Vom Deich aus hatte man einen atemberaubenden Blick übers Watt. Sie würde sich an den Strand setzen und nach Amrum rüberschauen. Wenn Hannah die Hand nach Westen ausstreckte, konnte sie den Amrumer Sand fast anfassen, so nah war die Insel. So kam es ihr jedenfalls immer vor.

Sie liebte diesen Ort auf Föhr. An der Westseite der Insel pfiff einem der Wind zwar ordentlich um die Ohren, sodass sie froh war, eine Jacke dabeizuhaben, aber der Wind hatte etwas Reinigendes an sich. Er pustete die Gedanken so richtig schön durch, blies einem alle Spinnweben aus dem Gehirn. Jedes Mal, wenn Hannah wieder von hier wegfuhr, fühlte sie sich aufgeräumter. Besser sortiert. War einfach so.

Sie dachte an das Gespräch mit ihren Eltern. Es war besser gelaufen als gedacht. Sie hatten jetzt sogar einen Plan für Ullis Situation. Sie würden die Germanistikstudentin anrufen, die vor ein paar Wochen im Laden gestanden und nach einem Sommerjob gefragt hatte. Hannah hatte sie nicht kennengelernt, aber ihre Eltern hatten ihr versichert, dass die junge Frau einen aufgeweckten Eindruck gemacht hatte. Sie studierte in Heidelberg, hatte aber enge Verwandte auf Föhr, weshalb sie jede Semesterferien hier verbrachte, und Ulli traute ihr zu, dass sie selbst mit den Postkartenständern an Schietwettertagen zurechtkam.

Das könnte schon die Lösung für den Rest der Hochsaison sein, die sie brauchten. Und parallel dazu würden sie eine feste Stelle ausschreiben. Wenn die Studentin noch Interesse an dem Job hätte, konnte Hannah in ein paar Tagen also beruhigt nach Mallorca fliegen. Aber irgendwas drückte immer noch in ihrer Brust, wenn sie an ihre Abreise dachte. Klar, sie hatte immer gewusst, dass sie Föhr wieder verlassen musste. Aber jetzt schon?

Hannah sperrte Ullis E-Bike ab und stattete dem Hans-Rosenthal-Gedenkstein einen kurzen Besuch ab. Dann stieg sie über die Treppe auf den Deich. Nach drei Stufen dachte sie plötzlich an die unzähligen Ferientage, an denen sie mit Stine, Caro und Louis diese Treppe hochgejagt war. Zu allen Jahreszeiten, denn die Blohms waren keine Schönwetterurlauber, damals hatten sie fast alle Herbst-, Winter- und Osterferien auf Föhr verbracht. Hannah schluckte. Sie waren noch Kinder gewesen, später Teenies. Jung und mutig. Sie hatten sich wie die Größten gefühlt. Zu viert hatten sie mit fünfzehn, sechzehn zwar noch nicht die Welt, aber die Insel erobert, immerhin die!

Als Hannah fast oben war und schon das Wasser sehen konnte, blieb sie kurz stehen. Der Anblick war einfach zu schön. Der Himmel hatte sich sanft golden gefärbt, und die warme Abendsonne glitzerte auf den Wellen. Zwei Austernfischer staksten mit ihren roten Beinen zwischen den Strandkörben durch den Sand, und Hannah wurde es noch schwerer ums Herz. In ein paar Tagen musste sie abreisen.

Hach, Föhr … Sie stand noch nicht mal am Fähranleger, diesmal hatte es sie schon hier und heute gepackt: das Föhrweh.

Und wenn ich noch etwas länger hierbleibe?, fragte sie sich, als sie Richtung Wasser ging und sich ein windgeschütztes Plätzchen an einem Strandkorb suchte. Sie könnte eine Auszeit nehmen. Ein Sabbatical, so wie Ingo aus der IT. Der war voriges Jahr mit dem Rad einmal quer durch Amerika gefahren. Er hatte drei Monate frei genommen, und Ralf hatte das bewilligt, wenn auch zähneknirschend.

Konnte Hannah Ralf nach einem Sabbatical fragen? Sie ahnte, dass er sich tierisch aufregen würde. Er brauchte sie doch dringend auf Mallorca.

Sollte sie die Mail an Ralf heute Abend ein zweites Mal rausschicken? Aber wollte sie den Job denn wirklich? Jein. Irgendwie schon, klar. Sie würde eine richtig gute Zeit da unten im Süden haben. Aber der Zeitpunkt stimmte leider überhaupt nicht.

Und wenn sie in Berlin bliebe?

Würde Ralf das verstehen? Keine Ahnung. Entscheidend war, dass sie ihm einen guten Grund dafür lieferte, weshalb sie das Sabbatical in Nordfriesland brauchte und anschließend wieder bei Alexis im Berliner Büro von »Nüssler & Nüssler« einsteigen wollte. Und nicht auf Mallorca. Um ihrer Familie näher zu sein.

Aber wie konnte sie die beiden Wünsche formulieren, ohne Ralf vor den Kopf zu stoßen? Wäre ein Satz wie »Meinen Eltern geht es gerade nicht so gut, sie brauchen für ein paar Wochen meine Hilfe« ausreichend? Hannah ließ ihn für einen Moment auf sich wirken. Doch, das wäre er. Wenn Alexis zu Hannah käme und ihr mit diesem Satz begründete, dass er ein paar Wochen bei seinen Eltern in Griechenland verbringen musste, dann würde sie das doch sofort verstehen.

Hannah saß noch so lange an den Strandkorb gelehnt da, bis die Sonne als orangeroter Ball im Meer versunken war. Wie flüssiges Roségold schwappten die Wellen an den Strand. Die Austernfischer waren auf einen Strandkorb geflogen und bewachten von dort die Küste. Über Amrum stand schon der Mond am Himmel. Ein runder Ball, klug und weise. Und so alt wie die Sterne. Er hatte alles schon gesehen. Hannah fragte ihn, ob sie sich mit Ralf einig werden würde, aber der Mond gab ihr kein Zeichen. Sie musste es selbst herausfinden.

20. Stine

Der Hochzeitstag
8:55 Uhr

Es war ihr großer Tag, ihr *Hochzeitstag*, aber Stine stand um kurz vor neun mit tropfnassem Haar in Tante Ellas Küche und war völlig gestresst.

Clemens, Stines Hair-and-Make-up-Stylist, schritt mit knallroter Birne auf der Terrasse auf und ab und schimpfte wütend in sein Telefon. Und Ida war so aufgedreht, dass sie ständig neues Spielzeug aus ihrem Zimmer in Tante Ellas offenes Wohnzimmer schleppte, obwohl sie nicht vorhatte, damit zu spielen. Jedenfalls nicht ohne Stine. Das Wohnzimmer wurde zudem mit einem Hörspiel in ohrenbetäubender Lautstärke beschallt. Mit einer Folge von »Bibi und Tina«, die Ida schon hundertmal gehört hatte und der sie ohnehin nicht lauschte.

Stine bückte sich und schob ein vierzigteiliges Puzzle in die Pappschachtel zurück. »Kannst du das bitte in dein

Schlafzimmer zurückbringen, mein Schatz?«, rief sie Ida zu, bevor sie Clemens wieder mit einem ungeduldigen Blick bedachte.

Vor einigen Minuten hatte er endlich damit begonnen, Stines Haar trocken zu föhnen, aber schon nach ein paar Strähnen wieder damit aufgehört, weil sein Telefon geklingelt hatte. Seine Agentin. Es war offenbar wichtig. Stine wollte wirklich nicht lauschen, aber Clemens hatte zunächst in der Küche telefoniert und auch dort schon ziemlich laut gesprochen, sodass Stine ein bisschen was aufgeschnappt hatte. Laut Plan sollte er heute Abend die amerikanische Sängerin Mary-Kate Wilson in der Hamburger Elbphilharmonie schminken. Aber die Sängerin hatte den vereinbarten Zeitplan offenbar umgeschmissen, und jetzt sollte Clemens Frau Wilson nicht erst abends um sieben Uhr, sondern bereits nachmittags um vier schminken. Die kleine Herausforderung an der Sache: Er war erst vor einer halben Stunde hier eingetroffen. Wenn Clemens den Job in der Elbphilharmonie schaffen wollte, musste er jetzt bei Stine Vollgas geben. Aber von Vollgas konnte keine Rede sein. Clemens hing ja nur am Telefon.

»Also, die Alte hat sie doch nicht mehr alle!«, hörte Stine Clemens. Er hielt das Telefon nicht am Ohr, sondern in der Hand. Clemens' Agentin murmelte über den Lautsprecher am Handy beruhigend auf ihn ein. Stine schnappte Sätze auf wie: »Clemens, die Wilson ist die neue Beyoncé.« Und: »Denk doch bitte an die Gage.« Und: »Die Elbphilharmonie müssen wir uns auf *jeden* Fall warmhalten.«

Stine seufzte und kochte einen Kaffee für Clemens und sich. Sie brauchte jetzt unbedingt Koffein.

Wenn es nach ihr ginge, konnte sie sich das Haar auch ohne Clemens' Hilfe trocken föhnen, das wäre in zwei Minuten erledigt. Ach was, in einer!, dachte Stine, als ihr der himmlische Duft von frisch aufgebrühtem Kaffee in die Nase stieg. Es würde Stine auch nicht viel Zeit kosten, etwas Mascara auf ihre Wimpern zu tuschen und einen Hauch Rouge aufzulegen. Hatte sie in den letzten zwanzig Jahren jeden Morgen doch auch bestens ohne Clemens hinbekommen. Gut, er machte das vermutlich hundertmal besser, aber das war ja auch sein Job. Außerdem hatte sie gesehen, dass in seinem Schminkkoffer Styling-Produkte von Dior und Chanel waren. Stine kaufte neunundneunzig Prozent ihres Make-ups und alle Shampoos im Drogeriemarkt. Chanel und Dior gab es dort nicht.

Deshalb ließ sie sich auf die Sache mit Clemens jetzt einfach mal unvoreingenommen ein. Eigentlich hatte sie sich heute Morgen nach dem Aufwachen auch schon auf ihn gefreut. Dass er extra aus Hamburg anreisen und sie schminken sollte, war nicht ihre Idee gewesen. Stine hatte ihn nicht gebucht, sondern Maxi. Sie hatte ihr vor ein paar Tagen eine WhatsApp geschrieben: *Mein Hochzeitsgeschenk für dich! Ich sag's dir: Du wirst Clemens lieben. Und anschließend wirst du dich jeden Morgen vor dem Spiegel fragen, wie du jemals ohne ihn wieder so gut aussehen sollst.* Es folgte ein Smiley, dem vor Lachen die Tränen aus den Augen schossen.

Stine hoffte, dass Maxis Vorhersage nicht eintreffen und sie mit ihrem Anderthalb-Minuten-Make-up auch künftig noch zufrieden den Tag beginnen würde. Aber sie war gespannt, was Clemens mit ihren frisseligen Haaren und ihren Augenbrauen vorhatte.

Wenn es nach Stine ging, konnte das »große Umstyling« (O-Ton Clemens, der offenbar zu viel »Germany's Next Topmodel« schaute) jetzt auch gern weitergehen, aber Clemens hüpfte in seinen neonpinken Sneakers gerade von der Terrasse auf den Rasen und diskutierte immer noch aufgebracht mit seiner Agentin.

»Mama, kannst du mir das vorlesen?« Ida stand mit dem Buch »Pippi Langstrumpf geht an Bord« vor ihr. »Alle Seiten, bitte, Mamaaa!«, rief sie über das Wiehern und Hufegeklapper hinweg, das aus den Lautsprechern im Wohnzimmer auf sie beide eindröhnte. Ein stechender Schmerz breitete sich in Stines Stirn aus. Das war doch keine Migräneattacke, oder? Ausgerechnet heute?! Bitte nicht!

»Nein, mein Schatz, das geht leider nicht. Ich werde doch gleich hübsch gemacht. Sobald Clemens …« Stine schaute sich sehnsüchtig nach ihm um, aber er machte überhaupt keine Anstalten, wieder zu ihr ins Haus zu kommen.

»Ich *will* aber, dass mir jemand vorliest«, insistierte Ida in einem quengeligen Ton, der signalisierte, dass die Stimmung jeden Moment kippen konnte. Mit einem herausfordernden Blick in Stines Richtung schmiss sie das Buch auf die Dielen. »Wieso spielt niemand mit mir? Mir ist sooo langweilig.« Sie breitete die Arme aus, und Stine musste lächeln. »Dir ist so langweilig, wie Tante Ellas Sessel breit ist?«

Ida schüttelte den Kopf mit vorgeschobener Unterlippe. »Nein. Wie das Sofa breit ist!« Sie gehörte leider zu den Kindern, die sich kaum allein beschäftigen konnten.

Stine ging in die Hocke und strich Ida liebevoll über den Rücken. »Hmmm, was können wir denn da machen?« Sie dachte nach. Marten war nicht hier. Das war auch richtig so, er war ja der Bräutigam und sollte Stine vor der Hochzeit nicht mehr sehen. Er hatte auch gestern wieder bei seinen Eltern übernachtet, damit sie die Nacht vor der Hochzeit getrennt waren, das brachte angeblich Glück. Jetzt war er wahrscheinlich am Fähranleger, um Snørre abzuholen. Genau wie Hannah, die die Floristin mit dem bestellten Blumenschmuck in Empfang nahm. Sie wollten zur Kirche fahren und kleine Sträußchen an die Sitzreihen binden. Es war also niemand da, der ihr Ida abnehmen konnte.

Sollte Stine Ida zu ihren Eltern rüberfahren? Aber dann müsste Clemens kurz warten. Davon wäre er sicherlich alles andere als begeistert. Außerdem stapelte sich bei ihren Eltern bereits die Verwandtschaft aus Bayern. Wobei, eigentlich wäre Ida dort gut aufgehoben, ihre Cousine Luzie war da, die toll mit Kindern konnte, und deren Schwester mit ihren Töchtern. Aber irgendwer müsste Ida in einer Stunde wieder zurück nach Bredland fahren, da sie vor dem Standesamt noch umgezogen werden musste. Sie trug immer noch ihren Schlafanzug mit den Wolken und weigerte sich partout, etwas anderes anzuziehen. Wenn Stine ihr doch wenigstens mal die Himbeermarmelade vom Gesicht wischen könnte, aber bisher war Ida jedes Mal, wenn

Stine es nach dem Frühstück versucht hatte, einfach weggerannt.

»Bing-bing!«

Überrascht schauten Ida und Stine sich an. »War das die Tür, mein Schatz?«, fragte Stine.

Ida nickte.

»Wer kann denn das sein?« Stine stand auf und ging mit Ida in die Diele.

»Papa vielleicht?«, überlegte Ida. Sie hoffte wahrscheinlich, dass Marten mit ihr spielte, aber der konnte es nicht sein. *Bitte, lass Hannah vor der Tür stehen, die Ida gleich beschäftigen kann*, betete Stine stumm. Aber sie konnte es eigentlich nicht sein. Ihre Schwester hatte einen Schlüssel und würde nicht klingeln. Stine zog die Tür auf.

»Guten Morgen! Wir hoffen, wir stören nicht.« Vor ihnen unter dem halbrunden Bogen, der über der Haustür ins Reetdach eingearbeitet war, standen Louis und Amélie. Beide hielten elegante Weekender in den Händen und lächelten Stine und Ida unsicher an.

»Was macht ihr denn hier?«, fragte Stine etwas schroffer als beabsichtigt.

»Wir haben Marten eben am Fähranleger getroffen«, erklärte Louis. »Wir wollten gerade ins Taxi steigen, als er zu uns rüberkam. Er sagte, wenn wir eh nach Nieblum fahren, könnten wir doch vorher in Bredland abbiegen und euch kurz besuchen.« Louis drehte sich zum Taxifahrer um und gab ihm Bescheid, ruhig loszufahren.

»Aber ausgerechnet heute?«, fragte Stine entgeistert. Das konnte Marten doch nicht ernst gemeint haben. Es war ihr

Hochzeitstag. Gestresst fasste sie sich ins noch nicht mal halb geföhnte Haar. Dass sie völlig ungeschminkt war, gefiel Stine auch überhaupt nicht. In diesem Aufzug kam sie sich vor Amélie sofort … wenig repräsentativ vor.

»Wer ist das, Mama?«, fragte Ida schüchtern, die neben ihr stand.

»Das sind, äh …«

»Wir sind Freunde«, sagte Amélie. »Freunde von deinen Eltern.« Sie stellte ihre Tasche ab, ging in die Hocke und lächelte Ida an, die sich jetzt halb hinter Stines Bein gestellt hatte. »Ich bin Amélie. Und das da«, sie zeigte mit dem Daumen hinter sich, »das ist Louis. Und wie heißt du?«

»Ida.«

»Wir freuen uns, dich kennenzulernen, Ida«, sagte Louis gerührt. »Warte mal kurz, wir haben dir was mitgebracht …«

Oh nein, nicht schon wieder, dachte Stine. Nicht noch so ein Riesenpaket wie das, was Louis beim letzten Mal dabeigehabt hatte. Ida hatte sich über den überdimensionierten Playmobil-Ponyhof zwar gefreut, war aber gleichzeitig etwas verwirrt gewesen, aus heiterem Himmel ein dermaßen großes Geschenk zu bekommen.

Aber Louis kramte nur in seinem teuer aussehenden Weekender, und Stine stellte erleichtert fest, dass er ein sehr viel kleineres Päckchen herauszog. Allerdings war es in das gleiche rosa Geschenkpapier mit den Einhörnern und den Regenbögen eingewickelt. »Hier«, sagte er. »Magst du das haben?«

»Danke«, sagte Ida artig, woraufhin Amélie und Louis beeindruckt nickten.

Ida dachte nicht immer daran, sich zu bedanken, aber dass sie es ausgerechnet heute tat, hätte Stine nicht erwartet. Sie lächelte. Als Amélie sich wieder hinstellte, spürte Stine, dass Louis und sie darauf warteten, hereingebeten zu werden. Sie erinnerte sich an den Moment, als sie vor Louis' und Amélies Haustür gestanden hatte. Damals hatte sie sich auf die Föhrer Gastfreundschaft fast etwas eingebildet.

Aber sollte sie die beiden wirklich hereinbitten? Ausgerechnet jetzt? Sie dachte an Marten. War es nicht toll, dass er, als er Louis und Amélie von der Fähre runterlaufen gesehen hatte, zu ihnen gegangen war? Dass er sie ganz spontan nach Bredland eingeladen hatte? Stine wäre es zwar noch lieber gewesen, wenn Marten bei diesem ersten Treffen von Louis, Amélie und Ida mit dabei gewesen wäre, aber der schien das ja plötzlich völlig entspannt zu sehen. Und deshalb sollte sie das vielleicht auch tun.

»Kommt doch rein.« Stine trat einen Schritt zur Seite und winkte Amélie und Louis zu sich in die Diele. »Wollt ihr einen Kaffee? Ich habe gerade welchen gekocht. Zwei Tassen müssten noch übrig sein.«

»Die sind weg, die habe ich nämlich gerade hintereinander in mich hineingekippt!«, rief Clemens, als sie in die Küche traten. Er lachte. »Bitte entschuldige, das Koffein brauchte ich für meine Nerven!«

Stine winkte ab. »Schon okay, ich mache uns schnell einen neuen.« Nur gut, dass Clemens und seine Agentin offenbar eine Lösung für ihr Problem mit der Elbphilharmonie und Frau Wilson gefunden hatten.

»Améliiie, *ma chérie*!« Clemens schoss auf Amélie zu. »Mensch, du hier? Eeewig nicht gesehen. Lass dich mal drücken, meine Liebe!« Er umarmte sie herzlich und klatschte sich anschließend mit Louis ab. »Hi, ich bin Clemens. Ich saß neben Amélie im Französisch-Leistungskurs.«

Louis nickte freundlich.

»Nicht, dass wir viel gelernt hätten. Wir haben die ganze Zeit getuschelt, stimmt's, *mon petit chou*?«, scherzte Amélie. »Aber was machst du denn auf Föhr? Das ist ja mal eine Überraschung!« Sie drehte sich wieder zu Stine um und musterte sie. »Lass mich raten, Stine! Du gehst heute auf eine Hochzeit und hast dir extra Clemens dafür einschiffen lassen? Eine großartige Idee. Clemens ist wirklich *der Beste*!«

»Ach was ...«, winkte Clemens ab.

Stine wollte Amélie gerade alles erklären, aber Louis kam ihr zuvor.

»Oh nein, heute ist doch wohl nicht etwa ...?« Er schüttelte ungläubig den Kopf. »*Ihr* heiratet heute, nicht wahr? Weshalb hat Marten uns gerade eben denn nichts gesagt?«

Amélies Augenbrauen wanderten nach oben. »Heute ist eure Hochzeit? Du liebe Güte. Wenn wir das gewusst hätten ...« Hektisch flog ihr Blick von Stine zu Clemens und wieder zurück. »Also, dann kommen wir ja total ungelegen.« Sie drehte sich zu Louis. »Wir wollen auch gar nicht weiter stören, nicht wahr? Himmel, ist mir das peinlich.«

Stine konnte nicht anders, als ein wenig zu schmunzeln. Die beiden hatten in Idas Alter sicher schon die ersten Benimmregeln aus dem »Knigge« eingetrichtert bekommen, sodass Stine nur ahnen konnte, *wie unangenehm* Amélie und Louis diese Situation war.

»Da gebe ich dir völlig recht, mein Schatz«, sagte Louis. »Bitte entschuldige, Stine. Also, ich rufe uns jetzt sofort wieder ein Taxi. Hätte ich den anderen Fahrer doch nur nicht gleich weggeschickt.« Er zog das Handy aus seiner dunkelgrünen Stoffhose und wischte schon auf dem Display herum.

Ida hatte ihnen kurz zugehört und irgendwann damit begonnen, die durchsichtigen Klebestreifen zu lösen und das Einhornpapier vom Geschenk zu reißen. Es war ein Kartenspiel.

»Die Schokohexe! Das haben wir auch im Kindergarten!«, rief sie begeistert. Sie sah Louis mit großen Augen an und zupfte an seiner Hose. »Können wir das jetzt spielen?«

Er unterbrach sofort die Suche nach dem Taxiunternehmen, ging in die Hocke und zog entschuldigend seine Schultern hoch. »Es tut mir wirklich leid, Ida! Sonst immer gern, aber wir müssen jetzt wieder los. Ihr habt heute ja noch etwas sehr Wichtiges vor.«

»Das ist gemein! Keiner spielt heute mit mir!«, sagte Ida in einem weinerlichen Ton.

»Ich komme einfach ein andermal …«, begann Louis, wurde dann aber von Stine unterbrochen.

»Wie wär's denn, wenn Louis und Amélie noch kurz bleiben? Louis könnte mit dir spielen«, schlug sie Ida vor, »und Clemens macht Mama im Bad hübsch. Wäre das okay, mein Lämmchen?«

»Määäh, Mama.« Ida nickte eifrig, und Stine schaute zu Louis und Amélie. »Natürlich nur, sofern ihr Zeit habt.«

»Haben wir!«, sagten Louis und Amélie gleichzeitig, und Stine kam der Gedanke, dass Ida ja vermutlich der einzige Grund war, weshalb die beiden ein aufregendes Wochenende in der Großstadt gegen ein sehr viel ruhigeres auf Föhr eingetauscht hatten.

»Sehr schön. Dann mache ich uns jetzt endlich noch einen Kaffee, und dann legen wir wieder los, oder, Clemens?«

»Aber so was von!«, sagte er und schlug gehorsam die Hacken zusammen, was sie aber nicht hören konnten, er trug ja Turnschuhe.

Während Stine den feuchten Kaffeesatz aus der Frenchpress in den Müll kratzte, begannen Amélie und Clemens sofort, sich über frühere Schulfreunde auszutauschen. Als Stine sich interessiert nach Ida und Louis umsah, entdeckte sie die beiden fröhlich plaudernd. Sie breiteten die Karten des Spiels, das er und Amélie mitgebracht hatten, gerade auf dem Couchtisch aus.

Louis lächelte Ida glücklich an. »Aber vorher musst du mir noch die Spielregeln erklären«, hörte sie ihn sagen.

»Und mir auch … wenn ich denn überhaupt mitspielen darf«, sagte Amélie, die neben die beiden ans Sofa getreten war.

Ida schaute Amélie ungläubig an. Noch eine Erwachsene, die Zeit hatte, um mit ihr zu spielen? »Darfst du!«, rief sie mit vor Freude glühenden Wangen.

»Kaffee ist fertig!« Stine stellte Becher, Milch, Hafermilch und den frischen Kaffee zur Selbstbedienung auf die

Kücheninsel. Dann wühlte sie kurz in einem Schrank und fand auch noch ein paar Heidesand-Plätzchen für die Gäste. Müssten sich an meinem Hochzeitstag nicht alle um mich kümmern?, fragte Stine sich, während sie leise in sich hineinschmunzelte. Aber sie freute sich so darüber, dass Ida mit Louis und Amélie ganz offenbar etwas anfangen konnte, dass es ihr egal war.

Sie drehte sich zu Clemens um, der jetzt neben ihr an der Arbeitsplatte lehnte und auf seinem Telefon Mary-Kate Wilson googelte. Stine beobachtete ihn dabei, wie er hochkonzentriert mit zwei Fingern auf dem Display in ein Foto von der Sängerin hineinzoomte. Darauf trug sie ein schulterfreies Abendkleid, ihre Haare waren zu einer kunstvollen Turmfrisur hochgesteckt, ihre Lippen knallrot und ihre Augen dramatisch geschminkt. Clemens vergrößerte das Gesicht der Sängerin so stark, dass er das Make-up *en détail* sehen konnte. Besonders schienen ihn die Augen zu interessieren: Sie waren unterhalb der Brauen in vier verschiedenen Farben geschminkt. Stine erkannte Silber, ein helles Rosa, Violett und einen Hauch von Dunkelbraun. Der Lidstrich saß perfekt, und die geschwungenen Augenbrauen waren dunkel nachgezeichnet.

Stine konnte sich ein Lächeln nicht verkneifen. War es nicht überall dasselbe? Jede Branche interessierte sich brennend dafür, was die Konkurrenz, in Clemens' Fall die amerikanische, so auf dem Kasten hatte.

Plötzlich fühlte sie sich unglaublich geschmeichelt. Bevor Clemens heute Abend Mary-Kate Wilson stylte (die neue Beyoncé!), würde er sich ihr widmen. War also eigentlich schon ein Hammer-Hochzeitsgeschenk von Maxi. Stine hätte sich jemanden wie Clemens niemals selbst gebucht. Schon deshalb nicht, weil sie überhaupt nicht gewusst hätte, wie sie an so einen wahnsinnig gefragten Profi wie ihn überhaupt rankam.

In dem Moment hörte Stine Ida fröhlich aus der Sofaecke krähen: »Gewonnen!!! Und jetzt noch mal!!!«

»Aber nur, wenn du uns auch eine Chance lässt«, scherzte Louis, während Amélie kichernd die Karten mischte.

Stine ging zu Clemens und stupste ihn sanft in die Seite. »Wollen wir dann mal weitermachen? Ich muss in zwei Stunden auf dem Standesamt sein. Hab da einen wichtigen Termin.«

Er schaute von seinem Handy auf und grinste. »Richtig. Da war ja was.« Sie lachten beide gleichzeitig, dann legte Clemens das Handy auf die Kücheninsel und hakte sich bei Stine ein. »Also zurück ins Bad mit dir. Ich hatte gerade auch schon eine großartige Idee für deinen Lidschatten. Was hältst du von einem Hauch silbrig schimmerndem Violett? Könnte glamourös werden, oder?«

Sie standen schon vor der Badezimmertür, als er plötzlich stehen blieb. »Sag mal, du hast nicht zufällig einen Crémant kalt gestellt? Nach *dem* Stress wegen der Wilson könnte ich jetzt glatt ein Gläschen vertragen.«

Stine schüttelte bedauernd den Kopf. »Tut mir leid, mein Lieber«, sagte sie, dann machte sie eine bedeutungsschwangere Pause. »Ich habe leider nur Champagner. Meinst du, damit könntest du dich arrangieren?«

Clemens spielte das Spiel sofort mit. »Was? *Nur* Champagner?« Er seufzte scheinbar enttäuscht. »Na gut, wenn's denn sein muss. Dann trinken wir halt *nur* Champagner.«

Wieder prusteten sie los, Stine holte die Flasche und zwei Gläser, und dann durfte sie es sich endlich wieder auf dem Stuhl vor dem Badezimmerspiegel bequem machen.

Der Hochzeitstag
11:32 Uhr

Stine stand mit Ulli vor dem Standesamt und wartete.

»Bist du so weit, mein Schatz?« Er strich ihr vorsichtig eine Haarsträhne hinters Ohr, darauf bedacht, den Blumenkranz dabei nicht zu berühren. Sie waren zu zweit auf dem Wyker Rathausplatz. Marten hatte Stine in dem traumhaften Brautkleid, das Hannah für sie genäht hatte, noch nicht gesehen. Er wartete mit ihren Familien und einer Handvoll Föhrer, Hamburger und Berliner Freunde im Trauzimmer des Amtsgebäudes auf sie.

»Eine Minute noch, Papa«, bat Stine.

»Ich denke, wir sollten jetzt wirklich hineingehen, mein Schatz.« Ullis Blick wanderte zur Straße vor dem Rathausplatz, wo in diesem Moment ein Audi hielt, aus dem zwei Männer in Anzug und eine junge Frau in einem geblümten Kleid stiegen. Vermutlich gehörten sie schon zu dem Paar, das nach Stine und Marten getraut wurde.

Stine warf einen Blick auf Ullis Armbanduhr. Die Trauung war für 11:30 Uhr angesetzt. Jetzt war es 11:34 Uhr, und Will war immer noch nicht aufgetaucht. Und dabei war er doch Martens Trauzeuge! Stine kannte ihn kaum. Sie waren einmal mit ihm in Hamburg unterwegs gewesen. Auf einem Deichkind-Konzert, wo Will ihr beim Tanzen sein halbes Bier auf die Jacke gekippt hatte. Es war ein Versehen gewesen, er hatte das Bier nicht mit Absicht verschüttet, schon klar. Stine, Marten und alle andere Konzertgäste hatten auch *sehr* wild getanzt. Wills halblanges gelocktes Haar hatte alle Frauen auf dem Konzert ganz verrückt gemacht. Von allen Seiten hatten sie ihm eindeutige Blicke zugeworfen, die Will freundlich lächelnd ignoriert hatte. Er schien also eine ziemlich coole Socke zu sein. Trotzdem war die Biergeschichte eben die einzige Erinnerung, die sie an Will hatte. Ansonsten wusste Stine eigentlich nur über ihn, dass er in Kenia geboren und in München und Hamburg aufgewachsen war. Und dass er Koch in einem angesagten veganen Restaurant in der Hansestadt war, an dem er Anteile hielt.

Stine verstand nicht so ganz, warum Marten Will und nicht Snørre gefragt hatte, ob er sein Trauzeuge werden wollte. Snørre hatte zwar keine so magnetische Persönlichkeit, die Leute starrten ihn nicht an, wenn er an ihnen vorbeilief oder – rein hypothetisch – auf einem Deichkind-Konzert zu »Leider geil« tanzte. Aber dafür war Snørre zuverlässig und immer erreichbar. Außerdem kippte er einem ganz bestimmt keine alkoholischen Getränke auf die Jacke. Aber gut, das war Martens Entscheidung gewesen. Dass Will jetzt aber nicht pünktlich zur Trauung auftauchte, war schon ein Ding. Hannah hatte ihr erzählt, dass Marten den ganzen Morgen versucht hatte, ihn zu erreichen. Aber er war immer nur auf seiner Mailbox gelandet.

Stine atmete tief durch. Die gut gekleideten Menschen, die gerade aus dem Audi gestiegen waren, bauten jetzt seitlich unter den Bäumen einen kleinen Campingtisch auf, auf den sie ein paar Champagnerflaschen und Pappbecher mit roten Herzchen stellten.

Sie seufzte. »Also gut, Papa. Lass uns reingehen.« Dann heirateten sie eben ohne Will. Ulli hatte ihr gerade gesagt, dass Hinnerk als Trauzeuge für Will einspringen würde, wenn der tatsächlich nicht erschien. Stine griff nach der Hand ihres Vaters und drehte sich um. Sie würde jetzt durch die Tür des Standesamts gehen und Marten heiraten, und Will ... pffft, der konnte sie dann wirklich mal. Jetzt und für alle Zeiten.

»Einen Moment noch, mein Liebling.« Ulli hielt Stine zurück.

Überrascht drehte sie sich um und sah ein Taxi vorfahren, das nur ein paar Schritte von ihnen entfernt hielt. Die hintere Autotür flog auf, und ein schlanker, groß gewachsener Mann in einem sandfarbenen Anzug und mit schwarzen Birkenstocks, die er barfuß trug, eilte um den Wagen herum zur anderen Hintertür. Ja, war das nicht ... Will?! Stine atmete erleichtert auf. Er hatte es also doch noch geschafft!

Will öffnete die zweite Tür und blieb galant stehen, bis eine ältere Dame aus dem Wagen geklettert war. Seitlich am Kopf trug sie einen runden Fascinator mit einer langen Pfauenfeder.

Ulli pfiff leise durch die Zähne. »Wenn das mal nicht meine Schwester ...«

»Tante Ellaaa!« Stine winkte ihnen mit dem Brautstrauß, während der Taxifahrer zwei kleine Koffer um den Wagen herum zu Will rollte, der ihm daraufhin einen Geldschein in die Hand drückte. »Das ist ja eine Überraschung! Ich dachte, du könntest nicht so früh aus Hamburg weg!«

Ihre Tante umfasste den Griff des einen Rollkoffers und hakte sich mit dem freien Arm bei Will ein, der den anderen Trolley zog. Zusammen eilten sie im Gleichschritt zu ihnen.

»Rate mal, wen ich auf der Fähre kennengelernt habe«, sagte Tante Ella.

»Tut mir leid, dass wir zu spät sind«, entschuldigte Will sich. Er beugte sich zu Stine hinunter und drückte ihr zwei Küsse auf die Wangen. »Ein Auto hat die Fähre kurz vor der Abfahrt blockiert. Der alte Volvo ist beim Rauffahren auf die Brücke abgesoffen und dann einfach nicht wieder angesprungen.« Er trat einen Schritt von Stine zurück. »Wow, Schönste! Du siehst wirklich umwerfend aus. Eine tolle Braut! Hat dir das heute schon jemand gesagt?«

»Danke.« Stine spürte, dass ihr die Röte in die Wangen stieg.

»*Ich* habe ihr das heute schon gesagt«, scherzte Ulli. »Aber auf mich hört sie ja nicht.« Lächelnd strich er über Stines Arm.

»Ach, Papa, du bist lieb.«

»Und ich kann mich diesem Kompliment nur anschließen, mein Kind.« Tante Ella drückte Stine ganz fest an ihren winzigen, drahtigen Körper, und Stine wurde in eine Wolke aus teurem italienischem Parfum gehüllt, das nach Orangenblüten und Amalfiküste duftete. Der violette Seidenanzug, den Tante Ella trug, raschelte leise bei ihrer Umarmung. Als sie ihre Nichte wieder losließ, war der Blumenkranz auf Stines Kopf ein wenig verrutscht, sodass Ulli ihn fachmännisch wieder in Position schieben musste.

»Marten hat den ganzen Morgen versucht, dich zu erreichen«, sagte Stine jetzt zu Will. Ihr Ton klang einen Hauch vorwurfsvoll.

»Ich war heute Morgen so in Eile, dass ich mein Telefon zu Hause vergessen hab«, sagte er verlegen.

Stine sah ihm an, dass es ihm wirklich leidtat, dass er nicht erreichbar gewesen war. »Du bist ohne Handy hier?« Sie konnte es nicht fassen.

Will zuckte mit den Schultern. »Ich war einfach verdammt spät dran. Als ich es bemerkt hab, rollte der Zug schon aus Altona raus und Richtung Dagebüll. Wäre ich an der nächsten Station ausgestiegen und zurückgefahren, hätte ich es niemals rechtzeitig zum Standesamt geschafft.«

»Sagt mal, kommt ihr jetzt bitte?« Hannah beugte sich aus der aufgeschobenen Tür vom Standesamt und zeigte kopfschüttelnd auf ihre Uhr. »Die Standesbeamtin traut in zwanzig Minuten das nächste Paar. Wir müssen jetzt ein bisschen auf die Tube drücken, ihr Lieben! Klönen können wir noch den ganzen Tag.«

Hannahs Blick fiel auf Will und Tante Ella, und sie nickte ihnen zufrieden lächelnd zu.

Mit Wills Auftauchen läuft wieder alles nach Plan, dachte Stine und grinste leise in sich hinein. Ihre Schwester liebte nichts mehr, als wenn alles nach ihrem Plan lief.

Tante Ella und Will schlüpften mit ihren Rollkoffern durch die Eingangstür, und Stine und Ulli folgten ihnen in einigem Abstand. Ihr Vater führte Stine an seinem Arm durch die Flure zum Trauungszimmer.

»Hat dir eigentlich schon jemand gesagt, wie toll *du* heute aussiehst, Papa?«, fragte sie Ulli.

Ihr Vater nickte. Er schaute an seinem brandneuen Anzug hinunter, den er mit Christa ausgesucht hatte. »Tatsächlich schon zwei Leute«, sagte er im Gehen.

Stine sah ihn erstaunt an. »Das ist ja schön! Wer denn?«

»Christa und Ida.«

»Und jetzt sage ich es dir auch noch.«

»Danke, mein Schatz.« Sie waren fast vor dem Trauungszimmer angekommen. Aus der offenen Tür drangen leise die Gespräche der anderen zu ihnen heraus. Tante Ella lachte auf, Ida kicherte, Stühle wurden gerückt, jemand mit einer dunklen Stimme, vielleicht Will, unterhielt sich mit Hannah.

Stine blieb stehen. »Ich hab dich lieb, Papa«, flüsterte sie.

»Ich hab dich auch ganz doll lieb, mein Schatz.« Gerührt drückte er sie an sich. Bis eben war Ulli noch beschwingter Laune gewesen, aber als sie sich voneinander lösten, sah Stine überrascht, dass ihm jetzt doch eine Träne aus den Augen rann. »Das ist ein ganz besonderer Tag für dich, meine Kleine. Aber auch ich werde ihn immer in Erinnerung behalten. Weißt du, du warst so winzig, als du geboren wurdest. Mama und ich haben dich kleines Bündel doch gerade noch in den Armen gehalten. Dass du heute schon heiratest …?« Er schüttelte ungläubig den Kopf.

»Ach, Papa. Das hast du schön gesagt.« Stine drückte ihm einen dicken Kuss auf die Wange, und dann spürte sie, dass sich auch in ihren Augen das Wasser sammelte. Oh nein, mein Make-up!, dachte sie panisch. Wenn Clemens das wüsste! Sie hatte ihm versprochen, dass sie das Heulen so lange wie möglich hinauszögern würde. Er war schon wieder abgereist, in der Elbphilharmonie wartete Frau Wilson ja schon auf ihn, also konnte er sie nicht mehr nachschminken. Stine blinzelte zweimal kräftig und atmete tief durch. Sie wischte sich nicht über die Augen, sondern ging davon aus, dass alles bombenfest halten würde. Clemens hatte immerhin mit wasserfester Wimperntusche gearbeitet.

»Okay, wir können«, sagte sie zu Ulli. Stine konnte es kaum erwarten, Marten zu sehen. In wenigen Minuten waren sie verheiratet. Kaum zu glauben! Nach so viel Trubel in den letzten Wochen.

Dann trat sie eingehakt bei ihrem Vater ins Trauungszimmer, wo Marten ganz vorn neben der Standesbeamtin stand und auf sie wartete.

Die Tanzfläche war knallvoll. Alle amüsierten sich, ihre Hochzeitsparty war ein sensationeller Erfolg. Zufrieden stand Stine mit Marten an der Bar und nippte an einem Glas Champagner. Sie machten gerade eine Tanzpause, aber Marten hielt Stine im Arm, und sie schunkelten im Takt von Madonnas »Like a virgin« mit, das die Backgroundsängerin Rinah sang. Toms Band konnte ja wirklich *alles* spielen! Stine fand Something Blue heute sogar noch besser als auf der Hochzeit ihrer Oldenburger Freunde, wo sie und Marten sie zum ersten Mal gesehen hatten. Die Songs toppten wirklich alles!

Es war eine gute Idee gewesen, das Strandcafé bei Nieblum anzumieten. Hier draußen am Meer waren sie ungestört und konnten ohne Rücksicht auf lärmempfindliche Nachbarn und Feriengäste feiern. Das Küchenteam aus dem »Wal« hatte das Büfett beigesteuert. Stine und Marten hatten sich die legendäre Fischsuppe nach Föhrer Art gewünscht, Fischfrikadellen, vegane Gemüsebuletten, Süßkartoffelpommes mit Trüffelmayonnaise und dazu grünen Blattsalat, Tomatensalat und Apfel-Sellerie-Salat.

Zum Essen hatten sie Champagner und Wein und literweise hausgemachte Holundersaftschorle getrunken, und jetzt tanzten fast alle Gäste auf der größten der drei Terrassen. Christa tanzte allerdings nicht, Stines Mutter wollte mit ihrem Gehgips nicht stolpern »und auch um Himmels willen keinen anderen Gast mit dem klobigen Teil in die Notaufnahme katapultieren«, so hatte sie sich lachend ausgedrückt. Sie saß mit Ulli, Tante Ella, ihren besten Föhrer Freunden und einigen bayrischen Verwandten an einem feierlich geschmückten Biertisch auf der zweiten Terrasse seitlich vom Restaurant. Stine hatte ihnen mit Marten gerade für ein paar Minuten Gesellschaft geleistet, während die Sonne das Meer in warmes Roségold tauchte. Das Licht hatte sich in den Weingläsern und großen Vasen mit den Pfingstrosen gespiegelt, während das Brautpaar mit allen anstieß, und Stine hatte sich gewünscht, dass sich dieser wunderschöne Moment für immer in ihr Gehirn brennen würde. Und dann war Cléo, die Hochzeitsfotografin, um die Ecke gebogen und hatte schnell auf den Auslöser gedrückt, sodass Stine, falls ihre Erinnerungen eines Tages doch ein wenig verblassen würden, immer noch auf dieses Foto zurückgreifen könnte.

Tom sang jetzt die ersten Zeilen von »Have I told you lately that I love you«, und Marten küsste Stine sanft aufs Haar. »Bist du glücklich, mein Liebling?«, fragte er.

Stine nickte. »Wahnsinnig glücklich. Alles ist so wunderschön. Den ganzen Tag schon. Genau so hatte ich mir unsere Hochzeit immer vorgestellt. Du dir auch?«

Marten griff hinter sich und stellte sein Glas auf die Bar, dann schlang er seine Arme um ihre Hüften. »Nee, so hatte ich mir unsere Hochzeit eigentlich nicht vorgestellt«, sagte er lächelnd.

»Nicht?«, fragte Stine überrascht.

Er beugte sich zu ihr herunter. »Sie ist noch viel schöner«, flüsterte er ihr ins Ohr. »So viel schöner, als ich sie mir immer vorgestellt habe.« Zärtlich küsste er ihre Nasenspitze. »Und ich bin so froh, dass wir uns wieder verstehen.«

»Das bin ich auch.« Stine legte ihre Wange an seine, und sie schunkelten noch ein wenig im Takt der Musik. »Ich liebe dich, habe ich dir das heute eigentlich schon mal gesagt?«

»Hmmm, gute Frage ...« Marten runzelte die Stirn und schaute mit gespielter Konzentration zu den Sternen hinauf.

»Dann sag ich's jetzt noch mal«, sagte Stine. »Ich liebe dich. Und ich freue mich schon sooo auf alles, was vor uns liegt.«

»Und ich erst!« Marten küsste Stine auf den Mund. »Meine schöne Braut.« Und dann küsste er sie noch mal. Seine Lippen schmeckten säuerlich, nach einem Hauch von Wein und dem besten Champagner, den sie im »Wal« ausschenkten. Für die Hochzeit hatten Hinnerk und Frauke als Überraschung einen halben Getränkelaster von dem Spitzenschampus bestellt.

Ihre Lippen lösten sich nach einem langen und zum Ende hin verdammt erotischen Kuss wieder voneinander. »Ich weiß gar nicht, womit ich so viel Glück verdient habe«, sagte Marten zu ihr. »Du siehst so unglaublich schön aus.«

Stine lachte auf. »Du meinst, auch ohne mein Gala-Make-up?« Die Rede der Standesbeamtin und das Schluchzen hinter ihr auf den Stühlen im Trauungszimmer hatten

Stine so bewegt, dass sie durchgehend weinen musste. So sehr, dass Hannah ihr schon nach dem Standesamt auf dem Rathausplatz mit feuchten Kosmetiktüchern das Profi-Make-up von Clemens vom Gesicht wischte. Anschließend klappte Hannah ihre Handtasche auf und tuschte Stine auf offener Straße nur ein wenig Mascara auf die Wimpern und verteilte etwas Rouge auf ihren Wangen. Das musste dann eben für das Mittagessen, das Kaffeetrinken, die kirchliche Trauung am Nachmittag, das Abendessen und die Party reichen. Auch das Fotoshooting hatte ohne das opulente Gala-Make-up stattfinden müssen.

Aber das machte nichts. Stine nahm es gelassen. Sie war an ihrem Hochzeitsmorgen von Clemens geschminkt worden, und diese anderthalb Stunden mit ihm gehörten für sie definitiv zu den absoluten Highlights des heutigen Tages. Mit ihm hatte sie das erste Glas Champagner im Bad getrunken, während eine sündteure Gesichtsmaske einwirkte, die es offiziell gar nicht mehr gab und Clemens über eine geheime Quelle im Internet bezog. Und beim anschließenden Schminken hatte Stine so viel gelacht, dass ihr Bauch wehtat. War es im Nachhinein nicht wirklich super gewesen, dass Louis und Amélie morgens einfach auf ihrer Fußmatte gestanden hatten? Dass Stines Hochzeitstag mit einem Besuch von ihrem One-Night-Stand und der Frau beginnen würde, die von ihnen betrogen worden war, damit hätte Stine selbstverständlich nie gerechnet. Hätte Hannah ihr so etwas im Scherz vorausgesagt, hätte Stine entsetzt aufgeschrien und ihr Gesicht beschämt in einem Sofakissen vergraben.

Louis und Amélie hatten sich wunderbar mit Ida verstanden und Stine spontan enorm entlastet. Also, wenn es nach ihr ginge, durften die beiden gern öfter vorbeikommen.

»Marten?«

»Hmmm …« Er nippte noch einmal an seinem Champagner.

»Weshalb hast du Louis und seine Frau heute Morgen eigentlich zu mir nach Bredland geschickt?«

»Keine Ahnung.« Marten lächelte. »War eine spontane Eingebung. Ich bin mit Snørre von der Fähre zum Parkplatz gelaufen, als die beiden etwas verloren am Taxistand rumstanden. Die Wagen waren gerade alle weg.«

»Und?«

»Sie taten mir irgendwie leid, wie sie da standen, und ich dachte mir: Hey, heute ist mein Hochzeitstag. Ich bin heute der glücklichste Mann Norddeutschlands. Vielleicht sollte ich einfach mal rübergehen und die zwei begrüßen.«

»Das hast du gedacht?« Stine war sofort noch verliebter in Marten, als sie es ohnehin schon war.

»Mmmh.« Marten nickte. »Louis hat ein wenig herumgedruckst und davon gesprochen, dass er im Haus seiner Eltern mal wieder nach dem Rechten schauen wollte, aber irgendwie war mir sofort klar, weshalb die beiden wirklich auf der Insel waren. Du hattest mir ja seine letzten Nachrichten gezeigt. Dann ist ein Taxi um die Ecke gebogen, Amélie hat es herangewinkt, und ich habe ihnen beim Einsteigen noch schnell geraten, bei dir und Ida vorbeizufahren, wenn ihnen danach wäre.« Marten lachte auf. »Also, *den* Gesichtsausdruck hättest du mal sehen sollen! Beiden stand der Mund offen. Hätte aber nicht gedacht, dass sie mich beim Wort nehmen.«

»Das haben sie.« Stine schmiegte sich an Marten. »Und das war eigentlich ziemlich gut so.«

Marten küsste sie auf die Wange. Dann zeigte er mit dem Zeigefinger auf Tante Ella, die mit einer großen runden Schale in durchsichtiger Folie zum Geschenketisch huschte. Stine schaute Marten an. Moment mal, war das etwa …?

Marten grinste. »Denkst du gerade dasselbe wie ich?«

Stine schaute ihn aufgeregt an. »Meinst du, es ist die Schale mit der Flaschenpost drauf? Von Marie Ming?«, fragte sie begeistert.

»Wäre super, wenn wir die bekämen, oder?«, sagte Marten. »Wir hatten sie doch noch nicht bezahlt, oder?«

»Nein, nur bestellt.«

»Also, die Schale stünde auf meiner persönlichen Hitliste unserer besten Hochzeitsgeschenke jedenfalls ziemlich weit oben«, sagte Marten.

»Auf meiner auch!« Stine strahlte.

Marten strich sanft über ihren Arm, und die Band wechselte zu den ersten Takten von »Time of my life« aus »Dirty Dancing«.

»Wooohooo!« Maxi, die in einer kleinen Gruppe neben ihnen stand, riss so begeistert ihr Glas mit Champagner in die Luft, dass ein Schwall Alexis und Stefan auf ihre Hemden kippte, was die beiden aber überhaupt nicht zu stören schien. Sie schwebten mit Maxi auf die Tanzfläche, wo

Alexis sich sein Haar mit einer dramatischen Geste nach hinten zurückstrich und dann mit hochgezogenen Schultern tanzend das perfekte Patrick-Swayze-Double gab. Rieke und Snørre unterbrachen kurz ihre eigenen Dance-Moves und pfiffen auf zwei Fingern vor Begeisterung. Stine hatte beobachtet, dass die beiden heute schon den ganzen Tag miteinander quatschten und tanzten. Nur wenige Schritte neben ihnen tanzte Ida in ihrem Ballonrock mit Frauke und Hinnerk. Alle drei hielten sich an den Händen. Martens Eltern betrachteten gerührt ihre Enkelin, deren Wangen vor Freude glühten.

Wo steckte Will eigentlich? Stine ließ ihren Blick über die Tanzfläche wandern. Sie entdeckte ihn an der offenen Schwingtür zur Küche, das Sakko ausgezogen und die Ärmel seines Hemds hochgekrempelt. Mit den beiden Köchen aus dem »Wal« hatte er dort spontan eine kleine Cocktailbar aufgebaut, an der sie Negroni und Moscow Mule für die Gäste mixten. Gerade reichte Will Hannah ein Glas mit einer hellgrünen Flüssigkeit. Auf dem Rand klemmte eine Gurkenscheibe, es sah einfach köstlich aus.

Stine hatte im Laufe des Tages doch noch verstanden, weshalb Marten Will als Trauzeugen gewählt hatte. Wo er war, schien einfach die Sonne. Er war offensichtlich jemand, der das Leben leichtnahm. Und wenn er da war, war er auch *voll* da. Er kannte den kompletten Hochzeitsablauf. »Er muss meine Orgamails also doch gelesen haben«, hatte Hannah vorhin zu Stine gesagt, als sie sich vor dem Spiegel auf der Toilette trafen.

Bei der kirchlichen Trauung am Nachmittag hatte Will sich nach dem Glaubensbekenntnis zum Chor auf die Empore geschlichen, als der Föhrer Kirchenchor gerade »Oh happy day« anstimmte. Moment mal ...? Stine tauschte einen überraschten Blick mit Hannah, die ebenfalls mit den Schultern zuckte, und dann schauten sie auf das kleine Klappkärtchen, auf dem der Ablauf des Traugottesdienstes stand. Von »Oh happy day« keine Spur. Den Song musste Will mit dem Kirchenchor vorab hinter dem Rücken von Hannah und Stine eingetütet haben. Er hatte sich eine Überraschung für sie überlegt, über die nicht einmal Hannah, die zweite Trauzeugin, informiert gewesen war. Er sang zwar keins der Soli, das übernahmen Egon und Käthe, die beiden hatten einfach die groovigsten Stimmen des Föhrer Kirchenchors, aber er war während der Passagen, die von allen zusammen gesungen wurden, laut und deutlich herauszuhören gewesen.

»Oh happy day, when Jesus washed my sins away ...«

Während Will und Hannah mit zwei Moscow Mules an der improvisierten Cocktailbar anstießen, wanderte Stines Blick von der Bar zur Bühne, die von einem Partyservice am Morgen an der Strandseite des Cafés aufgebaut worden war. Tom legte mit Something Blue auf der Bühne gerade eine kurze Pause ein. Die Bandmitglieder tranken einen Schluck Bier oder Wasser, und Tom unterhielt sich am Bühnenrand mit Pam, die Marten auch eingeladen hatte. Stine kniff die Augen zusammen. Tuschelten die beiden etwa miteinander? Sie drehte sich zu Hannah um, aber die ignorierte Tom nach wie vor, das ging schon den ganzen

Abend so. Stine schaute noch mal zu Pam und Tom. Lief da was? Das wäre ja echt ein Ding! Erst brach der Sänger Hannah das Herz, und nur wenige Tage später flirtete er ganz offen mit Pam! Hallo?!

Angesäuert beobachtete Stine die beiden für ein paar Minuten, aber dann entspannten sich ihre Züge wieder. Nach einem heißen Flirt sah das irgendwie doch nicht aus. Tom stand auf und besprach sich kurz mit der Band, dann wandte er sich wieder an Pam, die ihm zwar zunickte, während er etwas zu ihr sagte, aber gleichzeitig mit einem Zeigefinger über das Display ihres Telefons wischte.

Stine hatte ihr Urteil gefällt. Es gab ihrer Meinung nach nur zwei Möglichkeiten: Entweder war die Welt jetzt schon so verkommen, dass die Leute während des Flirtens lieber auf ihre Telefone glotzten, anstatt der Person, an der sie interessiert waren, in die Augen zu schauen. Oder aber, und davon ging Stine eher aus: Die beiden schienen sich zwar sympathisch zu finden, aber das war auch schon alles.

Ihr Eindruck bestätigte sich, als Pam Tom und der Bühne wortlos den Rücken zuwandte und mit dem Telefon am Ohr zum Parkplatz ging. Was wollte sie da denn jetzt? In Ruhe telefonieren? Oder mit dem Fahrdienst, den Hannah organisiert hatte, schon in ihr Hotel zurückkehren? Das fände Stine schade. Sie hatte sich mit Pam heute beim Sektempfang richtig gut verstanden und *Tränen* gelacht, als die quirlige Moderatorin von den schlimmsten Pannen bei Dreharbeiten zu »Das is(s)t der Norden« erzählte. Es war Stines erste persönliche Begegnung mit Pam gewesen, und sie hatte sie sofort ins Herz geschlossen. Dass Marten ihr von seiner Verlobung mit Pam nie etwas erzählt hatte, konnte sie ihr ja nicht vorwerfen.

Sie schaute zum Parkplatz, wo Pam jetzt hinter dem kleinen Tourbus von Something Blue verschwand. Vielleicht war sie einfach nur müde. Was ja auch in Ordnung wäre.

Stine drehte sich wieder um und beobachtete, wie Tom auf der Bühne noch einen großen Schluck aus einer offenen Wasserflasche nahm und dann zu den Percussion-Instrumenten ging, wo er sich das Tambourin griff. Die Backgroundsängerin Rinah trat wieder nach vorn und stellte sich selbstbewusst ans Mikro. Sie trug heute kein komplett blaues Outfit, hatte sich aber immerhin ein knallblaues Kopftuch um ihr Haar geschlungen. Das schwarze Jerseykleid das ihr bis zu den Knien reichte, schmiegte sich eng an ihre sexy Kurven. Sie wiegte ihre Hüften sanft im Takt, während der Keyboarder für einige Minuten frei improvisierte. Die Melodie war langsam und zart. Jetzt gingen seine letzten improvisierten Töne in einen Song über, den Stine kannte. Sie wurde ganz hibbelig. Welcher war das noch mal? Sie wusste jedenfalls, dass sie ihn *richtig* gern mochte. Bass, Gitarre und Schlagzeug setzten ein, und Rinah schloss die Augen. Mit beiden Händen umschloss sie das Mikro und summte die Melodie des Refrains. Ihre tiefe Soulstimme war wie süßer dunkler Ahornsirup. Die Härchen auf Stines Armen stellten sich sofort senkrecht auf.

Und dann fiel es ihr ein. Die Band spielte »Killing me softly« von Roberta Flack. Marten, der sich kurz mit Riekes Bruder Johannes unterhalten hatte, hielt Stine jetzt wieder umschlungen, sie wiegten sich miteinander im Takt, und dann stellte sich Snørre mit einem Negroni zu ihnen.

»Wollt ihr auch einen?«, fragte er, aber bevor Stine antworten konnte, knuffte jemand sie von der Seite in den Arm.

»Hey, schöne Frau«, raunte Hannah leicht angesäuselt in ihr Ohr. Sie hatte nicht mehr diesen angestrengten Zug im Gesicht und lächelte in die Runde. Die Hochzeit lief, alle Gäste wirkten zufrieden. Die meisten tanzten, und der Rest stand oder saß zusammen, prostete sich zu und unterhielt sich angeregt. Hannah konnte jetzt langsam ein wenig entspannen. Eigentlich waren alle Punkte abgehakt, für die sie als Trauzeugin während der Hochzeit zuständig gewesen war. Nur noch die »Hochzeitstorte« stand auf der To-do-Liste. Die Torte wollten sie um Mitternacht anschneiden, und Mitternacht war erst in zwei Stunden.

Hannah schloss für einen Moment die Augen, nippte noch einmal an ihrem Drink und gab ein genüssliches »Mmmh« von sich. Dann hielt sie Stine den Moscow Mule hin. »Schnupper mal dran, riecht der nicht köstlich? Und erst der Geschmack. Also, Will hat's echt drauf.« Sie kicherte. »Jetzt rein gastronomisch … Du weißt schon, wie ich das meine.«

»Klar.« Stine grinste. Der hoch aufgeschossene Will mit dem klaren, gewinnenden Lachen fiel definitiv in Hannahs Beuteschema. Und zwar so was von! Aber sie hoffte, dass ihre Schwester so klug sein würde, sich nach der Enttäuschung mit Tom, nach der es aussah, nicht gleich in die nächste Geschichte zu stürzen. Stine nippte noch einmal am Moscow Mule, der unglaublich erfrischend schmeckte. Genau der richtige Drink für eine warme Mittsommernacht wie diese. Stine war mittlerweile ein wenig heiser, sodass der herbe Gin ihr jetzt leicht in der Kehle brannte. Aber anschließend breitete sich eine angenehme Wärme in ihrer Brust aus und verdrängte den allerletzten Rest der Anspannung, die bei Stine in den Tagen vor dem Fest dann doch noch aufgekommen war. Sie hatten immerhin hundertfünfzig Gäste eingeladen. Hun-dert-fünf-zig! Sie hob das Glas noch einmal an ihre Lippen und …

»Hey, wer hat gesagt, dass du den austrinken darfst?«, protestierte Hannah und nahm ihrer Schwester den Drink wieder ab.

»Wie wär's zwischendurch mal mit einem Glas Wasser für dich?«, fragte Stine grinsend.

»Jaaa, Mamaaa«, konterte Hannah, dann machte sie mit ihrer freien Hand eine wegwischende Bewegung. »Sag halt, dass du einen eigenen willst. Warte, ich gehe schnell zu Will rüber und …«

»Nein, nein, schon gut.« Stine legte Hannah eine Hand auf den Arm und hielt sie zurück. »Ich glaube, der Drink ist mir doch ein wenig zu stark. Ich warte damit besser bis nach der Hochzeitstorte.«

Hannah zog die Schultern hoch. »Was hältst du davon, wenn wir uns den hier erst mal teilen? Bis zur Hochzeitstorte will ich nämlich auch noch durchhalten.«

»Hervorragende Idee!« Lachend riss Stine ihr das Glas wieder aus der Hand. »Sag mal, hast du heute eigentlich schon mit Tom gesprochen?«, fragte sie ihre Schwester dann.

»Nö.« Hannah schob ihre Unterlippe vor. »Und bevor du weiterfragst … ich hab auch nicht vor, das noch zu tun.«

Stine beobachtete, dass Hannah trotzdem ganz kurz zur Bühne sah und nach Tom Ausschau hielt. Rinah stand immer noch vorn am Mikro, die Band spielte jetzt die ersten Takte von Alicia Keys' »Fallin'«, aber von Tom war nichts zu sehen. Hannah ließ ihren Blick schnell weiterwandern und winkte ihrer Cousine Luzie zu, die zwei Meter vor ihnen mit ihrer neuen Flamme Ewa vorbeitanzte.

Stine winkte auch, aber ihr Blick fiel noch einmal auf die Bühne. Wo war Tom? Er konnte sich doch nicht in Luft aufgelöst … In diesem Moment sah sie einen schlaksigen Schatten im dunkelblauen Anzug vom Bühnenrand hinunterklettern und leicht geduckt zu den Parkplätzen gehen. Tom! Ganz eindeutig. Was hatte er vor? Folgte er Pam jetzt etwa doch? Stine schüttelte unmerklich den Kopf. Nur gut, dass Hannah ihn nicht gesehen hatte. Wahrscheinlich sollten sie den Sänger wirklich abschreiben. Insgeheim hatte Stine ja noch gehofft, dass sich heute alles irgendwie aufklären würde. Dass Tom eine gute Begründung dafür liefern würde, weshalb er sich aus Lindau nicht bei Hannah gemeldet hatte. Aber wenn er Pam auf den dunklen Parkplatz hinterherschlich, konnte das nur eins bedeuten …

»Jetzt verstehen wir endlich, weshalb du den ganzen Sommer hier verbracht hast!«, unterbrach eine männliche Stimme Stines Gedanken. Es war die von Alexis, der sich mit Stefan am Arm von der Tanzfläche zu ihnen gesellte. Die Wangen der beiden glühten, und auf ihrer Stirn standen Schweißtröpfchen. Bis eben hatten die zwei noch wild getanzt.

»Ich hab euch doch die ganze Zeit gesagt, dass ihr mal nach Föhr müsst. Ist es nicht schön hier?«, fragte Hannah.

»Unglaublich schön. Und so coole Leute!« Stefan zeigte auf die Tanzfläche. »Dass ihr beide toll seid, wusste ich ja, aber den Rest von euch Nordfriesen hatte ich mir ehrlich gesagt viel konservativer vorgestellt. Aber gegen die hier sind Alexis und ich ja echte Spießer.« Lachend drückte er seinem Mann einen Kuss auf die verschwitzte Wange.

»Bitte?«, rief Stine künstlich empört. »Was sind das denn für Vorurteile? Da hast du uns aber ganz schön unterschätzt.«

Vor ihnen tanzte ein bunter Mix aus mindestens fünf Nationen, Luzie und Ewa hielten jetzt am Tanzflächenrand Händchen und schauten hinauf in die Sterne, und Tante Ella schunkelte mit Will am Arm und einem Negroni in der freien Hand an der Bar. Stine nickte zufrieden. So viele Menschen mit so vielen unterschiedlichen Lebensentwürfen. Aber alle feierten miteinander. Die Welt war bunt, und deshalb sollte es auch ihre Hochzeit sein, das war ihr und Marten ein Anliegen gewesen.

Alexis nickte. »Bitte entschuldige unsere Ignoranz, meine Liebe.« Er legte den Arm um Stine und drückte sie.

Sie spürte, dass sein nass geschwitztes Hemd an ihrer Schulter klebte, und fand es herrlich. Genau so hatte sie sich diesen Abend gewünscht!

»Ihr seid ein tolles Paar, Marten und du«, sagte Alexis. »Das wollte ich heute unbedingt noch loswerden.«

»Dem kann ich mich nur anschließen.« Stefan lächelte zustimmend.

»Danke, ihr Lieben. Und hiermit küre ich euch inoffiziell zu den ›groovigsten Tänzern des Abends‹.« Stine drückte die beiden ganz fest, bevor sie sich mit einem vielsagenden Blick zu Hannah umdrehte. »Ach, übrigens … Ich glaube, meine Schwester will euch auch noch was sagen.«

»Ach ja?« Alexis zog die rechte Augenbraue hoch.

»Ich komme zu dir nach Berlin zurück.«

»Ist das …?« Ihm klappte der Kiefer herunter. »Ist das wirklich wahr? Aber was ist mit Mallorca?«

Hannah zuckte mit den Schultern. »Ist mir zu weit weg. Ich will mehr Zeit mit meiner Familie verbringen, das ist mir hier auf der Insel klar geworden. Mallorca passt nicht zu mir. Jedenfalls nicht jetzt. Vielleicht später mal, in zwei, drei Jahren. Der Job läuft ja nicht weg, bei Ralf im Büro wird doch immer mal wieder was frei.«

Alexis starrte sie ungläubig an. »Und Ralf?«

»Ich habe ihn gestern Nachmittag angerufen und abgesagt. Er war nicht begeistert, aber er hat meine Gründe verstanden. Ich mache jetzt für drei Monate ein Sabbatical, um meinem Vater in der Hochsaison noch ein wenig in seinem Laden zu helfen. Wir wollen eine feste Mitarbeiterin suchen und das Sortiment etwas modernisieren, das dauert ein paar Wochen. Aber Ende September sollte alles auf einem guten Weg sein, dann komme ich nach Berlin zurück.«

»Und Ralf ist nicht ausgerastet?«

»Nö. Erstaunlicherweise nicht.« Sie grinste. »Ganz im Gegenteil. Er war total rührend. »›Nüssler & Nüssler‹ ist ja auch ein Familienunternehmen wie eures'«, hat er gesagt. Und dass unser Laden im Grunde nicht anders sei als sein Immobilienimperium.« Sie kicherte. »Wenn der unsere Umsätze sehen würde! Aber so respektiert er meine Entscheidung zu hundert Prozent und will nur Bescheid wissen, ab wann ich wieder in Berlin einsteigen kann.«

Alexis nickte. »Und das wäre dann …?«

»… im Oktober.«

»Ach, das ist ja …« Er nahm den Arm von Stines Schulter und umarmte Hannah für einige Sekunden ganz fest. »Ich kann dir gar nicht sagen, wie froh ich bin, dass du mir in Berlin erhalten bleibst! Ohne dich ist es einfach nicht dasselbe.« Er lächelte. »Das ist nämlich *mir* in der Zeit, die du auf der Insel warst, noch mal so richtig bewusst geworden.«

»Entschuldigung, liebes Publikum, darf ich euch kurz um ein wenig Aufmerksamkeit bitten?« Eine weibliche Stimme erklang aus den Lautsprechern. Es war nicht die von Rinah, das hörte Stine gleich. Diese Stimme war viel höher, und die Sprecherin wirkte aufgekratzt. Moment mal, war das nicht …?

»Was macht denn Pam auf der Bühne?«, fragte Stine überrascht. »War das geplant?« Sie warf Hannah einen fragenden Blick zu, aber ihre Schwester wunderte sich offenbar überhaupt nicht über Pams Auftritt.

Hannahs Mundwinkel umspielte sogar ein feines Lächeln, als sie Marten auf die Schulter tippte, der in den letzten Minuten ein paar Schritte neben ihnen gestanden und sich mit zwei Freunden von seiner Sonntagnachmittags-Fußballgruppe unterhalten hatte. Er schaute überrascht zu ihr und dann auf die Bühne.

Tom nahm sich seine Gitarre, aber er stellte sich immer noch nicht ans Mikrofon. Und Rinah auch nicht. Will Pam jetzt etwa singen?, fragte Stine sich. Direkt nach Rinah, der Frau mit der unglaublichen Soulstimme? Mutig!

»Ich habe einen Gast mitgebracht«, sagte Pam. »Meine ›Plus eins‹ für diesen Abend.« Sie kicherte. »Dieser Gast hat leider die geplante Fähre verpasst und ist deshalb etwas später eingetroffen. Ich freue mich riesig, dass sie es doch noch geschafft hat. Bitte einen ganz, ganz warmen Applaus füüür …«

Stine sah eine zierliche Frau über die kleine Treppe auf den Bühnenrand klettern. Sie hatte das weißblond gefärbte Haar zu einem Pferdeschwanz zusammengebunden und schaute konzentriert auf den Boden, sodass Stine und die anderen Gäste ihr Gesicht nicht sehen konnten. Offenbar wollte sie nicht über die einhundert herumliegenden Kabel von Something Blue stolpern. Stine musterte den schwarzen Overall und die knallroten hohen Pumps, die die Frau trug, die erst jetzt, ganz vorn am Bühnenrand neben Pam, ihren Blick hob. Sie schaute ins Publikum, und Stine hielt den Atem an. War das etwa wirklich …?

»Einen tosenden Applaus für Lyyynn Sander!«

»Hi, ihr Lieben!«, rief Lynn ins Mikrofon. »Schön, euch zu sehen. Also, dann legen wir mal los. Pam hat mich neulich nach ihrer Sendung gefragt, ob ich heute Abend zufällig

Zeit hätte, nach Föhr zu kommen. Hatte ich eigentlich nicht«, lachte sie mit rauer Stimme. »Aber ich habe mir die Zeit einfach genommen.«

»Das ist ja großartig!«, jubelte Stine in ihre Richtung, und Marten und alle anderen Gäste stimmten ihr lautstark zu. Sie konnte nicht glauben, dass Lynn Sander auf ihrer Hochzeit aufgetaucht war. *Die* Lynn Sander!

Verschmitzt zwinkerte die Sängerin ins Publikum. »Aber morgen möchte ich bitte unbedingt noch mittags im ›Wal‹ essen, bevor ich losmuss.«

»Kein Problem!«, rief Frauke über die Köpfe der Gäste in Richtung Bühne. Sie stand mit Christa an der Tanzfläche und hielt Ida im Arm.

»Super!« Lynn hob zufrieden den rechten Daumen. »So, ich hoffe, wir kriegen das jetzt zusammen hin. Viel geprobt haben wir ja nicht, oder, Tom? Eigentlich gar nicht.« Sie kicherte, und Tom ließ seine Gitarre am Gurt vor seinem Oberkörper baumeln und trat zu ihr ans Mikro.

Entschuldigend hob er die Hände. »Ist also sozusagen unsere Generalprobe heute Abend. Bitte seid nicht böse, wenn ein schiefer Ton dabei ist.« Er lachte, legte eine Hand an seine Stirn und blinzelte auf die Tanzfläche. »Liebe Stine, lieber Marten, wo seid ihr denn?«

»Hier drüben!«, rief Alexis.

Stine und Marten hoben die Hände und winkten Tom zu, der sich wie die anderen Bandmitglieder sichtlich freute, gleich mit Lynn Sander auftreten zu dürfen.

»Wir spielen jetzt ein Lied, das Hannah sich für euch gewünscht hat. Uns ist zu Ohren gekommen, dass eine Flaschenpost eine ganz besondere Bedeutung für euch hat«, sagte Tom. »Dieser Song ist also für Stine und Marten.«

»Möge eure Liebe für immer und ewig halten«, hauchte Lynn noch ins Mikro und formte mit ihren Fingern über ihrem Kopf ein Herz.

»Wooohooo!!!« Die Gäste jubelten, als die Band die ersten Takte eines Songs spielte, den Stine wieder nicht gleich erkannte.

Sie griff nach Martens Hand, und er drückte sie, dann zog er sie zu sich heran, und als seine Lippen ihre berührten, wusste Stine endlich, um welchen Song es sich handelte. Die Band spielte »Message in a bottle« von The Police. Sie küssten sich einen langen Moment, und Stine hoffte, dass die Hochzeit nie enden möge. Als sie sich von Marten löste, zog sie ihn in Richtung Tanzfläche. »Wollen wir?«

»Unbedingt!« Er legte seine Hände an ihre Hüften und schob sie zu den anderen Tanzenden. »Bitte entschuldige mich ganz kurz«, sagte er dann plötzlich und verschwand in der Menge.

Stine schaute ihm perplex nach. Kurz darauf tauchte er auf der anderen Seite der Tanzfläche wieder auf, bei seiner Mutter, die Ida kurz hochhob, damit sie besser sehen konnte. Marten sagte etwas zu Frauke, dann nahm er ihr Ida ab und trug sie durch die Menge zu Stine zurück.

»So, jetzt habe ich meine beiden Lieblinge bei mir«, sagte er.

»Darf ich heute so lange aufbleiben, wie ich kann?«, fragte Ida.

»Darfst du«, antworteten Marten und Stine unisono, und Ida lächelte zufrieden, als der Police-Song endete und sie inmitten der Gäste zu einem Stück von Lynn Sanders neuer Platte tanzten. In Idas Glitzerhaarspange brach sich das Mondlicht, und der Sommerwind wehte sanft von der Nordsee zu ihnen herüber. Stine schaute Marten in die Augen, und er zwinkerte ihr über Idas wippende Zöpfe hinweg liebevoll zu. In seinem Blick fand Stine das unendliche Glück, das sie nie wieder hergeben würde.

21. Hannah

Hannah hatte sich wieder zu Will an die improvisierte Cocktailbar gestellt. »Noch einen Moscow Mule, bitte.«

Will nickte. Mit den beiden Köchen aus dem »Wal« mixte er gerade einen Drink nach dem anderen. »Kommt sofort.«

»Cool.« Vorfreudig drehte Hannah sich wieder zur Tanzfläche. Von hier aus hatte sie Stine bestens im Blick, die mit Marten und Ida tanzte. Das Brautpaar wirkte überglücklich, das war heute die Hauptsache. Gerührt beobachtete sie Ida. Sie trug den Ballonrock, den sie mit ihr aus dem Rest von Nicoles Stoff genäht hatte. Hannah hatte Ida vorgestern auf ihren Schoß gesetzt, und dann hatten sie ganz vorsichtig, Zentimeter für Zentimeter, den Stoff unter dem stampfenden Fuß der Nähmaschine hindurchgeschoben.

Hannah löste ihren Blick von Ida und schaute an sich herunter. Sie hatte das altrosa Strandkleid mit einem goldenen Vintage-Gürtel, einer dicken Kette mit falschen Diamanten und hohen champagnerfarbenen Sandaletten kombiniert. Gürtel, Kette und Schuhe hatte sie in einer Secondhand-App gefunden, über die ihre Berliner Freundinnen in den letzten Monaten nur noch bestellten. Hannah schob den Verschluss der Kette, der nach vorn gerutscht war, wieder nach hinten und lächelte. Die Kette motzte das Kleid, das schon allein nach guter Laune und Mittelmeerglamour aussah, erst so richtig zu einem Partykleid auf. Sie musste Nicole später unbedingt ein Foto von Ida und sich in ihren Hochzeits-Outfits schicken.

»Voilà!« Will reichte Hannah einen frischen Moscow Mule. »Lass ihn dir schmecken.«

»Danke.« Hannah hob das randvolle Glas und prostete ihm zu, aber Will stand schon wieder am Tresen und mixte weitere feuerrote Negronis und hellgrüne Moscow Mules.

Hannah nippte an ihrem Drink und schaute zur Bühne. Dass Pam und Tom es geschafft hatten, Lynn Sander heimlich hinter die Bühne zu schleusen, konnte sie immer noch nicht glauben. Gerade legte die Sängerin eine Pause ein und plauderte humorvoll mit den Gästen … und das auch noch auf Plattdeutsch!

Hannah lehnte sich mit dem Rücken gegen die Bar. Ab jetzt konnte sie den Abend noch mehr genießen. Pam hatte sich um alles, was Lynn Sanders Auftritt betraf, gekümmert, und als die Sängerin in Dagebüll die Fähre verpasst hatte, hatte es für einen kurzen Moment so ausgesehen, als würde ihr Überraschungsauftritt platzen. Aber Lynn Sander besaß offenbar null Starallüren, sie hatte einfach auf die nächste Fähre gewartet. Diese Frau war ja so lässig.

Jetzt kam nur noch die dreistöckige Hochzeitstorte um Mitternacht, aber alles, was damit zusammenhing, hatten die beiden Köche vom »Wal« im Blick, das hatten sie Hannah nach dem Abendessen versprochen.

Lynn Sander legte wieder los. Abgemacht war, dass sie mit dem zweiten Gitarristen von Something Blue, mit dem sie in Hamburg manchmal auftrat, noch eine Handvoll Songs spielte. Im Anschluss würde Tom mit der Band bis kurz nach Mitternacht weitermachen, und dann würde das DJ-Team »Dreimaster« übernehmen. Die drei Föhrer Freunde von Stine und Marten würden bis zum Sonnenaufgang für Stimmung sorgen. Die DJs hatten sich erst vor wenigen Wochen zusammengetan, und Stine und Marten hatten sie spontan gebucht. Ihren ursprünglichen Plan, einfach eine Playlist laufen zu lassen, hatten sie verworfen.

Hannah hob ihr Glas gerade noch einmal an die Lippen, als ihr jemand auf den Arm tippte. »Hi.«

Sie wandte sich um … und hätte sich am liebsten sofort wieder weggedreht. Neben ihr stand Tom. Was wollte der denn jetzt von ihr? Ganz ehrlich, das war doch unfair. Seit Something Blue ihr Equipment auf der Bühne aufgebaut hatten, gab Hannah sich *allergrößte* Mühe, Tom zu ignorieren. Ihn einfach nicht zu sehen. Es war Stines großes Fest. Die Hochzeit ihrer Schwester! Und Hannah hatte sich fest vorgenommen, sich keine Sekunde dieses Tages, der einmalig war und so nie wiederkehren würde, von einem Idioten wie Tom ruinieren zu lassen.

»Ich hab keine Zeit«, sagte sie kühl. Sie rollte mit den

Augen und drehte sich wieder zu Will und den anderen an der Cocktailbar.

»Ich muss aber mit dir sprechen«, sagte Tom über ihre Schulter.

»Was genau an dem Satz ›Ich hab keine Zeit‹ hast du nicht verstanden?« Hannah nippte noch einmal an ihrem Moscow Mule. Will hatte so viel Gin reingekippt, dass sie nach diesem Glas auf jeden Fall auf Wasser umsteigen würde. Vor ihren Augen drehte sich die Party schon leicht. Das beduselte Gefühl gefiel ihr ganz gut. Dieser Moment war eigentlich perfekt, aber jetzt stand Tom neben ihr und wollte … ja, was eigentlich? Hannah wünschte sich, dass er einfach wieder zur Bühne zurückging.

»Bitte«, sagte Tom gedehnt. Er stellte sich neben sie und schaute ihr wieder direkt ins Gesicht. »Ich hab doch nur diese paar Minuten.« Er fuhr sich verlegen durchs Haar.

Na und?, dachte Hannah. Das war ihr so was von egal. »Es gibt zwischen uns nichts mehr zu besprechen.«

»Doch. Gibt es schon.« Tom schaute sich um. »Können wir uns vielleicht da drüben kurz unterhalten?« Er zeigte auf einen freien Stehtisch neben dem Café, an dem die Küchencrew in ihren Pausen rauchte. Jetzt war der Tisch verwaist. Es standen nur ein paar Pfingstrosen darauf, aber das knallige Pink der Blumen konnte Hannah in der Dunkelheit nicht mehr erkennen.

Sie schüttelte den Kopf. »Vergiss es.« Sie würde Stines Hochzeit doch nicht an einem Personaltisch hinter der Küche mit einem Typen verbringen, in dem sie sich so was von getäuscht hatte.

»Bitte!«, flehte Tom jetzt fast. »Ich muss mit dir reden. Kurz, dann bist du mich auch wieder los. Versprochen.« Er wischte sich eine schweißnasse Haarsträhne aus der Stirn.

Hannahs Blick fiel auf seinen dunkelblauen Anzug, der heute Nachmittag noch frisch gestärkt gewesen war. Der hochwertige Stoff hatte vorhin perfekt gesessen, jetzt war er an Armen und Knien etwas ausgebeult, und das weiße T-Shirt, das Tom unter dem Sakko trug, klebte an seiner Brust. Von hier hinten hatte sein Auftritt so leicht und unangestrengt gewirkt, aber es schien ein echter Knochenjob zu sein.

Sie seufzte. *Wäre es klug, mit Tom zu sprechen?* Er würde ihr doch ohnehin nur eine lahme Ausrede auftischen, irgendeinen blöden Grund, weshalb er sich aus Lindau nicht gemeldet hatte, so viel war klar. Von dem Manager der Band hatte sie erfahren, dass Tom schon vor ein paar Tagen nach Hamburg zurückgekehrt war. Dass er sich auch danach nicht bei ihr gemeldet hatte, hatte Hannah einen zusätzlichen Stich versetzt.

»Nur *eine* Minute«, sagte Tom und warf einen Blick zu Lynn Sander, die auf der Bühne gerade ein Lied ausklingen ließ.

Hannah beobachtete Tom. Er schien nachzurechnen, wie viele Songs noch folgen würden. Wie viel Zeit ihm noch blieb.

»Und?«, fragte er.

Er schaute ihr in die Augen, und Hannah stellte überrascht fest, dass in seinem Blick ein neuer Ausdruck lag. Eine Traurigkeit, die sie noch nie bei Tom gesehen hatte.

Das Badetagblaugrau, das sie so liebte, war noch da, das schon. Aber es war nicht mehr strahlend und klar, sondern trüb. Wie auflaufendes Wasser, in das sich Sand mischte.

Gut, eigentlich hatte sie nichts zu verlieren. Tom hatte eh nicht lange Zeit, er musste ja wirklich gleich auf die Bühne zurück. »Dann lass uns kurz zum Strand gehen«, schlug sie vor und stellte ihr Glas ab. »Aber wenn du mir jetzt mit irgendeiner dummen Ausrede kommen willst, warum du dich nicht gemeldet hast, sparen wir uns das Ganze besser.«

Tom schüttelte den Kopf. »Keine Ausrede, versprochen.«

Sie liefen an der Tanzfläche vorbei und an den Terrassen, auf denen die Gäste, die nicht vor der Bühne standen, an bunt geschmückten Biertischen unter dem Nachthimmel saßen und sich angeregt unterhielten. Niemand beachtete Hannah und Tom. Da sie es in der Zeit, die Tom blieb, nicht bis ans Wasser schaffen würden, ließ sich Hannah dort, wo die langen Reihen mit den Strandkörben aufhörten, einfach in den Sand fallen. Hier hatten sie einen freien Blick aufs Meer. Sie zog ihre hohen Sandaletten aus und vergrub ihre heißen Füße im kühlen Sand. Sie war hohe Schuhe überhaupt nicht mehr gewohnt, seit sie auf der Insel war.

Schweigend schaute sie in den Himmel. Wenn Tom reden wollte, dann konnte er das jetzt tun.

»Bitte entschuldige, dass ich mich nicht gemeldet habe. Ich hatte Karla gefunden, und dann …«

… *dann sind wir wieder zusammengekommen*, beendete Hannah seinen Satz in Gedanken. *Spuck's doch einfach aus.*

»Und dann ist alles schon wieder schiefgegangen«, sagte Tom. »Sie war total sauer. Sie hat mir vorgeworfen, dass ich sie verfolgen würde. Sie wäre nach Süddeutschland abgehauen, um dort neu anzufangen. Dass ich unangekündigt dort aufgeschlagen bin, hat ihr überhaupt nicht gepasst. Sie war so wütend, dass sie mich angeschrien hat.«

Hannah horchte auf. »Wirklich?«, fragte sie betont desinteressiert, obwohl es sie *selbstverständlich* interessierte, was genau in Lindau vorgefallen war.

»Ja.« Tom schaute geradeaus aufs Wasser. »Ich habe ihr erklärt, dass es mir nur darum geht, dass ich wieder gute Songs schreiben kann. Nur deshalb war ich ja da. Aber das hat sie komplett in den falschen Hals bekommen. Sie meinte, das sei ja wieder mal typisch. Ich würde nur an meinen eigenen Scheiß denken, wie es ihr ginge, würde mich ja überhaupt nicht interessieren.« Er seufzte. »Also, ja ... Ist überhaupt nicht gelaufen da unten.«

Hannah zuckte mit den Schultern. Klang nicht gerade so, als hätte er jetzt keine freie Sekunde gehabt, um mal eben zum Handy zu greifen und bei ihr durchzuklingeln, oder?

»Erst war ich so genervt von Karla, dass ich dich nicht anrufen wollte. Ich wollte meine Laune nicht an dir auslassen.«

»Du hättest mir eine Nachricht schicken können. Dass du Karla gefunden hast, zum Beispiel.« Auch Hannah schaute jetzt starr aufs Meer hinaus. Der Mond spiegelte sich auf der Nordsee, die heute Nacht ganz ruhig war. Ein paar Wellen rollten leise an den Strand, und es war fast windstill. In der Dunkelheit kreischte eine Möwe über ihren Köpfen, aber Hannah konnte sie nicht sehen. »Oder dass du wieder in Hamburg bist.«

»Ja, stimmt.« Tom nickte. »Das hätte ich tun sollen.« Er schwieg. So lange, dass Hannah fast wieder aufgestanden wäre. Dann fischte er etwas Schwarzes aus dem Sand, die Hälfte einer schwarzen Miesmuschel. Er säuberte sie. »Nach dem Treffen mit Karla haben meine Eltern angerufen. Ich war gerade im Hotel zurück. Meine Mutter hat mir erzählt, dass meine Schwester wieder in die Klinik muss. Sie ist ...« Er schaute Hannah von der Seite prüfend an und überlegte wohl, ob er ihr den Rest erzählen konnte. »... sie hat eine psychische Krankheit und muss starke Medikamente nehmen. Wenn es ihr gut geht, setzt sie die Tabletten manchmal einfach ab. So wie jetzt. Meine Eltern und ich haben in den letzten Wochen offenbar nicht gut genug auf sie aufgepasst.« Seine Stimme klang brüchig.

»Schon gut, das musst du mir nicht alles erzählen.«

Er legte die Muschel in den Sand zurück. »Ich wollte nur, dass du verstehst, weshalb ich mich so lange nicht gemeldet habe«, sagte er leise.

»Ich versteh's jetzt. Und es tut mir leid, dass es deiner Schwester nicht gut geht.«

»Danke.« Tom drehte sich wieder zu ihr und sah ihr in die Augen. Hannah las in seinem Blick, dass er die Wahrheit sagte. »Es gibt Menschen, die gut mit Problemen umgehen können, aber ich bin darin eine echte Niete«, erklärte er ihr. »Anstatt mich bei Freunden zu melden, ziehe ich mich zurück. Das ist bescheuert, ich weiß.«

»Eine SMS mit drei, vier Worten hätte schon gereicht«, sagte Hannah noch einmal.

»Du hast ja recht. Aber ich hab's einfach nicht auf die Reihe bekommen. Erst das bekloppte Treffen mit Karla, das überhaupt nichts gebracht hat. Und in Hamburg war ich von morgens bis abends im Krankenhaus. Bei Sara.«

»Okay«, sagte Hannah. Sie konnte absolut nachvollziehen, dass Tom aus Sorge um seine Schwester alles andere komplett zur Seite geschoben hatte. Aber es wäre trotzdem schön gewesen, wenn er sich kurz gemeldet hätte. »Dann weiß ich ja jetzt Bescheid.« Sie stützte sich im Sand ab und stand auf. Sie wollte wieder auf Stines Hochzeit, sie hatte schon so viel verpasst. Sogar hier am Strand hörte sie die Gäste laut applaudieren, einige riefen: »Zu-ga-be! Zu-ga-be!« Lynn Sander schien ihren Auftritt beendet zu haben.

»Ich muss jetzt wieder zurück. Und du wahrscheinlich auch«, sagte sie und sah sich suchend um. Wo hatte sie ihre Sandaletten noch mal hingelegt? Es war so dunkel am Strand.

»Ich habe mit Rinah ausgemacht, dass sie noch zwei Songs alleine singt«, sagte Tom. Er stand auch auf und stellte sich neben sie.

»Wirklich? Die will ich unbedingt hören.« Rinah hatte so eine außergewöhnliche Stimme. Und es reichte doch schon, dass sie Lynn Sander verpasst hatte.

»Warte, bitte!« Tom griff nach ihrer Hand, und Hannah überlegte für einen Moment, sie sofort wieder wegzuziehen. Aber gleichzeitig war es so schön, von Tom berührt zu werden.

»Ich hab dich unglaublich vermisst«, sagte er leise. »Sofort in der Sekunde, als ich morgens auf die Fähre bin. Im Zug wäre ich am liebsten bei der nächsten Station ausgestiegen und vom gegenüberliegenden Gleis nach Dagebüll zurückgefahren.«

Hannah schaute auf ihre Hand hinunter, die in Toms lag. »Davon habe ich nichts gespürt.«

»Bitte, Hannah«, sagte er leise. »Das musst du mir wirklich glauben. Mit Karla ist nichts gelaufen. Und als ich im Krankenhaus war, habe ich ununterbrochen an dich gedacht. An das, was zwischen uns passiert ist. Wirklich wahr.« Er nahm auch ihre andere Hand. »Ich bin echt schlecht darin, über Gefühle zu sprechen. Eigentlich kann ich das nur in meinen Songs.«

Und wegen der Blockade geht nicht einmal mehr das, dachte Hannah im Stillen.

Tom strich über ihre Finger. »Könnten wir bitte noch einmal von vorn beginnen? Ginge das?«

Hannah zögerte. Konnten sie das? Was passierte, wenn Tom sich auch in Zukunft bei jedem Problem, mit dem er konfrontiert wurde, nicht meldete? Wenn er sich dann jedes Mal in sein Schneckenhaus zurückzog und Hannah noch nicht einmal darüber informierte, dass er sich dort versteckte? Sie war verwirrt, aber eins wusste sie ganz genau: So funktionierte eine Beziehung nicht. Jetzt nicht. Und auch nicht in Zukunft.

Tom schien ihre Gedanken zu erraten. »Ich verspreche dir, dass ich nie wieder abtauchen werde. Ab jetzt werde ich mich immer melden. Auch wenn etwas Schlimmes passiert.«

»Und auch wenn *gar* nichts passiert«, scherzte Hannah trocken. »Außerdem wäre es gut, wenn du mich nie wieder tagelang ignorierst. Weißt du eigentlich, wie *scheiße* sich so was anfühlt?«, fragte sie ernst.

»Ich kann's mir vorstellen«, sagte Tom. »Tut mir leid. Ich wollte dir nicht wehtun. Wirklich nicht.« Er hob zerknirscht die Schultern. »Also, meinst du, wir können noch einmal von vorn anfangen?«

Er schaute ihr tief in die Augen. Ihre Brust durchströmte sofort eine Wärme, die sich unglaublich schön und vertraut anfühlte, aber Hannah konnte sie nicht genießen. Dafür hatte Tom sie einfach zu sehr verletzt. Er versuchte, ihren Blick festzuhalten, aber sie schaute über seine Schulter hinweg aufs Meer. Auf den Halligen flackerten kleine Lichter. Fenster, in denen Lampen brannten.

»Kann ich dir was vorspielen?«, hörte sie Tom sagen.

Wie soll denn das gehen?, fragte Hannah sich. Er hatte seine Gitarre doch gar nicht dabei. Als Tom ihre Hände losließ, in sein Sakko griff und sein Telefon aus der Innentasche zog, verdrehte sie innerlich die Augen. Seit sie nicht mehr mit Frederik zusammen war, nervte es sie *noch* mehr, wenn Leute ihr auf ihrem Telefon etwas zeigen wollten. Sie wollte jetzt kein Video sehen. Und kein Foto, das jemand gepostet hatte.

»Nee danke, ich muss echt zurück.« Hannah suchte wieder ihre Sandaletten, die doch irgendwo sein mussten. Mit den nackten Füßen tastete sie durch den Sand.

»Warte bitte!«, sagte Tom und legte eine Hand auf ihren Arm. »Ich will dir nur einen Song vorspielen, geht auch ganz schnell.«

Aber Hannah hatte für so etwas jetzt wirklich keine Geduld. Endlich berührte sie den Lederriemen einer Sandalette. Sie streifte sie sich über den linken Fuß und suchte weiter nach der anderen. Kurz darauf schlüpfte sie auch in die zweite.

Tom ließ sich davon nicht beirren. Aus dem Augenwinkel sah sie, wie er zweimal auf das Display tippte. Dann erklangen Gitarrenakkorde. »Das hab ich gestern Abend nach einem langen Tag bei Sara im Krankenhaus aufgenommen.«

Hannah lauschte. Die Musik war schön. Ruhig, aber überhaupt nicht traurig. Eher wie eine Ballade.

»Und heute Mittag ist mir ein Text dazu eingefallen. Auf der Fähre, als wir gerade von Dagebüll abgelegt hatten.« Er zog einen kleinen, zerknitterten Zettel aus seiner Hosentasche und beleuchtete ihn mit der Taschenlampe seines Telefons. Dicht an dicht reihten sich mehrere handgeschriebene Zeilen untereinander. »Passt noch nicht ganz zu den Akkorden, aber ...« Tom räusperte sich und startete die Musik erneut. Dann begann er zu singen.

> *»Ein Tag am Meer,*
> *steingrau und schwer,*
> *ein Schiff, das ablegt.*
>
> *Unter Deck all die Leute,*
> *viel zu laut für mich heute,*
> *aber du sprichst mich an.*

Sag mal, wo kommst du her?
Willst du auch ans Meer?
Willst du auch auf die Inseln?
Willst du das wiederfinden,
was dir aus so vielen Gründen
abhandengekommen ist?«

Tom stoppte die Musik und steckte den Zettel wieder in seine Hosentasche. »Gut, bisschen viel Gefühl vielleicht. An den Lyrics muss ich auf jeden Fall noch arbeiten.« Er grinste. »Aber das ist mir heute auf der Fähre eingefallen, ganz plötzlich. Ich bin am Tourbus geblieben, während die anderen sich einen Kaffee am Bordkiosk geholt haben.« Unsicher schaute er sie an. »Was meinst du?«

»Also, ich mag dramatische Songs ja«, sagte Hannah. »Wow.« Sie rieb sich über ihre Arme. Sie hatte Gänsehaut. Immer noch. Toms Stimme war *so* schön. Wie gelang es ihm nur, so viel Gefühl in alles zu legen, was er sang? Wie waren ihm diese wunderschönen Akkorde in den Sinn gekommen? Das Lied war wirklich gut. Es fehlten noch zwei Strophen, aber dann könnte es doch schon fast im Radio gespielt werden, oder nicht? Sie schaute ihn forschend an. Wo war dieser Song plötzlich hergekommen? Konnte es sein, dass der Trip nach Lindau am Ende doch Toms Blockade gelöst hatte? Oder hatte ihn die Zeit im Krankenhaus bei seiner Schwester inspiriert? »Um was geht's in dem Lied?«, fragte sie.

»Um uns.«

»Um uns?«

545

Tom nickte. »Ich hab an unsere erste Begegnung gedacht. Auf der Fähre am Bordkiosk, weißt du noch?«

Hannah lächelte. Sicher, daran erinnerte sie sich bestens. Sie spürte, dass die alten Gefühle für Tom sich wieder anschlichen. Alles, was sie seit seinem Schweigen in einen imaginären Karton gestopft und weggestellt hatte, kam mit voller Wucht zurück.

Sie schaute in den Sand. Auf ihre Füße, die sie in der Dunkelheit kaum erkennen konnte. War das möglich? Konnten sie noch einmal von vorn beginnen? Und wollte sie das überhaupt? Das Kribbeln, das sich jetzt in ihrem Körper ausbreitete, sagte ihr ganz deutlich, dass sie es wollte. Auch wenn das hieß, dass sie Tom wieder vertrauen musste.

»Das Lied ist wunderschön«, sagte Hannah lächelnd. »Ich wüsste gern, wie es weitergeht.«

»Du kannst mir beim Texten helfen«, schlug Tom vor. »Hättest du Lust?«

»Weiß nicht …« Sie zögerte. So einfach wollte sie es Tom nun auch wieder nicht machen. Sollte sie ihm so schnell verzeihen? Dafür müsste sie ihren Kopf abschalten und nur auf ihr Herz hören. Aber wäre das nicht völlig naiv?

»Bei mir ist auch einiges passiert«, sagte sie, um das Thema zu wechseln. Sie dachte an das Jobangebot von Ralf, das sie ausgeschlagen hatte, und an das lange Gespräch mit ihren Eltern, das dieser Entscheidung vorausgegangen war. Wie sehr sie sich auf das kurze Sabbatical freute, das sie hier auf Föhr verbringen würde, bevor sie nach Berlin zurückmüsste.

»Erzähl!«, sagte Tom interessiert, aber Hannah schüttelte den Kopf. Dafür hatten sie jetzt keine Zeit. Sie mussten auf die Party zurück. Rinahs warme Stimme wehte über die Dünen zu ihnen herüber. Sie sang »Dreams« von den »Cranberries«, und Hannah schaute sehnsüchtig zum Strandcafé hinüber.

»Oh, my life is changin' every day, in every possible way.«
Wie viele Hunderte von Malen hatte sie mit herunter-gelassenen Autofenstern bei diesem Song das Radio aufge-dreht und laut mitgesungen? Sie bedauerte es jetzt, dass Tom und sie nicht näher an der Band standen. Sie hätte so gern getanzt.

»Weißt du, ich möchte nicht ganz von vorne anfangen«, sagte sie zu ihm. Er hatte offenbar vergessen, dass er sich auch nach ihrem ersten Treffen damals auf der Fähre nicht bei ihr gemeldet hatte. »*Wenn* wir weitermachen, dann da, wo wir aufgehört haben.«

»Finde ich gut«, sagte Tom sofort und trat einen Schritt auf sie zu. Er zögerte kurz, schaute sie an, als wollte er si-chergehen, dass das, was er tun würde, okay für sie war. Dann schlang er seine Arme um sie und zog sie an sich.

Hannah spürte seine Hände auf ihrem Rücken. Sanft glitten sie über ihr Kleid. Sie schloss die Augen und genoss den Moment, Tom roch so gut, und seine Umarmung fühlte sich so vertraut an. Aber ihre Gedanken verstummten ein-fach nicht.

War es richtig, auf ihr Herz zu hören und Tom noch eine Chance zu geben? Konnte die Sache nicht ein zweites Mal schiefgehen? Sollte sie es also besser lassen? Sie könnte auch noch ein paar Monate warten, bis ihr Herz die Trennung von Frederik wirklich überwunden hatte. Andererseits ließ sich eine Beziehung doch nicht so durchplanen wie ein wichtiges Jobprojekt. Wenn sie eins über die Liebe wusste, dann, dass sie sich *null* an Planungen hielt und entgegen aller Logik oft völlig querschoss.

Hannah verliebte sich häufig genau dann, wenn es ihr gerade gar nicht in den Kram passte. Zur falschen Zeit in den falschen Mann. Und trotzdem hatte sie es immer wieder gewagt.

Das Kribbeln, das sich von Toms Händen in ihrem Körper ausbreitete, war so intensiv, dass sie ihm einfach nachgeben musste. Vielleicht geht es diesmal ja auch gut, dachte Hannah. Vielleicht brauchten Tom und sie nur zwei Anläufe. Sie hob ihren Kopf und stellte sich auf die Zehenspitzen.

Tom beugte sich ein wenig zu ihr herunter. Er zögerte kurz ... und dann spürte sie seine Lippen auf ihren. Sie schmeckten nach Salzwasser und leicht verschwitzt, nach einem langen Abend auf der Bühne ... und ganz unverkennbar nach Tom.

Mit diesem Kuss war alles wieder da. Hannah sah alles wieder vor sich. Den Moment, als Tom in Ullis Laden gestanden hatte, um den Schlüssel für die kleine Ferienwohnung abzuholen. Tom und sie auf dem Sandwall im Regen. Tom allein auf der Seglerbrücke. Sie hörte das Lied, das er mit seiner dunklen, warmen Stimme dort gesungen hatte. Erinnerte sich, wie Tom so gekonnt die Fischfrikadellen hinbekommen hatte. Dachte an den gemeinsamen Abend im Strandkorb zurück, mit Pappbechern voll lauwarmem Wein. An die heißen Nächte mit Tom, in seinem Pensionszimmer und in ihrem Zimmer unter dem Dach bei Tante Ella. An seine Küsse, seinen Atem auf ihrer Haut, seine Finger, die nachts, wenn sie einschlief, über ihren Rücken strichen.

Vielleicht helfe ich ihm doch beim Texten, dachte sie beschwingt, als sie den Kuss beendete. Gemeinsame Momente für die Lyrics gab es jedenfalls schon reichlich. Sie griff nach seiner Hand. »Komm, wir müssen zurück.«

»Schade«, grinste Tom. »Sag mal, hast du Lust, nach unserem Auftritt noch mal mit mir an den Strand zu gehen?« Er zog sie im Laufen an sich und küsste sie, diesmal ein wenig frecher und fordernder.

»Mmmh«, überlegte Hannah. »Keine Ahnung, ob ich dann noch Zeit für dich habe«, neckte sie ihn.

»Ey!« Er blieb stehen und sah sie verunsichert an. »Dann such ich dich eben, wenn wir fertig sind, und frag dich noch mal?«

»Mach das. Könnte sehr gut sein, dass ich Ja sage«, erwiderte Hannah lächelnd. Sie küsste Tom kurz, dann gingen sie Hand in Hand zur Party zurück.

Tom betrat wieder die Bühne, und Hannah drängelte sich zu Marten, Ida, Stine und all den anderen auf die Tanzfläche. Kurz besprach sich Tom mit der Band, dann stellte er sich zu Rinah und nahm sein Mikro in die Hand. Als die Musik wieder einsetzte, erkannte Hannah das Lied sofort. Sie spielten »Let's spend the night together« von den »Rolling Stones«.

Ein paar Momente lang blieb Hannah ganz still in der Menge stehen. Einige Male wurde sie von Tanzenden versehentlich angerempelt, aber das störte sie nicht. Sie summte den Refrain mit und schaute nach oben. Über ihr leuchteten über zweihundert Lampions. Die Stimmung auf der Tanzfläche war genauso, wie sie und Stine sie seit Monaten für diesen Abend geplant hatten: einfach romantisch.

Als sie wieder zur Bühne sah, fing Tom ihren Blick ein und lächelte ihr zu. Hannah lächelte zurück. Ihr Herz wurde wieder von dem warmen Gefühl geflutet, das sie schon vor einigen Minuten am Strand durchströmt hatte, als er sie in seinen Armen gehalten und geküsst hatte. Überglücklich dachte sie daran, dass zu all den schönen Momenten mit Tom, an die sie sich wieder erinnert hatte, noch weitere hinzukommen würden. Momente so bunt wie die Lampions, die sanft über ihr im Nordseewind schaukelten.

Hochzeits-Hitliste

Die meistgewünschten Hits von Something Blue

1. »Have I told you lately« – Van Morrison
2. »(I've had) The Time of my life« – Bill Medley,
   Jennifer Warnes
3. »Killing me softly with his song« – Fugees /
   Roberta Flack
4. »Fallin'« – Alicia Keys
5. »Wo fängt dein Himmel an?« – Philipp Poisel
6. »Single ladies (put a ring on it)« – Beyoncé
7. »Like a virgin« – Madonna
8. »Taxi nach Paris« – Felix De Luxe
9. »Ausgehen« – AnnenMayKantereit
10. »Wonderwall« – Oasis
11. »One« – U2
12. »I gotta feeling« – The Black Eyed Peas
13. »Dreams« – The Cranberries
14. »Always on my mind« – Pet Shop Boys
15. »Everlasting love« – Love Affair
16. »Remmidemmi (Yippie Yippie Yeah)« – Deichkind
17. »Halt mich« – Herbert Grönemeyer
18. »Rock the Casbah« – The Clash
19. »Up where we belong« – Joe Cocker, Jennifer Warnes
20. »De Klock is dree« – Ina Müller

Danke!

Einen Roman schreibt man nicht allein, schon gar nicht den ersten. Ganz herzlich bedanken möchte ich mich bei …

… Dr. Barbara Heinzius vom Goldmann Verlag, die diesen Roman erst möglich gemacht hat. Kann es sein, dass Sie irgendwo in Ihrem Herzen denselben salzwiesengrünen Fleck haben wie ich? Einen Fleck in Form der Insel Föhr?

… meiner Agentin Elisabeth Botros. Du stellst immer die richtigen Fragen, liebe Elisabeth. Du bist der Leuchtturm in meinem (Schreib-)Nebel und besitzt das Talent, deinen Autor*innen genau den Raum zu lassen, den es braucht, um eine Geschichte zu erzählen.

… Michael Gaeb und der gesamten Literarischen Agentur Gaeb & Eggers. Im Englischen gibt es die wunderbare Formulierung *to take someone under their wing*. Genau das tut ihr. Danke!

… meiner Lektorin Susanne Bartel für die hochprofessionelle Unterstützung im Lektorat, für die herzlichen Telefonate und alle Mails, die in heißen Phasen im Viertelstundentakt von Berlin nach Bayern flogen und wieder zurück. Liebe Susanne, du hast meinen ersten Roman so umsichtig und wertschätzend behandelt wie Marten die Glücksmuschel, die Ida ihm geschenkt hat. Was konnte mir Besseres passieren!

… meiner Freundin, der Schriftstellerin Anne Hansen. Anne und ich haben vor über zwanzig Jahren in Husum das Abitur gemacht. Danke, liebe Anne, für die Flaschenpost, die über dich erst in diesen Roman fand. Du hast mir so viele gute Tipps gegeben, dass ich dir heute achtundachtzig selbst gebackene Käsekuchen schuldig bin. Mindestens.

… meiner Freundin Alexa, die mir im Sommer 2012 empfahl, den von mir gegründeten Onlineshop um einen Blog zu ergänzen. Ohne deine Ermutigung, liebe Lexi, hätte ich nicht mit dem Schreiben begonnen.

… der Journalistin und Autorin Sandra Piske, die vor einigen Jahren auf einer Party einen entscheidenden Satz sagte. Danke dafür, liebe Sandra.

… meinen Freundinnen Okka, Marlene, Elisabeth, Franziska, Julia, Sandra S., Sandra W., Kerstin B., Ina Marie und allen, die ich jetzt vergessen habe. Danke für alles, vor allem für euren sagenhaften Humor.

… folgenden Frauen, die früh erste Texte von mir lasen und mich ermutigten, unbedingt dranzubleiben. Der Schriftstellerin und Coachin Julia Kandzora von Creative-Writing. org. Der Autorin und Ghostwriterin Lisa Bitzer. Und bei Christiane Sadlo, der beeindruckenden Autorin, die »Inga Lindström« erfand und alle Drehbücher zur Serie und diverse weitere Romane geschrieben hat: Danke, liebe Christiane, für die sechs Espresso und den wunderbaren Nachmittag in deiner Küche, an dem du mir erzählt hast, worauf es dir in deinen Drehbüchern und Romanen ankommt.

… meinen lieben Freunden Jessica Braun und Christoph Koch. Beide sind selbst Autor*innen mehrerer Bücher und feiern diesen Roman schon seit Manuskriptseite eins! Danke für so viel uneingeschränkte Liebe. Ihr seid der harte Kern der Dance-Crowd auf Stines und Martens Hochzeit (Kapitel 20). Ist euch klar, oder?

… Tim Pankonin für seine Unterstützung.

… Oliver Janik für das schöne Büro in der Schröderstraße, das du ein Jahr lang mit mir geteilt hast.

… meinen »Sommerferienfreunden« und meiner Freundin Steffi. Wie Stine und Caro haben meine Brüder, Steffi und ich als Teenager im Sommer Freundschaften mit Gleichaltrigen auf Föhr geschlossen: Michael, Markus und Susanne aus Hamburg möchte ich an dieser Stelle namentlich erwähnen (und Hille natürlich!).

… meinen Eltern, denen ich für so vieles zu danken habe, dass die wenigen Zeilen, die mir hier zur Verfügung stehen, nicht reichen. Deshalb danke ich ihnen an dieser Stelle »nur« dafür: Ohne eure Liebe zum Lesen hätte ich selbst nicht so früh damit begonnen. Und ohne euch könnte ich nicht über Föhr schreiben. Ihr habt uns Kindern die vielen Sommerferien auf der Insel geschenkt. Übrigens: Meine Brüder und ich sprechen mit meinen Eltern ausschließlich Platt, also: Ganz veelen Dank an jem beide.

… meinen Brüdern Juan, Friedjof und Niklas. Wir sind an der Wyker Seglerbrücke, am Holzfloß vor dem Musikpavillon und im Pril am Südstrand in den Sommerferien so viel geschwommen, dass heute Föhrer Salzwasser in unseren Adern fließen muss. Friedjof und meiner Schwägerin Elisabeth danke ich für den Namen »Snørre«: Ihr habt ihn gefunden und mir überlassen. Und noch einmal danke ich Elisabeth, meiner Nichte Enna und meinem Neffen Gonne: Ihr seid die drei neuen Sterne im Lukenhof'schen Sternbild, die in unserer Mitte am hellsten leuchten. Könnt ihr sie sehen?

… Marten Feddersen (meinem Cousin) und Ida Feddersen (meiner Nichte zweiten Grades), meinen Namenspaten für Marten und Ida. Ich freue mich, dass ihr zwei Nordlichter hier vertreten seid!

… meiner Schwiegermutter Mary O'Connor, die ich nie ohne ein aufgeschlagenes Buch in der Hand antreffe. Meistens sind es sogar zwei. Danke, liebe Mary, für die unzähligen guten Literaturempfehlungen und dafür, dass ich in »Ian's room« unter dem Dach während unserer Irland-Urlaube immer schreiben kann. Schilderungen von Dünen, Wind, Sandstrand, Meer und einer ganz bestimmten Herzlichkeit unter den Nachbarn in einigen Szenen sind auch von dem irischen Küstenort inspiriert, in dem meine Schwiegermutter lebt: Rosslare Strand.

… meiner Familie in Irland und Frankreich: Muireann, Dave, Isabella, Jack, Alice, Ian, Jitka, Lea, Jamie, Anna, Derek, Christiane, Zoé und Izïa. Und bei Martin O'Connor, der uns von seiner Wolke da oben ziemlich gut im Blick hat.

… den drei Kindern, die Brian und ich (mit Katja und Ben!) zusammen großziehen: Josef, Peter und Louise. Ohne euch wäre die Welt eine andere. Ihr zeigt uns jeden Tag aufs Neue, wie man alle Regeln über Bord wirft. Das Motto *»Move fast and break things«* wurde nicht von der Start-up-Szene erfunden, sondern von euch. Meiner Tochter Louise danke ich für die Szenen, die sie sich für Stines Tochter Ida überlegt hat. Sie sind in den Roman eingeflossen. Danke, mein Hase.

… meinem Mann Brian, *the MIP (Most Important Person) and CCF (Chief Creative Force) in my life.* Ohne uns und unsere Liebe hätte ich keinen Roman über dieses große Gefühl schreiben können.

Autorin

Melanie Petersen wuchs bei Husum an der Nordsee auf. Nach ihrem Studium in Hamburg und Stationen in New York und Düsseldorf lebt sie heute mit ihrer Familie in Berlin. Als Art Direktorin und Kundenberaterin arbeitet sie für Agenturen und Verlage. Mit der Insel Föhr verbindet Melanie Petersen eine Liebe, die schon seit über dreißig Jahren andauert. Schon als Kind verbrachte sie mit ihren Eltern und Geschwistern die Sommerferien auf Föhr. Heute nimmt sie ihre kleine Tochter mit, wenn die Familie Jahr für Jahr im Sommer dort zusammenkommt. Kein Wunder, dass sie auch ihren ersten Roman »Hochzeit auf der kleinen Frieseninsel« auf Föhr angesiedelt hat.

Melanie Petersen im Goldmann Verlag:

Hochzeit auf der kleinen Frieseninsel

(Auch als E-Book erhältlich)

Unsere Leseempfehlung

464 Seiten
Auch als E-Book
erhältlich

Die große weite Welt muss es für die Ärztin Ina gar nicht sein. Nach dem Studium zog sie zurück in ihre alte Heimat an der Küste – zurück zu einem Mann, von dem sie dachte, er wäre ihre Zukunft. Doch der Mann ist längst Vergangenheit, und die Stelle im Husumer Krankenhaus ist Ina auch los. Kurzerhand folgt sie einem Jugendtraum und zieht nach Hamburg, wo sie in einer kleinen Laube am Alsterfleet unterschlüpft. Dort blüht Ina wieder auf und erkennt: Nur, wenn sie auf ihr Herz hört, kann aus alten Träumen etwas ganz Neues entstehen ...

goldmann-verlag.de

 GOLDMANN

Unsere Leseempfehlung

432 Seiten
Auch als E-Book
erhältlich

Es gibt keine Zufälle, es gibt nur Zeichen. Davon ist die Hamburger Autorin Katrin überzeugt. Doch während sie Bücher schreibt, die anderen Orientierung geben sollen, steckt sie selbst in einer Lebenskrise. Bis das Schicksal auch ihr ein Zeichen gibt: Als sie einen Liebesbrief findet, adressiert an einen Filipe in Portugal, beschließt sie, dem Empfänger die Botschaft persönlich zu überbringen. Mit ihrer Freundin Julia reist sie auf eine idyllische Halbinsel an der Atlantikküste. Bei der Suche nach Filipe gerät Katrin unversehens in ein Familiendrama. Und findet etwas, wonach sie gar nicht gesucht hat ...

goldmann-verlag.de

 GOLDMANN

Unsere Leseempfehlung

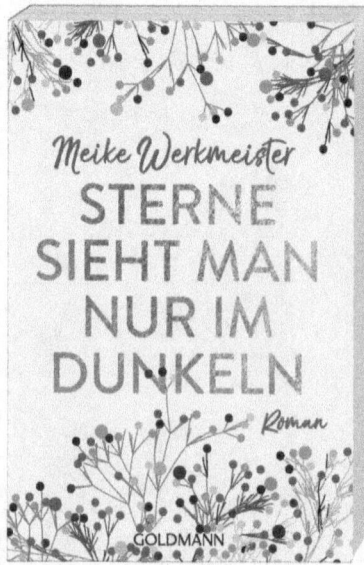

320 Seiten
Auch als E-Book
erhältlich

Eigentlich ist Anni glücklich. Mit ihrem Freund Thies lebt
sie in einem hübschen Bremer Häuschen, sie arbeitet als
Game-Designerin und in ihrer Freizeit entwirft sie Poster-
und Postkartenmotive. Doch dann will ihr Chef, dass sie
das neue Büro in Berlin leitet. Und Thies will auf einmal
heiraten. Nur Anni weiß nicht mehr, was sie will. Da meldet
sich ihre Jugendfreundin Maria aus Norderney, und Anni
beschließt spontan, eine Auszeit zu nehmen. 6 Wochen
Sand und Wind, Sterne und Meer. Danach sieht sicher alles
anders aus. Wie anders, das hätte Anni sich allerdings nicht
träumen lassen ...

goldmann-verlag.de